CORES PRIMÁRIAS

ANÔNIMO

CORES PRIMÁRIAS
Um romance político

Tradução:
JOSÉ MODESTO

COMPANHIA DAS LETRAS

Copyright © by 1996 by Machiavelliana, Inc.

Título original:
*Primary colors
A novel of politics*

Capa:
Silvia Ribeiro

Foto da capa:
Roberto Stelzer

Preparação:
Isabel Cury Santana

Revisão:
*Rosemary Cataldi Machado
Ana Maria Barbosa
Carmen S. da Costa*

Dados Internacionais na Publicação (CIP)
(Câmara Brasileira do Livro, SP, Brasil)

Cores primárias : um romance político / Anônimo ; tradução José Modesto. — São Paulo : Companhia das Letras, 1996.

Título original: Primary colours.
ISBN 85-7164-592-2

1. Ficção norte-americana 2. Presidentes - Estados Unidos - Eleições - Ficção

96-3734   CDD-813.5

Índices para catálogo sistemático

1. Ficção : Século 20 : Literatura norte-americana 813.5
2. Século 20 : Ficção : Literatura norte-americana 813.5

1996

Todos os direitos desta edição reservados à
EDITORA SCHWARCZ LTDA.
Rua Bandeira Paulista, 702, cj. 72
04532-002 — São Paulo — SP
Telefone: (011) 866-0801
Fax: (011) 866-0814

*Para minha esposa, prova viva de que
a extroversão e a discrição
não são mutuamente excludentes.*

O homem em geral julga mais com os olhos do que com as mãos.

Maquiavel

NOTA DO AUTOR

Diversas pessoas conhecidas — sobretudo jornalistas — fazem breves aparições nestas páginas, mas trata-se de uma obra de ficção e a ela se aplicam as ressalvas de praxe. Nenhuma das outras personagens é real. Nenhum dos fatos aqui narrados jamais aconteceu.

1

Ele era um sujeito grandalhão e parecia constrangedoramente pálido nas ruas do Harlem em pleno verão. Como sou baixo e não muito escuro, os brancos não se sentem tão ameaçados por mim: não ando por aí exibindo a minha cor.

Trocamos um aperto de mãos. É pena que eu não consiga relembrar aquele momento com mais nitidez: o aperto de mãos é um ato liminar, o começo de tudo na política. Desde então já o vi repetir esse gesto dois milhões de vezes, mas nem por isso saberia dizer *como* ele o faz, em especial a parte referente à mão direita — a força, a qualidade, a duração do toque, os rudimentos da arte de roçar a pele. No entanto, sou capaz de dissertar sobre o que ele faz com a outra mão. É um gênio na matéria. Pode plantá-la em seu cotovelo ou em seu bíceps: esses são movimentos básicos, quase instintivos. Ele está interessado em você. Honrado de encontrá-lo. Se a mão sobe até o ombro — ou, por exemplo, se ele envolve suas costas com o braço esquerdo —, a coisa torna-se de certo modo menos íntima, mais casual. Nesse instante ele compartilha com você uma risada ou um segredo — um segredinho à toa, nada para valer —, lisonjeando-o com a ilusão de que ambos são cúmplices numa conspiração. Se não o conhece muito bem e você acabou de lhe contar alguma coisa "importante", algo sério ou emocional, ele reforça o contato, distinguindo-o com um aperto de duas mãos, a esquerda subjugando seu pulso e antebraço. O rosto dele então se iluminará com aquela famosa expressão de profunda empatia. E não haverá um pingo de fingimento em nada disso.

Seja como for, tanto quanto me lembro, sua mão esquerda veio pousar pouco acima de meu cotovelo e ele me lançou um olhar de vaga curiosidade, do tipo "Ah, então você é o tal cara de quem tanto me têm falado", acompanhado de um aceno de cabeça que significava que eu devia segui-lo. Não tive tempo nem presença de espírito para reagir. Reflexos emocionais demasiado lentos, creio eu. Os dele eram instantâneos. Avançando pelo corredor, já havia dado seis enternecidos apertos de mão quando consegui alcançá-lo. Coloquei-me um ou dois passos atrás, na clássica posição dos subordinados, como fizera durante toda a minha vida (mas nunca atrás de alguém tão competente).

Subíamos em revoada as escadas rumo à biblioteca, com a bibliotecária a reboque, e agora ele estava de orelha em pé. Ela explicava o programa que dirigia e ele ouvia com absoluta concentração, na mais agressiva forma de escuta que o mundo jamais viu: uma escuta aeróbica. Trata-se de um fenômeno intenso e perturbador — como se ele fosse capaz de absorver as palavras mais depressa do que o interlocutor consegue pronunciá-las, como se estivesse sugando a informação. Quando dedica toda a atenção a alguém — coisa bastante rara, pois em geral está sintonizado em duas ou três faixas de onda —, sua escuta se transforma no fato central da conversa. Estava fazendo isso naquele momento com a bibliotecária, e ela começou a cambalear sob o peso daquela carga. Tropeçou num degrau; ele estendeu o braço, ajudou-a a se reequilibrar. Era uma mulher de meia-idade, beirando os cinqüenta, os cabelos pintados de castanho-avermelhado para esconder os fios brancos, em nada excepcional a não ser pelas pernas, que eram estupendas, uma dádiva dos céus. Será que ele havia reparado nas pernas quando ela quase caiu? Sei lá. Howard Ferguson III tinha conseguido se postar ao meu lado enquanto abríamos caminho pela escada apinhada de gente, sua mão apertando meu cotovelo — eta pessoalzinho chegado a um contato humano —, dizendo: "Que bom que você mudou de idéia. Jack está realmente muito satisfeito por você ter topado esse troço".

"Que troço?", perguntei. Howard havia me convidado pelo telefone para um encontro com o governador Jack Stanton, que iria ou não se candidatar à presidência. O governador passaria por Nova York a caminho de um giro exploratório por New Hampshire.[1] O convite veio acompanhado de um endereço que despertou minha curiosidade — nada menos que o Harlem. (Não havia um tostão disponível no Harlem e, naquela etapa inicial da campanha, qualquer candidato só deveria estar pensando em arrecadar o máximo de dinheiro, sobretudo em se tratando de um obscuro governador do Sul.) Veio acompanhado também de um desavergonhado afago. "Você é uma figura legendária", disse Howard com seu árido sotaque do Meio-Oeste, num tom ladino e brincalhão. "Ele quer que você volte às lides."

Voltar às lides: eu fugira de Washington após trabalhar durante seis anos para o deputado William Larkin. Tinha sido meu primeiro emprego depois de terminar a universidade — e eu fora vítima de sua mobilidade vertical, quando ele passou de mero deputado a responsável por garantir a presença de seus colegas no plenário, e daí a líder da maioria. Uma dose excessiva. Eu não estava preparado para o poder, me contentava em fazer parte da tropa. Era cedo demais para eu ser alguém, o homem de confiança do líder da maioria, aquele sujeito que você tem de trabalhar se quer alguma coisa a mais ou a menos em qualquer projeto de lei. E por isso, ao fazer trinta anos, num momento de inspiração divina, eu disse: "Me desculpe, deputado, mas preciso dar um tempo".

"Você não acredita no que está fazendo?", perguntou ele.

O quê, ficar contando os votos conquistados? Deixa eu cair fora disso. Naquela época eu estava saindo com uma mulher chamada March; ela era bonitona, mas trabalhava para o Nader[2] e vinha equipada com uma falta de ironia capaz de sobreviver aos mais rigorosos testes de resistência. Comecei a ter fantasias de que poderia traçar todo o calendário: April, May, June... Não me recordo do que lhe disse. Alguma coisa devo ter dito. "Henry, você não acha que é um pouco cedo para ter uma crise de meia-idade?", ela perguntou.

Não. Telefonei para Philip Noyce na Universidade de Colúmbia. Ele havia sido colega de meu pai — séculos atrás, antes que meu pai tivesse se separado de minha mãe e iniciado seu périplo pelas mais obscuras universidades do mundo. O fato é que Philip me arranjou um emprego como professor de processo legislativo. Em matéria de crises de meia-idade, foi como descansar carregando pedra...

Agora eu me achava pronto para... retornar às lides.

Seja como for, estava curioso. Que estaria Jack Stanton fazendo no Harlem quando deveria estar em Wall Street, tentando impressionar os ricaços? Estaria tentando impressionar *a mim*? Duvidava disso. Mais provavelmente, tinha me convidado para acompanhá-lo a fim de contar com uma cobertura racial. Dei-me conta de que eu era o único negro na comitiva. Howard Ferguson certamente representava o que havia de mais branco na face da Terra. Notei que uma única gota de suor corria em diagonal por sua testa rumo às estranhas costeletas à la Elvis Presley, como se sua transpiração fosse racionada: ele era tão seco, os lábios finos davam-lhe um ar tão austero, os olhos ardiam com tal intensidade que se tinha a impressão de que todos os humores de seu corpo eram preciosos: caso não se mantivesse lubrificado, poderia entrar em combustão. O próprio Howard era, digamos assim, uma figura legendária: misteriosa, um fantasma das pradarias. Vinha de uma família de incendiários. Seu bisavô, "Vaga-lume" Ferguson, ateara fogo aos campos de trigo e disputara o cargo de governador de dentro de uma cela na prisão. O rosto de Howard era ressecado e arenoso como o de Vaga-lume, com os mesmos cabelos ralos repartidos ao meio; mas a berrante gravata cor-de-rosa que usava parecia proclamar: não levo a sério este tipo de vida, estas roupas de advogado. Seu papel no esquema de Stanton era nebuloso — meses depois eu ainda tentava decifrar o enigma. Nunca abria o jogo, nunca manifestava uma opinião nas reuniões e no entanto transmitia a sensação de que era um homem de profundas convicções, profundas demais para serem sequer insinuadas diante de estranhos. Conhecia o governador desde sempre, dos tempos anteriores à guerra. "Você já viu algum programa de alfabetização de adultos?", perguntou-me, soltando depois uma risadinha. "Jack adora esse tipo de merda. Diz que é como ir à igreja."

E era. Não se tratava de uma daquelas salas horrorosas que se vêem nas instituições públicas, com mesas de tampo de fórmica e tijolos de concreto nas paredes. Não havia nenhum daqueles pôsteres insuportavelmente alegres de livros e corujas. Era um lugar sombrio e solene — uma biblioteca da WPA.[3] As estantes de carvalho cobriam boa parte das paredes; acima delas havia um mural bentoniano,[4] uma visão socialista de biplanos sobrevoando a Estátua da Liberdade, locomotivas velozes cortando os trigais, operários gloriosamente musculosos indo para o trabalho — uma paisagen de sonho para alguém como Howard Ferguson. (Naquela época não precisavam de nenhuma propaganda que os exortasse a ler: as lutas eram outras.) Os alunos estavam sentados em torno de uma grande mesa redonda de carvalho. Eram aquilo que o muralista da WPA tinha em mente: um proletariado feito à imagem dos santos.

A bibliotecária, insultuosamente condescendente para com eles, como o são por mero reflexo os funcionários públicos em toda parte, apresentou o visitante: "Temos hoje aqui o governador Jack Stanton, que é um grande entusiasta da educação de adultos e agora está se preparando para...". Lançou um olhar coquete na direção dele.

"Sair da chuva", disse ele.

"O senhor gostaria de dizer algumas..."

"Não, não. Tratem de ir em frente", ele sussurrou. "Não liguem para mim."

Sentou-se a alguma distância da mesa, respeitando habilmente o espaço dos alunos. Sentei-me do outro lado da sala, de onde podia observá-lo enquanto ele os observava. Howard ficou em pé atrás de mim, apoiando-se numa estante. Cada aluno se apresentou. Eram garçonetes, lavadores de pratos e serventes, quase todos entre vinte e trinta anos, gente que batalhava no turno da noite. Leram pequenos trechos, as mulheres com mais facilidade do que os homens, que realmente tinham de cortar um dobrado. E depois contaram alguma coisa sobre suas vidas. Tudo muito comovente. O último a falar foi Dewayne Smith, que pesava por baixo uns cento e quarenta quilos e trabalhava como cozinheiro de lanchonete. "Eles sempre deixavam eu ir passando de ano, sabe como é?", disse ele. "Não conseguia ler bulhufas, tenho uma... deficiência de aprendizagem." Deu uma olhada na direção da bibliotecária para ver se o que havia dito estava certo.

"O Dewayne é disléxico", disse ela.

"Eles iam me passando de ano — terceira série, quarta série — e eu sou muito orgulhoso, entende? Era como se ninguém desse bola para mim. Eu sentava no fundo da sala, não sou um desses... sujeitos que ficam querendo aparecer, nunca criei encrenca. Fico na minha. E fui seguindo assim até acabar o primário. Me mandaram para o ginásio Ben Franklin, estudos gerais. Podiam ter me mandado para o jardim zoológico do Bronx. Ninguém nunca me falava nada. Ninguém nunca me disse: 'Dewayne, você não sabe ler — o que vai fazer com a porra da sua vida?'. Desculpe, tá?" Olhou para o governador, que sorriu e fez sinal para que continuasse.

"Isso foi há vinte anos", interrompeu a bibliotecária. "Agora estamos mais preparados para identificar esse tipo de problema" — como se com essas palavras apagasse toda a insensibilidade monumental, toda a estupidez impiedosa do sistema.

"Só sei que chegou o dia da formatura. Minha mãe foi lá. Tirou um dia de folga na lavanderia onde trabalha, botou a roupa de domingo. Ela não sabia que tinha um negócio errado, nem eu. Afinal de contas, eu tinha chegado até o fim, não é mesmo? Estava todo mundo lá, e o doutor Dalemberti estava lendo os nomes e dando os resultados: 'Sharonna Harris, Distinção', ou 'Tyrone Kirby, Quadro de Honra', e cada um ia subindo para se juntar aos outros no palco. Aí chegaram ao meu nome — em ordem alfabética, sabe como é —, e o doutor Dalemberti disse bem alto: 'Dewayne Smith, Certificado de Presença'. Todo mundo começou a cochichar, uns caras deram umas risadinhas, e eu tive que subir até lá e pegar aquele troço... parecia um diploma, entende? Um pedaço de papel, e eu lá — essa é boa — pensando que ninguém ia notar, porque era o mesmo tipo de papel. Mas não funcionou: todo mundo agora sabia a verdade. E eu pensei: bobalhão. Esse pessoal acha que você é um idiota, já se livraram de todos os outros que não sabiam ler, eles mesmos iam saindo da escola. E minha recompensa por ter ido até o fim era ficar lá em cima, morto de vergonha, tentando não olhar para ninguém, tentando não parecer muito burro. Mas me sentindo um débil mental. A garota que veio depois de mim ainda estava rindo, rindo de mim, sabe como é? Nervosa porque ia ter que ficar ao lado do idiota. Como se pudesse pegar minha doença. E vi mamãe lá embaixo, com o chapeuzinho na cabeça e a bolsa no colo. E as luvas brancas que usa na igreja. Também estava usando óculos, as lágrimas correndo por trás das lentes, como se alguém tivesse magoado ela muito, como se alguém tivesse morrido."

Nessa altura parei de ouvir. Tentei sufocar um soluço, mas o Dewayne havia me atingido em algo mais profundo, e mais antigo, do que a política. Merda. Estremeci, lágrimas rolaram do canto de meus olhos. E, como costuma acontecer em momentos como esse em que nos sentimos muito embaraçados, acabamos olhando justamente — sem nos darmos conta do que estamos fazendo — para aquela pessoa que não queremos que nos veja. Olhei na direção de Jack Stanton. Ele estava vermelho como uma beterraba, seus olhos azuis reluziam e lágrimas corriam por seu rosto.

Minha primeira reação foi de... alívio: alívio e espanto, além de uma imediata, aguda e muito surpreendente afinidade. Essa sensação foi imediatamente seguida de um sinal de alarme: será fraqueza? Lembrei-me de Ed Muskie[5] numa paisagem coberta de neve em New Hampshire. Mas minhas dúvidas se evaporaram, porque Stanton se pusera em movimento, esfregando o rosto com as costas da mão — todos tinham visto que ele se emocionara —, levantando-se, chegando perto da mesa, pondo as mãos sobre os ombros de dois alunos, inclinando-se na direção de Dewayne e dizendo: "Fico muito, muito grato por você ter compartilhado isso conosco, Dewayne". Não foi tão ruim quanto as palavras soam agora. Ele tinha a coragem de revelar suas emoções. "E acho que chegou a hora de tornarmos impossível — *impossível* mesmo — que alguém se perca no sistema como aconteceu com você. Temos de aprender a valorizar nossos jovens. Mas, acima de tudo, quero lhe agradecer por haver acreditado, por ter tido confiança — confiança em que pode superar todas as dificuldades, em que pode aprender e subir na vida." Estava ficando meio pesado demais, e ele próprio pareceu sentir isso. Desceu da tribuna, respirou fundo, caminhou em volta da mesa até onde Dewayne se encontrava; agora eu o via de perfil. "E também exige um bocado de coragem. Quantos de vocês dizem aos amigos e à família aonde vão quando vêm para cá?" Alguns sorriram.

"Vou contar uma história para vocês", continuou. "É sobre meu tio Charlie. Aconteceu pouco depois que nasci, só fiquei sabendo por minha mãe — mas sei que é verdade. Charlie voltou da guerra como um herói. Tinha estado em Iwo Jima — vocês sabem, aquele lugar onde eles levantaram a bandeira, não sabem? Ele tinha destruído vários ninhos de metralhadoras dos amarelos... quer dizer, dos soldados japoneses, que tinham encurralado um pelotão americano. O primeiro com uma granada. O segundo sozinho, com seu rifle, com a baioneta e com as próprias mãos. Quando o encontraram, ele tinha uma faca enterrada na barriga e estava apertando o pescoço de um soldado inimigo. E tinha também duas balas no corpo."

"Porra!", Dewayne exclamou.

"É, é isso mesmo", disse Stanton, movendo-se em torno da mesa tal qual uma pantera. "Deram para ele a Medalha de Honra. O próprio presidente Truman. E então ele voltou para nossa cidadezinha, Grace Junction. Organizaram uma parada em sua homenagem, e os maiorais da cidade foram à casa dos meus avós e disseram: 'Charlie, o que você pensa fazer agora da sua vida?'. Charlie respondeu que não sabia. Bem, ofereceram para ele dinheiro no banco e umas cabeças de gado no Oeste, entendem, qualquer coisa que quisesse. O prefeito disse a Charlie que podia ter uma bolsa para freqüentar a universidade estadual. O banqueiro disse que entendia que Charlie não quisesse voltar a estudar depois de tudo aquilo por que havia passado e por isso lhe oferecia um emprego de grande futuro na administração do banco. O dono da serraria — moramos numa região onde há muitas florestas de pinheiros — disse: 'Charlie, se você não quiser ficar trancado num banco, venha comandar meus homens'. E vocês sabem o quê? O danado do Charlie recusou todas as ofertas."

Stanton parou. Esperou. Uma das mulheres perguntou: "E então, o que é que ele fez?".

"Nada. Só ficava deitado no sofá, fumando uns cigarrinhos, entregue às baratas... Ninguém conseguia arrancar ele do sofá."

"Ah, já sei", disse um sujeito magro de origem hispânica, com um bigodinho fino margeando o lábio. "Ele tinha pirado. Um desses choques pós-dramáticos, não é mesmo?"

"Negativo", disse Stanton com toda a calma. "É que, simplesmente... Bem, ele não sabia ler."

Várias cabeças se ergueram de repente, alguém disse: "O quê?", outro assobiou, um terceiro exclamou: "Puta merda!".

"Não sabia ler e tinha vergonha, não queria contar para ninguém", disse Stanton. "Tinha coragem suficiente para ganhar a Medalha de Honra do Congresso, mas faltava-lhe força para fazer o que cada um de vocês fez, o que cada um de vocês está fazendo aqui mesmo. Ele não tinha coragem de admitir que precisava de ajuda nem de buscar ajuda. Por isso, quero que saibam que compreendo, que admiro o que estão fazendo aqui, *respeito* a determinação de vocês. E, quando as pessoas me perguntam: 'Jack Stanton, por que você está sempre gastando tanto dinheiro, tanto tempo e tanto esforço com esses programas de alfabetização de adultos?', digo a elas: 'Porque me dá uma chance de apreciar a verdadeira coragem. Me inspira a ser mais forte'. Fico muito grato por terem permitido que eu viesse visitar vocês hoje."

Já vi oradores melhores e ouvi discursos melhores, mas não creio que jamais tivesse ouvido — pelo menos, até aquele momento — um orador que avaliasse tão bem sua platéia e entrasse em sintonia com ela de forma tão precisa. Foi uma impressionante demonstração de tino político. Todos os alunos agora enxameavam em torno dele, dando-lhe tapinhas nas costas, trocando apertos de mão, abraçando-o. Ele não recuou para manter alguma distância, como faz a maioria dos políticos; debruçou-se sobre o grupo, parecendo extrair tanta satisfação do contato com eles — envolvendo seus ombros com os braços longos — quanto os alunos derivavam da presença dele. Tinha no rosto aquela expressão beatífica, ligeiramente apatetada. E então Dewayne disse: "Peraí". Fez-se silêncio na sala. "O que aconteceu com o Charlie?"

"Bem, levou algum tempo", respondeu Stanton, num tom de conversa. Agora eram todos amigos. "Começou a zanzar pela escola quando eu entrei para o secundário. Ele, há..." Stanton parecia sem jeito. Estava tomando uma decisão. Seguiu adiante. "Bem, eu era o diretor do time de beisebol do colégio e Charlie gostava de sentar a meu lado no banco, ajudando no que podia.

Daí passou a ajudar no ginásio esportivo e finalmente lhe ofereceram um emprego quando o senhor Krause morreu."

"Quem era esse senhor Krause? Que emprego ele arranjou?"

"Ah, ele ficou sendo o servente da escola."

"Não brinca!"

Continuou com eles durante mais algum tempo, respondendo a perguntas, dando autógrafos. A bibliotecária aproveitou para pedir mais recursos — havia uma longa lista de gente que queria participar do programa mas tinha de ser rejeitada. Depois todos o acompanharam escada abaixo, até o carro. Eu e Howard Ferguson seguíamos atrás da turba. Howard apertou meu braço de leve, pouco acima do cotovelo, soltou uma risadinha — uma gargalhada reprimida — e sacudiu os ombros, como se dissesse: "O que é que você quer que eu diga?".

"Você conhece ele bem?", perguntei, já que tinha de perguntar alguma coisa.

"Ah, faz séculos", respondeu.

O governador já estava na calçada, envolvido numa nova rodada de enternecidos apertos de mão. Eu e Ferguson nos postamos junto ao carro. "E então, o que você achou?", perguntou Howard.

Dei-lhe uma resposta entusiástica, mas de fato pensei cá comigo se ele esperava que eu dissesse algo do gênero: "Onde me alisto?". O que eu queria de fato era que se sentassem comigo e dissessem o que estavam fazendo e o que desejavam que eu fizesse, que me perguntassem o que pensava sobre determinadas questões ou pessoas, como achava que alguém deveria fazer campanha para presidente dos Estados Unidos nos dias de hoje.

Stanton se aproximou. Olhou para mim. E então? "Bem, gostei de ver."

"Me recuso a acreditar que não tenhamos condições de arranjar grana suficiente para permitir que participem desse programa todos os que queiram", disse ele. (Será que isso ia se transformar num debate sobre políticas governamentais?) "Por que vocês não concederam mais verbas?"

Porque meu antigo chefe era um banana. Mas isso lá é coisa que se diga assim de saída? Se você critica o ex-chefe, o que isso vai parecer a seu possível novo chefe, em matéria de fidelidade? "Já estava terminando a sessão legislativa e ficamos enredados numa batalha sobre a fórmula de distribuição dos recursos orçamentários", respondi, engrenando uma embromação acerca de regras parlamentares, emendas e outras titicas do gênero, mas ele não me ouviu por muito tempo. Na verdade, virou-se para o lado quando me encontrava no meio de uma frase — sem procurar dissimular seu desejo de que eu parasse com aquela lengalenga — e perguntou ao Ferguson: "Aonde agora?".

"Conselho editorial do *New York Times*", disse Howard laconicamente. "Só estamos atrasados uma meia hora."

De repente, o rosto de Stanton ficou rubro — seu estado de espírito mudara com uma velocidade incrível: de um dia ensolarado para uma noite de tempestade, numa fração de segundo. "Você telefonou para eles?", perguntou, os olhos fuzilando Howard. Receio que, se a resposta fosse negativa, Stanton o poria a nocaute.

"Evidente", respondeu Howard. "Disse que estávamos presos no trânsito."

A expressão de Stanton desanuviou-se tão subitamente quanto havia se toldado. Nuvens correndo pelo céu num dia de vento. "*Adoro* Nova York", disse, reassumindo o jeitão informal de político do interior. "É o lugar mais fácil do mundo para a gente se atrasar."

"Mas é melhor irmos andando."

Stanton encolheu-se todo para entrar no carro. Então era tudo? Não estariam esquecendo de alguma coisa? Howard baixou o vidro da janela. "Você pode se encontrar conosco na suíte do Regency lá pelas onze da noite?"

"Onze?"

Stanton também baixou o vidro de sua janela. "O que é que há, Henry?", perguntou num tom matreiro, conspirativo. "Tem algum programa para hoje à noite?"

"Não", respondi. Pombas, como me senti lento. Será que ele estava esperando alguma resposta esperta, uma insinuação de caráter sexual? Mais uma vez ele me pegara de surpresa.

"Então, até lá", disse Ferguson, enquanto o carro se afastava.

Onze da noite? Um bocado tarde. Significava que estávamos saltando algumas casas no jogo, dispensando as formalidades de praxe. Presumia uma intimidade que, na minha cabeça, ainda não existia — embora ao mesmo tempo fosse lisonjeiro. Presumia, além disso, que eu era um profissional e que compreendia os ritmos de uma campanha, mesmo que ainda em estado embrionário. As pessoas que se metem numa campanha eleitoral trabalham — isto é, exercem suas atividades públicas — quando os outros descansam: durante as refeições, à noite, nos fins de semana. Passam o resto do tempo trancados em algum lugar, sobretudo nas suítes dos hotéis, pendurados no telefone, pedindo apoio financeiro, discutindo os próximos movimentos, vivendo à margem do tempo; não conhecem a diferença entre dias de semana e fins de semana; chegam até a dormir, mas descansam pouco. Às vezes, e sempre nas horas mais estranhas, conseguem se liberar: um cineminha à tarde, um jantar à meia-noite. E há aqueles outros momentos, sempre passageiros, em que sua mente se desliga do chefão, do microfone, e você vê um pai jogando bola com o filho no fundo do parque, bem longe da multidão que cerca o palanque, e de repente se dá conta: "Ei, hoje é sábado!". Ou olha para fora de uma janela de hotel e esbarra num casal idoso passeando de mãos dadas, ainda vivos um para o outro (e não apenas dividindo um espaço, esperando pelo fim). A campanha — com todo aquele papo sobre destino nacional, crise das instituições, missão dos governantes — desaparece num passe de mágica e você se lembra de que as outras pessoas continuam a viver suas vidas. A normalidade delas parece então uma crítica. Fere seus olhos, como quando você sai de uma matinê para a claridade do sol. Mas logo passa. O chefe dá uma escorregada no meio de um discurso, chega o momento em que tem de responder às perguntas da platéia, é hora de seguir em frente.

A suíte do Regency trouxe tudo isso de volta. Era típica, intemporal. Senti-me de imediato meio deprimido e inteiramente à vontade. Havia um punhado de assessores em mangas de camisa, sussurrando nos telefones, batucando nos laptops, mordiscando uma fruta ou um pedaço de queijo, bebendo Coca Diet direto da latinha. Nem fumaça nem álcool — coisas do passado. Mas, assim mesmo, pairava sobre a sala uma névoa algo doentia: a bajulação afeta os nervos, entope as artérias. Não conhecia a maior parte dos presentes. Havia alguns guarda-costas, com pinta de serem membros da polícia estadual. E também dois sujeitos de bigodinho ralo, sem dúvida funcionários da Câmara de deputados do estado do governador, que logo seriam jogados para fora do barco.

E lá se encontrava Arlen Sporken, um consultor de mídia de Washington que eu só conhecia de reputação, por sinal controvertida. Naquele momento estava na crista da onda, como jamais voltaria a estar, pois acabava de vencer uma eleição no estado da Carolina do Sul ou do Norte com um spot de televisão graças ao qual havia convencido os matutos locais de que os pais da pátria tinham lutado e morrido defendendo o direito ao aborto. Sporken exibia uma belíssima cabeleira dourada, digna de um garotão do interior, mas abaixo dela não tinha nada que o recomendasse, pois seu corpo se dissolvia em camadas sucessivas de gordura. Os profissionais da política têm tendência a engordar, com exceção dos adeptos do jogging, que costumam pifar antes que a campanha acabe. Sporken tinha um rosto simpático, um modo de falar arrastado mas agradável. Nascera no estado do Mississippi e dele ainda emanavam os eflúvios do fervor liberal e desprovido de ironia tão característico dos protestantes sulistas que se haviam convertido às causas sociais durante os anos de luta em favor dos direitos dos negros. Era um entusiasta, cheio de empolgação — e também muitíssimo chegado a um contato humano. "Henry Burton, quem diria!", ele saudou minha chegada, sacudindo vigorosamente minha mão e depois me triturando num abraço de corpo inteiro que culminou em palmadinhas nas costas e cutucadas nas costelas. "Então você entrou para o time!"

"Bem, eu..."

"Ele acha você sensacional. Sensacional mesmo! Um cobrão!" Isso já ultrapassava de longe o que se poderia esperar, vindo de um branco, em matéria de compensação por minha cor. "Vamos ganhar esse troço", continuou. "Não concorda comigo?"

Uma vez que esse não podia ser de modo algum o começo de uma conversa séria sobre a campanha, limitei-me a dizer algo inócuo, do tipo: "Bem, e quem mais está no páreo?"

"Henry, você realmente estava em órbita. Harris, sem dúvida, Martin, talvez. Luther Charles — bem, você conhece o Irmão Luther." De fato conhecia Luther, especialmente como uma distante memória de infância; fazia anos que não o via. Mas Sporken não tinha como saber: imaginava que, sendo Luther um *irmão*, eu poderia captar as vibrações tribais acerca de suas intenções políticas. Por isso, lancei-lhe um olhar quase desdenhoso que queria dizer: "Não divulgamos vibrações desse tipo ao encontrar pela primeira vez alguém estranho à nossa irmandade de cor". Arlen — um bom liberal — tratou de recuar, respeitando meu espaço racial. "Pois é, obviamente a grande incógnita continua a ser Ozio", concluiu. "Você acha que ele tem peito de concorrer?"

Um chato de galocha, esse sujeito. Considerei a possibilidade de ir embora. Mas acho que queria ver Stanton outra vez. "Ozio... Não o conheço pessoalmente", respondi. Era uma dessas conversas que se tem, em geral com quem não é do ramo, em que a vida imita esses debates de jornalistas na televisão em que todos ficam dizendo as coisas menos arriscadas, menos controvertidas. Conversinha fiada sobre política. Mas me desviei um pouco da trilha, cheguei perto demais de dizer alguma coisa verdadeira: "Se Ozio se lançar e puser a casa em ordem", perguntei, "vocês aceitariam o lugar de vice?".

"Não tô nem aí", disse uma voz conhecida às minhas costas. "Pego o que vier."

Atrás de mim, Stanton entreabrira a porta que dava para o quarto; estava abotoando a camisa sobre um peito rosado e sem pêlos; era da cor de um bife malpassado ao ser tirado da grelha, ainda fumegando um pouco. Já tinha ouvido falar disso. Abriu mais a porta. "Você se lembra da senhorita Baum", disse ele.

A bibliotecária. Espero que meu queixo não tenha caído. Ela estava... se ajeitando. Parecia algo atônita. Bateu com o ombro na porta do quarto ao tentar se esgueirar entre o governador e o umbral. "Ai", exclamou. Ele se inclinou e pôs o braço sobre seus ombros: "Você está bem, minha querida?". Ela se empertigou, procurando desesperadamente manter uma aparência de decoro. Ele...

bem, ele não demonstrava o menor constrangimento, como se apenas tivesse acabado de dar um espirro, ou se coçado, ou bocejado, ou feito qualquer dessas coisas físicas semiprivadas que pessoas normais admitem fazer na presença de estranhos.

"Bem, governador", disse ela, "foi um prazer poder contar com... essa..."

Ele a salvou, ou tentou salvá-la. "Henry", disse ele, voltando-se na minha direção, "você não acha que a senhorita Baum está executando um programa excelente?"

Respondi qualquer coisa.

"Muito obrigada", disse ela, caminhando rumo à porta. "Por..."

"Não esqueça de dar lembranças minhas ao Irv Gelber, está bem?"

"Sem dúvida, nós vamos..."

"Levante esse assunto no conselho. Diga ao Irv que vou até lhe conceder o privilégio de me dar uma surra no campo de golfe." Ele se dirigiu para a porta, seguindo atrás dela. Pousou-lhe a mão no ombro, fazendo com que ela parasse. Sussurrou-lhe algo no ouvido. Ela respirou fundo e zarpou porta afora.

"Até logo", ele disse, fechando a porta e soltando uma risadinha. Aproximou-se do bar, onde havia pilhas de sanduíches, frutas e queijos. Inspecionou a comida com um ar preocupado. Estendeu a mão para um sanduíche mas se conteve; preferiu uma maçã — tão perfeitamente redonda e vermelha quanto a que aparece na história da Branca de Neve — e devorou-a com umas poucas dentadas. "A senhorita Baum é membro do conselho regional do sindicato de professores", explicou, ainda mastigando.

"Estava me perguntando por que o senhor escolheu exatamente aquela biblioteca", disse eu, "no Harlem..."

Arlen Sporken saltou de pronto diante de mim. "O governador *sempre* visita os programas de alfabetização de adultos, *aonde quer* que vá."

Stanton também não parecia muito disposto a reconhecer o lado político da visita. Essa parte era óbvia. Nada que merecesse ser discutido. Deixou claro com um pequeno gesto qualquer — um ligeiro recuo, um erguer da mão, uma rotação do ombro — que isso representava um atentado a sua inocência. Uma rajada de vento ameaçando seu dia sem nuvens.

"Bom, foi uma experiência muito impressionante", falei em tom hesitante. Que idiota. E ninguém disse nada, ninguém me ajudou.

Stanton lançou-me um olhar caridoso, como se esperasse que eu soubesse para onde conduzir a conversa a partir daquele ponto. Mas eu estava embatucado, sem atinar com uma saída, já começando a transpirar. E então, pela primeira das muitíssimas vezes que se seguiram, *ela* me salvou.

O telefone. "A senhora", disse um dos guarda-costas.

De passagem, Stanton pegou um sanduíche. O aparelho parecia pequeno na mão dele. Reparei nos seus dedos longos e delicados. Acariciou o fone; não havia dúvida de que sabia como tratá-lo. "Oi, querida", disse ele. E então ela baixou o cacete — um matraquear agudo e distante perfeitamente audível de onde eu me encontrava. Ele semicerrou os olhos, franziu o cenho. "Escute, meu bem, eu sei, eu sei... Sinto muito... Ficamos presos aqui. Mas tenho uma grande notícia. Fizemos bastante progresso com os professores..." As pálpebras mais uma vez se contraíram. "Hoje à noite? Tem certeza? Desculpe... Não tinha a menor idéia..." E então, dirigindo-se a um dos funcionários da Câmara dos Deputados: "Charlie, você sabia que hoje à noite tínhamos um encontro marcado com o sujeito do Comitê Democrata de Portsmouth?". Charlie sacudiu os ombros, sorrindo. Era um homenzinho magro e tenso, mais parecendo um jóquei. "Porra, Charlie..." Sacudiu também os ombros e riu para Charlie. Voltou ao telefone. "Diga a ele que nos encontramos na primeira hora de amanhã... Não, não, Susan... Por favor... Vamos... Não, eu quero, quero sim... Daqui a pouco estamos aí. Vamos sair agorinha mesmo. Se você parasse por um instante de tentar estourar meu tímpano, nós... Tá bom, eu... Não, por favor, não vá... Fique aí. Fique aí mesmo... Susan?"

Desligou. Deu de ombros. "É melhor a gente ir", disse ele. "Onde é que está o avião?"

"Peterboro", respondeu um dos seguranças.

"Merda. Tão longe? Vamos, vamos embora. Temos de sair daqui." Todos entraram em ação. Os papéis foram recolhidos. O jóquei entrou no quarto e voltou com uma mala. Stanton pegou outra maçã. Passou o braço em volta dos ombros de Sporken. "Você está fazendo aquilo que falamos?"

"Juntando as peças", ele disse. "Mas sabe como é... Washington. Eles não entram antes de o senhor mostrar do que é capaz..."

"Então vão ter de correr atrás de nós como porcos no cio. Mas faça com que eles fiquem sabendo que sabemos disso."

"Positivo", disse Sporken. "E, governador, acho que o senhor está indo muito bem. Eles nem sabem a fria em que estão se metendo."

"Vejo você em Washington", disse Stanton. "Você vem, Henry?"

Se eu ia?

"Olha", disse ele. "Conversamos no avião. Espera um segundo." Correu até o banheiro. Voltou com uma porção de artigos de toalete fornecidos pelo hotel. Xampu. Escova de dentes. Pente. "Do que você precisa?", perguntou.

"Tenho de dar umas aulas amanhã."

"Diga que está doente — afinal, é um curso de verão", retrucou. "Os rapazes não vão se importar."

O jóquei agora estava a seu lado, carregando o porta-ternos. "Ah, Henry", disse ele. "Esse aqui é meu tio Charlie. Você vem?"

Caiu no sono tão logo embarcamos. Era um aviãozinho a hélice, muito barulhento: qualquer conversa teria sido forçada, difícil. Tentei puxar um papo com tio Charlie: "Foi você que ganhou a Medalha de Honra?".

"Ele disse isso?"

Fiz que sim com a cabeça.

"Então vale o que ele disse", respondeu Charlie com uma risada. "Ele é que é o chefão."

"Você é irmão do pai ou da mãe dele?"

"O pai dele já morreu."

Disso eu sabia.

"Conheceu ele bem?"

"Ninguém conheceu ele muito bem."

Já era muito tarde. O avião voava rumo ao nordeste, entre uma camada fofa de nuvens e um mapa traçado pelas luzes das cidadezinhas, das ruas de comércio, das estradas vicinais. Tal qual um brinquedo, uma estrada de ferro em miniatura — tudo carregado de um leve toque de irrealidade. Aliás, sem exagerar, a coisa toda era muito estranha. Fechei os olhos. Devo ter dormido.

Lá estava ela sozinha, no escuro, na pista de pouso de Manchester. Era uma noite amena mas pesada, e não se via a Lua porque o céu estava muito encoberto ou talvez porque fosse tarde demais. As luzes do terminal brilhavam fracamente em meio à névoa, com uma palidez opalescente; ouvia-se o leve zumbido dos letreiros de néon. Uma caminhonete nos aguardava do outro lado da cerca de arame, o motor ligado, os faróis iluminando um balé de mariposas e mosquitos. Não havia mais nada. Descemos trôpegos as escadas, ele por último.

"Susan Stanton", disse ela, apertando minha mão.

"Henry Burton."

"Eu sei. Nos encontramos há vinte e cinco anos. Na casa de seu avô, em Oak Bluffs. Você estava correndo pela casa toda com as cuecas molhadas. Acho que tinha tomado um banho no aspersor do jardim. Muito bonitinho." Disparou isso com aquele jeito seco e eficiente, com um certo quê de ironia, que lhe era característico. Fiquei encantado. E então, sem ironia: "Seu avô era um grande homem".

Só para quem não o conhecia, mas limitei-me a dizer: "Muito obrigado".

"Jack Stanton também poderia ser um grande homem", disse ela, sem se voltar na direção do marido, "se não fosse um filho da mãe tão leviano, irresponsável, desorganizado e sem disciplina."

O governador estava a meu lado, um pouco atrás. Não quis encará-lo, por isso não pude ver a expressão em seu rosto. Sem dúvida o cenho franzido, o beicinho, aquela cara de guri arrependido. Estendeu o braço para ela, mas Susan o empurrou bruscamente com uma pasta de documentos.

"A primeira impressão, seu babaca", disse ela. "Esses caras não o conhecem. Mal conhecem seu nome. Estão sendo cortejados por vários senadores dos Estados Unidos da América. Tudo o que desejam é cair nos braços de Orlando Ozio, que governa um estado de verdade."

"Talvez eles tenham esperado um pouquinho pelo..."

"Não sabem disso", ela interrompeu rispidamente. "Não sabem porra nenhuma. O líder do Partido Democrata em Portsmouth só sabe que ele devia tomar um drinque depois do jantar com o governador de um estado cuja capital aprendeu no terceiro ano do primário e esqueceu no dia seguinte. Nunca mais teve motivo algum para pensar nesse nome até hoje, e aí você não dá as caras. Ah, ele ficou impressionadíssimo com a madame. Nunca encontrou uma mulher tão interessada na pesca com moscas artificiais! Jack, você consegue entender que pesca com moscas é a coisa mais incrivelmente, indescritivelmente, alucinantemente *chata* do mundo? Entende que eu agora me comprometi a fazer *isso* com ele? Vou ter de pescar com moscas, na companhia dele, por sua causa. Seu babaca. Não pode fazer isso comigo. Não pode. Entramos nesse troço há um mês, e você já começou a esculhambar tudo, como de hábito. A única chance — a única — que temos aqui é se formos perfeitos. Você não pode esnobar os líderes do partido. Não vou deixar você fazer a vergonha..."

Dei-me conta então de uma sutil mudança no clima. Algo estranho, vagamente narcótico. Ele estava... assobiando. Era uma música melosa — estava na ponta da minha língua, coisa antiga —, sucesso do final dos anos 50.

"Jack", ela disse num tom áspero, e então com menos severidade: "Jack, seu sacana".

E agora ele havia começado a cantar:

> *Primrose lane*
> *Life's a holiday on*
> *Primrose lane*
> *When I'm walking down that*
> *Primrose lane*
> *W-i-i-i-th you.*[6]

Tinha uma vozinha de tenor um pouco esganiçada e roufenha; não daria para ganhar a vida cantando, mas demonstrava pendor musical — uma certa humildade. Sabia que não podia tentar ir muito longe, brincava com suas limitações. Soava bonito, de uma forma insidiosa. Fez com que a raiva dela parecesse... transparente, desprovida de sutileza, o mero truque que de fato era. Com isso ele queria dizer: também conheço seu jogo.

Susan deu meia-volta e começou a andar em direção à caminhonete. Ele se aproximou por trás e a abraçou, fuçando o pescoço e envolvendo os seios dela com as mãos. Lá ficaram em silêncio por alguns instantes, balançando-se ligeiramente ao ritmo da música que ele parara de cantar.

"Eu e Henry vimos hoje um programa espetacular de alfabetização de adultos no Harlem", ele começou a contar enquanto seguíamos na caminhonete apinhada: Stanton e o chofer na frente; eu, Susan e tio Charlie no meio; e atrás o segurança e uns caixotes de compras de supermercado, aparentemente cheios de saquinhos de batatas fritas e coisas do gênero. "Você precisava ver o pessoal que estuda lá."

"Era do seu tipo ou do meu?", Susan perguntou-lhe.

"Bom, deixa eu pensar. A bibliotecária era... bem, ela era meio carismática. Era..."

"Henry", Susan o interrompeu. "Ele não vai nunca dizer a verdade. Você vai ser o juiz. O problema é o seguinte: eu e o Stanton temos diferenças com relação a esses programas sociais. Ele cai como um patinho quando vê um líder carismático. Acha que a gente pode analisar a genialidade, dividi-la em pedacinhos e ensinar aos outros como fazer a mesma coisa. Pois eu acho isso tudo uma bobagem. Só Deus sabe fazer uma árvore. Inspiração não é coisa que se possa ensinar. O importante é ter um currículo. Alguma coisa simples, direta. Alguma coisa que você não precisa ter uma madre Teresa para fazer acontecer — e que pode ser repetida."

"Mas você não consegue vender uma idéia se o professor for uma droga", disse ele. "É preciso encontrar uma maneira de formar grandes professores. Se você realmente conseguir lhes dar liberdade, premiá-los por sua criatividade, eles produzirão seus próprios programas. Henry, você já viu algum currículo inspirar entusiasmo? Esse é o meu ponto nessa discussão. Ganho sempre."

"Henry", ela interrompeu, "conte para nós como era a bibliotecária. *Meio* carismática, não foi isso que o governador disse?"

"Bem, ela era..." Sabia que, agora, estavam me ouvindo com toda a atenção. Hora do espetáculo. "Ela era uma típica burocrata."

"A-há!", Susan bufou.

"Mas não importava... ela não precisava ser nada de excepcional... porque os alunos realmente queriam aprender", continuei. Tendo contribuído para que ela ganhasse a batalha, não estava disposto a tomar partido na guerra. "Olhe, essa discussão perde o sentido quando as pessoas estão verdadeiramente famintas. Se todo mundo quisesse ler, ou seja lá o que for, como aquela gente que vimos hoje, seria moleza montar programas sociais. Mas ambos sabem que não é aí que reside o problema. A questão é como gerar a fome por coisas nutritivas quando tudo o que essa gente conhece é comida de lanchonete."

"E é aí que entra o carisma, a inspiração", disse Stanton.

"Cuidado", disse ela. "Ele agora vem com o negócio do Lee Strasberg para cima de você."

"Me diga se eu estiver errado", disse Stanton. "Deviam ensinar os professores, os psicólogos, os trabalhadores sociais — todos os que lidam com ação comunitária — da mesma maneira como ensinam os atores, fazer com que se tornem conscientes de seus corpos, como projetar seus sentimentos, como mostrar as emoções."

"Já somos uma nação de maus atores", disse ela.

Muito bem. Tratava-se de um teatrinho, e por sinal meio boboca. Mas era sobre políticas de governo, e não sobre a política com "p" minúsculo, meras táticas e fofocas eleitorais. Eles davam importância ao assunto. Continuaram a discutir — não como líderes políticos —, mas como se fossem assessores, acadêmicos. (Na verdade, Susan dava aulas de direito na universidade estadual quando não estava ajudando o marido a governar o estado.) Eram capazes de citar estudos de caso. Ele tinha um bom exemplo: um professor da Universidade do Tennessee ou coisa parecida havia aplicado o método de Stella Adler à metade dos professores do quarto ano primário na cidade de Kingsport, deixando a outra metade como grupo de controle — e constatou uma melhoria significativa nos testes de leitura dos estudantes submetidos às técnicas de projeção emocional. Meio boboca, mas fortalecia o argumento dele.

E eu havia sobrevivido. Era óbvio que... alguma coisa tinha acabado de acontecer. E eu era parte dela, cúmplice na conspiração. Não sabia ainda se essa gente merecia confiança. Mas eles tinham em vista algo fascinante, trabalhavam com uma tela muito mais ampla do que aquelas miniaturas que eu havia aprendido a pintar na Câmara dos Deputados. Possuíam um senso de inevitabilidade, de uma missão que lhes competia de direito. Não faziam alarde disso, era quase casual: na realidade, eram menos vaidosos do que a maioria dos políticos. Não exigiam nenhum ritual bobo de deferência e pompa, não necessitavam desse tipo de afirmação. O senso de missão que possuíam — tranqüilo, abolutamente seguro — representava um nível de audácia bem superior à capacidade de imaginação dos presunçosos presidentes de grêmio estudantil que entupiam o Congresso. Ambicionavam bem mais do que ocupar um cargo público. Era excitante demais para ser discutido de forma aberta; a amplitude do projeto era simplesmente aceita como uma premissa tácita. Era colossal. Fez com que me sentisse nervoso, assustado — mas também muitíssimo estimulado. Até então, a política para mim era algo feito de lógica, de acomodações, de pormenores. Estava prontinho para embarcar naquela canoa.

Enfim chegamos a um prédio de apartamentos nos arredores de Manchester, um desses monstrengos pré-pós-modernistas que são o equivalente residencial de uma loja de conveniência. Eram quase quatro horas da manhã. Ouviam-se os primeiros movimentos que antecedem a madrugada, gente que começa a trabalhar muito cedo dando partida nos carros.

"É isso aqui?", perguntou Stanton, com óbvio desagrado. "Me explique outra vez. Por que não um hotel?"

"Mais barato, mais prático", disse Mitch, que dirigia a caminhonete. "Aqui dá para guardar as roupas, o material de campanha. E se tem privacidade."

"Estou cagando para a privacidade", disse Stanton. "Ninguém consegue ser conhecido se leva uma vida privada. Estou aqui para me fazer conhecido."

Subimos as escadas e entramos, Stanton andando de um lado para o outro, um homem grandalhão num apartamentinho horrível. Havia uma máquina Xerox na sala de estar. Pilhas de impressos e adesivos de pára-choques e janelas. "Isso parece mais o fim do que o começo de uma campanha", ele disse.

Susan tomou meu braço e me empurrou em direção à cozinha. Tio Charlie passou rente a nós com as malas. O governador estava agora circulando em volta da televisão. Ligou o botão e na tela só apareceu aquele chuvisco. "Que merda..." Trocou de canal. Mais chuvisco. Bateu numa estação local, que estava passando um seriado do tempo do onça. Outro canal, fora do ar. "Mitch! Porra, Mitch! Não tem nenhuma estação a cabo? Você deve estar brincando, meu. Não se pode concorrer à presidência dos Estados Unidos da América sem a CNN! Mitch, o que você tem na cabeça? Venho cá para longe... Este é o lugarzinho mais vagabundo, mais desagraçado, mais filho... *Ai*!"

Num gesto rápido e fluido, a sra. Stanton tinha enfiado a mão na bolsa, pescado um molho de chaves e batido com ele — para valer — na cabeça do marido. "Meu querido", disse ela, "são quatro da manhã. Não é assim que você quer se apresentar aos vizinhos."

Sua reação foi curiosa. Não ficou aborrecido. "É, tá legal, saímos daqui amanhã", disse ele, coçando o rosto. "Este lugar cheira a derrota."

Senti-me zonzo, de cuca fundida, meio apatetado. Era tudo... tudo muito doido. Mas lá estava eu, já mergulhado no troço até a raiz dos cabelos. E ela me obrigando a andar, me empurrando de leve, as duas mãos nas minhas costas, pelas portas de vaivém que davam para a cozinha. "Chá?", perguntou.

A cozinha era branca, fluorescente. Ela pegou duas canecas. Também brancas. E então, de repente: "Você topa?".

"Topo o quê?"

"Tomar conta dele."

Não tinha como responder àquela pergunta. Mas, finalmente, alguém me dava uma descrição do emprego.

"Nós vamos ganhar, você sabe."

Poderia ter perguntado: "Como a senhora sabe?". Teria sido interessante ouvir a resposta. Penso sobre isso agora, o que é que ela teria dito. Mas, como graças a um entendimento tácito eu já era parte do time, limitei-me a grunhir: "Hã-hã".

Abriu o armário de mantimentos. Era um deserto espiritual: café solúvel, saquinhos de chá, uma caixa de biscoitos. Ninguém vivia ali. "Toma com alguma coisa?", ela perguntou. "Mel?"

Abriu a geladeira. Distribuição desigual. Na parte de cima, algumas prateleiras quase vazias: um pote de mel, um litro de leite. Nas prateleiras inferiores, talvez umas cinqüenta latinhas de Coca e Coca Diet, algumas embalagens de seis garrafas de V-8 e ginger ale. A deprimente esterilidade da coisa fez o acesso de Stanton parecer quase premonitório. Era um lugar para se trabalhar, não para se dormir.

Susan Stanton não pareceu reparar em nada. Pegou o mel, serviu o chá e sentou-se diante de mim. Sem se abaixar, livrou-se dos sapatos, uns mocassins de salto baixo. E então, outra vez de modo brusco: "E por que você se afastou de Larkin?".

Não dava para embromar, não com ela. Mas havia carradas de razões. "Não foi por causa dele", respondi.

"É, acho ele bom — tem bons instintos, em geral está certo", disse ela. "Mas talvez seja frio demais. Será que ele nunca pisca? Literalmente?" Ela estava rindo. Uma risada boa, profunda. "Nunca vi ele piscar. Tem aquele olhar fixo."

"Como uma rocha."

"Como um lagarto", retrucou, em tom brincalhão.

"É", concordei. "Passado algum tempo, ficou tudo igual. Ele me ensinou muita coisa, mas nunca me surpreendeu. Nada que pudesse me inspirar. E foi perdendo a graça, aquilo de laçar as reses desgarradas."

"Sem esperança de vencer."

"Não, era pior. Sempre vencíamos. Era vencer e, ao mesmo tempo, não vencer. Acabávamos vencendo — mas, sabe como é, era sempre na base de cem pequenas transações, coisas em que a gente cedia, e eu estava sempre atrás daquele voto, o do sujeito que não é um desses heróis profissionais — os caras satisfeitos consigo mesmos, os que conseguem se eleger, sempre nos distritos eleitorais de elite, porque são 'corajosos' —, mas eu não abandonava a esperança de que alguma das ovelhas ia se levantar e dar seu voto pensando no país. Sem pedir um bombom..."

"Pedir o quê?"

"Uma compensação qualquer", disse eu. "E às vezes aparecia um desses. O sujeito acordava de manhã sentindo-se decente. Ou culpado. Na maioria das vezes, não tinha nada a ganhar. Por que arranjar encrenca? De qualquer modo, era sempre bastante previsível. Acabávamos vencendo. E então éramos bombardeados no Senado, aceitávamos a versão deles. Vi Donny O'Brien levantar as palmas das mãos mais vezes do que era capaz de suportar. No final já conseguia ler as linhas das mãos dele. Atravessávamos a rotunda a caminho de seu escritório, passando diante de todos aqueles turistas excitadíssimos com a idéia de que estavam num templo histórico — e eu pensava sempre no abismo que existe entre a política e a História. Mas Larkin estava sempre se oferecendo para o público, em meio àquelas manobras cibernéticas em que não parava de dizer: 'Mas que *prazer* encontrá-lo'."

Susan sorriu. "É, já o vi fazendo isso", disse ela. "É como a mãe do Stanton jogando nos caça-níqueis de Las Vegas. Maquinal. Depois que a gente vê um troço desses, é difícil esquecer. Sabe de uma coisa? Na primeira vez em que vi Larkin fazendo isso, numa conferência de governadores ou coisa que o valha, tive a sensação maldosa" — agora voltara a rir — "de que ele havia decidido conscientemente acentuar a palavra 'prazer' porque queria dar a impressão de ser mais... O quê? Natural?" Deu um tapinha na testa. "Deus meu, pobre coitado."

"Não tão coitado assim. Ele é o líder da maioria."

"Mas deseja muito mais, e não vai entender nunca por que não chega lá", disse ela. "Me corrija se eu estiver errada, mas acho que Donny O'Brien é exatamente o oposto — surpreso de ter chegado tão longe quanto chegou, um irlandês de classe baixa no Senado, e depois líder... Puxa, ele deve sentir-se o máximo por estar lá, não é mesmo?"

"Bom sujeito", concordei. "E esperto. Íamos a seu escritório e ele oferecia a Larkin uma cerveja. Larkin pedia água mineral. Não queria dizer *Perrier* na frente do Donny. E, naturalmente, Donny se aproveitava disso. A prova é que devemos ter ido lá mais de dez vezes durante uns poucos anos, e Donny *sempre* lhe oferecia uma cerveja — apenas para deixar Larkin na defensiva."

"E seu chefe nunca aceitou a cerveja, para ver se conseguia um acerto melhor?", perguntou Susan.

"Incrível. *Sempre* pensei nisso. Nem precisava ser cerveja."

"Claro." Ela era de dar vertigem na gente. "Podia ter bagunçado o coreto de Donny pedindo uma Coca Diet, uma Seven Up... um sanduíche especial." Já era tarde da noite, mas eu não tinha previsto a irreverência, o humor, o prazer mútuo naquela troca de pequenas inconfidências. Ela era de tirar o fôlego. "E então? Como é que Donny passava ele para trás?"

"Erguia as palmas das mãos. 'Lark, é só isso o que temos a oferecer. É tudo o que podemos fazer. Fico lhe devendo um favor, meu amigo. Que mais posso dizer?'." Parei de falar. Não estava conseguindo transmitir por inteiro como Donny aplicava a vaselina irlandesa — ele de fato enfeitiçava seu interlocutor, como o fazem todos os bons políticos. "No final, não fazia mesmo a menor diferença. Levávamos o projeto de volta para a Câmara, renegociávamos os bombons, aprovávamos o troço. E então, como já sabíamos desde o começo, a Casa Branca vetava a lei. E nós tratávamos de celebrar a grande vitória moral: havíamos forçado outro veto."

"O que não era pouco", disse ela.

"Mas não o suficiente. Era pior ainda com relação àquilo que tinha de passar — o orçamento."

"Por isso você caiu fora. Vai fazer isso também conosco?"

Muito hábil. Ela estava fechando a negociação.

Vá lá: "Será que já caí dentro?".

"Digamos que sim."

"Bom, sempre senti curiosidade em saber como seria", comecei. "Como todo o processo... é, creio que o país também... iria funcionar com alguém que realmente se importasse com... Bem, sabe como é, não pode ter sido sempre como é hoje, o sentimento de... descaso. De que estamos afundados num pântano. De estagnação. Deve ter havido outros tempos em que as coisas eram melhores. A turma do outro lado sentiu isso com o Reagan, acho que sentiu. Mas, para mim, ele só estava seguindo a corrente. Não tentou nada difícil..."

"Felizmente, não é?"

"É, talvez tenha sido... O fato é que eu gostaria de saber como a gente se sente quando está lutando em torno de... questões históricas. Não sou como a senhora. Não conheci a época de Kennedy. Tudo o que sei sobre ele aprendi nos livros, na tevê. Mas não me canso de procurar conhecer mais sobre ele, me entende? Não paro de olhar seus retratos, de ouvir os discursos que fez. Nunca ouvi falar de nenhum outro presidente que usasse palavras como 'destino' ou 'sacrifício' — e não era papo-furado. Conclusão: quero ser parte de alguma coisa, de um momento, como aquele. Que seja para valer, em que se esteja fazendo História. Eu..." Tinha deixado a coisa correr frouxa. Isso não era bom quando estava sendo entrevistado para um emprego em que minha principal responsabilidade consistiria em não deixar as coisas correrem frouxas.

"Pombas. Ora bolas", disse eu, tal como teria dito meu pai, tal como teria dito o pai dele, o reverendo Harvey Burton, o homem que Susan Stanton elogiara. Era embaraçoso usar uma expressão tão característica do meu grupo racial; falta de profissionalismo. Mas vi que me havia entendido. Tudo bem. Mas tinha de acertar as pontas. "Me sinto... um verdadeiro trouxa dizendo esse tipo de coisa. Talvez não estejamos vivendo numa época em que esses sonhos sejam possíveis, ou mesmo adequados. Mas já é tarde e, como a senhora perguntou, aí está minha resposta."

"Não, você tem razão", disse ela. "É bom que fale assim. Nós também estamos preocupados com a História. O que mais haveria fora disso?" E então: "Está com sono?".

Levou-me até a sala de estar. Sobre o sofá havia um travesseiro e um lençol dobrado. "Sua cama", disse ela, dando uma palmadinha nas minhas costas, apertando meu braço, afastando-se na direção do quarto. Abri o lençol, deitei a cabeça no travesseiro. O dia já havia clareado, passarinhos cantavam lá fora, uma brisa cheirando a pinheiro penetrava pelas venezianas. Campo de férias no verão. Tio Charlie passou arrastando os pés, o corpo enxuto, vestindo camiseta e cuecas. E exibindo duas tatuagens: num braço, "Mamãe" dentro de um coração; no outro, um demônio de olhar malicioso com um bigodinho fino — como o dele — e as palavras "Foi Culpa Dele".

"Ei", ele disse. "Quer um café?"

2

"Henri, você acha que uma moça preta pode se parecer com a Winona?", Richard Jemmons perguntou.

"Veja se me esquece."

"Ah, é, não me lembrei. Você não gosta muito de moças pretas."

"Vá se foder."

"Mas não faz mal, há uma garota mexicana que trabalha com a agenda, Maria Qualquercoisa — tem os mesmos cabelos e a mesma boca. Portanto, se uma mexicana pode se parecer com a Winona, então talvez..."

"Richard, você é doente." E era. Maníaco-obsessivo, com uma aparência estranha, magro como um galgo. O corpo e todas as feições eram afilados: lábios finos, nariz pontiagudo, cabelos pretos e ralos, fazendo com que os óculos de grossos aros negros parecessem enormes; tudo nele era aguçado, com exceção dos olhos, que eram opacos. Dava a impressão de não olhar nunca diretamente para você, de nunca focalizá-lo — e essa característica, uma opacidade veemente, o definia. Todas as conversas com ele eram pouco mais do que simples monólogos. Falava explosivamente, embora nem sempre de modo inteligível — uma série de grasnidos e balidos, resmungos e imprecações que escapavam por entre os dentes. Era também considerado o melhor estrategista político do partido. Ainda não tínhamos visto nenhuma demonstração cabal de suas virtudes. Ele não tinha ainda enquadrado o alvo. Mas era uma figuraça, desempenhava à perfeição o papel do excêntrico. Tinha visto o filme *Heathers* em algum quarto de hotel e ficara fixado na Winona Ryder. Chamava de Winona todas as mulheres que trabalhavam para nós.

De todas as pessoas que havíamos recrutado naquele outono — e era uma legião (é impressionante como aparece um monte de gente quando um troço desses começa a deslanchar) —, a que eu mais gostava era Richard. Chegara a Mammoth Falls no início de outubro e passara o fim de semana rodando para cima e para baixo com Stanton no Bronco do governador, mantendo contato permanente pelo celular com Ohio, onde estava envolvido numa disputada eleição para o Senado. Stanton tampouco lhe havia oferecido uma função na equipe. Simplesmente haviam circulado juntos, o governador ouvindo música country e as conversas interurbanas de Richard, que acompanhava a campanha pelo telefone. Bateram ponto em todos os lugares quentes. A churrascaria do Gordo Willie. O bar Misty Hill. O restaurante do Tio Slim. A boate da Tia Bertha, especializada em música soul. Depois foram até a cidadezinha de Grace Junction, visitar mamãe. Mamãe, é óbvio, apaixonou-se por Richard. Ele nem chegou a lhe dar bom-dia, foi logo tomando-a nos braços e dizendo: "Como uma mulherzinha tão pequenininha pariu um matuto tão parrudão?".

Naquela noite, após comerem galinha comprada pronta — mamãe jamais cozinhava — e depois que Richard parou de usar o celular, ele e o governador ficaram sentados na varanda até as três da manhã conversando sobre assuntos de família. No caso do governador, tratava-se evidentemente sobretudo de sua mãe, enquanto Richard, de seu lado, tinha uma família tão grande que mal conseguia saber o paradeiro de cada um dos sete irmãos e irmãs, além de incontáveis primos, tios e tias. Adorava todos. Seu pai, já morto, tinha sido uma mistura de juiz de paz, agente de correios e balconista. "Papai não era de falar muito", Richard costumava repetir, "mas dizia tudo." Sua mãe... bem, ela havia sido tocada por Deus. Era cega. Era bonita. Perdera uma perna por causa do diabetes e corria o risco de perder a outra. "Além de ser o maior gênio do mundo em matéria de amor", Richard dizia. Não conseguia falar sobre sua mãe sem ficar com os olhos marejados. Ele e o governador choraram copiosamente várias vezes durante a maratona de veneração materna. Em certo momento, Richard destruiu uma mesinha de jardim movido apenas pelos sofrimentos de sua mãe; o governador o abraçou e cantou "You are my sunshine", comentando depois — como era inevitável — que a canção havia sido composta por outro governador sulino e era provavelmente "a porra da música mais americana que eu conheço". Após essa sessão, criaram um vínculo para toda a vida.

O que mais me atraía em Richard era sua ostensiva consciência de raça. Era para mim uma exibição magistral, uma crítica permanente à hipocrisia, à afetação da maioria dos brancos.

Quase todos os brancos assumem uma atitude de condescendência: nunca discordam da gente, mesmo quando estamos dizendo as maiores babaquices. É quase impossível manter com eles uma conversa decente, humana. Estão tão preocupados em não dizer alguma coisa ofensiva, tão preocupados em provar que não têm preconceito que se congelam, ficam constrangidos e formais. Nunca conversam com naturalidade. Isso é mais acentuado na comunidade política do que na vida real, pois naquele círculo fechado todos são superconscientes do que pode ser entendido como ofensa e de suas conseqüências. Mas é difícil ser negro e labutar na política sem desprezar aqueles idiotas.

No entanto, há dois subgrupos toleráveis: os que são realmente "daltônicos" — como Jack e, em menor grau, Susan. Eles discutem com você, gritam com você, tratam-no como a um ser humano. E há os milagres ocasionais, como Richard Jemmons, que simplesmente abrem o jogo.

"Lacoste, se manque, você é um branco azedo", ele me dizia. Chamava-me de Henri Lacoste porque eu havia estudado no colégio Hotchkiss. Eu era um produto das escolas particulares, um elitista. "Você só é metade negro — e essa é a sua parte melhor. Permite que você intimide os caras-pálidas, especialmente os liberalóides, e impressione as brancas com aquelas macumbas sexuais. Provavelmente sou mais negro que você. Tenho algum sangue de escravo dentro de mim, sei lá onde. Mas que tenho, tenho."

"Richard, você é o cara mais branco dos Estados Unidos."

"Richard Nixon é o cara mais branco dos Estados Unidos. Embora, pensando bem, talvez não seja. Ele tem aquele ódio profundo, não é mesmo? Nasceu pobre, né? Alguém deve ser mais branco do que Nixon... Ah, que tal o Mondale?[7] Walter Mondale é um albino de merda do espírito humano. Entende o que quero dizer? Não dá para ser muito mais branco do que um norueguês. Mas os franceses, Lacoste, perdem por pouco. Muito pouco mesmo, está certo? Tá me ouvindo? Certo, né?"

Nos primeiros meses, Richard ia e vinha. Aparecia por um ou dois dias, depois voltava a desaparecer. Essa foi a fase de maior fixação em Winona, o que quase criou um problema sério para ele. Tinha uma obsessão especial por Jennifer Winona — Jennifer Rogers, uma das jovens voluntárias que cuidavam da imprensa e que de fato se parecia com a atriz. Ele dava em cima de Jennifer o tempo todo, mas ela era muito tranqüilona, sabia lidar com ele. O que o deixava ainda mais alucinado — Richard imaginava que Winona também saberia como lidar com ele.

No dia em que a história de Ozio começou, estávamos no meu pequeno escritório. Ali foi nosso primeiro quartel-general, uma antiga agência de automóveis Oldsmobile pertinho do palácio do governo — um grande espaço aberto com vitrines na frente e pequenos escritórios nos fundos, inclusive o meu. Richard estava sentado numa cadeira caindo aos pedaços, balançando o corpo e olhando para o salão, sem dar muita bola para mim — eu estava falando sobre a necessidade de levantar recursos no Meio-Oeste, obter dinheiro dos donos de poços de petróleo de Ohio ou coisa parecida —, quando ele viu Jennifer perto da copiadora. Correu para lá, e eu podia vê-lo voejando em torno dela, tagarelando sem parar, agitando os braços como um moinho de vento, um Lotário convulsivo. Todos acompanhavam a cena, mas fingiam nada ver — sabiam que se tratava do Richard, e Richard era maluco. Mas ele estava realmente a toda e comecei a pensar que talvez devesse distrair sua atenção, afastá-lo dali. Ele falava sobre seu quarto de hotel. "Tem tudo, sabe como é. Filmes. Serviço de copa. Winona, é como... é um verdadeiro paraíso. Vamos lá, vou lhe mostrar o truque do hindu com a serpente."

"*Serpente?*", ela bufou. "Aposto que está mais para minhoca. Na verdade, é um enigma: um bundão não pode ter pênis."

"Enigma? É uma tremenda duma jibóia", ele urrou. "Não acredita em mim? Não acredita?" Já estava abrindo a braguilha enquanto eu corria na direção dele, dizendo: "Ei, ei!".

Mas era tarde demais. Já tinha posto para fora.

"Hã", disse Jennifer, sem ao menos piscar, olhando diretamente para o troço. "Até hoje nunca tinha visto nenhum assim tão... velho."

Richard ficou roxo. Abotoou a braguilha e se escafedeu. Ouviram-se gritos de aprovação, aplausos. Jennifer agradeceu com uma pequena mesura. Peguei seu braço, levei-a para meu escritório e fechei a porta. "Você está bem?", perguntei.

Ela fez que sim com a cabeça.

"Você agora tem a vida dele em suas mãos."

"Não se preocupe. Só espero que valha a pena."

"Também espero que sim. Mas você está bem?"

Ela se inclinou, segurou meu queixo e me beijou no rosto. "Você é legal de perguntar isso", ela disse. Tremi nas bases.

Nessa altura, é óbvio, bateram na porta.

"Henry, visita para você", disse Eric, outro dos jovens assistentes.

"Quem?"

"Você não vai acreditar."

"Pare com essa bobagem, Eric. Quem..." Mas eu já havia aberto a porta e visto quem era: Jimmy Ozio estava sentado sobre uma escrivaninha no meio do salão, olhando atentamente tudo a seu redor. Era um homem corpulento, de cabelos encaracolados, bonitão de um jeito meio furtivo. Usava um terno preto, camisa branca, gravata cinza. Trocamos um aperto de mãos. Ele era do tipo triturador.

"Então, o que o traz a Mammoth Falls?"

"Negócios", respondeu. "Pensei em dar uma passadinha por aqui. Vocês montaram uma bela operação, hem? Quinze pessoas?"

"Vinte e três. Além de oito voluntários. Temos mais alguns em New Hampshire."

"E esses voluntários... garotos ou velhinhas?"

Pergunta esperta. "Uma mistura dos dois", respondi. (Em geral, velhas senhoras, gente da cidade sem nada melhor para fazer; nossa campanha não tinha ainda despertado suficiente entusiasmo entre os jovens para que eles abandonassem as aulas.)

"O chefe está por aí?"

"Vou checar", respondi. Não ia dar cartaz para ele. "Volto num instante."

Chamei o governador, que estava no palácio. "Muito importante?", indagou Annie Marie.

"Código amarelo."

"Vou ver onde ele está, espere na linha. Não está fazendo nada de *muito* importante. Talvez rodando por aí no Bronco, pegando dinheiro no caixa automático do banco..."

Passaram-se alguns minutos. Ouvi então o estalido familiar e a voz do governador: "E aí?".

Conhecia aquele "e aí". Eu estava interrompendo alguma coisa. "Desculpe, governador, mas Jimmy Ozio apareceu aqui no escritório. Gostaria de vê-lo."

"Caralho. Hã... O que você acha que ele quer?"

"Sei lá. Quem sabe está numa missão de reconhecimento. Se Orlando tivesse alguma coisa de importante para dizer, ele mesmo telefonaria, não é verdade? É famoso por essas chamadas. E então, como é que vamos cuidar do assunto? No seu escritório? Na Mansão?"

"Jantar, quanto a isso não há dúvida. Vou passear com ele pela cidade. Às seis na Mansão. Quero que você também esteja lá. Diga que é roupa esporte. Aliás, você ouviu alguma coisa de Jerry Rosen ultimamente?"

Jerry Rosen era o articulista político da revista *Manhattan*. Simpático à nossa causa — e um apoio de peso. Se gostasse de alguém e pusesse isso por escrito, entrava dinheiro de Nova York... quer dizer, quase sempre entrava. Mas não naquele ano. Ele gostava do governador e escrevera um artigo dizendo isso. Mas a grana de Nova York permanecia nos bolsos nova-iorquinos, por causa de Ozio. Os democratas de Wall Street não estavam fazendo seu jogo antes que ele tomasse uma decisão.

"Talvez haja algum recado na minha mesa."

"Acho bom você ligar para ele de volta", disse Stanton. Sabia-se que Rosen era bastante chegado a Ozio. "Não diga que Jimmy está aqui, mas veja se ele sabe."

Combinei o jantar com Jimmy e depois liguei para Rosen.

Jerry disse que não sabia de porra nenhuma. Mas não era bem assim. "A regra básica com Ozio é a seguinte: todos os rumores são falsos", disse ele. "Ninguém tem informação quente. Nem Jimmy sabe o que o pai dele pretende fazer. Falei com Orlando outro dia..."

"E?"

"Malhou o Stanton. Disse: 'O que ele fez até agora? O estado dele é o último em todas as estatísticas'. Eu disse que o Stanton entendia de educação. O Orlando ficou furioso. 'Não entende porra nenhuma de educação e está tentando jogar os brancos contra os negros quando fala sobre a previdência social.' "

"Ele disse isso para ser publicado?"

"Quem é que pode saber quando se trata dele? É para publicar, não é para publicar, muda de idéia dez vezes numa mesma conversa", disse Jerry. "Vou publicar. Provavelmente ele vai me telefonar aos berros, dizendo que sou um merda superficial, mas vai ficar satisfeito de eu ter escrito o troço."

"Por quê?"

"Mantém ele na jogada."

"Então ele vai concorrer?"

"Quem sabe? Todo mundo pensa que ele não pode continuar assim, nesse vai-não-vai — faz papel de idiota, confirma o que há de pior em sua imagem: Ozio, o Oscilante. Mas ele não consegue mudar. Sonha com uma campanha em que não concorre e ninguém ganha. Não posso jurar, mas acho que desta vez ele está aos poucos se preparando para entrar na disputa."

"Por quê?", perguntei. "Algo de concreto?"

Rosen resfolegou. "Só uma impressão. Orgulho. É um sujeito orgulhoso. Seria muito embaraçoso para ele fazer outra tentativa e depois recuar — provocar outra vez todos aqueles rumores sobre a ligação com a Máfia, oferecer aos cômicos da televisão um estoque inesgotável de piadas. O Orlando não gosta que riam dele... e é por isso que sempre dá para trás na hora H. Mas, desta vez, está fodido de um jeito ou do outro: vão rir dele se correr da raia e, se resolver entrar na briga, vai ter de estudar, por exemplo, a posição dos grupos ruralistas. Porque, quando diz alguma besteira, tem vontade de se matar. Fica supernervoso, explode, desconta na imprensa. Seja como for, você acha que o Stanton vai querer reagir ao que o Ozio falou sobre ele, o material que eu vou publicar? Foi por isso que telefonei para você."

"Vou ver", respondi. Certo. Stanton jamais iria querer entrar num bate-boca pelos jornais com Orlando Ozio.

"Olhe, mesmo se Orlando concorrer, acho que vocês ganham dele", disse Jerry com convicção na voz. "Acompanhei Stanton em Derry na semana passada, num colégio — impressionante."

"Você já viu Orlando falar em algum colégio?"

"Ah, já vi, sensacional. Mas não é esse o problema. O problema somos *nós*. Ele pode gritar comigo, eu nasci no Brooklyn, sou especialista em matéria de grito. Mas espere só até ele ter de lidar com a imprensa nacional. Espere até que o cara do *Monitor* de Concord receba sua primeira chamada às seis da manhã, com Ozio aos berros: 'Você é um assassino, um assassino de merda!'. Acho que ele vai perder as estribeiras nas primeiras setenta e duas horas. Larga bem nas pesquisas de opinião pública, mas no dia seguinte já começa a cair. Não consegue enfrentar as dificuldades. A coisa pode ficar muito feia."

"Veremos", eu disse.

"Ou não veremos."

Cheguei à Mansão uns dez minutos antes da hora, para o caso de o governador precisar de alguma coisa. Susan apareceu no alto das escadas: "Henry? Você vai querer falar com o Tocha Humana? Ele está no escritório".

Richard Jemmons estava enroscado no sofá, as mãos apertadas entre as pernas, como se houvessem sido sugadas por suas coxas, assistindo a um episódio da série *The honeymooners* no telão. Desliguei o aparelho e, imitando Jack Gleason no programa quando falava com sua mulher, disse: "Vá para a Lua, Alice".

"Ligue."

"Não."

"Então vá se foder."

"Me foder? Seu caipira de merda. O que é que você tem nessa porra dessa sua cabeça? Nunca ouviu falar na Anita Hill?[8] Cara, sua sorte é que a menina é tranqüilona."

"Eu não teria feito *aquilo* se ela não fosse tranqüilona."

"Richard, você nunca mais vai fazer uma coisa dessas." Era Susan, no umbral da porta. "Não vai nem piscar o olho para nenhuma das garotas da equipe. Não vai chamar ninguém que trabalha para nós de Winona, mesmo se o nome dela for Winona. Se fizer, o melhor que pode lhe acontecer é ser mandado embora. O mais provável é que eu vá atrás desse teu pintinho com uma tesoura de jardim."

O governador entrou. Não disse nada, deixou que Susan lidasse com o problema. Estava vestindo uma camisa de manga curta — cores dos anos 90, violeta e azul-esverdeado —, jeans e botas de caubói. Na verdade, ambos usavam jeans, mas o efeito não era muito impressionante em nenhum dos casos: a informalidade artificial dos dois pareceu especialmente canhestra quando Jimmy Ozio chegou — vestindo ainda o terno preto, a camisa branca e a gravata cinza.

"Oi", disse Jack Stanton. Era uma saudação sulina, mas nela havia também um quê de dor, pois Ozio estava apertando sua mão com uma força impressionante. As mãos de um político em campanha ficam inevitavelmente muito sensíveis pelo excesso de uso. Jimmy acenou com a cabeça para os demais, estudando o ambiente. Viu Richard no sofá. "Você é o Dick Jemmons, não?", perguntou.

"Richard", disse Richard, puxando uma das mãos enfiadas entre as pernas, embora continuasse em posição fetal no sofá. "Sou eu mesmo."

"Bom trabalho em New Jersey no ano passado", disse Jimmy. "Orlando acha que você é quase tão esperto quanto ele."

Perfeito: era uma boa idéia gozar o velho. Tratava-se de um profissional. A coisa não ia ser fácil.

"E então, você gosta de churrasco?", o governador perguntou.

"Hambúrgueres e cachorros-quentes?" O jogo de Jimmy era fino: você banca o sulista, eu banco o nortista. Vamos ver quem pede arrego primeiro.

"Vamos levar você para comer um verdadeiro churrasco sulino, feito à moda antiga", disse o governador. "O que você acha, Richard? Com ou sem birita?"

"Se o garotão tirar essa gravata, podemos levá-lo ao restaurante do Gordo Willie", sugeriu Richard. "Ozio, você já comeu carne de porco com as mãos?"

"Crua ou cozida?"

Demos umas voltas de carro, o governador mostrando os pontos de interesse turístico. Não há muito o que ver em Mammoth Falls, mas Jack Stanton achava tudo ali magnífico. Ele e Susan iam com Jimmy no Bronco; eu seguia atrás com Richard no meu velho Honda. "Quer dizer que você está morando aqui?", ele perguntou.

A rigor, não estava morando em lugar nenhum. Passara os primeiros meses com o governador, freqüentemente só nós dois, viajando por todo o país. Havia sido um aprendizado. Aprendi a saber como ele funcionava — e pensava. Havíamos entrado oficialmente na disputa em setembro, mas a rotina não tinha se alterado muito. Tratávamos sobretudo de levantar fundos — embora ele não ficasse embasbacado diante dos ricaços, como sói acontecer com a maioria dos políticos; nem se queixava deles quando viravam as costas. O dinheiro não o atraía, e sim as *pessoas*. Era notável em seus contatos pessoais, distribuindo apertos de mão, ouvindo o que tinham a dizer; possuía uma aptidão especial — não, era mais do que uma aptidão, algo mais profundo e respeitoso — para deixar claro que as ouvia e as entendia, que se importava com elas. Nunca saía de um lugar — na maioria dos casos, salas pequenas naqueles primeiros meses — sem saber o nome de todos e não os esquecia no dia seguinte. Até mesmo em New Hampshire, um estado que parecia povoado por céticos frios, pálidos e mesquinhos. Não era certamente o tipo de gente de quem ele gostava. Mas íamos de uma casa para outra, de uma pequena recepção regada a café para outra. O governador arava e semeava devagar, cuidadosamente, carinhosamente; aceitava o ceticismo deles, encorajava-o, fazia piadas sobre o assunto: "Não estou querendo que se precipitem em tomar uma decisão", costumava dizer. "Olhem bem todos os candidatos, reflitam bastante. Vocês ainda têm cento e vinte e três dias" — ou o que quer que fosse, ele sempre sabia ao certo — "até que sejam chamados a definir os destinos da nação."

Ele gostava disso, e deles. E mais: adorava a razão de ser de tudo aquilo, o ato de governar, em especial no Poder Executivo. (Os legisladores pertenciam a uma espécie diferente, de certo modo menos interessante.) Em dois meses, aprendi mais com ele acerca do setor público do que em cinco anos com Larkin. Em qualquer estado onde estivéssemos, sempre visitávamos o palácio do governo — e ele nunca precisava de ajuda para chegar ao escritório do governador e até mesmo de outros funcionários. Era ecumênico. Gostava de todos eles, não importando se fossem democratas ou republicanos. Era capaz de dizer o que cada governador havia feito, quais suas virtudes e defeitos. O volume de informações era extraordinário — e ainda mais impressionantes a energia e o interesse que ele punha em tudo. Um burocrata em alguma cidade — em Lansing ou em Austin — começava a falar sobre uma nova maneira de conseguir recursos do programa de despoluição do ar, e ele ligava as antenas, ficava ouvindo atentamente. Toda a agenda ia para o espaço, mas nada importava. Ele não ia embora antes de haver extraído do sujeito a última gota de informação.

E o investimento pagava dividendos. Ele era uma caixa de compensação, uma abelha em processo de polinização cruzada. Certo dia estávamos em Montgomery, vagando pelo palácio do governo, num edifício que, como berço da Confederação e quartel-general de George Wallace,[9] tinha para mim profundas e assustadoras ressonâncias. Stanton disse: "Henry, acho que você não está numa boa. Vou fazer você se sentir legal".

Ele me arrastou por um corredor até o escritório do procurador-geral. "O chefão aqui é o Jim Bob Simmons. Não é um mau sujeito", explicou, "mas vou te apresentar ao verdadeiro cérebro da operação. Olá, Betty", ele disse para a recepcionista, uma mulher branca e pouco atraente, com grandes óculos em forma de borboleta, cujo viço juvenil bem cedo se apagara. "Sua mãe já saiu da cama?"

"Já, sim, governador", ela disse com a maior naturalidade, como se todos os dias algum governador perguntasse como ia passando a mãe dela. "Mas a quimioterapia foi fogo."

Stanton parou, agachou-se ao lado da mulher, tomou sua mão. "Mas agora ela está curada?"

"É o que eles dizem."

"Então deve ser verdade", ele disse, pescando dois biscoitos da gaveta entreaberta. "A gente nunca sabe. Ela freqüenta a igreja?"

"Todos os domingos."

"Você vai com ela?"

Betty hesitou. Stanton voltou a pegar sua mão. "Olhe, querida, pense nisso — pense em ir com ela. Especialmente agora.

Pode pedir a seu marido — ele se chama Ray, não é mesmo? — para ficar com as crianças."

Ela assentiu com a cabeça e então começou a se abrir. "Ele já está muito sobrecarregado, governador, é caminhoneiro. Chega em casa no sábado morto de cansaço."

"É, posso entender", disse Stanton, puxando-a mais para perto e dando-lhe um beijo carinhoso na testa. "Mas pense nisso. Vai ser muito importante para sua mãe. Talvez você possa levar as crianças, ponha na aula de catecismo ou deixe com uma amiga, qualquer coisa... E então, onde está meu camarada? Tem de estar por aqui, não é mesmo? Não vá me dizer que ele está caçando pombos ou coisa que o valha."

"Já toquei a campainha", disse Betty, e um negro alto e magro apareceu na porta. Stanton levantou-se, o rosto iluminado, e abraçou-o.

"Você podia ter telefonado."

"Podia, devia, teria, mas só estou de passagem, Billy. Esse aqui é o Henry Burton, meu novo conselheiro político. Henry, quero lhe apresentar William J. Johnson, vice-procurador-geral do estado de Alabama, um grande americano mas um semi-retardado mental em matéria de direito civil."

"Prazer em conhecê-lo", disse Johnson, sua mão enorme engolindo a minha. "O que o governador esqueceu de dizer é que minhas anotações de aula fizeram ele passar no curso de direito comercial no ano em que resolveu dirigir a campanha para senador de um hippie, aqui em Alabama, em vez de continuar na universidade e se comportar como um ser humano normal."

"Ele não era hippie, só era contra a guerra."

"Na última vez em que ouvi falar nele, Jack, o cara estava vivendo numa fazenda no norte da Califórnia, fazendo umas merdas de uns móveis."

"Você já *viu* as coisas que ele faz?", disse Stanton. "São espetaculares. Foi ele quem fez a cabeceira de nossa cama na Mansão."

"Vamos entrando, seu trouxa", disse Johnson, passando o braço sobre o ombro de Stanton.

Era um escritório pequeno, atulhado de relatórios e livros de direito, diplomas na parede, uma fotografia de Bill Johnson subindo elegantemente para a cesta num jogo do campeonato universitário contra Michigan e outra de Johnson com uma enorme cabeleira afro junto a Jack Stanton, seu rosto disfarçado pelo que parecia ser um bigode postiço, os dois sentados lado a lado num sofá, obviamente imersos numa conversa das mais sérias. Tratava-se de uma fotografia surpreendentemente íntima para ser exibida na parede de um homem envolvido em política — em geral, ninguém quer arriscar-se muito além dos aparelhos ortodônticos de seus filhos ou apertos de mão com figuras mais famosas —, e isso me emocionou. "Faculdade de direito", Johnson explicou ao notar meu interesse. "O que é que estávamos discutindo, Jack? Mandar para o Vietnã do Norte armas ou remédios?"

"Negativo, você estava puto da vida porque eu tinha convidado sua irmã para sair comigo."

"A Susan é que estava puta com você por causa disso", Johnson retrucou. "Eu até achava que a Cyrilla ia lhe ensinar um pouco de boas maneiras, sobretudo não pegar comida do prato dos outros. Você se lembra do que estávamos realmente falando?"

Stanton sacudiu a cabeça. "Do de sempre: sobre os brancos. O doutor King tinha morrido havia pouco..."

"Não, foi alguns meses depois — o Bobby[10] é que tinha sido morto", disse Johnson. "Estávamos fazendo os exames de fim de ano. Você a ponto de ir trabalhar para ele. Lembra, você estava tentando fazer com que aquele professor de voz estridente... qual é mesmo o nome dele?"

"Markowitz."

"É, que o Markowitz mudasse o horário da prova de direito civil ou deixasse você fazer o exame por telefone, só para poder estar lá em Los Angeles no dia da eleição primária."

"Estou lembrando agora", disse Stanton baixinho.

"Você cismou que teria sido capaz de detectar o Sirhan."

"E *você* estava pronto a pegar em armas ou sei lá o quê."

"Verdade", disse Johnson voltando-se para mim. "Esse babaca aí me convenceu a não fazer nada. Eu estava pronto a largar a faculdade de direito. Afinal de contas, que direito era aquele? Queria que o direito fosse se foder, com os caras matando todos os nossos líderes. Mas ele disse que tínhamos de segurar as pontas, levar adiante o programa. Eu tinha de pensar na minha responsabilidade para com os jovens, a mensagem que daria se me mandasse. 'Muita gente prefere acreditar que um jogador negro não pode se formar em direito pela Universidade de Harvard', ele me falou. 'Você estará dando força para eles se não for até o fim.' Certo, Jack? E olha só onde vim parar", disse, abrindo os braços e quase tocando nas duas paredes laterais do escritório. "Um verdadeiro luxo, não é?"

"Nem que sua vida dependesse disso você não ia abandonar seu trabalho aqui para ser sócio de uma firma de advocacia metida a besta", respondeu Stanton.

"E se minha mulher dependesse disso?", disse Johnson rindo. "Por sorte ela não depende dos trocados que ganho aqui. Ela está fazendo uma fortuna..." Olhou-me de relance: "... como professora primária". Abriu uma pequena geladeira e jogou para o governador uma lata de Pepsi Diet. Acenou na minha direção e, quando lhe fiz um sinal positivo, jogou outra para mim. Conversaram sobre as mulheres deles. Conversaram sobre política.

"Agora que o Jim Bob está pensando em coisas maiores, você vai concorrer ao cargo dele, não vai?", perguntou Stanton.

"Não dá — isto aqui ainda é o estado de Alabama. Talvez concorresse, se o Jim Bob e o governador me apoiassem. Mas eles são muito certinhos para fazer um troço desses. Por que arriscar um único voto dos brancos racistas?"

"Hã-hã, *hã-hã*", Stanton concordou com a cabeça, e então ficou sério. "Escute aqui, Billy. Sei que você tem uma família para sustentar, não pode fazer isso agora. Mas quero que pense em vir trabalhar comigo, tá ouvindo? Preciso de você, cara. Se eu chegar lá, você pode começar a procurar uma casa para comprar em Arlington,[11] tá bem?"

"Ouvi dizer que os assessores do vice-presidente não ganham grande coisa", disse Johnson.

"Ah, que gente mais incrédula! Você também achava que eu não ia passar no exame de direito comercial."

"Não sem ir às aulas."

"Mas passei, se me lembro bem. Agora, olhe aqui, fale sobre meu programa preferido. Se é que vou aplicá-lo, você está obrigado a fazer com que ele funcione." Virou-se para mim. "O doutor Johnson está apreendendo a carteira de motorista dos jovens que matam aula em três municípios aqui do estado."

"A presença nas aulas aumentou em vinte por cento", disse Johnson. "A taxa de evasão escolar caiu dez por cento."

Stanton assobiou. "E então, não está feliz por eu ter impedido você de pegar em armas?"

O fato é o seguinte: uma semana depois estávamos em New Hampshire, falando para um pequeno grupo de deputados estaduais na sala de reuniões pateticamente nua de um escritório de advocacia em Concord, quando uma mulher de North Conway levantou o problema dos jovens descendentes de canadenses franceses que abandonavam os estudos. Stanton entrou em campo: "Olhe, vocês têm de chamar o William Johnson, um amigo meu, vice-procurador-geral do estado de Alabama. Ele tem um programa para resolver isso". Terminada a reunião, Delia Schubert, representante de um município litorâneo — uma mulher de meia-idade, típica militante ecológica —, aproximou-se de mim, toda excitada, e disse: "Já me encontrei com seu chefe duas vezes e sempre aprendo alguma coisa. Ele é sempre assim?".

Sim, era — e ela entrou para o time. Íamos colecionando desse jeito um punhado de gente em cada lugar, tudo muito no varejo. Com base exclusivamente em seus méritos, Stanton vinha ganhando apoio de gente esperta, que sabia que a melhor opção era ficar em cima do muro, sem se comprometer, esperando por Ozio. Sempre podiam bandear-se para o nosso lado se Orlando desistisse de concorrer ou tropeçasse na largada, mas não podiam conter-se. Stanton era tão bom que eles não tinham como aguardar. Eu estava me sentindo muito orgulhoso de trabalhar para ele.

E assim rodamos por todo o país. Ele nunca falava muito sobre o grande prêmio — às vezes até parecia que estávamos concorrendo ao cargo de governador dos Estados Unidos —, sobretudo porque o último ato não havia ainda começado. Stanton achava (com razão, como se viu mais tarde) que a campanha só teria início no Ano-Novo ou depois que Ozio decidisse o que ia fazer, não importava o que acontecesse antes. Era impossível saber de antemão a forma e a intensidade da campanha, o que seria importante àquela altura. Ele compreendia isso muito bem. Acompanhava com a maior atenção as ações dos adversários, até mesmo dos adversários em potencial. Não se impressionava com eles. Três senadores — dois na ativa, um aposentado — tinham se candidatado oficialmente até então. O que parecia ter maiores possibilidades era Charlie Martin, herói do Vietnã e também nascido depois da Segunda Guerra Mundial. Stanton gostava dele, embora não o levasse muito a sério. Charlie havia entrado na disputa graças a uma decisão impulsiva, sem um programa bem definido. "Ele é um curriculum vitae em busca de uma razão de ser", dizia Stanton. Umas duas semanas após haver anunciado sua candidatura, Martin telefonou para o governador e disse:

"Olá, Jack, não é um barato? Você acredita mesmo que estamos fazendo um troço desses?".

Stanton respondeu com alguma coisa óbvia. "É, que loucura, concorrer à presidência dos Estados Unidos", mas seu tom era de desdém ao desligar. "Um herói de guerra — e não tem a disciplina necessária para fazer isso direito. Nenhuma marca, Henry. Esses caras não estão deixando nenhuma marca atrás deles."

Nem ele, no seu estilo próprio, deixava marca alguma. Ensinava tudo sem nada me dizer. Aos poucos comecei a ver como ele devorava todos os detalhes da vida pública — matizes e indícios de matizes que só ele sabia existirem. Imagino que era algo parecido com a forma pela qual uma águia vê o terreno — cada inseto, cada folha de grama é distinta, e no entanto mantida em perspectiva. Vim a saber como reagia a uma situação nova, aprendi a entender seus estados de espírito, quando falar e quando me calar. Habituei-me a seus achaques: a azia crônica, as alergias. Tornei-me seu fornecedor de Maalox. Vi-o furioso e alegre, frustrado e deprimido. Compreendi o tipo de informação de que precisava imediatamente (tínhamos uns pequenos cartões que eu punha à frente dele) e quais podiam esperar até que tivéssemos um momento de descanso. Havia uma intensa familiaridade, mas nenhuma intimidade. Ele nunca falava nada de caráter pessoal, sobre Susan, sobre o filho Jackie, sobre suas escapadas no Bronco, sobre sua infância. Nunca falou de verdade acerca dessas coisas além das histórias que já circulavam havia muito tempo e eram de conhecimento público. Era incrivelmente indisciplinado em matéria de horários, de tomar decisões, de saber quem da equipe devia fazer o quê, mas exercia controle absoluto sobre tudo o que dizia respeito a sua vida privada. Jamais baixava a guarda.

Mais tarde, à medida que a equipe foi aumentando, passou a me deixar com maior freqüência no quartel-general. A fase de treinamento chegara ao fim. Agora tinha confiança em que eu entenderia as coisas tal como ele, que prepararia tudo para o grande espetáculo. Eu compreendia suas motivações, mas nem por isso deixava de sentir as dores do assessor que fica na base: onde ele se encontrava é onde tudo estava acontecendo. Eu queria estar lá.

Mammoth Falls não ajudava. Tudo ali se passava em preto e branco, e eu — não sendo uma coisa nem outra, ou ambas — tinha dificuldade em adaptar-me às vibrações e regras do jogo locais ao circular pela cidade. As vibrações eram mais brandas, mais corteses, mas de certo modo mais claras do que aquelas a que eu estava habituado nos estados do Norte. Certa noite comi um sanduíche num restaurante vegetariano num shopping center situado no bairro dos brancos. O conjunto de salas de cinema que havia lá era o único em que se podia ver um filme estrangeiro, inevitavelmente comédias ligeiras francesas ou italianas (acho que naquela noite estava sendo exibido *Cinema Paradiso* — nada mau), nunca algo pesado, trágico, sério ou relevante. Seja como for, a garçonete me lançou um olhar significativo e perguntou: "O senhor é daqui?", querendo dizer com isso que eu não devia ser, pois de outro modo não estaria lá. Em geral, esse tipo de coisa não me chateia. Nem merece ser lembrado. Mas eu estava sozinho, num lugar estranho e longínquo, um lugar onde recebia o *Washington Post* por fax todos os dias (junto com a magra e insatisfatória edição nacional do *New York Times*). Estava constante e agudamente consciente da cor de minha pele de duas maneiras: da maneira pela qual os outros a viam e da maneira pela qual *ela* própria sentia o mundo exterior. Eu tinha uma consciência exacerbada de tudo. A umidade me fazia sentir mole, pegajoso. O ar condicionado doía. Por isso, concentrava-me quase totalmente na campanha, ficava na minha. Corria cinco quilômetros todas as noites, descendo por uma margem do rio, voltando pela outra. Vivia num apartamento asséptico, bem parecido com aquele primeiro que havíamos alugado — e depois abandonado — em Manchester. Lia romances, as primeiras obras de Doris Lessing (acho que ela era muito sexy na África). Sonhava com as jovens assessoras.

"Fico imaginando o que ele está falando lá na frente", disse Richard enquanto seguíamos o Bronco com o governador e o jovem Ozio.
"Nada que Jimmy possa depositar num banco."
Richard riu. "Ele é um artista. Quanto a isso não há dúvida."
"Você já trabalhou para alguém tão bom?", perguntei.
"Ainda não sei quão bom ele é", Richard respondeu. "E tem mais, *nem* Stanton sabe ainda quão bom ele é."
"Mas desconfia que é."
"*Ela* desconfia."
Imaginei o governador cantando uma de suas músicas preferidas: "Não podemos continuar a viver juntos, se um desconfia do outro...".
O restaurante do Gordo Willie nada mais era do que um trailer com um longo toldo de plástico e mesas de piquenique espalhadas em volta. Cheirava a fumaça e a elementos cancerígenos. O Gordo Willie era, tal como anunciado, um negro imenso e suarento, ex-jogador de defesa do time de futebol americano do ginásio de Mammoth Falls, envolto num comprido avental branco todo salpicado de molho. Ficou feliz ao ver Stanton. "Ei, governador... Amalee, o governador está aqui", disse para sua mulher, que não ficava muito a lhe dever em corpulência. Stanton, sem dar a menor importância ao molho, abraçou Willie com vontade e depois deu meia-volta para passar o braço em volta de Amalee. Lá ficou entre os dois, com o riso gostoso de quem tem orgulho de ter nascido no interior. Uma alegria só. Havia entre eles uma familiaridade descontraída: aquilo acontecia todas as vezes que íamos lá. Certa vez, vários meses antes, fiquei sentado — perplexo — enquanto o governador passou uma hora numa das mesas dos fundos consolando Willie pela morte da mãe.

"Como vão os negócios, Will?", ele disse afinal, apertando o homenzarrão. "Como é que vai essa força?"

"Beleza, governador", respondeu Willie, virando a cabeça para trás. "Ei, minha querida, onde anda a Loretta? Ei, Lo, o governador está aqui!"

Loretta era a filha deles, o tipo de garota que estava fadada a ser obesa — dava para ver nos seus braços, nas coxas —, mas, ainda na flor da adolescência, tremendamente gostosa. Lançou um olhar quente na direção de Stanton, depois tentou escondê-lo. Susan deu-lhe um abraço. "Oi, querida, como vão as coisas? Tudo bem na escola? Sentimos falta de você, mas acho que seu pai e sua mãe mantêm você ocupada aqui. Não deve ter tempo nem para conversar."

"É verdade, senhora", disse Loretta obediente.

O governador — um pavloviano irrecuperável quando se tratava de carne de porco — acertou o que íamos comer com Willie. "Quero que você capriche aí para esse pessoal, entendeu? E, para mim, porção dupla."

Passamos para uma mesa na parte de trás, longe das fortes lâmpadas fluorescentes de que Willie precisava para iluminar o balcão. A noite estava um pouco fria; Willie ainda não havia instalado o plástico que usava no inverno. Levou até a mesa um aquecedor de ambiente e o colocou junto a Susan, criando uma combinação perfeita para o desenvolvimento de infecções viróticas: calor de fonte elétrica e brisas de novembro. Quando a carne chegou, o governador traçou tudo o que havia no seu prato e, ao erguer a cabeça, verificou surpreso — e com certo prazer — que os demais ainda estavam em plena ação, o que abria a possibilidade de umas beliscadas adicionais. Ficou de olho no prato de Susan e, no momento em que ela amassou o último guardanapo de papel, raspou as sobras. Roubou minha torrada texana quando pensou que ninguém estava olhando (errou: Jimmy viu tudo). Por uma vez, fiquei decepcionado com ele. Não pegava bem.

Terminado o jantar, Jimmy acendeu um cigarro, um Parliament — marca que eu pensava não existir mais. Susan fez uma careta (também captada por Jimmy). O governador tinha falado sem parar — carne de porco, futebol, Mammoth Falls, nada nem remotamente relacionado ao assunto em causa. Era chegada a hora de Ozio mostrar suas cartas.

"É isso aí", disse Jimmy por fim. "O Orlando tem acompanhado suas andanças pelo país. Notou que, todas as vezes que você vai a New Hampshire, faz conexão em Chicago. Pára lá, vê o prefeito, fica conhecendo melhor a cidade. Isso é muito bom, mas não tão bom para nós. É uma pena que nossa eleição primária seja um mês depois da de Illinois. Desse jeito você nunca vai nos conhecer melhor... ou talvez só quando já for tarde demais. Você devia procurar nos conhecer um pouquinho mais. O governador sem dúvida acha isso. Está esperando que, na próxima vez em que você for lá para os nossos lados, dê uma parada, passe algum tempo na cidade, nos conheça melhor."

Vínhamos parando em Nova York com tanta freqüência quanto parávamos em Chicago, batendo com a cara na parede de Wall Street, mas Stanton não disse isso. Foi reverente, um nojo. "Mas é claro. Vamos fazer isso, sem a menor dúvida. Na verdade, tenho tido muita vontade de... ouvir a opinião de seu... do governador Ozio."

"Ele sabe das coisas", disse Jimmy.

Richard ergueu os olhos para os céus. (Essa Jimmy perdeu.)

"Henry, você está com a agenda aí?", o governador perguntou. A agenda. A agenda estava no carro. Fui pegar a agenda.

"Na próxima terça-feira vamos estar lá", informei.

"Normalmente Orlando só está na cidade de Nova York nas segundas e quintas", disse Jimmy.

"Albany[12] fica bem no caminho para New Hampshire", disse o governador. Bom lance.

"Deixe eu checar com ele. Alguém tem um telefone aí?"

Eu e Richard tínhamos, Susan também. Ozio pegou o celular de Susan e discou um número; seu pai atendeu imediatamente. "É... Agora mesmo... Não, me levaram para um restaurante", disse Jimmy. "Olha, o governador Stanton vai estar em Nova York na terça, mas disse que topa parar em Albany a caminho de New Hampshire... Hã-hã, hã-hã, hã-hã." Jimmy olhou para mim. "Quer saber o que ele vai fazer lá na terça."

Dei uma olhada para Stanton: mencionar que compromissos? Ele devolveu a olhada: alguns, mas não muitos. Recitei para Jimmy os eventos públicos: almoço com o Conselho das Organizações Judaicas, discurso à tarde perante o conselho executivo da Associação de Advogados, depois uma passada no coquetel do sindicato de professores. Jimmy transmitiu-os a seu pai. "Quer saber onde é o coquetel", disse Jimmy.

"No Sheraton City Center."

"Hã-hã, hã-hã... Tá bem, pergunto a ele. Disse que vai falar no jantar dos professores, por isso também estará no Sheraton. Podemos nos encontrar lá. Agora quer falar com você", disse, passando o telefone para Stanton.

"É... Sim... Não, acho que agora estou torcendo pelos Bulls, dois garotos aqui do estado estão jogando por eles... Bom, isso é difícil dizer... Gosto dos dois... Bela figura, o seu filho... Faço, sim... Espero vê-lo na próxima semana... Certo. Obrigado. Tchau."

Stanton me passou o telefone. "O governador quer saber do que eu gosto mais: se da linha de três pontos do basquete universitário ou se do basquete profissional."

Ele estava, sem a menor dúvida, termonuclearmente puto. Minha única esperança era de que a fúria passasse na viagem de volta para casa. Eu tinha feito uma cagada. Sabia disso. Sabia, também, que uma desculpa por antecipação não ia funcionar. Ele tinha de botar para fora.

"Porra, Henry, puta que pariu", começou quando chegamos à Mansão, tendo deixado Richard e Jimmy no hotel. "Então você não sabe que tem de me manter informado... Me faz passar por um amador de merda, um vereadorzinho de bosta do interior, um babaca de um político sulino de quinta categoria. Não podia me dizer? Não podia olhar na porra da agenda antes de a gente sair com o rapaz? Não sabia que íamos participar da mesma conferência de professores que o Ozio? Que titica de esquema é esse que nós temos aqui, Henry? E como é que nós servimos de aperitivo quando ele vai ser o prato principal, hem? Agora vou ter de esquentar a platéia para a entrada do Ozio. E não pense que ele não sabia. Mas, sei lá como, *nós* não sabíamos. Henry, não há maneira de a gente ganhar — nem mesmo de competir — se não soubermos esse tipo de porra. Agora estamos comprometidos. Vamos lá, nos encontramos — no campo dele, no show dele, e ele é a estrela. E o idiota aqui na hora dos calouros. Provavelmente o Jimmy está agora mesmo ao telefone, dizendo a ele que não tem nada a temer por estas bandas."

"E o que há de errado nisso?", Susan perguntou.

"O que há de errado nisso é que ele ganha mais tempo para bailar", disse Stanton. "Não estamos fazendo a menor pressão sobre Ozio. Ele não tem a menor pressa. Toda a grana fica presa. A imprensa fica rondando em volta da Mansão dele. Ele é que aparece nos jornais."

"Tudo isso seria igualzinho", disse Susan olhando na minha direção, "mesmo que o Henry não tivesse feito a cagada." Então ela também estava puta.

"Henry, você vai ter de se virar", disse Stanton, a tempestade passando. "Antes de entrar naquela sala na próxima terça-feira, tenho de estar mais bem informado sobre o que me espera do que esta noite, certo?"

Compreendi, mas não havia muito que pudesse fazer. Chamei Jerry Rosen na manhã seguinte.

"Que esquisito!", ele disse. "Orlando só chama alguém para um encontro se for para enrabar. Com as pessoas de quem gosta, ele fala por telefone."

"Então, o que devemos fazer?"

"Sei tanto quanto você. Comigo ele fala pelo telefone."

Que ótimo, disse eu sabia. Chamei Howard Ferguson III, que não se provou muito mais útil. Soltou uma risadinha seca. "Ah, Orlando só está querendo sacanear vocês. Ele gosta de amedrontar as pessoas. Quer saber até que ponto pode assustar vocês. Basta impedir que ele faça isso."

"Fácil de dizer."

"Se vocês não souberem enfrentar o Orlando", disse Howard, "como é que vão querer enfrentar os republicanos?"

Não havia uma atmosfera de campanha na suíte de Orlando Ozio no Sheraton, nenhuma impressão de urgência — mas tudo ali transmitia uma forte sensação de território. Ozio era conhecido por fazer tudo sozinho. Como não era chegado ao trabalho de equipe, a sala de estar da suíte encontrava-se vazia, com exceção do assessor de imprensa e de Armand Chirico, o velho sócio de advocacia de Ozio. De nosso lado, o governador e eu; tio Charlie e Tommy, o segurança, aguardavam embaixo.

Chirico bateu de leve na porta do quarto de dormir, entreabriu-a e simplesmente fez um sinal de cabeça; deu meia-volta e, como se não passasse de um garçom de luxo, indicou com um gesto que devíamos entrar. Ozio estava em mangas de camisa, o rosto em sombra. O quarto quase às escuras, pois ele só havia ligado o abajur da mesa-de-cabeceira e a televisão. Parecia um animal noturno, mais corpulento do que eu imaginava, ombros, pescoço e mãos vigorosas. Tinha sido um competente boxeador meio-pesado até que fraturara o malar na sua sétima luta como profissional. Assistia ao noticiário local, agora no bloco de esportes. Foi direto ao que pensava ser a jugular de Stanton: "Você pratica algum esporte, Jack?".

"Golfe", respondeu Stanton, sabendo que Ozio se referia a esportes de contato.

"Meu pai costumava dizer que o golfe é o esporte mais capitalista — usa mais espaço com menos motivo do que qualquer outro", disse Ozio, rindo baixinho. "Ah, papai... Mas ele veio do Velho Mundo. Junto com os sonhos, trouxe muitos ressentimentos. Quer alguma fruta, um sanduíche? Uma Coca Diet?" Stanton recusou a comida, aceitou o refrigerante. "Vamos, sente-se."

Sentaram-se um de frente para o outro, no quarto à meia luz. Nós, os assessores, ficamos de pé, a certa distância, do outro lado da cama. Era estranho, desconfortável: senti-me como um serviçal. Ozio havia embarcado na história da família. O pai. A mãe. A loja. O Brooklyn. Tudo muito impessoal, um mero relato. Tanto quanto eu podia ver, nada de importante estava acontecendo. E então: "Qual é a população do seu estado, Jack? Aqui temos dois milhões e trezentos mil só no Brooklyn".

"O Brooklyn é realmente notável — vocês têm um pouco de tudo lá", disse Stanton, sem maior entusiasmo. Tentando se fazer simpático, começou a falar sobre um programa de criação de empregos que conhecera em Bedford-Stuyvesant, o quanto o havia admirado.

"Você esteve lá?", perguntou Ozio, surpreso e algo apreensivo. "Devia nos dizer quando planeja ver essas coisas, podemos organizar a visita."

Stanton sacudiu a cabeça, sem com isso aceitar que Ozio controlasse seus movimentos no estado, e engrenou uma pequena dissertação sobre programas de geração de empregos. Falou sobre uma de suas propostas — um sistema nacional de computadores como forma de ligar toda a população, de determinar quais os empregos que estavam disponíveis, que programas de treinamento haviam tido êxito. "Já fazemos isso", disse Ozio bruscamente. "Temos isso aqui no estado. Armand, põe o governador em contato com Herman Gonzales — ele vai lhe contar tudo sobre a maneira como fizemos isso aqui."

"Vocês já estão cobrindo todo o estado?", perguntou Stanton. "Sabia que tinham um projeto-piloto em Buffalo."

"É isso que estou dizendo", Ozio retrucou. "Em Buffalo..." Então: "E aí, como você está vendo esta campanha, Jack?".

Stanton estava começando a ganhar confiança. Falou sobre a campanha: a popularidade do presidente continuava alta, mas alguma coisa se passava no país — as pessoas se sentiam negligenciadas, preocupadas. "O mundo está se tornando um lugar muito assustador para elas."

"Não devemos estimular esses receios", disse Ozio. "Qualquer mula pode derrubar um estábulo."

"Mas temos de admitir que eles existem. Acho que temos de entender por que estamos perdendo uma eleição atrás da outra."

"E qual é a razão disso?", Ozio perguntou. Podia ter jantado Jack Stanton naquela hora, mas não esperou pela resposta. Meteu os peitos: "Vou lhe dizer por quê — porque ficamos na defensiva. Temos medo do que somos. Tentamos ser como a turma do outro lado — e o povo sabe disso. Tendo que escolher entre uma cópia apagada e o original, vão sempre optar pelo original".

Aquilo era comida requentada. Não parou mais. Fez um comício de praça pública. Era um bom orador diante de uma grande platéia, mas os lances teatrais não funcionavam tão bem num pequeno quarto. Stanton ouviu até o fim com absoluta cortesia. Por fim, Ozio disse: "Bem. É isso aí. Tenho de descer. Obrigado por ter vindo. Acho que você tem muita coisa a seu favor, Jack. Coisas muito positivas. As pessoas gostam de você. Acho que tem um grande futuro. Escrevi isso no meu diário outro dia, depois que o vi na televisão. Falando para os jovens sei lá onde. Você é inteligente, tem boa apresentação. Posso imaginar você na chapa — talvez até este ano. Quero que você fique em contato. Posso ajudá-lo. Às vezes acho que devo largar esse negócio e abrir uma firma de consultoria com Jimmy — a maioria desses consultores são uns artistas, não é mesmo? Cobram uma fortuna e ainda acrescentam trinta por cento por conta de custo operacional. A gente pode com uma coisa dessas? Assalto a mão armada".

Já estava nos levando para a sala maior e mais iluminada. Ficou menor na luz, pareceu mais velho. "Quando você voltar, vou levá-lo para ver o bairro onde nasci. Vamos comer no Gargiulo, lá em Coney Island. Se a gente avisar com antecedência eles preparam um leitão inteiro. Ouvi dizer que você é um bom garfo."

E então, era só isso? Será que alguma coisa tinha acontecido?

Aparentemente, sim. Descobrimos dois dias depois, na quinta-feira, em New Hampshire. Estávamos na caminhonete, seguindo de Lebanon para Hanover — um dia frio e cinzento, folhas mortas correndo pela estrada. Meu telefone tocou, uma chamada urgente do pessoal de imprensa em Mammoth Falls. "O Dick Lawrence, do *Wall Street Journal*, pediu que você entrasse em contato com ele imediatamente", falou Jennifer Rogers. "Querem publicar alguma coisa no 'Direto de Washington' amanhã."

Chamei Lawrence. "Olá", eu disse.

"Vocês se encontraram com Ozio?", ele perguntou.

"Por quê?"

A linha caiu. Antes que o chamasse de novo, disse a Stanton: "Governador, é o *Wall Street Journal*. Sabem que nos encontramos com Ozio...".

"E daí?", ele perguntou, inquieto. Ia na frente, lendo uma pilha de papéis, acompanhando Reba McEntire no rádio do carro.

"Não sei." Mas sabia. Sabia que não era nada de bom. Refiz a ligação. "Dick, olá, aqui é Henry Burton. Desculpe. Estamos na caminhonete."

"Vocês se encontraram com o Ozio?"

"Por quê?"

"Ouvimos falar que vocês se encontraram num quarto de hotel em Nova York e se deram tão bem que Stanton disse que estava pronto a aceitar a posição de vice se Ozio concorresse."

"Saia dessa."

"Isso é tudo o que você tem a comentar?"

O telefone deu uns estalidos, por isso aproveitei a oportunidade para desligar. "Governador, temos um problema", falei, num tom de voz que fez Stanton entender de imediato que se tratava de algo sério. (Era mais do que sério, eu já estava suando frio.) Desligou a Reba. Virou-se para me encarar.

"Pronto, Henry."

"Governador, o *Wall Street Journal* sabe que nos encontramos com Ozio. Acham que o senhor disse a Ozio que aceitaria ser o vice se ele concorresse."

"Aquele... filho... da puta", pronunciou lentamente, em estado de choque — apavorado. Era de um descaramento total. "Encoste o carro. *Agora!*"

Encostamos, derrapando um pouco no cascalho da beira da estrada. "Porra, Mitch, não precisa matar a gente — basta encostar a merda do carro", disse Stanton, pulando para fora. Segui-o. "Quanto tempo temos?", perguntou.

"Mais ou menos uma hora. Talvez menos."

"É, vão dizer que perdemos a hora do fechamento da matéria. Você acha que um simples desmentido é suficiente?", perguntou, sabendo que não era. "Isso só pode ter saído diretamente de Ozio. Dá para imaginar ele dizendo que o Jack Stanton tem potencial, é uma estrela em ascensão, como o encontro tinha corrido bem. '*Verdade mesmo, governador?*' 'Bem, Dick, já que você pergunta...'" Isso era novo, Stanton tentanto reproduzir os dois lados da conversa, incluindo uma imitação razoável — embora enraivecida — de Ozio. "'Estava explicando ao governador Stanton a Nova Comunidade Americana, meu programa para dar a todos os cidadãos deste país o sentimento de oportunidade que mamãe e papai tiveram ao chegar aqui. Começamos a trocar idéias. Houve um clima de afeto verdadeiro, de respeito mútuo, criamos uma relação de trabalho muito boa e autêntica, e o governador Stanton disse que nós dois podíamos formar um grande time, uma grande chapa. E, você sabe, não é uma má idéia. Uma combinação natural — Norte e Sul.' 'Quer dizer, governador, que o senhor o aceitaria como vice?' 'Bem, Richard, se você estivesse na minha posição, teria de levar essa hipótese muito a sério, não é fato?'"

"O senhor realmente acha que foi assim?"

"Ele está tirando todo o oxigênio desta campanha", respondeu Stanton. "Está me sufocando. Sabe quem lê o *Wall Street Journal*? Gente que não vai apostar num azarão, numa porra de um governador do interior que diz que está concorrendo à presidência mas passa as horas de folga lambendo as botas de Orlando Ozio. Ligue para o cara do *Journal*, Henry, e me passe o telefone."

Foi o que fiz. "Oi, Dick, aqui é Jack Stanton, como vai você?", começou Stanton. "É, paramos na beira da estrada. Quero ter a certeza de que a linha não vai cair outra vez. Sobre esse troço... É, acho que o governador Ozio pode ter me interpretado mal... É verdade, nos encontramos, sim. Nós dois íamos falar no congresso de professores. Por isso aproveitamos a oportunidade para ter esse encontro. Foi uma conversa excelente. Falamos sobre a grande oportunidade que tem o partido este ano, como vários de nós podíamos colocar o presidente na berlinda — sabe como é, especialmente nas questões econômicas. Por exemplo, qual foi a última vez que você o ouviu dizer alguma coisa sobre o problema do emprego? É sobre isso que o pessoal aqui de New Hampshire quer que ele fale." Stanton tinha de tentar levar a conversa para sua plataforma de campanha, mas Lawrence, como bom jornalista que era, não o deixou ir muito longe. "É, bom, não foi bem assim... Não, eu disse que era importante que todos nós jogássemos limpo, discutíssemos os assuntos a fundo — e no final nos uníssemos em torno daquele que recebesse a indicação do partido."

O olhar de Stanton foi se endurecendo, seu rosto ficando vermelho. "Olhe, Dick, simplesmente não me lembro de que isso tenha sido discutido... É prematuro até pensar nisso. Primeiro, ele tem de entrar no páreo e ver se pode ganhar de alguns de nós. E deixe eu lhe dizer, seria muito bom para o partido se ele entrasse. Eu veria isso com bons olhos. Escute, foi um encontro excelente, mas isso é simplesmente um mal-entendido. Não é nenhum problema. Está bem. Obrigado. Vejo você aí. Tchau."

Stanton fechou o telefone e o atirou para longe, no meio das árvores. "Ligue para Susan", ele disse. "Richard, Arlen, Fergie, Lee, Arthur Kopp. Quem mais? Mande todos eles virem para cá."

Muito bem, só que para isso eu precisava de um telefone. Comecei a entrar no mato. "Henry", ele me chamou, exasperado, "esqueça isso. Mitch, leve a gente para um boteco qualquer."

Nos reunimos à meia-noite daquele sábado na suíte dos Stanton, no Holiday Inn de Manchester. Jack e Susan sentaram-se lado a lado no sofá, o governador posicionado de modo a poder assistir a uma partida de futebol que estava sendo disputada na costa oeste. "Quem está em campo, chefe?", Richard Jemmons perguntou. "Os mórmons contra os africanos?"

Passou perto. "A Universidade de Utah contra a Universidade de San Diego", respondeu Stanton. Ele levava muito a sério o campeonato universitário de futebol americano. "Você já viu esse beque novo que eles têm em San Diego?"

Richard esticou-se no chão perto do bar. Todos os demais estavam sentados naquelas cadeiras feias e de encosto baixo que o Holiday Inn anuncia como "muito confortáveis", exceto Howard Ferguson, que tinha puxado mais para perto a poltrona da escrivaninha e estava curvado para a frente, equilibrando exemplares da revista *Manhattan* e do *Wall Street Journal* — a coluna de Jerry Rosen com o ataque de Ozio contra Stanton e a nota do "Direto de Washington" — sobre a mesinha de centro. Howard pôs a bola em movimento: "Ora, ora, Orlando Ozio", disse ele, brincando com a aliteração, fazendo a coisa toda parecer banal. Usava um terno cinzento todo amassado e pulôver de tricô cor de vinho, além de sua tradicional gravata com motivos florais afrouxada no pescoço, como se tivesse acabado de chegar do escritório. Era uma parada. "Alguém tem alguma sugestão brilhante?"

"Bater de frente com ele", disse Arthur Kopp imediatamente, o que não surpreendeu a ninguém. Ele era o fundador e diretor da ala dos democratas moderados. Baixo, peito largo, cabelos escovinha, exibia para o mundo a postura e a sutileza de um oficial subalterno vindo das profundezas do Sul, talvez um cabo — o que o fazia merecedor de um Oscar, pois era filho de um rabino de Minneapolis. Ninguém gostava muito dele, mas os democratas moderados constituíam uma platéia útil para o governador — ele sempre fazia um bom discurso nos seus congressos anuais e aparecia com destaque na imprensa nacional. A presença de Kopp naquela reunião era um lance sutil, interessante: ele não pertencia ao círculo mais fechado — não fazia o tipo de Stanton, a química não funcionava (sobretudo com Susan, que não poupava esforços para mantê-lo à distância) —, mas, se fosse para declarar guerra a Ozio, precisaríamos mobilizar os moderados do partido. Naturalmente, se não entrássemos em guerra com Ozio, Kopp voltaria a ser um mero figurante.

Já fazia muito tempo que a idéia fixa de Stanton era saber se, a longo prazo, seria bom negócio concorrer contra Ozio. "Pense no seguinte", ele me havia dito durante uma de nossas viagens numa avioneta naquele outono. "Se Ozio entrar na disputa, nós fazemos uma campanha centrista — o que torna as coisas mais fáceis se conseguirmos derrotá-lo. E, se fizermos isso, ficamos mais fortes, nos transformamos nos exterminadores do gigante, não é mesmo, Henry? Evidentemente, pode ser que não ganhemos dele. Embora, se corrermos pelo centro e ele nos derrotar, é quase certo que vai ter de compor conosco para completar a chapa. É evidente também que, se acabar me escolhendo para ser o número dois, e se tivermos o infortúnio de vencer a eleição, vou ter que passar os próximos quatro anos arrancando punhais das minhas costas. Qual será a palavra em italiano para alfineteira?"

Tratava-se de um problema de modulação. Quão incisivamente se diferenciar de Ozio, o grau de dureza a ser empregado. Esse era o tipo de questão que nem passava pela cabeça de Kopp. "É uma disputa entre o futuro e o passado do partido, e Ozio não representa o futuro", ele disse. "Se o senhor der duro nele agora, pode realçar seu perfil, definir-se como anti-Ozio, destacar-se dos demais."

"Não interessa à gente se caracterizar como anti-Ozio *demais*", Arlen Sporken interveio, ele que era anti-Kopp. Sporken relutaria em estabelecer uma distinção excessivamente nítida mesmo se sua empresa de consultoria de mídia não representasse algumas das alas mais tradicionais da velha esquerda do partido (sem dúvida convencidas de que seus cabelos louros e o macio sotaque do Mississippi lhes davam uma imagem pública mais próxima dos valores do centro). "Lembrem-se de que precisamos ter todos os democratas votando em nós nas eleições primárias. O senhor tem que liderar todo o partido, e não apenas os democratas moderados."

"Mas não pode permitir que Ozio o destrua desse jeito", Kopp retrucou. "Primeiro, ele o ataca na coluna de Rosen. Depois, no *Wall Street Journal*, diz que o senhor implorou um lugar na chapa."

"Ele está me fazendo parecer um idiota", Stanton concordou. "Qual é o efeito que isso está tendo no dinheiro de Nova York, Fergie?"

"Talvez ele esteja forçando a barra", Howard Ferguson respondeu. "Quer dizer, por que deveria estar tão interessado em atacá-lo? Faz com que você pareça um pouco mais forte."

"Pareceria ainda mais forte se o enfrentasse abertamente", disse Arthur Kopp, implacável, inábil, odioso. "O senhor pode transformar isso num páreo só de dois cavalos agora mesmo. Se bater de frente em Ozio, todo mundo virá para o seu lado — a imprensa, os investidores. Telefonei para Bill Price em Chicago, para Len Sewell lá na Califórnia, eles estão esperando para ver quem vai dar a largada como o verdadeiro novo democrata. Há..."

"Não, não", o governador estava urrando para a tevê. "Passa, *passa*! Merda! Você viu isso? O que você estava mesmo dizendo?"

"A turma do dinheiro não vota nas eleições primárias", disse Sporken. A interrupção futebolística tinha sutilmente enfraquecido Kopp, cuja paixão pelos recursos dos democratas moderados se chocava, espiritualmente, com os interesses pró-africanos do torcedor Stanton. Essa era uma de suas virtudes mais encantadoras: ele sempre, por instinto, torcia pelos negros. "Governador", Sporken continuou, "o senhor passou todo esse tempo trabalhando os professores, os aposentados, a base natural do partido. Eles gostam do senhor, mas amam o Ozio. Não vale a pena pôr isso em risco. O senhor já tem o apoio dos moderados, agora precisa solidificar a base. E se Ozio não concorrer? Para que entrar num racha agora se mais tarde o senhor pode vir a precisar dele?"

Kopp e Sporken prosseguiram, ferozmente: dois meninões gordos e sem nenhuma sutileza trocando golpes, enquanto nós acompanhávamos o combate do mesmo jeito que o governador assistia a um espetáculo esportivo — vendo o que se passava, mas não muito de perto, esperando pelo próximo lance. Percebi que Sporken estava levando a pior, machucando-se pelo simples fato de aceitar um debate com Kopp, marginalizando-se, transformando-se num mero porta-voz de uma ala do partido, tal como Kopp o era. Numa situação como aquela, precisávamos, isso sim, de um consultor de mídia dotado de perspectiva, capaz de defender um argumento sem encarná-lo: o círculo mais próximo tinha de estar acima de qualquer diferença de opinião. Entendi naquele momento, e com certo alívio, que Sporken talvez não possuísse todas as qualidades necessárias para desempenhar suas funções. Talvez tivesse de ser... complementado por alguém ou simplesmente posto de lado antes de chegarmos à reta final. (Tive uma sensação repentina e ligeiramente orgásmica: será que Stanton estava vendo a coisa do mesmo jeito? Será que eu estava começando a pensar como ele?)

Olhei na direção de Richard. Havendo se apropriado de algumas almofadas do sofá, estava esticado de comprido no chão, a cabeça sobre as almofadas, os braços cruzados atrás da cabeça, imerso na sua opacidade, os olhos fechados por trás das grossas lentes. Naturalmente, odiava os dois — Sporken e Kopp. Odiava o puxa-saquismo de Sporken; odiava a falta de graça e de ironia do Kopp. Naquele momento provavelmente estava odiando Kopp um pouco mais, porque sabia que teria de concordar com ele — e não podia suportar a idéia de ter de se aliar a alguém tão desprovido de jogo de cintura.

Howard Ferguson estava afundado na poltrona, um leve sorriso no rosto que não se esforçava muito para ocultar, talvez imaginando — embora nunca desse para ter certeza quando se tratava do Howard — que, caso Sporken e Kopp se matassem, ficaríamos livres dos dois. O governador não tinha levantado nenhuma objeção. (O jogo estava ótimo.) Mas o tempo ia passando e nada acontecia. Por fim, Susan deu o passo seguinte: "Você ainda está aí, Richard? Ou já passou da sua hora de ir para a cama?".

"Como, dona Susan?", Richard perguntou, levantando uma sobrancelha.

"O que é que você acha, Richard?"

"Pesquisador!", disse ele, apoiando-se num cotovelo e dirigindo-se a Leon Birnbaum, que estava sentado tranqüilamente, com um grosso caderno de folhas soltas pousado no colo. Birnbaum era um sujeito pequeno, de cabelos louros e encaracolados; havia dez anos trabalhava nas campanhas de Stanton e era uma figura absolutamente crucial. Leon visitava a Mansão de tempos em tempos e ficava com o governador até tarde da noite, repassando as reações do público e as frases (e não idéias) que precisavam ser testadas, mostrando-lhe o que funcionava e o que não funcionava. Tudo o que Leon dizia nessas sessões noturnas parecia insidioso, parte de uma conspiração. Falava baixinho, com um sotaque típico do Bronx.

"Olhe, 'responsabilidade' cai muito bem quando o senhor está falando sobre a previdência social. 'Eqüitativo' é perfeito. Também serve para os milionários. Funciona tanto para os ricos como para os pobres. 'Todos têm de dar uma contribuição eqüitativa.' 'Todos têm de receber uma parcela eqüitativa.' A mesma coisa, entendeu? Ficam em igualdade: os justos contra os mesquinhos. Ricos e pobres! Entendeu? Não precisa ser muito específico. O pessoal vai extrapolar: 'responsabilidade' soa forte e moralista sem ser primitivo, entendeu?" Soltava uma risadinha. "O senhor tem de usar palavras que representem 'valores'. Tem de atingir abaixo do córtex, se conectar com aquela parte do cérebro que vem dos répteis... hã-hã... onde eles não pensam, onde apenas reagem, sabe como é, às palavras que representam 'valores'." Stanton adorava esse tipo de coisa. Leon era outro que falava muito mais quando estava a sós com o governador do que em grupo. Na verdade, essa era a primeira vez em que eu o via num grupo, e ele ainda não tinha aberto a boca.

"O que você nos diz, rei dos números?", Richard perguntou.

"Sobre o quê?"

"Como estamos em New Hampshire?"

"Quatro por cento." Leon sorriu matreiramente. Desconfiava de aonde Richard queria chegar.

"E o governador Ozio?"

"Vinte e oito, ha-ha-ha."

"E o governador Ozio está querendo reconhecer que estamos presentes nesse páreo? Tem de ser a porra do italiano mais burro deste mundo desde que o Richard Burton se apaixonou pela Cleópatra." Richard cruzou de novo os braços atrás da cabeça e fechou os olhos.

"E o que isso significa, Richard?", Susan perguntou.

"Significa que batemos de frente com ele", disse Kopp. "Definimos a coisa agora mesmo."

"Mas temos de fazer isso com cuidado", disse Sporken, jogando fora suas cartas.

"Não exagere na vaselina, Arlen", disse Richard.

"Bem, Richard, como é que *você* faria?", perguntou Susan.

"Plantava alguma coisa num discurso. Garantia que o Rosen e alguns outros — aquela lesma do *Washington Post*, como é o nome dela? — ficassem sabendo que vinha algo por aí. Nada de muito pesado. Só para chamar a atenção do Ozio, fazê-lo entender que entramos no jogo. Deixar os escorpiões perceberem que o governador também pode bater." Richard chamava os jornalistas de escorpiões. "Vamos ver até onde o Ozio quer levar a coisa. Estou ficando de saco meio cheio de esperar esse cachorrão velho dizer o que pretende fazer."

"E se ele engrossar?", Sporken perguntou.

"Então é ainda mais burro do que eu pensava", Richard respondeu. "Estará dizendo ao país que se preocupa mais com um governador de quem ninguém nunca ouviu falar do que com a porra do presidente dos Estados Unidos da América."

"Henry." Era o governador. "Você tem alguma idéia sobre onde e quando?"

E assim foi feito.

Procuramos fazê-lo com a maior classe possível. Universidade de New Hampshire. Um seminário de estudantes para discutir o futuro da ação do Estado na vida social. Enfiaríamos a faca entre os itens cinco e seis, atacando diretamente a Nova Comunidade Americana de Ozio. O governador iria dizer: "Há aqueles, inclusive alguns que contemplam a possibilidade de participar desta disputa eleitoral (demos a Stanton a opção de acrescentar 'e contemplam, e contemplam...'), que julgam ser possível criar um novo espírito de comunidade no país, mas sem um senso eqüitativo de responsabilidade, sem exigir dos menos afortunados o mesmo padrão de comportamento moral que exigimos dos demais — e que, cumpre acrescentar, devemos exigir também dos mais ricos. É simplesmente um erro não exigir que cada um de nós dê sua justa contribuição. É tão condescendente como quando nossos adversários dizem — bem, na verdade geralmente não têm a coragem de dizer, apenas deixam implícito — que é inútil ajudar os pobres, que não há nada que possamos fazer por eles".

Kopp estava furioso. A parte réptil do seu cérebro aparentemente era menos sutil do que aqueles que Leon contatava nos grupos de pesquisa. "Isso é *tudo* o que vocês vão fazer?", esbravejou. "Por que não declarar guerra? Deixar claro que esta eleição vai ser uma disputa entre o futuro e o passado do Partido Democrata..."

"Porque não é, Arthur", respondi. "As primárias podem se transformar nisso. Mas a eleição para presidente é uma luta entre nós e o Partido Republicano."

"Você está até parecendo aquele bobalhão do Sporken."

"É o que nós estamos fazendo, Arthur."

Abrimos uma linha telefônica ligada diretamente ao microfone da universidade para qualquer um que quisesse ouvir o discurso. Dissemos a Jerry Rosen e a vários outros sujeitos de Nova York que Stanton teria alguma coisa de interessante para dizer acerca de Ozio. Também dissemos a alguns escorpiões de Washington que poderiam ter interesse em ouvir a coisa, embora não sendo muito específicos no que dizia respeito a Ozio.

"Você quer que eu ouça no telefone um discurso sobre reforma da previdência?", perguntou-me A. P. Caulley, do *New York Times*. Ele era esperto, mas mais conhecido por seu amor ao vinho do que por seu espírito de iniciativa. "Você acha que o tema principal desta eleição vai ser a reforma da previdência?"

"Bem, é parte dela", respondi. "O povão parece interessado. Qual tema você acha que vai ser o mais importante?"

"O de sempre: sexo e violência."

E ele tinha razão: o que íamos fazer tinha tudo a ver com a violência.

Stanton não falou quase nada enquanto rodávamos na caminhonete a caminho de Durham. Nem mesmo ouviu música. Folheou os cartões que iam ser usados no discurso, mexendo aqui e ali, cortando algumas palavras e substituindo-as por outras com sua caneta hidrográfica. Eu não sabia o que ele estava fazendo, se é que estava fazendo alguma coisa, com o cartão referente a Ozio. E então se saiu com algo estranho, me fez uma pergunta pessoal: "Henry, o que é que você vai fazer no Dia de Ação de Graças?".

Era dali a dois dias. Voltaríamos para Mammoth Falls logo após o discurso. Tinha pensado em visitar minha mãe e seu novo marido, Arnie Nadouyan, em Bel Air — um feriado à moda de Hollywood: peru e couve-de-bruxelas à beira da piscina, jovens atrizes e aparelhagem eletrônica. (Arnie sempre tinha a última palavra em matéria de clientes e equipamento de som.) Mas não tinha me preocupado seriamente com a coisa, e agora era tarde demais para fazer as reservas de avião. Estava pensando em ver o que o pessoal da equipe havia programado.

"Você poderia almoçar comigo, Susan e Jackie na Mansão?"
"Claro."

"Você sabe", ele disse, num tom de voz subitamente mais grave e me lançando um de seus olhares mais intensos, "para nós você já é quase um membro da família."

"Hã...", respondi, engolindo em seco e esperando ser capaz de controlar a voz. "Ficaria muito honrado, governador."

E então chegamos à Universidade de New Hampshire.

E ele deu para trás.

Pulou o cartão sobre Ozio. Nem o mencionou. Pronunciou um discurso banal sobre a reforma previdenciária — falando sem a menor inspiração. A garotada cochilava. Fiquei andando nos fundos do auditório, me sentindo exausto e levemente nauseado. Stanton recuperou-se durante o período de perguntas e respostas. Foi absolutamente brilhante ao responder a uma questão que pipocou de surpresa, sobre as similaridades entre os segmentos mais baixos da população negra e os imigrantes pobres da Irlanda no século XIX. Sua virtuosidade tardia me deixou ainda mais aporrinhado.

Eu tivera certas dúvidas sobre os benefícios de bombardear Ozio. Era uma situação espinhosa — era evidente que o governador estava chateado, e isso tinha de ser respeitado —, mas de qualquer forma me parecia um desses jogos de preparação para o campeonato, uma dessas brigas periféricas em que a gente se envolve nos estágios iniciais, antes que a campanha comece para valer. Alguns candidatos se perdem em escaramuças desse tipo; outros as usam como uma forma de treinamento, um modo de manter todo mundo ocupado, de ver como o time reage à pressão, quem se destaca na equipe; outros ainda as ignoram completamente. Em geral, não têm uma importância crucial. Mas havíamos decidido tornar a coisa pública. Tínhamos tomado uma decisão, informado alguns escorpiões escolhidos a dedo (os quais, sem dúvida, teriam transmitido a informação a Ozio). Havíamos planejado tudo — e tinha furado. Não era bom. Cheirava a fraqueza.

Stanton sabia disso. Saiu de lá às carreiras, racionando sua dose habitual de comovidos apertos de mão. Ele sempre dava uma atenção especial aos universitários, ansioso por atraí-los — a dinâmica social e ideológica da campanha de Eugene McCarthy[13] estava inscrita no âmago de sua alma: a campanha não teria legitimidade a menos que os jovens dela participassem. Mas naquele dia não conseguia vê-los, eram uma simples mancha. Entrou na caminhonete. Não se virou para trás. Olhando reto para a frente, disse: "Não quis que a primeira coisa que ouvissem de mim fosse negativa. Não quis dar a Ozio o poder de me transformar num filho da puta".

Enfiou a cassete *Ray Charles sings country and western* (volume um) no toca-fitas do carro. Começou a trabalhar numa pilha de papéis.

Estavam presentes no almoço do Dia de Ação de Graças duzentas pessoas, na maior parte residentes nos abrigos de Mammoth Falls para os sem-teto e mulheres vítimas de violência doméstica. Uma tenda foi armada no gramado de trás da Mansão. Nós servimos. Naquela manhã, o governador e Jackie tinham saído no Bronco, seguidos por um caminhão de um supermercado local, com tio Charlie montado lá em cima, distribuindo perus nas vizinhanças mais pobres. Retornou por volta do meio-dia, em êxtase, como se houvesse acabado de ter um orgasmo. Ele e Jackie ficaram trocando passes com uma bola de futebol americano no gramado da frente, esperando pela chegada dos convidados; nenhum dos dois era um atleta inato, mas não lhes faltava entusiasmo.

Sabe-se lá como, Jackie era um garoto normal. Não era exibido nem emburrado, como os filhos da maioria dos políticos. Freqüentava uma escola pública. Gostava de computadores. Parecia inteiramente alheio às paixões e ambições que assolavam a casa. Na verdade, era uma âncora — um lembrete, para o casal Stanton, de que lá fora existia um mundo normal, onde os temas mais relevantes eram a vergonha de usar um aparelho nos dentes e a necessidade de ficar acordado durante a leitura de *Uma história de duas cidades*. Não havia nada de forçado ou exibicionista na relação dos dois com o filho; o afeto era profundo, natural e sem adornos. Às vezes, quando as coisas iam realmente mal, quando me perguntava como havia me envolvido naquilo, quando precisava listar as razões, a imagem dos três tagarelando em torno de um jogo de tabuleiro ou apenas sentados juntos no sofá do escritório vendo um vídeo alugado era a primeira coisa que me vinha à mente, a melhor prova de que eles eram seres humanos autênticos. Que as notórias manifestações de empatia do governador não eram apenas para consumo público, mas tinham raízes em seu próprio círculo familiar. Que a vida dele não se resumia à estratégia política.

Na realidade, eu estava tendo dúvidas sobre toda a empreitada Stanton naquele Dia de Ação de Graças. Defendera o governador no telefone com Richard após o fiasco no episódio de Ozio. "Ele tinha suas razões", eu disse. "Talvez esteja certo."

"Ou pode ser um banana", retrucou Richard. "Meu candidato ideal, meu sonho erótico, é forte e humano, humano pra cacete sem ter o coração mole ou ser calmo demais, e forte como o Clint Eastwood. Não é preciso ser um cientista espacial para entender isso. Sempre me pergunto por que um número maior desses presidentes de grêmio estudantil, quando ficam grandinhos, não se dá conta disso. Quanto ao lado humano, nosso homem está com tudo. Mas eu estaria me sentindo mais tranqüilo com a campanha se tivéssemos alguma demonstração do *lado forte*."

"Eu o vi naquela suíte com Ozio. Comportou-se bem. Não se deixou dominar."

"Talvez." Richard estava entediado. "Afinal, onde você está? Em Mammoth Falls? Comendo alguma das menininhas?" E então: "Henri, olhe, não se preocupe com isso. Agora já estamos no barco. Ou funciona ou não funciona. Se não funcionar, você sempre pode contar com um emprego comigo. Você tem pinta de saber das coisas, Henri — pode trazer para mim toda a representação desses congressos de negros. Acho que você também se daria muito bem com as donas de casa dos subúrbios que querem ser candidatas. Vamos fazer uma fortuna. Mas, Henry", disse, adotando um tom sério, "você não precisa dar uma de crente para cima de mim agora, tá? Não vale a pena. A vida continua".

Crente. Fazia parte do código dos consultores. Aquela característica que separava os homens dos meninos, os assessores dos profissionais da política, os serviçais dos operadores. Era necessário manter a perspectiva. Ver o cavalo como um cavalo, e não como Pégaso. Mas eu não podia. Lembrava de Stanton, radiante, depois de entregar os perus no Dia de Ação de Graças, o braço no ombro do pequeno Jackie — e sabia que era inútil. Eu havia sido tragado pela coisa. Não tinha a menor perspectiva. Era, no fundo da alma, um mero assessor. Usava um outro código.

Mais tarde, após havermos dado de comer às multidões, Jack, Susan, mamãe, tio Charlie, vários secretários de estado e eu entramos numa fila bem visível para sermos servidos (e que apareceu com destaque nos noticiários de televisão daquela noite); mais tarde ainda, depois que o governador cantou em coro com os pobres coitados, depois que ele e Jackie foram para o escritório ver a partida entre duas universidades do Texas, Susan me agarrou na porta.

"Você está deprimido", ela disse.

"Estou bem."

"Venha cá — vamos conversar", ela insistiu. Mamãe e tio Charlie estavam sentados em cadeiras de balanço na ampla varanda dianteira, mamãe lastimando-se de alguma coisa, fumando um de seus cigarros incrivelmente longos; Charlie, com seu perpétuo ar de preocupação, a consolava com um ocasional "ha-hã" ou "não me diga". A mamãe disparou um olhar de relance na direção de Susan ao sairmos para a varanda, interrompendo por um segundo sua elegia a Grace Junction, para retomá-la de imediato, aliviada, ao ver que não iríamos juntar-nos a eles. Ocupamos duas cadeiras de balanço na outra ponta da varanda.

"Você está deprimido", disse Susan outra vez. "Ozio deixou você deprimido."

"Ele passou a perna na gente. Fez com que ficássemos parecendo lentos."

"Mas nós *somos* lentos. E, de qualquer modo, ninguém consegue ser tão rápido quanto Ozio."

"A senhora acha que ele é tão bom assim?"

Susan riu. "Não, não", ela disse, passando a mão pela minha cabeça como se eu fosse um garotinho. "Você não entende, Henry? O Ozio diz isso sempre, aquela frase que roubou de Sam Rayburn:[14] 'Qualquer mula pode derrubar um estábulo'. É só o que ele faz o tempo todo, sentado lá nas alturas, vazando mentiras para um ou outro jornalista, dando golpes baixos nos adversários. E Jack sempre foi vulnerável a esse tipo de ataque, porque acredita demais nas coisas."

"Isso pode ser um problema", foi minha observação pouco sagaz.

Ela não deu atenção a meu comentário e prosseguiu. "Você devia tê-lo visto no tempo da guerra. Era meio bunda-mole naquela época. Uma porção de gente se insurgia e dizia que o presidente era um assassino de criancinhas — era muito fácil ser um extremista. Quanto mais extremas as posições, maior credibilidade a pessoa tinha. Jack não estava nessa. Era gozado pelos radicais. Seus cabelos eram mais curtos do que os do resto do pessoal. Usava paletó e gravata. Quando estávamos na faculdade de direito, ele ia sempre a Washington conversar com os representantes do estado, tentando convencê-los a se opor à guerra.

"Não vou me esquecer nunca. Havia um senador, um idiota realmente reacionário, linha-dura, o LaMott Dawson. Falava o tempo todo dos 'comunas'. Encontrava comunas por toda parte em Washington, sobretudo quando concorria à reeleição. LaMott nasceu numa cidadezinha a noroeste de Grace Junction chamada Anderson ou Henderson, algo assim. E um rapaz de lá morreu. Jack tinha o costume — uma coisa horrível, uma forma de autoflagelação — de sempre ir visitar as famílias do estado que tinham perdido alguém. Veja bem, ele ainda estava na universidade, entende? O que é que ele tinha a ver com aquilo? Só Jack era capaz de fazer uma coisa dessas. A pergunta óbvia era: 'Meu filho, por que você não está no Vietnã?'. E Jack respondia, com toda a seriedade: 'Um problema no joelho, minha senhora'. Ficava tão envergonhado de dizer isso — não sei o que ele odiava mais, se a guerra ou sua desculpa para escapar dela. Mas ia sempre que podia visitar as famílias. E sempre encontrava uma maneira de se relacionar com as pessoas, de levar algum consolo. E esse trabalho duro acabou dando algum resultado. Teve uma chance, e logo em Henderson, imagine só, na cidade natal de LaMott. Encontrou a senhora Ida Willie West, que estava pensando em ir a Washington para dizer às autoridades como ela achava que tudo aquilo era um desperdício de vidas humanas.

"Bem, ele a ajudou a tomar a decisão. Arranjou uns trocados com alguns grupos contra a guerra e foi com ela até LaMott, que evidentemente não queria nem ver Jack. Todo mundo sabia qual era a linha dele. Mas Ida Willie não concordou em se encontrar com o senador sem Jack, e ele disse ao Sherman Presley — esse filho da puta estava trabalhando para o LaMott naquela época, sabia? — que ia pegar muito mal se o *News-Tribune* de Mammoth Falls descobrisse que o senador Dawson estava se recusando a receber a mãe de um soldado que havia ganho a Estrela de Ouro que queria se encontrar com ele. Afinal, concedeu a entrevista. E Ida Willie chegou e foi logo perguntando: 'Por que meu filho tinha de morrer?'. E LaMott começou a falar sobre os comunas. E Ida Willie disse: 'E então, LaMott, não é verdade que nós sempre ajudamos você?'. E recapitulou tudo o que a cidadezinha havia feito ao longo dos anos para dar uma oportunidade a LaMott. Você sabe, o pessoal desses lugarejos identifica os sujeitos inteligentes, como Jack e LaMott, e eles só vão para a universidade — as boas universidades da costa leste — porque os rotarianos fazem coletas de fundos para pagar os estudos deles.

"Seja como for, Ida Willie West lembrou a LaMott todas as maneiras pelas quais tinham coletado dinheiro para ajudá-lo e disse: 'Nós cuidamos de você. E agora venho aqui perguntar por que meu filho morreu e você me vem com essa conversa fiada sobre os comunas, essa conversa que você sempre puxa na época da eleição, LaMott. Meu filho está morto. E então, por que ele morreu?'. LaMott não tinha merda nenhuma para dizer. E Jack — nosso Jack — deixou ele sofrer um pouco e depois o tirou do aperto. Pode imaginar uma coisa dessas? Ele disse: 'Olhe, senhora West, a senhora sabe que os homens públicos como o senador Dawson têm de tomar muitas decisões difíceis. Têm de levar em conta todos os aspectos da situação internacional, assim como as vidas das pessoas. Talvez tenha chegado a hora de o senador reconsiderar sua posição com respeito à guerra. A senhora sabe que ele não gostaria de se sentir responsável pela morte de outros rapazes como o seu filho. Não é verdade, senador?'. Obviamente LaMott era orgulhoso demais para mudar ali mesmo, naquele momento. Prometeu que ia *pensar* no assunto. E, justiça seja feita, um mês depois fez um discurso no plenário. Coisa difícil naquele tempo para um senador sulino, a menos que fosse um intelectual como Fulbright.[15] E, pode crer, LaMott Dawson não era nenhum gênio. Mas mudou de posição. A partir daí passamos a contar com o voto dele. E foi Jack quem conseguiu isso."

Tinha ficado escuro e esfriara. Uma ligeira brisa agitava as últimas folhas marrons que se agarravam aos galhos das árvores. "E então, a troco de que você me fez contar essa história?", ela perguntou.

"Ozio."

"Um adulto com alma de menino. Um conversa-mole. Ele não tem metade da estatura de Jack Stanton. Por isso, Henry, não seja bobo. Jack sabia o que estava fazendo."

"Então por que ele nos deixou anunciar a coisa?"

"Porque às vezes", ela disse, rindo, "ele leva algum tempo até saber o que está fazendo. Mas não se preocupe com isso."

"Ficamos mal com os escorpiões."

"Na hora em que a coisa começar, não vai ter a menor importância."

"Quando é que a senhora acha que vai começar?"

"Quando Ozio tomar uma decisão."

"Qual é sua opinião?"

"Ah, ele não vai concorrer. E é uma pena."

"Por quê?", perguntei.

Susan se pôs de pé, pronta para entrar. "Porque eu adoraria ter a chance de triturar aquele saco de bosta."

3

No fim de semana entre o Natal e o Ano-Novo, trinta de nós estávamos numa sala dos fundos do restaurante Slim's após o último encontro de trabalho da equipe antes da eleição primária de New Hampshire. A campanha tinha sido interrompida, pois os Stanton tinham ido para a Flórida. "Bom, sem dúvida planejamos a porra toda para os próximos meses", Richard resmungou. "Com exceção desse troço da mulher."

"QUE TROÇO DA MULHER?", perguntou Lucille Kauffman, num tom de voz demasiado alto, demasiado incisivo: todos em torno da mesa se calaram. Lucille, por ser uma velha amiga de Susan, considerava-se dona da campanha. Supunha que era parte do círculo mais chegado e, como o casal Stanton nunca dissera nada em contrário, era tratada como tal — quando estava por perto. Passava a maior parte do tempo em Nova York, onde advogava. Dava suas peruadas pelo telefone. Coisas pequenas: não gostava das gravatas do Jack. Não gostava da cor dos cartazes da campanha. E coisas grandes: os assessores eram incompetentes, desleais, não entendiam nada. Era uma conspiradora grotesca, estava sempre querendo o sangue de alguém. Desejava que uma amiga, Laurene Robinson, fosse contratada como assessora de imprensa. Queria que Sporken fosse substituído. (Até que não era má idéia.) Ameaçava tirar uma licença e dedicar-se em tempo integral à campanha. Toda a população de Mammoth Falls tremia só de pensar nisso.

Richard a desprezaria mesmo se ela não fosse mal-ajambrada e desagradável, mesmo se não usasse o tempo todo roupas esportivas, tênis e óculos escuros de aviador, mesmo se não estivesse sempre remexendo na bolsa à procura do estojo de maquiagem, ajeitando o cabelo, pintando a boca da forma mais ridícula, apertando os lábios franzidos em volta do batom, girando-o uma, duas vezes e então dizendo — sempre — "Pronto!". Não, mesmo se ela fosse uma criatura benigna, Richard a teria odiado porque se tratava de uma amadora. Costumava dizer: "Que Deus me proteja dos amigos e dos amadores".

Esse era um problema fundamental de Stanton. Vinha colecionando amigos desde o jardim-de-infância, com a intenção expressa de tê-los a seu lado no momento de glória. Alguns eram muito bons; outros, razoáveis; para outros mais — há muitos derrotados pelo mundo, testemunhos vivos da absoluta impossibilidade de ver o rumo da vida — ter conhecido Stanton "naqueles tempos" era a coisa mais notável que já haviam feito. Lucille pertencia a uma categoria única. Difícil imaginar alguém mais execrável. Era uma dessas pessoas sem o menor senso de dinâmica espacial — sempre um passo perto demais da gente — e nenhum senso de adequação. Dizia qualquer coisa que lhe viesse à cabeça: acreditava que o simples fato de ter pensado em alguma coisa a fazia importante. Na verdade, a campanha havia exacerbado esse traço: como era a melhor amiga de Susan dos tempos da faculdade — como conhecia Susan melhor do que ninguém —, as pessoas de fato se *comportavam* como se as coisas que ela dizia fossem importantes.

Era muito perigosa. Eu morria de medo dela. Suscitava dúvidas sobre Susan que eu preferia não ter de considerar.

"Que troço da mulher?", perguntou outra vez a Richard. "Você botou ketchup no bife? Deus meu."

Ela estava beliscando uma salada. Todos os demais comiam carne — que era, na realidade, o único prato no menu do Slim's. Montanhas obscenas de carne, ainda fumegantes, se empilhavam em bandejas junto às mesas, entremeadas de outras montanhas de cebolas e batatas fritas. Tudo muito excessivo e primitivo. "Isto aqui não é Nova York, querida", disse Richard com desdém. "Se você quer brincar de fazer política nos Estados Unidos, não pode ficar ofendida com os costumes dos nativos. Os americanos botam ketchup no bife." E então, dirigindo-se a mim: "Imagine se aparecer uma mulher e disser...".

"Besteira!", Lucille disparou. "Isso não vai acontecer."

"Talvez uma dona classuda", Richard continuou, "uma militante do Partido Democrata."

"Não!"

"Apareceu alguém na convenção de 1984."

"Nunca!"

"Certo", disse Richard. "Também acho que não. Só estou tentando imaginar como seria. Ele não ia cair na armadilha, como aconteceu com o Hart.[16] Conhece as regras. Se aparecer alguma vigarista de outra encarnação, basta dizermos: Babaquice."

"Babaquice mesmo", disse Lucille. "Nem sei por que você está falando nisso."

Interessante. Lucille parecia assustada. Desviou os olhos quando a encarei, em vez de me encarar de volta e dizer, como seria normal: "O que é que há? O que é que há?". Qual a razão disso? Será que ela sabia de alguma coisa? Ou será que estava tão convencida de ser a voz de Susan na campanha que agora reagia como imaginava que Susan o faria?

O pior é que eu também estava sentindo o mesmo. Tratava-se de algo em que realmente não queria pensar. Porém, sabia que isso era um erro da parte de um assessor: Richard estava cumprindo seu dever — e, como sempre, dizendo em voz alta aquilo que todos nós pensávamos mas tínhamos vergonha de falar. Há pouco havíamos terminado dois dias de reuniões, examinando a programação, coordenando tudo — os spots pagos na mídia, como obter apoio financeiro, o esquema dos debates. Tínhamos passado uma tarde inteira estudando meticulosamente os adversários — não apenas nossos três oponentes, mas também os órgãos de comunicação. Brad Lieberman, um presente que nos dera o prefeito de Chicago, havia acertado os ponteiros — uma eficiente harmonização de eventos, levantamento de recursos, spots, mensagem. Brad fizera com que tudo isso parecesse controlável, um processo racional, e todos estavam se sentindo muito bem.

O dinheiro começara a entrar desde que Ozio havia abandonado a liça. Saíra espalhando brasa, furiosamente, ridiculamente, numa atitude defensiva, tentando se decidir até que expirou o prazo para se inscrever em New Hampshire, quando então anunciou que a eterna crise urbana de seu estado o impedia de concorrer naquele momento, mas que poderia reconsiderar sua decisão se nenhum dos candidatos desse resposta aos problemas suscitados por aquela baboseira dele sobre a Nova Comunidade Americana. Foi um vexame absoluto. A revista *Manhattan* publicou um artigo de capa com o título "Zero para O. O.". Os cofres de Wall Street se abriram como num passe de mágica; estávamos recebendo uma bolada de dinheiro de cada uma das grandes corretoras, uma média de 175 mil dólares por dia durante as duas últimas semanas. Por isso, esse jantar, em que ocupávamos duas longas mesas na sala dos fundos do Slim's, tinha um clima de festa. Estávamos prestes a entrar na batalha — e o candidato quente era o nosso. As últimas semanas em New Hampshire tinham sido muito encorajadoras. Stanton brilhara nos comícios, acumulavam-se as declarações de apoio dos principais ativistas do partido. A onda vinha crescendo. Vários jornalistas de peso, até mesmo alguns colunistas, tinham começado a sair da toca — a retirada de Ozio significava que era hora de prestarem atenção nos demais concorrentes. Em geral, Stanton os impressionara bem. De repente nos havíamos tornado plausíveis em Nova York e em Washington — tinham ficado para trás os dias em que Jack Stanton era visto apenas como um possível vice-presidente. Teríamos agora quarenta e oito horas de folga — a véspera e o dia de Ano-Novo — e então começaria a guerra. Estávamos prontos para a luta.

"Estou falando sobre isso", disse Richard, sem dar trégua, incapaz de abandonar o troço da mulher, "porque todo esse planejamento não vai valer porra nenhuma quando isso acontecer. Porque, se não temos como saber o que *vai* ser, ao menos temos de imaginar o que *pode* ser. E sabemos que vai ser alguma coisa. Não é mesmo, Henry?"

Eu não sabia. Estava feliz porque a conversa tinha ficado mais restrita outra vez — sabe-se lá como — depois da explosão inicial de Lucille. Ouviam-se risadas vindas da outra ponta da mesa, Lieberman contando histórias de Chicago. Richard engolia metade das palavras, a outra metade era pronunciada a meio caminho entre um resmungo e um sussurro. Eu estava sentado ao lado dele e tinha dificuldade em segui-lo. Vinha desfiando todas as possibilidades.

"Digamos que uma mulher, uma mulher plausível, apareça — mas então, você vai dizer, por que haveria de aparecer, se é plausível? O fato de vir a público reduz sua credibilidade, entende? E qual o motivo? Vingança? Política? Dinheiro? Se for por dinheiro, estamos bem. Por dinheiro, ela não tem nenhuma credibilidade. A menos que venha na moita e aperte Stanton — e ele, de boboca, resolva pagar."

"*Richard!*", Lucille intrometeu-se de novo.

"Por se sentir culpado ou coisa parecida. Mas isso não é problema. O problema é se aparecer uma mulher séria. Mas uma mulher séria, por definição, não faria um troço desses. A menos... Você acha que ele alguma vez faturou uma militante do Partido Republicano? Mas, mesmo assim, digamos que ele tenha trepado com uma mulher do Partido Republicano e a fulana bote a cara de fora."

"Não é po..."

"Cale a boca, Lucille", ele disse. "Você não acha, talvez, que a gente pode simplesmente *admitir* isso — quer dizer, se for alguém plausível? Diga que sim, que já aconteceu, a carne é fraca, a revolução sexual. Não é verdade que todo mundo fodeu com todo mundo alguma vez nos últimos vinte e cinco anos?"

"Richard, não quero..."

"Lucille, por que você é incapaz de dizer a verdade?"

"É Maybelline." A voz pertencia a outro condado de Nova York: Daisy Green, a sócia mais jovem de Sporken. Estava sentada junto a Lucille (sem dúvida por ordem de Sporken, que sabia que Lucille pensava em derrubá-lo).

"Como é que é?"

"A letra da música é: 'Maybelline, por que você é incapaz de dizer a verdade?'. Você está fazendo confusão com a guitarra do B. B. King — ela é que se chama Lucille", disse Daisy. Era tremendamente magra, desleixada no vestir. Dava a impressão de ser alguém que passava tempo demais entre quatro paredes — o que era verdade, produzindo spots eleitorais para Sporken. Vestia um agasalho esportivo com capuz, sem nada escrito, e jeans. Era uma típica nova-iorquina, obviamente dos bairros mais distantes. Sua mãe deve ter freqüentado a Faculdade da Cidade de Nova York ou a Universidade Hunter e militado na esquerda. Daisy era mais refinada — provavelmente havia se formado numa das universidades da Ivy League —, porém restava um ligeiro sotaque, uma falta de polimento: ela não tinha se esforçado muito para assimilar os costumes das classes mais altas. Fumava.

"O que é que eu tenho a ver com essa merda?", disse Richard.

"Pois devia se importar, Richard, se quiser ser *autêntico*."

"Ah, esqueça." Mas ela tinha conseguido afastá-lo do troço da mulher — uma mudança da qual talvez haja se arrependido imediatamente.

"Ei, você tem *certeza* de que ele não deve usar a camisa axadrezada?", perguntou Lucille, agora dirigindo-se a Daisy. "Você conhece Pendleton? É New Hampshire mesmo. O Jack fica muito formal de terno."

"Ele está concorrendo à presidência. Filmamos o spot com ele sentado em cima da escrivaninha, em vez de atrás dela — já é suficientemente informal."

"A gente tem de atrair a atenção dos eleitores", disse Lucille. "Não queremos que ele fique parecendo mais um político qualquer. Devia ser assim como Gary Hart com o machado na mão."

"Certo — é exatamente isso que queremos", bufou Daisy. "Que tal a legenda: 'Jack Stanton — um democrata ao estilo de Gary Hart'?" Gostei de ver: ela não se sentia intimidada diante de Lucille. "Todos os outros políticos de merda que estão concorrendo com ele usam camisas axadrezadas, ou roupas de esqui, ou qualquer porra no gênero. Este ano as pessoas estão sabendo reconhecer esse tipo de babaquice. Temos de deixar claro: de nosso lado, nenhuma babaquice."

"Harris já foi um bom esquiador", Lucille retrucou, "e ninguém acha que ele é um babaca."

"Ele sofreu um ataque do coração. Precisa mostrar que ainda está vivo."

"Você tem de fumar essas coisas? Também vai acabar tendo um ataque do coração."

Com essa Daisy calou o bico.

"E tem mais, você não deve fazer isso em público", continuou Lucille, aproveitando-se de que estava por cima. "Não queremos que as pessoas pensem que Jack está cercado de fumantes, certo? Quer dizer, se o pessoal dele não sabe tomar conta da própria vida, como é que vai governar o país?"

"Como os porras dos advogados de Nova York que cobram quinhentos dólares por hora", disse Richard. "O que é que você faz por quinhentos dólares por hora, Lucille? E com quem?"

"Muito engraçadinho. Você é outro: a gente quer mesmo que o público veja que a campanha de Jack Stanton está sendo dirigida por um caipira que parece ter sido gerado durante a cena de amor do filme *Deliverance*."

Daisy caiu na gargalhada: "Nada mal, Lucille". Mas eu estava preocupado. Lucille era *tão* horrível, *tão* casca-grossa — por que Susan a mantinha por perto?

Alguém estava batendo com a colher num copo. Era Sporken. "Quero propor um brinde..."

"Me dá vontade de vomitar", Richard resmungou.

"...ao Ano-Novo, ao ano em que os Estados Unidos vão mudar, e à equipe — essa grande equipe — que vai fazer isso acontecer."

Ouviram-se gritos de apoio. Olhei em torno da sala e me perguntei se a equipe era tão boa assim. Daisy me pegou olhando e entendeu o que eu estava vendo.

Choveu naquela noite, e depois virou gelo. Mammoth Falls transformou-se numa bagunça. Estalactites de gelo pendiam dos fios elétricos e dos ramos das árvores, as ruas se tornaram terrivelmente escorregadias. Na manhã seguinte, o noticiário abriu com o acidente na estrada estadual em que oito carros haviam se chocado violentamente. O aeroporto foi fechado. Fui até o escritório; não havia ninguém lá, a fechadura tinha congelado. Fazia um frio estranho, não tão cortante como no Norte; de início parecia suportável, mas agora minhas orelhas latejavam e me perguntei o que devia fazer. Sem dúvida haveria um policial militar de serviço e provavelmente Annie Marie se encontrava no palácio, o que significava ter de subir a colina para quem vinha do escritório de campanha. Eu precisava telefonar para os Stanton em Marco Island, apenas para saber se havia alguma novidade e informar o que se passara nas reuniões sobre New Hampshire. Tinha meu celular, mas não queria ficar de pé do lado de fora, andando para cá e para lá, tendo de tomar notas ou sei lá o quê, morrendo de frio. Senti-me paralisado, deprimido, desnorteado. Tinha de ir ao banheiro. Comecei a subir a colina rumo ao palácio do governo, escorreguei e caí de bunda — dolorosamente —, desabando outra vez ao tentar levantar-me. Rolei até o gelo menos escorregadio da faixa de grama entre a calçada e a rua. A tração ali era mais fácil — na verdade, bastante razoável — e fui triturando o gelo colina acima. Mas agora voltara a chover, e forte. Abri o guarda-chuva, uma lufada de vento arrancou-o de minha mão. Saiu quicando pela rua, e decidi não correr atrás dele.

O policial na porta era novo e, como não me conhecia, ficou desconfiado. "É só telefonar para o gabinete do governador e dizer que Henry Burton está aqui", eu disse.

"O senhor não tem um passe?"

"Não sou funcionário do gabinete do governador", expliquei, num tom irritado. "Trabalho na campanha eleitoral. Por favor, chame aí o gabinete. É o ramal 3258."

"Calminha, rapaz", ele disse. "Vou chamar a porra do gabinete do governador."

O gabinete do governador estava em plena atividade. Stanton falava ao telefone com Annie Marie, tomando providências a respeito da tempestade de gelo. "Henry acaba de entrar", ela disse, passando-me depois o aparelho: "Quer falar com você".

"Henry, tudo bem aí?"

"Parece. Quer que lhe diga o que fizemos?"

"Não, já sei. Conversei com o Richard e com o Lieberman. O negócio é o seguinte: quero ir a Los Angeles."

"O senhor tem certeza? Vamos ter de sair de New Hampshire duas semanas antes da primária."

"É o dinheiro, Henry. E o clima quente. Estamos indo bem. Pelo menos, parece que estamos. Viu os números do Leon? Uma merda. Mas ainda é cedo. Temos uma vida inteira daqui até a eleição. Todo o tempo do mundo para nos fodermos. Você acha que está tudo certo? Acha que há alguma coisa que não estamos fazendo?"

"Não me ocorre..."

"Olhe, o que eu quero é o seguinte", disse ele, me interrompendo. Eu ainda não tinha me acostumado com isso. Ele nunca queria receber uma resposta honesta quando perguntava como iam as coisas, só desejava uma palavra de alento — e se contentava com qualquer coisa, até mesmo com as inevitáveis e transparentes declarações do Sporken: "Beleza, beleza, tudo bem, governador". Era algo banal, indigno, não conseguia me habituar a isso.

"Quero uma conferência pelo telefone com a Gangue dos Cinco — vamos tentar na quarta-feira, bem cedinho, logo depois do café da manhã." Começou a rir. "Você já ouviu o nome que o Richard deu à Gangue? Os Sábios de Sion! Não podemos deixar que isso vaze." Riu de novo. A Gangue eram seus conselheiros econômicos. "Mas diga a eles que precisamos saber até onde podemos ir com os gastos de saúde. Charlie Martin tem de nos dar uma posição firme nessa matéria. E diga ao Rosenbaum que ainda estou esperando as propostas sobre o corte de impostos." David Rosembaum era o mago das cifras. "E olhe, diga a Annie Marie que quero os nomes e os telefones de todas as famílias envolvidas nesse acidente na estrada, tá bem? E aí, o que você vai fazer hoje à noite, Henri?" Ele também brincando de me chamar de Henri. "Vai dar em cima das menininhas da equipe ou vai ficar em casa e abrir uma garrafa de Chablis?"

"Vou à festa da equipe", disse, adotando de propósito um tom distante. "O senhor sabe, o público vai poder participar, estamos procurando oferecer um lugar seguro no réveillon para os jovens da cidade."

"Grande idéia. Quem bolou isso?"

"A Jennifer, o Eric. Não sei. Eles são muito bons."

"Você também, meu caro", disse ele, compreendendo qual era o meu estado de espírito. "Henry, agora escute com atenção. Duas coisas. Primeiro, quero que você se mande do escritório e relaxe hoje, ouviu? Descanse. Divirta-se. Faça alguma coisa que lhe dê prazer. E depois vá se encontrar comigo em Manchester na terça. Quero você a meu lado quando entrar na reta final. A outra coisa é a seguinte. Eu e Susan estávamos conversando: você é a melhor coisa que nos aconteceu este ano. Feliz Ano-Novo e muito obrigado. Sei o que você faz, como se sente, como trabalha duro. Eu me sinto honrado com isso. Honrado. Entendeu? Agora escute, é muito importante. Acha que tem alguma chance de você dar uma trepadinha hoje à noite?" Estava rindo. "Estou falando sério. Não quero que você fique com tesão demais para pensar direito, tá bem?"

"Sim, senhor", respondi. "Feliz Ano-Novo para o senhor também. E muito obrigado."

"E diga a Annie Marie que eu quero aqueles números de telefone, ouviu? Estamos indo bem, não acha?"

"Muito bem."

Entrei de volta na sala do governador para ligar para minha mãe em Los Angeles e dei de cara com Daisy Green sentada lá, pequenininha, atrás da enorme escrivaninha de Stanton, usando uns óculos de aro de tartaruga grandes demais para o seu rosto, estudando as tabelas de Leon, fumando um Marlboro. "Ei", ela disse, "esse troço aqui é totalmente inacreditável. Você viu o que os veteranos da Segunda Guerra Mundial acham de nós? Estão cagando e andando para o troço do Vietnã. Adoram ele."

"Você não devia fumar aqui", comentei. "Ele entra na sala daqui a três semanas e morre asfixiado."

Daisy apagou o cigarro. "Viu os grupos de opinião? Estou um pouco preocupada com os cortes de impostos. O pessoal está de olho. Acho que este ano a coisa não vai ser mole. As pessoas estão *raciocinando*, você sabe? Estão acompanhando o debate, prontos para nos ouvir. É incrível que nenhuma das principais figuras do Partido Democrata tenha entrado no páreo, mas é por isso que eles são democratas, não é mesmo?"

"Afinal, o que é que você está fazendo aqui?", perguntei, mas não de forma agressiva.

"A tempestade de gelo", disse ela, fechando a pasta de Leon e empurrando os óculos para cima da testa. "Ainda estamos todos aqui. Tive de sair do hotel. Estão todos andando de um lado para o outro do vestíbulo, se odiando — Arlen, Jemmons, Lucille. A maior neura. Não queria ficar servindo de babá para nenhum deles. Richard não sossega um instante, querendo trepar outra vez comigo. 'Tem um bar na minha suíte, Daisy Mae, filmes, é um paraíso.' Disse a ele para dar uma cantada na Lucille. 'Você podia salvar a vida dela', falei. O Richard..." Agora ela estava rindo às gargalhadas, não conseguia acabar a frase. "O Richard... o Richard disse: 'A Lucille? Com aquela mulher eu não seria capaz de ter uma ereção nem que meu pau fosse uma bengala branca'. Nunca tinha ouvido essa antes. Enquanto isso, Arlen está tentando se engraçar com Lucille. Se fazendo de capacho. Ele estava tomando o café da manhã, ela chegou e ostensivamente se aboletou numa mesa vazia. Ele se levantou e levou uns ovos nojentos, já meio comidos, para a mesa dela. E ela falou: 'Ovos, Sporken? Colesterol puro'. Essa mulher parece ter sido inventada pelo George Romero."

"Quem?"

"O diretor daqueles filmes de terceira categoria sobre mortos-vivos. Mas um diretor brilhante."

"Ah." Olhei para ela e não pude resistir à pergunta óbvia — sua franqueza o exigia. "Outra vez? Trepar outra vez com você?"

"O Richard?", disse ela, rindo. "No ano passado, em Atlantic City. Ele estava inteiramente aloprado no dia da eleição, eu tinha de fazer alguma coisa para acalmá-lo. Havíamos passado por tudo aquilo, ele havia tirado aquele bobalhão — já que estamos falando em mortos-vivos... —, tinha trazido aquele merda, Jeff Millar, do fundo do buraco, já estava dando para respirar, e então o idiota tremeu no debate final. Mas a televisão mostrou o debate na mesma hora em que havia outros programas de grande audiência, por isso talvez ninguém estivesse vendo. Seja como for, nas últimas vinte e quatro horas realmente suamos sangue. Recebemos as últimas pesquisas de boca de urna à meia-noite e estávamos na frente. Nós dois nos sentimos tão aliviados que — bom, você sabe como é durante as campanhas: sexo indiferente, boa camaradagem."

Tinha me esticado no sofá de couro sob uma imensa fotografia do estádio da universidade estadual, lotado de gente vestindo roupas cor de laranja, dois minúsculos times no meio do campo. Algo muito estranho para ser exibido ali, mas, na verdade, o gabinete do governador estava cheio de objetos do artesanato local, umas bugigangas de cores berrantes. "E por isso", ela continuou, "estou empacada aqui. Não vou voltar para a companhia daqueles lunáticos no hotel. Quer pegar um cineminha?"

"Estamos nos Estados Unidos", respondi. "Não há mais nenhum cinema no centro da cidade. Estão todos nos shopping centers."

"Será que há alguma loja de vídeo no centro?" Ela estava de pé, remexendo no armário do governador à procura de um catálogo telefônico; saiu da sala e voltou folheando as páginas amarelas. "Tem umas duas aqui perto. Olhe, vamos ver se estão abertas. Você tem um videocassete em casa, não tem? Podemos..."

"Não, tenho de..."

"Ah, Henry, pare com isso. Vamos descansar umas horinhas, hem? É véspera de Ano-Novo. Estamos aqui perdidos no meio do nada. Ou será que você tem algum programa?"

Fiz que não com a cabeça antes mesmo que pensasse no que ia responder. Ela não iria desistir. "Está bem", eu disse. "Mas me deixe telefonar antes."

"Assunto pessoal, né?" Não perdia uma. "Está bem. Faça sua ligação. Vou lá fora telefonar para essas lojas, ver se alguma está aberta."

Telefonei. Disse a minha mãe que estaria lá, acompanhando o governador, nos primeiros dias de fevereiro, que ela e Arnie deviam contribuir financeiramente para a campanha comparecendo ao jantar. Arnie pegou o fone. O fato de estar casado com minha mãe nunca causara a menor tensão em nosso relacionamento. Em primeiro lugar, porque jamais havíamos vivido sob o mesmo teto — eu já era bem grandinho quando ele apareceu; em segundo, porque Arnie tinha o dom inato de vendedor — no seu caso nem mesmo um dom, simplesmente uma afabilidade autêntica, sem artificialismo. "Quer dizer que vou ter de jogar dinheiro fora por causa do Stanton? Dizem que ele trepa com todo mundo."

"É um bom sujeito, Arnie. Você ia gostar dele."

"Não disse que trepar com todo mundo é uma coisa má. Acho que é muito bom. Fundamental. Como a posição de cada um a respeito do aborto e coisas assim. Precisamos de alguém de carne e osso, não é verdade? Um ser humano." Típico de Arnie, nunca uma palavra desagradável. "Você só devia trabalhar para gente que trepa com todo mundo, Henry."

Tinha parado de chover. A tempestade se desfizera: nuvens pesadas se alternavam com faixas brilhantes de um azul profundo. O sol aparecia e voltava a se esconder. O aspecto de Daisy nada tinha de charmoso, com o capuz de seu agasalho esportivo ordinário aparecendo por baixo de um casaco acolchoado azul e cobrindo-lhe a boca e as sobrancelhas; apenas os olhos negros e o nariz carnudo, que o frio tornara vermelho num minuto, estavam à mostra. Ficava repentinamente mais quente quando o sol punha a cara de fora. "Daqui a pouco vão abrir o aeroporto", comentei com uma ponta de esperança.

"Rua Três, deve ser a terceira depois do palácio do governo, não é?"

Certo. "Conheço essa loja", respondi. "Só tem porcaria."

"Bom", ela retrucou.

"Bom?"

"O que você quer, Henry? *Boudu salvo do naufrágio*. Vamos ver uma porcaria qualquer bem movimentada."

"Então você escolhe." A loja vendia cigarros e jornais, além de alugar vídeos. Passei os olhos pelas revistas, que incluíam todas as publicações conhecidas sobre luta livre, halterofilismo, heavy metal e motocicletas numa estante espalhafatosa e cheirando a óleo. Daisy voltou num segundo. "Estamos com sorte — veja só o que eu achei."

"*O abismo*? Você está brincando, não?"

"James Cameron", ela explicou. "Tremendo diretor. Vivo para esperar o próximo filme dele. Você viu *Aliens*? Tem alguma comida no seu apartamento?"

Compramos sanduíches numa loja da cadeia Subway. Meu apartamento não ficava longe, à beira do rio. "Não acredito", ela disse enquanto subíamos as escadas, passando pelo triciclo, pela bicicleta e pelo carrinho de bebê no andar de baixo. "Muito exótico, morar em Mammoth Falls num edifício cheio de famílias. E olhe só isso", ela exclamou quando abri a porta. Estava rindo. "É fabuloso, Henry, fan-tás-ti-co!"

"Só o essencial..."

"Essencial é apelido — aqui tem serviço de arrumadeira, Henry? Ou é você mesmo quem limpa tudo?"

"Eu..."

"Me desculpe, mas tenho de ver a geladeira. A geladeira é muito importante." Cruzou a sala aos pulos, abriu a porta, soltou um grito e se dobrou de rir. "Henry, é demais, é demais." Olhei e vi o que ela vira: potes de iogurte, bem arrumadinhos, na prateleira de cima. Garrafas de Perrier, bem arrumadinhas, na segunda prateleira. Molho de salada do Paul Newman, meio litro de suco de laranja, vários condimentos na porta. "Henry", ela perguntou, "nenhuma pizza comida pela metade? Nenhuma Coca Diet? Nenhuma cerveja?"

"Desculpe. Geralmente aqui só tomo o café da manhã."

"Iogurte? Nenhum biscoito de chocolate ou alguma coisa interessante?" Fechou a geladeira e foi até a janela, inspecionando os livros sobre o peitoril. "Romances?", perguntou.

"Minha fuga."

"Você foge do dia-a-dia lendo Doris Lessing e Thomas Mann?"

"Cada um deles me diz uma coisa diferente", respondi, sem muita inspiração.

Comemos os sanduíches. Ela queria fumar um cigarro depois. Peguei um pires no armário, tentando não parecer meticuloso demais. E, então, um problema de logística; a televisão estava no pé da cama. O sofá e as poltronas ficavam do outro lado da sala, em diagonal, perto da luz — e com uma bela vista do rio. Pensei em virar a televisão, pondo-a de frente para o sofá, mas isso me pareceu... um excesso de meticulosidade. Daisy, que estranhamente continuava a ler meus pensamentos, disse: "A cama, Henry? Você preparou tudo para uma cena de sedução".

Tirou o agasalho. Vestia por baixo uma camiseta de Princeton, sem sutiã — e não precisava muito dele. Sem o agasalho, ela parecia menor, mais moça, um pingo de gente. "Está bem, já sei, na parte de cima eu sou praticamente um rapaz", ela disse. Mas tinha uma bundinha bonita, atrevida e sensual, sem exageros.

"Tudo bem", retruquei. "*O abismo.*"

Tudo se passava debaixo d'água, com implicações espirituais. Caí no sono.

Já estava escuro quando abri os olhos. O filme acabara, e tive a impressão de que ela também havia dormido. Sua cabeça estava encaixada sob meu queixo, sua mão em cima de meu estômago, quente e macia, desabotoando e movendo-se de leve agora, acariciando. Era estranho: o cabelo dela cheirava a cigarro, mas não sua boca, quando ela a ergueu em direção à minha. Foi um beijo cuidadoso, em nada agressivo, gostoso. Tudo evoluiu devagar. As roupas foram despidas sem esforço, sem puxões nem cotoveladas. Ela era rija, envolvendo-me como uma aranha, mas não havia nada de embaraçoso, nada forçado; ela não era demasiado ativa nem passiva, continuava a ler minha mente. Na verdade, foi muito... agradável. Discreto, inteligente. Até que acabou, de forma um tanto precoce. Culpa minha. "Desculpe", eu disse. "Sexo de campanha."

"Mas uma excelente camaradagem", disse ela, beijando-me e se aninhando debaixo de meu braço. "Pomba, Henry — os números de Leon realmente parecem fabulosos, não é mesmo?"

É difícil acreditar nisso agora, mas durante duas semanas parecíamos geniais. Tudo corria a nosso favor em New Hampshire. O público era bom, as contribuições financeiras eram boas, a cobertura de imprensa era boa. Os adversários eram maravilhosos. Charlie Martin, o veterano do Vietnã com alma de hippie, ainda não conseguia acreditar que estava concorrendo à presidência e tinha dificuldade em lembrar, de um dia para o outro, qual era sua mensagem. Seu ponto alto na mídia ocorreu quando deu início a uma guerra de bolas de neve e acertou a nuca de Barbara Walters,[17] que naquele momento saía do hotel Wayfarer. Ela foi muito fria. Deu meia-volta, pôs as mãos nos quadris e balançou a cabeça, prestes a ralhar com ele — mas o cenho franzido lentamente se dissolveu num sorriso irônico e compreensivo. Tratava-se de uma criança. Adeus, Charlie.

Barton Nilson, um senador com vários mandatos e ex-governador de Wisconsin, não estava causando maior impacto com seu estilo populista das pradarias — vinha cruzando o estado num jipão, acampando em vez de ficar em hotéis e oferecendo programas de geração de empregos do tempo do Franklin Roosevelt (recuperação de florestas, construção de estradas) para gente que trabalhava com computadores. Parecia um ancião aos sessenta e dois anos — mais lento, menos entusiasta: era uma campanha de despedida. Fazia nobres e eloqüentes discursos numa voz adequada para os aparelhos de rádio de outrora — uma voz seca, crepitante, longínqua. Era como competir contra um museu. Tratávamos de ignorá-lo, com a esperança de que desistiria antes de chegarmos às grandes eleições primárias do Meio Oeste. Ele dava sinais de que não nos decepcionaria.

E, por fim, Lawrence Harris, que, não sendo visto como um candidato sério após três cirurgias cardíacas, era o mais interessante e temível dos adversários. Tinha nascido ali mesmo, em New Hampshire, onde ainda possuía uma fazenda perto de Lebanon. Lá se instalara após dois brilhantes mandatos no Senado e dois ataques do coração. "Minha participação na disputa é um exercício de classe", ele dizia, e era verdade: sua equipe de campanha era composta de seus estudantes de ciência política na Universidade de Dartmouth, que haviam formulado posições ideais e nítidas com respeito a todos os temas. Os estudantes também produziam uns spots bem simpáticos: num deles, o candidato fazia algumas manobras no esqui (com os ossos certamente rangendo) e parava em frente à câmara, dizendo: "Ah, a gravidade — que bela força da natureza! O mundo está cheio de maravilhas. Forças naturais que podemos utilizar, para nosso benefício, de modo mais eficiente. O vento e o sol são limpos e seguros. Precisamos aplicar impostos sobre a sujeira, salvar a Terra, equilibrar o orçamento, servir a nossos netos", quando então um bando de crianças corria para abraçá-lo e o derrubava, ainda calçando os esquis. Nada mal.

Richard dizia que Harris era um neomarciano, pois nenhuma de suas posições tinha a menor viabilidade no mundo real, conquanto ele causasse dificuldades — problemas de ordem psicológica — sobretudo para Stanton, que sempre fora o concorrente mais empenhado em discutir temas substantivos nas campanhas que disputara. O governador odiava a idéia de que outrem podia ser o queridinho da turma que ouvia a National Public Radio.[18]

"Não é possível que o senhor esteja seriamente preocupado", disse Richard para ele certo dia enquanto descíamos a estrada 101 rumo à costa, onde Stanton deveria sortear as pedras num bingo organizado por um grupo indígena. O governador ia no banco dianteiro, Richard atrás, mas inteiramente debruçado para a frente a fim de se aproximar tanto quanto possível de

Stanton. "O pessoal daqui não brinca em serviço. Acha que tem o dever patriótico de escolher um presidente para todos os patéticos caipiras de merda do resto do país. Eles não vão desperdiçar um único voto em favor do Forças da Natureza. Só vão usar Harris para fazer o senhor trabalhar mais duro — o que não é má idéia. O senhor não pode relaxar, está deixando as coisas correrem frouxas."

"Mas ele está me deixando mal nessa questão do corte de impostos", disse Stanton.

"Mal onde?", Richard perguntou. "Ah, já sei: trá-lá-lá, trá-lá-lá-lá", entoando sardonicamente o tema musical de *All things considered*,[19] fazendo com que a canção soasse idiota. A essa altura já não estava mais sentado no banco de trás, mas de joelhos, espremido entre Stanton e Mitch, o motorista. Estiquei o braço, meus dedos raspando pela manga de couro marrom da jaqueta do ginásio que Richard ainda usava, tentanto puxá-lo de volta. Em vão. Richard estava a mil por hora. "Os números do Leon mostram que está tudo correndo a seu favor — pomba, estamos empatados com Harris em Hanover — e o senhor está preocupado com o voto dos seguidores da porra da Nina Totenberg?[20] Quer se preocupar? Então se preocupe com alguma coisa de verdade. Se preocupe com aquele sacana do *Times* que o odeia porque o senhor foi para uma universidade de prestígio e ele teve de freqüentar a Universidade da Carolina do Norte, em Charlotte. Se preocupe com os republicanos, que daqui a pouco vão saber cada vez que o senhor tocou uma bronha. Se preocupe com as moitas, e a primeira lesma que vai sair de debaixo delas. Esqueça as Forças da Natureza. Um peido é uma força da natureza."

Richard continuou fixado nas lesmas, o que o prejudicou um pouco com Stanton, embora o governador tenha arquivado a idéia, descartando-a como mais uma das obsessões de Richard. Ele tinha tendência de fazer isso. Todas as pessoas estavam devidamente catalogadas em sua cabeça, e ele podia avaliar o conselho de cada uma delas de acordo com a classificação que lhes dava. Eu não me importava quando Sporken e Kopp ou a

Gangue dos Cinco (em que cada um tinha uma bolação genial e totalmente irrealista do ponto de vista político) entravam em êxtase com seus projetos autopromocionais, mas não gostava de ver Richard cair na mesma armadilha. Ele precisava manter sua credibilidade junto a Stanton.

Por sorte, Richard não passava muito tempo conosco. Veio duas vezes para a preparação do debate. Mas estava me deixando louco pelo telefone. Cinco, seis vezes por dia. Sempre: "Já ouviu alguma coisa?". Não, e você? "Happy Davis diz que o *Times* de Los Angeles está levantando alguma coisa. Ela acha que é sobre drogas. O que você acha — alguma mulher?"

"Happy Davis é uma colunista de fofocas."

"E daí? Olhe, Henri, estamos em vôo cego. Não sei porra nenhuma sobre esse cara. Precisamos contratar alguém. Fazer nossas próprias investigações. É uma merda duma loucura ficarmos sentadinhos, coçando os bagos, quando tanta coisa está em jogo."

Ele tinha uma certa razão. Mas ninguém tinha peito de levantar o assunto com Stanton — muito menos Richard. Telefonava para mim no escritório, mandava que me catassem quando estávamos fora da base. Na centésima vez em que me procurou, liguei de volta de um ginásio em Nashua. Stanton acabara de falar para toda a população da cidade — como sempre impressionante no período de perguntas e respostas, evoluindo refulgente pelo corredor, oferecendo comovidos apertos de mão às multidões — e eu disse a Richard: "Puta merda, então diga isso a ele você mesmo", e passei o telefone para o governador.

"Você está doido, Richard", Stanton disse, rindo. "O time dos Cowboys vai ganhar o jogo." Devolveu-me o telefone.

"Muito obrigado por ter se juntado a nós", comentei com Richard, "na edição desta semana dos heróis da campanha."

"Nós vamos nos foder, Henry, e a culpa vai ser só nossa."

Eu também estava preocupado: tudo estava bom demais cedo demais. Chegamos com todo o vapor para o primeiro debate, exatamente um mês antes da eleição primária de 17 de fevereiro. O evento se realizaria numa antiga fábrica de malhas convertida em sede de uma estação local de TV, numa grande sala que fazia lembrar os sótãos do bairro do SoHo em Nova York, cheirando a gesso e polietileno. Havia platéia no estúdio, metade composta de cidadãos comuns e a outra metade de políticos conhecidos — tratava-se do primeiro grande espetáculo tribal do ano para os escorpiões, da primeira chance de os pesos pesados nos verem em ação.

Era uma cena estranha. Nenhum camarim individual antes do show: os quatro candidatos tinham sido jogados juntos, com suas mulheres e seus assessores, num aposento nu, de paredes brancas recém-pintadas, com uma grande cafeteira e biscoitinhos de chocolate. Stanton dominava a sala, ou assim me pareceu. Criava sua própria família desajustada — Charlie Martin era seu irmão mais moço, bagunceiro, brincalhão; Bart Nilson, seu pai. Mas Lawrence Harris não estava para brincadeiras: sentou-se afastado de todos para repassar as anotações, carregando um exemplar da *Scientific American* com o artigo de capa sobre "A promessa da dessalinização". Stanton ficou maluco ao vê-lo assim à margem — o governador olhava de relance para ele o tempo todo e, eu podia jurar, tornava-se ainda mais obviamente encantador na conversa com os outros. Estava totalmente ligado no Nilson, adorava aquele velhote, as histórias que ele contava. "Henry, venha cá", ele disse. "O senador Nilson estava me contando sobre a vez em que Hubert Humphrey[21] tentou fazer o Eisenhower avançar na questão dos direitos civis, lá na década de cinqüenta. Senador, esse aqui é Henry Burton — o senhor sabe, o neto do reverendo Harvey Burton." Stanton sabia ser um filho da mãe totalmente sem-vergonha quando lhe interessava.

"Verdade?", Nilson perguntou — chocado, empalidecendo de repente. "Marchei junto com seu avô. Estava lá quando ele foi..."

Assassinado. Mas Bart Nilson era decente demais para continuar. Seus olhos ficaram marejados de lágrimas — os de Stanton também, disso eu tinha certeza mesmo sem olhar para ele. "Temos de manter vivo aquele espírito, não é mesmo?", disse Nilson, tocando no meu braço. "Chegamos muito perto durante algum tempo, Henry. Muito perto de fazer com que acontecesse."

"Sim, senhor."

"Vamos fazer a coisa funcionar outra vez, senador", disse Stanton, olhando-o fixamente. "Um de nós vai fazer isso", continuou, com uma certeza que quase fez Bart Nilson — que sabia que não seria ele — saltar para trás. "A gente vê como as pessoas estão pensando, não é? Dá para sentir — sedentas por alguma coisa, preocupadas. Não acho que os republicanos tenham entendido isso ainda."

"Os republicanos nunca entendem isso", disse Charlie Martin rindo. "A única coisa que querem é fazer com que o povo fique encagaçado. Mas, ei, Jack, gosto muito de ouvir você falar sobre essas merdas dos anos 60. O idealismo! O Movimento! O *sexo*! Aposto que você deu umas quatrocentas trepadas enquanto eu estava levando chumbo no rabo." Stanton deu uma rápida olhada na direção da feiosa e desenxabida Elizabeth Nilson, de pé à esquerda deles, sozinha junto à cafeteira. Charlie captou o olhar, deu de ombros e balbuciou: "Desculpe". Susan e Martha Harris (que jamais poderia deixar de ser reconhecida pelo que era, professora de estudos da mulher) estavam imersas numa conversa séria e animada do outro lado da sala — Susan, ao que parece, tendo mais êxito em penetrar a Cortina de Ferro dos Harris do que o governador, mas, afinal de contas, ela pertencia à mesma classe deles.

"Ei, Jack, tenho uma grande idéia — vamos bagunçar a cabeça do Harris", disse Martin. "Quando nos perguntarem sobre a questão dos impostos e ele falar da taxa das Forças da Natureza, ou seja lá o nome que lhe deu, vamos dizer que ela é muito pequena. Eu digo que temos de dobrá-la. Aí você fala: 'Não, mais ainda'. E o Bart pode dizer: 'Talvez tenhamos também de aplicar um imposto sobre as forças *sobre*naturais'."

"É isso aí, Charlie", disse Stanton. "Seria uma boa piada, hem? Tenho certeza de que os republicanos iam morrer de rir."

"Acho que sim", Martin concordou, pensativo. "E alguns dos nossos são uns babacas tão compenetrados que provavelmente iam pensar que não estávamos brincando. Mas até que seria uma boa dar um cansaço no Larry. Ele não costumava ser tão santinho quando entramos juntos para o Senado. Eu não sabia que, quando você sofre um ataque do coração, eles lhe enfiam uma rolha no cu." E prosseguiu: "Ei, Jack, falando em santidade, o que foi que você teve de prometer a Harriet Pinheirinho? Ela queria que eu concordasse em que todas as folhas de papel usadas no meu governo fossem recicladas".

Harriet Everton era a principal lunática ambiental de New Hampshire. Vinha infernizando Stanton por causa das grandes indústrias de processamento de carne de porco no seu estado, além do corte de florestas de pinheiros que ele havia autorizado. Por isso, acabou aceitando o compromisso de usar papel reciclado para fazê-la calar, e agora estava começando a ficar algo ruborizado (o que não escapou a Charlie Martin).

"Ela caiu de porrada em cima de mim por causa de um voto que dei sobre a chuva ácida dezoito anos atrás", disse Bart Nilson.

"Quer dizer que você entregou os pontos, hem, Jack?", Charlie Martin continuou a apertá-lo. Felizmente, porém, alguém anunciou: "Senhores", era chegada a hora de entrar em ação.

No começo, o debate foi um passeio. Stanton parecia muito tranqüilo, presidencial mesmo — e, para espanto de todos, ficou fora da linha de fogo. Não era difícil. Os outros estavam se matando. Charlie Martin tentou explicar seu complicadíssimo plano de assistência médica e se enredou tanto que, por fim, ergueu os braços e disse: "Bem, o plano faz muito mais sentido no papel do que quando alguém *fala* sobre ele. Mas, vocês sabem, se fizermos isso, o nível de energia do país vai simplesmente... dar um salto enorme!".

Depois, Nilson e Harris se engalfinharam. Nilson embarcou em seu costumeiro discurso de palanque sobre a necessidade de gastar muito mais para ajudar as pessoas a não depender da assistência social: "Vamos dar a essa gente uma escada, e não uma rede de segurança".

Harris, incrivelmente, saiu em seu encalço. "Como podemos servir a nossos netos se vamos gastar essa dinheirama toda dando picaretas a quem precisa aprender a trabalhar com computadores?"

"Você acha que as pessoas estarão dispostas a pagar seu imposto de um dólar por galão de gasolina e não receber nada em troca a não ser uma redução da dívida nacional?", perguntou Nilson, verdadeiramente irado. O alheamento de Harris, sua frieza diante dos temas sociais, prometia um Partido Democrata muito diferente da agremiação vinculada aos trabalhadores a que Nilson um dia se filiara.

"Não é um imposto sobre a gasolina", respondeu Harris, com suficiente condescendência para fazer Charlie Martin soltar uma risadinha. "É uma taxa sobre o uso de fontes virgens. E um déficit menor significará..."

"Uma vida melhor para seus ricaços que vivem de papéis do governo", Nilson disparou de volta.

A coisa mais sábia que Stanton podia fazer era ficar na sua, deixando que os outros se digladiassem. Mas ele pulou na arena ("Não! Não!", Daisy sussurrou, apertando com força minha mão), movido por algo mais profundo do que a simples conveniência política, pela necessidade de ser um pacificador — e de se fazer de simpático com Lawrence Harris. "Não apenas os detentores de bônus, governador Nilson", ele disse. "As famílias dos trabalhadores terão de enfrentar juros hipotecários mais baixos, as pequenas empresas poderão obter empréstimos em condições melhores e competir no mercado internacional. Uma redução modesta mas contínua do déficit será algo bom para todos nós."

Está bem. Nada mal. Mas cale a boca. Obviamente não: "É claro que o governador Nilson também tem razão. Realmente temos de oferecer emprego àqueles que necessitam...".

"Ei, Jack." Era Charlie Martin. "Afinal de contas, você está *contra* alguma coisa?"

Ouviram-se risos na platéia. Não muitos. Mas sempre risos.

"Sou contra não fazer nada quando as pessoas estão sofrendo." Stanton ficara furioso. "Sou contra o estilo de governo que diz: 'Esperem, as coisas vão melhorar, é só esperar'. Sou contra esse tipo de paciência. Sou *impaciente* quando se trata da gente que você e eu — todos nós — estamos vendo por aqui, pessoas que deram duro a vida inteira, fizeram o que se esperava que fizessem e, de repente, o tapete é puxado debaixo delas. Você viu o olhar dessa gente, ouviu as histórias que contam, senador Martin. Está dizendo que não devemos fazer nada para ajudá-los?"

"Bem, claro que não", Martin começou, para depois tropeçar numa sinuosa aquiescência. Estava frito.

Corremos para a sala de imprensa, outro aposento com jeito de sótão mas no andar de baixo, um estrado diante de fileiras de longas mesas. Eu, Sporken e Laurence Robinson formamos um triângulo e começamos a trabalhar os jornalistas. (Lucille Kauffman tinha ganho a parada; Laurene, uma jovem negra, alta e maneira, era agora a assessora de imprensa — e, eu tinha de admitir, bastante competente.) Estávamos muito tranqüilos, tinha sido uma noite boa, positiva. Um debate elevado e substantivo por parte de todos os candidatos. Estávamos satisfeitos. Até mesmo Sporken era suficientemente inteligente para não bombardear ninguém com aquela história de "Beleza! Beleza!". Os perdedores se explicam; os vencedores sorriem.

"Mas o senador Martin tinha razão, não tinha?", perguntou Felicia Aulder, um verdadeiro pé-no-saco do *Daily News* de Nova York. Por algum motivo ela nos odiava. Adorava o Charlie Martin — ou, antes, adorava o Bentley Benson, encarregado das pesquisas de opinião pública na equipe do Charlie, que fornecia material para sua coluna "D. C. Wash" e, como bem sabíamos, a abastecia na surdina com rumores sobre um "problema feminino". "Afinal de contas, o governador Stanton está *contra* o quê?"

"Acho que o governador explicou isso", respondi.

"Riram dele", ela insistiu.

Olhei para o lado e reparei na expressão de Laurene. Havia algo de errado. Ela precisava de ajuda. O problema era saber como chegar até lá sem arrastar comigo todos os escorpiões que me cercavam — sobretudo Felicia. "Olhe", eu disse, "tenho de ir..." — e me encaminhei em direção à porta, com Jerry Rosen grudado em mim, tal qual um cachorrinho apaixonado, o braço passado em volta de meus ombros, sussurrando em meu ouvido:

"Impressionante, impressionante. Até o Dia dos Namorados vocês já terão faturado a indicação do partido".

Saí da sala. Contei até cinco e voltei a entrar, aproximando-me de onde estava Laurene. De início, tudo parecia correr bem. Então, um sujeito alto e esquelético, com marcas de varíola no rosto, chegou perto de mim e perguntou: "Senhor Burton, será que o *senhor* pode me ajudar?".

Olhei para Laurene e percebi que o problema era esse.

"Posso tentar", respondi. Os outros escorpiões ainda estavam martelando Laurene — táticas, planos de divulgação na mídia, obtenção de apoio financeiro, esse tipo de baboseira. Não conheciam aquele sujeito. Ele não pertencia ao grupo que fazia a cobertura da campanha.

"O governador Stanton alguma vez foi preso durante a Guerra do Vietnã?"

"Não sei disso. Posso perguntar a ele e lhe dar um retorno."

"Muito bem", ele disse, calmo demais. Sabia o que estava fazendo, tinha algo no bolso do colete. Passou-me um cartão de visita: Marcus Silver, *Los Angeles Times*.

"Você está cobrindo a campanha?", perguntei, odiando ser obrigado a demonstrar algum interesse ou preocupação, mas precisando saber.

"Realmente, não. Trabalho em projetos especiais."

Tal como eu temia.

"Está bem, já volto."

Mas antes disso ele se encontrou com Stanton. Uns quinze minutos depois. Eu tinha ido procurar o governador na sala ao lado do estúdio. Lá estava ele com Susan e o tio Charlie — e de péssimo humor. "Vamos embora, vamos embora, vamos embora."

"E a Laurene e o Sporken?"

"Qual é o problema com eles? Vamos embora."

E nos pusemos a caminho, descendo pelo elevador abafado e suarento, saindo para a noite clara mas gélida — suor, arrepios de frio e balbúrdia, luzes de televisão e gritos de "Governador... Governador...".

Caminhamos em direção à caminhonete, passando pelas luzes, mergulhando na frígida escuridão. O chão estava escorregadio. Marcus Silver se havia postado junto à caminhonete. "Governador", ele disse, com toda a calma, sua serenidade outra vez cortando a agitação como se fosse uma faca afiada. Stanton parou.

"Governador", eu disse, tentando empurrá-lo para a frente.

"Governador", repetiu Marcus Silver, impedindo nosso avanço.

"Sim?"

"O senhor foi preso ao participar de um protesto contra a Guerra do Vietnã?"

"Não", Stanton respondeu.

"Tem certeza?" Tinha *mesmo* alguma coisa no bolso do colete.

"Participei de vários protestos. Todo mundo sabe disso."

"Mas o senhor não foi preso em 16 de agosto de 1968, em Chicago — durante um protesto radical realizado antes da convenção do Partido Democrata, uma marcha liderada por Abbie Hoffman[22] e chamada 'Tranquem suas filhas em casa que estamos chegando'?"

"Fui detido e solto", respondeu Stanton. Estava tranqüilo. Não parecia nem um pouco perturbado. "Tudo não passou de um grande erro. O registro da ocorrência foi anulado."

"Quer dizer que o senhor não foi preso por perturbar a ordem e provocar danos materiais?"

"Não, eu estava em Chicago alguns dias antes — estava pensando em pedir admissão para a faculdade de direito da Universidade de Chicago. E acabei sendo envolvido no protesto. Foi um erro. Me soltaram. Isso foi tudo." Entrou na caminhonete.

"O senhor se lembra de como foi solto?", Silver perguntou.

"Não", Stanton respondeu, como se a questão fosse absolutamente irrelevante. "Soltaram uma porção de gente. Devem ter compreendido que era um erro. Isso foi há muito tempo."

Eu me encontrava em estado de choque. Stanton parecia calmo. Susan parecia calma. Antes o vira chateado; agora estava calmo. Entramos na caminhonete, o aquecimento a toda, me fazendo transpirar. Eu ainda sentia frio — meus pés estavam congelados —, mas suava em bicas. "Governador", perguntei quando o carro arrancou, "há mais alguma coisa que precisemos saber sobre Chicago?"

"Não", ele disse, dirigindo-se então a Susan: "Dá para acreditar nas coisas que Charlie Martin faz?".

"Você lidou bem com ele."

"Mas o pessoal riu de mim", disse Stanton, parecendo... amedrontado. "Correu tudo bem, não é mesmo? Foi bom mesmo, não foi?"

"Você se saiu bem", ela respondeu, encerrando o assunto.

Bati na porta de Daisy. Ela a abriu — sorriu, surpresa — e disse: "O que há de errado?".

"Preciso telefonar para Richard."

"O que há de errado?" Não respondi. O quarto estava fracamente iluminado, só a luz da mesinha-de-cabeceira acesa. Parecia quase aconchegante. Caminhei até o telefone na escrivaninha e comecei a discar. Ela chegou por trás de mim, abraçou-me — e foi tão gostoso, tão gostoso que parei de discar. "Henry, você está encharcado de suor. O que houve de errado?"

Desvencilhei-me dela carinhosamente. Liguei o abajur da escrivaninha e voltei a discar. "Pegue o outro fone", eu disse. Ela foi até a cama e sentou-se. Tocando. Tocando. Por um momento perdi contato com a realidade, viajei, li o cartão que anunciava a entrega de pizza a qualquer hora da noite, esqueci para quem eu estava ligando. Incrível como num instante a gente pode ir tão longe.

"Alô?", Richard atendeu.

"Richard, estamos fodidos."

"Como?"

"Ou talvez possamos nos foder — não tenho certeza. Stanton não parecia preocupado e Susan estava calma, mas não parece..."

"Henry. Pare com essa porra e fale comigo."

"Um sujeito do *Times* de Los Angeles, do tipo repórter investigativo..."

"O troço das drogas? Merda."

"*Não é a porra do troço das drogas, é a porra do troço da guerra*", berrei. Dei-me conta de que havia perdido totalmente o controle. Tinha de segurar as pontas. Isso não era nada — era só o começo. Não podia perder as estribeiras.

Contei a história.

"E o cara vai publicar?", Richard perguntou.

"Parece que sim. Hoje é o quê? Sexta? Então acho que sai no domingo."

"E isso que você contou, é tudo?"

"Não sei. Não sei. Acho que não — tive essa sensação, sabe como é? Acho que tem mais."

"Mas nós não sabemos. Não sabemos merda nenhuma. Tá vendo? Tá vendo? Eu não cantei essa pedra? Estou lhe dizendo isso há um tempão, Henry, estou dizendo isso... desde quando? Desde sempre. Temos de arranjar alguém para checar essa merda. Temos de falar com ele sobre isso. Não podemos ficar em vôo cego desse jeito. Eles todos agora vêm para cima da gente. Quer dizer, você viu algum *outro* presidente hoje lá no palco? Nós somos o que há, cara. Somos a única moça no baile. Vão querer arrancar um pedaço da gente, está entendendo? Cada pulga que já mordeu o rabo dele vai querer aparecer. Temos de falar com ele. Arranjar um exterminador de pulgas, entendeu? E precisamos disso agora, ontem! Não temos opção."

"Está bem, mas é quem é que vai falar?"

"Você. Você é o capanga e o cérebro dele. É você mesmo."

Eu não podia. "Não posso."

"Então você vai ficar chupando um picolé durante o próximo mês, olhando o seu chefe afundar igual ao *Titanic*. E aí vai ficar desempregado e inteiramente desprestigiado, e eu nem vou poder contratar você para tomar conta dos negros e das donas de casa da periferia. É você mesmo. Não temos nenhuma outra opção."

"Temos, sim", disse Daisy. "Podemos falar com ela."

"*Não podemos falar com ela.* Você ficou maluca, porra? Vamos dizer o quê? 'Olhe, dona Susan, temos de arranjar algum detetive filho da puta para descobrir com quem o governador andou trepando por aí.' Escute, Daisy. Caia na real."

"Temos uma chance melhor com ela do que com ele", respondeu Daisy. "Pense nisso. E não vamos levantar a questão com ela desse jeito. Só *você* ia fazer isso assim. Lembre-se, agora não é sexo — é guerra. Fica mais fácil. Nos dá uma abertura."

"Ela tem certa razão", comentei.

"Cacete! Dá para acreditar que ele foi preso numa manifestação que tinha como lema 'Tranquem suas filhas em casa'?" Ele riu. "Perfeito, né?"

"Richard, primeira coisa, pegue um avião", eu disse. "Você e eu... e a Daisy." Olhei de relance para ela, que sorriu de volta. "Pegamos a Susan amanhã. E, Richard, como se chama aquela sua colunista de fofocas no *Times* de Los Angeles? Honey, não é?

"Happy Davis."

"Ligue para ela."

"Não. Ia dar a impressão de que estamos preocupados."

"E não estamos?"

"Henri, encare a verdade. Estamos numa porra dum vôo cego."

Desligamos. Daisy atravessou o quarto, passou os braços em volta do meu corpo, se aninhou. Ergueu o rosto em direção ao meu, me beijou. Havia uma tal ternura nisso, uma intimidade... realmente estranha. Afastei a cabeça, olhei para ela e para o quarto — e ri. De repente me senti de alma leve.

"O que foi?", perguntou ela. "O que foi?"

"Olhe só este quarto. Você também é arrumada."

"Ah, não fode. Acabo de chegar aqui."

"Não, não. Você pendurou o casaco. No armário. Pendurou, não pendurou? É claro que sim. Aposto até que desfez a mala." Caminhei até a cômoda, abri as gavetas. "Hã-hã, hã-hã, está bem." Camisetas à esquerda, cuidadosamente empilhadas.

Agasalhos à direita, cuidadosamente empilhados. Roupa de baixo, gaveta de baixo. A visão de suas roupas de baixo me fez lembrar de alguma coisa, dei meia-volta. Lá estava ela, mas recuou quando me aproximei.

"Papel", ela disse. "Roupas é fácil. Papel é que é difícil. Faxes." Eu estava mordiscando seu pescoço. "Vamos, o que você faz com os seus faxes?"

Uma batida na porta. Era Jack Stanton. Não tive tempo de me perguntar por que ele estava batendo na porta de Daisy à uma da manhã, e ele não pareceu perguntar-se por que eu estava lá. Simplesmente começou a falar. "Essa coisa do Martin não foi boa. Vai quicar de volta. Aquele filho da puta não tem uma única idéia, tudo o que ele faz é atirar granadas. É um camicase — só pode me prejudicar. A guerra realmente machuca as pessoas, não é verdade? Machuca de formas que nunca tinham me ocorrido. Puta que pariu, puta que *me* pariu. Por causa da guerra, o Charlie pode dizer coisas que eu jamais poderia dizer. Pode perder de um jeito que eu jamais poderia e manter a confiança. Tenho de estar sempre de olho, pensando nisso — a gente pode não enxergar um troço desses quando chega por trás. Se eu der um passo em falso, ele pode me fazer passar por um covarde de merda." Sentou-se na cama. Nem parecia nos ver. Usava uma roupa de jogging de nylon.

"O senhor passou uma imagem presidencial", Daisy disse. "Ele não."

"Você acha? Sem brincadeira?" Encarou Daisy com uma intensidade paralisante, absorvendo todo o oxigênio do quarto. Ela fez que sim com a cabeça, ele diminuiu a pressão. "Mas olhe, não é só ele — o diabo dessa história de cortar os impostos também está me matando", voltou a falar, dirigindo-se a ela. Já me havia dito isso umas cem vezes. "O Martin está me botando onde o Harris quer. Na verdade, é ele. O senhor Integridade. Você acha que a gente devia abandonar essa idéia do corte de impostos?" Não estava fazendo uma pergunta. "Nunca quis essa merda desse corte de impostos. Uma isenção por dependentes. Podíamos escapar com um troço desses."

Não ousei olhar para Daisy. Também não estava olhando para o governador. Estava olhando para o chão.

Ele prosseguiu. Repassou todo o debate. Repassou cada resposta sua. "É tão injusto. Tão tremendamente injusto, não acha? A gente trabalha duro... Você sabe, eu pensei em tudo. Sabia o que podia ser feito, o que podia ser dito, até que ponto chegar — e aí vem esse... professor. Me faz parecer um impostor. Um político. Ele não tem nada a ganhar nem a perder. Não está nem tentando. Só está aqui para me prejudicar. Viu o que ele fez comigo na questão do imposto ambiental? Me fez parecer um burocrata, um caga-regras do governo. Entende o que eu estou dizendo, não? Como se fosse capaz de arranjar oito votos no Senado em favor dessa porra dessa taxa dele. Quer dizer, como é que vamos lidar com ele?"

Fez uma pausa. Será que queria uma estratégia? Comecei: "Talvez nós pudéssemos...".

"Olhe, o negócio é o seguinte. Se a gente não vai defender uma taxa, tem de defender os padrões Cafe." Começou a explicar a história e a complexidade dos padrões de emissão de veículos. Parecia ter perdido todo o senso da hora, dos parâmetros, da evolução natural da conversa. "Não se pode ir muito longe com os padrões Cafe por causa de Michigan. Temos de pensar em Michigan — e ele nem está ligando. Não espera estar ainda no páreo quando houver a primária em Michigan. O semestre dele acaba em New Hampshire."

Seguiu na mesma toada. Já o vira divagar sobre questões difíceis assim, falando dessa maneira, horas a fio. Mas isso quando estávamos só nos dois, durante alguma longa viagem; naquelas ocasiões estava me ensinando, eu achava, me mostrando como sua cabeça funcionava. Era algo estranho, um cacoete, de certo modo compulsivo — e sem dúvida intenso —, mas não *patético*. Agora era... diferente. Uma manifestação de carência, até meio assustadora. Esquisita. Daisy caiu no sono, enquanto Jack Stanton continuava a falar. Mas ele não estava falando com ela, nem comigo — e, embora houvesse falado sobre a guerra, nunca mencionou Chicago.

No sábado, era como se aquela cena estranha no quarto de Daisy jamais tivesse acontecido. Ainda estávamos por cima, o sol brilhava. Todos os jornais concordavam em que havíamos ganhado o debate. Ele tinha projetado uma imagem presidencial, diziam todos. O episódio de Charlie Martin revelou-se vantajoso para nós: em letra de imprensa, a resposta de Stanton parecia enérgica. Ninguém — exceto o *Washington Post* — mencionou os riscos que a antecederam (coisa que preocupou Stanton, pois o *Post* estava sempre um passo à frente dos demais quando se tratava de registrar os matizes e os pormenores de uma campanha). Estávamos indo para o Norte do estado a partir de Concord, rumo a Conway, e tudo parecia bom e limpo — o sol refulgindo na neve, o frio cortante, as finas nuvens de cristais de gelo tangidas por uma brisa ligeira. Quando participávamos de um almoço organizado numa igreja pelo clube de bombeiros voluntários de Franklin, reparei como se encontrava apinhada a área reservada aos escorpiões. Os repórteres davam a impressão de estar entorpecidos naquelas grossas jaquetas acolchoadas, como se pertencessem a uma seita obscura — usavam terno e gravata em Washington, mas as roupas de campanha eram menos formais. Pareciam sobrecarregados, desatentos e canhestros, sobraçando sacolas cheias de papéis e laptops. Era fácil classificá-los.

"Quantos temos?", perguntei a Laurene.

"Vinte. Estão como sardinhas nas caminhonetes. Tive de dispensar aquela mulher de Phoenix e alguns outros que só se inscreveram para vir depois do debate."

"Você acha que precisamos de um ônibus?"

"Talvez. Mas o problema imediato é que uma porção deles quer voltar para Manchester depois de Laconia. Não querem seguir até Conway. O sujeito do *Chicago Tribune* está realmente uma fera. Ele não sabia que Stanton ia voar de volta para Manchester — e nenhum deles está muito feliz com a idéia de viajar três horas de carro numa noite de sábado. Não temos nenhuma vaga no avião, temos?"

"De jeito nenhum", respondi. "Mas vamos liberar uma das caminhonetes depois de Laconia para os que não quiserem ir até Conway. Você fica com a outra, tenta contentá-los na medida do possível."

"Tá bom, obrigado." Laurene era tranqüila, uma verdadeira profissional. Não sentia necessidade de vir para cima de mim com aquele papo de: "Ei, irmão, esses brancos são mesmo uns débeis mentais, hem?". O que nos distinguia, a mim e a Laurene, é que ambos estávamos acima dessas merdas defensivas. Não tínhamos a mentalidade do gueto.

"Será que alguém conhece este lugar aqui?", Laurene perguntou. "Talvez pudéssemos descobrir um restaurante simpático fora da cidade, oferecer a eles um jantar no caminho de volta. Mas temos de começar a planejar isso melhor, Henry. Precisamos de alguém que organize a logística dos escorpiões com uma antecedência de alguns dias, está sabendo?"

Prosseguimos rumo ao norte. Foi assim o dia inteiro. Normal. Convidamos para vir à caminhonete, um por um, os militantes locais. Barry Gaultier, líder da minoria na Câmara dos Deputados estadual e um sujeito verdadeiramente poderoso, viajou conosco o tempo todo. Estava na bica para nos dar seu apoio, mas queria que lhe garantíssemos um cargo na campanha após a eleição primária. As coisas corriam tão bem que não precisávamos desse tipo de merda. Queríamos que Barry se desse conta disso. Era um ex-vendedor de seguros; tinha aquela pele cinzenta de doente terminal. Dava para ver que, a cada parada, ele ia se chegando mais e mais a Stanton. Eu odiava essa parte do troço — me fazia recordar do que fizera nos tempos de Larkin: carícias, carícias, promessas, elogios. Mas, afinal de contas, Barry Gaultier era um deputado. Stanton tinha razão nisso: eles pertenciam a uma classe inferior.

Laconia: uma reunião, aberta a todos os habitantes da cidade, no ginásio esportivo da escola. Havia alguns lugares vazios, os primeiros que o governador tinha visto na última semana — bobeada da equipe precursora. A luz do dia morria aos poucos nas janelas estreitas acima das arquibancadas, uma luz fria, cinza-azulado. Vários dos escorpiões ficaram num ressonante saguão de ladrilhos verde-ervilha, onde eram exibidos troféus foscos e faixas desbotadas nos mostruários de vidro; usavam os celulares, chamando a redação, tentando ver se podiam dispensar a ida a Conway — o comício lá seria em cima da hora do fechamento da matéria. Os repórteres das agências de notícias, com umas caras particularmente mal-humoradas, sabiam que não podiam escapar. Estavam nos acompanhando durante todo o trajeto — e voltariam de carro enquanto nós tomaríamos um avião. Mancada do nosso pessoal de apoio.

"Henry, vocês têm de dar um jeito nessa merda", disse Tommy Aldrenio, um jornalista da Filadélfia. "Deixam a programação se atrasar, não pensam na hora do fechamento. Agora acabou a brincadeirinha — ou vocês acertam o esquema e mostram que são bons de bola ou isto aqui vai continuar a ser uma zorra."

"Nós somos bons de bola, Tommy. Você mesmo escreveu isso hoje."

"São bons de bola por falta de adversário. Estão concorrendo com uns pernas-de-pau. O campeonato vai ser muito mais duro do que isto aqui. Não fique se achando o maioral."

"Vamos cuidar disso, Tommy. O que é que o pessoal da redação está escrevendo?"

"Sobre vocês. Ouviram dizer que a *Time* vai sair na segunda com um artigo de capa sobre o Stanton. Querem chegar na frente."

"Puta merda", eu disse. Tinha me esquecido inteiramente da *Time*. Eles tinham nos acompanhado no começo da semana. Dois editores, o repórter de campanha e um peso pesado haviam entrevistado Stanton na terça-feira, num motel vagabundo de Concord. Sessão de fotos na quarta — quarenta e cinco minutos não previstos no programa. Disseram que "talvez" ele aparecesse na capa. A coisa estava entre nós e um novo livro sobre a psicologia dos animais de estimação. Presumi que seria o livro, a turma da revista pensou o mesmo, e me esqueci do troço — o debate, o sujeito do *Times* de Los Angeles, cem outras preocupações. Acho que não sei absorver bem a possibilidade de uma boa notícia.

"Me desculpe", disse ao Tommy e fui para o gabinete do diretor. Chamei Brad Lieberman, que tinha vindo se instalar em Manchester.

"Você ouviu alguma coisa sobre a *Time*?"

"Alguém ouviu alguma coisa sobre a *Time*?", Brad gritou para a sala. E depois: "Richard acaba de chegar. Agüente aí. Spork? O quê? Puta merda. Spork tem um cara lá dentro, um pesquisador — trabalhou para ele no verão. Ele vai telefonar. Espere aí".

"Enquanto isso, Brad, precisamos dar um jeito nesse troço dos escorpiões. Estão nos tolerando agora porque somos notícia e ainda está tudo no começo. Mas temos de botar alguém pensando estrategicamente sobre isso. Pensar em ônibus, aviões — de quantos você precisa antes que a gente arranje um avião?"

"Discutimos isso naquelas reuniões, Henry. Avião só depois de New Hampshire. Não entramos com um avião grande antes que comece a proteção do Serviço Secreto. Seja como for, não precisamos de uma porra dum avião em New Hampshire."

"Eu sei, mas temos esse baita giro pelo Sul daqui a duas semanas, e..."

"Sim." Ele estava ouvindo alguém falar. Voltou ao telefone: "A redação da *Time* já fechou. Puta merda. Tem de ter alguém lá. O Spork está tentando o tal cara em casa".

Falamos mais um pouco sobre questões de logística. É assunto para horas de conversa, e nunca o suficiente. Por fim, Brad disse: "Agüente aí". E, numa voz realmente excitada: "O Spork encontrou ele em casa. Está me fazendo um sinal, polegar pra cima. Está pulando igual a uma criança. Estamos *acontecendo*, Henry! Ele vai aparecer mesmo na capa!".

Saí correndo do gabinete. Diminuí o passo. Passei pelos escorpiões no saguão, entrei no ginásio, onde Stanton falava sobre a importação de calçados e a platéia parecia algo sonolenta. Penetrei na sua linha de visão, estabeleci contato, fiz sinal de "corta!". Ele foi em frente. Aceitou outra pergunta, sobre a educação primária. Merda. Essa dava para render mais uns dez minutos — e rendeu. Quando terminou, falei bem alto: "Última pergunta, governador".

"Vou responder a mais uma ou duas", ele disse. Rolei os olhos para o céu de modo que só ele pudesse ver. Reagiu com um pequeno sorriso: me deixe trabalhar, estava dizendo. Tinha um sexto sentido para essas coisas. Sabia como e quando uma platéia se sente satisfeita, tendo esgotado seu estoque de perguntas.

Voltei para o vestíbulo. Telefonei para Manchester, pedi que chamassem Richard. "Legal, hem?", eu disse.

"Você já esqueceu o que vim fazer aqui, Henri?"

"Estamos na capa da *Time*, cara."

"Ele já sabe?"

"Não, entrou em alfa explicativa. Sobre a importação de calçados. Não dá para fazer ele se calar."

"Henri, não podemos deixar aquela outra coisa ir pras picas. Sei que *vamos*, mas não podemos. Entende o que estou dizendo? Temos de convencer a Susan. Tenho ódio de admitir, mas a Daisy Mae estava certa."

Stanton agora se pusera em movimento. Som de pés se arrastando, portas se abrindo e fechando, ar abafado de dentro, ar frio de fora. Aproximei-me de Stanton, ocupei meu lugar de praxe junto a seu ombro, assisti aos apertos de mão. Uma mulher idosa abraçou-o. "O senhor me faz lembrar do Kennedy", ela disse, ofegante. "Ele esteve aqui. Eu o vi. Era mais magro do que o senhor — mas o senhor é tão bonito quanto ele."

Andamos em direção à caminhonete, entramos. Barry Gaultier ainda estava conosco — isso era bom. Aquela notícia seria o bastante. Alguém bateu no vidro. Bob O'Connell, do *Washington Post*. Queria fazer uma pergunta, caminhando ao lado do carro, que já havia começado a rodar. "Espere aí", eu disse, mas Mitch já tinha acelerado e O'Connell desistiu, com cara de quem ficou chateadíssimo. O que seria?

Fosse o que fosse: "Governador, o senhor vai sair na capa da *Time* na segunda-feira".

Stanton voltou-se no banco, olhou para mim — e depois para o Barry Gaultier. "Qual é a linha do artigo?"

Merda. Eu não sabia. Pude ver que ele ficou aporrinhado. Mas fui salvo por Gaultier. (Não havia tempo para acessos temperamentais agora.) "O que é que você acha, Barry?", Stanton perguntou. "Nada mal, hem? A coisa está começando a esquentar."

"Nada mal mesmo", disse Barry, hesitante — matutando sobre sua próxima jogada.

"Olhe, sei que você está pensando seriamente nisso", disse Stanton, fixando o olhar em Barry Gaultier com uma intensidade que o pobre coitado jamais tinha experimentado em toda a sua vida. Stanton parecia ter se expandido dentro da caminhonete — e parecia também ter girado cento e oitenta graus no banco dianteiro, para olhar Gaultier de frente. Era algo notável. Eu não conseguia imaginar como ele havia contorcido o corpo daquele jeito. O ar não se movia. Não se ouvia nenhum som do lado de fora. Nenhum vento. "E eu sei", Stanton continuou, "que seu endosso a um candidato tem grande significado para você — é sua palavra de honra, ·seu nome — e significaria muitíssimo para mim aqui em New Hampshire. Está em suas mãos fazer com que eu seja o próximo presidente dos Estados Unidos, e sei que você leva a sério essa responsabilidade. Eu também a levo a sério. Todo mundo sabe como as pessoas daqui do estado o respeitam. Mas, olhe, Barry. Nós vamos fazer coisas muito importantes. Vamos fazer História. Estou certo de que você quer participar disso. Quer participar agora — e no ano que vem em Washington, depois que tivermos ganho. Vamos encontrar um lugar para você, um lugar de relevo. Não sou do tipo que esquece quem me deu a mão. Cuidamos de nossos amigos, Barry. Você sabe o que isso significa, não sabe?"

"Sei, mas..."

"Um título. Tem a questão do título. Que tal coordenador estratégico?"

"Ótimo. Não podia ser melhor. De toda a campanha?", Gaultier perguntou.

"Coordenador estratégico para a Nova Inglaterra."

"Ah." Barry quase engasgou.

"Você vai fazer parte dos mais altos conselhos da campanha", disse Jack Stanton. "Vai ser um membro do time."

Dei-me conta de que vinha prendendo a respiração. Expirei.

E fui obrigado a sorver um gole enorme de ar ao chegarmos a Conway. Rob Quiston, da AP, um indivíduo sólido — com ele não havia embromação, não havia brincadeira — abriu a porta da caminhonete para Stanton sair e disse: "Governador, precisamos de uma manifestação sua sobre isto".

Pulei atrás dele. Barry Gaultier estava atrás de mim.

"O *Los Angeles Times* está noticiando que o senhor foi preso numa manifestação política antes da convenção do Partido Democrata em Chicago, em 1968."

"É, eu sei", disse Stanton. "Não passou de um erro. Fui detido, não preso."

"E que o senhor pediu a um senador para tirá-lo da cadeia."

"Eu... eu não..."

"E que ele convenceu o prefeito de Chicago a eliminar o registro de sua folha..."

"Bem, sobre essa parte eu não sei nada."

Reparei que atrás de mim o movimento cessara. Barry Gaultier não estava tentando sair do carro.

"Isso é uma sandice", disse Susan. "Besteira pura. Jack nunca foi um radical."

"Mas não está caindo bem, dona Susan", disse Richard.

"Eu sei, mas não é importante. As pessoas não ligam para esse tipo de coisa."

Era quase meio-dia de domingo. Tomávamos um café da manhã reforçado na suíte do casal Stanton, no Holiday Inn do centro de Manchester, onde havia uma mesa de jantar de bom tamanho. Tínhamos empurrado pilhas de jornais e de relatórios para uma ponta da mesa. No centro, pãezinhos e doces, além de uns ovos mexidos horrorosos e umas fatias de bacon feitas de papelão que ninguém tocava, exceto Daisy, que as ia partindo e mordiscando aos poucos. Lucille Kauffman, que — para tristeza geral — já estava lá ao chegarmos, controlava cuidadosamente tudo o que as pessoas comiam. O governador estava fora, correndo as igrejas.

"Elas podem ligar para isso", eu disse. "Estamos só no começo. Ainda não sabemos ao certo com o que é que as pessoas se importam."

"Ninguém se importa com esse troço, só a imprensa", disse Lucille. "É mixaria, insignificante. Eles são uns porcos e nós não devíamos nunca esquecer disso. Temos de tratá-los como os porcos que são. Sei que você gosta deles, Henry — e sei que eles... criaram um mito com relação a você, Richard. Mas não valem nada. São os inimigos — são tudo o que nos separa da vitória."

Será que isso era necessário? Todos nós na sala sabíamos quem eram os escorpiões e o que faziam. Tudo indicava que Lucille estava fazendo teatro para Susan. Tive vontade de olhar para Daisy: ver seus olhos, sentir sua reação, mas ela estava sentada a meu lado, junto a Susan, que ocupava a cabeceira da mesa. Richard e Lucille se encontravam diante de nós, à frente do janelão que dava para a varanda. A gélida Manchester, varrida pelo vento, estava atrás e abaixo deles. Eu queria me levantar, olhar para fora, ver se encontrava alguma pista.

"Está bem, Lucille, digamos que você tenha razão", disse Richard, os olhos opacos atrás das grossas lentes. Estava sendo cuidadoso. "Não valem nada. São uns répteis de merda." Então lhe ocorreu algo e ele voltou a ser o Richard de sempre, de pé num salto e já caminhando em volta da mesa. "Digamos que você está no meio dum bosque, dando uma cagadinha, e um porco selvagem parte para cima de você. Você puxa as calças e corre? Ou tenta puxar as calças e pegar aqueles pombos que acabou de matar, e aí tenta correr, tudo ao mesmo tempo? Você esquece da porra dos *pombos*, não é mesmo?" Ele próprio começou a rir, engolindo as palavras. Agora estava metido até o pescoço na coisa e, incrivelmente, não conseguia parar. Era um filho da puta dum teimoso: e o troço piorou. Parecia que estava fazendo um apelo a Susan. "Você puxa as calças e corre, tá me entendendo? Você trataria de pegar a espingarda antes de pegar a porra dos pombos. E puxaria as calças em vez de atirar no javali, porque não dá para fazer pontaria e ao mesmo tempo abotoar a braguilha. E, se você errar, não vai querer morrer com o pau para fora. Por isso, ra-ra-ra, é, acho que é isso. Você pode até deixar para trás a espingarda se o javali estiver correndo muito. Entendeu o que quero dizer? Pode até esquecer a espingarda e salvar sua pele."

"Richard", disse Lucille. "Posso lhe assegurar que nenhum de nós tem a menor idéia do que é que você está falando."

"Você tem de deixar os pombos para o porco selvagem. Tem de alimentar o bicho."

"Acho que o Richard está dizendo", disse Daisy, "que só temos esse jogo para jogar — aliás, é o único jogo na cidade — e não temos controle completo sobre as regras. Há outros jogadores. Temos de pensar neles, reagir a eles."

"Era isso o que *eu* estava dizendo", retrucou Lucille. "Ele estava matando passarinhos e dando uma..."

"Daisy", disse Susan, interrompendo Lucille. "Então o que devemos fazer? Como você lidaria com eles?"

"Tenho de ir ao banheiro", Lucille anunciou.

Richard se mexeu, prestes a dizer alguma coisa, mas decidiu que era melhor continuar calado. Deixou que Daisy tomasse a dianteira. Havia compreendido que ela era capaz de falar com Susan melhor do que qualquer um de nós — e era o que ela estava fazendo, com serena confiança.

"Temos de derrotá-los no seu próprio terreno", prosseguiu Daisy. "Precisamos saber mais do que eles, antecipar o que têm em mente. Precisamos estar preparados quando pipoca uma história como essa, ser capazes de atacar de volta — com a verdade."

"Como é que a gente pode saber com que tipo de lixo eles vão aparecer?", Susan perguntou, entrando na reta final.

"Bem", Daisy respondeu. "Temos de... Precisamos fazer algumas pesquisas. Compreende? Precisamos de alguém que possa..."

"Nos investigar?", Susan perguntou. Parecia ter se plantado na cadeira. Sabia agora do que se tratava. "*Nossas* vidas?"

Lucille voltou. Chegou em meio a um silêncio generalizado, mas não se deu conta de nada — gozado: uma mulher sem intuição, sem antenas. "Tudo isso é ridículo", ela disse. "Não temos de jogar o jogo *deles*. Estamos jogando o jogo do povo. Basta dizer às pessoas: a mídia e o Partido Republicano querem que a eleição gire em torno de fofocas. Nós queremos que gire em torno do futuro de vocês. As pessoas vão entender. Não vão engolir essa porcaria. Não matamos *pombos* nesta campanha, Richard. Tratamos de protegê-los."

Havíamos chegado a um impasse. Olhei para Richard. Ele estava contemplando a possibilidade de se jogar pela janela. Eu não podia ver Daisy, não queria encarar Susan. Ela sabia disso. "Henry", ela perguntou, "você concorda com a Daisy?"

Fiz que sim com a cabeça. "Não podemos presumir...", comecei, mas nesse momento fui chamado no meu bip. Conferi: era Laurene na linha de urgência máxima. "Acho que tenho de dar um retorno", falei.

Um relâmpago de medo cruzou o rosto de Susan. Imaginou a pior notícia possível sobre seu marido; dei-me conta de que ela vivia com aquilo. Embora compreensível, era pavoroso. Senti pena dela. Mas Susan rapidamente substituiu o medo por algo menos intenso: preocupação. "Vá frente. Quem é?"

"Laurene."

"Ela não é formidável?", disse Lucille enquanto eu discava.

"Henry, está uma loucura", disse Laurene. "Temos vinte equipes de televisão aqui, um batalhão de escorpiões. Estão esperando que ele saia da igreja. O que é que devemos fazer?"

"Agüente aí", disse a ela, explicando depois a situação a Susan e ao resto do grupo.

"Animais", disse Lucille. "Hoje é *domingo*!"

Susan disse-lhe para se calar. "Henry?"

"Laurene, o Mitch está aí?", perguntei. Ela disse: hã-hã. "De gravata?" Hã-hã. "Mande ele entrar na igreja com uma mensagem para o governador. Ponha na mensagem: 'Enxame do lado de fora. O senhor vai ter de responder à história do *Los Angeles Times*. Lembre-se de que hoje é domingo'. Está bem? E ouça: fique fria e muito amistosa, despreocupada. Diga que está com pena deles, por serem uns trouxas de tão baixo nível que têm de cobrir uma história de merda no domingo. Aja como se não fosse nada, está bem? Depois me ligue, quando acabar."

Desliguei. Susan parecia chocada, Lucille imperturbável. "Olhe, Henry", ela disse, "quando chega a hora da verdade, você sente o mesmo por eles que nós todos sentimos."

"Ah, Lucille, pare com isso", respondi, querendo dizer: vá se foder. "Está confundindo alhos com bugalhos. A gente não precisa gostar deles para saber como pensam, do que precisam. Não se trata de proteger os pombos, chegou a hora da refeição. Temos de ser capazes de controlá-los na hora do jantar, controlar o que está no prato."

"Estamos em vôo cego", Richard não se conteve. "Precisamos saber tu..."

Susan teve um sobressalto. Todo mundo notou.

"Está bem", ela disse, lentamente. "Vamos fazer isso. Vou conversar com o governador. Mas nós vamos controlar a coisa. Quero Libby Holden fazendo isso. Tem de ser alguém que nos conheça, alguém em quem confiamos."

"Ela já saiu do hospital?", perguntou Lucille. Susan confirmou com um aceno de cabeça.

"Ela está, sabe como é, *recuperada?*", perguntou Lucille. Susan acenou de novo.

Richard olhou para mim. Dei de ombros. Já ouvira falar de Olivia Holden. Tinha sido chefe de gabinete de Jack Stanton, mas abandonara o cargo de repente, vários anos atrás, durante uma coletiva dramática de imprensa, aos prantos — e totalmente incoerente. Depois disso desaparecera.

Acabávamos de saber para onde ela tinha ido. E Susan havia acabado de colocar a campanha nas mãos dela.

4

Olivia Holden estava usando — juro — uma jaqueta acolchoada marrom, um bubu estampado de verde e laranja e um daqueles chapéus de caça australianos. Era enorme, olhos azuis ferozes e penetrantes, cabelo começando a ficar grisalho, pele cor de cera doentiamente translúcida. Empunhava uma grande sacola de couro. Tudo cessou — até mesmo os telefones pareceram parar de tocar — no momento em que ela irrompeu no quartel-general de Mammoth Falls, dois dias após o rebu na igreja de New Hampshire. A equipe estava desfalcada, pois a maior parte da infantaria tinha ido para Manchester. Alguns voluntários atendiam aos telefones, e havia gente nova que eu não conhecia — contratada por Brad Lieberman — e uns poucos membros da brigada jovem. Para quem vinha de New Hampshire, a velha agência de carros Oldsmobile parecia espaçosa, arejada, assim como toda a Mammoth Falls. O mundo dava a impressão de ser um lugar mais tranqüilo. Exceto por Olivia.

"Cá ESTOU", ela anunciou. "Com quem estou falando?"

Comigo. Lucille (que agora estava mais presente na campanha) e Brad Lieberman se aproximaram.

"Henry Burton."

"A-HÁ", ela disse, sem se apresentar.

"Brad Lieberman."

"A-HÁ."

"Alô, Lib", disse Lucille.

"Ô, sua cabeça de merda!", Libby saudou-a. "Já aprendeu a pensar no que fala? Lembra dos velhinhos aposentados? Lembra deles? Não vou deixar você foder a campanha como fez na Flórida! NÃO VOU DEIXAR ISSO ACONTECER!"

"Foi há vinte anos", disse Lucille — uma nova e tímida Lucille. Olivia Holden tinha feito sua primeira boa ação.

"Eu era mais magra naquela época", disse Libby, voltando-se de repente para mim, chegando a cara perto da minha, os olhos azuis faiscando. "Ainda tinha cintura. Tinha mesmo. ONDE É QUE NÓS ESTAMOS?"

No meu escritório, que parecia demasiado pequeno para conter aquilo... fosse o que fosse. Brad trouxe algumas cadeiras. Libby não se sentou em nenhuma delas; empoleirou-se bem ou mal na minha escrivaninha — não conseguiu alçar-se toda —, olhando para a frente. O que significava que ficara de costas para mim. E também que eu tinha de arranjar outro lugar. Foi o que fiz, dando a volta em torno da escrivaninha. Agora estávamos os três diante dela, formando um semicírculo. Não havia dúvida sobre quem comandava a reunião.

"QUAIS os recursos que vocês vão me dar?"

"Do que precisa?", perguntei.

"Do que preciso, do que preciso, do que *preciso*? AQUI NÃO. Vamos fazer isso em outro lugar. Vou alugar uma casa. Conheço a casa. Uma casinha simpática, ao norte do palácio do governo. Tem um jardinzinho de rosas lindo — *ligue para Becky Raymond*, 6734982 — diga a ela que o governador vai precisar da casa para a campanha presidencial. Ela vai entender direitinho. A casa é dela. Quanto ao pessoal... AQUELA. A que se parece com a Winona Ryder — mmmm, absolutamente deslumbrante." Apontou para Jennifer, encarregada da imprensa, que estava ao telefone, os cabelos negros caindo sobre os olhos. "Ela é inteligente?"

"Muito inteligente", eu disse, temendo, por um instante, pela segurança dela (e logo depois me lembrando da facilidade com que lidara com Richard durante sua fase de fixação emWinona).

"DURONA?"

"Uma fera", disse Brad.

"FERA? LEGAL! E mais um. Um rapaz quietinho, capaz de ler toda a documentação. Vista boa. Deixa eu ver." Caminhou até a porta, olhou os jovens, um por um. "AQUELE." Apontou para Terry Hickman, um garoto suave e cabeludo que largara os estudos na universidade estadual — "Dando um tempo", ele tinha dito — e agora trabalhava na programação. Tocava violão e banjo, divertia as tropas. Eu não gostaria nem um pouco de vê-lo fora do escritório. Ele ajudava a levantar o moral da turma.

"Se você não se importa, eu gostaria de mantê-lo aqui."

"DE JEITO NENHUM", disse Libby, outra vez chegando a cara perto da minha. "Ou fazemos isso DIREITO ou não fazemos nada, *entendeu*? Não me sacaneie, Henry."

"Não estou sacaneando. Todos nós queremos fazer isso direito, mas tem uma porção de outras coisas acontecendo aqui."

"Tá bem, tá bem, *tá bem*!", ela disse. Ufa. "Então, AQUELE", falou, apontando para um rapaz da equipe de contribuições financeiras, que eu não conhecia. Virei-me para Brad, que conhecia todo mundo.

"Peter Goldsmith", disse ele. "Boa escolha. Quieto, trabalha duro."

"Mas será que ele sabe ler *usando a cabeça*?", Libby perguntou.

"Em três línguas", Brad respondeu.

"Está bem, quero os dois tão logo terminemos aqui. Agora, Chicago. Preciso saber como está a coisa em Chicago. Como é que está?"

"Brad costumava trabalhar para o prefeito", falei. "Está cuidando disso."

"O PREFEITO? AQUELE IDIOTA FILHO DA PUTA? ODIAMOS o prefeito — o outro, o de verdade. O pai dele. É por isso que este país está na merda, porque o povão gosta disso. É por isso... E aí? Como é que está a coisa?"

"*Esse* prefeito está trabalhando para nós", disse Brad. "Já houve dezessete pedidos da imprensa para verificar os registros de prisão de todo o mundo envolvido. Retardamos o processo, mas não vamos poder fazer o troço parar."

"Para que *parar*?", perguntou Libby. VOCÊS NÃO SABEM DE NADA, SABEM?"

"O que é que você quer dizer com isso?", perguntei.

"Jack tem razão. Não passou de um erro. Foi TEU NAMORADINHO", ela disse, apontando para Lucille.

"Só depois", disse Lucille. "Eu não estava lá."

"Mas deve saber o que aconteceu, não é? Não é?" A voz de Libby agora era um misto de sussurro e rosnado. "Vai me dizer que, depois de esfregar essa sua bundinha magricela no senhor Howard Ferguson, depois de suar na cama, vocês nunca trocaram confidências, umas histórias do passado? Nunca conspiraram? Nunca conversaram, nunca analisaram os acontecimentos? Nunca?"

"Libby, você está completamente maluca", disse Lucille.

"CERTO! DISSO NÓS SABEMOS!", Libby retrucou. "O que não sabemos é o que você sabe sobre Chicago."

"Nada."

"Bem, *eu* sei."

"O que é que você sabe?", perguntei.

"Que Jack foi junto para impedir que o nosso Vaga-Lume fizesse alguma doideira, esse é que é o troço! Mas nosso Vaga-Lume nunca teve a menor chance de fazer nenhuma besteira — pelo menos acho que não. Os tiras pegaram eles antes", disse ela, virando-se para Brad. "A porra dos jagunços da porra do pai do teu ex-patrão. Se você tivesse estado lá, se tivesse, nunca ia esquecer a PAULEIRA que foi."

"Mas ele telefonou para o senador Dawson?"

"CLARO QUE SIM! O que é que você faria? Ele só estava tentando impedir que um amigo — seu velho colega de colégio, o Pica Doce Ferguson — fizesse uma besteira. Arriscou seu futuro POR UM AMIGO! Você faria isso, Henry Burton? Hem? Por isso, é claro, ele chamou LaMott Dawson — e, é claro, o sacana do Sherman Presley agora quer usar essa informação para destruir Jackie."

"Sherman Presley?", perguntei. Óbvio: éramos uns imbecis de não haver pensado nisso.

"Cara, você é mesmo DEVAGAR!", disse Libby. "Qualquer pessoa com um mínimo de inteligência teria *sacado* que era aquele filho da puta. Susan sabia desde o início."

Mas não contou para ninguém. "Por que Sherman Presley quer pegar o governador?", perguntei.

"Por que uma pessoa tem ódio de outra?", disse Libby, de forma quase sensata. "Ciúme. Jack roubou o homem dele — o ilustre senador. LaMott simplesmente se apaixonou por Jack. E aí aconteceu o troço todo com Beasley Arnold. Você sabe o que houve, não sabe?"

Não sabia. "Me conta", respondi.

"A vida é muito curta e temos muito lixo para varrer", ela disse. "Como essa merdinha dessa Cashmere McLeod." Libby leu a expressão em meu rosto. "Cara, você não sabe mesmo de porra nenhuma, hem?"

"Você está falando da cabeleireira da Susan?", Lucille perguntou.

"E também da comidinha do Jack", Libby disse. Senti-me zonzo. "Ah, por favor, Henry, vai dizer que você nunca ouviu Tommy, o segurança dele, dizer que Jack tinha ido pegar dinheiro no caixa automático? Para que ele precisa de dinheiro vivo?"

O caixa automático. Eu tinha visto Jack Stanton de cima para baixo, da perspectiva de Washington; Libby Holden, obviamente, o conhecia de baixo para cima, a partir de Mammoth Falls. Era estranho, provocava vertigens — o mesmo Jack Stanton mas num mundo diferente, um mundo sobre o qual eu não havia pensado muito. Conhecia alguns de seus amigos e financiadores de Mammoth Falls. Nada tinham de excepcional. Uns poucos — como Dwayne Forrest, o rei das rações para animais — operavam em nível nacional. Os demais eram advogados, militantes locais do Partido Democrata, aquele tipo de gente que nunca nos olha de frente. Eu sabia que Sherman Presley era um advogado de renome na cidade, ex-presidente da companhia elétrica do estado e, naturalmente, antigo assistente legislativo do senador LaMott Dawson; sabia também que ele não gostava de Jack Stanton. E daí? Eram coisas de Mammoth Falls, estávamos deixando tudo aquilo para trás. Eu não havia pensado para valer na capacidade que Mammoth Falls tinha de nos agarrar e puxar para baixo. E Cashmere McLeod: Richard ia realmente adorar esse lance, depois de todas as suas elucubrações estratégicas, depois de todos os seus cenários. Cabeleireira de Susan. Reparei que Lucille não havia pronunciado uma única palavra. Tentei raciocinar sobre a questão como Richard faria: "E então, o que há com essa Cashmere McLeod? O que é que ela pode fazer contra nós?".

"Pode vender a história dela para uma revista sensacionalista por cento e setenta e cinco mil dólares, menos os dez por cento que está dando para aquele bosta, aquele vagabundo, aquele advogadinho de porta de cadeia, Randy Culligan, que está agenciando o negócio para ela." Libby era simplesmente assustadora.

"Você tem certeza?", perguntei.

"Não, IMAGINEI TUDO NO HOSPÍCIO!"

"Quanto tempo o caso durou? Foi muito intenso?", perguntei.

"Deixe ver", disse Libby Holden, subitamente caindo de joelhos no chão com estrondo — e arrancando um gemido de Lucille e, creio eu, de mim próprio. Curvou-se sobre a sacola de couro, remexendo papéis. "Deixe eu ver, deixe eu ver. 1989, talvez, 1988? AH! Cá está." Puxou uma agenda ordinária de capa de plástico preto, folheou as páginas. "Levou ela de carro da Mansão para casa no dia 12 de abril de 1989. Ficou lá dentro durante uma hora. Acham que estavam jogando DAMAS?"

"Isso é besteira", Lucille disse finalmente.

"Só na sua cabeça, queridinha."

"Ela não pode nos causar nenhum estrago", disse Lucille. "Está *vendendo* uma história. Não tem a menor credibilidade. É besteira."

"É um indicador do que pode vir por aí", disse Libby, ainda ajoelhada no chão. "Nosso Jackie já fez muita bobagem na vida. Enfiou o pau numas lixeiras de dar pena. Temos de parar essa gente antes que nos parem. Temos de TRITURAR essas pessoas, e depois varrer o que sobrar. A partir de agora, podem me chamar de ASPIRADOR DE PÓ!" Ela sorriu, com um ar maldoso, tresloucado, e depois, inclinando-se para a frente, segurou meu queixo e me olhou de pertinho. "Você sabe, belezoca, eu sou mais forte do que qualquer sujeira."

É, não duvidei. Mas eu estava abobalhado. A forma, a textura, as dimensões da campanha tinham de repente se alterado. A paisagem agora era outra, embora ainda familiar, o que a fazia mais horripilante. A história de Chicago parecia razoavelmente crível — como também, eu tinha de admitir, a de Cashmere McLeod. Minha vontade era levar Libby para um quarto tranqüilo e simpático — talvez com as paredes forradas de almofadas —, junto com um estoque de sua comida predileta (costeletas com bastante molho, como fiquei sabendo mais tarde), e fazê-la me contar a história toda, desde o princípio. Devagar, confortavelmente, coerentemente. Richard dissera isso mil vezes: estávamos em vôo cego. Mas eu nunca havia acreditado de todo. Pensava que conhecia Jack Stanton, pelo menos as coisas importantes sobre ele. Sabia que tipo de homem ele era. Conhecia suas fraquezas. Desde o dia em que o encontrara, tinha me dado conta da forma — se não da amplitude — de seus problemas. Havia posto essa informação num contexto desesperadamente otimista: ele não era perfeito, mas era um político de verdade e o mais talentoso que eu jamais vira — além de apoiar as boas causas. Trabalhar para ele tinha sido um risco, mas não fora difícil tomar a decisão. As virtudes eram tão claramente maiores do que os defeitos. Eu não podia recusar.

Por isso, Libby era estranhamente tranqüilizadora. Ela chegara a uma conclusão semelhante tendo um volume de informações muito maior. Conhecia as histórias, a crônica da família Stanton, mas, como logo pude verificar, isso era tudo. Não contribuía com nenhuma análise. Seria incapaz de me dizer o *porquê*. (Quanto a isso, cada um de nós teria de chegar a suas próprias conclusões.) Ligara-se aos Stanton muito cedo, com base numa atração quase instintiva. Nunca buscou vantagem alguma. Fazia-me lembrar aquilo que costumava dizer, nos tempos em que eu contava cabeças, Hector Alvarado, jovem deputado de Los Angeles, sobre Louis Parsons, um tremendo caipira do Mississippi. Os dois nada tinham em comum, mas haviam se tornado amigos íntimos, falando-se o tempo todo ao telefone. "O animal dentro de mim", dizia Hector, "combina com o animal que existe dentro dele." E não é assim que tomamos posição com respeito a todas essas estranhas figuras públicas? A paixão do assessor não seria em última análise visceral, muito mais do que ideológica? Compreendi que a insanidade de Libby era uma extrapolação de minhas próprias inclinações. Essa percepção não me agradou, mas, naquele momento, eu podia tolerá-la.

Fiz uma teleconferência com Richard e Daisy por volta da meia-noite. Eu estava em casa — Mammoth Falls agora já me dava a sensação de ser minha casa, pelo menos mais do que New Hampshire —, deitado na cama, sintonizado na CNN com o som desligado. "Richard, encontrei a mulher dos seus sonhos", falei.

"A *comidinha* dele? Quem é?"

"Ah, também descobri isso. Mas estava me referindo ao *Aspirador de Pó*."

Contei a eles sobre Libby, o fato de que a campanha havia adquirido uma lésbica louca, medindo um metro e oitenta e pesando cento e dez quilos, que sabia onde estavam enterrados todos os cadáveres e era capaz de fazer Lucille calar a boca.

"Quer dizer que Lucille e Howard...", disse Daisy. "U-lá-lá. É como dois passarinhos fodendo. Não dá para visualizar..."

"Mas tudo se encaixa: o Howard como radical, o Jack indo junto com ele para a manifestação, tentando segurá-lo", eu disse.

"Quem se importa com o que aconteceu vinte anos atrás? *Quem é a porra da comidinha?*", perguntou Richard.

"Ela se chama... Cashmere McLeod. É a cabeleireira de Susan."

Ouvi Daisy rindo. Richard estava sério: "Qual é a pinta dela? Gostosona? É plausível?".

"Não sei", respondi. Na realidade, mal ouvi o nome, imaginei o resto da figura de forma tão nítida e tão completa que perdi até a curiosidade.

"Farrah Fawcet no seriado *As panteras*", disse Daisy. "Aposto qualquer coisa que é a Farrah Fawcet, com um olhar menos expressivo e uns dez a quinze quilos a mais no lombo."

"Puta merda: a cabeleireira de Susan?", Richard disse. "E ela vai contar a história?"

"Por cento e setenta e cinco mil dólares — para um desses jornalecos sensacionalistas que vendem nos supermercados."

"Não dá para a gente oferecer mais?", perguntou Richard.

"Vale a pena fazer isso?"

"Não é preciso", rebateu Daisy. "Isso é uma piada. Estamos todos rindo."

"Vamos parar de rir quando o resto do mundo — todas as comidinhas do planeta, dez mil talentosas senhoritas, descobrirem que podem ganhar uma fortuna em cima de Jack Stanton", retrucou Richard. "E então, quando é que isso vai acontecer?"

"Sei lá", respondi. "Acho que a qualquer momento. O negócio já foi fechado."

"Os Stanton sabem?"

"Sei lá."

"Quem é que vai dar a notícia para eles?", perguntou Richard. "Daisy, você acha que devemos contar *isso* para ela?"

"Ela sabe", disse Daisy baixinho, de tal modo que ficou claro qual era a sua fonte.

"E?", perguntei.

"E o quê?", Daisy perguntou.

"Ela está puta? Está fazendo as malas? Vai pedir divórcio?" Richard estava começando a esquentar os motores. "Há quanto tempo ela sabe? Acabou de descobrir? Foi você quem contou para ela? Já sabia? Ela simplesmente resolveu encaixar a coisa? Gosta de ver os dois trepando? Está me entendendo? A Cashmere serviu aos dois ao mesmo tempo? Um depois do outro? Barba e cabelo? Que merda é essa que vamos ter de enfrentar?"

"Não sei", respondeu Daisy.

"Mas sabe que ela sabe?"

"Sei."

Isso era algo novo: Daisy — universalmente conhecida por sua franqueza e transparência — assumindo uma atitude evasiva.

Deixamos o assunto de lado por uns minutos e conversamos sobre os dois últimos dias. O noticiário da ABC tinha sido aberto conosco, trazendo uma nota positiva com relação à capa da *Time* e uma negativa, o tumulto em New Hampshire. As outras duas redes de televisão haviam dado destaque a alguma coisa sobre câncer ou colesterol — algo estranho a nosso mundo.

"Andei revendo as tomadas de New Hampshire", disse Daisy. "Bem ruins. O pior foi ele mesmo. Se é verdade o que diz Libby, ele não precisa ser tão defensivo assim, com exceção do problema da imagem, telefonar para o senador e tudo isso."

"Só ter estado lá já é um puto dum problema", disse Richard. "Especialmente depois que sabemos o que sabemos: *Tranquem suas cabeleireiras em casa que estamos chegando!*"

"É, sem dúvida", disse Daisy. "Mas ele faz a coisa parecer pior dando a impressão de que se sente tão culpado. Preste atenção à linguagem corporal dele. Olhe o queixo abaixado, como se estivesse prestes a ser preso."

"Pode até acontecer antes que isso termine", disse Richard.

"Olhe, Richard", disse Daisy, num tom subitamente duro. "Você não está condenado a trabalhar nesta campanha. Acha que ele é culpado? Vá embora. Acha que não há esperança? Peça as contas."

"Só queria que soubéssemos a porra que temos que enfrentar."

"Daisy tem razão", falei. "Sabemos o que temos que enfrentar amanhã. Estamos voltando para New Hampshire. Provavelmente vamos dar de cara com a história da Cashmere McLeod. O problema imediato é fazer com que ele pare de se comportar como se fosse Jack, o Estripador. Não fez nada errado em Chicago. Cashmere McLeod está contando uma história para ganhar dinheiro. Se Susan não está preocupada — não é mesmo, Daisy? —, então o governador não deve estar."

"Ela não está preocupada", disse Daisy.

"Então ele tem de se comportar como se estivesse puto dentro das calças."

"Mas não puto demais", falei. "Está concorrendo à presidência. Tem de ser mais na linha: 'Bem, já esperávamos por essas sujeiras. É lamentável, mas não é para levar a sério'."

"É, mas ele não precisa dizer isso", retrucou Daisy. "Basta mostrar que sabe que é assim, não é mesmo, Henry?"

"Certo."

"E você vai com ele? Vai conversar sobre isso no avião?"

"Vou tentar", respondi.

Desligamos. Liguei para Daisy de novo imediatamente. "Ela telefonou para você?", perguntei. "O que é que está acontecendo?"

Ouvimos o bip de que alguém estava ligando para o meu número. "Deve ser Richard", disse Daisy. "Fale com ele."

Certo. "Que merda é essa com a Daisy?", ele perguntou. "O que é há? Agora na campanha tem meninos de um lado, meninas do outro?"

"Não sei", respondi. "Estou meio perdidão com isso tudo. Daqui a três horas tenho de estar de pé, a caminho de Manchester. Vamos ter de esperar para ver."

"Escute", disse Richard. "Ele tem de encontrar um jeito de escapar desse troço, não é nada de mais... não se compara com as coisas que acontecem às pessoas no mundo real, perder o emprego, ter a casa tomada pelo banco. Podemos transformar isso numa vantagem para nós, sabia? Vem uma chuva de merda. Ele não se abala em meio à tempestade. Usamos isso nos spots, sacou? Jack Stanton: um homem em que você pode confiar numa tempestade de merda." Agora ele estava rindo. "Entende o que eu quero dizer?"

Tive vontade de perguntar: e se o povão não quiser um candidato que parece carregar com ele uma tempestade de merda ambulante? Mas não quis perturbar o estado de espírito de Richard: ele havia acabado de tomar uma decisão visceral. Permanecia no time. Não tinha corrido da raia. Estávamos juntos naquilo até o fim.

"Henry, eles vão me matar com essa sujeira", disse Stanton na manhã seguinte, seu rosto inchado ficando vermelho, prestes a estourar. "Precisamos fazer isso parar."

Olhou para mim como se tivesse me atribuído uma missão: pare esse troço. Faça a maré recuar. Estava com uma cara horrorosa, como se tivesse passado a noite em claro. Numa das mãos segurava uma xícara de café, na outra um sonho. Engoliu o sonho com duas mordidas. Pegou outro na caixa, que vibrava na mesinha de armar entre nossos assentos, enquanto o avião corria pela pista para levantar vôo. Traçou esse também. E um terceiro.

"Governador, estivemos conversando..." Parecia que ele estava a ponto de pular em cima de mim, me devorar como se eu fosse mais um sonho, mas não disse nada. "Daisy olhou as tomadas do que aconteceu do lado de fora da igreja."

"Uma manhã de domingo. Na saída de uma igreja. Pode imaginar? Estou tentando fazer alguma coisa de sério, e eles só ligam para essa titica."

"Seja como for, Daisy ficou com a impressão de que o senhor parecia... culpado." Dando-me conta de que estava jogando a carga em cima dela, acrescentei imediatamente: "Richard e eu achamos que ela tem razão. Libby diz que Chicago não é nenhum problema".

Ele estava de cabeça baixa. "Sou culpado. O erro foi meu. Fiz uma puta duma besteira".

Que erro? Não faz mal. "Escute, governador. Vamos ganhar esse troço. Temos de vencer esta fase difícil. O senhor não pode assumir uma atitude defensiva. Não fez nada de errado. Richard acha que, em certo momento, o senhor deve dizer que as coisas que está sofrendo não são nada quando comparadas com o que o povão sofre." Levantou a vista. Agora eu tinha atraído sua atenção. "Tem de ser na hora certa. Não logo que a gente desça do avião. Mas mantenha isso em mente. Pense no povão."

"Isso é o que importa, não é mesmo?", disse ele, seu rosto se iluminando. "Você é um bom sujeito, Henry. Aliás, viu o que Charlie Martin disse sobre Chicago?"

"O quê?"

"Disse que seu único grilo com os manifestantes é que eles tinham se divertido um bocado." Stanton riu. "Disse que nós estávamos certos com relação à porra da guerra. Pode imaginar um troço desses? Acho que ainda acabo gostando do Charlie Martin."

Na verdade, estávamos errados sobre New Hampshire. Já não se tratava mais do povão, e sim dos escorpiões. Essa era a nova realidade: uma droga, mas não havia como evitá-la. Ainda circulávamos por toda parte, comparecendo a pequenos encontros e grandes comícios, da costa aos subúrbios ao sul de Boston. As mesmas perguntas eram feitas, ele ainda era fabuloso com os eleitores comuns, ainda parecia capaz de se comunicar com eles e convencê-los. Mas a verdadeira campanha agora era o que acontecia *entre* esses eventos. Era sobre o que quer que Jack Stanton resolvesse dizer em resposta à artilharia dirigida contra ele pela turba mal-humorada que nos seguia; era problema logístico de transportar de um lado para o outro essa gente — que de repente havia surgido do nada, gaivotas acompanhando uma barcaça de lixo —, fornecendo os meios necessários para que nos perseguissem, nos malhassem e depois divulgassem a mensagem: o candidato que, para surpresa geral, vinha liderando o pelotão, de repente se encontrava "em dificuldade". Havíamos sido considerados vitoriosos e agora éramos dados como mortos antes mesmo que a maioria dos cidadãos dos Estados Unidos tivesse ouvido falar de nós.

Internamente, a campanha era uma série inacabável de frenéticos telefonemas. Ficamos sabendo que a história da Cashmere iria aparecer na quinta-feira e tínhamos de bolar a maneira de lidar com aquilo. O interesse jornalístico pelo episódio de Chicago subitamente diminuiu — não havia documentos comprometedores, nenhum modo de provar que Stanton convencera o senador Dawson a telefonar para o prefeito, nada a que a imprensa pudesse se agarrar. É óbvio que não desapareceu de todo: tornou-se parte de uma litania, parte da tempestade de merda ambulante do governador.

Nunca mais ouvi Stanton falar em público, como, aliás, nenhum de nós. Eu passava o tempo todo ao telefone, no fundo das salas, conversando com os escorpiões mais influentes em Washington e Nova York. Dizendo a eles: "A campanha não é sobre esse lixo. Vocês deviam vir aqui e ver o que interessa de fato ao povão". (Com a esperança de que não aceitassem o desafio.) A complexa rede de telefonemas — eu ligava para Richard, que ligava para Leon, que ligava para Daisy (que, rapidamente, vinha substituindo Arlen como nosso interlocutor em matéria de mídia), que ligava para mim — não se desfazia ao anoitecer, só atingindo de fato o clímax lá pela meia-noite, quando fazíamos uma teleconferência que podia durar horas. Só então, entre duas e três horas da manhã, após essa conferência, eu cuidava do governador, que zanzava pelos saguões do Hampton Inn (onde por fim nos havíamos instalado em Manchester).

Freqüentemente ia encontrá-lo do outro lado do gélido estacionamento, de onde a neve era removida sem maiores cuidados, numa loja da cadeia Dunkin' Donuts. Um rapaz aleijado trabalhava no turno da noite e Stanton se ligara a ele no começo do mês. Agora ia lá quase todas as noites — a combinação de açúcar e simpatia era irresistível. Havia transformado Danny Scanlon em sua estrela-guia. Gente como Danny é que dava sentido à eleição. Tinha uma perna estropiada, um defeito de fala e sabe-se lá mais o quê, mas estava eternamente alegre, reservava sempre um sorriso meio torto para o governador. Trabalhava duro sem nunca se queixar; servia os folhados de maçã, recém-tirados do forno, e merecia um país melhor — era em torno *disso* que a eleição tinha de ser disputada. Ele e o governador conversavam sobre esportes, sobre o campeonato de basquete universitário (pegando fogo naquela altura). Stanton testava algumas frases para palanque. Se funcionassem com ele, eram boas. Às vezes, quando terminava um discurso e estava prestes a ser atacado de novo pelos escorpiões, o governador me dizia: "Agora temos de agüentar isso pelo Danny. A eleição é em cima disso".

Para Henry Burton, a eleição tinha mais a ver com a necessidade de arrancar Jack Stanton do Dunkin' Donuts às duas da madrugada e acalmá-lo durante uma hora, para depois encarar umas poucas horas de sono inquieto e levantar às seis. E enfrentar os escorpiões. Havíamos contratado — imediatamente após a confusão na igreja — um assessor de imprensa para auxiliar Laurene: Marty Muscavich, um veterano que havia trabalhado nas primárias de New Hampshire para vários membros do clã dos Kennedy e, por isso, conhecia todos os macetes locais; além disso, tendo vivido muitas situações difíceis, não se deixava perturbar nem mesmo pelo circo caótico em que logo nos transformamos. A prisão em Chicago fizera de nosso candidato uma notícia nacional; Cashmere faria dele um escândalo nacional. Nossos adversários ainda circulavam em uma ou duas caminhonetes; nós agora tínhamos ônibus para a imprensa. Fomos obrigados a mudar uma porção de coisas. Um novo tipo de jornalista apareceu naquela semana: os coveiros, interessados apenas em nos ver estrebuchar e morrer. Gente que não tinha a mais vaga idéia de quem era Jack Stanton e de suas posições políticas de repente nos seguia com uma missão bastante simples: filme tudo se ele pifar, fique atento para ver se perde a calma ou chora.

Era difícil compreender como tudo isso tinha acontecido tão depressa. Era como se fôssemos empurrados ao longo da programação por uma correnteza alucinada — *sugados* de dentro dos auditórios, dos almoços dos clubes de empresários, de todas as paradas na via-sacra, para aquele turbilhão estreito que nos puxava para baixo, nos triturava. Ele seguia seu caminho sorrindo, acenando, negando — mas andando mais depressa do que no passado, quando se demorava nos lugares distribuindo comovidos apertos de mão; agora, se parasse, os jornalistas caíam em cima dele. Por isso, atravessávamos velozes o tubo de vácuo, empurrados pela força da mídia, sem poder mais controlar o ritmo da campanha.

Isso me fazia lembrar de umas férias na praia, quando eu era ainda muito pequeno. Estava com meu pai, devia ser na ilha de Martha's Vineyard, no lado voltado para o mar aberto. Ele me levara para dentro d'água e vinha atrás de mim, me segurando pelos ombros, de fato me empurrando para mais longe, cada vez mais fundo, e dizendo em tom brincalhão: "Vamos, rapaz, não fique com medo". Uma forma tranqüila e normal de zombaria — como se meu medo fosse uma coisa boba, uma coisa de criança. Mas as ondas que mal atingiam seus joelhos batiam no meu peito; para mim, eram explosões brutais e assustadoras, um tiro de canhão com balas de areia e fragmentos de conchas. E então, de repente, veio uma onda muito maior; escorreguei das mãos dele, fui erguido e jogado para trás, imerso em água verde e no silêncio. Tudo foi súbito, misterioso, sem nenhum ruído. Rolando, engolindo água, fui atirado de costas e empurrado pela onda para um lugar mais raso, atrás de meu pai. Achando que eu fora arrastado para o mar, ele tinha se jogado para a frente, curvando o corpo, procurando por mim, apavorado. Voltou-se em direção à praia para pedir ajuda, olhos esbugalhados, a boca aberta — e me viu, mergulhando então para depois levantar-me em seus braços. Seu pânico permitiu que eu chorasse: até aquele momento, eu estava tão atordoado que nem isso fora capaz de fazer. "Ah, meu Deus, Henry, me desculpe, me desculpe, me desculpe." Afastou o rosto, olhou para mim. "Você está bem? Me perdoe, tá bem? Tá bem? Agora fique calmo." Mais tarde, depois que me acalmei, ele disse: "Que bom que você é filho da sua mãe. Se fosse negro pelos dois lados, provavelmente teria se afogado".

E agora eu me sentia como se estivesse dentro daquela onda, caindo de costas, dominado e desorientado, mas num mundo silencioso: a história tinha pipocado, era algo real — existia uma mulher —, mas ainda não era de todo real. Não tínhamos visto a mulher, a não ser em retratos, que eram para lá de ridículos: garota de calendário de borracharia. Daisy se equivocara. Essa mulher teria vendido a alma para se parecer com a Farrah Fawcet com quinze quilos a mais. Tinha cabelos pretos e cacheados — um pouco à la Loretta Lynn — e nariz chato. Os lábios pareciam ter sido desenhados por um caricaturista: encrespados, como se ela estivesse rosnando ou houvesse mordido um limão enquanto tinha um orgasmo. Peitos grandes, isso ficava bastante óbvio. Mas o resto de seu corpo permanecia um mistério, tal como seu nível de inteligência. Na quinta-feira, o *National Flash* divulgou um comunicado de imprensa e começou a distribuir exemplares antecipados: o troço estaria abrilhantando as filas de todos os caixas de supermercados do país na segunda-feira. Na sexta, os tablóides de Nova York fizeram uma festa — a manchete do *Post* dizia: MEU AGASALHO DE CASHMERE; a do *Daily News*: FOI À CABELEIREIRA E SAIU TOSQUIADO —, o que significava que nos tornaríamos a bola da vez em todos os noticiários sensacionalistas. Mas os órgãos de mais classe, os principais jornais e as redes de televisão, passaram ao largo. O silêncio deles só fazia aumentar a estranheza de tudo. Ainda não sabíamos até onde isso ia nos levar.

    Na manhã de sexta-feira, Stanton saiu para cumprir sua programação; nós ficamos no hotel — Susan, Richard, Daisy, Sporken, Howard Ferguson, Lucille, Leon e Marty Muscavich, a quem havíamos convidado para se juntar ao círculo mais íntimo porque ele parecia adulto, coisa de que necessitávamos com urgência. A agenda era pesada. Haveria um debate naquela noite. Koppel queria que alguém participasse do *Nightline*. Tínhamos de decidir finalmente como lidar com Cashmere McLeod. Os produtores do programa *Sixty minutes* desejavam contar com um de nós na noite de domingo, após a partida final do campeonato universitário de futebol americano, enquanto Brinkley queria o mesmo para a manhã de domingo. A decisão de comparecer a um ou outro desses programas, a ambos ou a nenhum dos dois gerara um racha no grupo. Cada qual tinha sua teoria. (Exceto eu: não apenas não tinha a menor idéia sobre isso como de fato só queria é que nada daquilo estivesse acontecendo.)

    A suíte dos Stanton, onde nos reunimos, estava uma bagunça total. Todo o sexto andar do Hampton Inn, em que passáramos a acampar, estava começando a se impregnar daquele ranço típico dos dormitórios de universidade, uma mistura de suor, roupa suja e restos de pizza. Cada um de nós tinha seu próprio quarto. Havia montes de sujeira por toda parte — jornais, faxes, panfletos de campanha, cartazes de rua, latas vazias de Coca Diet, sanduíches comidos pela metade, caixas amarrotadas de doces do Dunkin' Donuts, fruta podre. Mantínhamos um escritório no centro de Manchester, mas, à medida que fechávamos o círculo, mais e mais o sexto andar se tornava o centro nevrálgico da campanha. Brad mandara instalar máquinas Xerox, aparelhos de fax e computadores. Havia uma sala de imprensa, membros da brigada juvenil, uma grande agitação. Eu me sentia aliviado ao ver tanta atividade: ainda parecíamos engajados numa campanha normal.

Susan pairava acima da confusão. Ao nos reunirmos na manhã daquela sexta-feira, sentou-se à cabeceira da mesa da suíte elegantíssima, vestindo um blazer azul do Armani, calças compridas cinza e uma primorosa blusa de seda cor de limão verde, para tomar chá. Os cabelos, cuidadosamente puxados para trás e presos por uma faixa; os olhos, claros (e não injetados como os dos demais); cílios e lábios pintados. Estava passando um recado, pois o resto da turma tinha uma aparência deplorável. "Leon, quando é que você acha que vamos poder ter uma idéia do efeito disso tudo?", Susan perguntou.

"Bem, de uma coisa já sabemos: estávamos subindo e o troço de Chicago nos fez parar. Não perdemos nada, mas estancamos nos trinta e cinco por cento. Os outros candidatos também estão parados." Embora sentado, Leon não parava um só momento e sacudia tanto a perna que seus cabelos louros e encaracolados se agitavam ligeiramente — um colibri humano. "É como se a coisa toda estivesse congelada. O pessoal quer ver qual é o próximo lance. Vários dos meus colegas vão estar fazendo pesquisas hoje à noite, mas eu vou ficar de fora. As noites de sexta-feira são uma droga."

"Mas não vai ser diferente hoje, com o debate e tudo?", perguntou Susan.

"Deixe a poeira do debate assentar", respondeu Leon. "As primeiras reações também não são muito relevantes."

"Mas precisamos ter uma noção de como estamos indo", retrucou Richard. Ele também não parava de se agitar. Levantara-se e caminhava de um lado para o outro. "E temos de começar a nos preparar para o que pode acontecer se perdermos terreno. Por exemplo, que tipo de spot devemos fazer? Combater esse troço de frente? A gente sabe que o pessoal pode ter deixado passar a coisa de Chicago — vinte anos atrás e tudo — e pode até deixar passar a Cashmere — afinal, ela está vendendo a história. Mas os dois, um atrás do outro... Entende o que estou dizendo? Quer dizer, será que o pessoal quer mesmo um ex-revolucionário que anda por aí com uma cabe..."

Richard parou de estalo. Todos os olhares se voltaram para Susan, que estava vermelha e furiosa. Ela partiu para cima de

Richard. "*Ele não comeu a Cashmere McLeod!*", disse, com uma veemência impenetrável e surpreendente. A sala ficou em silêncio. Susan estava de pé, inclinada para a frente, as mãos plantadas na mesa, nos desafiando com seu olhar; tanto quanto pude ver, ninguém teve a coragem de encará-la de volta. "Quem não for capaz de aceitar esse simples fato, pode ir embora agora mesmo", declarou.

Ninguém sabia o que dizer. Eu nem sabia o que pensar e não ousava olhar em volta da mesa — nem mesmo para Daisy, à minha frente — porque tinha medo de transmitir algo menos do que a mais total devoção. "Então, muito bem", disse Susan. "Vamos examinar isso cuidadosamente."

Falou, e estava falado: não haveria nenhum debate sobre como iríamos "lidar" com Cashmere McLeod. A campanha prosseguiria com base na premissa de que a história era inventada. Assumiríamos uma atitude oficial de ultraje: quem poderia tomar a sério tamanha sujeira, vendida a um jornaleco de supermercados? "Alguém tem alguma sugestão quanto ao domingo?", perguntou Susan.

"A senhora deve ir ao *Sixty minutes*, o programa tem uma audiência nacional", respondeu Arlen. Finalmente olhei para Daisy: ela se sujeitava à opinião de seu chefe, mas tinha certas dúvidas. Olhou de volta para mim, como quem diz: "Estou precisando mesmo é de um abraço apertado". Tinha na mão um monte de lenços de papel, seu nariz estava vermelho e escorrendo, os olhos lacrimejantes, febris. Tossiu. Sporken continuou, efervescente: "A senhora e o governador vão ser capazes de derrubar esse troço, mostrar quem são, qual o sentido real desta campanha. E vão fazer isso diante da maior audiência possível".

"E vão deixar a gente mostrar qual o sentido real da campanha?", perguntou Richard. "Quem está tratando com eles?"

"Howard?", Susan perguntou.

"Vão lhes dar vinte minutos, imediatamente depois que terminarem os comentários sobre a partida", veio a resposta seca e precisa de Howard. "O entrevistador vai ser Lesley Stahl ou Steve Kroft. Nem chegaram a propor Wallace — acho que compreenderam que nós nunca aceitaríamos. Eu disse que só estaríamos interessados se a senhora e o governador pudessem falar sobre os temas importantes da campanha, por quais razões ele está concorrendo. Que não queríamos que o programa se transformasse numa edição de luxo de um desses jornalecos sensacionalistas. Disseram que entendiam isso."

"Seria ao vivo?", Marty Muscavich perguntou.

"Não sei", Howard respondeu.

"Faz diferença?", Susan perguntou.

"Claro que faz", respondeu Muscavich. Ele tinha uma cara simpática, que parecia feita de borracha, dominada por uma bocarra de lábios grossos. Seus cabelos eram brancos, ou melhor, o que sobrara deles. Lembrava-me de ter visto fotografias de Marty dos anos 60, em preto-e-branco, tiradas na Casa Branca; nunca fez parte do grupo que freqüentava o Gabinete Oval, mas podia ser visto nas fotos de campanha, um daqueles garotões de boa aparência, com gravatas finas e escuras frouxas no pescoço, ternos sem ombreiras, no melhor estilo das universidades da Ivy League, que cercavam o jovem presidente enquanto ele abria caminho em meio à multidão. Nunca fora um assessor poderoso, mas tinha estado lá. E agora estava aqui, conosco, usando uma gravata de lã pouco imaginativa e um prendedor com a forma de um PT-109.[23] (Dei-me conta de que ele era o único na sala a usar gravata.)

"Se for ao vivo, dá para controlar melhor", continuou Marty. "A senhora pode vender seu peixe, usar a tensão do momento para desarmar o entrevistador. Sabe como é: 'Por que razão uma pessoa tão simpática como você pode ter tamanho interesse por essa sujeira? Por que se dispõe a dar valor a tais acusações? Estamos empenhados numa campanha presidencial; vamos falar sobre a economia'. Se for gravado, então eles ficam com todo o controle; mesmo se a senhora levar a melhor durante a entrevista, a audiência nunca saberá disso. Seus melhores momentos vão acabar no chão da sala de cortes."

"Não vejo necessidade de fazermos nenhuma dessas coisas", disse Lucille.

Marty ignorou-a e prosseguiu: "Há uma história famosa sobre Menachem Begin no *Sixty minutes*. Quem sabe? Pode até ser verdade. Seja como for, Mike Wallace — acho que era ele — quer entrevistar Begin. Telefona para ele e o lisonjeia, diz que vai precisar de duas horas para fazer a entrevista. 'Duas horas, senhor Wallace?', disse Begin. 'Vai usar duas horas de Menachem Begin na televisão americana?' Wallace disse que não, que editariam a gravação para exibir dezoito minutos. 'Então, senhor Wallace, vou lhe conceder dezoito minutos', encerrou o Begin".

"Howard, por que você não vai para o outro quarto e telefona para eles?", disse Susan. "Enquanto isso, conversamos sobre o *Nightline*."

"Temos de fazer isso?", Lucille perguntou. "E por que temos que fazer isso *hoje*? Por que Koppel não pode esperar até segunda-feira ou coisa que o valha? Vai ficar muito em cima do debate."

"*Convidamos* os responsáveis pela campanha do governador Stanton para par-ti-ci-par deste programa", disse Richard, fazendo uma péssima imitação de Koppel, "mas eles se recusaram. Isso significa que devem ser culpados pra cacete, não é mesmo?"

"Quer dizer que somos obrigados a aceitar?", Lucille insistiu. "Eles vão dar dignidade a essa sujeira, tratá-la como se fosse uma história verdadeira — e nós temos de engolir isso?"

"Eles dizem que o objetivo do programa é mostrar como a mídia lida com esse tipo de história", respondi.

Houve uma gargalhada geral. "Ei, por que você não liga de novo para o Koppel", disse Richard, ainda rindo, "e diz que topamos aparecer se o tema do programa for a maneira pela qual a porra do *Nightline* trata das histórias sobre sexo que não quer admitir claramente? Aí eu iria."

"Ah, isso ia nos dar uma imensa credibilidade", disse Lucille. "A campanha de Stanton será representada esta noite por um caipira hiperativo vindo de outro planeta."

"Você também se sairia muito bem", retrucou Richard — prestes a fazer um comentário fabuloso sobre Lucille e sexo quando se lembrou de que Susan estava na sala. Calou a boca.

"Então, mandamos quem?", Susan perguntou.

"Que tal Henry?", sugeriu Lucille.

"Não é mau", respondeu Richard. "Ele é capaz de intimidar Ted com sua erudição e suas macumbas raciais."

"Henry é moço demais", disse Susan. Fiquei meio pasmo, mas ao mesmo tempo aliviado. Estavam falando sobre mim como se eu fosse uma mercadoria, como se não estivesse lá — mas eu estava mais do que feliz de ser rejeitado para essa missão. "Precisamos de alguém com mais autoridade. Marty?", ela perguntou. De repente Susan se apaixonara por Marty.

"Quem sou eu? É preciso alguém que tenha estado mais próximo da campanha", falou.

"Quem vai saber quem esteve ou não associado com a porra da campanha?", Richard perguntou.

"As pessoas que assistem ao *Nightline*", respondeu Marty. "É um programa que atinge Washington e Nova York. Querem ver que tipo de cara a gente mostra para o público quando as coisas se complicam, e também desejam uma certa continuidade. Se mudarmos de cavalo agora, vão pensar que estamos entrando em pânico."

"Será que não estamos exagerando nessa análise toda?", perguntou Leon.

"Não", interveio Daisy. "Nossa imagem pública é absolutamente crucial, sobretudo agora. Precisamos de alguém que seja calmo, confiante — alguém que se pareça com um americano médio. Sugiro Arlen."

Ah, Daisy, puxando o saco do chefe. Mas ela tinha uma certa razão. Olhando em volta da sala me dei conta de que, como equipe de campanha, carecíamos de americanos médios. Como se para provar esse ponto, Howard voltou naquele momento — árido, intenso, parecendo uma águia. Se puséssemos no ar ele, Richard, Lucille ou Libby — ou, melhor ainda, os quatro juntos —, estaria em campo o melhor time do manicômio estadual. Comecei a rir pensando nos quatro lá, as tropas de eletrochoque da campanha, e então vi que Daisy estava achando que eu ria dela. Fuzilou-me com o olhar e depois foi tomada por um acesso de tosse raivosa. Coitada.

"Acho que a Daisy tem...", comecei, mas Susan queria saber sobre o *Sixty minutes*. (Daisy agradeceu meu pedido de desculpas com um leve aceno de cabeça, enxugando uma lágrima provocada pelo ataque de tosse.)

"Gravado", disse Howard.

"Você pediu que fosse ao vivo?", Susan perguntou.

"Evidente, mas entraram com uma embromação técnica impossível de entender."

"Disse que só iríamos se fosse ao vivo?"

"Dei a entender. Não quis fechar a porta."

"Precisamos mesmo disso?", Lucille perguntou mais uma vez. "É assim que vocês querem ser apresentados ao público do país? Quem vai estar vendo o programa é o povo americano de verdade, não apenas uns eleitores de primárias. Ainda nem estão pensando na eleição, e aí aparece esse governador de um estado de quem ninguém nunca ouviu falar, negando a história de um tablóide de supermercado no *Sixty minutes* logo após o término da final do campeonato. Não parece defensivo demais? Se Leon tem razão, se ainda não sabemos como as pessoas estão reagindo a isso, por que colocar tudo em jogo? Quem sabe as pessoas vão ter uma reação *sensata* sobre isso. Talvez achem que não passa mesmo de sujeira. A gente nunca sabe."

Um argumento razoável da parte de Lucille. Maravilha das maravilhas. "Mas precisamos fazer alguma coisa", eu disse, "porque senão vão dizer que estamos fugindo do troço. Temos de adotar uma posição firme. Talvez no *New York Times* ou no *Washington Post*?"

"Não temos mais controle sobre esses sacanas do que sobre a CBS", disse Richard. "Sugiro Brinkley."

"Que negócio é esse de Brinkley?", Susan perguntou.

"Eles vão cobrir a viagem do presidente ao Japão", expliquei. "Mas disseram que nos dariam os vinte minutos iniciais, antes da entrevista do Jack Smith. Podemos fazer isso daqui. Mas não sei. Será que vale a pena contrastar nossos problemas com a imagem do presidente, por uma vez fazendo o papel de chefe de Estado?"

"Mas não é o presidente quem vai ser entrevistado, é?", perguntou Arlen.

"Não, claro que não. É o secretário de Estado."

"Então ninguém vai se importar", disse Richard. "Na hora em que terminarmos, metade de Washington vai pegar o telefone e começar a ligar para a outra metade: 'Como é que você acha que ele se saiu? Se saiu bem?' Entende o que eu estou dizendo?"

Era verdade. Eu não estava num dos meus melhores dias.

"Quem vai fazer a entrevista?", Susan perguntou.

"O pessoal de sempre", respondi.
"A Cokie?", ela perguntou.
"Acho que sim."
"Então temos que ir nós dois."
Lucille olhou duro para ela. "Você..."
Susan devolveu o olhar calma e firmemente, demonstrando que tinha total controle sobre a situação. Bem, é óbvio que os dois deviam aparecer juntos, essa havia sido minha hipótese desde o início. Mas até aquele momento não me dera conta de como seria absolutamente crucial a presença de Susan. Ela seria observada com tanta atenção quanto o governador. Teria de acertar na dose — veemente, mas não demasiadamente defensiva. Fiquei imaginando o que ela de fato pensava sobre tudo aquilo; percebi que eu não tinha a mínima idéia. Desde que embarcara na empreitada, aquela era a primeira vez que me sentia ausente, distante deles.

Uma coisa era clara. Susan havia — de repente e de forma pouco sutil — tomado as rédeas do processo. *Ela* tinha decidido como devíamos reagir ao problema da Cashmere (e que não haveria discussão interna sobre a questão). *Ela* teria a palavra final sobre quem ia comparecer ao *Nightline*. *Ela* estava, evidentemente, inclinando-se em favor do Brinkley e desistindo do *Sixty minutes*. Sem dúvida, ela sempre fora uma força importante na campanha, mas Cashmere a havia tornado indispensável. "Henry, onde está Jack?", ela perguntou, sem nenhuma emoção na voz. "Por favor, converse sobre isso com ele antes de tomarmos uma decisão. E agora vamos cuidar do debate."

O debate foi estranho, fora deste mundo. Charlie Martin nos criticou por não sermos suficientemente específicos com respeito à assistência médica; Lawrence Harris nos criticou por termos proposto um corte de impostos apesar do enorme déficit orçamentário; Bart Nilson nos criticou por não proporrmos a contratação de mais funcionários públicos a fim de reduzir o desemprego. Nenhum deles mencionou Chicago ou Cashmere. Era como se houvesse duas campanhas em curso: a séria, aquela coberta pelos jornais de prestígio e redes de televisão (que até então guardavam silêncio sobre Cashmere) e ainda respeitada por nossos adversários; e a outra, a suja, o pântano sensacionalista que se transformara em nossa realidade. Havia uma certa interação entre as duas, mas indireta: o nível de energia dos demais candidatos aumentara um pouco, a excitação deles com relação a nossas dificuldades era palpável, mas permanecia discreta. Reação inteligente. (É interessante como até mesmo políticos medíocres instintivamente aplicam as regras fundamentais do jogo — neste caso: Nunca ataque um adversário que está se destruindo sozinho.) Por isso, mantinham firmemente o tom digno, afastando-se da água de esgoto por medo de saírem salpicados. Mas pairava no ar o cheiro forte e óbvio de ambições ressuscitadas, como uma água-de-colônia penetrante, e dava para ver que os três assumiam posturas imponentes, tentando passar uma imagem presidencial, treinando para nos substituir — se e quando naufragássemos.

Nem Harris, o sr. Exercício de Classe, ficou imune. Sua porcentagem nas pesquisas de opinião tinha caído lentamente à medida que a nossa subia, mas ele continuava num nível respeitável (cerca de vinte por cento); presumíamos que estava servindo de estacionamento para os democratas de New Hampshire enquanto assistiam ao show e esperavam para ver se nós nos afirmávamos. Agora, porém, eram visíveis os primeiros e tênues sinais de suas aspirações. Imaginei-o fazendo a barba de manhã, com um pensamento deslizando macio do fundo do cérebro para o lobo frontal: se Stanton tropeçar, quem mais poderia ser? No passado, sua oposição a Stanton havia sido hábil, quase galhofeira. Mas havia agora algo de cortante em seu ceticismo quando partiu para cima dele no debate. E usou uma palavra interessante: "moral". "Simplesmente não é moral jogar com o futuro de nossos filhos", Harris disse. Foi usada assim de passagem, sem nenhuma ênfase especial, mas vi que Jack Stanton acusou o golpe. Estava de cabeça baixa — tomando notas —, mas engoliu em seco, seus ombros se contraíram. Será que alguém mais havia notado?

Nossa avaliação era de que Harris não estava no jogo só para se divertir. Queria uma ocupação digna. A campanha era seu formulário de inscrição para obter o cargo de Estadista Ilustre. Iria nos apertar, promover suas idéias, ganhar aplausos dos comentaristas políticos, para finalmente nos dar seu endosso caloroso quando tudo terminasse. E esperar — o quê? Secretário do Tesouro? Alguma coisa. Essa ainda podia ser sua jogada, mas o emprego daquela palavra — "moral" — parecia uma expedição de reconhecimento, um exame do andar de cima. Eu achava que era sobretudo um auto-exame. Ele queria ver como se sentiria partindo para o ataque contra nós, transformando-se num oponente de peso. Queria sentir o choque de adrenalina; queria — literalmente — senti-lo no seu coração avariado, ver se podia agüentar o rojão. O momento veio e passou muito rapidamente, e eu estava demasiado atento ao meu candidato para observar a reação de Harris. Mas fiquei satisfeito em ter captado aquela nuance. Para quem fosse capaz de manter certo distanciamento, tratava-se sem dúvida de um jogo maravilhosamente intrincado.

Mais tarde, a sala de imprensa parecia estranha. A atenção dirigida a nós era menor do que antes. Mal se notava a mudança, mas senti que a primeira onda de escorpiões — os pesos pesados — fluía em direção aos outros candidatos. Isso fazia sentido, eles haviam sido praticamente ignorados nas últimas quarenta e oito horas. Os escorpiões tinham se concentrado em nosso caso, e essa era a primeira oportunidade de obterem uma "reação" das demais equipes em relação a Cashmere. Obviamente, não estavam muito interessados no debate, o que se podia sentir na sala. Tinham ouvido nossa própria reação durante todo o dia — a muralha de ultraje — e percebiam que, caso houvesse alguma notícia, ela viria dos outros candidatos. Eu também estava algo curioso quanto a isso. Será que algum deles decidira instruir seus porta-vozes a deixar escapar uma referência qualquer, trazer a história um pouco mais para o centro da campanha? E, outra vez, a curiosa meteorologia de New Hampshire: eu estava me sentindo congelado e sufocado, devia estar pegando a mesma coisa que havia atacado Daisy. Jerry Rosen aproximou-se, muito solícito: "Como vão as coisas?".

"Tudo bem. Ele estava ótimo hoje à noite, não acha?"

"Se saiu bem, levando em conta a situação."

"Levando em conta o quê?"

"Bom, ele realmente ainda não se *definiu*", disse Rosen. Era só o que me faltava.

"Ah, não venha com essa."

"Quer dizer, quais são as verdadeiras posições dele, em que ele acredita?"

"Ah, por favor, Jerry, você já o ouviu falar umas cinqüenta vezes. Sabe quais são as *posições* dele."

"Então me conte."

Mas não havia tempo. A segunda onda de escorpiões estava vindo para o meu lado. Gostariam de registrar nossa reação a qualquer coisa que os assessores dos adversários houvessem falado. E agora estavam todos em cima de mim, e as perguntas — que estranho! — eram sobre *procedimento*. Como poderíamos seguir adiante com toda a imprensa interessada na Cashmere? Como conseguiríamos divulgar nossas idéias? Não ficaríamos agora apenas na defensiva? E eram os próprios jornalistas que perguntavam isso. Surrealista. Nem sei o que lhes disse, nada de importante. Dei uma olhada para ver o que estava acontecendo com Laurene e Richard, ele também circulando pela sala de imprensa. (Spork se preparava para aparecer no *Nightline*.) Mas não os vi e não podia me permitir uma olhada mais demorada. Continuei a falar — conversa fiada, enchendo lingüiça. E, enquanto isso, raciocinava sobre a coisa. Os assessores dos outros candidatos não haviam falado nada sobre a Cashmere, e sim sobre a agitação da imprensa. "Sei lá como é que Jack vai poder divulgar suas idéias com vocês fodendo a alma dele desse jeito." Alguma coisa do gênero. Por isso os idiotas dos escorpiões haviam se saído com aquela pergunta: Como é que Jack vai divulgar suas idéias com a gente assim em cima de vocês? Fazia o maior sentido, uma beleza. Todo mundo de barra limpa (exceto nós). Todo mundo poderia fazer a barba amanhã sem se sentir envergonhado. Nenhum deles era um repórter sacana correndo atrás de uma fofoca, e sim analistas políticos. Os escorpiões não estavam noticiando a sujeira, e sim como nós lidávamos com a sujeira. A história ainda não havia pipocado de verdade — e já era manipulada a um passo de distância: a imprensa estava interessada em registrar como o candidato iria reagir à maneira pela qual a imprensa noticiaria a história.

Não deu outra no *Nightline*. O programa abriu com imagens de Gary Hart cercado de repórteres em 1987, seguindo-se uma série de perguntas muito precisas, feitas com grande competência por Koppel, na forma austera e peremptória que o caracteriza: será esse o tipo de frenesi que Jack Stanton terá de enfrentar a partir de agora? É possível a qualquer candidato sobreviver a esse gênero de tratamento? Isso é correto? "Estarão hoje conosco um destacado assessor do governador Stanton e um professor que estudou esse fenômeno e escreveu um livro sobre ele, intitulado *O frenesi da mídia*, além do crítico de imprensa da *New York Times*."

Pobre do Arlen. Ele suou, tropeçou e caiu. Tinha a aparência de um americano típico, mas era bonzinho demais, e insuficientemente rápido, para aquele tipo de missão. Assistimos horrorizados à sua exibição — um pequeno grupo reunido no quarto de hotel de Richard — enquanto ele analisava a diferença entre o caso de Hart e o nosso. "Bem, Ted, Hart aparentemente foi apanhado com a boca na botija em 1987, mas não há nenhuma prova desta vez de que..." Blá-blá-blá.

"TRABALHE PARA *NÓS*, SEU BOSTA", Richard berrou.

"Ele devia se fazer de ultrajado", disse Daisy baixinho, chocada, vendo seu chefe se destruir. "Devia mostrar que Koppel não passa de um hipócrita. Dando legitimidade a essa porra — uma história comprada por um tablóide de supermercado —, e Arlen deixa ele levar a melhor."

O pior aconteceu no final, quando Koppel perguntou ao professor qual era seu prognóstico com relação a Stanton. "Alguém já conseguiu sobreviver a esse tipo de frenesi da imprensa?"

"Bem, Clarence Thomas conseguiu, mas, nesse nível..."

O babaca do *New York Times* — metido a intelectual, com um ar de superioridade — entrou na dança: "Ted, se o Jack Stanton estivesse na política há vinte anos, se fosse uma figura de relevo na vida do país — alguém como o governador Ozio, ou Donald O'Brien, o líder da maioria no Senado — e alguma... rapariga aparecesse com uma história dessas, bem, a coisa seria descartada imediatamente. Caberia a ela o ônus da prova. Mas a maioria das pessoas não sabe quem é Jack Stanton. Essa será a primeira coisa que vão ouvir falar sobre ele. Tudo leva a crer que se trata de um golpe mortal. Minha impressão é de que ele não tem volta."

Ninguém disse nada. Richard derrubou uma cadeira com um pontapé. Uma das jovens assessoras, uma estudante universitária chamada Alicia, começou a chorar. Atravessei o hall e bati na porta da suíte dos Stanton. Tio Charlie atendeu. "Ele está no Dunkin' Donuts."

"Quando é que ele foi para lá?"
"Depois que o Arlen começou a suar."
"Disse alguma coisa?"
"Quebrou algumas coisas."
"Charlie, você me faz um favor? Vá buscar ele esta noite. Estou no maior prego. Preciso dormir."

Eram duas e vinte e oito no relógio digital, os números vermelhos brilhando na exaustão dolorosa da noite, quando Daisy veio bater na minha porta. "Quer pegar meu resfriado?", ela perguntou.

Fizemos amor, lentamente, cuidadosamente, totalmente cônscios da fragilidade daquele momento, cada qual preocupado em não causar o menor incômodo ao outro. Não foi especialmente apaixonado ou transcendental, mas também não foi sexo de campanha. Houve algo de memorável e tocante na ternura do ato. Ela fungou depois, tossiu um pouco. Senti que meu peito estava molhado: lágrimas.

"Henry, estamos fodidos, não é mesmo?"

"Não sei. Mas estávamos errados no caso da Cashmere. A variável crucial não é ela. Somos *nós*. As pessoas não o conhecem. Olham para ele e vêem mais um político — outro sujeitinho superambicioso que pensa que pode dar a volta por cima de qualquer coisa. Não sabem como ele é inteligente. Não sabem como ele se importa com as pessoas comuns. Temos de encontrar uma maneira de botar isso nas ruas, de fazer com que todos saibam."

Sua pele estava quente, febril; ela tremeu, arrepios de frio. Apertei-a contra meu corpo. "Será que você tem aí um comprimido contra febre?", ela perguntou.

Não me recordo muito bem do sábado. Outro dia ruim. O frenesi aumentara. Apareceu no noticiário da noite — a história havia por fim chegado às redes de televisão. (Não estava acontecendo muita coisa no mundo; como os âncoras do fim de semana não tinham a estatura dos apresentadores habituais, podiam mergulhar em águas que seus colegas considerariam profundas demais.) Vi nos olhos de Jack Stanton ao voltar à noite: ele não podia compreender o que estava acontecendo, o sonho de toda uma vida dissolvendo-se... naquilo. Parecia moído, os olhos apagados. Não queria ver ninguém, ficou sozinho diante da televisão. (Susan estava fora, numa universidade só para mulheres — soube depois que foi um espetáculo formidável: ela estava afiada, agressiva, engraçada. Era estranha a força que demonstrava diante de um problema como aquele. Estava chamando a atenção para sua perfeição, o que servia apenas para fazer com que as pessoas se lembrassem da imperfeição do marido. Tratava-se, como acabei entendendo, de um ato de vingança.)

Voltei para meu quarto, deitei-me na cama olhando para o teto. Richard entrou em seguida, deitou-se a meu lado e também ficou olhando para o teto. "É isso aí, ele achou que era Deus. Pensou que Cashmere McLeod ia ficar tão extraordinariamente honrada, tão emocionada, tão excitada com a perspectiva de chupar o pau do governador que nunca iria dar com a língua nos dentes. Levaria o segredo para o túmulo, guardado no fundo do coração, esperando que ele secretamente depositasse vez por outra uma rosa sobre a lápide, ou pelo menos mandasse Tommy no Bronco verificar se a grama estava cortada direitinho."

"Não, não é isso", eu disse. "O forte dele não é compreender as segundas intenções."

"Henry, ele é uma porra dum político!"

"É diferente — ali é sua arena. Na arena, ele não deixa escapar uma. Você viu quando Harris usou a palavra 'moral' na outra noite? Nem falei depois com ele sobre isso — não era preciso. Só sei que ele havia captado a nuance."

"É, o nosso Forças da Natureza está botando a ambição dele para dar umas voltinhas de aquecimento."

"E então, onde é que estamos agora?", perguntei.

"Num lugar onde eu nunca estive antes."

"Não consigo acreditar que a coisa acabou", falei. "Tudo parece uma miragem. Não está acontecendo de verdade, sabe como é?"

"Pois está acontecendo."

"Mas tenho a sensação de que vamos sair desta. Sei lá como."

"O que é que você quis dizer com aquele troço de que o forte dele não é compreender segundas intenções?", Richard perguntou.

"Ele gosta de pensar o melhor sobre todos os amigos. É uma verdadeira obsessão. Você sabe o que a mamãe diz, ele foi sempre assim. O garotão radioso."

"Exceto pelas tempestades."

"Elas passam logo", eu disse.

"Não tivemos nem tempo de prepará-los para Brinkley. Fico só pensando na hora em que George Will pronunciar as palavras 'Cashmere McLeod'. Vamos cair alguns pontos porcentuais de cara."

"Ele não vai fazer isso. Não é do seu estilo. Vai perguntar sobre Chicago."

"Então quem é que vai perguntar sobre Cashmere?"

"Cokie, ou Sam Donaldson. Susan acha que vai ser Cokie. Lembra que perguntou sobre ela na reunião de ontem?"

Discutimos o assunto. Imaginamos toda a entrevista. Ficamos aliviados. Em nossa versão do programa, ainda viveríamos para ver o sol nascer outra vez. "Você sabe", disse Richard por fim, "vamos levar esse troço assim mesmo. Pensar nisso como se fosse uma coisa normal, um debate, um tema político, mais uma semana de trabalho. Podemos até conseguir fazer de conta que estamos no meio de uma campanha normal."

"É como se você estivesse dando uma cagadinha no mato", falei, "e um porco selvagem partisse para cima..."

"Vá se foder. Essa sua bundinha preta nunca entrou no mato. Confesse, Henry: a coisa mais difícil para você nesta campanha é que não há nenhuma loja que venda croissants em New Hampshire."

Ficamos deitados, sem dizer uma só palavra durante algum tempo. "Cashmere McLeod", Richard disse. "A filha da puta da Cashmere McLeod. Dá para imaginar? Uma coisa a gente pode dizer sobre Jack Stanton: ele não se considera acima dos outros. Nosso governador não peca pelo orgulho. Entende o que eu estou dizendo?"

* * *

"SACAAAAAANA! SACAAAAAANA!"

"Bom dia, Libby", eu disse. Eram pouco mais das seis da manhã de domingo. "Esta é a chamada para me acordar?"

"Que filha da puta mais SACAAAAAANA!"

"O quê, Libby?"

"Ela tem umas fitas gravadas."

"Quem tem..."

"Cashmere, aquela escrota. A putinha tem umas fitas gravadas."

"De quem?"

"De quem é que você acha? Do Mario Lanza? Do nosso querido Jackie. Fitas amorooosas."

"Como é que ela gravou?"

"Qual é o filho da puta que pode saber? O Aspirador de Pó tem uma SUSPEITA, mas quem é que pode saber uma porra dessas?"

"Suspeita?"

"É, Henry, se mande para cá o mais depressa possível. Avise ao Jackie e à Sue e se mande para cá. Vou lhe mostrar uma parte de Mammoth Falls que você não conhece."

"O que é que ela vai fazer com as fitas?"

"Tocar na entrevista coletiva que vai dar amanhã, seu BABACA. Não tenho tempo para perder com gente INCAPAZ. Vou lhe dizer precisamente o que você tem de fazer. Um, levante da cama. Dois, faça pipi no penico. Três, lave a cara. Quatro, siga pelo corredor e acorde os Stanton. Cinco, diga a eles que a putinha tem umas fitas gravadas."

"Você acha que eles devem ser informados antes do programa de Brinkley?", perguntei, embora conhecesse a resposta.

"PUTA QUE ME PARIU, a gente não consegue mais ninguém que saiba TRABALHAR DIREITO. Henry, você quer que o Sam Donaldson conte para eles? Levante da porra dessa cama. Faça pipi. Se limpe. Diga a eles. Pegue um avião. Venha aqui para perto da sua mãezinha — vou lhe mostrar uma coisa."

Bati na porta deles às sete. Já estavam prontos para a guerra. Susan vestia um terninho de tweed, com uma echarpe Chanel; ainda não havia calçado os sapatos. Estava sentada à mesa, lendo o caderno "A Semana em Revista" do *New York Times* e tomando chá. O governador se encontrava de pé, segurando três gravatas, tentando decidir qual delas usaria. Caminhava na direção dela, dizendo: "Meu bem, qual você prefere?". Susan levantou-se para examinar as gravatas. Parecia aquela cena tranqüila antes que o monstro surja.

Não tentei amaciar a coisa. "Governador", falei, "Libby acaba de me telefonar. Disse que Cashmere McLeod tem fitas gravadas com conversas entre o senhor e ela no telefone e vai tocar as fitas amanhã numa entrevista coletiva."

Susan puxou o braço para trás e lhe aplicou uma bofetada na cara. Um golpe perfeito, uma sonora pancada — Deus meu, ela era boa até nisso. O lado do rosto dele ficou imediatamente rosado, o queixo baixou, a mão foi erguida — não contra ela —, para massagear a bochecha. Nenhum deles disse nada durante alguns segundos. Ela virou o rosto, e ficou de frente para o janelão por onde entrava o sol.

Então ele disse: "Sinto muito".

"É muito ruim?", ela perguntou. A ele? A mim? Eu não sabia ao certo.

"Não sei", ele respondeu.

"Você disse a ela que..." Olhou de relance para mim. "Por favor, Henry, você pode sair um pouquinho?"

Ah, certamente que sim.

Enfrentamos um corredor polonês até a estação de TV, entre fileiras de repórteres contidos por cordões de isolamento. Tudo era muito nítido: o brilho forte do sol refletido na neve, escuridão e ventos cortantes à sombra do edifício. Atravessamos a turba ululante como um pugilista e seu séquito — o governador e Susan sorrindo e acenando, seguidos de assessores e pessoal de imprensa. Minha ânsia de protegê-los era tanta que fui seguindo junto, mantendo-me tão próximo quanto possível, *grudado neles*, enquanto atravessávamos o vestíbulo e chegávamos ao estúdio, onde lhes colocaram fones nos ouvidos e os plantaram, um ao lado do outro, diante de várias palmeiras e de um pano de fundo com uma cena de Manchester coberta de neve (pensei com meus botões: uma mistura de metáforas, mas essa foi a única divagação que me permiti naquela manhã). Estava tão compenetrado que não percebi que dera um passo a mais ao entrar no estúdio e que por isso não conseguiria ouvir as perguntas que seriam feitas de Washington. Teria de ficar ali, atrás das câmaras, observando-os e tentando sacar a pergunta e o entrevistador pelas reações e expressões faciais dos dois. Surrealista.

E assim foi.

"É bom estar aqui, David... É, está frio, mas essa gente aqui é amiga, me faz lembrar muito da minha terra... Não, não chega a atrapalhar. Se você viesse até aqui e passasse um dia conosco, acho que veria que o pessoal está interessado mesmo é no futuro, no que estamos propondo em matéria de empregos, educação e..."

Um sorriso — um sorriso terrível, vazio, sem vida. "Não, George, eles simplesmente não parecem muito interessados nesse tipo de coisa. Simplesmente não parecem ver a coisa desse jeito. Estão preocupados com o país e com seus filhos. Esta eleição é sobre o futuro."

"Bem, é fato, eu era contra a guerra. Mas nunca deixei de cumprir a lei. Nunca cheguei a ser formalmente detido..."

"De jeito nenhum. Não mesmo. Lá de onde eu venho, a gente respeita os militares..."

"Com prudência, espero. Mas não hesitaria em usá-los."

Outro sorriso. Mais aberto, mas meio boboca. "Olhe, Sam, você não vai valorizar esse lixo, vai? Quer dizer, veja o resto desse jornal: 'Extraterrestres comeram meu cartão de crédito'." (De onde ele tinha tirado isso? Parecia coisa do Richard.)

Um olhar mais duro. "Não, não vou levar isso a sério — num momento em que o povo americano tem tantas coisas que o preocupam, e quer discutir sobre elas, é decepcionante que seja distraído por... Sam, você sabe quantas hipotecas estão vencidas em New Hampshire neste exato momento? Vinte e cinco por cento do total."

Um olhar ainda mais duro, um ligeiro rubor. "Não, nunca aconteceu. Não é verdade. Sim, tivemos. Atravessamos algumas fases difíceis em nosso casamento, mas conseguimos superá-las." Dei-me conta de que eles não pareciam haver superado as fases difíceis. Não estavam se tocando. E, nesse justo instante, de mansinho, Susan deu-lhe a mão.

Ele acenou com a cabeça. Estava ouvindo. "Acho que isso não seria justo, Cokie."

De repente, Susan entrou na liça: "Você está fazendo uma suposição. Você simplesmente não sabe. Cokie, onde é que você tem andado nesses últimos vinte e cinco anos? As pessoas têm sofrido e lutado, enfrentando todo tipo de loucura. Sim, tivemos alguns períodos difíceis. Mas continuamos aqui. E, se você quiser tirar disso uma lição política sobre o caráter do Jack Stanton, não tem nada a ver com inconsistência ou — qual foi mesmo a expressão que você usou?". Ela quase riu. "Déficit de credibilidade. É exatamente o contrário: este homem aqui não desiste. Vai enfrentar os tempos difíceis. Vai acordar todas as manhãs e trabalhar *paca* pelo povo americano." Bem sacado: boa parte do falatório posterior seria desviado de Cashmere McLeod, pois as pessoas iam ficar se perguntando se uma primeira-dama em potencial devia ou não usar uma palavra chula. (Claro que devia, se fosse do Partido Democrata.)

Mas também me dei conta de que ela tivera a reação mais contundente da entrevista. Sabia ser mordaz. Acabou se saindo muito bem. Já ele ficou em segundo lugar na disputa do prêmio de melhor ator coadjuvante. Quando as luzes se apagaram, Susan largou sua mão como se fosse um rato morto.

Ele saiu sem pressa, entoando uma melodia country e depois cantando:

> *Por favor, senhor, por favor*
> *Não toque a B-17*
> *Era nossa canção, era a canção dela,*
> *Mas aa-caa-bou...*

Tomei três aviões até Mammoth Falls, atravessando a claridade do domingo. O primeiro foi um vôo da ponte aérea até Nova York, cheio de escorpiões, a maioria querendo papo comigo. Vendo que eu não estava disposto, cochilaram ou folhearam o *New York Times* de domingo. Depois disso, fiquei livre. Era um anônimo, pela primeira vez em um mês não era reconhecido por ninguém. Perambulei pelo terminal principal do La Guardia, dei uma olhada numa livraria, comprei uma coletânea de Alice Munro. Peguei um vôo para Cincinnati, assento de janela. Havia poucos passageiros; o ambiente estava leve, claro, arejado. Senti que podia respirar de novo. Li Alice Munro, frase por frase — mais pelo artesanato do que pelo enredo, mais à distância do que penetrando nos contos, querendo manter uma certa perspectiva, apreciar algo pristino, escrito sem pressa e concebido com cuidado.

No terminal de Cincinnati, comecei a me sentir menos livre e mais vazio. Havia famílias, pais e filhos, tomando aviões. Observei as crianças. Havia um filho de meia-idade, um homem de ar decente, empurrando uma senhora idosa — sua mãe — numa cadeira de rodas até o portão de embarque. Dois padres, rindo. Um grupo de jovens negros, todos grandalhões — universitários, dava para ver —, cheios de entusiasmo, nada agressivos mas vestidos na moda dos guetos, uma grande e barulhenta cambada dividindo em dois o terminal. (Até quando mostrávamos o que tínhamos de melhor, acho que, para os brancos, ainda éramos canhestros, deslocados, emotivos demais.) Mas os Estados Unidos davam a impressão de ser um lugar feliz — afortunadamente alheio às tortuosas complicações que cercam a escolha de seu próximo presidente. Isso parecia surpreendente — e muito sadio. Os televisores dos bares do aeroporto mostravam jogos de basquete, as pessoas riam e bebiam cerveja, rodeadas de pilhas fofas de agasalhos e sacolas de viagem. Daí a pouco começaria a programação da final do campeonato de futebol americano, o Super Bowl. De repente me dei conta de que era o domingo da decisão. Eu parecia invisível, ninguém reparava em mim. Bem, exceto uma moça, asiática (filipina?) ou talvez hispânica: nos vimos, trocamos acenos de cabeça e cada qual seguiu seu caminho.

Dei uns telefonemas enquanto esperava pelo avião. Não encontrei nem Richard nem Daisy. Liguei para a suíte e fui atendido por Lucille. "Susan não estava absolutamente fantástica?", ela perguntou. "*Todo mundo* está dizendo isso."

Caía a tarde quando embarquei no avião seguinte, também quase vazio, para Mammoth Falls. Estava escuro quando aterrissamos, mas soprava uma brisa morna vinda do golfo.

Olivia Holden se instalara numa encantadora casinha branca de madeira, numa rua silenciosa, ao norte do palácio do governo. Além de um divã e um grande aparelho de televisão, a sala de visita estava cheia de arquivos, e uma mesa em forma de L — munida de computador, impressora e aparelho de fax — corria ao longo das paredes traseira e lateral, longe do janelão. Havia um leitor de microfilmes, sobre o qual Peter Goldsmith estava debruçado, examinando velhos exemplares da *Mammoth Falls Gazette*, parando e tomando notas. Olhou para mim e disse: "Oi". Jennifer espiou da cozinha: "Ei, quer um chá?".

"HENRIIIII", saudou-me Olivia do quarto que transformara em escritório. "Temos de ir em frente, trabalhar *paca* — a palavra da moda, depois que Susie a popularizou —, temos que ir para o sul, à casa do Marinheiro, ver junto com um perito a nossa Cashmere abrir o coração e derramar lágrimas." Pôs o chapéu australiano, vestiu o colete, passou o braço em volta de Jennifer e — quase caí para trás — lhe deu um longo e intenso beijo na boca. Jennifer sorriu para mim, um pouco enrubescida, e deu de ombros. "Se cuide, tá, querida?", Libby disse suavemente, carinhosamente, num tom de voz que eu ainda não ouvira. "Volto para o jantar."

Olivia dirigiu — um jipe Cherokee vermelho — em silêncio. Ligou o rádio numa emissora pública, a "Sinfonia nº 4", de Brahms. Tentei atraí-la para uma conversa: "Quer dizer que você conheceu Jack e Susan na Flórida, quando trabalhavam na campanha de McGovern?".

"Foi."

"Como é que eles eram?"

"Uma glória. O máximo, sensacionais."

"Eles foram juntos para lá?"

"Henry, você não tem nenhum respeito pela música?"

Saindo da cidade, tomamos a rodovia estadual rumo ao sul e depois entramos numa estradinha em direção ao oeste, em meio a colinas e bosques de pinheiros, até dobrar à esquerda num caminho de terra. Terminada a sinfonia, Libby me deu o serviço: "Salem Shoreson, o Marinheiro. Velho amigo da família. Solto sob fiança, fugiu para o Canadá. Nada de muito grave: danos materiais durante uma manifestação contra a guerra. Estava mesmo era fugindo do alistamento. Voltou em 1977, convencido de que tudo havia mudado com Carter. Ainda precisava cumprir uns meses de prisão no Norte por causa da fiança, mas eram tempos de festa".

"Amigo da família?"

"Lá de Grace Junction. Conhece Jackie desde a escola primária — e daria a vida por ele. Sem pestanejar."

"Ele faz o quê?"

"Trabalha em eletrônica, óbvio. Porra, Henry, será que tenho de lhe explicar tudo, tintim por tintim?"

No meio de um bosque, chegamos a um muro de blocos de concreto caiado de branco, com arame farpado e pequenas câmeras montadas no topo. Libby parou o carro diante de um elaborado portão de ferro batido e baixou o vidro; um pequeno interfone surgiu do chão. "O que é *mesmo*, senhorita Scarlett?", perguntou a voz de Butterfly McQueen, atriz de ...*E o vento levou*.

"Telegrama para Leon Trotsky, seu IDIOTA", respondeu Libby.

O portão se abriu, ouviu-se música, um sistema perfeito, o som vindo de todos lados — os Rolling Stones em "Let's spend the night together". Seguimos por um caminho circular até uma grande cabana, no estilo dos alojamentos de caça. O Marinheiro nos esperava — calça jeans, camisa de lenhador, roliço, careca, barba longa e desalinhada, cara simpática. "Salve, Olivia", disse, numa vozinha esganiçada que não combinava com o resto.

"Marinheiro, a pátria precisa de você."

"Estamos aí, benzinho. Como é que estava a casa de loucos?"

"Os remédios de agora são muito melhores do que os de antigamente. Nem excitantes nem calmantes — equilibrantes. Agora estou *equilibraaada*."

"Dá para ver", ele disse rindo. Libby soltou uma gargalhada e lhe deu um tapa nas costas.

O Marinheiro tinha uma senhora instalação. Botões, telas e acessórios cobrindo as paredes. Parecia um cruzamento entre uma estação de rádio e um estúdio de gravação — disse que ali fazia gravações de conjuntos de música sertaneja só para se divertir. Havia um telão em meio a múltiplos monitores, e nos acomodamos diante dele para ver Cashmere brilhar na CNN.

Para início de conversa, era um verdadeiro circo. A entrevista coletiva tinha sido montada no salão de baile de um hotel de

Nova York — e deviam estar lá uns duzentos jornalistas. Quarenta equipes de filmagem. Com Libby, no carro, tinha me sentido à vontade, embora um pouco estranho, mas agora a terrível e claustrofóbica sensação de New Hampshire estava de volta.

Cashmere entra em cena: uma mulher inchada, gorducha, com cara de buldogue — cabelos negros curtos e cacheados; seios alentados, mas sem cintura; pernas surpreendentemente curtas, porém bem torneadas — era atraente aos pedaços, algumas partes até sensuais. Às vezes a gente vê uma pessoa e consegue visualizá-la quando jovem — como nos tempos de escola; outras carregam consigo uma premonição de envelhecimento. Cashmere era desse tipo: dava para ver aonde ela iria chegar. Não era uma visão agradável. Usava um conjunto preto, blusa branca e maquiagem demais. Estava acompanhada de um advogado, de barba e jaquetão — poderia ter sido um membro da seção local do Playboy Club nos velhos tempos. Ela tinha uma vozinha de nada.

"O governador Stanton me seduziu", disse, provocando uma erupção de cliques e flashes.

Libby vaiou.

"Judy Holliday", disse o Marinheiro.

"E posso provar", Cashmere continuou. "Tenho gravações."

Houve um instante de silêncio, seguido de uma tremenda confusão. O advogado ocupou o pódio: "A senhorita McLeod não responderá a nenhuma pergunta", ele disse. "Isto aqui não vai se transformar num interrogatório."

"Claro", comentei, "o interrogatório vai cair em cima *da gente*."

Logo ficou claro que o papel de Cashmere era ficar lá retocando a maquiagem. O advogado comandava o espetáculo. "As fitas foram gravadas na secretária eletrônica da senhorita McLeod durante um período de dezoito meses", informou ele. "A última gravação foi feita em novembro, pouco antes do Dia de Ação de Graças. Vou tocar um trecho agora."

Podia-se ouvir um Jack Stanton distante, em meio a estalidos, e, com absoluta clareza, Cashmere McLeod.

JACK: Vamos ter de parar [ruídos] com isso agora.
CASHMERE: Mas você disse que me amava.
JACK: Simplesmente tenho que tomar cuidado, meu bem. De

qualquer maneira, eu agora preciso passar a maior parte do tempo em New Hampshire.

CASHMERE: Mas você disse que ninguém sabia fazer as coisas que eu faço com você. Eu podia ir até lá.

"Meu Deus, que putinha mais chorona", disse Libby.
"Shhhh", disse o Marinheiro.

JACK: Quando isso tudo acabar, a gente volta a se ver.
CASHMERE: Lembra daquela vez que você pediu para eu o encontrar em Dallas? Ah! Fico toda molhada só de pensar.
JACK: Tenho de desligar.

Foi *chocante*. Eu estava chocado. Era a voz dele. Libby virou-se para o Marinheiro. "E então?"
"Não dá para ter certeza. Eu teria de ver a fita. Mas soa como coisa autêntica. Talvez uma ou duas emendas. Mas, quem sabe? Estou ouvindo de terceira mão."
"Eu mato ele", Libby disse. "Como é que pode ser tão BURRO?" O advogado estava exibindo outra fita. "Esta é do verão passado", explicou.

JACK: E aí, o que você vai fazer hoje à noite?
CASHMERE: Estou rezando para você me fazer uma visita, querido.
JACK: ...Ficar em casa e abrir uma garrafa de Chablis?
CASHMERE: Não é só isso que a gente vai abrir.
JACK: Acha que tem alguma chance [ruídos] dar uma trepadinha hoje à noite?
CASHMERE: Diria que é altamente provável.
JACK: Eu estou [ruídos] com tesão demais para pensar direito.
CASHMERE: Dou um jeito nisso. E que tal sua mulher, benzinho?
JACK: Tudo bem, o que você acha?

"JESUS MEU...", Libby disse. "Como é que ele pode ser tão putamente babaca?"

156

"Nessa ele estava ligando de um celular", disse o Marinheiro, "o que torna a coisa ainda mais suspeita. Houve uns dois cortes abruptos. Deixa eu tentar de novo."

Várias perguntas foram feitas, mas nem o advogado nem Cashmere as responderam. O Marinheiro tinha desligado o som. Cashmere estava saindo de cena. Meu bip tocou. Richard. Liguei para ele.

"O que você acha?"

Havia alguma coisa... pensei — havia alguma coisa rondando a fronteira da minha consciência. Era uma tortura, pior do que uma coceira, algo vermelho, inacessível, como uma inflamação dentro de minha cabeça. "Ei, Marinheiro, quer tocar isso de novo?"

"Marinheiro?"

"É... Escute, Richard, tenho de desligar."

"Que negócio é esse, desligar por quê? Estamos na maior merda e você tem de desligar? Que porra está acontecendo?"

"Eu lhe digo num minuto. Ligo de volta. Agora tenho que desligar."

"Henri, ela é uma puta, você não acha?"

"Sem dúvida."

"Mas essas fitas vão dar rolo. Podemos estar liquidados."

"Escute, Richard, alguma coisa... Ei, Marinheiro, a *segunda* fita. Richard, onde é que você está?"

"Com ele, no Mississippi. Você não ia acreditar: multidões, como se aqui a CNN não chegasse. É como antigamente."

"Já ligo de volta. Mas deixe eu desligar agora."

Tudo bem.

JACK: E aí, o que você vai fazer hoje à noite?

CASHMERE: Estou rezando para você me fazer uma visita, querido.

JACK: ...Ficar em casa e abrir uma garrafa de Chablis?

CASHMERE: Não é só isso que a gente vai abrir.

JACK: Acha que tem alguma chance [ruídos] dar uma trepadinha hoje à noite?

CASHMERE: Diria que é altamente provável.
JACK: Eu estou [ruídos] com tesão demais para pensar direito.
CASHMERE: Dou um jeito nisso. E que tal sua mulher, benzinho?
JACK: Tudo bem, o que você acha?

"Outra vez", eu disse.
"O quê?", perguntou Libby.
"Outra vez", repeti. Ele tocou de novo. Era uma tortura, um *déjà vu*.
"Vamos pegar frase por frase", falei. "Marinheiro, dá para você sacar onde houve emendas?"
"Sacar, dá. Ter certeza é outra coisa. OK, primeira frase."
E aí, o que você vai fazer hoje à noite?
"Aqui tem um corte bem abrupto."
...Ficar em casa e abrir uma garrafa de Chablis?
"Me parece que começa no meio de uma frase. Pelo menos, é possível que sim."
Acha que tem alguma chance [ruídos] *dar uma trepadinha hoje à noite?*
"A falha no meio pode ser estática do celular, ou então pode ser para abafar alguma coisa."
"Espere um segundo", mandei. Era aquilo. "Espere uma porra de um segundo. Toque outra vez."
Acha que tem alguma chance [ruídos] *dar uma trepadinha hoje à noite?*
"Outra vez."
"O quê?", Libby perguntou.
"OUTRA VEZ, porra!"
Acha que tem alguma chance [ruídos] *dar uma trepadinha hoje à noite?*
"De você. De você", eu disse. "Puta que pariu, é incrível. 'Acha que tem alguma chance DE VOCÊ dar uma trepadinha hoje à noite!' Os ruídos são para dar a impressão de que ele havia dito 'a gente'. Mas era eu! Ele estava falando comigo! Era véspera do Ano-Novo. Outra vez, outra vez — do começo."
E aí, o que você vai fazer hoje à noite?
"Corte abrupto, certo?", perguntei. "Era: 'o que você vai fazer hoje à noite, Henri?'. Lembro que ele me chamou de Henri."

...Ficar em casa e abrir uma garrafa de Chablis?

"Ele estava me perguntando se eu ia a alguma festa naquela noite. Meu Deus, pegamos ela!"

"Você pegou", disse Libby. "NÓS não."

Ela tinha razão. Não havia como provar nada.

"Pelo menos por enquanto", disse Libby. "MAS VAMOS PEGÁ-LA. Henry, ligue para o chefe e diga a ele para nunca mais na porra da vida dele falar num telefone celular. Eu e o Marinheiro vamos bolar alguma coisa."

Chamei Laurene pelo bip. "É incrível, Henry", disse ela. "Está uma zona. Temos um avião cheio — e sabe o que eles estão vendo? Um salão repleto, cem dólares por cabeça, em Baton Rouge. Isso foi no café da manhã. Agora estamos em Jackson. Salão cheio para o almoço. Ovacionado de pé. O deputado Mobley fez a apresentação. 'Esses ataques contra Jack Stanton são ataques contra *nossa* integridade, a integridade de nossa região. Sabemos quem é Jack Stanton e que tipo de governador ele tem sido — e não somos gente que sai correndo quando um amigo está numa enrascada.' Henry, quem diria que seria uma sorte para nós que os brancos daqui ainda estejam em guerra contra a porra dos ianques?"

Laurene! Estávamos todos pirando. "Antes de saírem para Birmingham, dê um jeito de ele falar comigo", eu disse. "Em quanto tempo você acha?"

"Dez minutos. Que tal é ela?"

"Ridícula, sem deixar de ser devastadora. Mas acho que vamos pegá-la."

"Como?"

"Não posso dizer. Escute: você tem de garantir que o primeiro telefonema dele é para mim. Nenhuma outra ligação. Isso é urgentíssimo."

Estávamos no carro voltando para Mammoth Falls quando ele me ligou. "Henry?", disse numa voz rouca. Parecia em péssimo estado. Tossiu. "Foi mal?"

"Bom não foi. Quando o senhor me telefonou de Marco Island na véspera do Ano-Novo foi pelo celular?"

"Deixa eu pensar. Por quê?"

"Porque eles andam escutando e gravando. Lembra que o senhor disse para mim, ah, que eu me divertisse naquela noite?

Pois bem, eles gravaram aquilo e usaram. Agora o senhor está levando um papo com Cashmere sobre trepadas e tesão."

"Eles *tocaram* isso?"

"Infelizmente sim."

"É um absurdo. Ela não pode se dar bem..."

"Bom, governador, não há como provar que não aconteceu, embora Libby tenha uma idéia. Mas o senhor tem de tomar mais cuidado... no telefone. Tem de supor que estejam escutando toda e qualquer ligação pelo celular."

"Deixe eu falar com ele", disse Libby arrancando o fone de minha mão.

"Seu BABACA", xingou. "Não venha com essa porra de cachorrinho ofendido para cima de mim. O Marinheiro acha que uma parte da merda que ela tocou era autêntica. Meu Deus, que pena que não castramos você quando podíamos fazer isso."

"Libby", falei, "você está *falando* num celular!"

"MERDA", ela disse, se acalmando. "...hã-hã, hã-hã, já fiz uma boa parte desses troços. Peguei depoimentos do primeiro marido, da irmã — mas não vai adiantar muito provar que ela é uma puta mentirosa que trepava com todo mundo. Isso é... *óbvio*. Não se trata de um CONCEITO DIFÍCIL DE COMPREENDER, seu merda leviano. Eeeepa! Vou dar um jeito. Tá bem. Tchau."

Seguimos caminho. Estava ficando nublado. Após uma curva, perto do aeroporto, pude ver o topo dos modestos arranha-céus de Mammoth Falls. "Sabe, Henry", ela disse de forma suave, perigosa, "há uma coisa que a gente podia fazer que — quem sabe — resolveria esse assunto de vez. Mas é um pouco arriscado."

Saímos da estrada em Cranford, um pouco ao sul do centro da cidade. Tinha sido uma área chique, de grandes mansões, mas agora só havia cortiços e terrenos baldios. Paramos em frente a uma casa no estilo dos velhos casarões de fazenda do Sul, a tinta branca descascando.

"O escritório de advocacia de Randolph Martin Culligan", ela disse. "Estou prestes a fazer uma loucura. Se der errado, posso sempre alegar insanidade mental. E você pode dizer que não sabia de coisa nenhuma, pois não vou lhe contar."

Virou-se para mim. Seus olhos azuis agora pareciam serenos — nada tinham de loucos. Jamais a vira mais racional. "Mas ainda assim você pode ficar numa situação comprometedora. Pode me deixar entrar lá sozinha — vou entender, não vou ficar chateada. Ou pode ir comigo. Não tem nada a ganhar indo junto. Talvez tenha algo a perder. Mas pode vir, se quiser."

"Mas o que..."

"Nenhuma PERGUNTA, Henry. Ou confia em mim ou não confia."

Confiei. Discou um número. Alguém atendeu. Desligou. "Foi dada a partida", ela disse. Pegou a sacola, pôs o chapéu australiano. E lá fomos nós.

Subimos uma escada externa na parte dos fundos. Tabuleta na porta: ESCRITÓRIO DE ADVOCACIA DE RANDOLPH, MARTIN E CULLIGAN. Ela riu. "Dá para acreditar nessa porra? O Randy se transformou em três sócios." Bateu na porta. Nada. Abriu-a com um pontapé.

"O que..." Randy Culligan estava de pé, atrás da escrivaninha, segurando o fone. Tinha cabelos castanhos espetados, óculos de aro de tartaruga; vestia calças cinza e uma blusa de tricô marrom, de mangas compridas, com um desenho escocês amarelo no peito. Um indivíduo totalmente anódino: um amanuense esforçado.

"Um dia triunfal?", Libby perguntou. "Talvez o melhor de sua vida! É Cashmere na linha? Ah, deixa eu dar um alô."

"Não, não é. Não... é."

"Então se despeça do Sherman. Temos negócios a tratar." Libby sentou-se numa das cadeiras dobráveis diante da escrivaninha de Culligan. Sentei na outra. Estávamos num pequeno vestíbulo — talvez, pensei comigo, a sala de espera de um antigo consultório médico. Havia quartos nos fundos. Randy provavelmente morava lá. O escritório era um desastre: escrivaninha em desordem, paredes revestidas de compensado, lâmpadas fluorescentes. Havia diplomas na parede e fotografias de Randy Culligan cumprimentando diversos políticos locais, inclusive Jack Stanton. A expressão no rosto do governador Stanton ao lhe dar um comovido aperto de mão — suas duas mãos segurando a de Culligan — era aflitivamente calorosa e amigável. Não denotava o menor traço de reserva.

"Também não é o Sherman", disse Culligan ao desligar. Tinha uma voz grave, cheia. Mas era um safado de um mentiroso: claro que estava falando com Sherman Presley.

"Então, Randy", disse Libby de modo expansivo, "quer dizer que você diversificou. Agora trabalha também com eletrônica, hem?"

"Não sei o que você..."

"Você anda gravando as conversas pessoais de seu amigo governador, não é?"

"Olhe, Olivia, por que eu ia fazer uma coisa dessas? Sou um grande fã de Stanton. Sempre fui. Ele está botando este estado no mapa."

"Olhe, Randy, faz um minuto que estou aqui e você já esgotou minha paciência", disse Libby, tirando da sacola um revólver preto de cano muito longo, ridiculamente ameaçador. Não o apontou para ele, apenas deixou-o ficar no colo. Não sou um perito nessas coisas, mas, se não era um magnum .357, era algo igualmente terrível. Quase uma paródia de revólver — de tão absurdo, de tão exagerado. Eu não podia levar aquilo a sério. Não estava acontecendo.

"Randy, vou querer uma confissão assinada", disse Libby.

"Libby, guarde isso antes que você faça uma besteira e se meta em encrenca", disse Randy.

Nesse momento ela apontou a arma. Ficou de pé, esticou os dois braços juntos e apontou o revólver para a cara dele. "Randy, seu cagalhão de merda, você armou uma cilada para Jack Stanton e vai tratar de confessar, senão morre."

"Libby, você está louca!"

"LOUCA DE PEDRA!", ela respondeu. "E volto direto para o manicômio. Feliz da vida. E você vai estar no céu."

Randy de repente reparou em mim. "Você também vai para a cadeia."

"Não tenho nada a ver com isso", respondi, para minha própria surpresa. Fui capaz de dizer isso, de abrir a boca e tudo o mais, porque não podia acreditar no que estava vendo.

"Ele está em estado de choque", Libby explicou para Culligan. "Não tinha a menor idéia. E agora, Randy, você vai escrever isso ou não vai?"

"Eu... *não sei do que você está falando.*"

"AH, SABE SIM, SEU MERDA", disse Libby, movendo-se muito rápido — numa rapidez realmente incrível — em torno da escrivaninha, chegando por trás dele, aplicando-lhe uma gravata com o braço esquerdo e apontando o revólver para o ventre dele. "E tenho uma *idéia melhor*: vou estourar seus COLHÕES!"

A cara dele, já bem vermelha, estava espremida entre os seios gigantescos de Libby, como se fossem dois protetores auriculares. "Sou uma *lésbica*, não venero o órgão sexual masculino", ela prosseguiu, enfiando a pistola contra o saco dele. Randy tentou erguer-se, soltou um grito. "Calminha, calminha", ela disse. Seu rosto também estava vermelho, os olhos esgazeados; o chapéu caiu em cima da escrivaninha. "Seu SACO DE BOSTA, eu *sei* que foi você. Você é pago por aquele jornaleco, eu SEI disso — e você, seu babaca de merda, não se contentou com as chamadas que tinha gravado. Tinha pegado Jack Stanton, mas achou que o mundo era tão idiota quanto você — e aí resolveu ENFEITAR. Bom, doutor, VOCÊ ESTÁ FODIDO."

"Eu... eu..."

Devo dizer que a achei muito convincente. Mas, se o troço tivesse continuado por mais tempo, provavelmente teria de fazer algo para que ela parasse. Não consigo nem começar a imaginar o que faria se ela tivesse mesmo apertado o gatilho.

"Você tem de fazer uma opção, e bem depressinha", disse Libby, dando um tranco no pescoço dele. "Mas você me conhece, Randy. Pelo Jack e pela Susan, especialmente pela Susan, eu estaria pronta a ter um câncer nos ovários — e você está *importunando* os dois. Está estragando a *festa*. E eu ficaria PARA MORRER se você fodesse com a campanha. Ia mesmo querer MORRER. Então, você vai ter de decidir: *até que ponto vai o desespero dela?* E vai ter de fazer isso agora. Um... dois..."

"Tá bem. Tá bem, tá beeem", ele cedeu.

"Muito bem, muuuito sábio", Libby disse, afrouxando a gravata e passando o revólver do ventre para a cabeça dele. "Quero que seja muito eloqüente nessa carta que vai escrever, e arrependido. Quero que admita que se sente culpado por sua inveja e ganância. Você não agüentaria continuar a viver se tivesse privado os Estados Unidos desse homem."

"A disposição de usar a violência multiplica a força", explicou Libby mais tarde. "Essa é a razão de a Máfia ter tido tanto sucesso ao longo dos anos. Aqueles caras são iguais a todo mundo, exceto pela disposição de usar a violência."

Percebi que Libby era mais doida quando estava tranqüila do que durante seus acessos. E era perfeccionista. Não parou por aí. Estava segura de que a confissão não seria o suficiente. A perfídia precisava ficar clara. Teria de ser demonstrada. Por isso, mandou o Marinheiro a Washington para seguir Ted Koppel numa caminhonete não identificada e grampear as chamadas que fizesse de seu carro. Idéia que se revelou deveras inspirada. A caminho do trabalho naquela terça-feira, Koppel telefonou a seu produtor e disse o seguinte:

"O que você quer fazer hoje à noite?"

"Quer fazer a coisa do Stanton?"

"Eu acho mais sexy do que a Bósnia."

"Que tipo de convidados teríamos?"

Essas frases foram editadas junto com as respostas apropriadas das gravações de Cashmere — e tocadas no *Nightline* na quarta-feira por Daisy, designada para a missão depois do lamentável desempenho de Arlen (e depois de Marty Muscavich mais uma vez ter tirado o corpo fora, gerando assim suspeitas em Susan — será que ele era cem por cento leal? —, e finalmente lhe garantindo um pé no rabo).

Daisy, porém, esteve irresistível. Apesar de muito pequenina, mostrou-se engraçada, entusiasmada — tinha todas as qualidades de uma criança precoce. Só ela teria conseguido se dar bem tocando a gravação Koppel-Cashmere, surpreendendo-o com o lance, mas, ainda assim, fazendo com que risse depois do último diálogo.

TED: Que tipo de convidados teríamos?
CASHMERE: Que tal sua mulher, benzinho?

"Bem, isso... obviamente... foi montado", disse Koppel, com uma risada algo nervosa: nenhum homem gosta sequer de dar a impressão de que tem impulsos lascivos, e Libby — bendita seja — havia demonstrado quão facilmente as aparências podem ser manipuladas. "Você fez isso para provar algo. Certo?"

"Claro. Não é uma gracinha?", disse Daisy alacremente. "Quer dizer, dá para imaginar alguém levando a sério esse tipo de coisa?" Partiu então para liquidar a fatura. "E, no entanto, o resultado de uma campanha presidencial americana pode ser influenciado por esse gênero de lixo. Vocês da imprensa não deviam estar envergonhados? Não devem um pedido de desculpas ao governador Stanton?"

O pessoal estava excitadíssimo no sexto andar do Hampton Inn. Richard não sabia o que dizer. "Pode um negócio desses? Pode? Não dá para acreditar... Tá me entendendo?"

Jack e Susan saíram da suíte e atravessaram o corredor abraçando todo mundo, sorrindo. No hall do elevador, onde havia mais espaço e as pessoas podiam reunir-se, Stanton disse algumas palavras: "Quero agradecer a todos vocês por terem ficado ao nosso lado, por trabalharem tanto durante tudo isso". Estava rouco, o rosto vermelho, os olhos lacrimejantes. Vestia uma roupa de jogging de nylon cinza com listras azuis e frisos verdes, embora estivesse descalço. Percebi que ele tinha engordado — pagando o preço por todas aquelas noitadas com Danny Scanlon. Havia passado o braço pelo ombro de Susan. (Ela estava sorrindo e o abraçava pelas costas.)

"Estamos a menos de duas semanas das eleições e temos de dar duro — temos de botar esse troço de novo nos trilhos. Mas sei que, com a ajuda de vocês e a graça de Deus, faremos tudo o que for preciso. Não tem sido fácil para nós" — olhou para Susan. "Tem sido muito ruim mesmo." Parou, estava começando a ficar emocionado. "Mas... ainda... estamos... *no páreo!*"

"Quer fazer a coisa do Stanton?", perguntou Daisy mais tarde naquela noite, tentando tornar sua voz mais grave para imitar a de Koppel.

"Eu acho mais sexy do que a Bósnia", respondi, abraçando-a.

Porém não muito mais sexy. Daisy estava efusiva e animada, mas também distraída. Não estava inteiramente comigo. Estava lá fora, no mundo. Tínhamos regredido, de volta ao sexo de campanha.

A pergunta de George Will quando os Stanton haviam sido entrevistados no programa de Brinkley (a qual naturalmente eu não tinha ouvido e nem me havia interessado até que li sua transcrição) provou-se premonitória. "Qualquer que seja a verdade sobre esses incidentes, sua detenção em Chicago e esse... lamentável episódio envolvendo a senhorita McLeod, não lhe parece possível que o povo americano chegue à conclusão de que o senhor é mais um problema do que uma solução? As pessoas em geral esperam um pouco mais de estabilidade e dignidade da parte de um presidente."

Pois é. Bem cedo me perguntei se nosso caro George não tinha razão. Havíamos sido duramente atingidos. Estávamos tão desligados, tão fora da realidade, que tínhamos presumido que nossa reação contundente ao episódio Cashmere no *Nightline* resolvera o problema: se a vida fosse um filme, teria sido assim. Como se os extraordinários e heróicos esforços de Libby fossem o bastante para reverter a situação; como se o truque eletrônico do Marinheiro — a gravação Koppel-Cashmere — realmente significasse algo, como se a "confissão" de um advogado de porta de cadeia pudesse apagar a imagem e, sobretudo, o nome daquela mulher horrível, ou alterar a impressão deixada pelas fitas, algumas das quais, como eu convenientemente esquecera, *eram* autênticas. O caso *tinha* acontecido. (Mesmo que não tivesse, restaria a presunção da culpa, pois ele era um político.) Mas nós nos havíamos deixado convencer de que, se uma parte não era verdadeira, então nada era. Tínhamos deixado que Susan nos convencesse disso. Tratava-se de um truque de advogado, e ela era uma boa profissional do ramo.

Mas essa convicção não ia muito além das fronteiras de nossa pequena campanha, de nosso pequeno mundo. Eu realmente acreditava que o circo ambulante seria desmontado após termos destruído a credibilidade de Cashmere. Precisava acreditar que retornaríamos ao jogo em que Jack Stanton era tão bom, o jogo que estávamos ganhando antes de a loucura começar. Mas nada havia mudado; pelo contrário, tinha piorado.

A maioria dos americanos não assistiu à entrevista de Brinkley ou ao *Nightline* (a rigor, nem mesmo aos noticiários da noite). Estavam começando a ouvir falar de nós em ocasiões que não podíamos prever ou controlar: uma piada no programa de Jay Leno ou, mais provavelmente, no rádio do carro pela manhã;

uma arenga ofensiva num telefonema às emissoras que pedem a opinião dos seus ouvintes; e, claro, em todas as filas nos caixas de supermercado do país (a manchete do *National Flash* — SEDUZIDA E TRAÍDA POR STANTON — sobressaía em letras garrafais). A credibilidade de Cashmere era irrelevante; de qualquer modo, todos a consideravam uma vagabunda. Mas Jack Stanton era um presidente em potencial. Necessitava ter mais do que credibilidade, tinha de estar acima de qualquer suspeita. Podíamos destruir Cashmere e ainda assim sermos destruídos por ela.

Pensei nisso, mas não por muito tempo. Justamente nesse momento estávamos no auge da campanha de New Hampshire — e achamos que lá as regras eram algo diferentes do que no resto do país. Éramos conhecidos em New Hampshire. Poucas semanas antes estávamos olímpicos, a eleição parecia no bolso. Diversos políticos tinham se comprometido conosco, arriscado sua reputação, embarcado em nossa canoa — e continuavam a trabalhar. Mas, mesmo lá, estávamos começando a perder altura. Leon conferia a cada noite, e continuávamos a cair após ter alcançado um máximo de 37% depois do segundo debate; daí para 34% na noite de segunda-feira, após a entrevista de Cashmere; para 32%, na terça; 31%, na quarta; 29%, na quinta. Estávamos despencando.

E Jack Stanton adoecera. O tempo tinha esquentado um pouco; a quinta-feira estava chuvosa e lamacenta — todos nos sentíamos como um trapo molhado. Entramos e saímos de prédios superaquecidos durante todo o dia, do calor que fazia suar para o frio úmido. Os olhos dele estavam vidrados, o rosto vermelho; tinha febre. Nós o enchemos de pastilhas para a tosse e água quente com mel e limão, mas ele mal conseguia se arrastar. Compareceu a um almoço no Clube dos Kiwanis em Manchester, sem ânimo algum. Afundou no banco da caminhonete e logo adormeceu enquanto nos dirigíamos para Nashua, onde haveria uma manifestação em favor de um país livre de drogas. Foi difícil acordá-lo. Olhou para mim, piscou e grasnou: "Henry, você me consegue um toddy quente? O que mais tem hoje?".

Na manifestação — que reuniu muitos estudantes no maior ginásio-auditório das redondezas —, ele começou a tossir sem parar. "Dêem licença um segundo", disse, ofegante. "Alguém me traz água?" A água de nada adiantou. Começou a tremer, a água estava gelada — e ele também. Mal conseguiu acabar; a platéia não fez perguntas — parecia um ato de caridade. Bart Nilson, o próximo a falar, pegou Jack nos bastidores: "Olhe, Jack, quer um conselho de alguém que passou a vida inteira fazendo campanha no Norte do país?". Solícito, passou o braço pela cintura de Jack. "Descanse por alguns dias. Recupere as forças. Senão, acaba num hospital."

Ao sairmos do auditório, já de noite, pairava no ar uma névoa morna, que ofuscava as luzes dos postes de iluminação absurdamente altos no estacionamento: era como uma transpiração atmosférica. Stanton encostou-se na caminhonete, a cabeça tombada sobre o braço. Subitamente, curvou-se e vomitou. "Mitch", eu disse, "segure o governador." Virei-me para ver se algum dos escorpiões havia presenciado a cena. Rob Quiston, o cara da Associated Press, estava a uns quinze metros, se aproximando do carro de imprensa. A maioria dos outros escorpiões continuava lá dentro, pois todos os candidatos deveriam comparecer ao espetáculo antidrogas. "Ei, Henry", ele gritou, "o que é que está acontecendo? Parece que alguém devolveu o almoço."

"Ray Lefebre", respondi, dando o nome de um dos assessores de New Hampshire, que estava conosco nesse dia. "Está muito gripado."

"Como vai o governador?", perguntou Quiston.

"Também está gripado", eu disse. "Mas está bem."

Stanton havia desmaiado. Laurene já havia ligado para Richard. "Ele quer falar com você."

"Muito ruim?", Richard perguntou.

"Péssimo", respondi. "Para dizer a verdade, estou meio apavorado com esse troço. Temos de levá-lo a um médico. Bart Nilson disse a ele que tirasse uns dias para descansar."

"Bart gostaria que ele descansasse durante o resto da porra da campanha", Richard falou.

"Não, não foi nada disso", retruquei, percebendo que soava meio babaca (embora a preocupação de Bart tivesse parecido sincera). "Mas escute, Richard, temos de conversar sobre isso. Talvez a gente precise tirá-lo de circulação por uns dias."

"Dispomos de menos de duas semanas. Temos aquela merda daquele jantar para arrecadar fundos em Los Angeles na segunda-feira. Afinal, o que é que deu na sua cabeça para programar essa porra? Deixe eu ver, tiramos ele daqui no fim de semana, depois vai estar em Los Angeles na segunda e só volta na terça. Estamos perdendo altura, só nos restam doze dias e você quer tirar ele daqui durante um terço desse tempo?"

"Talvez não tenhamos escolha. Você pode arranjar um médico aí que o atenda?"

"Vocês estão a quanto tempo daqui?"

"Meia hora."

"Ei", ele gritou para a sala do pessoal de apoio, "temos algum médico por aqui que seja de confiança?"

O doutor, que se chamava Myron Milburn e parecia mesmo um médico, disse que o governador Stanton estava com um problema sério de bronquite e que precisava descansar. "Eu lhe disse — e acho que ele entendeu — que pode pegar uma pneumonia se não ficar na cama por uns dias. De qualquer maneira, ele não está mesmo em condições de ser útil a vocês." Dirigia-se a mim, a Richard, a Brad Lieberman e a Lucille como se estivéssemos forçando Jack Stanton a trabalhar na campanha, como se, de alguma forma, o estivéssemos *usando*. "Ele perdeu a voz. De modo que não deve falar durante quarenta e oito horas. Ordens médicas."

Susan disse que iríamos para casa. E assim fizemos, bem cedo na manhã seguinte. A equipe se dispersou — Howard e Lucille de volta a Nova York; Richard, Arlen e Daisy para Washington. Brad Lieberman ficou em Manchester, organizando uma distribuição a domicílio de vídeos de Jack Stanton. Voltei para Mammoth Falls com os Stanton e tio Charlie: tudo como no início — e a lembrança de nossos primeiros dias juntos, da esperança e do clima mais ameno, era profundamente deprimente.

Chegamos a Mammoth Falls na sexta-feira por volta do meio-dia. Era como se a campanha estivesse encerrada, como se houvéssemos perdido. Nessa hora do dia normalmente estaríamos a pleno vapor, indo de um almoço para outro — naquela altura comparecíamos a três por dia —, dando entrevistas à imprensa nos intervalos, tomando decisões entre uma entrevista e outra, nos movendo depressa demais para termos consciência de algo mais que não fosse o momento, a correnteza, o grande embalo. Mas o aeroporto estava cinzento e vazio. Um carro — uma limusine, não o Bronco do governador — nos aguardava na pista.

Ele desceu do avião entre Susan e tio Charlie, vestindo a roupa de jogging de nylon, uma manta jogada sobre os ombros. Não exibia seu jeitão habitual de "Ei, cá estou eu, acabo de voltar de um lugar formidável". Estava apático, o rosto sem expressão. Não me procurou para se despedir; era como se eu já não fizesse parte de sua vida.

"Bom, acho que vou lá para o escritório", eu disse.

Susan olhou para mim, sacudiu os ombros e sorriu. "A gente telefona para você", falou.

Passou-se uma eternidade, um dia inteiro. Nós da equipe nos falamos, nos mantivemos em contato. Falamos em comprar mais tempo no rádio e na televisão, comentamos o que vínhamos pondo no ar. Falamos em reestruturar a campanha, em descartar algumas mensagens ultrapassadas depois de New Hampshire — se é que haveria um pós-New Hampshire. Falamos em substituir Arlen por Daisy, precisávamos acelerar o passo.

Na noite de sábado, Susan ligou: "Chame todo mundo. A gente se encontra amanhã às cinco da tarde na Mansão".

"Como vai o governador?"

"Melhor. Mas não está grande coisa. Henry, temos de bolar uma maneira de dar a volta por cima."

E assim, no dia seguinte, transferimos todas as conversas estéreis e frustrantes que vínhamos tendo para a Mansão do governador. Ele estava sentado numa poltrona do escritório, vestindo pijama listrado e roupão felpudo azul-claro. Continuava tossindo, os olhos baços e avermelhados, a pele manchada. Mas recuperara um pouco da voz. "Temos mais é que trabalhar", ele disse, esmurrando o braço da poltrona. "Precisamos trabalhar, trabalhar, trabalhar."

"O negócio é que", interveio Richard, "temos de dar um jeito de parecer menos... políticos. Meu medo é que os que estão com

Harris não vão mudar seu voto, e outros podem se juntar a eles. O negócio é que toda essa merda no ventilador fez o povão ficar ainda mais chateado com a política do que já estava — e isso só beneficia aquele babaca. Chateado com a política? Nosso Forças da Natureza está tão chateado quanto vocês."

"Acabou sendo mais do que um peido, não é, Richard?", disse Lucille. "Bem que eu disse que a gente devia ter arrasado com ele."

"Agora é tarde demais", disse Richard.

"Por quê?"

"Porque o pessoal está começando a nos associar com os velhos esquemas de fazer política", disse Daisy. "Se a gente cair em cima de um conterrâneo deles, aí mesmo é que nos põem para correr. Temos de encontrar uma maneira de recriar todos os aspectos positivos que vínhamos estabelecendo."

O telefone tocou. Brad Lieberman disse: "Richard, é para você. Leon".

"Números", disse Richard. "Sinto cheiro de números."

Foi para a copa, que ficava entre o escritório e a cozinha. Permaneceu de pé, enroscando o fio do telefone e dizendo: "Hã-hã, hã-hã, hã-hã... E não foi feito ainda? Tudo bem, figura, a gente se vê".

Richard voltou ao escritório. Deu de ombros. "Estamos em queda livre. Caímos catorze por cento nas duas últimas noites. Leon não tem certeza se já paramos de cair."

Eu estava gelado, em estado de choque. Era inimaginável. Fim de festa.

"Quem está na frente?", perguntou o governador, aparentemente calmo.

"Os indecisos estão matando todo mundo, quase tão fortes quanto nós estávamos, governador — cerca de trinta e três por cento. Harris está com vinte e cinco. O senhor está se segurando com quinze. Os outros dois têm dez cada um. O resto está com a raia-miúda."

"Quer dizer que não estão se bandeando para o Harris", disse Stanton. "Estão na encolha. Podemos reconquistá-los."

"Governador", disse Richard, "todos nós já estivemos em muitas situações desse tipo e, sabe, é difícil... A gente não tem muito mais do que uma semana, e o senhor talvez não tenha parado de cair."

"Então você recomenda que a gente desista?", Susan perguntou.

"Não, eu..."

"Muito bem. Quero que vocês prestem bem atenção", ela disse. "Tem alguém aqui que duvide que nós temos o melhor candidato? Alguém aqui acha que esses ataques contra nós não foram *orquestrados*, parte de um plano para derrubar o candidato democrata mais forte antes que ele decolasse? Nós simplesmente não vamos fazer as malas e voltar para casa, fazer o que eles querem. Vamos lutar nesses próximos dez dias. Vamos trabalhar paca. Não vamos atacar os outros candidatos nos spots de rádio e de televisão. Mas, no debate, vamos bater de frente com o ilustre ex-senador Lawrence Harris. Pode ser que a gente não ganhe, mas vamos mostrar a eles que concorremos para valer — e que vamos voltar."

Chegou a vez do governador. "Tenho pensado no Danny Scanlon", ele disse, enquanto Richard sufocava um gemido. "A gente olha o programa do Harris, e ali só se fala em sacrifícios — imposto sobre a gasolina, menos dinheiro para isso e para aquilo. Ele diz que é tudo em favor dos nossos netos, e tem uma certa razão. Temos de nos preocupar com eles. Mas não tem nada no programa — porra nenhuma — para Danny e gente como ele, e até para os que estão melhor de vida do que ele, que podem não ser aleijados mas dão um duro danado todo santo dia e simplesmente não vêem o governo contribuir com coisa nenhuma. Essa é a nossa gente. É por eles que estamos nesta campanha. Alguém tem de olhar por eles... Neste momento estão indecisos. Não posso dizer que estejam errados. Alguém pode? Depois de toda a sacanagem que ouviram sobre nós nessas últimas semanas? É uma decisão racional, uma decisão *informada* da parte deles. Eram nossos eleitores e se mandaram, e a gente tem de fazer com que eles voltem. E como é que se faz isso? Precisamos dar as caras e procurar ver o maior número possível desses eleitores para que fiquem sabendo que vamos trabalhar por eles dia e noite. Se pudermos convencê-los de que estamos com eles, de que vamos lutar para valer por eles, aí não vão se importar com todo esse lixo que jogaram em cima da gente. Vão ver a luz da verdade e se juntar a nós."

Eu não estava tão certo disso. Nenhum de nós estava. Mas *Stanton* estava, e ninguém se animou a discordar dele. Nós o abraçamos (até Richard), lhe demos tapinhas nas costas e saímos de lá como um bando de camicases.

Na manhã seguinte fui ao escritório acertar algumas coisas. Daisy, Richard e eu tínhamos ficado acordados boa parte da noite, discutindo estratégias de publicidade, maneiras de reforçar o exemplo do governador quanto a Danny Scanlon, formas de enfrentar Harris sem usar uma bomba atômica. Agora eu queria ligar para alguns dos nossos em New Hampshire e informá-los de que iríamos arrecadar uns 850 mil dólares em Los Angeles numa única noite, e que voltaríamos fortalecidos. Íamos partir para Los Angeles no início da tarde.

Lá pelas onze houve um agito na recepção. Terry Hickman, o assessor que tocava violão, entrou no meu escritório e disse: "Henry, tem aí um senhor preto, grande para burro, um tal de McCollister, que diz que precisa falar com você".

"O que é que ele quer?"

"Não quer dizer. Diz que tem tentado falar com você pelo telefone. Que veio aqui na semana passada."

"Peça a ele para voltar na semana que vem."

"Disse que vai arrebentar sua porta se você não o receber agora mesmo."

Entrou. Vestia um terno escuro e trazia nas mãos um chapéu também escuro, indumentária que o pessoal só usa na igreja. Pensei que podia ser um pastor. "Não está lembrando de mim, senhor Burton? Imagino que os outros aqui não têm mesmo a menor idéia de quem eu sou, mas o senhor..."

Claro, um irmão de cor. Ele era...

William McCollister. O Gordo Willie, o Homem do Churrasco. E, tão logo me dei conta de quem ele era, senti que não estava a fim de ouvir o que se seguiu. Depois do encontro na Mansão, eu tinha me convencido a cair de pé junto com os Stanton — honrosamente. William McCollister estava prestes a retirar a única parte tolerável do arranjo. Dava para sentir.

"O senhor não responde aos recados por telefone?"

"Bem que tento. Mas são muitos", respondi. Como pareceu relutante em continuar, tratei de cutucá-lo: "Em que posso lhe ser útil, senhor McCollister?".

"Vim aqui na semana passada."

Não disse nada, e ele teve de prosseguir. Percebi que não era algo que ele desejasse fazer. "Minha filha, Loretta..."

Acenei com a cabeça.

"Ela está... grávida. E diz que o pai é o governador Jack Stanton."

5

Viajamos para a Califórnia num Gulfstream e não pudemos conversar. O avião havia sido posto à nossa disposição por um homossexual, conhecido executivo da indústria fonográfica, várias semanas antes, quando nossas chances pareciam razoáveis (o "aluguel" era ridiculamente barato; as implicações políticas, preocupantes). Seja como for, era uma beleza — tudo em madeira nobre, couro e cristal. Não chacoalhou ao correr pela pista, como nossa carroça habitual, empinou e levantou vôo com a maior facilidade. Olhei pela janela e vi que as pontas das asas eram dobradas para cima, como se fosse um avião de papel. Será que isso correspondia a alguma necessidade aerodinâmica ou era apenas um capricho, o brinquedo de um homem rico? A opulência era irritante, inconveniente, especialmente naquele dia. Estávamos perdendo em New Hampshire; poderíamos ter de enfrentar uma ação de paternidade em Mammoth Falls.

Éramos seis no avião, sentados aos pares: o governador e Susan, Lucille e eu, tio Charlie e a mamãe — Stanton achou que a mamãe ia se deleitar com o astral de Los Angeles, de onde seguiria para Las Vegas por um dia, a fim de se encontrar conosco depois em New Hampshire para o grande final. Os outros jogavam cartas, enquanto Susan lia e eu curtia minha tristeza. O governador estava animado e falante, batendo com as cartas na mesa, tentando adivinhar o jogo dos outros, fazendo lances arriscados à toa — e cantando. Cantou "Red river valley". Cantou "Blue eyes crying in the rain". Parecia decidido, ousado. A campanha já não era uma questão de vencer ou perder, mas de sobrevivência pessoal. Ele não podia imaginar um tal desfecho — não podia ser verdade, sua trajetória nacional acabada antes mesmo de haver começado —, e essa convicção lhe dava uma energia tão frívola quanto febril.

Eu estava irritado, frustrado — contratempos demais, um novelo de complicações pessoais. Acabara de deixar William McCollister, melancólico e envergonhado; minha mãe e Arnie estariam nos esperando quando aterrissássemos em Santa Monica. Eu ficara pasmo diante da perplexidade digna de Willie. Ele não podia conceber que seu amigo, o governador, o traísse daquela maneira. Estava confuso: queria que eu o ajudasse a esclarecer as coisas. Não tinha vindo exigir nada. Sua absoluta decência era insuportável, dilacerante — o sofrimento causado por tudo isso e a expectativa de ainda mais sofrimento eram esmagadores. Tudo verdadeiro, sórdido, injustificável. Não era como no caso de Cashmere. Não podia ser levado a Libby para que ela aspirasse a sujeira. Tinha de ser direto com o governador. Mas não tinha havido oportunidade para conversarmos. Tentei imaginar como iria contar-lhe *aquilo*. Tentei ensaiar. Não consegui, me deu um branco.

Ao sobrevoarmos o deserto, o sentimento de perda e confusão de Willie fez aflorar minhas próprias inquietações: mamãe, esperando na outra ponta. Nossa relação era afetuosa, apesar de morna — em algum momento havíamos tomado a decisão mútua de que nos contentaríamos com isso. Ela acreditava firmemente nas virtudes do amor sereno. Até a partida de meu pai tinha sido estranhamente tranquila. Não houve cenas: ele apenas partiu. Foi para a Universidade Americana de Beirute, como professor-visitante ou coisa que o valha. Nunca dissera à minha mãe que havia se candidatado ao cargo, embora o assunto devesse ter rolado durante meses. Nunca lhe disse que ia partir, que o casamento tinha acabado; apenas fez as malas e saiu porta afora. Eu tinha dez anos. Eles se correspondiam: "O que significa isso?", ela escreveu. "O que você bem entender", respondeu ele. Mais tarde, numa carta para mim — que chegou de forma totalmente inesperada quando eu estava na faculdade, sem que lhe houvesse perguntado nada —, ele escreveu:

"Talvez você tenha curiosidade de saber o que aconteceu entre mim e sua mãe. Tornou-se inviável, embora ela não tivesse a menor culpa. Eu não podia aceitar a incapacidade dela de enxergar nossas diferenças. Ela nem admitia que existisse um problema. Na sua cabeça, éramos simplesmente duas pessoas que haviam se encontrado, mas eu precisava saber por quê — ou talvez como: como ela conseguira atravessar, sem nenhum esforço, um terreno em geral tão perigoso e melodramático; como podia fazer de conta que esse terreno sequer existia. Sua placidez me enervava. Sua incapacidade de *ver* minha cor — uma qualidade que no início parecia tão atraente, tão estimulante e positiva — acabou se transformando num fato que eu não podia aceitar: o de que minha cor não era importante. Parecia que ela não me conhecia. Isso era insuportável".

A compostura de minha mãe *era* realmente enervante. Ela sentia falta dele. Tinha esperança de que a fase fosse passar, de que ele retornaria. Mas de Beirute ele foi para Kuala Lumpur, e de lá para o Cairo. Após três ou quatro anos — num processo sem sobressaltos, discreto, aflitivamente racional —, ela decidiu que não era uma fase: como ele não ia voltar, tratou de seguir em frente. Fui mandado para um internato. Ela fez saber que estava disponível, embora com toda a discrição. Não me expôs a nenhuma experiência ou fracasso; finalmente apareceu Arnie, em tudo irrepreensível. Era armênio, o que para mim significava não ser inteiramente branco. Ter se unido a um anglo-saxão constituiria um reconhecimento implícito de que o casamento com meu pai fora uma audácia excessiva. Mas Arnie era um passo rumo à segurança, pelo menos assim tinha me parecido. Mas não a ela, sem a menor dúvida. Sua magnanimidade era impregnável. De repente, a bordo daquele Gulfstream, senti uma onda de raiva e náusea; o sangue confuso e ressentido de meu pai latejando no coração. Descemos em direção a Los Angeles através do ar poluído.

O governador e Susan foram imediatamente envolvidos pelo figurão da indústria fonográfica, que era baixo e todo arrumadinho, com uma camisa de seda prateada — aberta no pescoço —, jeans e tênis. Foi o primeiro a chegar junto de Stanton, à frente dos membros da equipe, antes mesmo de desembarcarmos, pois subira correndo as escadas. "Como vai, Fritz?", disse ao piloto. "Você não sacudiu o governador, sacudiu?" Agachou-se ao lado de Stanton e sussurrou: "Bem-vindo a Los Angeles, governador. Reunimos um pequeno grupo para encontrar o senhor lá em casa. Warren está lá. Barry acha que vai poder aparecer. Tim e Susan. Depois vamos juntos para o jantar".

Seguiu os Stanton à saída do avião, passando o braço em volta de Susan, como para consolá-la. Percebi que seus cuidados não eram uma forma de adulação ou respeito, e sim um ato de caridade. Por isso, não me surpreendi quando John Conroy, nosso coordenador da Califórnia, um sujeito alto e amável, pôs o braço no *meu* ombro a caminho do terminal e disse: "Como é que você vai?". Respondi com um aceno de cabeça. E então: "Henry, você está prestes a participar da maior Festa de Secretárias da história de Los Angeles. Todo mundo acha que estamos acabados. Consideram mais digno não ficar olhando o cadáver, por isso estão dando as entradas para as datilógrafas. Vamos dar de comer à arraia-miúda hoje à noite. Será que vale a pena dizer ao governador?".

"Não", eu disse. Que diferença faria? Ele perceberia logo, se é que já não o fizera pelo jeitão de agente funerário de seu benfeitor. Dava para prever sua reação: no início, revolta. Ficaria puto com os figurões. Mas então olharia para a platéia e pensaria: ei, todo esse pessoal está aqui — quer dizer que *esses* eu ainda posso convencer. Depois, uma confiança crescente e uma renovada sensação de poder quando os tivesse convencido. E, por fim, um estimulante otimismo: ainda não estou liquidado.

Não queria privá-lo desse processo. Seria uma boa preparação para New Hampshire. Perdido em pensamentos estratégicos, quase não vi minha mãe.

"Henry", disse ela. Estava bonita, queimada de sol. Arnie, vestido no estilo típico de Los Angeles — blazer jaquetão azul e calças cinza-claro, camisa azul-escuro com o colarinho branco desabotoado, corrente de ouro no pescoço —, vinha atrás, com a mão em seu ombro, na porta do terminal principal. Beijei a cabeça dela; ela me abraçou; Arnie me deu uns tapinhas nas costas.

"Governador", eu disse, numa voz um pouco alta demais. Susan virou-se abruptamente, esperando más notícias. E então, sorrisos. O governador e Susan voltaram. Percebi que ele estava examinando mamãe dos pés à cabeça — quando não tomava cuidado, era um verdadeiro reflexo condicionado se a mulher fosse particularmente atraente —, mas depois mais do que compensou dando um de seus comovidos apertos de mão em Arnie, em duas etapas: primeiro com as duas mãos, depois com o braço passado em volta de seu ombro. "Estamos no mesmo barco, hem, Arnie?", ele disse, olhando para mim. "Pais postiços de alguém mais velho do que nós."

Arnie riu. "Antigamente, quando a gente ia visitar Henry na escola e saíamos juntos, eu achava que ele estava fazendo o papel de pau-de-cabeleira."

"Ele é o máximo", disse Stanton. "Sabe tudo."

"Pare com isso", eu disse, em tom demasiado jovial, meio baratinado por tantas funções e responsabilidades, pela suave brisa do Oeste, pela claridade e pelo cheiro de combustível dos jatos — como seria fácil ficar em Los Angeles só curtindo a vida.

Fomos andando pelo pequeno terminal, cheio de vidros espelhados, vasos de palmeiras e uma variedade de mostras sobre aviação. O governador olhou em volta, viu o banheiro de homens — e eu tive de tomar uma decisão. Entrei atrás dele. Dava para dois. Eu estava com vontade, mas me segurei. Fiquei junto à pia enquanto ele se aliviava. "Governador", comecei.

"São ótimos", ele disse. "Seus pais — gostaria de poder ficar por aqui e..."

"Governador."

Então percebeu. Olhou sério para mim.

"O que é?", perguntou.

"O Gordo Willie, o Homem do Churrasco, passou no meu escritório hoje de manhã", falei, procurando me manter calmo mas titubeando um pouco. "A filha dele está grávida. Ela diz que o pai é o senhor."

Não traiu a menor emoção. "Quem mais sabe disso?"

Encolhi os ombros.

"O que ele quer?"

"Queria contar ao senhor. Achei que estava constrangido."

O governador girou e deu um murro na parede de azulejos com a mão aberta. Um misto de soco e palmada. "Será que não posso ter um minuto de paz?" Passou por mim em direção à pia, encostou-se nela, olhou-se no espelho, abriu a torneira. "Quero que você ligue para ele. Não. É melhor eu ligar. Preciso que ele entenda que se trata de algum equívoco", disse em tom sério, bem convincente. "Preciso de... Está grávida há quanto tempo?"

"Não disse. Acho que ele não sabe."

"Não pode ser mais do que uns poucos meses, pode? Quatro, cinco meses no máximo. E ela?"

Não entendi a pergunta.

"É. Como é que a gente podia saber... Mas ele vai nos dar uma semana, não vai?"

"Acho que sim."

Agora estava calmo, sem demonstrar a menor emoção; nunca o tinha visto tão frio. Havia algo de estranho naquilo tudo. "Isso fica entre nós, está bem? Não conte para a Daisy."

Então ele sabia da Daisy. Era incrível o que se sabia, e o que não se sabia. Todo mundo sabia de tudo, menos das coisas mais básicas. "O senhor quer que Libby cuide disso?"

"*Não!*"

Deu meia-volta, apoiando as costas na pia. "Todos acham que estou morto", ele disse. "Ninguém vai querer me olhar olho no olho. Vai ser um nojo. Os piores são aqueles que dão uma de condoídos, os merdas que têm seus próprios problemas, que foram flagrados fumando crack ou bolinando uma adolescente. Os que foram atacados e bombardeados pela imprensa. Acham que agora eu sou um deles. Henry, tenho certeza de que algum dia, muito em breve, vai haver uma confraria de pessoas que foram violentadas pela imprensa. Teremos nosso próprio asilo de velhos, como o Instituto Will Rogers, ou seja lá o que for que exista aqui para canastrões aposentados. O nosso será o Lar Mike Milken,[24] para Pecadores Irrecuperáveis." Parou, cruzou os braços sobre o peito, olhou para baixo. Queria tirá-lo dali, mas ele não tinha acabado.

"Muitos deles não vão aparecer hoje à noite. Mas não me importa. Não vou passar recibo. Henry..." Olhou-me com firmeza, seus olhos azuis lacrimejantes e injetados, mas cravados em mim. "Henry, você nunca vai se envergonhar de ter trabalhado nesta campanha. Está entendendo? Nunca vai ter de se desculpar, dizer que não foi bem assim, fingir que não foi fundo. Não vou deixar que isso aconteça."

A porta se abriu. Era Conroy: "Então, pessoal?", ele disse.

* * *

Fui com mamãe e Arnie jantar cedo num lugar arejado em Melrose, com paredes de tijolo, pé-direito alto e panos ondulantes suspensos no ar — tiras de cores fortes e chocantes: azul-royal, vinho, amarelo canário. Queríamos aproveitar esse tempinho juntos antes de ir comer a sobremesa e ouvir o governador falar no Beverly Hilton. Era quase um choque estar em meio a gente normal, gente que não sabia tudo, que não conseguia ler minha mente. Era irritante. Notei que essa era outra característica da compostura de mamãe — ela não tinha a menor sensibilidade. Não percebia minha perplexidade e meu total desconforto, muito menos o impacto negativo que a informalidade opressiva de Los Angeles exercia sobre meus sentimentos. Estava satisfeita em me ver. Tinha orgulho de mim. Preocupava-se com o fato de a campanha não ir muito bem. "Ele parece ser um homem maravilhoso", disse.

"E ela é bonitona", acrescentou Arnie. "Gostaria de saber o que... E então, o que é que você vai fazer depois, Henry?"

"Voltar a New Hampshire", disse de propósito, evitando a verdadeira pergunta de Arnie: o que iria fazer depois que a campanha fracassasse. De repente, dei-me conta de que mamãe e Arnie também estavam sentindo o mesmo constrangimento. Mas eles estavam bem; enfrentavam a coisa à maneira de Los Angeles. Não importava que eu estivesse envolvido numa campanha que se tornara uma espécie de piada em todo o país. Era uma credencial. A campanha fizera de mim um produto vendável.

Arnie poderia dizer: "Henry trabalhou para Jack Stanton", e, em Los Angeles, no meio artístico, saberiam o que isso significava. Eu seria considerado um veterano, um gladiador, alguém que conhecia o brilho dos holofotes, que sabia controlar a agitação da mídia, e essa experiência me faria valioso... para outros candidatos ao Lar Mike Milken. Senti que Arnie estava prestes a me oferecer um emprego, e que não seria por caridade.

"Está bem", eu disse. "São tempos difíceis. Olhe, em circunstâncias normais, estaríamos liquidados. E sei que parece que estamos — e até podemos estar —, mas então a gente pensa: quem vai ganhar de nós? Não consigo imaginar nenhum daqueles caras ganhando. Veja bem, quem poderia ser? Não é mesmo?" Falei às pressas, desvairadamente, parecendo Richard. "Vamos batalhar até o fim. Um dia de cada vez. Temos uma semana. Muita coisa pode acontecer numa semana. Mesmo que Harris nos vença lá, onde mais ele pode vencer? Por isso, não estou... Mas, você sabe, não é fácil."

"Henry", disse Arnie. "Depois que aca... Sua mãe e eu temos conversado. Depois que acabar, eu poderia arranjar um lugar para você — quer dizer, estou precisando muito de alguém como você. Aqui é bom, sabe? Você devia aproveitar a vida um pouco, em vez de se matar trabalhando desse jeito."

"Obrigado, Arnie. Mas a esta altura não sei se me sentiria bem fazendo qualquer outra coisa. É muito estranho — como trabalhar numa mina. New Hampshire é como trabalhar numa mina. Sinto um prazer enorme, o prazer tátil de ir cavando aos pouquinhos. Pelo menos sentia, quando estávamos trabalhando no varejo, indo de uma reunião para outra, trazendo para nosso lado os ativistas, um por um, antes que ele se tornasse conhecido no estado. Parece coisa de louco, não é? Mas a sensação de estar aqui, em Los Angeles, é tão estranha! É como se eu tivesse saído da mina, ofuscado pela luz. É quase *doloroso* ficar exposto a toda essa luz."

Mamãe estava começando a ficar aflita com minha própria aflição. Não tinha idéia do que eu queria dizer e possivelmente jamais teria. Engrenei outra marcha: tentei tranqüilizá-la, convencendo-a de que era algo apenas temporário. "Tem gente — Richard Jemmons, Arlen Sporken — que faz isso sem parar, que não pode viver sem isso. Eu não sou assim. Estou fazendo isso uma vez. Assumi um compromisso com Jack Stanton e vou honrá-lo até o final. Mas acho que não teria estômago para esse negócio, com todo o sufoco e a intensidade, se realmente não tivesse um interesse profundo."

"Bem, se é assim", disse Arnie rindo um pouco, "quem sabe a gente vê você aqui na próxima quarta-feira?"

"É, talvez não dure muito mais do que isso", concordei. "Mas, se não durar, vou ficar muito chateado. Ele tem alguns problemas, algumas fraquezas — sem dúvida —, mas acho que Jack Stanton é capaz de fazer algumas coisas realmente boas pelo país."

O discurso dele naquela noite foi horrível, mas não desesperado — o que não deixava de ser positivo. Manteve o controle.

Percebeu imediatamente o que tinha pela frente: uma platéia de reservas e, além disso, inatingível: o salão do Beverly Hilton parecia grande demais, refrigerado demais, a gélida platéia sentada no extremo oposto ao pódio. Mas me dei conta de que essa era apenas a minha visão das coisas. Na realidade, eram pessoas que pouco falavam mas se examinavam freneticamente, verificando a aparência e as roupas umas das outras, fazendo complicadas elucubrações morfológicas: quem teria maçãs de rosto, seios ou traseiros capazes de tirá-la da sala de datilografia ou do balcão de recepção; quem aparecera com a menor sugestão de um *new look*; quem se engajara no efêmero cálculo hollywoodiano de sensualidade e sofisticação. Eram geniais nessas avaliações; era o bê-á-bá delas. Faziam isso como Leon interpretava uma pesquisa de opinião ou Daisy montava um spot. Por isso não deram a menor atenção a Jack Stanton. E ele fez algo que raramente eu o vira fazer: limitou-se a dar seu recado. Nem sequer tentou atrair a atenção delas. Era um ato de disciplina fora do comum, para preservar suas forças — um sinal de intensa seriedade da parte dele.

Mamãe, claro, achou-o inspirado. Arnie murmurou algumas palavras de encorajamento, mas evidentemente achava que Stanton tinha entregado os pontos, que estava morto. Senti uma pontada de júbilo: ele estava concentrado. Estava pronto para voltar a New Hampshire.

Eu durmo em avião. Em geral um sono leve, o suficiente para que sinta a redução dos motores e acorde quando começa a descida. Naquela noite — talvez por causa do Gulfstream — eu estava profunda e confortavelmente adormecido quando aterrissamos em Manchester. A aterrissagem não pareceu nada suave. Acordei com um sobressalto. Dava para sentir o frio antes mesmo de sairmos do avião, como se penetrasse através do metal. Ainda estava escuro, mas dava a impressão de que o dia estava prestes a nascer. Várias pessoas, encapotadas, agitavam com entusiasmo nossos conhecidos cartazes, em vermelho, azul e branco, STANTON PARA PRESIDENTE, ao lado de três caminhonetes. Tínhamos vindo de tão longe — sem ter ido a parte alguma.

Continuávamos no mesmo lugar: rampas e escadas. Subíamos escadas; descíamos rampas. Sempre chegávamos ao mesmo aeroporto, na mesma hora, o mesmo séquito nos esperando para levar-nos aos mesmos lugares, todos a essa altura já fartamente visitados.

O frio era desagradável para quem vinha de Los Angeles, e o enfrentamos com relutância. O governador olhou para mim: pela primeira vez parecia não estar totalmente entusiasmado ao entrar na arena. Deu de ombros: lá vamos nós outra vez. Mitch veio apanhar as malas, ajudando Susan a descer a escada escorregadia. E então, ao descermos do avião, várias pessoas saíram das caminhonetes e começaram a aplaudir, numa demonstração de fidelidade e de afeto profundo, embora suas luvas pesadas abafassem as palmas. Stanton percorreu a fila, abraçando cada um — com lágrimas nos olhos por causa do frio, ou talvez de emoção mesmo. O último era Danny Scanlon, com uma caixa de folhados de maçã. "T-trouxe uns para o senhor, g-governador", ele disse.

Stanton olhou para todos, feliz, com um sorriso apatetado. "Meu Deus, como é bom ver você, Danny — por que não está no serviço?"

"T-tirei esta semana de f-folga. Agora estou t-trabalhando p-para o senhor."

"Puxa, isso é... escutem, venham todos aqui para perto." E nos juntamos, formando um grupo compacto, braços entrelaçados, aquecidos em cima mas com um vento cortante açoitando nossas pernas. "Eu nunca, mas nunca mesmo, vou esquecer que vocês vieram aqui nos receber", disse Stanton. "Temos uma semana dura pela frente. Pode ser que não ganhemos. Mas prometo uma coisa a vocês: nenhum candidato vai trabalhar tanto quanto eu nos próximos sete dias. E vocês jamais se arrependerão disso. E eu jamais esquecerei... E então, o que fazemos primeiro, Mitch?"

"Temos a Fábrica de Cabos McLaughy, mas só daqui a uma hora."

"Espere aí, deve ter alguma coisa que a gente possa fazer antes. Um café-restaurante ou... Danny? Quem são os concorrentes de vocês a esta hora da manhã?"

"D-deve t-ter gente lá no Silver Moon", respondeu Danny.

E fomos parar no Silver Moon, Stanton percorrendo o balcão, depois as mesas, apertando mãos. Caminhoneiros, operários com rostos escuros e enrugados, gorros de tricô na cabeça, olhando para ele, sacudindo a cabeça, sorrindo timidamente. "O que é que o senhor está fazendo tão cedo, governador?", perguntou um deles. "Tá começando o dia ou acabando agora?"

"É a última semana, pessoal", disse ele. "Trabalhando dobrado. O que é que posso fazer por vocês? O que é que querem saber?"

Entreolharam-se, pensando: e o negócio de Cashmere? Como ninguém teve peito, um deles perguntou: "Então, o senhor vai tirar nossas armas?".

"Só se tiverem em casa uma metralhadora ou uma bazuca."

E foi em frente, sempre em frente. Agora estava a toda. Todos nós estávamos. A certa altura, pulou da caminhonete num sinal vermelho e começou a bater nas janelas dos carros, acenando, apertando a mão dos motoristas. Enquanto ele circulava entre mercados e portões de fábrica, desliguei-me do grupo e fui para o hotel, onde Arlen, Daisy, Lucille, Richard e Leon estavam na suíte dos Stanton — era como se nunca tivessem saído de lá, como se fôssemos ficar lá para sempre — discutindo como utilizar a mídia na última semana.

"Quem vai assistir a essa porra?", Richard estava perguntando. "Vai ficar todo mundo puto se a gente ocupar o horário das 'Videocassetadas mais fodidas do país'."

"Vocês sabem o que a gente ganha com spots de trinta segundos hoje em dia?", perguntou Daisy. Estava bebericando uma Coca Diet. "Nada. Spots de trinta segundos só contribuem para reforçar uma imagem negativa — de que ele é apenas mais um político de merda. Já não dá para empolgar ninguém com bandas e bandeiras, nem convencer com programas de saúde pública. Temos de deixar que eles o escutem, que o confrontem, que venham com tudo para cima dele. E aí mostrar que ele não foge do pau." Olhou para Lucille. "Camisas de flanela xadrez e poses de lenhador já não adiantam nada."

"Mas, se a gente não aparecer na tevê, vão pensar que estamos entregando os pontos", disse Arlen. Interessante: ele e Daisy assumiam posições conflitantes. Ela estava se afastando dele. A cisão, que vínhamos pressentindo e sutilmente encorajando, era agora visível — ela talvez tivesse de procurar outro emprego após a campanha. Eu não tinha tido oportunidade de falar sobre nada disso com ela; não me lembrava da última vez que tivemos um momento juntos, nem mesmo um telefonema descontraído. Sábado à noite? Séculos atrás.

"Pode ser", disse Daisy dando marcha a ré, reconhecendo que Arlen tinha uma certa razão. "Quem sabe a gente diminui o tempo no ar ou corta a tevê, usando mais o rádio? Mais impacto com menos despesa?"

"Isso não interessa — vocês, tecnocratas, que resolvam a questão", disse Richard. "O grande problema é o tal programa em que Jack ficará falando durante horas, respondendo às perguntas do público. O que você acha, Henri?", perguntou Richard. "É meio esquisito quando nossa guru da publicidade dá uma de *responsável* para cima da gente. Nossa Daisy quer baixar o perfil — acabar com os spots — e investir tudo nesse programa de sábado à noite."

"Sábado à noite?", perguntei. "Quem é que vai ver televisão num sábado à noite?"

"Todo mundo que talvez não confie num candidato que vive trepando por aí", disse Daisy. "Leon, conta para eles o troço da Cashmere".

"O nome dela já é mais conhecido que o de Bart Nilson", disse Leon.

"E daí?"

"De que adianta um spot de trinta segundos a esta altura?", perguntou ela. "Temos de bolar um jeito de *não* dar uma de político tradicional."

"Como é que a gente está se saindo, Leon?", perguntei.

"Estável", ele respondeu. "O Harris finalmente está subindo um pouco. Chegando perto dos indecisos. Nós temos a metade disso. Estou um pouco preocupado com o Charlie Martin. Talvez esteja começando a ser reavaliado pelos eleitores. Ainda não fizeram isso por causa de todos os rolos em torno da gente. Ocupamos o espaço dele."

"Ah, e tem mais uma coisa", disse Richard. "Querem saber a coisa mais do caralho até agora? O Ozio está de volta. Pelo menos está a uns cento e cinqüenta quilômetros daqui. Vai fazer um discurso em Harvard amanhã à noite. Diz que não vai encorajar uma campanha de adesões individuais, mas, escutem só, não há como ele possa — moralmente, moralmente! — se colocar entre um eleitor e sua consciência, se ele quiser aderir."

"Ótimo", falei.

"Esqueça o Ozio", disse Daisy. "Em última análise, talvez não seja mau — digamos que ele consiga dois ou três por cento. Não estavam vindo para o nosso lado — certo, Leon? Só tira voto do Harris. Qualquer coisa que tire voto do Harris é do cacete para nós."

"Olhe", disse Lucille, "temos de decidir." Ela estava de pé ao lado da mesa, segurando uma caneta hidrocor. Sete grandes pedaços de cartolina diante dela. Sete dias. "Temos um comício marcado para sábado à noite em Concord. A gente cancela isso ou o quê? Qual é a logística? Cadê o Lieberman?"

Daisy ligou para ele na sede de Manchester. "Durham?... É, mas queremos gente de verdade, não apenas universitários. Aliás, se a gente fizer isso, quero alguém independente — pegue uns sacanas da imprensa, mas não do *Union Leader*, gente de verdade — para escolher a platéia. Outra coisa: se a gente topar o troço de Durham, ainda dá para ir a Concord? Adiar por quanto tempo?... Você acha tarde? Está bem. A gente discute isso. E temos até quando para comprar tempo na tevê?... Tudo bem."

Olhou em volta da sala: "Podemos usar a emissora pública da universidade. Temos até o meio-dia para decidir. Alguém quer ligar para o governador?".

À tarde, ele apareceu por uma hora e tirou um cochilo. Eu o vi logo que acordou, olhos remelentos, febril, tossindo, acabando de tomar uma horrível e requentada sopa de lata trazida pelo serviço de quarto do hotel. "Está bem, Henry, temos de ligar para o Willie", ele disse. "Fique de olho para ninguém entrar aqui durante a conversa. Cadê a Susan?"

"Em Nashua. Asilo de velhos."

"Bom." Ele mesmo discou o número. "Willie? Ô, cara — como é que vai essa força?... É, vai melhorar quando o tempo mudar. Olhe, sei que isso deve estar sendo horrrível para você, o fim do mundo. E vou ajudar você a enfrentar esse troço de todas as formas que puder, como sempre faço, mas você precisa entender: não tive nada a ver com isso. Está entendendo?" Ele parecia realmente convincente. "Meu Deus, Willie. Sabe, com todo esse falatório... a meu respeito, estou convencido de que ela — você sabe como é essa garotada, os adolescentes... É, eu sei, eu sei. Você e a Amalee deram um duro danado para criar ela direito. Não dá nem para imaginar o que estão passando. Mas saiba, Willie, que vou estar do seu lado o tempo todo. Vou ajudar em tudo o que for possível... Ela está sendo cuidada, não está? Isso é que é importante agora. Não se pode deixar que ela faça alguma loucura, hem?. ... Olhe, vou ter de passar toda a semana que vem aqui. Vai ser uma parada dura, toda essa sujeira que estão jogando em cima de mim. Mas vou estar de volta por algumas horas na próxima semana e vamos conversar para dar um jeito nisso... Fique frio por enquanto. Você tem de me dar essa chance, tem de acreditar em mim... Vai dar certo. Sei que agora as coisas parecem muito ruins, mas você ainda vai abrir uma filial na capital do país, exatamente como lhe prometi. Eu não conseguiria sobreviver sem seu molho mágico — e sem sua amizade, Willie... Estou do seu lado... tudo o que você precisar, meu chapa."

Desligou e olhou para o vazio.

Danny Scanlon estava nos esperando no saguão com mais folhados de maçã. O governador não esperou chegar à caminhonete, pegou dois ali mesmo — o que não pegava bem. Havia muita atividade no saguão: equipes de cinegrafistas do Japão e de algum lugar do Norte da Europa — Suécia talvez — se preparavam para partir; pessoal da campanha, escorpiões. Cal Allerad — um homem de negócios que havia feito fortuna no ramo das encomendas postais e estava concorrendo por pura vaidade contra o presidente nas primárias do Partido Republicano, tendo investido uns 600 mil dólares em spots de televisão — tentava em vão conquistar alguns escorpiões. Num canto, Geraldo, que em dois dias estava gravando o equivalente a uma semana de programas — sexo e política, stress e política, gurus da mídia etc. etc. —, dava instruções a sua equipe, que parecia consistir toda ela de mulheres extraordinariamente bonitas. Viu Stanton e começou a abrir caminho entre as pessoas apinhadas no saguão. "Ele vai querer o senhor como convidado", eu disse. "A resposta é não."

"Governador, governador", Geraldo chamou.

"Ei, companheiro", disse Stanton, parecendo sentir um prazer incrível em vê-lo. "O que o traz ao norte gelado?"

"*O senhor!* O país inteiro quer saber como está enfrentando essa parada. Tem muita gente por aí que está do seu lado, governador. Acham que o senhor foi vítima de uma armação."

"Não me diga." Stanton não tinha engolido essa. Estava de olho na porta, começando a andar.

Geraldo o acompanhou. "Olhe, o senhor precisa divulgar sua versão da história. Posso ajudá-lo. Podemos fazer do jeito que quiser. O senhor dita as regras."

Stanton parou e o encarou: "Está bem. As regras são as seguintes: eu sou o apresentador e escolho a platéia. Que tal assim?".

"Bem", disse Geraldo, "mas e eu?"

"Tire uns dias de folga." Stanton riu. "Vá esquiar. Olhe, desculpe. Estou com uma agenda muito pesada e a parada aqui é duríssima.". Dito isso, passamos por ele em direção à porta.

Jerry Rosen estava saindo na mesma hora, embora eu não o tivesse reconhecido logo, todo agasalhado e com um gorro enfiado até as sobrancelhas. Estava com uma aparência ridícula, como se sua mãe o tivesse vestido para ir à escola. "Ei, Jer, você está igualzinho a um esquimó", disse o governador.

"Está frio aqui, governador", ele disse. "Como vai o senhor?"

"Batalhando. Você vai a Portsmouth conosco?"

"Nãããoo — vou a Boston ver Ozio." Seu tom era quase apologético. "Tenho de prestigiar a prata da casa." Encolheu os ombros.

Stanton passou um braço conciliador sobre seus ombros. "Tudo bem, Jerry. Cumpra o seu dever. Então, o que é que você está achando?"

"Nada bom", ele disse. "Ouvi dizer que a pesquisa do *Globe* dá ao senhor um pouco menos de vinte por cento. Dizem que Martin está começando a esquentar."

Isso não era novidade — mas não deixava de ser interessante. Sabíamos desde o domingo que havíamos desabado, mas somente agora os escorpiões estavam começando a dar-se conta disso.

Rosen achava que estávamos mortos. Dava para sentir só por sua linguagem corporal, pelo tom de voz.

"Jerry", disse Stanton, fixando nele aquele seu olhar intenso, implacável. "Escute bem o que vou lhe dizer. Ainda não acabou. Ainda não." E começou a tossir. Caminhamos em direção à caminhonete. Stanton entrou e se voltou para Rosen, sorrindo: "Vou surpreender você Jerry".

"*Espero* que sim, governador", respondeu Rosen, abrindo-se um pouco mas voltando a se retrair de imediato, olhando rapidamente em volta para ver se algum de seus colegas flagrara aquele momento de fraqueza.

"Babaca", disse Stanton ao partirmos. "Eu sou a semana passada e ele está de olho na semana que vem. Se acha que a próxima semana vai ser do Ozio, está pirado. Mas é interessante: nenhum deles acha que a próxima semana vai ser do Harris. Esse puto vai ganhar a primária e todo mundo está tratando isso como se não tivesse a menor importância. Estão procurando outro enredo. Se chegarmos perto, se tivermos um resultado melhor do que esperam, nós é que seremos o novo enredo."

"O senhor acha?", perguntei.

"Quem sabe?", disse. "Danny, cadê aqueles bolinhos?"

"Aqui, g-governador." Danny ofereceu a caixa de folhados. "O s-senhor s-sabe, t-tá ficando g-gordo demais p-para virar um c-cadáver."

"Vai me engordando até o abate", disse Stanton. "Pelo menos não morro com fome."

O enterro seria concorrido. A multidão em Portsmouth naquela noite foi incrível. Espremia-se numa pequena sede sindical, despojada e revestida de blocos de concreto — o obscuro refúgio de um ofício agonizante, um resquício do século xix, gente que trabalhava com ferros e tubos, soldadores, algo assim: uma fraternidade de indivíduos que haviam ficado para trás, operários dos estaleiros. Eram pessoas pálidas, arrogantemente obesas, tanto os homens quanto as mulheres usando blusões do sindicato ou de algum bar, gorros de meia, os homens barbados, algumas das mulheres com rolos no cabelo e fumando cigarros longos. Havia uma mesa ao fundo, com café, biscoitos, sanduíches de atum em pãezinhos macios; outra mesa com material impresso sobre Stanton, que parecia tão velho e desbotado quanto o atum. Estávamos chegando ao fim da linha.

Entramos pelos fundos, atravessando uma torrente de sons — Terry O'Leary, um homem idoso e grisalho, vestido de poliéster dos pés à cabeça (paletó vinho, camisa amarelada, gravata de listras cinza com nódoas de gordura, calças também cinza), tocava música irlandesa no acordeom, um sorriso escancarado mostrando dentes esparsos. Parou quando o governador chegou — e atacou os famosos compassos iniciais de "Hail to the chief",[25] o que poderia parecer uma gozação de mau gosto não tivesse o velho se empertigado, denotando uma antiga dignidade marcial, queixo para a frente, peito estufado. A música silenciou a sala. Jerry Delmonico, o presidente do sindicato — um Elvis envelhecido, cabeleira grisalha rareando atrás do topete —, deu as boas-vindas ao governador e disse: "Então, Terry, que tal a gente tocar o hino nacional?". Terry tocou, todos cantaram e depois recitaram o juramento à bandeira. Notei que Jack Stanton estava emocionado: quando comparado com a platéia de Los Angeles, era o outro extremo do mundo. Parecia até, pensei, que não tinham visto o noticiário nas últimas semanas, como se tivessem se materializado de um passado em que não existia o ceticismo, a imprensa marrom — mas isso já era querer demais. Mickey Flanagan, o integrante do escalão avançado que organizara o evento, um sujeito ainda jovem mas com grande experiência na política regional, encontrou-se comigo num lado da sala, fez uma careta e deu de ombros. "O que há?", perguntei. "Isto aqui está muito bom. Você fez bonito."

"Não fiz nada", disse Mickey. "Ele agora é uma celebridade. Saiu no *Flash* e é de carne e osso — isso faz com que todo o resto que sai no *Flash* também pareça verdade. Seres extraterrestres. Dietas milagrosas. Deu credibilidade ao lixo da humanidade. Justifica toda a fé que essa gente tem nos tablóides. Só falta botar o Stanton num altar."

Gostaria de saber se Stanton tinha sacado isso. Certamente tinha, mas não importava. Trataria de usar todas as armas disponíveis. A essa altura, já estava ligadão.

"Quero agradecer a vocês por terem vindo aqui esta noite", começou o governador. "Sei que trabalham duro e não têm muito tempo para descansar."

"Alguns de nós temos até mais do que precisamos", interrompeu um jovem zangado.

"Está certo. Sei disso. Aliás, se não se importam, deixem que eu faça um levantamento. Quantos de vocês têm emprego atualmente?" Aproximadamente a metade levantou as mãos. "Quantos estão procurando emprego?" Cerca de um terço. "Quero fazer uma pergunta aos que têm emprego. Quando olham em volta da sala para seus irmãos, primos e vizinhos que não têm tanta sorte quanto vocês, o que é que vêem? Gente que trabalharia se lhe déssemos uma oportunidade? Ou gente que prefere ficar em casa assistindo às novelas?"

"Eu prefiro ficar em casa vendo novela", disse uma mulher gorda e corada, com rolinhos na cabeça, e todos riram. "Prefiro fazer qualquer coisa a assinar o ponto na Tinturaria Rizzuto..."

"Aposto que sim", disse Stanton, rindo com o resto. Agora estava completamente entrosado com a platéia. "Minha mãe tinha esse tipo de emprego quando eu era criança. E querem saber de uma coisa? Antes de eu nascer, minha mãe era vendedora no armarinho do Harry Truman em Kansas City — isso mostra como nossa família é democrata até debaixo d'água."

Ouviu-se um leve murmúrio, uma sensação de intimidade na sala. (Eu nunca tinha ouvido essa do Truman.) O governador estava cada vez mais perto deles. "Mas, depois que meu pai morreu e eu nasci, me lembro de ver mamãe chegando em casa do trabalho no maior bagaço — entendem o que eu estou dizendo?" Acenos de cabeça. "Sabia que ela queria conversar comigo, brincar comigo, perguntar o que eu tinha aprendido na escola naquele dia — mas às vezes, vocês sabem, a pessoa está cansada demais para fazer qualquer coisa além de esquentar o jantar no microondas — embora não tivéssemos microondas naquela época, é claro — e se aboletar em frente da televisão."

"É isso mesmo", disse a mulher gorducha.

"Sei que também não é fácil para quem tem emprego. As mães que precisam trabalhar fora e se preocupar com o que os filhos estão fazendo depois das aulas. E aposto que não são poucos os pais que perderam seus empregos no estaleiro e tiveram de dar um jeito, se virando em... sei lá o quê."

"Se virando na merda", gritou alguém.

"E sabem de uma coisa?", disse Jack Stanton de repente. "Vou fazer um negócio chocante aqui. Pomba, todo mundo acha que já fui mesmo para o brejo nesta disputa, então não tenho nada a perder. Vou fazer algo realmente chocante: vou dizer a verdade."

Vivas e gargalhadas: "É, sei o que vocês estão pensando. Ele deve estar *realmente* desesperado para querer fazer isso." Mais gargalhadas. "Mas, está bem, vocês já tiveram de engolir muita mer... ah, porcaria."

"Pode dizer 'merda', governador", disse a gorducha. "O pessoal aqui é da pesada."

"E eu então sou barra-pesadíssima, se vocês acreditam no que lêem nos jornais", disse ele, e a sala explodiu em risadas. "Vejam bem. Vejam bem. Deixem eu falar sério um minuto. Deixem eu contar uma coisa para vocês. Verdade número um. Há dois tipos de políticos neste mundo. Os que dizem o que vocês querem ouvir — e os que não se importam com vocês." Mais gritos e risadas. "Os do segundo tipo, aqueles que nem dão as caras *aqui*, são os que dizem ao pessoal mais abonado o que *eles* querem ouvir. Esses caras também não fazem grande coisa."

"A não ser na hora dos impostos", disse a gorducha.

"Justo. Aí, sim. Mas o que é que alguém tem feito por *vocês* ultimamente? Certo?" Aplausos. Agora estavam curiosos. Queriam saber o que vinha. (Eu também.) "Bem, eu estou aqui agora, olhando para vocês, e não iriam acreditar mesmo em mim se eu dissesse o que gostariam de ouvir, certo?" Acenos de cabeça e aplausos. "Então deixem eu dizer o seguinte: nenhum político pode recriar os empregos no estaleiro. Ou fazer o sindicato de vocês ficar forte de novo. Nenhum político pode fazer com que as coisas voltem a ser como eram antes. Porque estamos vivendo num mundo novo, um mundo sem fronteiras — isto é, do ponto de vista econômico. Um sujeito pode apertar uma tecla em Nova York e transferir um bilhão de dólares para Tóquio num piscar de olhos. Temos um mercado global agora. E isso é bom para alguns. No final das contas, temos de acreditar que é bom para os Estados Unidos. Nós viemos de todas as partes do mundo, de modo que levamos uma vantagem na hora de *vender* para todas as partes do mundo. Faz sentido, não é? Mas o trabalho braçal acaba tendo de ser feito onde é barato — e não será aqui. Então, se vocês quiserem competir e melhorar de vida, vão ter de fazer outro tipo de trabalho, aquele que depende do que têm entre as orelhas."

"Ai, ai", disse a mulher.

E aí Stanton fez algo realmente perigoso: não embarcou na gracinha dela. "É ai-ai mesmo", disse ele. "E quem vier aqui dizer que pode fazer tudo por vocês não estará sendo sincero. E não vou insultá-los fazendo isso. Vou dizer o seguinte: o país inteiro vai ter de voltar à escola. Vamos ter de nos educar mais, aprender novas técnicas. E vou fazer hora extra para descobrir os meios e maneiras de ajudar vocês a desenvolver as técnicas de que precisam. Proponho um trato: vou trabalhar para *vocês*. Vou acordar todos os dias pensando em *vocês*. Vou lutar, vou suar sangue para arranjar recursos a fim de fazer da educação uma coisa permanente neste país, para lhes dar o apoio de que necessitam para melhorar de vida. Mas vocês têm de fazer sua parte. Isso eu não posso fazer por vocês, e sei que não vai ser fácil." Fez uma pausa. Dessa vez não se ouviu nenhum gracejo.

"Sabem, já levei uns cacetes nesta campanha. Não tem sido fácil, nem para mim nem para minha família. Não tem sido justo, mas não é *nada* quando comparado com os cacetes que muitos de vocês levam todos os dias. Vocês precisam de muito mais coragem para manter a família unida, para enfrentar os tempos difíceis, quando não se sabe o que vem por aí, se o pagamento sai mesmo na próxima semana, quem vai pagar o médico, a hipoteca da casa — todas as preocupações que vocês têm."

"Por isso, levei umas bordoadas mas dá para agüentar. Eu me seguro. Pomba, tenho muita sorte — saí na capa de um jornal que se vende em todo o país. Talvez não fosse o jornal que eu mais gostaria..." Ouviram-se alguns risos, mas aquilo se transformara no comício mais sério que eu já vira. "E sabem o que mais? Minha foto nesse jornal quer dizer que alguém — talvez um grupo de pessoas — acha que vale a pena me dar uma cacetada. Então, façam-se a pergunta: por quê? Por que é que Jack Stanton vale a tonelada de lixo que estão jogando na cabeça dele? Talvez seja porque agora as coisas são assim neste país — se tem lixo, ou se der para fazer *parecer* que tem lixo, então jogue em cima dele."

"Ou talvez seja porque há dois tipos de políticos — os que dizem o que vocês querem ouvir e os que não se dão ao trabalho de dizer coisa alguma. E talvez algumas pessoas não tenham muito *interesse* em que exista um terceiro tipo. Vocês devem pensar nisso quando forem votar na próxima terça-feira."

Silêncio. Era como se estivessem absortos demais em seus pensamentos para poder aplaudir.

"Henry", disse Daisy. "Por que sou sempre eu que venho para o seu quarto?"
"Porque é mais arrumado?"
"Não. Fale sério."
"Sério? Ei, são três horas da manhã."
"Não, vire para cá", ela disse. "Olhe para mim."
Olhei para ela. Seus cabelos desgrenhados caíam sobre os olhos: os prendedores de tartaruga que ela usava estavam sobre a mesa-de-cabeceira. Ela era engraçadinha. Não era bonita. O mais importante é que estava logo ali — bem na minha cara. O que me atraía em Daisy era também um problema: ela sacava tudo. Não deixava escapar nada. "Sei que você gosta de mim", ela disse.
O que dizer?
"Henry."
Afastei os cabelos do rosto dela. Duas vezes.
"O que eu quero dizer é que gostaria de estar com você longe deste ambiente de campanha", ela disse.
"Pode ter essa oportunidade muito em breve."
"O que quero dizer é... exatamente isso. Semana que vem. Se estivermos longe do ambiente de campanha na próxima semana, estou com vontade de experimentar você desse jeito. Está bem, Henry?" Olhou para mim e continuou: "Eu juntei muita milhagem. Milhares de milhas. Podíamos ir para o Caribe. Tenho tantas milhas na American Airlines que dava para pegar o ônibus

espacial. Podíamos ir para alguma praia. Ficar na cama. Trepar de verdade — seria um paraíso, podíamos ter um minibar, serviço de quarto, sacou? Podíamos curar nossas feridas, lambendo um ao outro. Podíamos tomar drinques de rum — com aqueles pára-quedinhas turquesa".

"Guarda-sóis."

"Então topou?", ela riu. "Peguei você. *Ferrei* você."

Puxei-a para perto e beijei seus cabelos. "E se a gente *não* estiver longe deste ambiente de campanha?", perguntei. "E se ainda estivermos na jogada?"

"Bom, para a gente ainda estar na jogada — quer dizer, na jogada mesmo — não basta Jack e Susan darem uma de teimosos e ridículos. Para isso, vai ser preciso uma virada — e possivelmente Harris fazer uma grande cagada —, mas uma virada tão espetacular, tão rápida, que talvez fosse até melhor do que sexo com você fora da campanha. Isso também seria legal."

"Como é que você sabe como seria o sexo comigo longe da campanha?"

"Extrapolando. Mas, Henry, você certamente — seu lado racional, sensato, cético — não acha que a gente vá ter chance nenhuma daqui a uma semana. Sei que já faz uns cem anos — foi ontem —, mas lembra da *Newsweek*?"

A revista *Newsweek* tinha nos massacrado com uma matéria irônica intitulada 'Anatomia de uma estrela cadente'. Um dos nossos — para mim, Sporken — havia fornecido algumas expressões típicas que refletiam o baixo-astral da equipe. Achavam que estávamos fritos. Era a hora de os assessores começarem a tirar o time, reduzindo suas perdas, dando aos escorpiões notinhas fúnebres para fecundar o solo de suas próximas campanhas. Eu estava esperando, e temendo, o primeiro sinal de que Richard havia jogado a toalha. E agora até Daisy, bancando a profissional clássica, tentava se distanciar, se preparando para ir embora. "Viu Nyhan no *Globe* de hoje?", ela prosseguiu. "'Um candidato sintético encontra sua consagração de poliéster.' Poxa."

"Todos os escorpiões de Boston adoram Charlie Martin", falei. "Ele é pra-frente. É engraçado. É quase irlandês. O único problema é que os seres humanos de verdade não sacam qual é a dele. Não acham que concorrer à presidência seja uma performance artística." Apoiei-me num cotovelo. "Daisy, você devia ter visto Jack hoje à noite — com a turma dos estaleiros. Inteiramente concentrado, disciplinado, ousado, simplesmente um tremendo candidato. Acertou em cheio. Bem no alvo."

"É a hora do vale-tudo — ninguém se preocupa com a defesa", ela disse. "Quando não se tem nada, não há nada a perder."

"Não sei, não. Uma semana é muito tempo."

"Não quando se está morto." Ela suspirou.

"Daisy, me faça um favor", eu disse, mais baixo mas com firmeza, "não venha com essa de profissional calejada, tá bom? Não dê uma de pistoleiro de aluguel. Ainda gosto deles — do Jack e da Susan. E acho que você também."

"Não tanto quanto... você", respondeu. "E, porra, não tanto quanto gosto de você. Olhe, Henry, tá bom, admito: estou apavorada. Estou quase certa de que me fodi com o Arlen nessas duas últimas semanas. Ele até parece tranqüilo, mas deve estar pensando que — de alguma forma — dei um jeito de ganhar o afeto dos Stanton. Nenhum cara branco do Mississippi, nem mesmo um progressista, gosta de ser desbancado por um colega mais jovem. Então, não sei o que esperar dele. Também não sei o que está acontecendo com você." Não me deu chance de dizer coisa alguma, pois sabia perfeitamente que nada que eu dissesse corresponderia à sua expectativa. Mas ela queria botar as cartas na mesa, achando que eu era um sujeito suficientemente decente para não lhe dar um fora gratuito, e por isso se apressou em continuar. "Desconfio que arranquei um compromisso seu quanto aos drinques com guarda-sol. Acho que induzi você a assumir um quase-compromisso ao obrigá-lo, doutor Maisque-perfeito, a me corrigir quando falei pára-quedas em vez de guarda-sol. Acho que, se fui suficientemente esperta para fazer isso, mereço um passeio."

"Daisy", falei, sentindo — não sei bem o quê. Sentindo alguma coisa. "Você merece mais que um passeio. Mas tem de acreditar que a gente talvez não precise contar a milhagem de vôo por mais umas duas semanas. Ainda que seja só para me agradar."

"Está bem, acredito. Mais ou menos."

* * *

Aconteceu uma coisa interessante no dia seguinte. Começou a aparecer mais gente. Patsy McKinney, a gorduchona engraçadinha do comício no estaleiro de Portsmouth, estava nos esperando no saguão do Hampton Inn às seis da manhã. "Então, onde é que assino, onde é que vocês querem que eu trabalhe?", perguntou. Mandamos que se apresentasse a Brad Lieberman. Ao meio-dia, três ônibus lotados haviam chegado de Grace Junction depois de uma longa viagem de dois dias — colegas de ginásio do governador, o diretor da escola, metade do corpo docente e Beauregard Bryant Hastings — o médico da família Stanton, um tremendo boa-pinta, magro até dizer chega e algo *torto*, como a torre de Pisa, usando poncho, chapéu e pequenos óculos redondos, tal qual James Joyce, mas com uma vasta cabeleira branca. "Johnny", disse ao governador (soava como "Djóu-niii", como se ele tivesse uma bola de algodão alojada na garganta, ou talvez porque fartas doses diárias de uísque houvessem corroído suas cordas vocais). E, com seu sotaque sulista: "Vamos *ensinar* a esses ianques o que é um governo *criativo*, não é mesmo?".

Foram chegando os colegas de faculdade e os alunos de direito de Susan na universidade estadual, além de gente que havíamos conhecido e com quem estabelecêramos vínculos durante a campanha: a srta. Baum, responsável pelo programa de alfabetização na biblioteca do Harlem; Russ Delson, o tesoureiro do estado de Tennessee; Minnie Houston, uma ativista comunitária de Cleveland — dúzias dessas pessoas, dispostas a fazer qualquer coisa, lamber envelopes, ir de porta em porta. O Hampton Inn ficou cheio, assim como todos os outros hotéis de Manchester, obrigando Lieberman a alugar motéis inteiros em cidades e vilarejos pelo estado afora, despachando grupos para Nashua, Portsmouth, Lebanon, Keene. Fez isso com tanta habilidade que dava a impressão de ter previsto a chegada daquela multidão. Nossa campanha, tão desalentada poucos dias antes, parecia uma máquina bem lubrificada, trabalhando a pleno vapor.

Na quinta-feira, Bill Johnson, o procurador-geral adjunto do Alabama, estava nos esperando no saguão do Hampton Inn ao voltarmos de uma série de compromissos na hora do almoço. "Billy, você por aqui? Está em férias, veio esquiar? Aproveitando o feriado do Dia do Presidente ou o quê?", perguntou Stanton.

"Imaginei que você precisasse de uma outra cara negra por aqui para ajudar a convencer esses ianques sovinas."

"Billy..."

"Cale a boca, Jack", disse Johnson abraçando-o. "Só me bote para trabalhar."

"Billy... provavelmente vou levar uma sova."

"É por isso que estou aqui", retrucou Billy. "Olhe, não acredito nisso nem por um segundo. Acho que você vai levar essa de alguma maneira, e quero estar presente para contar aos meus netos. Quero ver como você lida com esse negócio, se por acaso algum dia me candidatar lá no estado."

"Você não vai estar num buraco tão fundo."

"Jack, não fale para um crioulo sobre a profundidade de buracos no Alabama. Só me bote para trabalhar."

"Henry, diga ao Brad para passar alguma responsabilidade ao procurador-geral, alguma coisa que a gente possa acompanhar, para ver se ele aprendeu a fazer política nesses anos todos."

E a cena se repetia cada vez que atravessávamos o saguão do hotel, cheio de plástico e palmeiras. Parecia uma versão em câmara lenta de *Esta é a sua vida*, provocando grandes efusões de abraços da parte de Jack Stanton. Aliás, estávamos todos à beira das lágrimas, um misto de raiva e exaustão. Mas o candidato parecia nutrir-se disso. Usava o cansaço e a emoção para se transformar numa versão ainda mais fantástica dele próprio; fazia a campanha maravilhosamente. Seu combustível agora era a mais pura força de vontade; seus sentidos estavam meio dormentes, e os implacáveis rituais de campanha — encontros, saudações, discursos — eram cumpridos de forma maquinal, mas sempre brilhante. Era incapaz de tomar decisões estratégicas, não conseguia lidar com a equipe, mas conquistava qualquer multidão, respondia a qualquer pergunta. Voltara a piorar, o rosto vermelho, tossindo — e devia estar ciente de que os escorpiões não paravam de massacrá-lo.

Era simplesmente revoltante. Não entendiam por que ele não desistia. Será que não se dava conta de que já pertencia ao passado? Todo mundo tinha escrito isso. Toda uma indústria que existia para analisar essas coisas estava agora instalada em Manchester. Escorpiões, colunistas políticos, pesquisadores, consultores, peritos free-lance e gurus enchiam os saguões e os bares, alugavam todos os carros — hordas por toda parte, a qualquer hora do dia ou da noite. Era instintivo, costumeiro, um ritual migratório que ocorria a cada quatro anos. Havia uma liturgia, havia mitos, comportamentos e oferendas cerimoniais. Jack Stanton tinha sido escolhido como vítima do sacrifício. Era um papel conhecido, que tranqüilizava a tribo — ele era George Romney, Ed Muskie, Gary Hart, o favorito que acaba despedaçado. Sua queda daria oportunidade para que os colunistas políticos escrevessem artigos solenes sobre a falsa humildade, sobre a arrogância daqueles que se enchem de certezas prematuras; ele se transformaria num exemplo, numa advertência, a ser lembrado por anos a fio em tom de galhofa. *Como é que era mesmo o nome dela? Cashmere McLeod!* Haveria um prazer ritual em vê-lo cair; a qualidade do estrondo seria cuidadosamente analisada. Faltava apenas ele dar a partida.

Richard relatou na sexta-feira de manhã que a conversa de fim de noite no *Wayfarer* se encaminhara para a próxima fase: especulações sobre quem poderia entrar na campanha depois que Stanton caísse fora. Ozio, Larkin (sim, para minha surpresa e desalento, falava-se do meu antigo chefe), alguns outros heróis. "Não passa de orgulho ferido, sabe como é?", disse Richard. "Proclamaram aos quatro ventos que ele estava fodido, agora querem que já esteja morto e enterrado."

"E você diz o que para eles?", perguntei. Estávamos sentados no quarto da suíte de Brad Lieberman, esperando para discutir a estratégia que deveríamos adotar no debate; no outro aposento, as voluntárias ocupavam os telefones. Parecia uma campanha de verdade, fervilhante.

"Digo que a gente parou de afundar. Que ainda estamos em segundo lugar. Que Lawrence Harris só é forte no estado em que nasceu. Lá no Sul vamos dar uma lavagem nele." Richard olhou para mim. "Fique tranqüilo, Henry, ainda estou neste barco. Tem uma parte de mim que até acredita que esse sacana ainda vai dar um jeito de sair do buraco. Aliás, anote aí: acho que esse varejo porta-a-porta de merda que ele vem fazendo pode estar funcionando num nível subliminar. Porra, nenhum dos outros está avançando. E nunca vi *ninguém* trabalhar tanto. Você devia ter visto ontem. Estava plantado num shopping em Nashua, no meio da tarde, só parado ali, saca? Parado ali, paciente, respondendo às perguntas mais babacas que já ouvi. Perguntas do tipo: 'Como é que podemos conseguir um sinal de trânsito para a esquina da Forest Lane?' 'O senhor pode ajudar a baixar meu imposto de renda?'. Gente burra, totalmente egoísta. E ele com a maior paciência, explicando isso e aquilo, o homem das respostas. Ei, se a gente perder essa parada, podemos abrir uma cadeia de Centros de Aconselhamento Governamental, a serviço desses idiotas que freqüentam os shoppings. 'Por uma módica quantia, o governador Stanton resolve o seu problema'."

"Vá se foder."

"É, você tem razão — eu é que vou me foder", disse Richard. "Mas lhe digo uma coisa. Ele é mesmo um puro-sangue. Está com duas patas quebradas, alguém devia sacrificá-lo — mas vem a galope na reta final. Imagine como seria se estivesse inteirinho. Ia ganhar todos os grandes prêmios. A esta altura estaríamos planejando a convenção. Em vez disso, estamos... ei, Henri, o que é que a gente vai fazer na próxima terça à noite?"

"O que vamos fazer hoje à noite?"

"Vamos *currar* Lawrence Harris." Uma voz clara — e surpreendentemente bem-vinda — soou alto. "Estou falando de VIOLAÇÃO ANAL *in extremis*."

"Oi, Libby", disse Richard. Ela estava parada na porta, bloqueando o sol. "Deixaram você sair no fim de semana? Terapia ocupacional ou o quê?"

"Seu ESCROTO", ela respondeu. "Dê-se por feliz de estar VIVO, porra, depois de exibir seu peruzinho enrugado e patético para minha querida Jenny. Se fosse comigo, a esta altura você já era membro do Coro de Meninos de Viena. Aliás, que porra você tem feito por esta campanha? Vai salvar o Jackie com tua inteligência este fim de semana?" Ah", ela disse, reparando em mim e, baixando uma oitava: "Olá, Henri..."

"Olá, sua Sapa", respondi.

"Alto láá, Henri", cantarolou. "Bancar o fino não vai adiantar nada. A coisa agora está muito feia. Estamos na merda."

"Está bem, Libby", eu disse. "O que *você* faria hoje à noite?"

"Ficaria com o cu encostado na parede", respondeu. "De olho no porra do Charlie Martin. Não dá para fazer grande coisa com Harris, mas aquele sacana está tentando pegar a gente."

"Nada mal para uma doida", comentou Richard. "E, por falar nisso..." Lucille entrou, seguida de Howard Ferguson e Leon Birnbaum.

"Rei dos números!", saudou Richard. "Que é que você tem para a gente?"

"Picas", respondeu Leon. "Nenhum movimento."

"Movimento intestinal", disse Libby. "Nós é que temos de *provocar* o movimento."

"Não dá para fazer isso só ficando com o cu encostado na parede", disse Richard. "Espere um minuto, espere um minuto, Olivia Holden — estou *percebendo* algo; será que é fixação anal? Você entra aqui querendo enrabar Lawrence Harris. Sua estratégia de debate é ficar com o cu encostado na parede, depois fala de movimento intestinal. Tem alguma mensagem nisso tudo? Está com cólicas? Está atacada ou o quê?"

"Jemmons, sossegue", disse Lucille. "Temos de trabalhar. Cadê a Daisy?"

"Fazendo spots para o rádio", respondi.

"O quê?", perguntou Lucille. "Sobre o quê, sobre o quê?"

"Você *sabe* o quê", falou Richard. "Aquilo que a gente combinou — o veterano de guerra falando sobre o Vietnã, o cirurgião da Laconia falando sobre saúde pública."

"E a 'mensagem verde'?"

"A gente não topou essa mensagem", disse Richard.

"Não pode ser verdade", ela insistiu. "A ecologia é um assunto importante neste estado."

"Porra nenhuma."

"Para o partido, é."

"Por isso que Larry Harris convenceu todo mundo com a merda das Forças da Natureza." Richard estava de pé, aos gritos, descontando em cima dela. "Lucille, você é a maior idiota..."

"TÁ BEM. JÁ SABEMOS DISSO", interveio Libby. "O que precisamos sacar é o que a gente NÃO sabe."

"A gente não sabe é como ganhar esse negócio", disse Richard. "Você tem alguma idéia, querida?"

Uma das voluntárias estava à porta: "Henry! É melhor você vir. O editor do jornal de Nashua está na linha. Parece coisa séria".

Parecia realmente sério, de uma forma meio ridícula. O jornal de Nashua tinha um furo. Um de nossos motoristas de reserva, um imigrante lituano que substituíra Mitch por uns dois dias, estava tentando ficar famoso: alegava ter ouvido Jack Stanton fazer comentários de fundo racial e sexual. Estava decidido a tornar pública essa informação agora — no fim de semana anterior às primárias — porque o governador prometera fazer da retirada de tropas russas da Lituânia um grande tema de política externa, mas não cumprira o prometido.

"Onde é que nós estamos?", perguntei. "O senhor deve estar brincando, não é?"

"Não, eu mesmo falei com o sujeito", disse o editor.

"Está me parecendo um ex-empregado descontente", retruquei, pondo um dedo no outro ouvido para tapar o barulho da sala, tentando me concentrar.

"Às vezes os ex-empregados descontentes contam boas histórias", disse o editor.

"Ei, vamos com calma. O senhor não vai publicar esse troço, vai? É uma baboseira. Impossível provar que é verdade. Impossível provar que é mentira. E o que é que o governador teria dito?"

"Disse que Luther Charles era um crioulo safado. E supostamente disse que Harriet Everton era uma idiota de tetas grandes. Tem algumas outras coisinhas interessantes, mas essas são as manchetes."

Parecia meio verdadeiro, isto é, a metade referente a Harriet Everton. Então eu disse: "Essa porra é totalmente absurda. Vocês não têm nenhuma ética profissional? Por acaso o motorista apresentou *algum* tipo de prova? Tem uma gravação?".

"Não, isso não. Mas ele tem um retrospecto de peso."

"O motorista?"

"Não, o seu chefe."

"Ah, por favor." Eu passara as últimas semanas imaginando como seria o fundo do poço. Parecia ter chegado. "Vamos admitir por um momento, só para fins de argumentação, que tudo o que o senhor ouviu sobre ele seja verdade. Não é, mas deixe estar. Admitamos que tenha estado envolvido num protesto violento contra a guerra vinte e cinco anos atrás, e usado um pistolão para cair fora." Comecei a hesitar porque o argumento que ia usar de repente pareceu fraco, defensivo — burro. Mas já estava a meio caminho e não tinha saída. Pois bem. "Admitamos que teve um caso. O que há nesse 'retrospecto' que faz dele um racista ou alguém que faria observações de fundo sexual sobre a principal ativista ecológica do estado? Só porque agora é a temporada de caça, qualquer acusação contra ele é considerada verdadeira?"

Silêncio. Talvez meu argumento não tivesse sido afinal tão burro — não, ele estava tomando notas, deixando que eu falasse. "Isso é uma baboseira e o senhor sabe disso, senhor Breen. Nem sabemos se esse indivíduo, que parece ser um ex-empregado descontente, de fato trabalhou para nós. Certamente não era alguém importante na campanha. O senhor nem me disse o nome dele."

"Tibor Lizickis."

"*Quem?*" Mas eu lembrava, vagamente. Fora o chofer de Stanton durante alguns dias em janeiro, quando Mitch esteve gripado.

"Tibor Lizickis. Mora em Derry. Estuda engenharia na Universidade de Merrimack."

"Olhe, vocês vão ter de nos dar um tempo para verificar isso. Quem é que sabe se esse sujeito está mesmo dizendo a verdade?"

"Meu repórter diz que confirmou que..."

"Não pode nos dar um dia para checar isso?"

Ele concordou, o que ocupou todo o meu dia. Passei o resto da sexta-feira cuidando daquilo, telefonando, localizando Tibor Lizickis, mandando buscá-lo. Não era algo que eu tivesse de fazer — podia ter passado para Libby, deixado que ela limpasse a sujeira —, mas acho que, de alguma forma, não agüentaria participar da preparação do debate ou de qualquer outro aspecto da campanha. Já não havia mais nada a planejar. Não haveria reviravoltas estratégicas. Só havia o candidato, enfrentando o que viesse, fazendo o que lhe parecia certo. Já deixara de nos ouvir.

Por isso passei o dia tratando de Tibor Lizickis, achando que boa parte da questão residia no fato de que alguém teria de lidar de forma preventiva com o reverendo Luther Charles — e eu era o mais qualificado para essa tarefa. Com efeito, havia uma morbidez fascinante nisso tudo. Tinha passado boa parte de minha infância ouvindo os adultos dizer como era difícil lidar com Luther, a quem chamavam de Anjo Caído, o membro do Círculo Encantado do reverendo Harry Burton que havia caído em desgraça. Deixei um recado no escritório do Partido do Poder Popular (PPP) em Washington; ele ligou de volta no final da tarde.

"Nossa, nossa. É mesmo Henry Burton falando? Henry Burton dos brancos? O que é que há, irmão? Procurando trabalho?"

"Ainda não, reverendo", respondi. "Mas preciso de sua ajuda."

"Você precisa de *minha* ajuda?" Claro que o primeiro lance de Luther Charles seria tentar me enquadrar usando o argumento da cor. Ele tinha se dado bem tirando uma de Rei dos Negros — mas sabia que sua reputação entre os que o conheciam de longa data nunca seria igual à que desfrutava entre os que vieram depois. Os veteranos mantinham um discreto silêncio quando perguntados sobre ele, especialmente ao serem entrevistados por jornalistas brancos.

"Se você precisa da *minha* ajuda", prosseguiu, "deve ser algo muito quente, muito quente. Não imagino você precisando da minha ajuda com a *comunidade* daí. Não há muitos irmãos aí nessas paragens *brancas*... o que será?"

Contei a ele. "Ahhh", disse. "Política externa. Lituânia." Massageava cada palavra. "Henry, me diga uma coisa: todos esses capiaus piraram de vez? Acabando com o seu cara por causa de uma *xoxota?*" Disse "xoxota" com a mesma ressonância portentosa com que dissera "comunidade". Sua voz, de tom mediano e algo áspera, não era de molde a eletrizar uma congregação, mas ele tinha todos os dotes de um pregador. "Imagine, esses porras-loucas pálidos e magricelos mandando no mundo e a gente lavando roupa — não dá para entender. Por que é que eles não lavam a nossa roupa? É ciência, Henry. Eles são donos da tecnologia. Essa é a macumba deles. E é praticamente *só* o que eles têm. Se você precisa inventar alguma coisa, chame um europeu. Se precisa liderar, amar ou inspirar alguém, chame um *irmão*. Embora eu imagine que o senhor Stanton não seja deficiente no terreno amoroso. Igual ao seu vovô, Henry. Aliás, exatamente como seu vovozinho. Ouvi dizer que o governador gosta de moças... bem providas de melanina."

Isso me emudeceu. Ele não podia saber da filha de McCollister. Eu tinha de dizer alguma coisa — e rápido, antes que ele sacasse minha hesitação. "Melhor com do que sem melanina. Meu pai sempre dizia que era graças a você, pessoalmente, que as louras se divertem mais do que as morenas."

"Seu pai dizia isso? Logo quem! Sua palidez doentia é a melhor prova das preferências dele. Tem notícias dele, Henry?"

"Claro. Ele me escreve."

"Sinto falta do sacana — sempre me identifiquei com seu velho, filho pródigo e tudo o mais", ele disse. "Tenho um fraco pela prodigalidade, cara. Se você quiser considerar a possibilidade de voltar ao rebanho, talvez haja espaço no meu arco-íris para um funcionário com sua cor."

Aprisionado. Por um instante me perguntei se a pena por escolher um candidato em desgraça seria ir para um inferno repleto de grupos de interesse. Senti-me mal, aterrorizado. "Reverendo, vamos falar da Lituânia."

"Ele me chamou de crioulo safado?"

"Um motorista temporário, um sujeito insatisfeito e com interesses pessoais, disse que o governador chamou você de crioulo safado."

"Você trabalha para um cara que sai por aí chamando os outros de crioulo safado? E como é que ele chama você?"

"Reverendo, acha que eu ia trabalhar para alguém assim?" Tinha aberto o flanco. Que idiota que eu era.

"Acho que você faria qualquer coisa para parecer que não é o que é."

"Ah, meu Deus, Luther. Esqueça. Será que você vai bancar o panaca de novo, transformando essa besteirada num incidente racial? Você não tem nada a ganhar. Nós estamos perdendo. Você podia, por uma vez, fazer a coisa certa. Banque essa. Aí você teria uma pequena poupança de decência para usar na próxima vez que quiser vir de sacanagem."

"Está bem, Henry", ele disse. Sem mais nem menos. "Não vou mais aporrinhar você. Mas essa é uma dívida sua, uma retirada da sua conta com o Luther. Algum dia vai ter de me pagar, com juros."

* * *

Stanton chegou por volta das cinco, furioso. Disse-lhe que acertara as coisas com Luther. Ele grunhiu. "Cadê o sacana?", perguntou.

"Na sua suíte."

Fomos até o final do corredor. Várias pessoas o cumprimentaram pelo caminho, mas o governador não respondeu. Todo o verniz já se gastara. "Porra, não acredito que, no meio de toda essa cagada, ainda tenha de massagear esse puto de merda. Afinal, quem é que o contratou? De onde é que veio? Vou matar o Lieberman, assassinar o sacana."

Entramos na suíte. Susan estava lá, falando baixinho com Tibor Lizickis. Era um sujeito pálido e nervoso, de cabelos castanhos-claros e bigodinho ralo — um espécime patético. "Jack", disse Susan, sentindo logo seu mau humor e sabendo o que fazer. "Tibor estava me contando como os russos levaram o pai dele. Era motorista de ônibus. Teve um acidente, e eles simplesmente... o levaram."

Stanton tirou o sobretudo. Vi que a camisa estava suada. Seu olhar se abrandou. "E você nunca mais o viu?", perguntou.

"Não, governador. Levaram ele para a Sibéria."

"E quantos anos você tinha?"

"Seis anos."

Stanton foi até ele. Havia um problema logístico. Lizickis e Susan estavam sentados no divã, de frente um para o outro. O governador queria chegar o mais perto possível — colocá-lo ao alcance da mão —, mas não podia tirar o lugar de Susan nem se agachar ao lado de Lizickis, pois uma pequena mesinha de vidro o impedia. Seria difícil afastar a mesinha, cercada de cadeiras pesadas e perto de uma parede. Ele foi medindo tudo enquanto se aproximava, fazendo rápidos cálculos geo-emocionais. Nada mais cruel para Jack Stanton: desesperadamente necessitado de estabelecer contato, mas restrito a uma área sem acesso. Deu a volta por trás de Lizickis e se aboletou no braço do sofá; o lituano, agora ensanduichado entre os Stanton, virou-se um pouco na direção do governador. "Isso deve ter sido horrível para você", disse Jack Stanton. "Simplesmente horrível. Entendo por que está tão decidido a levantar esta questão."

"Os russos são uns porr-cos", disse Lizickis, ficando rubro. "Porr-cos".

Stanton conseguiu esticar a mão direita em volta do braço do sofá e dar uns tapinhas no ombro de Lizickis. "Eu sei, eu sei, e vou tomar uma providência. É que ainda não tive oportunidade. Sabe, o pau está comendo solto nesta campanha."

"Ah, sei, Cashmere... ouvi falar."

Susan revirou os olhos.

"Mas lhe prometo, Tibor", continuou Stanton. "E é uma promessa solene — seu pai não será esquecido. Se os eleitores de New Hampshire me deixarem continuar nesta disputa e, se em sua sabedoria, o povo americano me eleger presidente — eu vou *libertar* a Lituânia."

"Mas não vai falar isso agora?"

"Vou, sim. Hoje à noite. Prometo. Mas, se o fizer, você diz ao editor do jornal que estava equivocado, que estava zangado, e agindo por ressentimento?"

"Agindo o quê?"

"Que estava zangado."

"Ah, sim. Muito zangado."

Fez Tibor levantar-se e o acompanhou até a porta, de mão no braço dele, confortando-o. "Sei o que é perder um pai, Tibor, mas não do jeito que você perdeu. Não consigo imaginar sua perda, seu sentimento de ódio. Você tem de entender que é difícil para os americanos... temos tido tanta sorte. Temos muito a aprender com você. Realmente fico muito grato por ter vindo. Agradeço ter trazido isso a minha aten... Henry, se encarregue de fazer o senhor Lizickis chegar em casa direitinho. Tchau."

Bateu a porta.

O último debate da primária de New Hampshire foi realizado num colégio católico para meninas. Seria um debate com platéia, ao vivo — bom para nós. Stanton sempre se dava melhor diante do público do que diante das câmaras. Havia ante-salas para cada candidato, mas ninguém as ocupou. Todos gravitaram para o iluminado corredor de paredes de cimento. Seria a última aparição em grupo. Agora se conheciam uns aos outros, fascinados ou repugnados pelos demais; recordariam a campanha como um período intenso e absurdo, como um casamento breve e desastroso. Ficaria um vínculo. Cada qual iria guardar a memória de New Hampshire.

"Bem, Jack", disse Bart Nilson. "Acho que chegou a hora."

Stanton fez que sim com a cabeça. Charlie Martin se aproximou, usando uma gravata com desenhos de pequenos balões. "Estou me acostumando com o pessoal daqui."

"São ótimos", concordou Stanton. "Mesmo depois de toda a merda, continuaram ótimos. Eles realmente ouviram. Realmente se interessaram pelas questões. Acabo de passar por Los Angeles, é como se fosse outro país. A eleição ainda não chegou lá."

E agora — algo inédito! — Lawrence Harris se aproximou, parecendo ridiculamente professoral. Vestia um paletó marrom 'espinha de peixe', uma camisa xadrez e uma gravata tricotada de um verde berrante, os óculos de leitura pendurados ao pescoço por um cordão. "Então, companheiros", ele disse. "Nosso último tango."

Percebi que Stanton contraíra os maxilares. Harris se esticou para lhe dar palmadinhas nas costas. "Só queria que vocês soubessem que para mim isso tem sido uma experiência memorável."

"É", disse Charlie Martin. "Como se estivéssemos perdidos nos Andes ou coisa parecida — o avião caiu no meio dessa estranha tribo cujo único interesse é a política."

"Por outro lado", disse Stanton, examinando Martin cuidadosamente, "talvez haja alguns canibais nessa tribo."

"Bem", disse Harris, considerando encerrado seu trabalho por ali. "Só espero que possamos nos unir quando isso houver acabado. Acho que será muito importante termos um partido unido para vencermos no outono e darmos início à difícil tarefa de controlar a situação fiscal."

"Larry, estou certo de que qualquer de nós que obtenha a indicação ficará honrado em contar com seu apoio", disse Bart Nilson, com uma habilidade que eu não esperava. Harris fungou, deu um sorriso amarelo e se afastou.

Stanton e Nilson caminharam juntos pelo corredor. "Bart", disse Stanton, o braço pousado levemente no ombro do companheiro mais velho. "Qualquer que seja o resultado, quando tiver acabado... estou com você. No que me diz respeito, trabalhamos em equipe."

Nilson parou, olhou para Stanton. "Jack", falou. "Fui um democrata fiel toda a minha vida, sempre votei na legenda do partido — mas, se aquele idiota desumano ganhar a indicação, não saio de casa em novembro."

"Este é um grande país, Bart", começou Jack Stanton, sorrindo, "e, a menos que esteja muito enganado, para aquele cara levar a indicação do partido vai ter de aprender algumas coisas sobre a vida do povo."

"Eu pagaria um bom dinheiro para ver ele se educar", disse Nilson.

"Talvez dê para ver de graça", disse Stanton.

Os candidatos ficaram em pódios de madeira diante de uma vasta cortina de veludo cor de vinho. Era mais bonita do que o azul convencional das estações de TV. Isso — mais a platéia e o fato de que o evento representava um clímax — dava profundidade e ressonância ao debate; os quatro candidatos pareciam mais imponentes do que eram, quase presidenciais. Especialmente Jack Stanton, que naquela noite tinha uma missão a cumprir. Resolveu o assunto Tibor Lizickis nos primeiros dez minutos.

A primeira pergunta foi: "Quais são os três principais desafios com que o próximo presidente terá de se defrontar?". A economia, evidentemente. A criminalidade, com certeza. Mas, ao invés da saúde pública, ele resolveu falar do lugar ocupado pelos Estados Unidos no mundo. "Precisamos oferecer liderança. A Guerra Fria pode ter acabado, mas os desafios permanecem. Precisamos encorajar a Rússia a continuar no caminho da parceria com a aliança ocidental — e precisamos nos certificar de que a Rússia saiba que essa parceria não será completa enquanto não tomar todas as medidas para retirar-se de suas antigas repúblicas, em particular das repúblicas bálticas. Precisamos ter a certeza de que as tropas russas já não estejam na Letônia, na Estônia, na Lituânia. E, é claro, há outras questões urgentes a serem resolvidas aqui no país — como a saúde pública..."

"Ei, Jack", interrompeu Charlie Martin. "Você vai tomar todo o tempo?" Risadinhas da platéia.

"Jack, Jack, — se *concentre*", sussurrou Susan. Estávamos numa ante-sala, perto do palco; nós dois e Danny Scanlon. "Um assunto de cada vez", disse Susan. "Não pode abocanhar tudo de uma vez só."

Ele pareceu tê-la ouvido; retraiu-se. Deixou Charlie Martin se perder nos problemas da saúde pública e Bart Nilson apresentar sua versão resumida do New Deal pela última vez, num esforço melancólico. Bart estava visando Larry Harris, fustigando-o, falando da necessidade de um governo generoso, um governo capaz de satisfazer às necessidades do povo. Harris, no pódio à esquerda de Bart, se mexia impacientemente, fazendo beicinho. A jogada esperta era deixar que o velho fizesse seu discurso de despedida.

"Senador, dê licença", interrompeu Harris.

Susan agarrou minha mão. "*Ótimo*", disse ela.

"Senador", Lawrence Harris repetiu, a cabeça inclinada para trás, os olhos quase fechados. "Nós todos gostaríamos de fazer muitas coisas. Eu, por exemplo, teria adorado haver sido jogador de beisebol no time dos Red Sox de Boston. Mas não era um desejo realista da minha parte." A piada não colou. Harris parecia não ter percebido. Agora ia nos dar uma aula, falar sobre a realidade. "A realidade é que não temos condições de ser tão generosos quanto gostaríamos.

"A realidade é que temos gastado demais por demasiado tempo.

"A realidade é que, se queremos deixar um mundo melhor para nossos netos, o povo americano vai ter de conviver com alguma dor. Terão de ser feitos sacrifícios."

"Larry, você deve estar *brincando*", disse uma voz conhecida.

"Perdão, governador Stanton?"

"Quer dizer, sei que você nasceu aqui e é mais popular do que um peru de Natal, e tudo o mais, mas não posso imaginar em que estado você tem vivido. No estado que tenho percorrido, aqui onde todos temos praticamente morado nesses últimos meses, a qualquer lugar que se vá só vemos gente que tem muita experiência pessoal, experiência pessoal recente, com a dor. Não sei se a notícia já chegou lá em Dartmouth, mas existe uma recessão aqui em New Hampshire. O pessoal está machucado. Estão perdendo empregos, perdendo suas casas. Senador, são essas as pessoas que em sua opinião precisam aprender a fazer sacrifícios? O que mais quer que elas percam?"

"Governador..."

"Ora, Larry, deixe eu terminar. Depois você pode continuar com o curso elementar de economia." Risadas. A platéia — a platéia de Larry — estava agora conosco. "Não quero fazer pouco do que você está dizendo. Todos sabemos que você tem uma certa razão. Os republicanos estão acumulando déficits como um bando de marinheiros bêbados durante os últimos dez anos. Temos de dar um jeito nisso, é claro. Mas temos de consertar a economia primeiro. Você insiste em falar dos nossos netos — e nós todos nos preocupamos com eles. Mas, e os pais dos nossos netos? Vamos esquecê-los, deixá-los desamparados? Diga, Larry, quais são os seus planos para *eles*?"

Não se ouviram aplausos, apenas murmúrios generalizados. "Acho que eles estão à procura de um líder", disse Harris, olhando diretamente para Stanton. "Acho que estão à procura de alguém que seja decente, honrado, alguém em quem possam *confiar*." Aplausos esparsos, mas também algumas vaias.

"Baixo nível", disse Susan. Mas não sem efeito. Dei a nosso candidato a vitória por pontos, mas quem podia saber ao certo? Susan estava fazendo os mesmos cálculos. "Ganhamos a platéia e a audiência da tevê", ela sussurrou, "mas o Harris provavelmente levou a melhor no final."

Certo. A argumentação de Stanton contra Harris, sucinta e mortal como parecia ao vivo, foi longa e complicada demais para ser transmitida em dois minutos no noticiário da noite, sobretudo no resumo final em que os escorpiões, como sempre, acentuavam os pegas entre os candidatos. A rigor, Stanton talvez tenha parecido meio petulante, mesquinho: o público gostaria da tirada do governador sobre o curso elementar de economia, mas também do refrão "decente e honrado" de Harris. Harris seria visto como estável, correto, o que agravaria nosso problema com a decência.

"Preparação de merda", disse Susan.

"Você acha que ele teria *deixado* a gente preparar o debate?", eu disse, em tom defensivo.

"Qu-qualquer p-porrada...", gaguejou Danny.

"Shhh!", fez Susan, olhando-o com severidade. Danny recuou como se houvesse sido baleado, e Susan de pronto se amansou, envergonhada. "Danny, desculpe... diga o que você ia dizer."

"Qu-qualquer p-porrada qu-que ele d-desse ia levar o c-contragolpe", disse Danny, parecendo presumir que Susan Stanton teria o mesmo fraco por jargão esportivo que o governador. "Na m-minha c-contagem ele g-ganhou p-porque deu uma p-porrada p-pelo povo. Já não d-dá para f-ficar se ap-poiando nas c-cordas."

Susan respirou fundo e abraçou Danny, encostando a cabeça em seu pescoço. "Não. Você tem razão, Danny", ela disse, se afastando e pondo a mão no rosto dele. "Tem razão, querido. Já não dá para ficar se apoiando nas cordas."

Enquanto isso, no palco, a tempestade havia passado. Todos disseram o que sempre diziam. Os comentários finais foram sendo feitos conforme se esperava — até Charlie Martin, que era o último. "Nosso partido tem uma grande tradição", ele disse, altissonante e sério, mas sem conseguir o efeito desejado. "Uma tradição de vigor, compaixão e honra. Precisamos de um candidato, um guia, que seja vigoroso, compreensivo e honrado. Peço a vocês, meus compatriotas, que façam a seguinte avaliação: qual de nós tem o vigor, a compaixão e a honra necessários para liderar o país?"

Eu estava sentindo aonde ele queria chegar. Susan também. "Ai, ai", disse ela.

"O senador Nilson é um ilustre democrata. Orgulho-me de tê-lo como amigo." Martin parou por um instante e tive a esperança de que não puxaria o gatilho. Que nada! "Teve uma longa e ilustre carreira — mas será que tem o *vigor* necessário para enfrentar os republicanos nessa batalha? Quanto ao senador Harris, sei que ele é daqui. Eu e ele servimos juntos no Senado. Conheço suas qualidades intelectuais. E, se eu fosse presidente, desejaria tê-lo muito perto de mim, daria grande valor a seus conselhos. Mas ele tem uma inteligência acadêmica, que precisa ser fermentada pela prática. E Jack Stanton..." Fez nova pausa — e mais uma vez senti uma leve esperança: ele tinha *apenas* insinuado a falta de compaixão de Harris. Havia uma chance de que fosse igualmente cuidadoso conosco. Não devia ter interesse em ser demasiado explícito — e não foi, o que tornou a coisa ainda mais cruel. "Já o governador

Stanton, todos sabemos, é vigoroso, compreensivo e inteligente — e tem sido vítima de algumas acusações duvidosas nesta campanha, acusações *muito* duvidosas. Mas, ainda que vocês acreditem que tenha sido injustamente difamado, ainda que o considerem um homem honrado, como democratas temos de fazer uma avaliação prática. Será que ele não se tornou o que se poderia chamar de uma mercadoria estragada?" Acho que engoli em seco, de tão duro que foi. "Será que ele teria condições de lutar por nossas teses diante dos republicanos, ou estaria ocupado demais se defendendo de um presidente em exercício — e de um partido que não tem hesitado em usar toda e qualquer arma disponível no passado?"

"G-golpe b-baixo", disse Danny.

Susan balançou a cabeça, deu de ombros e foi para o corredor receber Jack quando ele saísse. Mas o primeiro a aparecer acabou sendo Charlie Martin — Jack Stanton estava remanchando como sempre, esticando-se para apertar mãos na platéia — e Susan agarrou o senador pelo braço, sorrindo suavemente. "Ei, Charrr-lie", ela disse. Ele parou, deu-lhe um beijo no rosto. "Então foi *assim* que você ganhou todas aquelas medalhas no Vietnã. O que é que se ganha por enfiar uma baioneta em alguém pelas costas? A Grã-Cruz da Alta Traição?"

"Susan, faz parte do jogo."

"Charlie, isso não é uma porra de um jogo."

Stanton veio por último. Empurrou Susan para dentro da nossa ante-sala e fechou a porta. Deu um soco no encosto de uma cadeira. "Não consigo acertar uma, hem?"

"O s-senhor f-foi legal, g-governador", disse Danny. "D-deu uns c-cacetes nele."

"É, mas também levei alguns." Virou-se para Susan. "Valeu a pena?"

"O que é que você tem a perder?", ela respondeu calmamente. Mas então, sentindo a agonia dele, acrescentou: "Você não podia ter se saído melhor nas coisas que disse. Alguém tinha de dizer aquilo. Felizmente foi você".

Minha vez. "Martin ia atacar o senhor de qualquer maneira. Talvez tenha sido bom o senhor ter dado uma porradinha no Harris — mostra que ainda é capaz de causar estragos. Pode ser que os escorpiões pensem duas vezes sobre suas chances."

* * *

Se pelo menos eu acreditasse nisso... Sentia-me exausto, totalmente esgotado, naquele sábado. O dia estava lindo, um degelo repentino. Soprava uma brisa vinda das Carolinas; tudo estava pingando, se derretendo. Mas Charlie Martin tinha me exaurido. A argumentação dele era plausível demais. "Ah, não fode, Henri — você leva tudo ao pé da letra", disse Richard enquanto andávamos a passos rápidos — Richard só andava assim — do hotel até nosso comitê de campanha na Main Street. Era um bom pedaço, cerca de um quilômetro e meio, mas tínhamos a sensação de que nosso trabalho estava praticamente acabado; não havia mais nada a fazer. Estávamos matando tempo. Passamos por uma série de reles oficinas mecânicas. "Todo o mundo caga para os comentários finais, Henri", disse Richard. "Na hora em que aquele porra daquele hippie metido a camicase soltou as bombas dele, só *Deus* estava assistindo ao debate. As pessoas em casa estavam mudando de canal. Metade das pessoas no auditório estava circulando, procurando por suas écharpes e galochas — sabe como é? Mas vai querer me dizer que nunca tinha ouvido esse argumento antes? 'Mercadoria estragada' é um chavão tão manjado que nem os escorpiões do interior escrevem mais isso."

"Uma coisa é os escorpiões escreverem, e outra é Charlie Martin oferecer ao mundo inteiro o comentário mais contundente e arrasador possível", eu disse. "Você sabe, Richard? *Entende o que eu estou dizendo?*"

"O que é isso?", perguntou Richard. Já estávamos perto do centro da cidade, em meio a grupos de voluntários. Alguns estavam parados com cartazes nas esquinas; outros abordavam as pessoas sentadas nas mesas de calçada. "Você sabia que hoje em dia só mulher feia se interessa por política?", Richard perguntou. "É como o inverso do concurso de Miss América. Temos de reconhecer que o time dos republicanos é melhor, não é mesmo? Eles têm misses universitárias, balizas. Nós só temos bagulhos e boboquinhas da Organização Nacional de Mulheres. Porrões de mulheres parecidas com Lucille." Richard tinha um gosto chegado ao convencional e um nível de frustração bem constante.

"Richard, cale essa porra dessa boca e olhe para isso", falei. Era, de fato, uma cena extraordinária. O centro de Manchester parecia um parque de diversões político. Havia palhaços e mímicos. O Rotary Club estava oferecendo cachorros-quentes. O candidato milionário distribuía balões roxos com o nome dele; um caminhão de som circulava, tocando a "Nona sinfonia", de Beethoven; fanáticos da Operação Resgate agitavam cartazes com fetos mortos. Voluntários de Harris ofereciam pompons verdes e brancos. Uma banda de Dixieland pró-Nilson tocava no parque em frente ao Holiday Inn.

"Parece um daqueles musicais antigos de Hollywood", eu disse. "Lá pelo meio da semana estará tudo acabado. Só vão sobrar alguns técnicos empacotando as coisas. No próximo fim de semana, metade dessas lojas vai estar vazia de novo."

"Porra", disse Richard, meio desligado. "Henri... você está *prestando atenção* nesse mulherio? Patético. Oi, Tom."

Tom Brokaw[26] vinha no sentido oposto — com Richard Cohen, o colunista do *Washington Post*, e vários outros escorpiões. "Ei, Jemmons, você tem algum dado novo?", perguntou Brokaw.

"Não mudou nada", disse Richard. "E você?"

"Ouvi dizer que, pela pesquisa do *Globe*, vocês estão chegando a vinte de novo..."

"E Harris?"

"Por volta de trinta e cinco."

"Esse cara só está levando um em cada três eleitores no seu estado natal, com meia tonelada de merda em cima da cabeça da gente. Espere para ver o que acontece com ele no nosso estado."

"Vocês vão ganhar no seu estado?", perguntou Cohen.

"Bom, se não formos nós, que outro porra vai ganhar?", retorquiu Richard, rispidamente.

"Ozio?"

"No Sul, no *Sul*?", Richard gritou. "Se você falar em Orlando lá no nosso estado, vão pensar que está se referindo à Disneyworld. Tem alguma outra idéia brilhante?"

Cohen encolheu os ombros e sorriu, erguendo as palmas das mãos. Fomos em frente. "Poxa", disse Richard, "é um puta peso. É como viver a vida inteira carregando a Libby Holden nas costas. E ainda acham que a gente não *merece* o dinheiro que ganha."

"Esses números do *Globe* — Leon está dando mais do que isso", falei. De fato, Leon estava indicando que havíamos subido depois do debate.

"Besteira, uma subidinha de merda, um soluço es-ta-tís-ti-co: ainda estamos fodidos, Henri."

"De quanto precisamos?", perguntei, ao passar em frente à sede da campanha de Martin, que estava abarrotada de estudantes voluntários. Dúzias de universitários circulavam na calçada em volta de uma loura muito atraente, munida de um mapa da cidade e um megafone. Estava distribuindo tarefas. Richard olhou-a, apatetado. Ela sorriu para ele.

"Escute, querida, quer aprender tudo sobre as complexidades da política?", ele perguntou. Ela balançou a cabeça devagar, sensualmente, e soprou um beijo para Richard.

"De quanto precisamos?", perguntei de novo.

"Estou gamado", ele disse. "A porra do hippie tem as mulheres mais gostosas — não é incrível? Eu levaria aquela garota para um porta-a-porta na hora; a gente ia tocar todas as campainhas da cidade."

"Richard, pelo amor de Deus." Paramos num sinal vermelho; uma caminhonete de Harris passou veloz, respingando neve derretida sobre nós.

"Vá se foder, filho da puta!", gritou Richard, e então olhou para mim e disse: "Precisamos de um em cada quatro, desde que o Forças da Natureza fique abaixo de quarenta e ninguém encoste na gente. Com vinte e cinco por cento, daria para sairmos daqui avariados mas ainda vivos — e não estamos nem perto disso."

"Leon nos dá vinte e um numa pesquisa de três dias", eu disse, ensaiando um argumento em que não acreditava muito, "o que significa que, de ontem para hoje, deve estar perto de vinte e cinco."

"Qual o tamanho da amostragem?", disse Richard. "Você telefona para quatro pessoas. Uma delas ri que nem um babaca e diz: 'É, aquele caipira filho da mãe bem que ferrou o velho professor Perfeito ontem à noite. Talvez eu vote *nele*!? Acha que isso quer dizer alguma coisa? Ligue para o meu corretor. Ele lhe vende qualquer merda."

Nossa sede de campanha, no meio da quadra seguinte, estava bem melhor do que eu esperava. Tinha vida, tanta vida quanto a de Martin. E um tipo de gente melhor; estudantes voluntários vestidos de jeans e camisas de flanela xadrez, misturados com um pessoal mais velho, usando blusões e jaquetas de sindicatos e bares. "Um cruzamento entre um concerto do Nirvana e o time de boliche que se reúne nas noites de terça-feira", disse Richard. "Nada mal. Essa porra não está nada má para um candidato capenga."

Brad Lieberman estava sentado diante de uma escrivaninha na entrada, falando ao telefone, distribuindo aos coordenadores pilhas de impressos e cópias xerox de mapas dos bairros da cidade. Acenou para nós, ergueu o polegar. Fomos nos espremendo pelas divisórias atrás de Brad até a sala maior nos fundos, que tinha três longas séries de mesas com telefones e trinta pessoas falando neles. Encostada à parede havia outra mesa com duas grandes cafeteiras e dúzias de caixas de sonhos, empilhadas umas sobre as outras, várias delas abertas, consumidas pela metade. O grupo que vinha usando os telefones era até interessante. Bill Johnson estava lá, bem como vários membros da Gangue dos Cinco. E a mamãe, fumando Virginia Slims e exalando perfume barato no centro de uma das filas de mesas, o coque negro se destacando como um carretel de fábrica de tecidos. Todos percorriam listas de pessoas que já haviam sido contatadas pelo menos uma vez no último mês. Fui até Johnson quando ele desligou. "Como é que está indo?"

"Vários indecisos. Não estamos progredindo muito."

"Nenhum contra?"

"Porrões de gente contra. Mas isso é de se esperar. Qualquer um que desligue é contado como se estivesse contra. Cadê o candidato?"

"No shopping", respondi. "Vai ficar por lá o dia todo, se é que você acredita."

"Não vai dar uma circulada?"

"Disse que cada minuto na caminhonete é um minuto desperdiçado. Acha que lá tem gente passando sem parar..."

"É uma porra dum trator", disse Johnson. "Sempre foi."

Richard se aproximou. "Henri, você ainda não viveu enquanto não tiver ouvido a mamãe no telefone. 'Quem fala aqui é

Mary Pat Stanton, a mãe do candidato. *Então, vai votar no meu filho ou não vai?'* Do cacete!"

"Richard", eu disse, já algo excitado. "Vamos tirar Ken Spiegelman do telefone e ver se ele bola alguma coisa para o candidato dizer sobre saúde pública hoje à noite na televisão." Spiegelman, professor da Universidade de Chicago, fazia parte da Gangue dos Cinco. Era jovem, maneiroso e acessível — jovem demais para ser secretário do Tesouro, mas vinha enriquecendo o currículo.

"Isso é simplesmente *brilhante*, Henri", disse Richard, mergulhando no meio da fileira da mamãe e a trazendo com ele. "A gente diz vinte e cinco palavras exatamente corretas sobre saúde pública hoje à noite e leva esse negócio de barbada, não é? Tenho uma idéia melhor."

Passou um braço em torno da mamãe, pôs as mãos em concha em torno da boca e gritou: "EI PESSOAL, escutem! A mulher mais bonita da sala tem algo a dizer. Vamos lá, mamãe. Suba nessa cadeira".

A mamãe não precisava de muito incentivo. Estava usando uma berrante roupa de jogging branca e laranja da universidade do estado. "Todo o mundo está se *divertindo?*", ela grasnou. Sorriu, o rosto largo e exageradamente maquiado explodindo de alegria. "Bem, ouçam. *Sei* que vocês estão dando duro pelo meu Jackie, e ele é o melhor filho que uma mãe pode ter, e vocês todos são os melhores amigos que minha família pode ter, e eu não sei falar difícil como o ilustre senador Lawrence Harris." Ouviram-se vivas e assobios. "Mas, na minha opinião, vocês todos são simplesmente EXCEPCIONAIS. Com uma turma dessas, a gente pode causar sérios estragos num restaurante de parada de caminhão — não é mesmo, Jemmons? A gente ia simplesmente *arrebentar* com o troço."

"Mamãe, se eu fosse trinta anos mais velho, estaria lambendo sua orelha!", disse Richard, dando corda ao pessoal — que urrou.

"E eu ia estar guinchando como uma porca", disse a mamãe, dobrando o corpo, as mãos nos joelhos. Devo admitir: nunca lhe havia dado suficiente valor até aquele momento. Eu a considerava algo meio vergonhoso, uma piada. Mas ela fizera com que todos na sala se entusiasmassem, se sentissem bem. Todas as caras estavam radiantes. Tal mãe, tal filho.

"Agora, escutem. Vou me sentar antes que caia daqui. Mas amo vocês e nunca vou esquecê-los. Ganhando ou perdendo, chova ou faça sol, isso tudo é um BARATO!" Começou a descer entre aplausos e gritos, mas voltou a subir na cadeira. "Esperem só um segundo, só um segundo. Estou me lembrando do que acabei de dizer — e queria fazer uma pequena correção — tá bom, Jemmons?"

"Vá fundo, mamãe", ele disse.

"A parte do 'perdendo'. Não quis dizer isso — ganhando ou perdendo. Meu filho *não vai perder*. Vocês aí *não vão perder*. Não vejo um único perdedor nesta sala. E já vi muitos perdedores na droga da minha vida." A sala vibrava, em meio a gritos e assobios. "Mas meu Jackie não é um perdedor, e vocês e todos os amigos dele também não são perdedores. Por isso, escutem: nós vamos *ganhar* esse negócio. Vamos faturar isso bem debaixo do nariz do ilustre senador Lawrence Harris. Depois a gente vai voltar para casa e dar uma *surra* nele. E isso é tudo o que tinha a dizer."

6

Perdemos em New Hampshire, mas não por muito. Choveu no dia da eleição, o que foi bom para nós. Os eleitores de Stanton provaram ser tão dedicados ao candidato quanto Stanton a eles — aliás, segundo as pesquisas de boca de urna, um número incrível de eleitores declarou que o fator decisivo tinha sido o fato de haverem se encontrado com o governador. Com isso, ficamos acima do um em cada quatro de que Richard falara; nossos 29% representaram mais do que Nilson e Martin somados. Harris ganhou, é claro, mas não obteve mais do que 38% em seu estado natal, o que nos deu esperanças.

O dia da eleição em si foi estranho, vazio. Dormimos. Fizemos as malas. Fomos ao cinema. Assistimos a *Wayne's world*. Daisy e eu de mãos dadas; Richard se mexendo na poltrona; Lucille — que agradável surpresa — tinha uma risada espalhafatosa e contagiante. No meio do filme, fui até o saguão e liguei para Brad Lieberman. Estavam entrando os primeiros resultados das pesquisas de boca de urna. "Sobrevivemos", ele disse.

Entrei de novo, sussurrei os resultados para Daisy à esquerda e Richard à direita. Daisy apertou minha mão e falou baixinho no meu ouvido: "Não tem Caribe esta semana".

"Decepcionada?"

"Sim — e não."

Dividimos um guarda-chuva para atravessar o deserto asfaltado que nos separava do Hampton Inn. Seguimos abraçados, bem juntinhos e aconchegados. Richard e Lucille foram na frente, separados, seus guarda-chuvas pretos balançando ao vento. Montanhas de neve estavam empilhadas em volta dos postes de iluminação; tudo era cinza e branco. "Estou começando a sentir saudade", eu disse. "Passamos uma vida em volta desse estacionamento. Nem sei quantas vezes olhei pela janela para o conjunto de cinemas com vontade de assistir a um filme."

"E eu não me lembro de terem passado um único filme do Werner Herzog", disse Daisy, me gozando.

"E todas as noites em que tive de atravessar este troço para arrancar o candidato do Dunkin' Donuts do Danny. O que será que o Danny vai fazer da vida agora?"

"Gostaria de saber o que é que o candidato vai fazer agora", ela disse, "sem o Dunkin' Donuts do Danny."

Paramos a alguns passos da porta de entrada, embaixo da marquise mas ainda sem fechar o guarda-chuva, e nos beijamos. Foi um beijo sério, nossa primeira demonstração pública de afeto.

"Henry", disse ela, insinuando: "Isso significa o que acho que significa?"

"Sim", respondi. Significava.

Olhou-me com os olhos bem abertos; pôs a mão no meu rosto. "O que vamos fazer ele dizer hoje à noite?", perguntou.

"Que foi uma vitória moral."

"Henry?"

Olhei para ela.

"Você acha que o programa de televisão ajudou em alguma coisa?"

"Não", eu disse. "Ele fez tudo na base da pura força de vontade. No sábado, ficando no shopping o dia inteiro. No domingo e na segunda. Olhe, você já viu alguém fazer um corpo-a-corpo assim? Mas o programa de televisão não foi má idéia", acrescentei depressinha, lembrando que era coisa dela.

"Henry?", ela disse. "Isto é..."

"Acho que sim."

"...ou só estamos aliviados porque ganhamos?"

"Não ganhamos."

"Não morremos", ela disse. "Então ganhamos."

"É melhor a gente entrar."

Ela me beijou de novo, rápido, de boca aberta, nos lábios.

Jack e Susan estavam na suíte, ao telefone, agradecendo ao pessoal local que o havia apoiado. "Nunca vou esquecer isso", repetia Jack. "Sempre vou lembrar do que vocês fizeram por nós aqui."

Susan me abraçou. Era um dia de muitos abraços.

Jack havia largado o telefone. Aproximou-se e apertou minha mão. Vestia camisa branca e calça de terno, mas estava descalço. "Henry, tenho de confessar: ontem à noite achei que estávamos liquidados."

"Bem, os últimos dados do Leon não ajudaram muito."

"Ele não tinha como medir a intensidade. Nosso pessoal simplesmente se sentiu mais ligado na eleição."

"Por causa do senhor."

O governador caminhou até a mesa. Havia um prato de frutas e alguns sanduíches. "*Não!*", disse Susan. "Você está enorme de gordo."

Disse isso suavemente, mas com uma ponta de rispidez. Ele apertou os olhos, pegou algumas uvas. "Henry, qual é a primeira hora em que a gente pode falar com a imprensa para depois ir embora?", perguntou.

"As urnas fecham às oito", respondi. "O senhor tem de ficar para entrar no noticiário das redes de televisão. Quer aparecer no *Nightline*?"

"Não!", disse Susan. "E nada de entrevista coletiva. Esses cretinos nos deram como mortos, todos eles. Que se danem."

"Bem, não vamos conseguir que desapareçam", disse Stanton.

"Eles também não conseguiram fazer com que *você* desaparecesse", rebateu ela. "E vão ter de engolir isso. Precisamos controlar melhor esse troço, Henry. Temos uma nova série de prioridades. Em primeiro lugar as tevês locais, em segundo as redes nacionais, em terceiro os jornalistas locais e, por último, os jornalistas nacionais."

"E os colunistas políticos, nunca?" Stanton riu. "Estão todos aí. Podemos escolher à vontade. Henry, pegue o Richard, a Daisy e os outros, traga eles aqui por volta das seis. Vamos discutir isso. E também peça a Laurene para fazer a programação das redes de tevê. Vamos aparecer em todas elas hoje à noite. Os programas matinais a gente faz amanhã de Mammoth Falls, na Mansão — está bem?" Olhou para Susan; ela concordou com a cabeça. "E, sim senhora, dona Susan — nada de entrevista coletiva. Henry, você vem no avião conosco. Diga ao Richard, ao Arlen, ao Leon e aos outros que fiquem aqui e dêem nossa interpretação dos resultados para os jornalistas. Só precisam chegar a Mammoth Falls amanhã à noite. Sabe, vou sentir falta deste lugar."

"Muita coisa boa aconteceu para sua reputação aqui", ela disse.

"Não, é verdade. Foi bom. Foi um batismo de fogo. Você se dá conta de como o pessoal daqui é *fabuloso*, votando em mim depois de toda essa merda? Houve um momento, ontem à noite, eram quase dez horas e eu estava visitando — o quê? — meu oitavo restaurante, mesa por mesa. E sabia que a maioria daqueles sacanas não ia votar em mim — porra, metade deles nem ia votar. Então chego numa mesa com dois casais da nossa idade — professores, advogados, alguma coisa assim — comendo a sobremesa, se preparando para rachar a conta. Eram o tipo de gente que, lá em Mammoth Falls, teria sido amiga nossa. Mas, aqui, votam no Harris sem nem pensar no assunto. Uma das mulheres era professora de jardim-de-infância. Perguntou sobre o programa Head Start.[27] E sabe, acabamos *batendo um papo* sobre isso. Esqueci que estávamos em campanha e quase sentei para tomar um café com eles. Ela era esperta. Dava para ver que fazia bem seu trabalho. E contei a ela algumas das coisas com que a gente vem mexendo lá no estado."

"A coisa da Tish Miller", disse Susan.

"É", concordou Stanton, aproximando-se da poltrona em que Susan estava sentada e pondo as mãos em seus ombros, olhando-a no fundo dos olhos. "Tish Miller é uma das *minhas* — um dos meus modelos de inspiração, certo, querida?"

"Tá bom, tá bom."

"Seja como for, essa mulher diz para mim: 'Governador, pelo que tenho lido e ouvido durante a campanha, nunca imaginaria que o senhor sabia ou se interessava por esse tipo de coisa'."

"Eu me pergunto por quê", disse Susan.

"Não, não são só eles — não são só os escorpiões. Somos nós. Sou eu. Temos de bolar uma maneira de comunicar as coisas de que *gostamos* desse trabalho. Temos de mostrar a eles que não estamos fazendo isso por ambição ou pela glória."

"Não *só* isso", disse Susan, mais baixinho. Agora estava ligada na dele.

"Claro, não é só isso — mas também porque gostamos de *fazer* isso pelo povo, de encontrar coisas que funcionam. Temos de pensar em como fazer isso — certo, Henry? Porque, sabe de uma coisa? Estou disposto a apostar qualquer dinheiro como *levei* o voto daquela mulher hoje."

"Agora", disse Susan, "só falta você encontrar pessoalmente e cumprimentar os outros duzentos e cinqüenta milhões de americanos."

"Por mim, tudo bem", disse Stanton. "Mas primeiro quero ir para casa."

Nossa casa. Chegamos no meio da noite. Não havia lua. Mas soprava uma leve brisa vinda do golfo, trazendo um úmido prenúncio de primavera. Parei à margem do rio por um momento antes de subir para o apartamento. O rio parecia familiar, um velho conhecido; as águas corriam rápidas, silenciosas, como se fossem uma engrenagem bem lubrificada funcionando perfeitamente. Meu apartamento era menos familiar. Fazia uma semana que não dormia lá, mas dava a impressão de ser muito mais. Parecia empoeirado, bolorento. Várias plantas na janela que dava para o rio tinham morrido. Liguei a televisão. A reportagem da CNN era favorável a nós. Estávamos vivos, e Lawrence Harris ainda nos injetava mais vida. Seu comentário final foi pomposo, banal: "O povo de New Hampshire deu o recado de que aguarda um governo responsável em matéria fiscal", disse, com toda a seriedade. "Espero que o resto do povo americano reaja favoravelmente a essa mensagem à medida que nos aproximamos da eleição geral." E então o argumento derradeiro: "Acho que estamos amadurecendo como nação".

Beleza. Abri a geladeira e levei um susto. Alguma coisa tinha apodrecido. Isso me obrigava a tomar várias decisões. Limpar a geladeira ou deixá-la fedendo? Uma Perrier ou aquela solitária garrafa de Heineken? Deixe feder. A Heineken. Minha festa particular de comemoração. Deitei na cama e continuei ligado na CNN. Era a hora dos analistas políticos. Vários escorpiões de Washington falavam sobre o "fraco" elenco democrata e quem poderia salvá-lo. A campanha informal de Ozio havia fracassado em New Hampshire. Mostraram um clipe do governador de Nova York entrando e saindo às pressas de um edifício. Parecia perturbado. "Nunca procurei isso, nunca encorajei", ele disse, "então por que tenho de comentar?" Ao que o âncora perguntou:

"Se não é Ozio, quem será? Larkin?". Alguém afirmou com absoluta convicção que Larkin em breve lançaria sua candidatura. "Vocês não sabem de nada", falei para a televisão, e desliguei.

Notei que a coletânea de contos de Alice Munro, que comprara um mês antes, estava aberta na mesinha de centro, do outro lado da sala. Será que a havia deixado assim? Cruel e inusitado castigo para um livro (detestava lombadas quebradas: era capaz de fazer sacrifícios pessoais para mantê-las íntegras). Parecia uma longa distância, mas me levantei e atravessei a sala. O livro estava aberto num conto chamado "O ônibus de Bardon". Comecei a ler o primeiro parágrafo à meia-luz; era ousado mas melancólico — perfeito. Acendi o abajur, deitei-me no divã com vista para o rio e li até dormir.

Jack Stanton me acordou de manhã, batendo com força na porta. "Henry! Henry! Hora de levantar!" Usava uma camisa de malha amarela, blusão de couro, jeans e botas de caubói. Eram oito horas. "Pô, você está uma figura", ele disse. "Dormiu vestido, hem? Não me viu todo fresquinho e confiante nos programas matinais? Vamos, levante. Vamos dar uma volta, até Grace Junction. Olhe aí — eu até lhe trouxe o café da manhã: uma banana, uma maçã, café preto — tudo de que você gosta."

"Por que Grace Junction?"

"Sei lá. Dar uma volta. Ver o interior. Ver a mamãe. Vamos, Henry. Tome um chuveiro e faça a barba. Espero aqui. Vou ler o jornal e dar uns telefonemas."

O Bronco estava lá embaixo, tio Charlie descansando no banco de trás. Fui na frente, enquanto o governador dirigia — e cantava. Ligara o rádio bem alto. Cantava com hesitação as canções novas e com mais segurança as antigas. Baixou o volume quando começou a tocar "Achy breaky heart" (que estava subindo nas paradas). "Detesto esta porra desta música", ele disse. "Sempre detestei músicas de apelação, mesmo quando era garoto — 'Purple people eater!', 'How much is that doggie in the window', a Freirinha Voadora. As pessoas deviam ter mais respeito pela música. Você sabe, é como na política. É preciso sempre respeitar o que se está fazendo, respeitar as cerimônias, os rituais, respeitar o público."

Estava realmente de astral alto. Seguiu pela estrada interestadual rumo ao sul por uns cinqüenta quilômetros, mantendo-se na velocidade limite, e depois tomou a direção oeste por uma estrada de duas pistas até Grace Junction. Um dia meio desagradável: o sol estava quente, mas o ar frio — o vento virara e agora soprava do norte, trazendo lembranças de New Hampshire. O governador não conseguia regular a coisa. Abaixou os vidros e ficou frio. Fechou as janelas e ficou abafado. Quando abria apenas um pouco, o assobio do vento tornava difícil ouvir a música. "Henry", ele disse, desligando o rádio e abrindo as janelas a uns quinze quilômetros de Grace Junction. "Vou ver o doutor Hastings, tirar um pouco de sangue. Acho que já é hora de lidarmos com essa questão de McCollister."

Eu vinha temendo esse momento. O Gordo Willie estivera presente em New Hampshire, rondando meus pensamentos. Ele me pegava de surpresa sempre que eu começava a ficar otimista (quando não havia razão para otimismo, pois o caso McCollister parecia discutível — um pragmatismo insensível que eu não admirava em mim). Mas eu nunca tinha chegado a considerá-lo em profundidade. Era terrível demais. Parecia incapaz de me concentrar nele, analisá-lo, chegar a uma conclusão. Sentado ali, começando a ficar meio gelado no Bronco, de repente percebi a razão: não me permitia acreditar que Jack Stanton pudesse se aproveitar da filha adolescente do Gordo Willie; por outro lado, não acreditava que não o tivesse feito.

"Lidarmos com a questão?", perguntei.

"Quero que você e Howard vão amanhã à casa do Gordo Willie, dar um aperto nele", disse o governador. "Não é bem um aperto — mas dizer a ele que temos de resolver esse negócio, estabelecer a paternidade. Dizer a ele que queremos que a menina faça um exame do líquido amniótico. Explicar em detalhe o que isso significa. Dizer que é uma agulha comprida que entra pelo umbigo. Pedir para ele explicar isso a Loretta. Henry, eles não são pessoas sofisticadas. São gente boa, mas não sofisticada. Quero que vocês falem com eles sobre isso, digam que estou insistindo, que já tirei sangue. Então há uma boa chance de a moça parar com essa história."

"Por que eu?", disse, tremendo. "É porque eu sou..."

"Porque Willie escolheu você. Não fui *eu*. O que é que eu posso fazer se ele não enxerga além da cor da pele?"

"Talvez tenha achado que eu seria mais compreensivo", respondi, sabendo que era apenas uma parte da verdade.

"Olhe, você não precisa dizer nada. Howard sabe o que dizer. Mas tem de estar lá porque foi você que ele procurou."

Voltei-me para a janela aberta. O vento estava cortante mas fresco; cheirava a terra recém-arada. Estávamos atravessando uma zona de fazendas, o solo de argila vermelha. Era uma terra exótica; os acostamentos eram da cor de uma ponta de dedo espremida. Lembro-me de haver pensado como deveria ser difícil cultivar esse tipo de solo. "Governador", falei. "Se vou ter de fazer isso, há uma coisa que preciso saber."

"*Não sou o pai da criança*", ele disse.

Grace Junction era a sede do condado de Onawachee. No centro da praça principal erguia-se o indefectível edifício de dois andares, encimado por uma cúpula, que abrigava a sede do condado e o tribunal de justiça, além de um monumento de granito cinza, particularmente horrível, em homenagem aos mortos na Guerra de Secessão: "Nossos filhos ofereceram a vida na luta gloriosa". Além da placa com os nomes dos mortos na guerra civil, havia duas outras para a primeira e segunda guerras mundiais e uma quarta para o Vietnã, quase vazia, deixando bastante espaço para a próxima guerra. O pai do governador, William H. Stanton, estava relacionado entre os mortos na Segunda Guerra Mundial, embora nunca tivesse morado em Grace Junction.

A praça estava ocupada pela metade: no lado norte, escritórios de advocacia e a Casa Funerária Willows; a oeste, a Farmácia Presley e o Flórida (o café mais popular e mais político da cidade). No lado sul havia diversas lojas de artigos de segunda mão e um grande vazio onde antes se erguera a Casa de Móveis Zuckerman; no lado leste se alinhavam a Sapataria Meyers, a loja de roupas femininas Modest Values e outros terrenos baldios. Apesar da forte sensação de que fora esquecida pelo tempo, a praça era bem agradável, tanto quanto podem ser esses lugares: as calçadas eram de tijolos vermelhos, dispostos em forma de espinha de peixe; a sede era cercada de altos carvalhos. Os narcisos estavam em flor, era a primavera que chegava. A cidade parecia verde, vivida — e não deserta ou derrotada, como tantas outras cidades do interior.

Entramos pelo lado leste, atravessando o bairro negro, repleto de casebres e mercadinhos em meio a trilhos de trem, garagens dilapidadas e oficinas mecânicas. As serrarias — quase todas já desativadas — ficavam na parte sul da cidade. Os brancos moravam no norte e no oeste; ricos no norte, remediados no oeste. A mamãe vivia no lado oeste, numa casa marrom de madeira que ocupava um terreno duplo. O governador havia lhe oferecido uma casa nova em Mammoth Falls, uma casa de tijolos no lado norte de Grace Junction — o que quer que quisesse —, mas ela prezava suas raízes e queria continuar lá. "As meninas não iam saber aonde ir para o nosso pôquer das quartas-feiras se eu juntasse minhas coisas e me mudasse", ela disse.

Quando chegamos, a mamãe estava sentada na varanda da frente, com um pesado suéter por cima da habitual roupa da universidade estadual. "Hip, hip, hurra!", disse ela, puxando-o pelo pescoço e plantando meio quilo de batom na bochecha dele. "Você conseguiu, querido."

"Bem, sobrevivi", respondeu o governador. "Aliás, que diabo aconteceu? Você se mandou, nem para se despedir. Quando é que voltou, mamãe?"

"Saí de lá na segunda-feira. Sei que devia ter ficado. Mas estava nervosa demais, roendo as unhas, andando para lá e para cá, quase fazendo pipi nas calças. Pensava em ficar, mas depois ouvi que um bando de gente de Grace Junction ia se mandar na segunda, então vim com eles — o doutor Hastings e os outros."

"Estou indo ver o doutor agora", disse o governador. "Henry, Charlie — façam companhia a mamãe. Nos encontramos no Flórida para almoçar."

"Vou com você", falou Charlie. "Tenho um assunto com Jerry Conway no Country Barn. Ele me deve um dinheiro por conta de New Hampshire."

"Ele lhe deu alguma vantagem na aposta?", perguntou a mamãe.

"Não, pau a pau — cinqüenta dólares de que passávamos dos vinte e cinco por cento."

"Ganhei mais do que *isso*", disse a mamãe. "Jackie, você está fazendo sua mãe ficar uma velha rica."

"E eu levo uma parte?", perguntou o governador.

"Eu lhe dou dez por cento do que faturar em novembro", ela respondeu. "Agora, se mande daqui. Henry, o que é que você quer? Um café?"

Era uma casa antiquada, a casa de uma pessoa sensata. Provavelmente não mudara muito desde a infância do governador. A sala de visitas ficava à esquerda, a de jantar à direita, a cozinha nos fundos. Na sala de jantar havia uma antiga e sólida mesa de mogno e cadeiras, com um aparador que combinava com o resto da mobília. Coisa fina: a mamãe vinha de uma boa família. Ao longo da parede da sala de visitas, havia um sofá Chesterfield verde-escuro com capas protetoras, ladeado de uma poltrona reclinável e uma cadeira de balanço com almofada de crochê — todos voltados para uma enorme televisão console, que parecia ser a única peça nova na casa. Havia várias mesinhas de carvalho com paninhos de crochê, um porta-revistas ao lado da poltrona (a mamãe tinha assinaturas das revistas *Time*, *Good Housekeeping*, *Sports Illustrated* e *Smithsonian*) e tapetes felpudos cor de chocolate de parede a parede. Atrás do sofá estava pendurado um espelho e, na parede dos fundos, retratos dos pais dela. Acima da televisão havia um grande pôster do filho, bonitão, vestido na moda dos anos 70, quando se candidatara a procurador-geral. Fomos para a cozinha, que era clara e espaçosa, e onde havia mais fotos — Jack quando menino, Jack adolescente, tio Charlie e outros que não reconheci.

"A senhora tem alguma foto do pai de Jack?", perguntei.

"Aqui", disse ela. "Nós dois em Kansas City."

Era uma foto de estúdio. Estavam de mãos dadas, as cabeças juntas — dois pombinhos amorosos. Ela já usava muita maquiagem naquela época; ele lembrava Ronald Colman — cabelo escuro penteado para trás, bigodinho fino. Vestia um uniforme de soldado. O governador, sem dúvida, parecia muito com a mãe; tinha a boca e o nariz dela.

"Então, você disse café?", ela perguntou, já servindo de uma cafeteira automática. "Estou ficando esquecida. Toma com alguma coisa?"

"Não, puro mesmo. Como é que ele era?"

"Ah, simplesmente glorioso", respondeu, sentando-se na mesa de fórmica cinza com pernas cromadas. "Você conhece a história, não conhece?"

Conhecia a história, mas queria que ela me contasse. "Vocês se conheceram no clube de militares?", perguntei.

"Sim, senhor", falou. "Ele era amigo do Charlie. Eu estava lá visitando o Charlie, que se preparava para embarcar. Kansas City era *o* lugar naquela época, não me pergunte por quê. Cheio de soldados. Lá estava eu, e o Charlie me apresentou a Will Stanton — e ele me convidou para dançar. Glen Miller, 'Gettin' sentimental over you' — ou isso é do Dorsey? Bem, foi olhar e gamar. Acho que a gente só tem uns poucos momentos mágicos na vida, e aquele foi o meu. Ele sabia. Eu sabia. Não esperamos pelas formalidades, se é que você me entende. Mas nos casamos antes de ele partir. Charlie foi o padrinho. Tivemos umas duas semanas juntos, o suficiente para Jackie ser concebido."

Fez uma pausa. "Foi então que a senhora trabalhou no armarinho de Harry Truman?", perguntei.

"Ah, merda, quem lhe contou isso? O Jackie? Meu Deus, Henry — deixe dizer uma coisa: criança acredita em qualquer coisa. Truman estava na bancarrota quando a mamãe aqui chegou à cidade. Quer dizer, era o vice-presidente dos Estados Unidos nessa ocasião e pretendia chegar lá em cima. As pessoas mostravam onde era a loja dele, mas já tinha fechado havia muito tempo. Acho que disse isso a Jackie só para poder contar alguma coisa. Ele sempre quis saber tudo sobre o pai, mas não havia muito para saber. Eu o tive por duas semanas e não me recordo de duas semanas melhores em toda a minha vida — e então ele partiu e morreu em Iwo Jima. Está enterrado por lá, em algum lugar. E o filho dele algum dia vai ser presidente dos Estados Unidos."

"E tio Charlie recebeu a Medalha de Honra do Congresso?"

"Recebeu alguma coisa, voltou para casa um farrapo. Deitava naquele sofá da sala, tremendo como vara verde e gritando de noite. Mas acho que foi Jackie quem o fez sair dessa — ele era dedicadíssimo a Jackie, como se fosse seu filho." Fez outra pausa. "Sabe, o tio Charlie não é na verdade o *tio* Charlie. Ele não é meu irmão — pelo menos não de sangue. Mamãe e papai herdaram ele do melhor amigo do papai, Junior Treadwell — uma árvore caiu em cima do Junior. Ele era lenhador, na época em que havia lenhadores por aqui; então a mulher do Junior, Johnetta, teve câncer no útero e morreu. Meus pais o trouxeram para casa — eu era uma menininha. Por isso, o verdadeiro sobrenome do Charlie é Treadwell, e não Malone. Mas fomos criados como irmãos e meus pais de fato o adotaram."

"Vida dura", comentei.

"É, duríssima", disse a mamãe. "Não como hoje em dia. Lá em New Hampshire, vi toda aquela gente usando casacos acolchoados — e pensei comigo: nós nunca tivemos nada parecido. Não tínhamos nem isolamento nas casas, sabe? Só nós e a vida. O jeito era acentuar o positivo, eliminar o negativo, e não se meter com o que estivesse no meio. As pessoas hoje em dia parecem fazer mais coisas, mas se arriscam menos. Você se incomoda se eu acender um cigarro?"

"De jeito nenhum. A senhora esteve fabulosa lá em New Hampshire. Realmente levantou o moral de todo o mundo — e, pode crer, a barra estava pesada."

"Ahhh, só estava deitando falação. Sabe, Henry", falou, baixando a voz, "nós tínhamos restaurantes segregados aqui em Grace Junction. Muitos de nós não nos orgulhávamos disso, mas não dizíamos nada — até que o Jackie começou a comer lá no Flórida."

"No Flórida?"

"É, sem brincadeira. A dona, Mabel Brockett, começou no bairro negro, antes de melhorar de vida e transferir o restaurante para o centro. Isso foi obra do Jackie, se você quer saber a verdade. Ele começou a comer lá quando estava no ginásio. Sabe, naquela época havia manifestações em Nashville, e Jackie queria fazer alguma coisa. Por isso, começou a ir ao restaurante da Mabel, embora ninguém notasse. Estavam cagando para um rapaz branco no bairro negro. Dá para imaginar? Mas ele sabia o que estava fazendo. Mabel era a melhor cozinheira da cidade, e o Jackie começou a falar dela — no colégio, sabe? Começou a fazer entregas, pegando encomendas dos colegas, porque nenhum deles tinha coragem de se meter no bairro negro. Seja como for, o Jackie cismou que a Mabel ia ser a banqueteira da festa de formatura. E isso se transformou num grande debate. Fizeram uma votação — e foi assim que Grace Junction discutiu o problema da integração."

O telefone tocou. "Está bem, está bem, já vamos indo", ela disse. "Henry não parou de falar um minuto." Desligou. "Vamos lá, filho, já andou ao lado de uma velha ao volante?"

Tomamos o caminho mais bonito para o centro. Ela me mostrou as casas de todos os amigos, a igreja batista que costumavam freqüentar, a igreja metodista, onde ia às reuniões dos Alcoólicos Anônimos, a Assembléia de Deus que freqüentava atualmente. "Sou cristã, mais ou menos", disse ela. "Não bebo mais, só fumo um pouco — quando estou nervosa, ou se acho que vou ficar nervosa. Mas pedi ao Senhor que perdoasse minha paixão pelo jogo, e meu Senhor é um sujeito que perdoa. Deixa que eu trapaceie em tudo, menos na bebida." Paramos em frente da Farmácia Presley, a uma quadra do Flórida. "Já ouviu falar do Sherman Presley?", ela perguntou. "Essa farmácia era do pai dele. Al Presley era o maior segregacionista da cidade."

"Ele ainda toma conta dela?", perguntei.

"Não. Teve um ataque de coração e morreu. O Sherm já tinha se mandado muito antes, esperto demais para ficar por aqui — igual ao Jackie, só que ele é ruim. Então a Ruth Ann, filha do Al, herdou a farmácia. O marido, Ralph Winter, é quem toma conta."

"E como é que o Flórida se mudou para o centro?"

"Bem, isto aqui também não chegava a ser uma área *nobre* depois que o Wal-Mart se instalou, e a Mabel já tinha essa clientela fixa, todos os garotos que se amarraram no seu frango e nas suas costeletas enquanto estavam no colégio. Por isso ela deu o salto. Parece mentira, mas foi a única vez em que o Jackie e o Sherman trabalharam juntos em alguma coisa. Os dois deram apoio a ela — acho que o Sherm fez isso porque queria se distanciar das atitudes segregacionistas do pai dele. O Jackie, porque ele é o Jackie."

Ainda não era meio-dia, mas o Flórida estava quase cheio — e o governador comandava uma mesa-redonda no canto da frente, ao lado da janela. Havia uma tabuleta na parede acima da mesa: MESA DE JACK STANTON. Ao lado dela, uma grande e estranha foto do governador colorida à mão, em que ele parecia um cadáver. Fotos menores — de Jack e Susan comendo lá, Jack, a mamãe e tio Charlie, Jack e uma preta fantasmagórica, que só podia ser Mabel Crockett.

"Mabel ainda trabalha aqui?", perguntei a mamãe ao entrarmos.

"Não, a filha dela, Peetsy-Mae, é quem toca o negócio. Ei, querida, como é que vai, boneca, que que há, campeão?" A caminho da mesa de Jack, a mamãe ia apertando mãos e jogando beijos para todos os lados. A freguesia era uma mistura de funcionários públicos e comerciários. Obviamente, ela conhecia todos. "O almoço é por NOSSA CONTA", ela gritou. "O Jack está pagando. Tô brincando! Tô brincando! Vocês é que deviam pagar para o Jack. Quando ele for presidente dos Estados Unidos, a indústria do turismo vai chegar até aqui."

"Sente, mamãe", disse Jack pondo-se de pé. "Metade desse pessoal nem vai votar em mim."

"Ponho meu orgulho de lado e voto em você", disse um homem de meia-idade que parecia vendedor de seguros ou de implementos agrícolas (usava uma camisa branca de mangas curtas com canetas no bolso da frente), "se isso significar mais negócios."

"Espere aí, Joe Bob", disse Jack. "Você não vota nos democratas desde Roosevelt. E eles sempre significaram mais negócios para o país, apesar do que dizem os republicanos."

Ouviram-se risadas e aplausos enquanto nos sentávamos. O dr. Hastings estava lá, mas Charlie não. "Cadê o seu tio?", perguntou a mamãe.

"Perdendo os cinqüenta dólares para o Jerry e o resto da turma", respondeu o governador. "Pegamos ele ao sair. O doutor e eu estávamos falando do que vem pela frente. Ele acha que é barbada para a gente. Não estou tão seguro."

"Você é o melhor nesse páreo, filho", disse o dr. Hastings. "Fale aí quem é capaz de derrotá-lo."

"Sei lá", falou o governador. "Eles não me conhecem. Não sabem quem eu sou, e não sei como chegar a eles."

O dr. Hastings sacudiu a cabeleira branca, pôs a mão no braço do governador. "Você sempre bola um jeito de ser ouvido, filho." De repente, tinha os olhos marejados. Enfiou um dedo longo e fino por trás dos óculos e enxugou as lágrimas. O governador passou o braço pelos ombros do velho. "Desculpe", disse o dr. Hastings para mim. "Conheço este rapaz há muito tempo."

A mamãe tinha afastado o olhar. "Ei, Peetsy", gritou. "Não vão nos servir? Será que somos fregueses de segunda categoria?"

A Mansão cheirava a pipoca naquela noite quando cheguei para a reunião. Fui à cozinha, onde Susan e o pequeno Jackie esvaziavam um saco e punham outro no microondas. Susan usava um moletom da Universidade de Yale e jeans; estava com seus óculos fundo de garrafa. Parecia uma coelhinha, com um ar cansado mas nada mau para quem tinha passado tempos tão difíceis. "Chega de sonhos", ela disse, carregando um prato de pipoca esbranquiçada para o balcão. "Agora esta é a comida oficial da campanha. Henry, a gente come esse negócio e perde peso. Tem calorias negativas." Pôs a mão no meu braço, beijou meu rosto. "Prove".

Cheirava a pipoca mas tinha gosto de papel mascado. "Acha que ele vai gostar disso?", perguntei.

"Ele gosta de qualquer coisa, desde que a quantidade seja suficiente."

A reunião foi no escritório. A última vez que eu estivera ali — e parecia anos atrás — tinha sido na noite do domingo antes de irmos para Los Angeles, a noite em que descobrimos que estávamos afundando em New Hampshire. O estado de espírito agora era diferente, e o aposento também — os assentos dispostos em círculo com a poltrona do governador em frente à lareira. Tal como o resto da Mansão, o escritório transmitia uma sensação de lugar não habitado, como se fosse um mostruário — mobília e cores sóbrias mas insossas, paredes de um amarelo esmaecido e carpetes azul-claros, uma estante de livros e mesinhas de madeira escura, um sofá quadrado verde-limão, poltronas de couro, abajures de bronze com cúpulas verde-escuras. Richard já estava lá, Lucille e Howard Ferguson entraram juntos. Também estavam Dwayne Forrest — o empresário agroindustrial amigo do governador —, Brad Lieberman, Arlen Sporken, Leon Birbaum, Laurene Robinson e Ken Spiegelman.

"Muito bem", disse o governador, ainda vestindo a camisa amarela e os jeans que usara em Grace Junction. "Vamos lá. Tenho alguns anúncios a fazer e depois passo a palavra a Howard. Aliás, esse é o primeiro anúncio — Howard é agora, oficialmente, o coordenador da campanha; Henry Burton será seu adjunto." Isso era novidade para mim. "Entramos numa nova fase. Precisamos repensar tudo, nos reaparelhar e nos reorganizar um pouco. Dwayne Forrest será o presidente da campanha, o que significa que cuidará das finanças. E Ken Spiegelman — vocês todos conhecem o Ken, não? — deu um jeito de convencer o pessoal da Universidade de Chicago a lhe dar uma licença para se ocupar da formulação de política para nós. Muito bem, Howard."

"Certo", disse Howard. "Comecemos pelo começo. Como é que estamos de grana, Dwayne?"

Dwayne Forrest era um homem alto e magro, exceto por uma vasta e protuberante barriga. Tinha cabelo escovinha grisalho, olhos azuis penetrantes e barba. Vestia um paletó de tweed, camisa de camurça cor de água-marinha (sem gravata), calça cáqui e botas. Tinha o ar de alguém que se vestia, e agia, como bem entendesse. "Bom, no momento estamos quebrados — mas tem coisa vindo por aí. Agora que a campanha voltou para nossa terra, vamos organizar uma série de coquetéis a vinte e cinco dólares e de jantares a cinquenta dólares por cabeça: o senhor vai ter de comer galinha com ervilhas quase todas as noites durante um mês, governador. Temos algo preparado para cada capital dos estados da região. Um jantar de quinhentos dólares por cabeça em Atlanta, outro em Houston, um terceiro aqui em Mammoth Falls. Planejamos vários eventos de impacto em Nova York para quando chegar a hora. No momento temos alguns problemas de liquidez — mas dá para segurar. Nossos amigos no Banco do Condado de Briggs vão tapar os buracos."

"Muito bem", disse Howard. "Brad?"

"Dorsey Maxwell nos arranjou um avião, um 727 — uma velha carroça da Southern Airways, com configuração de primeira classe", disse Brad Lieberman. "O grande problema logístico agora é saber se o senhor vai querer o Serviço Secreto."

Perdi-me nos meus pensamentos enquanto discutiam os prós e contras de aceitar a proteção do Serviço Secreto. Esse negócio — a programação e o dinheiro — não me importava nem um pouco. Aliás, naquela noite tive de fazer esforço para me concentrar nas coisas em que *gostava* de pensar — o que viria agora em termos de tática e estratégia, a seqüência de New Hampshire. Estava esgotado, exausto. Olhei em volta, e todas as pessoas que tinham se empenhado mais em New Hampshire pareciam estar nas mesmas condições — recostadas, olhando para o teto, rabiscando, bocejando. Com exceção de Howard Ferguson, tranqüilo, descansado, inescrutável, imutável. Fiquei pensando se ele temia a missão do dia seguinte — a visita ao Gordo Willie — tanto quanto eu. Imaginei como a conduziria. Eu o conhecia havia seis meses e ainda não tinha a menor idéia de quem ele era. Senti vontade de falar com Daisy sobre aquilo, pedir seu conselho. Sei que ela ficaria horrorizada. Eu estava horrorizado. Pela primeira vez desde que me associara a Jack Stanton, senti que gostaria de estar em outro lugar, em alguma parte do Caribe, com Daisy.

Por fim o governador cortou o papo técnico: "Richard, soube de alguma coisa útil hoje?".

"O *Hotline* diz que o Forças da Natureza está procurando um guru. Talvez pegue o Strunk e o Wilson, talvez o David Adler. De qualquer maneira, acho que descobriu que essa disputa não é mais um trabalho escolar."

"David Adler, é?", disse o governador. "Ele ainda está no ramo?"

"Trabalha para um ou dois sujeitos a cada ciclo eleitoral — nada de coisa partidária, só para caras de quem gosta, moderados. É capaz que isso lhe interesse, é importante, um desafio. Mas veja, de qualquer jeito, New Hampshire acabou. Agora podemos bater para valer no Harris, enforcá-lo com suas próprias palavras — Arlen e Daisy já estão bolando uns spots."

"Governador, não precisa ser um cientista espacial", disse Arlen Sporken. "O homem tem umas propostas malucas."

"Regra básica da política", falou Richard. "Há certos temas que são tão complicados que é preciso evitá-los porque os adversários podem facilmente distorcer a posição da gente. Acho que o Lawrence Harris suscitou todos esses temas. Entregou a cabeça numa bandeja."

"Digamos que o Adler vá trabalhar para o Harris. O que é que ele faria?", perguntou o governador. Estava curioso com essa possibilidade.

"Coisa de alto nível — essas merdas grandiloqüentes", respondeu Richard. "Uma nação em crise, à procura de um político diferente. David já está bem de vida. Quer acabar dando uma de santo. De qualquer maneira, não precisa baixar o nível — enquanto estiver concorrendo contra, ah, *o senhor*. Certo, Leon?"

Leon encolheu os ombros, encabulado. "Leon?", perguntou Susan.

"É melhor não saberem", respondeu Leon. "Está bem, duas informações, pesquisa em todo o país. Entre democratas. Jack Stanton é suficientemente confiável para ser presidente? Trinta e dois por cento dizem que não."

"Bem, não é tão ruim", disse Lucille.

"Treze por cento dizem que sim", prosseguiu Leon. "O resto não sabe."

O governador, corando, tentou puxar um prato de pipoca no chão com a bota, mas derrubou-o. Olhou para baixo, pensando se devia agachar-se para recolher a sujeira. "É incrível que essas coisinhas não possam flutuar, são tão pequenas." Olhou para cima. "Vamos lá, Leon, chega de suspense — qual é o outro dado?"

"É sobre uma série de qualidades pessoais, em confronto direto com o Harris. Mais preocupado com os problemas: dois terços não têm idéia, mas no outro terço ele massacra o senhor — vinte e quatro a oito."

"Só oito por cento do público americano acham que eu me preocupo com os problemas?", perguntou Stanton, ruborizado.

"Só oito por cento dos democratas", disse Leon. "Mas sua virada em New Hampshire ainda não se fez sentir inteiramente, e o Harris também tem seus problemas: aqui no Sul ele não existe. Tem três por cento na Geórgia, seis na Carolina do Norte, treze na Flórida — estou falando em termos de aprovação. Em termos de saberem quem ele é, não chega a um terço."

"Então, Richard, se você estivesse no lugar dele, o que faria?", perguntou Susan.

"Eu me concentraria no regional. Provavelmente ganharia no Maine neste fim de semana. Trataria de ganhar em Massachusetts, tentaria me firmar no Oeste — o Colorado talvez não seja um estado mau para ele. Tentaria sobreviver na Super Terça-Feira dando uma de Dukakis:[28] obter o suficiente no Sul da Flórida para parecer viável, rezar por uma divisão no Illinois e em Michigan. E ferrar a gente nos grandes estados do Leste — Nova York e Pennsylvania."

"Ele não vai fazer campanha no Illinois ou em Michigan", disse Brad Lieberman. "Dá para imaginá-lo convencendo os trabalhadores da indústria automobilística a aceitar mais impostos sobre a gasolina? Acha que alguma vez ele *se encontrou* com um negro?"

"Temos de pará-lo antes disso, aqui mesmo", disse Richard.

"Não se trata de pará-lo", disse o governador. "Nós mesmos é que temos de decolar. Quer dizer, se esta for uma disputa honesta, uma campanha normal, podemos faturá-lo fácil. O Arlen e a Daisy provavelmente já estão com a bala de prata na agulha, não é verdade?" Arlen acenou com a cabeça, ia começar a falar, porém Stanton levantou a mão. "Mas não é esse o problema. Nosso problema é que o povo americano acha que sou um cabeça-de-vento. Então, Arlen, me diga: como se corrige isso em trinta segundos?"

"Spots sobre os principais temas?"

"Spots são *spots*", disse o governador. "São como essa merda dessas pipocas de papelão. Não enchem a barriga. Precisamos bolar uma maneira mais direta de ir fundo."

"O senhor podia fazer alguns discursos", sugeriu Ken Spiegelman, em sua primeira incursão no terreno. "Uma série de discursos, discursos bem pensados, expondo as discordâncias com Harris em matéria de impostos, política externa..."

"Ninguém iria noticiar", falei, talvez de modo demasiado abrupto. "Aliás, pior ainda. Os escorpiões ignorariam a substância e usariam o próprio *fato* dos discursos contra nós, como uma tentativa fracassada, Stanton querendo competir com o intelectual professor Harris."

"De qualquer maneira, o senhor não vai convencer aquele bando, a tribo dos colunistas intelectualizados", disse Leon, de forma tão natural que pareceu quase cruel. Jack e Susan se entreolharam rapidamente e, em seguida, olharam ao mesmo tempo para as próprias mãos. "O senhor tem campo fértil com os de baixa renda e pouca instrução, e esse povo não vai reagir a formulações políticas sofisticadas."

"Então me diga", falou o governador. "Como é que a gente passa do varejo para o atacado? Como é que a gente faz o que fizemos nos shoppings e nos sindicatos nas últimas semanas, como é que a gente faz isso se estivermos pulando de aeroporto em aeroporto, separados do povão pelos caras do Serviço Secreto? Sem contar, claro, os que a gente conseguir convencer nos eventos para angariar fundos. Como é que chegamos aos de baixa renda e pouca instrução, quando metade deles acha que sou apenas o palhaço que apareceu no *National Flash*? Como é que se faz política num país que odeia os políticos? Como é que mostramos a eles quem eu realmente sou?"

Ninguém tinha idéia.

"Então, virei abóbora?", perguntou Daisy. Era uma da manhã. Eu estava dormindo. "Você está dormindo?"

"Hã?"

"Desculpe."

"Tudo bem."

"Não posso acreditar que você esteja aí embaixo — e eu aqui em cima. É como o que aconteceu com Lloyd Bridges quando ele subiu à superfície rápido demais no *Sea hunt*. Meu estômago está doendo, como se alguém quisesse arrancá-lo. Meus braços e pernas doem — e você aí dormindo, e agora puto comigo, por que, afinal, será que não tem o *direito* de dormir um pouco?"

"Não faz mal. Como é que você está? O que há de novo?"

"Você é quem sabe. Virei abóbora?"

"O quê?"

"Bom, fizeram a primeira grande reunião pós-New Hampshire lá na Mansão. Meio mundo estava lá. Arlen estava. Lucille estava. E eu não fui convidada. O que é que está havendo, Henry?"

"Nada. Provavelmente não quer dizer nada." Mas eu *tinha*, de fato, pensado nisso. "Todo mundo ainda está meio confuso. Não aconteceu nada na reunião, só que Howard agora é o coordenador da campanha..."

"O misterioso Howard. É, com *isso* as coisas certamente vão entrar nos eixos. O que mais aconteceu?"

"Richard disse que Harris talvez contrate David Adler."

"Isso é notícia antiga. O *Hotline* deu hoje de manhã. Ouvi dizer que ia ser o Paul Shaplen."

"Quem?"

"O velho sindicalista — costumava trabalhar para o pessoal da mineração, promoveu algumas campanhas de reforma. Acho que aquela em que morreu um cara. Mora em Louisville. Acho que o Harris considera que ele pode ajudá-lo junto a dois grupos — operários e trabalhadores rurais. Não é uma má jogada, se é que ele é bom mesmo. Mas não é um lance fácil."

"Não me diga", bocejei.

"Desculpe, Henry", ela disse, "por te acordar e por estar paranóica de madrugada."

"Não tem problema. Gostaria que você estivesse aqui."

"Estou imaginando. Estou imaginando como é que está isso aí agora — o silêncio, o rio, sua geladeira arrumada, seu corpinho quente."

"Podia estar mais quente."

"Isso é ainda mais patético do que sexo de campanha", ela falou. "Sexo por telefone."

"Você está fazendo alguma coisa que eu devesse saber?"

"Não, mas depois que desligar, quem sabe?", ela disse. "Boa noite, meu querido."

Encontrei o misterioso Howard de manhã no quartel-general da campanha. Vestia seu traje habitual — terno cinza listrado e amassado, gravata florida. Deu-me um sorrisinho meio irônico. "Você não é bem o meu adjunto", ele disse imediatamente. "E eu não sou bem o coordenador da campanha. A gente faz o que sempre fez."

"Reagir com calma em meio ao caos absoluto?"

Outro sorrisinho. "O que quer que eles queiram que a gente faça. Vamos embora. Você sabe o caminho, dirija."

Fomos em seu Taurus branco de aluguel. Pensei em levar um papo mais sério durante o trajeto, mas estava nervoso demais. Ele era o Howard de sempre — calmo, pálido, cheio de energia interior. Colocou uma pasta surrada de couro marrom no banco de trás. Sentou-se a meu lado, olhando fixo para a frente. Nunca aparentava curiosidade, jamais fazia um único movimento gratuito.

Era um dia lindo, ensolarado, e o Gordo Willie estava do lado de fora, retirando o pesado quebra-vento de plástico, preparando a casa para a primavera. Usava camisa e calças brancas, muito limpas, e um boné vermelho de beisebol. Começou a sorrir quando me viu, mas parou ao notar que o homem branco que saía do carro não era o governador Stanton. "Bom dia", disse, hesitante.

Howard não se apresentou. Só ficou ali parado. "Willie", comecei. "Este é Howard Ferguson. Ele também trabalha com o governador."

Willie observava Howard. Howard acenou com a cabeça, estendeu a mão e disse olá.

"Então", disse Willie finalmente. "Em que posso ser útil?"

Howard não disse nada. Aquilo ia ser horrível. "Willie, podemos sentar e conversar um minuto?", perguntei.

"Claro", respondeu. "Posso oferecer alguma coisa? Café?"

"Não, obrigado", respondi. Howard não disse nada, mas balançou a cabeça — não.

Willie nos levou até as mesas de piquenique ao lado do seu trailer-cozinha, uma área ainda protegida pelo pára-vento de plástico. Sentou-se de frente para nós. Howard pôs a pasta na mesa à sua frente, abriu-a, tirou um bloco amarelo e algo que parecia papelada de tribunal; fechou a mala e colocou-a no chão. Willie assistiu a tudo isso muito atentamente — o que, aliás, era a intenção de Howard: intimidá-lo. Willie olhou para mim; não correspondi.

"Senhor McCollister, o governador está muito preocupado com essa situação da sua filha e com o possível dano que venha a causar à reputação dele", começou Howard Ferguson, com uma voz pequena e dura como uma bala de revólver. Willie olhou para mim; não correspondi, Deus me perdoe.

"Ele quer ver isso resolvido. Quer que a paternidade seja estabelecida, definitivamente, tão cedo quanto possível."

Willie estava confuso. Será que esse homem estava dizendo que o governador queria admitir a paternidade? "O governador..."

"Ele quer que sua filha faça um exame do líquido amniótico para que a paternidade seja estabelecida", Howard prosseguiu, atropelando o que fosse que Willie ia dizer. Nenhuma palavra desperdiçada, nenhum movimento gratuito. Era assim que os negros imaginavam que os brancos tratavam de seus interesses — sem rodeios, sem elegância, sem emoção. Howard, que provinha de uma antiga linhagem do Meio-Oeste, era a quintessência do branco de poucas palavras.

"Um o quê?", disse Willie. Enxugou a testa. Olhou para mim. Olhei para a mesa.

"É um exame feito no hospital. O líquido amniótico é retirado do útero de sua filha. O material genético é analisado. Pode ser comparado com o sangue do governador para determinar se ele é ou não é o pai."

"Eu não...", disse Willie.

"É uma técnica bastante comum", explicou Howard, num tom mais casual. Agora olhava de cima para Willie. "É usada para verificar a saúde do feto — e é para isso que você vai pedir que seja feita, para se assegurar de que o bebê é sadio."

"Como é que... se tira o líquido?"

"Inserem uma agulha no abdômen", disse Howard. Willie não chegou a se assustar; passou a mão sobre os olhos. "Não se preocupe, senhor McCollister — é uma técnica comum, e o governador faz questão de que seja realizada pelos profissionais mais competentes. Sua filha será tratada no Mercy Hospital, o que também garante a confidencialidade."

"No Mercy, é?", disse Willie. O Mercy era considerado hospital de gente branca. "E o governador quer..."

"O governador *faz questão*", repetiu Howard. "Há pessoas, senhor McCollister, que gostariam de destruir o governador Stanton. Ele não acredita que o senhor seja uma delas. Acredita que o senhor seja seu amigo. Mas não pode permitir isso. O senhor não pode permitir isso. Tenho certeza de que sua filha é uma excelente menina, mas é uma criança, e as crianças são impressionáveis — e tem havido muitas histórias sobre o governador nessas últimas semanas. Ela não falou a ninguém sobre isso, falou?"

Willie balançou a cabeça. "Eu disse para ela não falar. É uma boa menina."

"Bem, sinceramente espero que sim", falou Howard. "O senhor não gostaria de prejudicar sua relação com o governador e a senhora Stanton. O governador quer fazer todo o possível para ajudá-lo a atravessar este momento difícil. Os Stanton estão dispostos a ser muito generosos. O exame não vai lhe custar nada. O governador está pronto a cobrir todas as despesas antes e depois do parto. Fará isso porque acredita que o senhor seja seu amigo. Mas o senhor tem de cooperar. Precisamos provar — de modo convincente — que ele não é o pai dessa criança. Estou certo de que o senhor compreende a posição dele."

Sem esperar por uma resposta, Howard pegou a pasta e guardou os papéis fajutos dentro dela. Levantou-se e deu seu cartão a Willie McCollister. "Por favor, ligue para esse número, e tomaremos todas as providências necessárias."

Willie fez que sim com a cabeça. Apertou a mão de Howard. Não apertou a minha; dessa vez, nem olhou para mim.

Fomos embora e me senti tonto. Howard suspirou. "O que é que você acha?", perguntou.

"Não sei."

"Não acredito que ela não vá falar com alguém, contar a uma amiga, e aí estamos fodidos", disse Howard. "É, talvez não. Digamos que ela conte a umas amigas, que se comece a comentar — sempre podemos dizer que se trata de uma imitação, imitação de Cashmere." Ele riu, um rá-rá-rá fininho, gutural. Que filho da puta mais insensível! "Pode até dar um retorno, uma reação de simpatia, funcionar a nosso favor."

"São pessoas boas", eu disse. "E, se ela não contar a ninguém, isso não indicaria que inventou tudo?"

"Que está grávida?"

"Não, sobre o governador."

"Você acredita nisso?", perguntou Howard.

Furei um sinal vermelho e quase bati em um caminhão que vinha em sentido contrário. Parei no acostamento, enjoado. Abri a porta e vomitei.

Howard apenas balançou a cabeça.

As semanas seguintes foram estranhas, amorfas. O metabolismo da campanha tinha mudado. Não havia a intensidade de New Hampshire. Nossa família política se dividira. Richard, Arlen e Daisy de volta a Washington. Brad, Howard, Lucille e eu em Mammoth Falls. Susan tinha sua própria agenda. E o candidato andava de avião, fazendo coisas banais e mecânicas. Deu inúmeras entrevistas via satélite. Costumavam ser feitas por volta do meio-dia, num estúdio de televisão — sempre num edifício achatado, indefinível, com antenas parabólicas, localizado num parque industrial. Sentava-se sozinho contra um pano de fundo azul mentolado. Com um fone de ouvido e um copo d'água. Tinha uma lista de estações e os âncoras de cada uma:

WHRC - Charlotte, Carolina do Norte — Richard e Cheryl.
WGUL - Charleston, Carolina do Sul — Brody e Kelly.
WANB - Anniston, Alabama — Kelly e Chuck.

E assim por diante.

Dava dez, doze, dezessete entrevistas de uma vez. Cinco minutos cada. Sempre a mesma coisa. Sempre a mesma pergunta inicial — e a mesma evasiva. "Ah, Kelly, não creio que as pessoas estejam realmente interessadas nisso. Estão preocupadas com a economia. Com o que vai acontecer lá em Charleston quando fecharem a base militar." Também estavam preocupadas com o que faria o governo em matéria de crime, educação... Era horrível. Terminada a gravação, arrancava o fone e saía andando. "Me explique uma coisa, Laurene", disse certo dia, "o que é que houve nos Estados Unidos há vinte anos que fez com que uma em cada três mulheres, brancas ou negras, chamasse a filha de Kelly?"

"Sei lá", disse Laurene. "*As panteras?*"

O governador sofria muito com a falta de contato humano. Devorava cada empregado em cada estação de televisão, interessando-se por suas histórias e seus problemas, ávido pelo tipo de campanha que fizera em New Hampshire. Mas havia pouco disso agora. Cobria três estados por dia, a não ser quando visitava a Flórida ou o Texas, onde cumpria três compromissos a cada dia. O tempo havia melhorado — era primavera —, mas ele não aproveitava muito. Só o que via eram aeroportos, salões e quartos de hotel — e o avião.

O avião era uma experiência tão hermética quanto o resto da campanha, apenas mais intensa. Ele podia sentir a presença dos escorpiões que viajavam na parte de trás; havia uma *aparência* de interação — ia lá atrás uma vez por dia, pouco antes da decolagem, bater papo nos corredores, sem dizer nada de importante. Laurene e seu pessoal tentavam manter os escorpiões ocupados — uma batalha perdida, já que nada estava acontecendo nesses dias, pelo menos nada que pudessem ver ou relatar. Tudo se resumia a angariar fundos e reforçar as organizações locais, além das inócuas entrevistas de cinco minutos com os âncoras de cada cidade. Por uma vez, eu estava feliz de não ter muito a ver com isso. Viajava com o candidato vários dias por semana, em geral nos fins de semana, quando ocorriam os eventos públicos de maior porte — debates e comícios; passava o resto do tempo em Mammoth Falls, dando telefonemas e coisas do gênero.

Não tive notícias de Howard nem de qualquer outra pessoa sobre o caso McCollister — e nunca perguntei. Deixei que permanecesse no buraco negro onde se ocultavam as outras funções de Howard Ferguson: era responsabilidade do coordenador da campanha preocupar-se com o indizível. Mas eu estava obcecado, machucado pela coisa. Tenho certeza de que sonhei com isso — sonhos terríveis que rondavam um pouco além do limite da consciência. Estava revoltado com o que fizera. Envergonhado. Não queria pensar no que viria em seguida. Recomecei a correr. Daisy e eu combinamos ver *Exterminador do futuro 2* ao mesmo tempo em nossas respectivas cidades — ela, pela terceira vez — e depois falarmos sobre o filme. Eu estava começando a gostar de filmes de ação.

A campanha se desenvolveu exatamente como esperávamos. Perdemos no Maine. Perdemos na Dakota do Sul — Bart Nilson ganhou lá, muito embora já tivesse se retirado da disputa. No dia seguinte ele anunciou que nos apoiava, e o pusemos no avião com Stanton, confiantes em que sua integridade interiorana nos daria uma ajuda no Colorado. Estávamos mesmo precisados disso. Harris era visto em todos os canais de televisão, num spot que chamamos de "Alô, Montanhas Rochosas", em que aparecia num vale de montanha vestindo uma camisa xadrez e dizia: "Alô, Colorado. Meu nome é Lawrence Harris e sou candidato à presidência. Sou professor universitário, ex-senador por New Hampshire, um estado muito parecido com o de vocês — um lindo estado, um lugar onde as pessoas realmente se preocupam com o meio ambiente, mas um lugar que passa por dificuldades econômicas, assim como o Colorado. Acho que o governo tem de *fazer* alguma coisa nessa área. Podemos investir no futuro, investir em tecnologia ambiental, criar novos empregos enquanto construímos um futuro mais limpo para nossos filhos". E novamente, como em New Hampshire, uma enxurrada de criancinhas corria para seus braços. "E nossos..." — nesse ponto ele ria — "... netos."

"Porra, ele é um politiqueiro", disse Richard pelo telefone depois de ver uma gravação do spot. De repente quer gastar a porra do *dinheiro* na porra do *meio ambiente*. Será que benesses orçamentárias são uma força da natureza?"

"Bem, ele nunca disse que não queria gastar", respondi. "Só disse que queria aumentar os impostos."

"Henri, um par de coisas desse spot me deixou preocupado", disse Richard. "Reparou como fizeram ele dizer *professor* universitário em vez de catedrático? E gastar dinheiro com o meio ambiente é uma conseqüência natural daquele besteirol sobre as Forças da Natureza. Esse tal de Shaplen não é nada mau."

"Mas continua tendo de batalhar muito para vender a imagem do Lawrence Harris."

"Ninguém sabe quem ou o que é o Lawrence Harris", disse Richard. "E ninguém vai ficar sabendo. Até a próxima terça-feira, já terá ido embora deste estado. Só o que vão saber é o que vêem na televisão. Ele podia chegar e dizer: 'Sou Lawrence Harris e era jogador profissional de futebol', e ninguém ia notar a diferença, sobretudo porque nós também não estamos *dizendo* nada diferente. Não dá para você convencer o Jack a disparar uma de nossas balas de prata?"

"Não. Ele está certo de que qualquer crítica violenta iria sair pela culatra."

"E que tal uma comparação?", sugeriu Richard. "'Oi, meu nome é Jack Stanton e sou um ser humano. Meu adversário se chama Lawrence Harris e é um bosta'."

"Esqueça."

"Então a gente vai ficar só com os grandes momentos no Colégio do Bronx?"

Era assim que Richard caracterizava nosso principal spot no Colorado, que mostrava Jack Stanton falando a alunos de ginásio — numa versão muito menos convincente do discurso que o vira fazer no sindicato de Portsmouth: "Nenhum político pode prometer a vocês um futuro seguro", ele dizia, vestindo um terno escuro e sentado numa mesa de escola diante de uma mostra demograficamente correta de adolescentes sem acne. "Vamos ter de competir duro com o resto do mundo pelos melhores empregos — quero que vocês saiam na frente nessa disputa e, por isso, vou fazer serão para garantir que nossas escolas e universidades não percam para nenhuma outra em todo o mundo. Mas vamos todos ter de trabalhar com o maior afinco."

"É uma porra de uma inversão de valores, isso é que é", disse Richard. "Harris prometendo benesses. Eu prometendo tempos difíceis. E sabe de uma coisa? Ainda acham que nós é que somos os cabeças-de-vento. Assim não dá, Henri."

Eu sabia. Fiquei sabendo com maior clareza depois que o Harris nos massacrou no debate do Colorado, na noite do sábado anterior à primária de Denver. Foi uma noite estranha. Susan não estava. Cheguei na última hora. Não tinha havido nenhuma preparação efetiva para o debate, só Stanton e Bart Nilson trocando idéias com o pessoal no avião — Ken Spiegelman, que acompanhava o candidato e mantinha sua cabeça ocupada falando dos temas centrais, e Laurene. Ninguém com experiência política. Alcancei o candidato bem na hora em que a preparação estava acabando, quando se preparava para atravessar a série labiríntica de passagens elevadas pós-modernas que conduzia do hotel até um outro edifício, para finalmente desembocar num típico centro de convenções de concreto. O debate seria realizado num canto despojado e muito iluminado de uma grande sala com a aparência e a acústica de um depósito, onde havia apenas duas filas esparsas de espectadores.

Não parecia nada bom. E, ao chegarmos, foi estranho ver Charlie Martin mais uma vez lá, esperando. Tinha quase esquecido dele. Já estava sem dinheiro e não era mais notícia, mas permanecia na disputa e no palco. Deve ter sido duro para ele: tornara-se um mero figurante, esquecido pela história. Tentou atacar tanto Harris quanto a nós, mas ninguém lhe deu a menor atenção, sobretudo depois que o Harris baixou o cacete na gente.

Na realidade, Stanton entrou de gaiato. Criticou Harris meio na galhofa, como se não o levasse muito a sério. "Você diz que quer melhorar a economia e o meio ambiente, investir no futuro — e, no entanto, está propondo o maior aumento de impostos sobre a gasolina em toda a história", disse o governador, com uma risada pouco convincente. "Como é que vai melhorar a economia tirando dinheiro do bolso das pessoas?"

"Bem, essa é a diferença entre nós, governador Stanton", respondeu Harris — insuportável, odioso. E letal. "Eu *digo* às pessoas como vou pagar pelas coisas que desejo fazer. Você não."

"Isso não é verdade, Larry, e você sabe disso", gritou Stanton — de repente, perdendo o controle burramente. "Eu propus um aumento de impostos para os americanos mais ricos."

"Que não dá para arrecadar um quarto do que você precisa a fim de cumprir todas as promessas extravagantes que fez, Jack", rebateu Harris. "Está vendo, gente, isso é a politicagem de sempre."

"Larry, pelo amor de Deus."

"É disso que o povo americano está farto e cansado. Esse homem está pronto a dizer *qualquer* coisa para ser eleito."

O governador manteve a compostura admiravelmente depois que acabou o debate. Até conversou com os escorpiões. Não arrebentou seu quarto. Veio arrebentar o meu. "Que se foda tudo, Henry!", disse, irrompendo lá pela meia-noite, enquanto eu me consolava com Daisy pelo telefone. (O debate parecera tão ruim em Washington quanto no Colorado.) "Puta que pariu! Será que a gente não consegue se organizar nem para uma preparação de merda?" Deu um soco na escrivaninha. "Porra! Não dá para acreditar!" Derrubou o abajur da mesa, jogando-o sobre o móvel da televisão, quebrando a lâmpada. "E que merda que eu podia dizer? 'Não, Larry, eu não digo qualquer coisa para ser eleito — só uma ou outra coisa em que não acredito.' Que porra que eu podia dizer?"

"Não sei", respondi.

Pegou a cadeira da escrivaninha e a jogou no chão, quebrando uma das pernas. "Henry, assim está *foda*." Sentou na minha cama. "O que é que a gente faz agora?"

"O combinado", respondi. "Vamos ganhar lá no Sul."

"Os escorpiões já estão dando isso de barato. Especialmente depois de hoje à noite, não vai *significar* nada, a não ser no número de delegados. Você *sabe* que meio Washington estava assistindo a essa porra. É só o que fazem por lá, assistir a programas políticos. Interrompem jantares, atrasam a sobremesa. A anfitriã diz: 'Vamos ter ovos nevados daqui a uma hora, mas primeiro vamos ver Stanton e Harris se entredevorarem'. E depois se cumprimentam, dizendo que teriam se saído muito melhor. O que é que Daisy disse?"

"Um monte de coisas desagradáveis sobre Harris."

"Ótimo. Do caralho." Estava mais calmo agora. "Henry, acho que nunca esteve pior. New Hampshire foi ruim durante algumas semanas, mas sempre acreditei que poderia dar um jeito. Podia trabalhar, ir a um shopping, ficar parado numa esquina, qualquer coisa. Mas sabe o quê? Isto aqui é um grande vazio. Você fica numa esquina e os carros passam zunindo. Não sei como fazer política se não consigo *ver* as pessoas. Não sei se *quero* fazer política se não posso ver as pessoas. Nasci tarde demais. Gostaria de ter visto marchas com archotes, viagens de trem parando em cada estação. Sabe como é?"

Levantou-se. Pensou por um momento e voltou a sentar-se. "Você acha que vai aparecer um candidato de Washington? Larkin?"

"Acho que não."

"Ele seria bom", disse Stanton. "Entraria com vontade, trabalharia duro, daria o recado. Ele é honesto."

"Ele é estéril."

"Henry, meu caro", ele disse, novamente de pé. "Estéril é o que está acontecendo. Larry é a coisa mais parecida que existe com a esterilidade — mas é esperto, tem cheiro de giz e apagador. As pessoas confiam num cara desses. Não sabem se vão mesmo votar nele: pode ser que mande eles fazerem dever de casa. Mas dá para confiar. Ainda bem que ele não conhece a Terceira Regra de Stanton: não se deve fazer campanha bancando o espertinho. Sobretudo bancando o intelectual. O único tipo de esperteza que o povo deste país tolera é a esperteza caipira. Olhe, se formos só eu e o Lawrence, talvez eu tenha uma chance — se conseguir fazê-lo parecer arrogante, didático, insensível, superior. Mas não posso atacá-lo de frente. Sei que o Richard e os outros estão loucos para a gente largar uma bomba. Mas é muito perigoso, com a opinião que as pessoas formaram sobre mim."

"Mas dá para o senhor continuar deixando ele baixar o cacete, como fez hoje à noite?"

Balançou a cabeça como quem diz não. "É incrível, acompanho eleições o tempo todo, analiso, *adoro* elas. Em geral, saco o que cada sujeito deve fazer, não importa se for democrata ou republicano — há sempre alguma coisa. Mas não consigo destrinchar essa. Não consigo sacar. Talvez por estar envolvido — acho que é por isso que a gente contrata os consultores." Foi até a porta, abriu-a e voltou-se. "E é por isso também, Henry, que, se eu fosse algum democrata que crê em Deus e estivesse sentado em Washington ou qualquer outro lugar, se algum dia tivesse pensado em ser presidente dos Estados Unidos, hoje à noite estaria pensando nisso com muito mais vontade."

Aconteceram duas coisas na segunda-feira seguinte que alteraram a determinação de Jack Stanton de não atacar Harris, e nos levaram às estranhas circunstâncias que abririam caminho para um terceiro candidato, como ele tanto temia. A primeira foi uma assustadora pesquisa de Leon na Flórida. Estávamos na frente, mas sem convencer — 35 a 21, com muitos indecisos, a rejeição a Stanton em 45, e 62% dizendo que prefeririam ver um outro candidato na disputa. "Sabe o que parece?", disse o governador. "Parece New Hampshire ao avesso. Se a gente não se sair melhor na Flórida do que ele em New Hampshire, podemos estar mortalmente fodidos."

A outra coisa foi que Lawrence Harris — ou, mais provavelmente Paul Shaplen — cometeu um erro. Quiseram nos denegrir no Colorado. Era uma propaganda esquisita. Começava com rufar de tambores, toque de cornetas e imagens da guerra no Vietnã, a bandeira a tremular, manifestantes mal-ajambrados marchando nas ruas. "Quando nosso país estava em guerra, Jack Stanton não apenas preferiu ficar de fora, mas usou *pistolão* para ficar de fora." Uma porta de cadeia se abria com um ranger de coisa enferrujada. "Agora nosso país está atravessando outra crise." E então aparecia Lawrence Harris de novo na porra do vale. "É uma crise silenciosa. Uma crise fiscal. Uma crise econômica. Eu *enfrentarei* essa crise. *Eu* não vou me acovardar."

"Você já viu?", perguntei a Richard pelo telefone. Stanton me havia pedido para ficar com ele depois do debate. Estávamos procurando fortalecer nossa base eleitoral na Geórgia, onde se votaria no mesmo dia que no Colorado. Estávamos em Macon, num dos raros eventos que o governador realmente apreciava — uma reunião aberta ao público num colégio local. Seria provavelmente uma perda de tempo, mas eu tinha sido a favor, contrariando a opinião de Lucille, que agora cuidava da programação. "É como vitamina", ponderei. "Deixa ele cheio de gás para o resto do dia."

Mas ele não precisaria do estímulo nesse dia. Sabia da pesquisa e do spot de Harris antes do início da reunião — e parecia querer liquidar rapidamente as perguntas, impaciente, no piloto automático, dando respostas convencionais em vez de tentar envolver a platéia: percebi que era desse modo rotineiro que outros políticos que não Jack Stanton lidavam com aquele tipo de evento. Tendo sentido o clima, dei uma saída — era um dia extraordinariamente quente e claro; os pássaros cantavam — e telefonei para Richard.

"É, vi o troço", ele disse. "É de um grotesco fodido, como se tivessem começado a fazer um spot, trucidando a gente, e de repente mudassem de idéia. Afinal, quem é que eles querem atrair? Ex-combatentes ambientalistas? É de uma babaquice fodida. Se queriam sacanear, por que não usaram a parte do debate em que ele nos massacrou?"

"Será porque o Jack mencionou que o Harris queria aumentar os impostos?"

"Talvez", respondeu Richard. "Mas o lance de 'é a politicagem de sempre' foi nitroglicerina pura. E depois o 'está pronto a dizer *qualquer* coisa para ser eleito', sem uma resposta do Jack: bola no fundo da rede. Se fosse eles, usaria isso sem parar. Nem seria percebido como um ataque, mas como um simples fato, entendeu? É a realidade. Ele estaria apenas dizendo: olha o que aconteceu sábado à noite — está me entendendo? É o óbvio ululante. Mas sabe qual é a cagada ainda maior? Por que diabos foram nos dar porrada logo no *Colorado*? Deviam ter esperado, vindo para cima da gente na Flórida. Não foi você que disse que Shaplen era muito competente?"

"Não, foi você. Você gostou do 'Alô, Montanhas Rochosas'."

"Ele é judeu de carteirinha?"

Eu não sabia. Richard achava que havia três tipos de políticos no Partido Democrata: bostonianos, sulistas e judeus. Shaplen, sendo oriundo do Sindicato dos Mineiros e morando em Louisville, causava perplexidade. "Acho que ele é judeu", disse Richard. "Shaplen pode ser qualquer coisa, certo? Quem sabe é uma variante abreviada de Shapiro."

"Que diferença isso faz?", perguntei.

"Conheça seu inimigo."

"Atacar no Colorado seria coisa de judeu?", perguntei, gozando Richard.

"Não, aí é que está. A coisa de judeu seria ficar com cagaço dos caubóis. Ter cautela. Soltar a bomba no Colorado para garantir que Stanton não consiga se recuperar e vencer — e usar um spot patriótico, apelar para a bandeira. Uma beleza. Sabe, talvez seja porque os mineiros nunca conseguiram se organizar no Oeste — pelo menos não tão bem como no Leste. Os ativistas sindicais do Oeste tendem a ser assustadores, anarquistas, chegados a um revólver. Os caras do Brooklyn que vão para lá mobilizar os trabalhadores acham que têm de dar uma de xerife."

"Richard, noventa e oito por cento disso é babaquice. Você nem sabe se Shaplen é judeu."

"É judeu, sim. E fez uma senhora cagada. Sabe que estamos lutando com um braço só, que não vamos sair atacando primeiro. Se fosse eu, teria esperado até a Flórida, e batido na gente lá."

"Ele ainda pode fazer isso", eu disse.

"Pode", concordou Richard. "Mas não será tão elegante. Perdeu a porra do meu respeito — e nos deu a oportunidade de revidar. Eu estava imaginando que teria de discutir a sério com Jackie, fazê-lo bater nesse merda antes que ele batesse na gente. Imaginei que precisaria ameaçar com minha demissão ou começar a me exibir de novo para as mocinhas voluntárias. Mas, sabe? Talvez isso já não seja necessário. Shaplen fez o trabalho por nós."

"Shaplen não — foi mais o Leon", eu disse. "Stanton vai dar mais importância à pesquisa do que àquele spot idiota."

"É provável", disse Richard. "Seja o que for, aposto que nosso Jackie vai estar pronto para entrar em ação."

De fato, assim parecia. Stanton saiu às pressas da reunião em Macon, de volta ao avião para uma rápida parada em Atlanta, toda a gana estampada no rosto. "Chame o pessoal", ele disse no carro. "Chame Richard, Leon e Libby. Quero eles no hotel hoje à noite. Diga a Libby que quero ver cada porra de voto que Harris deu quando estava no Senado, sobretudo em política externa — diga para ela, se puder, checar os votos nas *comissões* sobre esse assunto. Acho que ele estava na Comissão de Relações Exteriores, não estava?" Concordei com um movimento de cabeça. "E diga a Lucille que, com exceção dos eventos para angariar fundos, quero cancelar tudo em todos os estados, menos a Flórida, e começar a marcar outras coisas para lá. Programas de rádio. Os velhos ouvem muito rádio. E vamos ver o que é que Daisy pode fazer. Ligue para Daisy, mande ela vir também, trazendo mais balas de prata — isso deve lhe agradar, Henri. Manda fazer a mala. Ponha ela num estúdio de gravação em Miami — ou talvez Orlando. Eles agora têm equipamento lá, e é mais no centro do estado. Mande o Brad montar esse esquema."

Recostou-se, olhou pela janela. "Se não der para me fortalecer", concluiu baixinho, "pelo menos vamos arrebentar com aquele filho da puta. Vou liquidar esse sacana."

* * *

A campanha na Flórida começou equilibrada. Na terça à noite, Harris comemorou sua vitória no Colorado em Miami, onde estava tentando estabelecer uma base junto aos aposentados de alta renda — enquanto nós comemoramos a vitória na Geórgia em Tampa, tentando garantir o apoio dos democratas pouco confiáveis da parte norte do estado. Na quarta-feira, ambas as campanhas entraram em território inimigo e revelaram suas armas secretas.

A de Harris era Freddy Picker, que a princípio não parecia representar grande coisa. Lembrava-me vagamente dele, mas com apreço. Era um dos Novos Sulistas que haviam surgido de repente nos anos 70, os primeiros políticos eleitos com votos tanto dos negros quanto dos brancos nos antigos estados escravagistas. Eu era um adolescente nessa época. Meu avô tinha morrido havia uma década, meu pai desaparecera anos antes, mas aqueles democratas pálidos e insossos pareciam a realização inicial do sonho de minha família. Era um leve sopro de revolução; sem muita paixão ou ardor, apenas a promessa de dinheiro vindo do Norte — novas fábricas, novas sucursais — em troca da aparência de harmonia racial. Por incrível que pareça, os pobres do Sul embarcaram nessa. Aconteceu de forma tão natural que ninguém percebeu. Mas eu percebi. Pressenti a chegada de Jimmy Carter antes mesmo da série de artigos especulativos do *New York Times* no início da campanha de 1976: seria possível a um governador sulista pouco conhecido ocupar posição de destaque na política nacional? Parecia uma pergunta estúpida. Claro que podia. Se conseguiu se eleger governador da Geórgia com votos de negros e de brancos, do que *não seria capaz*?

Fred Picker tinha sido eleito governador da Flórida por volta dessa época e também fora objeto de especulações. Houve uma marola de Picker-para-presidente — mas durou pouco, assim como ele. Não me lembrava de que tivesse sido desacreditado ou derrotado, mas... Teve um mandato ou dois? Seu nome nunca mais veio à tona. Fazia anos que não ouvia falar dele — até a quinta-feira anterior às primárias da Flórida, quando apareceu subitamente ao lado de Lawrence Harris numa entrevista coletiva em Tallahassee.

"Tenho o orgulho de anunciar", disse Harris, vestindo um terno de listras azuis e brancas que vibrava loucamente na televisão, "que o ex-governador Fred Picker não apenas concordou em apoiar minha candidatura, mas vai presidir a campanha aqui na Flórida — e, depois das primárias, continuará comigo numa importante função de consultoria. Acho que a maioria dos cidadãos da Flórida sabe que o governador Picker é um homem com pouca tolerância para a politicagem tradicional. Todos sabem o que significa quando um homem com sua integridade se manifesta."

E, nesse momento, Freddy Picker se manifestou. Ainda estava em forma — aliás, parecia mais firme, mais sério, do que minha nebulosa lembrança dele como governador. Tinha um grande nariz adunco e sobrancelhas arqueadas que lhe davam um ar irônico, brincalhão. Vestia blazer azul e camisa xadrez de cores claras, sem gravata. Dava a impressão de ser um homem que, após muita luta, estava em paz consigo mesmo — mas talvez por pouco. Os olhos eram penetrantes, escuros; não varriam a platéia como faz a maioria dos políticos, mas pulavam de rosto em rosto, tal qual um pássaro. Ainda havia um traço de ferocidade em seu olhar. Olhou para o grupo de escorpiões, piscou e disse: "Vocês *continuam* muito feios".

"Governador", perguntou uma loura da televisão, que não era feia, "o que o trouxe de volta à política depois desses anos todos?"

"Bem, eleger um presidente é coisa séria — mas esta não tem sido uma campanha muito séria, com exceção aqui do senador Harris. E necessitamos de seriedade. Acho que este país precisa acertar o passo. Pensei em trazer minha velha vassoura", disse, reprimindo o riso. "Vocês, jovens, talvez não se lembrem, mas foi assim que concorri em 1974 — hora de dar uma boa varrida. Mas, hoje em dia, isso já não parece suficientemente *tecnológico*. É preciso acompanhar o progresso. Preciso de uma geringonça mais moderna — talvez um aspirador de pó."

O grito de Libby Holden ressoou em toda a Mammoth Falls. Parecia até que alguém havia decifrado nosso código.

"Governador, qual é sua opinião sobre Jack Stanton? O senhor diz que a campanha não tem sido séria — isso é culpa dele?", perguntou Tom Rickman, do *Miami Herald*.

"Bem, o cabelo dele é sério."

Quando cessaram as risadas, Fred Picker continuou. "Olhe, estou seguro de que o governador Stanton é um boa pessoa — mas temos aqui conosco um homem extraordinário, um homem disposto a ser franco com o povo americano." Pôs o braço em volta de Larry Harris, que passara ligeiramente para o segundo plano — de fato, Harris projetava uma imagem em preto-e-branco quando comparada com a figura inefavelmente colorida de Picker.

"Senador Harris, o senhor consideraria o governador Picker como companheiro de chapa?"

"Bem, é um pouco prematuro especular sobre isso", disse Harris, com o peito estufado. "Mas o governador Picker é certamente o tipo de pessoa que vocês veriam no meu governo."

"Não tão depressa, senador — só me comprometi por uma semana", ralhou Picker, fingindo que apertava o pescoço do candidato. E, voltando a falar sério: "Mas estarei por aí, entre hoje e terça-feira, ajudando este homem em tudo o que puder".

Laurene Robinson e eu estávamos com as cabeças juntas, assistindo a tudo isso em sua televisão portátil no hall da cafeteria-auditório do Centro para Cidadãos Idosos Mogen David, em Pompano Beach. Meu bip tocou — era Daisy.

"Você *viu* isso?", ela perguntou.

"Ele é bom", eu disse. "Picker."

"O governador viu?"

"Não, está almoçando com o Velho Testamento."

"Vai adorar aquela do cabelo", disse Daisy. "Acha que esse cara vai ter algum impacto por aqui?"

"E quando foi que esse tipo de endosso teve algum impacto?", perguntei.

"Parecia até que o Harris é que estava endossando o Picker", disse Daisy. "Alguém devia dizer ao professor que tecido de listras finas na televisão é mortal. Ele parecia um carro alegórico. Deve ter causado vertigens coletivas em metade dos asilos de velhos do condado de Broward. E, se o Picker vai ter uma importante função de consultoria na campanha depois da Flórida, como é que se disse comprometido por apenas uma semana?"

"Quem pode saber? Você está preocupada com isso?"

"Sempre que um candidato que não seja o meu aparece com alguma coisa que não seja má, atrai minha atenção", disse Daisy.

"Está se divertindo na Disneyworld?", perguntei.

"Por enquanto vida mansa, mas pronta para mandar brasa", ela respondeu. "Só não sei o que é que há com esses caras. Dá a impressão de que não pensaram a fundo no troço. Ainda estão usando aquele spot idiota sobre o Vietnã. Aqui, em Orlando. Vi ontem à noite, antes do programa do Letterman.[29] Vai ver, eles agora saem com um spot sobre o endosso de Picker. E mais o quê? Por que é que não apresentam mais nada? Qual é a estratégia?"

"Bem, eles também não sabem o que estamos fazendo."

"É, nem nós. Acha que o *nosso* homem está pronto para sair na porrada?"

"Quem sabe?", respondi, lembrando que ele tinha dado para trás na hora de atacar Ozio. "Vamos saber dentro de alguns minutos. A gente se vê."

A cafeteria-auditório do Centro de Cidadãos Idosos Mogen David era um salão profundamente deprimente, um arquivo para seres humanos: paredes de concreto pintadas de bege, estreitas janelas basculantes pelas quais entrava em diagonal a luz do sol que vinha cair sobre um piso de linóleo verde-oliva. Havia mesas de fórmica e metal arrumadas em fileiras; no centro de cada uma delas, bandeiras israelenses e americanas. Na frente do salão, pendurada numa parede de tijolos vermelhos, uma horrível reprodução de um menorá de turquesa e latão sob uma enorme estrela-de-davi. Espalhados pelas paredes, desbotados pôsteres turísticos de Israel, além de trêmulas e tristes pinturas de amadores sem talento. Perto da porta havia um quadro de avisos com fotos de uma recente excursão às corridas de cachorro, além de anúncios de torneios de canastra, palestras e "Noites de Solteiros". Era tudo muito anti-séptico e perfunctório: um depósito. Mas a verdade é que também não estávamos lá para semear felicidade. Esta não seria uma ocasião a ser lembrada com prazer.

Stanton estava sentado numa das mesas de fórmica, rodeado de gente muito idosa, comendo um muxibento sanduíche de atum. Fiquei imaginando se, para consumir seu sanduíche, ele tinha precisado de mais do que as duas dentadas de praxe, esperando que não estivesse filando dos pratos dos vizinhos. (Achei graça ao pensar que talvez seus companheiros de almoço fossem tão gagás que nem notariam se ele desse sumiço na comida de todos.) Fiquei olhando para ele, sentado ali com um *yarmulke* de veludo azul precariamente preso aos cabelos — sacudindo respeitosamente a cabeça, prestando atenção, o filho dedicado — e, de repente, tudo aquilo me pareceu absurdo: a idéia de que estávamos prestes a bombardear Lawrence Harris naquele lugar, diante dessas pessoas semidesligadas.

Ele foi apresentado por um sujeito desempenado, chamado Mort Silberberg, que disse que Jack Stanton fazia lembrar Jack Kennedy. "Este rapaz", disse, "tem carisma. Acreditem, tem uma grande energia. Eis aqui o próximo presidente dos Estados Unidos, governador Jack Stanton."

O governador ficou de pé, balançando a cabeça e abrindo os braços — mais coreografia do filho dedicado, como quem dissesse: "Bem, aqui estou... há algo em que possa ser útil?". Parecia condescendente, transparente, indigno. Percebi que eu estava de mau humor, esperando que ele realmente fizesse o que tinha de fazer, mas sem querer ficar assistindo. *Isso*, sim, seria politicagem da pior espécie, Stanton fazendo aquilo que fora acusado de fazer.

Parecia hesitante. Desfiou seu habitual discurso de campanha, como se estivesse distraído. Mas apenas se preparava para dar o bote — que viria de forma brilhante, tranqüila, melancólica. "Quero falar por um momento de meu adversário, o senador Harris", ele disse. "Uma excelente pessoa. Um homem erudito." Fez uma pausa, balançou a cabeça. "Mas há algumas diferenças entre nós. Acho que vocês devem ficar sabendo quais são — e, muito francamente, fiquei surpreendido e desapontado ao tomar conhecimento de algumas de suas posições sobre temas que interessam a vocês e a mim. Por exemplo, concordo com ele quanto à importância de reduzir o déficit. Acho isso muito importante. Mas, na ânsia de cortar despesas, o senador Harris apresentou algumas propostas duvidosas. Vejam em seu panfleto, *Preservando o futuro*. Vejam na página dezoito, terceiro parágrafo: quer 'estudar' uma redução — talvez até um congelamento — dos ajustes na Seguridade Social vinculados ao custo de vida."

Houve um murmúrio no salão, como uma brisa agitando a folhagem, pessoas idosas sussurrando entre si ou para si próprias: "Seguridade Social, Seguridade Social, Social...".

Stanton avaliou a intensidade da brisa, deixou-a passar. "É", disse com ar desolado. "Eu sei, e *vocês* sabem, como é importante que seus proventos da Seguridade Social acompanhem os preços do supermercado. E vocês sabem como os preços continuam subindo! Tenho aqui uma tabela — será distribuída a vocês por meus assessores — que mostra como os preços no sul da Flórida têm subido nos últimos dez anos, e como a Seguridade Social de vocês *mal* tem acompanhado o custo de vida."

"Também discordo do senador Harris quanto ao programa Medicare",[30] disse Stanton, o que causou outra brisa — mais forte dessa vez. Aguardou de novo. "Ele quer que vocês paguem mais — página vinte e três do panfleto. Deixem que eu leia: 'Os co-pagamentos da parte B devem ser ajustados para que a receita reflita a intenção original do programa, que é a divisão em partes iguais entre o governo e o beneficiário'. Ele acrescenta, e aqui quero ser justo: 'Os pobres não devem ser afetados por essas alterações. Na realidade, devemos procurar aliviar seus co-pagamentos sempre que possível'. Agora deixem-me explicar o que isso quer dizer..."

"Quer dizer que nós pagamos mais e os crioulos pagam menos", disse um homenzinho amargo, de camisa branca de mangas curtas, bermudas e sandália.

"Não, isso não é verdade", disse Stanton, mas com menos veemência do que eu gostaria. "E acho importante que cada cidadão idoso receba toda a assistência médica de que precise, independentemente de raça ou credo. Mas o que o senador Harris está fazendo é *abrir as portas* para mudanças que poderão ter um impacto negativo. Não acho que devamos correr esse risco. Há outras coisas no panfleto do senador. Eu recomendaria que cada um de vocês o lesse cuidadosamente antes de tomar essa decisão tão importante para o futuro do nosso país — e, é claro, leiam meus impressos, meus papéis temáticos também", ele disse, fazendo outra pausa, dando alguns passos, virando um pouco o corpo. "Mas há outro assunto em que eu e o senador Harris discordamos — e é a política externa, em particular sobre o Oriente Médio."

Ouviram-se cochichos e pedidos de silêncio no salão. Stanton estendeu as mãos para aquietá-los. "Quando ele era membro da Comissão de Relações Exteriores do Senado, meu adversário teve de dar muitos votos sobre a segurança e o futuro do Estado de Israel."

"Não!", gritou uma mulher de óculos escuros e cabelo tingido de uma cor que não existia na natureza.

"Esperem — concordo com muitos de seus votos", disse Stanton, "mas houve alguns... Bem, acho importante estarmos junto a nossos amigos — e nosso país não tem melhor amigo do que o Estado de Israel. E, quando temos opiniões diferentes, isso deve ser resolvido a portas fechadas. Muitos de nós tivemos dúvidas quanto à incursão no Líbano dez anos atrás, mas não acho que chamaria Israel de Estado 'agressor', como o fez o senador Harris. Acho que todos sabemos quem é o *verdadeiro* agressor naquelas redondezas. Eu também não teria votado a favor de uma resolução que se opunha ao estabelecimento de novos assentamentos na margem ocidental. Como muitos de vocês, poderia questionar a oportunidade de se estabelecerem tais assentamentos, mas sou contra interferir em assuntos internos de um aliado — diferentemente do meu adversário, ao que parece."

Nesse momento, as voluntárias distribuíram uma lista de discursos e votos de Lawrence Harris sobre Israel a uns poucos escorpiões que zanzavam perto da porta. Os escorpiões nem esperaram Stanton acabar de falar, correram para mim, excitados e satisfeitos com a perspectiva de finalmente terem *notícias* para reportar: "Henry, vocês estão mesmo dizendo que Harris é anti-Israel?", perguntou Bob O'Connell, do *Washington Post*, com ar de quem está revoltado.

"De forma alguma", respondi. "Harris tem apoiado Israel — mas houve momentos em que seu apoio foi vacilante."

"E o apoio de Stanton, *nunca* seria vacilante?", perguntou Tommy Preston, um repórter negro do *Dallas Morning News*.

"Espere aí — a questão não é essa", eu disse. "Não acha que já é tempo de darmos uma boa olhada na folha do senador Harris?"

"Henry, esse negócio não tem muita substância", disse O'Connell, depois de passar os olhos pelo material distribuído.

"Ele já votou contra a concessão de assistência financeira a Israel? Já votou pela redução da assistência de alguma maneira?"

Deixei-o sem resposta e, em vez disso, reagi à abominável Felicia Aulder, do *New York Daily News,* que disse com escárnio: "Devem estar é com medo de Harris ganhar de vocês aqui, apelando para esse tipo de bobagem."

"Trata-se de fatos", eu disse. "Estão documentados. Temos diferenças com o senador Harris numa série de questões. Você está dizendo que a gente não deve apontar para essas diferenças?"

"Mas, Henry, isso é..."

"E que tal aquele spot que Harris levou ao ar no Colorado — os manifestantes contra a guerra, a porta da cadeia? Isso era de alto nível?"

Os escorpiões — certos de que tinham arrancado de mim tudo o que podiam — correram para o hall, ansiosos por ligar para seus chefes. Retornei para perto do candidato, que havia terminado de falar e agora dava demonstrações exuberantes de afeto filial, abraçando desajeitadamente uma senhora idosa numa cadeira de rodas ao mesmo tempo que olhava para cima e apertava a mão de um frágil senhor. Outros se agruparam em volta e ele os levou com perfeição, sem pressa, ouvindo, tocando, interagindo. Ao se retorcer para abraçar uma mulher num andador, perdeu o *yarmulke*. Estava prestes a apanhá-lo, mas chegou primeiro uma mulher de cabelo laranja e seios absurdamente grandes que extravasavam de sua blusa de camponesa. Sorriu para ele, insinuante, e o puxou para si, empurrando os peitos de forma provocante contra suas costelas. Ele sucumbiu, sorrindo meio abobalhado e se agachando para que ela repusesse o *yarmulke*, e assim ficou enquanto a mulher lhe segurou o rosto e, com um olhar sonhador, beijou-o em cheio nos lábios, deixando uma horrenda mancha cor de tangerina. Sorriu para ela, perdido em tantos afagos e abraços, e depois olhou para mim — e pareceu assustar-se. Percebi que eu devia estar de cara amarrada.

Os dias seguintes foram quase insuportáveis, mas produtivos. Estava ficando bastante fácil. Richard tinha razão: Lawrence nos entregara a cabeça numa bandeja. Naquela noite, espalhamos por toda a Flórida informações "factuais" acerca da intenção de Harris de aumentar o imposto sobre a gasolina, de cortar a Seguridade Social e o Medicare, de devastar o sonho americano. Era uma campanha de bombardeio incessante — não se podia assistir ao noticiário da noite ou a qualquer dos cinco programas diurnos mais populares entre os cidadãos idosos sem ver um spot de Stanton. (Usamos a parte sobre o Oriente Médio de maneira mais seletiva, distribuindo panfletos nos condomínios e dando inúmeros telefonemas às estações de rádio.)

Fico tentado a dizer que as bolações publicitárias de Daisy tinham classe. Eram sem dúvida elegantes — furos acima das críticas violentas que os políticos tendem a preferir. Um locutor dizia: "Estas são algumas das coisas que Lawrence Harris diz que pretende fazer como presidente". E, num tom leve e irônico, lia passagens do panfleto *Preservando o futuro*, sempre citando os números das páginas e dos parágrafos. Enquanto isso, apareciam palavras na tela: "Aumentarei o imposto sobre a gasolina em 50 centavos — *Preservando o futuro*, página 7" e "Reduzirei a Seguridade Social — *Preservando o futuro*, página 18". Essas eram as únicas imagens. No final, aparecia o retrato de Lawrence Harris — não uma foto ruim ou fora de foco, como era de costume, mas uma de bom gosto, em que era mostrado vestindo um paletó de tweed —, e o locutor dizia: "O programa do governo Harris. Cinqüenta centavos a mais de imposto. Um ataque contra a Seguridade Social. Menos recursos para o Medicare. Será que podemos tolerar isso?". E aí entrava a mensagem *Stanton para presidente*.

Harris reagiu rápido, embora sem muita eficácia, com uma daquelas velhas e surradas propagandas eleitorais. Aparecia de pé junto a um aparelho de televisão e passava cenas da nossa publicidade, fazendo uma pausa com o controle remoto: "Olhem só para isso", dizia, excitado demais para quem está diante de uma câmara de televisão. (Aliás, não havia muito o que ver — só a transparência do "Aumentarei o imposto".) "Será que já não basta desse tipo de imundície?", perguntava Harris, furioso. "Jack Stanton não quer falar dessas questões. Só quer amedrontar vocês. Bem, não acho que a gente da Flórida se apavore com facilidade — e estou convencido de que vocês já estão fartos da politicagem tradicional." Dava ênfase a "convencido de que vocês", em vez de dizer, simplesmente, "convencido que vocês". Parecia formal, esquisito. Ponto para nós.

Isso foi ao ar na sexta-feira à noite. Tomamos conhecimento em Houston, onde Stanton compareceria a um piquenique de 500 dólares por cabeça para mil democratas texanos. Saímos de lá às carreiras, decolando para Orlando às dez e meia da noite, hora local, o avião cheio de escorpiões sonolentos e sujos de molho de churrasco. Aterrissamos na Flórida pouco depois de uma da manhã, enfrentando o caos do Motel Magic Kingdom West, onde uma série de suítes e quartos interligados no segundo andar fazia as vezes de comitê improvisado. Os telefones tocavam, as voluntárias se movimentavam, as máquinas de xerox e de fax não paravam. Leon, Brad e Richard estavam na sala de estar da suíte dos Stanton dando telefonemas, comendo pizza e ouvindo uma discussão acalorada no quarto. Mulheres discutindo. Lucille e... Daisy? Olhei para Leon, que encolheu os ombros com eloqüência — ele não sabia que *diabo* se passava lá dentro —, mas ergueu o polegar com convicção e disse: "Os números são bons. Estamos nos segurando, ele está caindo".

Brad, no telefone com Howard Ferguson em Mammoth Falls, me passou um panfleto: "Lawrence Harris e Israel: os fatos".

Richard gritava com alguém em Miami: "É claro que queremos o apoio da comunidade latina. Espere um momento". Tapou o telefone: "Ei, Henri, é melhor você ir dar uma força a sua garota lá dentro, cara".

Stanton pegou uma fatia de pizza fria — lingüiça, pimentão e cebola — a caminho do quarto, onde Susan estava ao telefone, um dedo enfiado no ouvido, e Lucille gritava com Daisy. "Temos que dar o troco nele! Não podemos deixar que ele fature essa."

"O que estamos fazendo está dando certo", respondeu Daisy. "Eu disse a vocês. Disse a ela", prosseguiu, voltando-se para o candidato e para mim. "Temos subido desde que começamos com isso."

"Jack, você vai reagir contra esse babaca, não vai?", disse Lucille, falando de Harris (mas olhando para Daisy). "Pau nele."

Daisy mostrou uma gravação do spot. O candidato grunhiu. Richard entrou. "O velho Forças da Natureza aprendendo a trabalhar na cozinha? Me parece meio forçado."

"O que é que você acha?", Stanton perguntou a ele.

"Acho", Richard olhou com cuidado para Daisy, "que, numa campanha curta e intensa como esta, qualquer propaganda tem uma vida muito breve. Temos de produzir alguma coisa nova até domingo."

"Já *temos* propaganda de inspiração positiva pronta para ser lançada", disse Daisy. "A gente tem de fechar isso num nível elevado."

"Não sei se vale a pena passar para um tom positivo a esta altura", disse Susan, largando o telefone.

"A tese é a seguinte", disse Daisy. "Já bombardeamos o Harris. Agora temos de dar razões para que os eleitores nos apóiem."

"O que é que estamos planejando usar?", perguntou Stanton.

"Você, sentado na escrivaninha outra vez", zombou Lucille. "Sempre na porra da escrivaninha. Saúde pública. Você acha que isso vai colar depois dessa merda?"

"Não é só a escrivaninha", disse Daisy, insurgindo-se, realmente puta da vida. "São cenas de multidão, a excitação, a música, o senhor com a garotada, com os idosos, pessoas ouvindo, reagindo."

"Henry?", Susan perguntou, e fiquei imaginando por que escolhera a mim para queimar Daisy.

"Escolha difícil", respondi. "Alguém tem alguma idéia sobre que *tipo* de crítica poderíamos usar para retaliar contra o Harris?"

Na verdade, Daisy tinha. Mas não sabia. "Por que é que não nos valemos do spot *dele*?", disse, zombando.

"Porra, nada mal!", disse Richard. "Olhe, o governador poderia fazer isso meio casualmente, com graça — gozando a crítica do sacana. Fazer exatamente do jeito que Harris fez: começar com nosso spot — reforçando nossa mensagem de forma indireta. Então o senhor desaparece e entra o spot *dele*: o senhor mostra Harris usando o nosso spot. E, surpresa! Agora é Stanton se aproveitando do spot de Harris, meio que gozando esse negócio de política, está entendendo? Assim como quem diz: 'É, eu também vi essa merda, mas vocês notaram como o escroto desse babaca ainda se recusa a admitir que quer aumentar o imposto sobre a gasolina e cortar a Seguridade Social: não acham que já é hora de votar com inteligência? Votar num ser humano?'. Estão me entendendo?"

"Como? O quê?", Lucille perguntou.

"Votar com inteligência", disse Daisy. "Não é *totalmente* implausível."

"Isso de inteligência não funciona", disse agora Leon Birnbaum, somando-se às deliberações. "Eu testei. Tentei de várias maneiras. Não. Não dá certo. As pessoas vão achar que estamos sendo defensivos porque a imagem de Stanton não é... hã, inteligente."

Todos olharam para o candidato. Ele só queria saber o que iríamos fazer. "Susan?", perguntou.

"Complicado demais?", Susan perguntou a Daisy. "Meio exagerado?"

"Talvez", disse Daisy, e em seguida: "Leon, neste estado se joga muito damas? Você já conferiu isso?".

"Sério?", perguntou Leon. "Ainda não. Mas posso verificar..."

"Não, não é sério", riu Daisy. "Mas me ocorreu o seguinte. Sabem como as pessoas sempre dizem que o perdedor estava jogando damas enquanto o vencedor estava jogando xadrez? Talvez nos convenha inverter isso: Harris é o intelectual que joga xadrez. Nós estamos com o povão — jogando damas. É, e o meu caro senhor Jemmons talvez tenha bolado um salto duplo: pulamos sobre o nosso ataque a Harris *e* o contra-ataque dele, indo parar do outro lado do tabuleiro. O que significa que fizemos dama e podemos andar para a frente e para trás. A gente dá um gozada nele, como quem diz: e então, ele não é mesmo um sacana metido a besta?"

"É isso, exato, exatamente isso", exclamou Richard. "Por que não, porra?"

"Que é que está havendo?", perguntou Brad Lieberman ao desligar o telefone. Daisy explicou. "Bem, tenho más notícias", disse Brad. "Se vão fazer isso, têm de gravar já. Não sei se alguém viu a programação da Lucille para amanhã — quatro encontros e um jantar em Nashville."

Fez circular a agenda. Vários assobiaram.

"Espere um minuto", disse Daisy. "Lucille — você estava querendo que a gente fizesse outro spot, porra, quando é que ia ter tempo de gravar?"

"Vocês não têm capacidade de produzir vinte e quatro horas por dia?", perguntou Lucille.

"Temos, sim", rebateu Daisy.

"Então qual é o problema?"

"Sanidade mental", disse Susan. "Até o Jack precisa de umas poucas horas de sono de vez em quando. Então, Jack, o que é que você acha?"

"Vamos lá", ele disse. "Gosto da idéia. Que se dane."

"Legal", disse Daisy. "Gravamos e depois vamos dormir. Ou dormimos e depois gravamos?"

"Gravamos primeiro", ele disse. "Não vou conseguir dormir nesta casa de loucos. Durmo no avião."

"Vou precisar de uma ou duas horas para escrever o roteiro e montar, reunir a equipe", disse Daisy.

"Tudo bem. Às três e quarenta e cinco na Universal", disse Brad.

"Feito", disse Stanton. "Alguém quer jogar baralho?"

Chamamos o spot de "Clique-Clique". Não sei se influenciou muitos eleitores, mas deixou Harris alucinado. Foi ao ar no domingo de manhã. Todo mundo na Flórida que assistia a David Brinkley, ao *Meet the press* ou ao *Sunday morning* na CBS viu. Todo mundo que assistia ao torneio de basquete universitário naquela tarde também viu. Estava em todos os noticiários à noite, nos programas matinais de segunda-feira. Harris, um passo atrás, ainda estava exibindo seu primeiro spot — que já parecia pré-histórico e hipócrita a qualquer um que tivesse visto o nosso. A pesquisa posterior de Leon mostrou que os números, que começaram a nos favorecer na quinta-feira, continuaram a melhorar durante o fim de semana — o "Clique-Clique" não teve nenhum efeito milagroso. A rigor, era difícil identificar algo, se é que houve, que tivesse peso numa campanha tão rápida — talvez tenha sido apenas o fato de nos termos apresentado confiantes, jogando no ataque, enquanto Harris titubeava, na defesa. Ou talvez porque um professor afetado e formal de uma universidade de New Hampshire simplesmente não conseguiria jamais emplacar no Sul, ponto final.

Não havia nenhum debate programado na Flórida, mas Harris estava louco para nos enfrentar. Jogou sua cartada na tarde de segunda-feira — e foi uma cartada bem estranha. Estávamos indo de caminhonete de Palm Beach para Miami, seguidos de dois ônibus cheios de escorpiões, parando em shoppings ao longo do caminho para apertar mãos e respondendo a telefonemas em programas de rádio. O dia estava bom, um dia de astral alto: estávamos ganhando. O sol brilhava. Stanton transbordava bom humor. Os escorpiões estavam relaxados e contentes, numa boa. Depois de New Hampshire e das semanas pulando de aeroporto em aeroporto, os dias passados na Flórida haviam sido uma bênção inesperada para eles, quase umas férias — além de proporcionarem belas reportagens, com Stanton batendo e Harris reagindo. Já não havia muito o que noticiar na Flórida, e todos sabiam que este seria o último dia de tempo bom por um período considerável: depois de um comício à tarde em Miami Beach, voltaríamos a Mammoth Falls e de lá seguiríamos para Chicago a fim de começar a semana das primárias em Illinois e no Michigan.

Era, pois, uma tarde serena. Cumprimentamos pessoas num shopping Winn-Dixie em Palm Beach e rumamos para o sul. O primeiro programa de rádio à tarde era o mais obscuro, mas também o mais divertido — o de Izzy Rosenblatt, transmitido de um cubículo em West Palm. Stanton vinha no banco da frente com o telefone, sem sapatos e bebendo uma Coca Diet; eu acompanhava no meu Walkman. Tínhamos providenciado a transmissão dos três programas nos alto-falantes dos ônibus da imprensa, o que terá provavelmente duplicado a audiência habitual de Rosenblatt.

Izzy, aos oitenta anos de idade, tinha muito senso de humor mas poucos ouvintes. Seu programa se chamava *A Hora de Israel Rosenblatt*, mas ele gostava de chamá-lo "Papo para judeus", e era leve, tagarela; nada de política séria com Izzy, de preferência coisas nostálgicas e prosaicas. Aliás, o que ele queria *realmente* era que Stanton falasse da mamãe: aonde ela ia em Las Vegas, quais eram seus shows prediletos, se ela pedia carta ou se plantava com 16 no blackjack. Stanton estava dizendo que a canção preferida dela era "O jogador", de Kenny Rogers, quando

Izzy interrompeu e disse: "Engraçado, governador, estamos com o senador Harris na linha... Isso sim é uma *honra*".

Stanton virou-se e olhou para mim.

"Senador", disse Izzy, "estávamos falando da mãe do governador e de como ela adora Las Vegas — a sua mãe tem um local de férias predileto?"

"Minha mãe já morreu."

"Ah, desculpe."

"E Jack Stanton devia se envergonhar da maneira como está assustando muita gente idosa por aqui."

"Assustando?", perguntou Izzy.

"Anda dizendo que eu vou cortar a Seguridade Social deles e..."

"Ah, deixe disso, Larry", interrompeu Stanton — mas com calma, casualmente. "Está no seu manual. É parte do 'dever de escola' que tanto empolgava você em New Hampshire."

"Jack, me deixe..."

"SENHORES!", disse Izzy. E aí riu. "Ei, pessoal, deu certo."

"Jack", Harris recomeçou, "todo mundo sabe o que você está fazendo, apelando para a baixaria política."

"Izzy", disse Stanton. "Será que posso dizer alguma coisa? Quero fazer uma pergunta ao senador Harris."

"Vá em frente, governador."

"Olhe, Larry, estou aqui com seu manual de campanha, página dezoito... parágrafo três." Não estava lendo o livro. Tinha decorado o trecho. Mas a encenação era convincente. "O que significa exatamente 'estudar' um congelamento nos ajustes vinculados ao custo de vida?"

"Isso é só uma hipótese", disse Harris. "Talvez devamos reformular o cálculo dos AVCVS."

"Ele não está falando em código, Izzy", disse Stanton. "AVCV é o ajuste vinculado ao custo de vida. Quer dizer que seus proventos da Seguridade Social são aumentados para acompanhar a inflação. O senador Harris não considera isso uma boa idéia."

"*Espere* um minuto, não disse isso", retrucou Harris.

"Então o que é que está dizendo, Larry? Está bem aqui no seu livro."

"Estou dizendo que deve ser estudado", disse Harris. "Quem sabe? Talvez até possamos aumentar os AVCVS."

"*Aumentar?*", disse Stanton, fingindo surpresa. "Mas aqui está escrito que você quer examinar a possibilidade de *congelá-los*. Pessoal, eu já disse o que faria. Não vou ficar mexendo na Seguridade Social de vocês. O senador Harris parece não saber o que quer."

"Jack, isso é um absurdo."

"Larry, quer falar do Medicare, do Oriente Médio? Estou disposto a falar de todos os seus problemas."

Izzy não estava. Queria recuperar seu programa. "Senador Harris, o senhor tem algum comediante predileto?"

"Esta campanha toda é uma piada", disse Harris, enfurecido. "Mostra claramente por que o povo está enojado com a política e com os políticos, por que é tão difícil ter uma discussão franca sobre os temas importantes."

"Larry, eu venho dizendo quais são minhas posições", disse Stanton. "Você é quem..."

"Você está *distorcendo* minhas posições!"

"Não", disse Stanton. "Você simplesmente não consegue defender suas..."

"Não enquanto você ficar fazendo essas gracinhas... Gente, simplesmente não podemos continuar gastando dessa maneira."

"Mas você acaba de dizer que poderá gastar *mais* em AVCVS", disse Stanton. "Larry, acho que você está confuso."

"Mas eu... eu..." Harris pareceu tossir duas vezes. "Perdão", disse. "Hã, escutem. Desculpem." E a ligação foi cortada.

Terminado o programa do Izzy, Stanton perguntou: "O que aconteceu? Ele desligou, ou o quê?".

Eu não sabia.

"Acha que ele está bem?"

Ele apareceu no noticiário da noite. Assistimos na suíte do hotel que alugáramos por algumas horas para descansar um pouco antes do último comício em Miami Beach. Richard e Susan haviam se juntado a nós. Nós quatro iríamos a Mammoth Falls num Beechcraft depois do comício; os escorpiões passariam uma última noite em Miami e nos encontrariam em Chicago na terça-feira.

"Ele parece estar bem", eu disse.

"Isso aí foi num comício ao meio-dia", Stanton disse. "Olhe, lá está o Picker."

Freddy Picker, novamente de camisa xadrez, estava com o braço em volta de Harris, que dava a impressão de estar se sentindo bastante desconfortável. Picker parecia bronzeado, saudável, confiante — sobretudo em contraste com o pobre Harris, claramente enfurecido com tudo o que lhe vinha acontecendo.

"Quando isso tiver acabado, devemos falar com Picker", disse Stanton. "Eu sempre gostei de Freddy. É um cara esperto."

"Eu o vi no sábado à noite", disse Richard. "Fez uma apresentação para o Harris — um grande comício ao ar livre, e não se saiu nada mal. Acordou as pessoas. Até que Harris botou todos para dormir de novo. Não dá para fazer 'dever de escola' numa feira rural."

"Ele me malhou, Picker?", perguntou Stanton.

"Deu porrada para valer. Arrumou uma ladainha: 'O que *pretende* o Stanton?'. Dizia: 'Stanton diz que quer fazer isso e aquilo e aquilo outro, mas não pode porque não há dinheiro — então cabe a pergunta: o que *pretende* o Stanton?'. E por aí em diante. Fez um bom teatro."

"Qual é a dele?", perguntei. "Por onde tem andado?"

"Foi eleito no ano do Watergate", disse Stanton, com certo desprezo, "e desistiu depois de um mandato. Simplesmente se mandou."

"Por quê?", perguntei. "Se meteu em algum rolo?"

"Não que se soubesse", respondeu Richard. "Houve uma cena estranha numa entrevista coletiva. O que foi mesmo — lembra-se, governador?"

"Ia se candidatar a um segundo mandato", disse Stanton. "Mas surpreendeu a todos. 'Mudei de idéia', ele disse. 'Vou para casa.' Muito estranho. Não me lembro muito mais do que isso. Eu estava preparando minha própria candidatura. Mas, olhe, todo mundo achava que Picker era para valer. Podia muito bem ter sido ele, em vez do Carter. Até mais facilmente: ele era governador da Flórida. Ainda está com uma boa aparência, não acham?"

"Está com uma aparência *melhor*, perdeu umas gordurinhas", disse Richard.

"Vou ligar para ele amanhã", disse Stanton. "Congratulá-lo pela campanha e ver no que dá."

Fizemos nosso comício de Miami, que saiu direitinho. Durante todo o percurso para o aeroporto, Stanton ficou no telefone com Leon, que só tinha boas notícias a dar. Estávamos mantendo a vantagem em todo o Sul.

Liguei para Daisy a fim de dar a notícia. "E como é que está Harris?", ela perguntou imediatamente.

"Não deve estar muito feliz", respondi.

"Não, você não está sabendo?"

"O quê?"

"Ele não apareceu no comício em Lauderdale."

"Não sacaneie!", eu disse. "Espere um segundo. Ei, governador, o Harris não deu as caras no comício de Lauderdale. Daisy, disseram por quê?"

"Bem, o Picker estava meio misterioso. Disse ao público que o Harris está algo indisposto, mas quando os escorpiões o abotoaram já não estava tão seguro. Não tinha visto o Harris. Mas a senhora Harris disse que era uma gripe forte, ou uma intoxicação alimentar."

Tinha sido um infarto fortíssimo, mas não ficamos sabendo até as nove da manhã seguinte. A CNN filmara a ambulância, Harris sendo levado às pressas para o hospital, a máscara de oxigênio na cara. Eu estava de volta ao nosso quartel-general em Mammoth Falls, dando telefonemas, quando veio a notícia. Liguei para Marty Rosales, nosso homem em Miami.

"*Dois* infartos", ele disse. "Um leve depois do bate-boca com Jack no programa do Izzy. Voltou ao hotel, chamou um cardiologista e aí, bum, um forte ontem à noite."

"Mas forte como? Alguém sabe?"

"Conhece a Shirley Herrera? Ela andou dando uma mão à gente. A irmã dela é enfermeira em Lauderdale, ouviu dizer que está em coma."

"Porra. A CNN só disse em estado grave."

"Bem, coma é grave", disse Marty.

"Fique plantado, Marty. Se ouvir alguma coisa de concreto, ligue para esse número." Dei o número da Mansão, onde Richard e eu iríamos encontrar Stanton a fim de preparar alguma coisa para aquela noite em Chicago. "E à noite estaremos no Palmer House, está bem?"

Richard não parava quieto; eu estava baratinado. Parecia catastrófico, inacreditável. "Já passou por uma dessas?", perguntei.

"Não", ele disse. "Terra incógnita."

Estávamos a caminho da Mansão. Fazia um pouco de frio, um dia de março, o sol aparecendo e se escondendo atrás de nuvens movediças. Richard sentado a meu lado, sacudindo as pernas, as mãos entre as coxas, uma forma de meditação ligeiramente obscena. Em geral, pensava em voz alta. Mas estava calado, olhando pela janela. Sem dúvida, o momento mais estranho até agora: Richard emudecido.

E ainda piorou. Eu vinha tão absorto em meus próprios pensamentos, analisando a situação, que não cheguei a perceber o significado do que estava vendo ao chegarmos à frente da Mansão. Lá estava Susan, caminhando com alguém. O braço passado em volta de uma mulher, uma mulher volumosa. Olhavam para baixo, as cabeças próximas. Encostei o carro e Susan nos olhou, os olhos vermelhos. A outra mulher seguiu andando, sempre olhando para baixo. Era grande e escura, usava um chapeuzinho e um vestido azul-marinho. Olhou para mim quando saí do automóvel, lágrimas escorrendo pela face — Amalee McCollister. Fiquei paralisado, olhando para ela. Passaram por nós e Susan se voltou, me lançando um olhar furioso.

"Que porra foi essa?", perguntou Richard.

"Nada", respondi.

"Henri, eu *sei* o que é nada. Isso aí não é nada. Quem é essa mulher? Eu já a vi. Henri" — agarrou-me pelos ombros — "que merda que está acontecendo?"

"Nada, Richard, nada. Você tem que confiar em mim. Por favor."

Richard me encarou. Sua opacidade habitual desaparecera. Veio para cima de mim. "Que se foda", ele disse ao entrar. "Essa campanha é um puto dum vôo cego."

Stanton estava no escritório, a cabeça entre as mãos. Levantou o olhar ao entrarmos. Seus olhos também estavam vermelhos. Mas a troco de quê?

"Eu não queria que fosse assim", ele disse.

O quê? Richard e eu apenas olhávamos para ele. Estava na poltrona de braços. De terno azul, camisa branca, sem gravata. Tinha na mão esquerda uma gravata de listras vermelhas e azuis, daquelas que os políticos adoram usar. Certamente a escolhera pensando que o povo americano, nessa noite, o veria pela primeira vez como o provável candidato do Partido Democrata. Pelo jeito que segurava a gravata, percebi que a escolhera *antes* de saber o que tinha acontecido a Lawrence Harris. Já havia feito o cálculo subliminar de que teria de usar uma gravata menos berrante. Eu o conhecia muito bem — partes dele, ao menos.

"É culpa minha", ele disse.

O quê? Richard e eu nos sentamos no sofá verde-limão. Lembrei-me de todas as reuniões que havíamos tido naquele cômodo esquisito, impessoal, a maioria delas horríveis, mas nenhuma tão fria e estranha quanto essa. Talvez ele ainda não soubesse, pensei, que Amalee viera visitar Susan. Aliás, não seria de surpreender. Estaria bem de acordo com a misteriosa compartimentação emocional do vínculo entre os dois: as transgressões mais flagrantes freqüentemente tinham de ser ignoradas.

"Porra", disse ele, dando um soco na mesa. "Fui tão arrogante. Henry, você me ouviu ontem. Fui tão presunçoso com ele — podia tê-lo tratado com mais respeito. Mas entrei para liquidar. Eu queria *humilhá-lo*. Você sentiu isso na minha voz, não sentiu? Não precisava ir tão longe. A gente ia dar uma lavagem nele de qualquer maneira — eu podia ter sido mais benevolente, sabe? Teria sido mais inteligente. Íamos precisar dele mais adiante. É um cara esperto — e estava totalmente *correto* sobre a porra dos temas. Vocês sabem disso, não sabem?"

"Mas era um filho da puta pretensioso", disse Richard, "e foi ele que sacaneou você."

Senti-me aliviado por estarmos lidando com *essa* crise, e não com a outra. Stanton ficou de pé, ainda segurando a gravata. "É, e eu sacaneei de volta — mas não é assim que se ganham as grandes paradas. A gente tem de ter grandeza para ganhar as grandes, e agi como um merda de um funcionário municipal. *Puta que pariu*. Por uma vez queria ter o campo livre. E ia ser agora. Hoje à noite. Então, o que vamos — não, já *sei* o que vamos fazer. A gente aguarda até termos mais notícias sobre ele."

"Aguarda?", perguntei.

"Tentei falar com ela no hospital", ele prosseguiu, "mas ela não respondeu meus... não dá para criticar, não é mesmo?"

"E Paul Shaplen, ou Picker?", perguntei.

"Você quer tentar?", perguntou.

Tentei. Alcancei Shaplen lá pelas quatro da tarde, pouco antes de embarcarmos para Chicago. "O governador está realmente desolado com isso", eu disse. "Quer manifestar solidariedade à senhora Harris."

"Diga a ele que se foda."

"Espere aí, Paul."

"Espere aí você, seu babaca. Você acha que ela tem alguma coisa a dizer para o escroto que pôs o marido dela no respirador artificial?"

"Respirador artificial?"

"Vá se foder, Burton. Tem gente que aluga a cor da pele para qualquer filho da puta que aparece."

Ele se saiu magnificamente naquela noite. Pediu-me que aparecesse, mandasse parar a música e acalmasse a platéia. Não me lembro do que disse, mas estavam todos totalmente calados quando ele apareceu com Susan. Os dois tinham um aspecto péssimo. Todas as redes de televisão, soube depois, interromperam sua programação para transmitir esse momento.

"Esta é uma noite para orações, não para política", disse Jack Stanton. "Aqui estamos, humildes diante do destino, conscientes do poder de Deus, mas nos lembremos também de Sua graça. Esta noite, nossos pensamentos e orações estão com Lawrence Harris, Martha e seus filhos. Temos sido adversários nesta temporada e às vezes falamos com raiva, mas sempre a partir de uma base de respeito sincero. Estou certo de que os eleitores da Flórida e dos estados do Sul entenderão se, na noite de hoje, eu deixar de lhes agradecer pelo apoio que me deram, se dispensar qualquer menção a vitória ou derrota e lhes pedir que se juntem a nós num momento de oração silenciosa."

Manteve a cabeça abaixada por um tempo considerável. Quando a ergueu, uma lágrima escorreu até o meio do rosto. Enxugou-a e disse: "Estou cancelando todos os eventos da campanha até segunda ordem. Espero que compreendam. E espero que Deus, em Sua infinita sabedoria, alivie, cure e console Lawrence Harris e sua família".

Houve aplausos esparsos, mas Jack Stanton fez com que cessassem estendendo os braços com as palmas das mãos viradas para baixo, e depois levando o dedo indicador aos lábios, "Shhh", ele disse. "Agora não."

À meia-noite, eu estava ao telefone, com Daisy.

"Queria estar aí, com você", ela disse.

"Eu também queria. Estou me sentindo... nem sei direito. É como se todo esse negócio tivesse despencado num precipício. Ainda estamos no ar, caindo."

"Imagine como seria se tivéssemos perdido", ela disse. "O que é que você acha que vai acontecer agora?"

"Não tenho idéia", respondi. "Estou perplexo."

Bateram à porta. "Tem alguém batendo", falei. "Deve ser ele. É melhor eu desligar. Ligo mais tarde."

"Se for ele, vai ser *bem* mais tarde."

Mas não era ele. Era ela. Ficou parada na entrada, descalça, parecendo menor. Ainda estava com o vestido azul-escuro simples e a écharpe Chanel que usara no pódio. "Como é, não vai me convidar para entrar?", perguntou, bruscamente.

"Claro."

Ela entrou. Fechei a porta.

"Seu *filho da puta*", ela disse, dando-me um tapa na cara. "Seu filho da puta cruel e impiedoso. Líquido amniótico, não é?" Deu-me outro tapa. "Seu escroto." Estremeceu e de repente gemeu: "Ahhhhh", e começou a soluçar. Tremendo e chorando, encostou-se em mim, separados apenas por suas mãos no meu peito, a cabeça no meu ombro esquerdo. Abracei-a, hesitante, dando-lhe tapinhas nas costas. Ergueu o rosto, indeciso e borrado de maquiagem, por uma vez carente. Afastou as mãos e encostou os lábios nos meus. Então abriu a boca, e eu tinha de tomar uma decisão.

Puta merda.

7

"Então, governador Stanton", perguntou Don O'Brien com sua voz grossa e açucarada. "Posso lhe oferecer uma cerveja?"

"Uma Coca Diet", disse Stanton, "se tiver."

Eu estava de volta onde tudo começara. O senador O'Brien — enorme, ursino — se levantou-se da escrivaninha de nogueira e bronze, indo até o armário sem portas em que ficava o minibar. O acanhado escritório era escuro, lembrando um covil. Luzes suaves, pesadas cortinas douradas, sem vista para fora. O'Brien, que se sentia desconfortável em lugares espaçosos e iluminados, cedera o escritório oficial a sua assessoria e ficara com a sala de apoio. A escrivaninha ocupava um terço da peça; Stanton e eu estávamos sentados diante da escrivaninha; Dov Mandelbaum, o jovem estrategista do senador — meu ex-contraparte — estava sentado atrás de nós num sofá no fundo da sala. Nas paredes havia fotos de Don O'Brien com todos os presidentes desde Eisenhower, e três outras: uma capa emoldurada da revista *Time* do início dos anos 70, mostrando Don O'Brien muito semelhante ao que era hoje — cabelos brancos, rosto largo e vermelho, nariz batatudo e lábios grossos, mas com costeletas mais compridas, sua única concessão à falta de elegância daquela época. Havia também uma foto do senador O'Brien — filho de um lixeiro do Sul — no dia da formatura em Harvard. E, dominando o ambiente, acima do sofá onde estava Dov, um retrato da falecida esposa do senador, Fiona, sorrindo, a cabeça ligeiramente inclinada, uma bondade irresistível emanando de seus olhos. Don O'Brien passava os dias olhando detidamente para aquele retrato.

"Então, em que posso lhe ser útil, governador Stanton?", Donny perguntou, voltando com a Coca Diet para Stanton e um chá para si mesmo.

"Quero pedir seu apoio."

Don O'Brien jogou a cabeça para trás e riu gostosamente. Era uma referência à sua história política predileta: quando voltara à cidade natal depois da primeira e malsucedida campanha para o Congresso e agradecera à vizinha, a sra. Aggie Murphy, pelo apoio recebido, ela havia respondido: "Mas, Donny, não votei em você". Desolado, O'Brien lembrou-lhe que tinha feito as compras dela e limpado a neve à sua porta durante vinte anos sem nunca haver cobrado nada, então por que cargas d'água ela *não* tinha votado nele? "Porque você não pediu", foi a resposta (ou pelo menos ele assim contava).

Stanton, é claro, estava ciente de que o apoio de O'Brien não viria naquele mesmo dia. Dov e eu havíamos negociado cuidadosamente a logística do encontro. Não haveria uma declaração de apoio nem fotos. Mas Donny *havia concordado* em se reunir conosco, o que já parecia ser uma vitória. Isso significava que Larkin também teria de nos receber — o que constituía, a meu ver, a motivação principal de Donny: seu objetivo na vida era incomodar Larkin.

"Jack, eu venho observando você", disse O'Brien em tom afável, "e você me deixa perplexo. Eu o vejo nas noites de domingo — o *Rumo à Casa Branca* da C-SPAN ocupou o lugar do programa de Ed Sullivan na minha vida. É de estarrecer: eles mostram você, ou Larry, ou Bart, ou aquele pirralho do Charlie Martin trocando apertos de mão durante meia hora. Pode imaginar? Quem é que vai querer assistir a uma coisa dessas? Só gente como nós, claro. Então agora temos nossa rede de televisão particular." Ele sorriu, abanando a cabeça, olhando para Fiona. "Só que nem tão particular. Já não há muita coisa que se possa fazer em particular, não é, Jack?"

O'Brien tomou um gole de chá e, com os cotovelos plantados na mesa, inclinou-se para a frente. "Enfim, o que me intriga é o seguinte: você é muito bom nesse negócio. Isso está claríssimo. E o que faz você ser bom é que realmente gosta *deles* — do povo —, não gosta? Você parece se divertir quando está com eles. Isso é importante — lhe dão um desconto se acharem que você gosta mesmo deles. Você também é bom orador. Mas nunca vi um político metido em tanta encrenca. Você é como aquele personagem de história em quadrinhos — qual é mesmo, Dov?"

"Pigpen."

O'Brien riu. "Pigpen. Uma nuvem de sujeira o segue permanentemente. Isso me preocupa, Jack. Uma nuvem dessas não surge por acaso. Eu sei, esse último troço — o infarto de Larry — não é culpa sua, embora a freqüência com que o noticiário passa aquela gravação do Izzy Sei-lá-o-quê não ajude nem um pouco. E sei que antigamente não era assim — hoje em dia todo mundo leva pau. Todos nós sofremos. Teve uma reportagem de dezoito minutos sobre mim no programa *Frente a frente,* ou coisa que o valha, que *me* mostra jogando golfe nas Bahamas com o pessoal da indústria de seguros. E não pega bem. De modo que já não há mais segurança, não se pode estar a salvo. É difícil legislar com confiança se temos que andar pisando em ovos, me entende? Todo mundo está sob pressão. Mas o que me pergunto é: você está à procura de pressão? Você é um desses idiotas que gostam de perigo — desses que demoram a abrir o pára-quedas — ou..."

Stanton ia reagir, mas parou — sabiamente —, percebendo que não tinha nada a dizer naquele momento. "O outro Jack — o Kennedy — era assim", continuou O'Brien. "Um perfeito pára-quedista. Era como esses heróis gregos que esqueciam que não eram deuses. Um irlandês que esqueceu que não era um WASP.[31] Que os deuses vivam perigosamente, tudo bem. Eles podem vir à terra, estuprar e roubar, raptar nossas filhas, transformar nossos filhos em pardais. Mas, se qualquer homem se crê um deus, dão um jeito de humilhá-lo. Acabam se vingando. É com disciplina que mostramos nosso respeito a eles. Mas você, Jack, parece gostar de provocá-los."

"Já cometi alguns erros", admitiu Stanton.

"Talvez mais do que devesse", retrucou O'Brien.

"Talvez", disse o governador. "Mas aprendi a lição. E sobrevivi. Você pode não estar adorando, mas ainda estou por aqui — e não pretendo ir embora. Se alguém quiser a indicação do partido, vai ter de arrancá-la de mim."

"Um grande 'se'", disse O'Brien. "Infelizmente, você fez as ações caírem. Talvez não haja compradores. Aqui, pelo menos, não há. Larkin — posso lhe dizer o que ele está pensando. Já fez os cálculos. É tarde demais para concorrer na maioria das primárias — quem sabe em algumas poucas."

"Na Califórnia", disse Dov.

"Ele não vai querer se apresentar só por causa da Califórnia", observou O'Brien. "É um homem cauteloso — certo, Henry? Preferiria testar suas chances num cenário menor. Gosta de ir na certa. Henry é que era os culhões dele." Olhou para mim, curioso. "Já esse sujeito aqui não precisa disso", continuou, acenando na direção de Stanton. "Então, qual é sua contribuição? Está emprestando sua consciência para ele, Henry?"

Stanton remexeu-se na cadeira mas se manteve calmo. "Sabe de uma coisa, Jack? Tenho dúvidas se Larkin a esta altura aceitaria a indicação, mesmo que a entregássemos de bandeja", disse O'Brien. "A tendência é o presidente se reeleger, qualquer que seja o adversário. Isso deixaria Bill à procura da presidência de uma universidade em dezembro. Trabalho besta. Tem de arranjar mais dinheiro do que nisto aqui, sem poder trocar favores." O'Brien esperava risadas; Stanton se limitou a um risinho. Donny franziu o cenho e fez um sinal com a mão. "Não, o Lark não se arriscaria. Há quanto tempo ele está na política, Henry? Vinte anos. Fez uma bela jogada para chegar à liderança — pegou você de surpresa, hem?", ele disse de novo para mim. "Afinal, todos nós temos aturado presidentes republicanos por muito tempo — alguns bem ruinzinhos, por sinal. A gente não vai morrer por causa de mais quatro anos desse negócio, mas também não queremos nos sentir *constrangidos*, se é que você me entende, Jack. Se você transformar o partido numa piada, podemos perder algumas cadeiras em novembro — até perder a maioria no Senado outra vez. Isso não me agradaria. Teria de transferir toda minha tralha para o outro lado do corredor."

O'Brien recostou-se na cadeira e olhou para Fiona. Tinha dado seu recado.

"Eu posso ganhar a indicação e derrotar o presidente", disse Stanton, com veemência. Eu esperava algo mais malicioso, mais esperto — Donny o estava testando agora —, mas o governador decidira não correr riscos. Era sua tenacidade que estava em questão, e ele seria o mais duro possível.

O'Brien riu. "Dov, quais os presidentes em exercício derrotados neste século?"

"Taft, Hoover, Carter."

"Derrotados por Wilson, Roosevelt e Reagan", disse O'Brien. "Vai querer me dizer que o atual presidente está na categoria dos primeiros e você na categoria destes últimos?" Riu de novo e balançou a cabeça. "Conte outra."

"Se não for Larkin, quem pode me tirar a indicação?", perguntou Stanton.

"Não sei", respondeu O'Brien. "Mas sempre dá para montar um esquema... respeitável. E é o que faremos se você não conseguir reunir a maioria. Isso eu lhe garanto. Se você sair da Califórnia com um delegado a menos do que a maioria necessária, vai se ver de volta em Mammoth Falls no final de julho, presidindo cerimônias de inauguração e distribuindo contratos de construção de estradas."

"E se eu conseguir a maioria?"

"Vou admirar sua persistência", disse O'Brien. "Aliás, já admiro sua persistência. Há qualidades piores num político."

"Se eu obtiver a maioria", perguntou Stanton, "você apresenta meu nome na convenção do partido?"

"Não seria boa política, governador, uma puta velha como eu fazer isso. Jogo golfe com a indústria de seguros — aparentemente, para os americanos, um pecado maior do que comer uma cabeleireira, se foi isso o que você fez. Não, não vou apresentar seu nome, Jack", disse O'Brien, encerrando o assunto. "Mas farei o que não vou fazer hoje. Fico de pé nas escadas contigo, e me deixo fotografar."

Foi o que de melhor aconteceu naquela semana. Aliás, nada mal: a posição de O'Brien era inteiramente razoável. Poucos estavam dispostos a nos dar *tanto*. Em comparação, o encontro com Larkin, imediatamente depois — uma nuvem de escorpiões nos seguindo de um extremo ao outro do Capitólio —, foi surrealista. Ele não se dignou a discutir política com Stanton.

Recordou a última vez que ele e Marianne haviam jantado com Jack e Susan. Perguntou pelo pequeno Jackie, falou dos próprios filhos. Discorreu de forma passional e minuciosa sobre a intransigência dos japoneses em negociações comerciais. Stanton mostrou que podia ser tão passional quanto ele, e até mais detalhista sobre o assunto — e, ao fazê-lo, deu o recado de que, se Larkin quisesse desafiá-lo, enfrentaria uma guerra sem quartel. Pareceu-me uma atuação convincente. Larkin me olhava de vez em quando, com frieza mas sem hostilidade, os olhos inexpressivos sem piscar; também não pisquei para ele. Stanton saiu de lá furioso, com desprezo. "Por favor, meu Deus, me mande esse castrado como adversário", sussurrou.

Dedicamos algum tempo à imprensa, no hall de estátuas do lado de fora do recinto da Câmara. Não podíamos deixar de fazê-lo. "Governador Stanton, o que o senhor acha que conseguiu hoje aqui, se é que conseguiu alguma coisa?", perguntou uma mulher, da AP, com cara de fuinha.

"Tive a oportunidade de sentar-me com nossos líderes no Congresso, de nos conhecermos melhor", respondeu calmamente.

"Algum deles pediu para o senhor retirar a candidatura?"

"De forma alguma."

"O senhor leu o artigo de A. P. Caulley no *New York Times*? Tem alguma resposta?" Caulley, que sempre refletia a mais pura — conquanto nem sempre a mais atualizada — corrente da sabedoria convencional de Washington, tinha falado com três expresidentes do Partido Democrata que haviam manifestado temor, embora em off, de que um homem com a personalidade de Jack Stanton parecesse fadado a obter a indicação.

"Não", mentiu Stanton. "O que é que ele diz?"

"Bem, que muitos dos líderes democratas não acham que o senhor tenha as qualidades necessárias para ser presidente."

"Vejam bem", ele respondeu, "eu estou mais interessado no que pensa o *povo*. Se o povo achar que devo ir para casa, acredito que dará um jeito de transmitir o recado."

"Bill Larkin vai desafiar o senhor?"

"Terão de perguntar a ele. Por mim, tudo bem. Nosso partido deve apresentar o candidato mais forte possível no próximo outono. Aquele que provar ser mais forte do que eu terá meu apoio."

"O senhor já falou com a senhora Harris?", perguntou uma jovem do Boston Globe. "Pediu desculpas?"

"Desculpas *por quê*?", disse Stanton, fuzilando-a com o olhar, num lampejo de raiva controlada. Nenhum dos repórteres teria a coragem de dizer: "Por ter provocado um infarto".

"Olhe, estamos em meio a uma situação muito séria", disse Stanton, acalmando-se imediatamente. "Interrompi minha campanha. Sei que é difícil, mas talvez devamos todos demonstrar alguma reserva por alguns dias — até termos mais notícias sobre o estado do senador Harris. Obrigado."

Aquele dia em Washington, a sexta-feira seguinte às primárias da Flórida, foi estranho e marcante em vários sentidos, mas realmente memorável em apenas um: foi a primeira vez que vi Daisy usando saia. Para ser preciso, era um saiote escocês, bem mais curto dos que eu me lembrava de ter visto no colégio; ela usava também um blazer preto, camisa de gola rulê azul-celeste, brincos pingentes laqueados, meias pretas... e sapatos de salto alto. Estava espetacular. Nos encontramos num restaurante perto da Casa Branca, super na moda naquele momento, oferecendo a Washington, pela primeira vez, cozinha texano-mexicana sofisticada e badalada, embora de qualidade algo duvidosa.

"Meu Deus, olhe só", eu disse. Estava esperando no bar, de olho na porta. Não a havia *reconhecido* ao entrar. "Você faz isso com freqüência?"

"Caprichar na roupa?", ela perguntou. "Só quando estou deprimida. Ficou bem?"

"Sensacional", falei. "Você está deprimida?"

"E você não está?" Passou o braço na minha cintura e sussurrou no meu ouvido: "Vamos tomar umas margaritas, ir para casa e trepar".

"Ótimo", respondi. Mas havia algo. Ela estava tensa. "Aí vem Richard."

Levou algum tempo para ele chegar até nós. Estávamos em Washington. Todo mundo conhecia Richard — conhecia a todos nós, mais ou menos —, e ele não tinha pressa, cami-

nhando ao longo do bar, apertando mãos, dando tapinhas nas costas, batendo papo, seus balidos sobressaindo mesmo naquele restaurante incrivelmente barulhento. Ao contrário de Daisy, Richard tinha a mesma aparência ali que no resto do país: blazer azul, camisa branca, sem gravata, e sua marca registrada: calças jeans bem passadas, justas demais e curtas demais — e meias brancas com tênis. "Hoje os babacas estão hiperagourentos, sabia?" Cumprimentou nós dois. "Vamos pegar uma mesa."
"De fumante, tá?", disse Daisy.
"Pô, Daisy Mae, estou sempre esquecendo que você fuma. Eu fumava — sabia disso?"
"Não duvido", ela respondeu, ao sermos levados para uma mesa de canto numa sala quase vazia. "Nunca subestime o fator pária: fumar lhe consegue uma mesa tranqüila, e bem rapidinho."
"Sabe como eu parei?", disse Richard. "Fumei duzentos cigarros — dez maços — num só dia. Decidi me saturar, saca? Minha garganta ficou na pior, na hora do almoço achei que estava a ponto de morrer. E aí sabe o que eu fiz? Mudei para Lucky Strike e depois para a merda do Pall Mall, as porras mais fortes e repugnantes que havia. Foi o troço mais nojento que fiz que não envolvesse sexo ou política. À noite já estava precisando de um pulmão artificial. Precisava ser desinfetado, esterilizado ou alguma porra dessas. Juntei um monte de cinzeiros, cheios daquelas guimbas de merda, horrendas — e espalhei em volta da minha cama naquela noite. Na manhã seguinte, acordei, vomitei o almoço, mal conseguia falar — minha garganta doía tanto —, nunca mais toquei nessas porras. Você devia tentar, Daisy."
"Acho que não", disse ela. "Só fumo uns quatro ou cinco por dia, nada de mais. Lembra a meus amigos que não sou uma pessoa absolutamente perfeita — não é, Henry?"
"Isso e o seu gosto em matéria de filmes", respondi.
"E então?", disse ela. "Conte para a gente."
"Puxa, foi muito estranho ter voltado lá, fazer a mesma merda de sempre", eu disse, "suplicando no escritório do O'Brien, sentindo a frieza do Lark, vendo todas aquelas pessoas que só pensam em manobras táticas — me fez lembrar por que saí desta cidade."

"Mas você gosta", disse Daisy com sua franqueza de sempre (mas algo preocupada com minha reação). "É o seu trabalho."

"Era meu trabalho. Sabe, nem me lembro de qual foi a última vez que estive aqui. Mas não levou um segundo para mergulhar na velha neura: todo mundo tão *ligado* em tudo. O cara da tinturaria tem opinião sobre os dispositivos referentes a emissões na lei contra a poluição, o motorista de táxi etíope quer saber se Donny vai bloquear a votação sobre ganhos de capital. É como estar preso dentro de uma estação de rádio ouvindo uma cidade cheia de maníacos fazendo ligações telefônicas, sem nenhum outro interesse na vida, sem nada de melhor para fazer. É por isso que o resto do país acha que nós somos pirados."

"Blá, blá, blá", disse Richard, e com toda a razão. Malhar Washington é um dos passatempos mais gratuitos do mundo. "O que aconteceu no Congresso hoje? E cadê a garçonete? Só porque esse lugar virou moda não tem *serviço*? Ei, você."

Uma moça moderninha, usando batom preto e botas de combate também pretas, se aproximou. Pedimos os drinques. Daisy, uma margarita dupla com gelo; eu também; Richard, uma Coca Diet.

"Não foi um desastre", eu disse, quando a garçonete se afastou. "O candidato esteve muito bem. Acho que fez Lark se cagar de medo, deu um banho nele em matéria de política comercial japonesa. Mas foi simplesmente... estranho. Fiquei pensando: é *esse* o prêmio? É para ganhar isso que estamos concorrendo?"

"Se a gente ganhar, vai mudar", disse Daisy.

"Olhe, não vale a pena ficar se preocupando demais esta semana com a vitória", disse Richard. "Vocês ouviram o que Marshall Gordon vai dizer no domingo? Que a gente deve desistir por causa de todas as cagadas que têm rolado."

Marshall Gordon, que vinha escrevendo uma coluna no *Washington Post* desde os tempos do onça, era a voz incontestável da sanidade moderada em Washington.

"Desistir a troco de quê?", perguntou Daisy.

"Para que os Reis Ma-a-a-gos abram a garrafa mágica na convenção", respondeu Richard, agitando as mãos como um feiticeiro. "Todos os gênios que estão se dando tão bem no partido — se dando bem porque fazem o bem, entenderam? — vão se reunir num quarto, envergando seus ternos de dois mil dólares, para injetar sanidade no processo." Então perdeu as estribeiras. "Que se fodam. E, quando se decidirem, quando escolherem o papa e o vice-papa, vão dar a dica para a porra do Marshall Gordon. Cem vezes melhor do que uma eleição. É o jogo de salão desta semana: qual vai ser a *verdadeira* chapa, quem estará presente no quarto quando for decidido?"

"Meu palpite", disse Daisy, "é que o palpite deles é alguma coisa como Ozio-Larkin, estou certa?"

"A verdadeira questão é saber quem de nós vai acabar no programa *Today* na segunda-feira para responder à coluna do Gordon", eu disse, não querendo participar do jogo do "E se...?". "Quem vai ao *Nightline* na segunda à noite? Por que razão a cada duas semanas temos que enfrentar uma nova onda de merda?"

"Mande Libby", disse Daisy. "Que se fodam todos eles."

"É, que se fodam", repeti. "Isso tudo é um disparate de merda. Ninguém vai fazer nada, ninguém vai sair da toca para parar a gente. Dava para ver Jack sentindo isso hoje — fez suas visitas de cortesia, firme como uma rocha. Quando se está na mesma sala com ele e Lark, a gente se dá conta da fragilidade de Lark: se saísse à rua para nos pegar, seria levado pelo vento. Esses caras são umas toupeiras. Vivem naquele edifício, ficam se investigando uns aos outros no meio de montes de bosta de toupeira. Não se expõem à luz do sol."

"Neste momento, não está *tendo* muita luz solar, Henri", disse Richard, ao chegarem os drinques. Tomou um gole demorado, quase obsceno, e disse para a garçonete: "Querida, será que você faria o grande obséquio de me trazer outra?". Reagiu com um sorriso à expressão de escárnio da moça e voltou-se para nós: "É o seguinte: estamos em meio às nuvens aguardando para aterrissar, dando voltas ao redor do aeroporto. Estamos todos de bobeira, coçando o saco...".

"Cuidado com a mistura de metáforas", disse Daisy.

"Vá à merda, Daisy Mae", respondeu Richard. "Está acontecendo as porras das *eleições* em Michigan e Illinois — tem mais delegados em Chicago do que em New Hampshire, onde ficamos durante um ano à beira da loucura. E não estamos lá, nos virando. Ninguém está. Minha opinião é de que toda essa cortesia respeitosa que se foda, o que ele tem de fazer é sair em campo, ter mais reuniões de portas abertas, convencer os otários — e calar a boca desses babacas."

"Ele não vai fazer isso", falei. "Ainda não."

"É bom fazer logo", disse Richard. "Estamos nos Estados Unidos da América. Talvez até não sejam os mais elitistas, mas alguém vai sair atrás da gente. Está me deixando louco, tentando adivinhar quem será. Fiz uma análise completa, para ver se Charlie Martin podia se recuperar, ou até mesmo Nilson."

"Não pode", falei. "Ele está conosco."

"Qual foi a última vez que você o viu por aí?", perguntou Richard, me interrompendo. Richard, como sempre, visualizava as situações mais adversas — aliás, até agora todas tinham ocorrido, e nem assim conseguíamos nos preparar para enfrentá-las. "Henri, use a porra da sua cabeça: alguém vai sair atrás da gente. Estamos indo para Nova York. E Ozio? Será que Ozio pode se aproveitar do troço de Harris? Sabe, fazer uma alusão — se você votar no vegetal ainda consegue se livrar de Stanton? Ozio ainda pode se dar bem na Califórnia, mas vai ter de se mexer logo."

"Não vai fazer isso, não", disse Daisy. "Vai ficar no jogo de corpo. Vai fazer o possível para nos foder em Nova York, mas nada muito ostensivo. Não existe o ostensivo na memória da raça dele."

"*Alguém* vai correr atrás da gente", disse Richard, começando a examinar o menu. "O que é isto aqui? Um desses lugares onde você pega abacaxi e abacate e faz seu próprio bagulho?"

Tudo no sexo é banal, menos a expectativa. O ato em si, embora sem dúvida gratificante, não é memorável mais do que meia dúzia de vezes ao longo de toda uma vida — e, na maioria delas, é imperfeito. Recordo cada tremor, olhar, toque, insinuação — a sensação do meu cabelo — daquela tarde em que Daisy e eu fizemos amor pela primeira vez, em Mammoth Falls. Já com Susan Stanton, não houve expectativa, não houve espera. (Vá lá: um pensamento vago de vez em quando —

mas ela era *Susan Stanton*, a casamata mais fortificada do mundo; não era coisa em que se pudesse pensar em plena luz do dia.) Mas aconteceu. Aconteceu num desvão semi-amortecido da experiência física, uma parte instintiva do cérebro e do corpo — aconteceu depressa demais para envolver a imaginação. Mesmo o seu cheiro era distante e formal, cheiro de sabonete e laquê. Dei-me conta de que nunca havia feito amor com uma mulher que usasse laquê. Fazia com que seu cabelo parecesse duro, e isso me preocupava. Notei que estava pensando mais na rigidez do seu cabelo do que naquilo que nossos corpos estavam fazendo. Quando seu corpo terminou o que estava fazendo, ela deu um grunhido quase inaudível, como uma porta se fechando. Recolheu as roupas no escuro. Não disse nem fez nada, não me tocou nem me deu um beijo de despedida. Vi sua silhueta cruzar bruscamente o facho de luz âmbar entre as cortinas do meu quarto de hotel, que lembrava uma cena de crime; foi só o que vi. Ela não me procurou no dia seguinte nem nos subseqüentes, o que foi um alívio mas também um pequeno e culposo desapontamento.

Às vezes, até a expectativa é banal. Naquela noite, minha reação diante de Daisy foi totalmente previsível: parecia saída do capítulo "Vista algo diferente", do livro *Como agradar o seu homem*. Eu estava alucinado de tesão. Minha mão estava subindo por baixo de seu saiote desde o momento em que entramos no táxi; avancei nela tão logo abriu a porta da sua casa. Era uma casinha em Capitol Hill, um canto onde ficar em Washington. Ela acendeu as luzes; eu as apaguei.

"Henry, basta uma saia para você ficar assim?" Ela acendeu as luzes outra vez, uma fileira de lâmpadas num trilho ao longo da parede do lado direito. "Você não quer nem dar uma olhada na casa, ver quem eu sou?"

"Sei quem você é. Você é esperta, honesta e ordeira. Tem uma estante cheia de livros de política e de suspense. Tem... o que é isso?" Comecei a rir. Pendurada na parede, à esquerda da estante, havia uma armação vertical, do tipo que se vê em lojas de pôsteres, com vários cartazes de filmes antigos.

"Não consegui me decidir", respondeu ela. "Não podia escolher um filme só. Se você entrar e vir *As areias de Iwo Jima* ou *Casablanca* vai dizer: 'Ah, ela é uma daquelas'. Claro que se você me prensar e exigir: 'Escolha um', teria de ser *As viagens de Sullivan*, que está logo... aqui." Ela virou os cartazes até achar Veronica Lake e Joel McRae, eternamente românticos e imperturbáveis, sobrenaturalmente americanos.

"Grande filme, uma boa escolha. Por que você não o pendurou?"

"Porque *todos* são ótimos. Eu os comprei. Paguei um bom dinheiro por eles. São todos originais. Queria poder ver todos. E qual seria sua escolha, Henry — *Rashomon*?", disse, com um toque de... alguma coisa na voz. Preferi ignorar a provocação. Ela deixou passar — até terminarmos de fazer amor, no andar de cima, em seu quarto com quatro televisores. Não percebi os aparelhos senão mais tarde, o que mostra bem meu estado mental e a intensidade da minha expectativa naquela noite. Gostei do quarto, apesar dos televisores. Tinha sido pintado de laca vermelho-escura. Pendurados na parede, havia quatro desenhos de Thomas Nast,[32] com molduras douradas. A cama era *queen size*, com lençóis e fronhas imaculados e alegres, quadriculados de azul e branco, sob um acolchoado azul-marinho. A iluminação era suave, embora uma lâmpada de leitura de haste flexível se inclinasse sobre a cama vindo do lado direito. Não perguntei, mas percebi que ela nunca tinha vivido com um homem naquela casa.

"Viu como isto é diferente de sexo de campanha?", perguntou ela, quando relaxei. "Há uma campanha acontecendo em algum lugar lá fora, mas neste momento não temos nada a ver com ela."

"E...?"

"Nada mal, pô", disse, enfiando o nariz em minha orelha. Mas não era bem verdade. Tive a sensação de que ela estava escondendo algo; talvez estivesse confusa com meu entusiasmo ou, quem sabe, houvesse algo mais.

"Quer alguma coisa lá de baixo, uma Coca Diet?"

Voltou enrolada num xale de mohair, e me jogou a Coca. Sua nudez descontraída parecia estranha: um novo grau de intimidade entre nós; estávamos sempre atingindo novos patamares, lenta e cuidadosamente, um de cada vez, e ainda não havíamos chegado a um que nos constrangesse.

"Então, por que não me falou sobre a filha do McCollister?", ela perguntou, tentando adotar um tom natural.

"Ele me disse que não contasse para ninguém. E mencionou você especificamente. Acho que pensou que, se você soubesse, Susan também ficaria sabendo."

Ela concordou com um aceno de cabeça, mas nada disse.

"Olhe", comecei, mas não sabia o que dizer em seguida.

"Então você foi dar um susto no Gordo Willie para que ele forçasse a filha a fazer um exame de líquido amniótico. Não entendo."

"Stanton achou que o Howard faria com que ela ficasse com medo de fazer o exame — e que isso encerraria o assunto."

"Brilhante", disse Daisy. "Ele não percebeu que o Gordo Willie faria qualquer coisa que seu amigo governador pedisse?"

"Então, ela fez o exame?", perguntei.

"Você não está acompanhando esse assunto passo a passo?", ela perguntou. "O filho é seu — de certa forma."

"Willie procurou a *mim*", respondi.

"E isso faz as coisas..."

"Horríveis. Você acha que gostei? Não queria ter nada a ver com o assunto. Não queria nem pensar sobre isso. *Não* pensei — nem sabia que ela tinha ido fazer o exame amniótico."

"Foi um exame *tardio*, muito tardio", ela disse. "Era tarde demais para fazer o teste da gonadotrofina coriônica. É o que há de mais moderno, através da vagina e não do abdômen. Eles retiram material pré-placentário. Poderia ter sido um pouco menos sofrido para a menina. Mas agora ela tem uma placenta alimentando o pequeno Jackie McCollister, ou quem quer que seja. Enfim, vamos ter o resultado daqui a umas duas semanas."

"Como é que você sabe de tudo isso?"

"Susan pôs Libby no caso. Ela praticamente se mudou para a casa dos McCollister."

"Era de esperar", eu disse. "Olhe, aquele dia com Howard — foi a pior coisa que já fiz."

"Mas fez."

"Stanton garantiu que o filho não era dele."
"E você acreditou?"
Era um momento importante para nós dois: "Não de todo. Se eu acreditasse totalmente nele, teria sido apenas terrível — e não a merda do horror que tem sido. Ele se ofereceu para fazer um exame de sangue, por isso tive de achar que era inocente; e você sabe como é perigoso ter uma história dessas circulando por aí. A garota poderia contar para uma amiga, que poderia contar para outra... e, mesmo que ele fosse completamente inocente, a campanha inteira poderia vir abaixo. Você acha que podemos enfrentar outro escândalo? Porra. Nem precisa ser um escândalo. Você acha que podemos agüentar outro *desmentido*? Apesar de tudo, havia — *há* — alguma coisa me incomodando nisso tudo. Alguma coisa nas minhas entranhas: não acredito que ele seja inteiramente inocente, sabe? E, mesmo que seja, nesse caso senti que não podia afastar a hipótese de ele ter sido capaz de se aproveitar daquela garota. E você não tem idéia de como fiquei envergonhado. Howard fez a parte pior — friamente, como um bom filho da puta. Mas eu fui cúmplice. Willie tinha me procurado. Confiou em mim. E acho que o que aconteceu foi que, foi... eu tinha de dar ao governador o benefício da dúvida. Quer dizer, se é verdade que o filho não era dele, então isso tinha de ser feito, não é?".

"E o que é que você vai pensar se afinal o filho for dele?"

"Não sei. Acho que ele vai cair muito no meu conceito. Daisy...", eu me sentei. "Não consigo nem saber *como* penso sobre isso. Não tenho a menor idéia. É como algo... compartimentado. Há o político, o cara em que todos nós investimos, e então acontece esse troço. O que é que *você* pensa disso?"

"Até pouco tempo atrás não pensei, é óbvio", ela disse. "Então fiquei puta da vida."

"Com ele?"

"Com você."

"Sinto muito", falei. Mas fiquei imaginando: será que ficou aporrinhada porque eu não tinha lhe contado ou porque ela não tinha conseguido perceber que havia algo importante que eu estava escondendo? Percebi que a segunda hipótese era potencialmente mais perigosa. Significava que havia coisas a meu respeito que ela poderia nunca vir a saber, coisas sobre as quais não podia confiar em mim, maneiras pelas quais eu podia feri-la.

Ela começou a chorar baixinho. Abracei-a e puxei-a para junto de mim. Ela resistiu mas veio.

Ganhamos em Illinois e Michigan, mas ninguém reparou. Nós mesmos quase não reparamos. Outras coisas aconteceram naquele dia. Em Fort Lauderdale, Martha Harris — uma mulher forte, de estilo tradicional — deu uma entrevista à imprensa no hospital onde seu marido continuava em coma. Eu estava de volta a Mammoth Falls, em nosso quartel-general. Todos pararam quando a senhora Harris apareceu na tela; toda a atenção da campanha de Stanton concentrou-se nela.

"Em primeiro lugar, quero agradecer ao público americano, a todos vocês, por sua fantástica demonstração de carinho", disse. "Agradeço de forma muito especial às crianças da América — meu marido, o senador Harris, entrou nesta campanha por vocês, e vocês claramente compreenderam isso. As cartas, desenhos e tudo o que recebemos durante a última semana — li algumas delas para meu marido. Acho que ele pode ouvir vocês..." Sua voz ficou embargada. "E estou certa de que está, assim como eu, mais esperançoso do que nunca com relação ao futuro de nosso país. Mas esperança não basta. Precisamos fazer mais."

Pensei em Richard: acertou de novo. Aí vêm eles. "Muitos de vocês escreveram perguntando o que fazer para manter vivos os ideais de Harris", disse. "Acho que a esta altura é óbvio que meu marido não poderá continuar sua campanha para presidente. Mas *alguém tem de fazê-lo*. E por isso pedi ao ex-governador Fred Picker, da Flórida, e ele concordou, que fosse avante com nossa luta — que continuasse a suscitar as grandes questões." E então Fred Picker avançou para o enquadramento da câmera com um ar sombrio, cabeça ligeiramente curvada, mãos cruzadas à frente do corpo. E, até que enfim, estava usando uma gravata — aparentemente de listras azuis e douradas. "E divulgasse a nossa mensagem", Martha Harris prosseguiu, "até a convenção — e, se possível, além dela. Lawrence e eu aprendemos a gostar de Fred Picker ao longo dos anos e especialmente nestas últimas semanas. Tem sido um amigo dedicado. É um homem de princípios. Entende o que este país necessita e vai continuar o que havíamos começado, de uma forma *honrada*. E agora", disse, com as lágrimas brotando repentinamente dos olhos, "deixem-me passar esta campanha às mãos do governador Picker."

Ele também estava chorando. Enxugou uma lágrima do olho direito com as costas da mão, beijou Martha Harris suavemente no rosto, respirou fundo, olhou fixo para o chão, como se estivesse rezando, e então, quando levantou o olhar, seus olhos penetrantes pareciam tranqüilos, diferentes. Ouviram-se aplausos esparsos na sala. A CNN tinha apenas uma câmera no local, e por isso era difícil avaliar quantas pessoas — e quantos repórteres — estavam lá, mas a sala parecia cheia. "Espero que me perdoem", disse. "Esta é uma ocasião muito emocionante. Tenho uma breve declaração a fazer e, em seguida, responderei a algumas perguntas — muito poucas, porque, francamente, ainda não pude meditar sobre tudo isso. Foi só ontem que a senhora Harris me procurou com essa idéia. Senti-me honrado. Achei que não tinha como recusar." Estava olhando diretamente para a câmera da CNN. Pensei na logística de tudo aquilo: provavelmente havia dez câmeras diante dele — e conseguiu encontrar a que estava transmitindo ao vivo, para todo o país. "E darei o melhor de mim, de uma forma coerente com o espírito desta campanha, para defender as teses que Lawrence Harris havia começado a apresentar ao povo americano. Hoje falei com diversos líderes do nosso partido e disse-lhes o que a senhora Harris me havia pedido para fazer..."

"Falou com o governador Stanton?", um repórter interrompeu.

"Não", respondeu. "Mas quero deixar uma coisa bem clara: não estou concorrendo contra Jack Stanton. Estou concorrendo por Lawrence Harris."

"Isso significa que concorda com todas as posições que ele tomou nesta campanha?"

"Quase todas", respondeu. Pode haver algumas diferenças de estilo, diferenças de ênfase — mas acho que o senador Harris estava fazendo algo importante e estimulante nesta campanha, e pretendo levar isso avante."

"Acha que pode ganhar a indicação do partido?"

"Não estou tentando ganhar a indicação. Estou apenas tentando dar seguimento àquilo que o senador Harris começou, tentando oferecer ao povo americano uma opção honesta."

"Mas, se ganhar a indicação..."

"Para mim seria prematuro discutir essa hipótese, já que não pensei a respeito nem por um minuto. E é por isso que acho melhor terminarmos por aqui. Passei a noite pensando sobre como gostaria de iniciar esta empreitada", disse, voltando a dirigir-se à CNN, "sobre que gesto melhor representaria o enorme respeito que tenho pelo senador Harris e a humildade que sinto neste momento, assim como a necessidade de todos nos unirmos como um país e darmos o melhor de nós mesmos. Então decidi, já que estamos num hospital, que doaria sangue."

Ouviu-se um gemido no quartel-general de Stanton, que até então havia estado absolutamente silencioso. E, tenho de admitir, eu também estava balançando a cabeça — e imaginando quem seria o primeiro a me telefonar: Richard, Daisy ou o governador.

Foi o governador.

"Pelo amor de Deus, Henry. *Nós* devíamos ter pensado nisso. O lance do sangue."

Tivemos uma conferência telefônica naquela tarde. Foi um esquema complicado: o governador e Susan no palácio; Howard, Lucille e eu no quartel-general; Richard, Leon e Daisy em Washington.

"Muito bem", disse Stanton. "E agora?"

Silêncio.

"Que bom que tenho esse bando de gênios comigo", comentou. "Vá lá, eu começo: retomamos a campanha imediatamente, Connecticut e Nova York. Howard, quero ver uma programação para Nova York — e uma estratégia — amanhã nesta mesma hora. Fora isso, não tenho a menor idéia. Como é que vamos lidar com esse cara? Devemos ignorá-lo? Debater com ele? Tratá-lo como candidato? Presumo que Harris esteja inscrito em todos os estados. Ele tem listas completas de candidatos a delegados?"

"Ele tem tido uma certa dificuldade em fechar as listas. Quanto à sua inscrição, podíamos tê-lo impedido de concorrer em Nova York", Howard disse. "Mas o senhor não quis."

"É verdade", concordou Stanton. "E uma coisa é absolutamente certa a esta altura: não vamos fazer *nada* que cheire a politicagem. Vamos tratar de obter o certificado de aprovação da Liga das Mulheres Eleitoras para cada porra que fizermos. Vamos ser mais moralistas do que a televisão pública. Mas, dentro desses parâmetros, temos de ser espertos. Richard, como é que podemos concorrer com esse cara sem concorrer contra ele?"

"Bem," disse Richard, "primeira coisa: tem de saber que ele vai ser o favorito do público durante toda a semana. Vai ser ouro sobre azul. Cobertura de tevê, perfis biográficos. Vai ser entrevistado em todos os lugares nos próximos dias. Vamos ter de ser pacientes e ver o que ele faz."

"Algum palpite?"

Fez-se silêncio até que Daisy falou: "Bem, é óbvio que não temos a menor idéia de como vai fazer sua campanha, que estilo ela vai ter, mas meu instinto me diz que ele vai se livrar do excesso de bagagem de Harris. Não pode abandonar a idéia do imposto sobre Usos Virgens, mas pode enxugá-la, diminuir a ênfase. O mesmo com o Ajuste Variável com o Custo de Vida da Seguridade Social. Ele parece esperto. Pode ser mais duro para nós do que Harris."

"Que sabemos dele?", Susan perguntou. "Onde vive sua família? Por que abandonou o governo? Onde tem andado todo esse tempo?"

"Ele é divorciado, não é?", Richard perguntou.

"O fato é que não sabemos", respondeu Susan. "Vamos precisar que Libby faça uma pesquisa no Nexus."

"Enquanto isso", interveio Stanton, "o que é que digo hoje à noite — depois de agradecer ao povo de Illinois e de Michigan por esta vitória com que ninguém se importa? Não... espere aí. Tenho uma pergunta melhor: Howard, ele pode nos bloquear? Vamos presumir que o partido assuma a mesma posição que Donny O'Brien: não me dê nenhuma ajuda. Temos de conseguir sozinhos cinqüenta por cento dos votos mais um. Ele pode nos impedir?"

"Pode", respondeu Richard.

"Facilmente?"

"Facilmente."

"Já não temos uns mil e poucos delegados?"

"Estamos com mais ou menos cinqüenta e cinco por cento, dependendo dos resultados de hoje à noite", disse Howard. "E, se continuarmos a manter essa porcentagem, está tudo bem, no limite — mesmo presumindo que os superdelegados empaquem e fiquem enrolando para decidir a quem apoiar. Temos o compromisso de mais ou menos duzentos e cinqüenta dos setecentos e sessenta e oito superdelegados até agora, a maior parte deles daqui mesmo do Sul — embora não se possa ter certeza de que vão cumprir a palavra."

"Howard, temos de ter certeza dessa porra", disse Stanton. "Quero uma lista de nomes — não, quero saber absolutamente tudo sobre cada um deles, o que querem, do que precisam. Quero que vocês criem um esquadrão especializado nos superdelegados, que os acompanhe, encontre meios de me pôr em contato com eles. E quero falar com cada um deles durante o mês que vem. E também quero que se saiba que agora esses setecentos e sessenta e oito delegados são parte da nossa família, vocês têm de tratá-los como se fossem minha mãe. Se disserem 'pegue', vocês vão buscar, entendido? Agora, Howard, por que é que você acha que estamos tão fodidos?"

"Beeem...", começou Howard.

"Bem o quê?"

"É que conheço Nova York. Tudo lá é movido pelos tablóides — as tevês fazem sua pauta com base nos tablóides — e por isso Cashmere foi um assunto mais importante lá do que na maioria dos outros lugares, e Izzy Rosenblatt teve o mesmo destaque que uma execução da Máfia. Acho que lá vai ser uma parada dura contra qualquer um. E, se começarmos a perder algumas primárias, aí mela tudo."

"Leon, temos os números de Nova York?", Susan perguntou.

"Os meus não", respondeu. "Mas a pesquisa Marist nos dá vinte e dois, com mais ou menos cinqüenta por cento de indecisos."

"E os outros?"

"Harris em coma estava com dezoito por cento, antes de Picker se apresentar."

"Meu Deus", disse Stanton. "Então, o que eu digo hoje à noite?"

Mais uma vez silêncio. Então, Daisy falou: "Há uma coisa: o senhor tem de estar preparado para responder a perguntas sobre o fato de Picker ter doado sangue hoje".

"Por quê?", explodiu Stanton. "Que diabo posso dizer sobre isso?"

"Bem, foi o acontecimento do dia. Uma grande jogada. Está na cara que vai ser assunto. Vão lhe perguntar sobre isso. Vão perguntar quando foi a última vez que... doou sangue." Ela não percebeu o que estava dizendo até chegar à metade da frase final.

Fez-se um silêncio tumular. Stanton, Susan, Howard, Daisy e eu sabíamos muito bem quando e por que Jack Stanton tinha tirado sangue na última vez.

"Talvez amanhã você devesse ir ao hospital Mercy fazer uma doação", disse Susan, salvando a todos do silêncio.

"Vai parecer uma imitação barata", comentou Lucille.

"Melhor do que ter um bando de escorpiões em cima da gente perguntando se você não vai fazer o mesmo que Picker, e por que não", disse Richard.

"Por que vocês acham que eles vão estar em cima da gente?", perguntou Lucille. "Os repórteres são cínicos. Percebem que essa história de doar sangue é um truque barato. Você não quer que pensem que está entrando em pânico por causa desse cara."

"E não estamos?", perguntou Stanton.

Telefonei para Daisy depois de assistir ao *Nightline*;[33] vários comentaristas de Washington tinham avaliado que Fred Picker era apenas um testa-de-ferro de Larkin ou Ozio. Jeff Greenfield fez a matéria principal, que estava cheia de fantásticas imagens de arquivo — Picker, com longas costeletas, usando o que parecia ser uma roupa esporte cor de laranja e sacudindo uma vassoura acima da cabeça, durante sua campanha para governador em 1974; também havia imagens da estranha entrevista coletiva em que abandonou a campanha quatro anos mais tarde. "Pensei que iria anunciar minha candidatura à reeleição, mas mudei de idéia", disse, com os olhos inquietos, lacrimejantes, nervosos. Greenfield comentou que o gesto de Picker nunca havia sido explicado devidamente e que, desde então, ele levava uma vida discreta em uma fazenda ao norte de Tallahassee, dividindo a custódia dos dois filhos com sua ex-mulher, Antonia Reyes Cardinale — filha de um eminente empresário que emigrara de Cuba. Tinham se divorciado pouco depois de ele deixar o cargo. "Sempre se levantam suspeitas quando um político deixa o cargo repentinamente", Greenfield concluiu. "Sem dúvida, o governador Picker vai ter de enfrentá-las nos próximos dias. Por enquanto, contudo, Fred Picker tem de ser considerado uma formidável e importante força nova naquilo que é hoje uma campanha presidencial muito esquisita. E tenho de admitir, Ted, aquele sangue que ele doou foi a primeira coisa tangível que tivemos de qualquer dos candidatos este ano."

Daisy estava perturbada. "Fiz um papelão de merda", disse. "Henry, juro que só percebi o que estava dizendo quase no fim da frase. Você acha que estou liquidada?"

Eu achava que ela tinha pisado na bola. Mas não sabia o que dizer. Não sabia o que ela queria: ser consolada ou ouvir a verdade. "Está tudo bem com você, tão bem quanto com qualquer um", falei, de uma forma não muito convincente — e puto comigo mesmo por ser tão desajeitado, reticente e sentimental. "Melhor do que com a maioria."

"Henry."

"Tá bem. A verdade é que não sei. Com eles nunca se sabe. *Soou* como você disse que aconteceu — que você não percebeu até quase acabar de falar. Foi a hesitação que pegou mal."

"E depois o silêncio", disse ela. "Essas conferências telefônicas são esquisitas paca. É como se você estivesse numa reunião dentro de uma caverna."

"Olhe, Daisy, não vou dizer para você não se angustiar com isso porque sei que já está angustiada. Mas você tem feito um grande trabalho nesta campanha. Os Stanton sabem disso. E daqui para a frente vão precisar de toda a ajuda que puderem."

"Sou uma idiota de merda. Eu me sinto completamente..." Ela estava a ponto de dizer "sozinha".

"Não se sinta assim", falei. "Estou aqui."

"Você está *aí*", ela retrucou, "no meio da escuridão, rodeado pelas Grandes Obras da Literatura e com o rio correndo do lado de fora da sua janela." Sua voz ficou embargada. "Preciso de você aqui."

"Vamos estar juntos em Nova York no final da semana", falei. "E pelo jeito vamos ficar lá um bom tempo."

"Putz, isso significa o horror dos horrores: ficar perto da minha mãe. Henry, vou lhe pedir um favor. Um favor enorme, gigantesco, sem tamanho. Posso levar você lá em casa para jantar com minha mãe?"

"Claro", respondi. "Por que não?"

"Você vai ver. E tem de prometer que nada que minha mãe disser, fizer ou insinuar vai mudar seus sentimentos com relação a mim, está bem?"

Eu ri. "Daisy, não se preocupe com o que aconteceu hoje à noite, está certo?"

"Ah, claro. Você sabe que não posso. Henry, olhe. Prometi a mim mesma que não ia começar a dizer nada, nem a pensar nada, até que a campanha termine e tenhamos... sei lá... recuperado a razão. Mas existe alguma coisa entre nós dois, não existe? Tenho de saber."

"Existe", respondi sem hesitar.

"Não precisamos falar mais sobre isso agora, Henry. Ou dizer qualquer daquelas palavras. Podemos esperar até que tudo isso acabe e possamos pensar com clareza, mas estou me sentindo igual a uma gelatina quando penso em você. E mais uma coisa", acrescentou rapidamente, recuando da beira do abismo. "Freddy não é testa-de-ferro de ninguém. Ele é *melhor* do que Ozio ou Larkin. E a jogada do sangue foi brilhante. Você viu como Greenfield tratou o assunto. Eu sabia que Lucille ia ficar puta da vida com a reação da imprensa, como sempre. Quer dizer, a maneira como o cara falou, a naturalidade, a humildade — fantástico, porra. Fico pensando por que será que ele abandonou a campanha da outra vez."

"Então, governador", Bryant Gumbel perguntou às sete e onze da manhã seguinte. "Por que deixou a política em 1978 e por que está de volta agora?"

A câmera estava perto demais de Fred Picker. Ele dava a impressão de estar encurralado, com um galho da inevitável palmeira de vaso caindo sobre seu ombro. Mas parecia imperturbável. Os olhos negros estavam alertas — eram naturalmente intensos, mas ele sabia fazê-los parecer mais suaves, como agora, com grande efeito. "Bem, Bryant, achei que era importante levar avante o que o senador Harris estava tentando transmitir", disse.

"E devemos considerá-lo um candidato para valer ou apenas um substituto?"

"Bem, isso vamos ver", Picker respondeu. "Por enquanto, tudo o que quero é oferecer uma opção aos eleitores. Faz algum tempo que não participo desse tipo de coisa, por isso não tenho certeza se vou me sair bem."

"Governador, por que abandonou a disputa em 1978?"

"Por vários motivos", Picker disse cautelosamente. "Eu era muito mais jovem e muito menos paciente. Fiquei frustrado com o enorme esforço e a demora para se conseguir realizar qualquer coisa." Fez uma pausa, durante um momento cuidadosamente medido, e então disse: "E também houve alguns problemas pessoais".

"Bem, imagino que alguém terá de lhe fazer essa pergunta, governador", disse Gumbel, tentando — sem êxito — parecer que estava com remorsos. "Que tipo de problemas pessoais?"

"Problemas de família", Picker respondeu, e então parou. Era muito disciplinado e dava a sensação de ter completo controle da situação.

"Sei que não deve ser fácil falar sobre isso."

"Não, não é, Bryant. Mas acho que agora faz parte do jogo e por isso serei franco, com a esperança de que o público respeite a privacidade de minha ex-mulher, que não é uma figura pública." Estava olhando direto para a câmera, calmo, com olhos límpidos. "O que aconteceu foi que me deixei absorver demais por minhas funções e comecei a descuidar da família — e minha mulher se apaixonou por outro homem."

Acho que ouvi Gumbel engolir em seco. Ou talvez tenha sido eu. A simplicidade e a calma da declaração eram de tirar o fôlego.

Larguei em parte para ver se conseguia salvar meu casamento", prosseguiu. "Mas não pude. Então fiz o que me pareceu o mais correto nas circunstâncias: decidi ser o melhor pai possível — tentei fazer com que os meninos soubessem que tinham um pai e uma mãe que os amavam. Creio que, se você perguntar a eles, vai ver que conseguimos. Agora estão cursando a universidade — ambos são grandes entusiastas de Lawrence Harris — e, quando a senhora Harris me pediu que assumisse a campanha, os dois me apoiaram plenamente. Acho que se poderia dizer que estou nisto por eles."

"Impressionante", disse Richard. "Nunca vi melhor."
"E o que faremos?", perguntei.
"Ficamos por aí, de boca aberta, nos masturbando e torcendo para que a porra dos nossos olhos estejam nos enganando", Richard disse. "Estamos enfrentando um maremoto com uma bomba d'água."

A bomba d'água se chamava Richmond Rucker, o prefeito da cidade de Nova York. Vinha da elite do Harlem, um homem formal, de aspecto distinto e com uma reputação de bondade e de pouca inteligência, que era imerecida em ambos os casos: ele se fazia de bobo e era de uma enorme maldade. Ia nos apoiar porque ele e Howard eram amigos de longa data e porque Orlando Ozio não o fizera. (Os governadores e os prefeitos democratas de Nova York eram conhecidos por se detestarem mutuamente e por demonstrarem sua inimizade de forma indireta mas óbvia.) Claro que Ozio não ia apoiar ninguém. Estava acima dessas coisas.

Mas daria a entender sua preferência.

Presumimos que suas insinuações seriam um desastre para nós. De fato, Ozio rapidamente — e com grande publicidade — foi ao Hospital Nova York e doou sangue no dia seguinte ao anúncio da candidatura de Picker.

A programação que Howard e Lucille montaram, com a ajuda do pessoal de Rucker, me fez lembrar a que Larkin e eu tivemos de enfrentar quando ele visitou a União Soviética em 1987, só que ao contrário: em vez de camponeses felizes e cidades de papelão, nesta só havia — interminavelmente — grupos de interesse descontentes e decadência urbana. Não havia espontaneidade nem possibilidade alguma de contato com pessoas que não pertencessem a algum grupo organizado e com alguma queixa específica. Todos os eventos pareciam produzidos e artificiais; era a via-crúcis do liberalismo nova-iorquino.

"Isso vai nos fazer ganhar?", Stanton perguntou naquela tarde, quando Howard apresentou seu plano à mesa da cozinha da Mansão.

"Faz-se o que se pode", Howard disse. "Isto é o que temos. Você falou com o Rucker?"

"Ele disse que estava contente em saber que eu ia apoiar a 'Cuare'", Stanton disse. "Que porra é essa?"

"Coalizão Urbana de Apoio à Recuperação Econômica", respondeu Howard. "É esse grupo de prefeitos que o Rucker reúne mais ou menos uma vez por ano. Eles querem mais verbas para as cidades."

"Como?", Stanton perguntou.

"Sei lá, porra", Howard disse. "Eles têm um projeto de lei de araque — doações diretas para as cidades."

"De quanto?"

"Quarenta bilhões."

"Por ano?", Stanton quis saber. Howard assentiu com a cabeça. O governador deu um assobio: "Você está brincando".

"Foi o que ele pediu", disse Howard.

"Howard", o governador começou suavemente. "Você e eu somos amigos desde sempre. Gosto de você como de um irmão. Não há ninguém no mundo em que confie mais. Mas *nunca, jamais, em tempo algum*, se comprometa com um valor *em dinheiro* em meu nome", ele disse, esmurrando a mesa com tanta força que as canecas de café saltaram. *"Nunca!* Entendeu, porra?"

"Precisamos dele", Howard disse tranqüilamente.

"Podemos encontrar um jeito de ter o apoio dele sem esse maldito dinheiro!", Stanton gritou. "Essa merda é mortal nos Estados Unidos. Não se conseguem dezoito votos com isso no resto do país — e agora vou ter de me virar para tirar o corpo fora amanhã."

"Há uma outra coisa", Howard disse.
"O quê?"
"Luther Charles quer participar do ato na prefeitura."
Stanton olhou para mim.
"Por quê?", perguntei a Howard.
"Disse que quer começar o 'processo de engajamento'."
"Que merda é essa agora?", Stanton perguntou.
"O ritual de acasalamento", Howard respondeu.
"Henry?", Stanton disse. Ele sabia o que eu sentia por Luther, mas toda essa conversa estava se tornando desagradável.
"Qual é a posição do Rucker sobre isso?", perguntei, embora soubesse a resposta.
"Ele trata o Luther com respeito."
"Está bem, então acho que é comigo", falei. "Vou telefonar para o Luther e — governador? — combinar um encontro à parte? No hotel?"
"Depois do fechamento dos noticiários", Stanton respondeu.

Quando voltei ao quartel-general, telefonei para Luther Charles e depois fiquei sentado sem fazer nada, girando com a cadeira, esperando que ele me ligasse de volta. O dia estava escuro; as enormes vitrines da velha agência de automóveis, que quase sempre brilhavam a ponto de cegar — e que invariavelmente provocavam uma disposição radiosa nos membros da equipe, mesmo nas épocas mais difíceis —, agora pareciam úmidas e pegajosas, arrefecendo os ânimos. (O fato de os telefones simplesmente não tocarem, de toda a atividade política parecer concentrada em Picker, também não ajudava.) Comecei a pensar em Daisy, na sua figura usando aquele saiote escocês. Percebi que, nos últimos dias, estava pensando em Daisy tanto quanto na campanha.

Na verdade, a campanha estava me parecendo algo distante — coisa inédita para mim. Todo o cenário de Nova York estava errado. Eu sabia disso. Era a política do ato reflexo e da obrigação. Você via os grupos obrigatórios, fazia as promessas obrigatórias — mais dinheiro para as cidades, para os judeus uma embaixada em Jerusalém, para os irlandeses a libertação de um terrorista do IRA, contrabandista de armas. Mas o que funcionava para Jack Stanton era menos óbvio, mais espontâneo. Ou talvez fosse apenas que esta era a hora de Howard; senti ódio do filho da mãe. De qualquer forma, descarreguei no Luther. Talvez tenha me arriscado mais do que devia.

"Ir-mão-zinho", Luther falou arrastado. "Por que você só me procura quando há algum problema? Às vezes acho que os políticos brancos deste mundo vêem o velho Luther como o Exército da Salvação, pronto para ajudá-los junto à *comunidade* na hora do desastre. Mas não entro nessa jogada. Eu sou o Exército de *Libertação* da Salvação. Só vou tirar o deles da seringa se derem liberdade a meu povo."

"Luther, esse troço amanhã não é uma boa idéia", comecei, percebendo de repente que havia cometido um erro tolo. Deveria ter chamado Bobby Tomkins, o cara de Rucker, para contar com o apoio dele. A preguiça é um dos perigos do moral baixo, por isso é tão difícil recuperar uma campanha que está afundando — e por isso o desempenho de Jack Stanton em New Hampshire havia sido tão extraordinário.

"Não é uma boa idéia?", repetiu Luther. "*O que* não é uma boa idéia?"

"Você estar presente quando o Rucker anunciar seu apoio."

"O prefeito disse isso?"

"Não, ainda não falei com o Bobby, mas pense bem", respondi. "Você acha que o prefeito vai querer que o show do Exército de Libertação da Salvação de Luther Charles lhe roube a cena? Sei que você combinou tudo por intermédio de Bobby, sei que ele é dos seus — e *você* sabe que o Richie Rucker vai espremer os ovos dele quando o esquema fracassar porque você monopolizou os refletores e o prefeito virou um coadjuvante na própria cena do anúncio do seu apoio a Jack Stanton. Então, Luther, por que você ia fazer com que Bobby sofra?"

Não respondeu. Em vez disso, falou: "Henry, seu garoto precisa de mim. Sou muito importante aqui — e não vou me vender barato. Ele vai ter de negociar para contar comigo. O Exército de Libertação da Salvação precisa de pessoal. E eu vou precisar de um avião e de uma verba."

"Luther, caia na real. O governador vai se encontrar com você amanhã à noite no hotel dele. Está disposto a conversar. Mas não faça exigências absurdas."

"Devo usar a entrada de serviço?", perguntou. "Carter me deu um avião e uma verba. Mondale me deu um avião e uma verba. Você está dizendo que o Jack Stanton não está interessado no apoio da *comunidade*?"

"Estou dizendo, Luther, que você está falando comigo. E sei que pode mobilizar a comunidade para votar... em você. Não sei o que você pode fazer por nós, de bom ou de mau. O governador gosta de você, Luther — gosta do seu gênero de embromação. Mas passou o tempo em que você podia chegar e exigir um sete-três-sete e dez mil dólares por semana — e, se começar aparecendo onde não deve, distraindo a atenção do pessoal amanhã, na hora em que o Rucker estiver anunciando seu apoio, o Stanton não vai ter nada para falar com você."

"Aparecer onde não devo", Luther me arremedou. "Se você for negro, sente lá atrás."

"Não venha com essa, Luther."

"Talvez eu deva ter uma conversa com Richmond Rucker sobre a viabilidade do seu apoio."

"Fique à vontade".

"Pegaria mal se ele tirasse o time agora."

"É, seria ótimo para sua reputação de homem decidido."

"Henry Burton, o que é isso?", ele disse. "Não é que você virou um politiqueiro? Você tem de encontrar sua veia soul. Talvez devesse doar sangue, como nosso velho Freddy Picker — taí, esse é um branco com soul. Embora deva ter um peru microscópico, para sua mulher se mandar daquele jeito. Você pode imaginar o cara contando isso para o Bryant, na maior?" E Luther começou a imitar voz de branco: "Minha mulher se apaixonou por outro homem". E, voltando à sua própria voz: "Cacilda! O Confiômetro Caucasiano bateu lá na porra da ionosfera. Os brancos adoram esse tipo de babaquice. Os negros ficam pensando o que pode haver de errado com o pinto dele".

"Então, Luther, tudo certo para amanhã à noite?"

"Não, porra. Se ele vai se portar desse jeito, não tenho de ver seu patrão tão cedo. Mas vou lhe fazer um favor, Henry. Quero ajudar na sua educação. Você vai ficar no seu apartamento?"

Não tinha pensado nisso. Eu tinha um apartamento em Nova York, mas fazia meses que não ia lá. "Não tenho certeza", respondi.

"É, vida de hotel vicia. Tô certo, meu camarada? E um capanga tem de ficar perto do chefe. Mas que tal se nos encontrássemos no seu velho ponto, o West End Bar?"

Nesse momento, senti como se houvesse uma forte corrente de ar.

"EI, AMNIO MAN! EI, AMNIO MAN!" Era Libby, irrompendo na sala, fazendo uma paródia de um velho comercial, sacudindo um rolo de papel de embrulho na mão. Comecei a gesticular freneticamente, balançando os braços, tentando fazê-la calar-se. "EI, AMNIO MAN..."

"Você continua aí, irmãozinho?", Luther perguntou. "Tá acontecendo alguma coisa?"

"Não. Tudo bem, no West End Bar. Qual é o assunto?"

"Você vai ver. Às onze, tá bem?"

"Tá bem." Desliguei.

"EI, AMNIO MAN", Libby disse. "AMNIO MAN, AMNIO MAN."

Havia horas em que Libby parecia maluca, pronta para ser internada de novo. Essa era uma delas. "Pelo amor de Deus, Libby", pedi. "Você quer que o mundo inteiro fique sabendo?"

"Henry, meu pequeno traidor fodido de merda", disse ela com doçura, suavemente. "Vão ficar sabendo. Acho, imagino, pode ser."

Afundei na cadeira. Eu me sentia como se fosse a oitava vez que me atropelassem naquele dia. "Tá legal, Libby. O que é que há?"

"VOU CHEGAR LÁ", respondeu. "Mas primeiro uma palavra de nossos patrocinadores. 'EI, AMNIO MAN! EI, AMNIO MAN!' Henry, Henry — as garotas achavam você simpático, um cara com quem a gente podia se entender. E você topa *participar dessa merda*?"

"Libby, o que é que você queria que eu fizesse?"

"QUE NÃO FIZESSE", respondeu. "NÃO PARTICIPASSE."

"Recebi uma ordem expressa do governador."

"*Sieg* PORRA *heil*", ela disse. "Nuremberg para você, queridinho. Agora veja isto." Desenrolou o papel de embrulho em cima da minha escrivaninha. Havia uma série de quadrados duplos

— um plano de distribuição de assentos. "São todos das salas de aula de Loretta McCollister", Libby disse. "Ela é a primeira aluna", e apontou para as estrelas douradas que marcavam seu lugar em cada aula. "É uma pessoa forte. Mas preste atenção nas estrelas *verdes*." No segundo e no quarto período de aulas, havia estrelas verdes ao lado das douradas de Loretta. "Elas representam o corpinho ágil de Kendra Mason."

Libby olhou para mim a fim de se certificar de que eu sabia o que esperar. Infelizmente sabia. "Roger Melville-Jones fez uma visita à família dela há dois dias. Aquele sacana daquele inglês desagradável. Ela vive com a mãe — e três meio-quaisquer-coisas de pais diferentes. E quer saber? Estão todos muito interessados em SUBIR NA VIDA."

"Libby, fique calma, pelo amor de Deus", falei. "Então o que você fez, puxou o revólver, foi lá e acabou com eles?"

"QUÁ-QUÁ-QUÁ", ela disse, mas por fim se acalmou. "Ele lhes ofereceu cem mil dólares na bucha para aparecerem no programa *A vida sexual dos ricos e famosos* ou qualquer que seja o nome daquela joça transmitida em rede."

"E os McCollister?", perguntei.

"Totalmente arrasados. O Gordo Willie fechou o boteco, tomou umas semanas de 'férias' e deu uns tabefes em Loretta por falar demais. Sabe, Henry, essa é uma gente boa. Melville-Jones bate à porta e pergunta a Willie: 'Sua filha está grávida?'. E ele responde: 'Não é da sua conta — se você não cair fora da minha propriedade vou chamar os tiras'. E o canalha diz: 'O pai é o governador?'. E Willie responde: 'O governador é meu amigo', e bate a porta na cara dele. E então, como é que naquele dia você pôde permitir que o veado do Howard FIZESSE o que fez com Willie sem interferir?"

Deixei passar. "Então tudo o que Melville-Jones tem é uma garota que diz que outra garota disse que o governador a engravidou?"

"Henry, ele não trabalha para a porra do *New York Times*. Ele também tem um desmentido do pai da noiva que não desmente nada."

"Com imagem?"

"Ele não sai de casa sem a câmara. Meu palpite é que vamos estar no *A vida sexual dos ricos e famosos* no começo da semana que vem."

"Isso é..."

"Mais feio do que bunda cabeluda", ela disse.

"Será que conseguimos um desmentido mais categórico de Willie?"

"Henry, você realmente engoliu essa porra dessa história. Ele podia fazer uma puta duma fortuna nas nossas costas, mas está agüentando a barra esse tempo todo — e você quer pedir a ele que MINTA por nós?"

"Não que minta. Não sei. Desculpe. Você tem razão. De qualquer jeito, tudo o que ele disser será usado contra nós. Onde é que eles estão?"

"Não sei se quero contar para você, *amnio man*."

"Libby..."

"Estão numa cabana de pescadores que consegui para eles em Montgomery County. Há um belo riacho cheio de trutas. Willie pode ficar lá sentado o dia inteiro jogando a isca e pensando na freguesia que está perdendo. Ah, ele vai ter muitos fregueses quando voltar. Essa história vai ser *boa* para os negócios. O pessoal vai querer aparecer por lá. Vão se lembrar sempre de quem ele é e do que sua filha e o governador fizeram. Vão aparecer, só para ver se o garoto tem o mesmo cabelo ondulado e o mesmo sorriso sacana de Jack. Ele nunca mais vai poder ser apenas o Gordo Willie de novo. Eu devia MATAR o puto do Jack por fazer um troço desses."

"Ele diz que não é o pai."

"Não é", ela disse, cruzando os braços e olhando para mim com um jeito maldoso.

"Como é que você *sabe* disso?" Senti a adrenalina subir, uma súbita excitação. "Você já tem o resultado?"

"Só daqui a umas duas semanas, diz a doutora Sharon Wilkinson, A PORRA DA GINECOLOGISTA MAIS RÁPIDA DO PLANETA." Ela estava entrando em órbita de novo.

"Então, como é que você sabe?"

"CONFIE NO ASPIRADOR DE PÓ. 'Foi só minha intuição feminina, mas torci para que você estivesse aqui.' Lembra-se dessa canção? Não, você não ia se lembrar. Era muito baixo nível. Ah! Henry, Henry, Henry — minha pobre criança: se ela tiver dito uma PORRA DE UMA ÚNICA VEZ que foi ele, pouco interessa se foi ele ou não.

E sabemos que disse pelo menos duas vezes: para seu pai e para a Kendra 'Vou para a Disney' MASON. Henry, cresça de uma vez: merda gera merda. Cashmere tornou QUALQUER coisa possível... E, seja ele culpado ou não, você acha que Jack Stanton não seria capaz de comer a garota? Você acha que ele *não fez* isso?"

"Libby, não estou entendendo. Por quê...?"

Ela me interrompeu. "Ah, cale a boca, Henry. Por que perguntar por quê?"

"Porque essa porra é estranha demais", respondi.

"Estranha não é a palavra. Tente *repugnante*."

"Então o que é que você está fazendo aqui?"

"Aaaaahhhhh, Henry", e ela olhou para mim, subitamente de volta à razão. "Estamos aqui porque eles precisam de nós."

Luther Charles, como Jack Stanton, era o tipo de homem que provocava vibrações ao entrar numa sala; as moléculas se moviam de modo diferente, havia uma sensação de expectativa. E, por isso, pode muito bem ter sido seu magnetismo animal — e não apenas o brilho de suas abotoaduras de ouro — que atraiu meu olhar diretamente para o reverendo assim que entrei no West End Bar na noite seguinte, logo depois das onze.

De qualquer forma, eu estava meio agitado. Nova York faz isso comigo. Era como a sensação de mudança de fuso horário, mas ao contrário; tudo era mais rápido, mais barulhento, mais vívido do que em Mammoth Falls. Havia caminhado pelas ruas da minha antiga vizinhança, excitado pela movimentação do lugar, pela simples quantidade de gente: vagabundos e professores catedráticos caminhando à toa, confundindo-se uns com os outros, figuras pálidas do Upper West Side fazendo compras nas quitandas dos coreanos, porto-riquenhos com aparelhos de som portáteis e jóias de ouro fazendo ponto nas esquinas. Para quem conseguisse se acostumar com isso, qualquer outro lugar nos Estados Unidos ficava parecendo meio devagar, meio vazio. Eu não só estava acostumado como aquilo era, a rigor, meu lar. Fiquei em dúvida se deveria ir até meu apartamento para dar uma olhada. Cheguei a entrar no edifício, mas me acovardei, desencorajado pela perspectiva de ver as baratas fugindo da luz, desencorajado pelas lembranças do que fora a minha vida depois de William Larkin e antes de Jack Stanton, a pausa que essa época representou. Mesmo assim, fui ver a sra. Flores, a porteira, que se ocupava de encaminhar minha correspondência para Mammoth Falls. Baixinha e roliça, era dada a usar camisetas que não a favoreciam em nada. "Henry, você de volta?", ela disse. "Esse seu amigo governador tá fazendo cada trapalhada, hem?"

"Não, estou só dando uma checada", respondi. "Estava nas redondezas e resolvi pegar a correspondência."

"Vai lá em cima?"

"Não."

"Tá tudo arrumado. Tem dois meses, bombardeei as diabas das cucarachas. Tá o.k. agora, mas logo elas aparecem de novo. Quando é que você vai voltar, Enrico?"

"Não sei", respondi. "Talvez em breve. Alguma carta?"

"Mandei na semana passada, mas esta chegou antes. Ficou perdida *abajo* do meu diário."

Era do meu pai. Parecia não só ter vindo de um lugar diferente, mas de uma época diferente: os velhos tempos em que me correspondia com gente de toda parte, quando as cartas de Mohammed Siddiqi chegavam do Lahore em delicados envelopes azul-celestes. Essa era dolorosamente fina. Uma única folha de papel de seda, na qual estava datilografada uma só frase:

Você está realmente trabalhando para esse homem?

Não havia "Querido Henry" ou "Beijos, papai". Nada na folha além daquela frase. Parecia uma agressão física, mas diferente do tapa no rosto que Susan me havia dado — mais parecido com um murro bem na boca do estômago; eu mal podia respirar. Então fiquei furioso: o sacana não tinha o direito. Não tinha se dedicado o suficiente à minha vida para intrometer-se dessa forma, para me ferir desse jeito. Retrospectivamente, contudo, foi perfeito — a ocasião perfeita, levando em conta o que aconteceria aquela noite no West End Bar. Era como se Luther e meu pai tivessem combinado esse ataque, um último esforço desesperado para salvar Henry antes que ele se perdesse irremediavelmente no vale dos brancos.

Assim, excitado e com a alma pesada — trôpego, na verdade —, localizei Luther imediatamente, sentado num compartimento no West End, com uma aparência ostensivamente próspera, num terno azul de riscas, camisa branca de punhos duplos e presilha de colarinho dourada (sua gravata, preta e vermelha em listras verticais, parecia desafiadoramente barata, mais apropriada para o sermão de domingo). Com a idade, ele tinha ganho alguns quilos e perdido um pouco de cabelo; na sua época áurea, Luther exibia uma cabeleira afro e usava bubus — a revolta o caracterizava e lhe assentava bem. Agora, parecia depenado; Luther de terno era como Dukakis num tanque[34] de guerra.

Estava acompanhado de uma mulher, sentada de costas para mim. Saudou minha chegada sem dar nem sequer um sorriso; apenas um cumprimento com a cabeça e depois um aperto de mão — como se eu fosse um branco. "Henry", apresentou, "esta é Gail Powell, colega do seu atual patrão na faculdade de direito — e membro do conjunto."

"Do conjunto?", perguntei, sentando-me ao lado dela. Era uma mulher atraente, alta e bela, o perfil africano clássico acentuado pelo cabelo cortado rente, com uns primeiros toques grisalhos contribuindo para lhe dar um ar de dignidade e integridade. Usava uma blusa de seda cinza-pérola e calças escuras, um colar com uma pequena cruz de ouro e brincos simples de pérola.

"O Trio Legal." Sorriu e com um gesto da cabeça apontou para o pequeno palco. "Alguns colegas do escritório de advocacia — Jennings, Jenkins e Abercrombie. Fazemos uns improvisos aqui de vez em quando."

"A irmã..." Luther começou a dizer mas foi interrompido pela garçonete. Dei uma olhada na mesa: Luther estava tomando café, Gail Powell algo marrom — bourbon, pelo jeito. Tinha me habituado a tomar margaritas duplas — a bebida de Daisy —, mas claramente não iam combinar com aquela companhia. Pedi uma cerveja.

"A irmã pode lhe contar algumas coisas sobre Jack Stanton", disse Luther.

"Algumas *coisas*?", perguntei.

"Bem, tivemos um lance", disse ela, com um ar absolutamente imperturbável.

"Mais do que um *lance*", Luther disse. "Conte para ele."

"É, mais do que um lance. Fomos bastante próximos. Houve uma época em que... bom, você conhece Jack."

"Conheço Jack agora", respondi. "Como ele era naquele tempo?"

"Igual, talvez um pouco mais brilhante", falou. "Ele era fulgurante."

"Você conheceu Bill Johnson?", perguntei.

"Claro", respondeu. "*Nós* não eramos tantos que não nos conhecêssemos todos, que não nos víssemos todos os dias — sabe como é, estávamos nos ajudando uns aos outros, fazendo força, não queríamos passar vergonha. E, tenho de admitir, Jack estava conosco — muitos dos rapazes brancos nem nos viam, de tão cegos de ambição; outros faziam de conta que nos apoiavam; mas Jack estava conosco para valer. Ele se enturmava facilmente conosco, entende? Não tinha de se esforçar. E tinha uma lábia extraordinária. Houve ocasiões em que pensei — realmente pensei — que um dia íamos abrir o pequeno escritório familiar de assistência jurídica de que ele tanto falava."

"Ele *usou* nossa irmã", Luther disse.

Ela deu uma risada suave. "Taí, uma boa chamada para uma matéria: Mulher Negra Usada por Figurão Branco. Luther, deixe eu dar uma de advogada para cima de você: usar não é abusar. E sei tudo sobre abuso."

"Imagino que você também conheceu a Susan."

"Claro. Mas não muito bem. Você é muito jovem para se lembrar dos anúncios antigos de creme dental — Colgate com Gardol, o escudo protetor invisível. Com Susan, não se limitava à boca."

"Ele não amava a Susan?", perguntei.

Ela riu novamente. "Pensei que você trabalhava para o cara! Jack a amava. Claro que sim. Ele a amava. Ele me amava. Amava quem quer que desse sopa. Aquele sujeito não tem limitações na área sentimental — tem mais do que o suficiente para o gasto, e é tudo autêntico. Ele nunca finge. Estou certa de que achava que íamos ficar juntos, abrir um escritório de assistência jurídica e ter bebês cor de café — isso quando pensava no assunto. O problema é que ele estava pensando numa porção de outras coisas ao mesmo tempo."

"Ele enrolou a irmã", Luther disse, já sem muita convicção. As coisas não estavam saindo como ele esperava. "Ficou com a garota branca porque um casamento inter-racial não seria politicamente *viável*."

"Isso é verdade", concordou Gail, tomando um pequeno gole de uísque e depois rolando o copo entre as duas mãos, como se estivesse examinando a bebida. "Mas com o Jack sempre havia duas coisas ao mesmo tempo — a cabeça e o coração. Na minha *cabeça*, eu sabia que ele nunca seria verdadeiramente meu. Ele era muito carente e não era o tipo habitual de carência masculina — não era só gozar e se mandar. Ele era carente de uma forma feminina, precisava mais da proximidade física do que do próprio ato sexual. Você não entenderia isso, reverendo", ela disse com um ar malicioso, olhando para Luther. "Ele era... um amor." Pareceu quase surpresa por suas próprias palavras. "Ele era adorável. Sabia fazer com que o coração da gente se abrisse para ele. E, Luther", ela disse, sacudindo o dedo para o reverendo — "não foi exploração. Acho que nunca teve a ver com dominação, com querer se impor. Tinha a ver com carência, com estar junto. Sentia prazer em simplesmente estar lá, tocando, sendo tocado, observando, fazendo hora, mais do que qualquer outro homem que *eu* tenha conhecido."

Ela se virou e olhou para mim. Embora semicerrados, seus olhos faiscavam como ônix. "É claro que, na minha *cabeça*, eu sabia que Jack Stanton estava destinado a coisas mais importantes do que a assistência jurídica — e, nesse sentido, Susan era a escolha óbvia. Mas não era uma coisa fria, o contrato de parceria de que as pessoas falam. Aposto qualquer coisa que ele mexeu com ela, da mesma forma que mexeu comigo, que mexeu com todos nós. Aposto o que você quiser que ele *perfurou* o escudo protetor invisível daquela branca. Se não fosse assim, *ele* não teria querido se casar com ela. Se há uma coisa que Jack não suporta é não ser querido. E outra coisa: se ele não a amassse, ela não teria agüentado todas as cagadas dele durante todos esses anos. Ela é orgulhosa demais para isso. Bem, pessoal, tenho de ir..."

Levantei-me para que ela pudesse passar. Era muito mais alta do que eu. "Reverendo", ela disse, inclinando-se. "Senhor

Burton." Beijou minha mão, avançou um passo e disse: "Sabe, Henry, eu ia dizer que é uma pena: ele podia ter sido um grande sujeito se não tivesse querido ser um grande homem. Mas isso seria sacanagem, não seria? Além disso, aposto que — por trás de toda aquela conversa fiada — ele provavelmente ainda é um grande sujeito".

Ela se afastou, caminhando em direção à música, sua conversa conosco encerrada. "Então, Luther, era essa minha lição?", perguntei depois que ela saiu.

"Olhe para ela", Luther disse. "Pobre irmã. Ainda não esqueceu aquele panaca. E esse também é o seu destino, Henry. Ele está fazendo bom uso da cor da sua pele. Mas o que é que *você* está ganhando com isso? Que poder você tem? Você abriu mão da sua herança e da sua influência para carregar a mala de um branco."

Eu não conseguia tirar os olhos de Gail Powell. Ela irradiava um ar de erudição cansada, uma sabedoria dos blues — fiquei imaginando se seria uma Gail Powell diferente, mais firme, no escritório de Jennings, Jenkins e Abercrombie. Subiu no pequeno palco, onde se juntou a um pianista branco e um baterista negro; ela tocava contrabaixo.

"Ela toca contrabaixo?"

"É, isso é raro", Luther disse. "Irmãs tocando contrabaixo. É *curioso*, levando em conta o que as irmãs extraem desse instrumento — mexe com as entranhas delas, pelo menos é o que dizem", ele explicou, me testando. "Oh, oh, Henry Burton — você me acha *grosso*. Não é que você é bem neto do seu avô! Ei, o que é que você se lembra do grande homem?"

"Não muito", respondi. Lembrava de seus dedos, de meus dedos pequenos se encaixando nos dele, grandes e grossos; lembrava do cheiro de charuto que se desprendia dele. "Ele lia James Weldon Johnson para mim..."

Luther imediatamente começou a declamar:

Quando tiver bebido minha última taça de fel,
Quando de tudo me tiverem chamado, menos de filho de Deus,
Quando tiver terminado de escalar o lado agreste da montanha...

Luther tinha erguido os olhos, e suas palavras ressoavam. As pessoas se voltaram na sua direção, naquele ambiente escuro e impregnado de bebida. Ele era, comprovadamente, um dos Trombones do Senhor.

"Esse era seu poema favorito, não era?", perguntei.

Luther assentiu com a cabeça e foi direto ao verso final: "*Façam-me descer em paz à minha seca sepultura*". Agora estava de pé, agitando uma colher, exibindo-se para as pessoas. "*Para aguardar o grande amanhecer da ressurreição — Amém.*" Ele se regalou na "ressurreição" como — exatamente como — vovô fazia. Sentou-se e me encarou. Olhamos um para o outro intensamente — na verdade pela primeira vez. Tínhamos estabelecido contato. Agora podíamos conversar. Ele investigou meu rosto, como se estivesse procurando traços de meu avô em mim, ou talvez de meu pai.

"Aprendeu esses versos com ele?", perguntei. Então, antes que pudesse responder, fui mais diretamente ao ponto: "Como ele era?".

"Como Deus!", Luther riu. "Ele era como Deus, só que tinha defeitos, e nós os conhecíamos — mas ainda assim ele era como Deus, a voz do topo da montanha, olhando lá de cima para nós, olhando para *mim*. Eu era sempre o símbolo, o crioulo de rua ignorante na porra do seu Círculo Encantado. Pena que ele não chegou a conhecer você, teria adorado sua bunda magra. Você é bem o tipo dele. Fino. Claro. Respeitável. O reverendo era negro como a noite, mas adorava os mulatinhos, especialmente quando vinham da uni-ver-si-daa-de", disse ele maldosamente.

"Ele estudou na Hampton", eu disse.

"A uni-ver-si-daa-de!", Luther repetiu. "Qual foi a que seu pai freqüentou? A Universidade de Chicago? Dê uma olhada na lista, o chamado Círculo Encantado. Qual foi a do reverendo Artemis Jackson? O Mulato Arty cursou Yale. Nada menos. O reverendo adorava os irmãos que comiam galinha com garfo e faca, e não com as mãos. Que usavam camisas de colarinho. Eu nunca tinha visto essas coisas. Cresci no South Side. Meu pai poderia ter sido qualquer um do quarteirão. Isso afligia o senhor reverendo Burton. Ele ficava incomodado com a minha falta de paciência, de modos, de refinamento. E também ficava perturbado com a falta de... interesse do seu pai."

"Não era falta de interesse", retruquei. "Ele simplesmente estava interessado em outras coisas."

"Ele estava interessado em estar interessado em coisas diferentes daquelas em que o reverendo estava — isso é mais do que certo", Luther riu. "Ele não queria nada com a cruzada. E, seguramente, não queria saber de reconciliação. Nisso éramos dois, seu pai e eu. Fomos dos primeiros que não eram *de cor*, dos primeiros a serem *negros,* anos antes de Stokley e os demais encontrarem a palavra certa para nos designar. 'De cor' era bem — significava que você poderia ser café, carmim ou dourado; você podia ser agradável de ver, como um nenúfar de Monet. Seu pai e eu, nós chamávamos os irmãos refinados de *aquarelados*. Veja, negro era formidável porque não era bem. Era oposição, escuridão. Era um tremendo CHEGA, PORRA! Era duro demais para o reverendo: ele era de cor."

"Mas isso não parece coisa do meu pai — revoltado. Não me lembro de ele jamais levantar a voz. Apenas se mantinha à distância... de tudo."

"Com ironia", corrigiu Luther. "Ele se mantinha à distância com ironia. Olhe, ele *sabia*. Sabia que essa história de o reverendo andar com uns brancos de merda não ia dar em nada. Também sabia que a minha jogada de foder os filhos da mãe não tinha muito futuro. O negócio dele — você sabe disso — era a Antigüidade, pesquisando de onde nós viemos. Sabia que conviver com os brancos de merda não ia dar certo, e não só porque esses filhos da mãe *ainda* não são nem capazes de nos olhar de frente — mas porque nós mesmos nos sentíamos mal demais em nossa própria pele para negociar com credibilidade, por mais que procurássemos parecer orgulhosos de nossa raça. Não estávamos preparados para ser iguais. Acho que nem era culpa nossa. Tínhamos bons motivos. Estávamos avançando aos poucos, tão rápido quanto possível. E é por isso que nunca pude entender..."

"O quê?", perguntei, embora soubesse.

"Sua mãe. Nunca pude entender o que ele viu nela, além do óbvio. Mas aí... dê uma olhada na irmã" — ele fez um gesto em direção ao palco onde o Trio Legal tinha mergulhado numa versão lenta e sonhadora de "Time after time", Gail Powell de olhos fechados, acariciando o contrabaixo. "Ela podia ter escolhido o homem que quisesse. Não quis nenhum de nós. Não dá para saber porra nenhuma de quem os outros vão gostar ou não. Não sei que mandinga sua mãe fez, ou o que se passou no coração do seu pai." Luther sorriu. "O coração é um caçador solitário."

Ficamos calados por algum tempo, ouvindo a música.

"Henry", Luther disse finalmente. "Seu pai não está aqui e eu sou o único membro disponível do que sobra do grupo do reverendo para representá-lo. Portanto, escute: sei que você não pode entrar na minha. Sei que isso seria *embaraçoso*. E, de qualquer jeito, provavelmente também não vai durar muito. Mas estávamos contando com você para bolar a próxima jogada. Sabe como é? Booker T. Washington[35] era um babaca, certo? Não podemos conviver com eles como os dedos da mão. Estamos sempre sendo enrabados. Não podemos viver com eles, não podemos viver sem eles, não podemos nunca ter um pingo de confiança neles — e quem quer confiar nesses sacanas? A verdade é que simplesmente nos abominam, a maioria deles. Portanto, o lance do reverendo não funciona. O meu também não. Cabe a *você* e ao seu pessoal bolar a próxima jogada."

"*Eu?*", perguntei. "Peraí, Luther. Você acha que tenho uma missão só por causa do meu sobrenome? Não sou pastor. Estou na política. Faço o que sei. E faço bem. E, na maior parte do tempo, gosto do que faço."

"Exatamente, irmãozinho. Você poderia ter sido dentista, golfista profissional ou ter se mandado para o Cairo, como seu pai, mas resolveu ficar na arena — e por isso cabe a você. Sei que se ligou a Stanton porque pensou que, se ele ganhasse, você podia ser o segundo homem mais poderoso do mundo."

"Não é verdade", menti.

"Certo, tem também a mulher do creme dental, não é? Ela é a número dois. Mas você imaginou que seria o seu bilhete para a Ala Oeste da Casa Branca. E, quem sabe, talvez chegue lá. Mas mesmo que conseguisse, mesmo que consiga — você tem coisas mais importantes a fazer: levar avante a campanha do reverendo. Eu esperava que fosse eu, sabe? Queria que fosse eu, e não um desses negros sofisticados do mundo acadêmico. Eu era o herdeiro legítimo — e, cara, não consegui me controlar quando ele morreu. Chorei um bocado e, é claro, também fiz minha jogada. E o Círculo fala mal de mim desde aquela época. Luther, o anjo caído. Muito bem, agora sigam-me, seus panacas! Quem fez os irmãos se sentirem melhor na sua pele, eu ou os desbotados? Eu me candidatei a presidente, debati com os brancos, quase ganhei deles. E, nas esquinas, o pessoal acompanhava aqueles debates como acompanhava as lutas de Joe Louis nos anos trinta."

Calou-se. Pareceu dar-se conta de que tinha entrado num blablablá de autojustificação e não era isso o que queria. Sorriu e disse: "Henry, eu odiava o porra do reverendo. Mas o odiava como um filho odeia o pai, sabendo que ele nunca ia me apreciar como eu gostaria. E você é do mesmo sangue, e, qualquer que seja sua racionalização, o reverendo Henry Burton não teria ficado orgulhoso de ver seu neto como empregado de um governador sulista qualquer."

"Ah, peraí aí, Luther. Você sabe que ele não é um governador sulista qualquer".

"Não se trata disso, meu filho", ele disse, fazendo um olhar doce e segurando meu braço com sua mão grande. "A questão não é a qualidade do governador; é a qualidade do seu trabalho."

Aquele sábado foi horrível. Deveríamos lançar nossa campanha em Nova York com um comício na Restoration Plaza, em Bedford-Stuyvesant; em seguida, Stanton tomaria o helicóptero para Connecticut, onde participaria de uma rápida sucessão de eventos. Pelo que nos disseram, Rucker tinha tudo preparado. Haviam prometido fotos fantásticas para os jornais de domingo.

O lugar estava deserto. Não havia ninguém. Era como se tivesse havido um trabalho de preparação às avessas, como se o centro de Bedford-Stuyvesant tivesse sido evacuado. Havia uma banda tocando na praça vazia, uma banda soul com uma mulher desafinada gritando músicas de Chaka Khan. (Essa mulher, ficamos sabendo depois, era a irmã do assessor de imprensa do vice-prefeito para o desenvolvimento econômico e ia custar 2 mil dólares à campanha de Stanton.) Havia cinco ou seis voluntários encapotados e não muito entusiásticos (a cem dólares por cabeça, por uma tarde), prontos a distribuir panfletos, adesivos e distintivos de Stanton para quem quer que aparecesse. Mas ninguém aparecia.

Há que se admitir que era um desagradável dia de março — nublado, gélido e de muito vento. Mas era sábado, as semifinais do campeonato universitário de basquete não iriam começar antes do final da tarde, e Rucker tinha prometido uma multidão. Chegamos em uma caminhonete, seguidos pelo ônibus da imprensa com os correspondentes nacionais que habitualmente nos acompanhavam. (Os absolutamente impenitentes e incorruptíveis escorpiões de Nova York jamais nos pediriam condução — chegavam separados, em seus próprios carros, com placas especiais de imprensa que lhes permitiam estacionar ilegalmente em quase qualquer lugar.)

"Henry, não vou descer desta caminhonete enquanto você não encontrar o prefeito e descobrir que porra é esta que está acontecendo aqui", disse Stanton.

Telefonei para Bobby Tomkins. "Onde você está?", perguntei.

"Aqui", ele respondeu. "Estamos numa sala de espera do outro lado da praça. Vejo que vocês acabam de chegar. Vamos começar esse troço."

"Onde está o pessoal?", perguntei. "Cadê a multidão?"

"Uma cagada", respondeu Bobby. "Fomos enrabados. Estávamos dependendo do comitê do Brooklyn para a preparação — mas você sabe como às vezes as coisas são entre os comitês do Brooklyn e do Harlem. Existe uma rivalidade, você sabe. Às vezes eles não querem que a gente se saia muito bem. E, neste caso, estou certo de que receberam um recado de Albany de que este pode não ser um bom momento para o Harlem brilhar. Claro que, se você falar com eles, vão entrar com um papo furado sobre mal-entendidos e perguntar se não era para ser *amanhã*. Mas não vou enrolar você: eles nos enrabaram."

"Que é que está havendo?", grunhiu Stanton, virando-se para mim, do seu lugar habitual no banco da frente.

"O prefeito...", prosseguiu Bobby.

"Um momento", falei a Bobby.

"Como *um momento*?", gritou Stanton.

"O prefeito...", recomeçou Bobby.

Tapei o bocal do telefone. "Eles fizeram uma cagada, alguma coisa a ver com Ozio e o comitê do Brooklyn — mas isso é tudo o que eles têm para nos oferecer.

"E o que é que eles sugerem que a gente faça?"

"O que é que vocês querem fazer?", perguntei a Tomkins.

"O prefeito quer ir em frente com o programa", respondeu Bobby.

"O prefeito quer ir em frente", repeti para Stanton, que arrancou o telefone da minha mão. Lancei-lhe um olhar de reprovação. Ele teve de imediato uma leve reação de arrependimento, mas mesmo assim não voltou atrás.

"Bobby, diga ao prefeito que não vou em frente com coisíssima nenhuma que signifique discursar para três cães vadios e um bêbado", falou Stanton. "Ele o quê? Tá brincando? Bobby, ponha ele na linha. Ele não quer? Porra! Acho que chegamos a um impasse."

Desligou. Perguntei qual era o caso. "O prefeito, se é que você pode acreditar numa sacanagem dessas, quer fazer o discurso dele. Quer falar para esta praça vazia. Diz que não está vazia: os escorpiões estão por aí. Diz que já emitiu um comunicado de imprensa e distribuiu o texto do discurso, portanto tem de fazê-lo." Stanton estava perplexo — meio rindo, meio a ponto de arrebentar o vidro da caminhonete com um murro. "Se for algo parecido com aquele soporífero que leu outro dia na prefeitura me apoiando, ele provavelmente deveria pensar duas vezes. Mas não creio que seja capaz *disso*. Ah, outra coisa realmente formidável é que ele se recusa a falar comigo pelo telefone. Acha que não fica bem que os chefes se falem por telefone."

"Bom, temos de encontrar uma solução", falei. "Vou lá conversar com eles."

"Estou quase decidido a ir embora e ponto final. Mas está bem, acho que você tem razão", disse ele.

"Então, o que devo combinar?"

"Combinar?", perguntou Stanton, com ar petulante.

"O que é que o senhor quer?"

"Uma multidão."

"Fora isso", falei.

"Matar aquele babaca de merda", gritou Stanton, mas depois se acalmou. "Não sei... talvez devêssemos partir para um corpo-a-corpo nas ruas."

"Está bem", concordei. Cruzei a praça, passando por mudas de tília recém-plantadas, em direção a uma loja desocupada, onde dois guardas da prefeitura guardavam a porta. O lugar estava vazio e tinha aquele aspecto deprimente característico das áreas urbanas submetidas a projetos de renovação excessivamente ambiciosos; tinha sido recentemente embelezado — calçadas de tijolos, um mural de arte africana — e estava prestes a viver um estéril apogeu de dúbia recuperação. Grossos maços de panfletos "Estamos com Stanton", que não haviam sido distribuídos, eram soprados pelo vento para os canteiros de tijolo e as esquinas caiadas da praça. Vários escorpiões de Nova York vagueavam em frente à entrada da loja, mas — por sorte — não me reconheceram.

O prefeito me reconheceu. "Senhor Burton", chamou ele, sem levantar-se de uma escrivaninha instalada sob uma lâmpada nua no centro da loja vazia; na verdade, mal tirou os olhos da salada grega que comia numa bandeja de alumínio de entrega em domicílio. "Isto é lamentável."

"Ei, cara!", disse Bobby Tomkin, aproximando-se e apertando minha mão. Era um homem grande, com um rosto escuro e maltratado. Eu não tinha ficado surpreso quando soube que tinha sido defensor avançado no time da Universidade Estadual de Kutztown e que pertencia a uma família de agricultores dona de sua própria fazenda na Pennsylvania: irradiava uma decência sensata e equilibrada. Estava realmente envergonhado com tudo aquilo.

O prefeito não. "Senhor Burton", disse ele, "quando crê que o governador vai se dignar a sair do carro e permitir que iniciemos o evento?"

Não sabia se ele estava me gozando com esse formalismo ferino ou se falava sempre assim. Estava sentado com um ar imperial no centro da loja reformada, mas jamais reocupada; havia escadas jogadas no chão, paredes de gesso não-revestidas, projetos de arquitetura e uma fina camada de poeira de construção. O prefeito usava um blusão de seda negra de Spike Lee, com os dizeres "40 acres e uma mula", sobre uma camisa branca com o colarinho impecavelmente engomado e uma elegante gravata prateada. Um assessor estava de pé a seu lado, segurando um cabide com um blazer azul muito bem passado e envolto em plástico. Havia um aparelho de som portátil sobre a mesa. O prefeito estava ouvindo Billie Holiday em fim de carreira, exageradamente lúgubre: "I don't know why I love you like I do".

"O governador não vai fazer um discurso diante de uma praça vazia", falei.

"O governador está abusando da minha hospitalidade", replicou o prefeito, mais uma vez mal olhando para mim. Eu não existia; eu era lixo.

"Senhor prefeito, creio que o governador está tentando lhe fazer um favor", falei. "Do jeito que as coisas estão, amanhã a imprensa nacional vai dizer que Richmond Rucker não é capaz de mobilizar os moradores do Brooklyn. Temos de evitar isso."

"Do jeito que as coisas estão, meu jovem", retrucou ele, finalmente olhando para mim com olhos vítreos verde-azuis e um indisfarçado desprezo, "a imprensa nova-iorquina vai falar do permanente atrito entre os comitês do Harlem e do Brooklyn — lá para o final da matéria. O lead vai ser que a campanha do governador Stanton começou mal na cidade, que ele está tendo dificuldade em gerar entusiasmo, e, depois, um ou dois parágrafos sobre meu discurso denunciando a indiferença do governo federal com a situação das cidades e lembrando o povo do projeto Cuare."

Fiquei tentado a dizer: "Certo, nós precisamos do Cuare para construir mais desertos urbanos como este — e fico imaginando quantos de seus cupinchas ganharam contratos de construção". Mas sou um profissional, assim como Bobby Tomkins, que me deu um olhar de quem pede e oferece solidariedade. "Senhor prefeito, com todo o respeito, não há força no mundo que faça Jack Stanton acompanhá-lo naquele palanque solitário no meio daquela praça vazia, a menos que o senhor consiga enchê-la de gente. O governador gostaria de conversar sobre isso pessoalmente com o senhor. Tudo que o senhor tem a fazer é pegar o telefone."

"Isso não seria direito", retrucou Rucker. E foi tudo o que disse.

Olhei para o relógio. "Senhor prefeito, é uma e cinquenta. Vou atravessar a praça e contar esta conversa ao governador e então, às duas horas, o governador Stanton vai começar uma caminhada pela rua Fulton, acompanhado pela imprensa nacional."

"Não me *ameace*, rapaz", ele disse, levantando-se e debruçando-se sobre a escrivaninha. "Nunca lhe ensinaram boas maneiras? Não olhe para o relógio na presença de um superior, a menos que ele lhe pergunte as horas. E diga ao governador que às duas horas vou pronunciar meu discurso aqui na praça, com ou sem ele."

"Então cruzei a praça e contei a Jack", disse a Daisy naquela noite enquanto viajávamos no trem E para Forest Hills. "Nós seguimos nosso caminho, Rucker fez seu discurso e a imprensa toda ficou em cima dele e de nós. A matéria amanhã vai ser sobre a briga pública entre o governador e o prefeito e o desastroso início da campanha de Stanton em Nova York."

"Que merda", ela disse. "E o misterioso Howard, ficou se desculpando todo?"

"Não", respondi. "Ele disse: 'A gente tem de lidar com o prefeito com muito cuidado'. E o Jack disse: 'Como se fosse lixo tóxico?'. Na verdade, o engraçado — e é claro que isso era previsível — é que o Jack estava se sentido muito bem depois de todo aquele trabalho na rua. Ele se divertiu à beça na rua Fulton. E acho que conseguimos ótimas fotos. Deve ter abraçado todas as negras gordas do Brooklyn."

"Então ele sobreviveu?", perguntou Daisy.

"Não sei. Ele sempre sobrevive. Daisy..."

"O quê?", perguntou ela, segurando minha mão. O trem parou na estação de Queens Plaza; passageiros embarcaram e desembarcaram.

"Não paro de pensar na conversa que tive com Luther Charles na outra noite. Começou com as bobagens habituais, se ele vai nos apoiar ou não, os termos de sua chantagem — mas de alguma forma a conversa acabou no meu avô. Ele falou um bocado sobre o reverendo e sobre meu pai. Sabe, eu nunca havia falado com ele sobre isso. Mas lembro dos outros o esnobando e menosprezando. Todos os meus 'tios' no Círculo Encantado implicavam com ele, o criticavam — e sem dúvida tinham razão. Mas há o lado dele também. É o que descobri na outra noite. Gostava do reverendo tanto quanto qualquer outro deles e conheceu de fato meu pai — provavelmente melhor do que eu. De qualquer modo, Luther finalmente disse: o reverendo Harvey Burton nunca teria querido que seu neto fosse o serviçal de um governador sulista qualquer. Respondi que Jack não era um governador sulista qualquer. E ele disse: 'Talvez não, mas você não passa de um serviçal'."

"Luther estava provocando você, Henry", retrucou Daisy, revoltada. "Você não é um serviçal. Sabe disso. Você está controlando tudo. Mais do que ninguém. Não vê como todos — Jack, Susan — olham para você nas reuniões? Se alguém aparece com uma idéia ridícula, basta você levantar uma sobrancelha e pronto. Você é o senhor Bom Senso. Eles estariam perdidos sem você."

"Não é isso o que as pessoas sempre dizem de um bom mordomo?"

"Henry, você é o vice-diretor de uma campanha presidencial — e, como o diretor da campanha é um idiota, todos dependem de você: chama a isso ser um serviçal? Por esse critério, só não são serviçais os presidentes das empresas."

Vá lá. Está certo. Olhei em torno de mim no vagão do metrô. Era um velho hábito: examinar o vagão, pensando que tipo de relacionamento os passageiros desenvolveriam se ficássemos presos num túnel; o que aconteceria se soubéssemos que mísseis nucleares estavam dirigindo-se para Nova York e só tivéssemos dez minutos de vida. Com qual mulher gostaria de transar antes do juízo final. Esse vagão estava meio vazio. Havia balconistas voltando para casa depois de um longo dia na Macy's ou na Bloomingdale's; eram imigrantes — indianos, paquistaneses, latinos —, exaustos mas aliviados, vibrando por estar onde estavam, num metrô de Nova York, indo para casa. Havia pessoas mais velhas, judeus de ambos os sexos, voltando para casa depois de uma tarde de sábado dedicada a atividades culturais em Manhattan. Entre as balconistas, havia diversas candidatas à minha transa termonuclear: belas garotas de pele morena, cuidadosamente arrumadas, o tipo de moça que a gente vê atrás do balcão de produtos de beleza. Podiam ser latinas, asiáticas ou quase qualquer outra coisa; as distinções étnicas estavam sendo reduzidas a pó em Queens. Em circunstâncias normais — na verdade, durante toda a minha vida —, eu tinha flertado com essas moças nos vagões de metrô, trocado olhares, sorrido, criado fantasias. Mas Daisy estava a meu lado, segurando com força minha mão, e olhei para ela como se fosse uma desconhecida: nunca a teria escolhido num vagão lotado. Não que não fosse atraente; era engraçadinha, de perto. Mas não era do tipo que inspira fantasias. Seu cabelo, que lhe caía sobre os olhos quando fazíamos amor, estava preso atrás dos dois lados com pregadores dispostos simetricamente. Tinha caprichado um pouco no traje para visitar a mãe. Estava usando um sobretudo negro, simples e elegante, uma écharpe bordô, uma camisa longa de seda branca e calças compridas pretas.

O próprio ato de olhar para ela daquele jeito, como se fosse uma estranha, transformou em realidade o que era uma simples sensação: senti-me desligado, como se não a conhecesse. Dei-me conta de que esse era o pensamento mais banal no jogo amoroso entre macho e fêmea. Mas ele me ocorreu e ela percebeu.

"Henry, foi um dia de merda", disse ela. "E espere, só até você conhecer minha mãe..."

A mãe dela estava vestida de cigana, ou talvez com roupas compradas numa liquidação de uma loja de roupas folclóricas de segunda mão. Usava uma blusa *norodniki* de estilo russo, de colarinho alto e bordada — vermelho e preto sobre fundo branco de algodão; uma saia indiana, preta e longa, com grandes bordados de flores aplicados em listras horizontais, e um lenço de cabeça andino (ou talvez africano) multicolorido. Por um instante pensei que ela pudesse estar fazendo quimioterapia, mas tufos de cabelos grisalhos surgiam na altura das orelhas — o lenço era para funcionar como adorno. Usava brincos mexicanos pingentes de prata e turquesa. A impressão imediata era de... excesso.

Pareceu espantar-se quando abriu a porta, como se dizendo: você realmente o trouxe. "Ruth Green", ela se apresentou, estendendo a mão. "Imenso prazer em conhecê-lo."

O apartamento parecia um museu da Frente Popular — mobília moderna dinamarquesa, simples e sem graça, completamente dominada por uma brigada internacional de arte do *povo*: o pôster de Ben Shahn retratando Sacco e Vanzetti, em que os dois anarquistas italianos parecem simples trabalhadores imigrantes estonteados; a famosa foto de Martha Graham, a cabeça abaixada, o punho na testa, o corpo todo curvado numa tristeza gloriosa; um pôster de Fasanella; decorações de parede guatemaltecas; uma escultura de Dagon. E uma quantidade de plantas suficiente para criar um ecossistema. Sobre a mesa de centro, exposto com uma falta de sutileza única, estava um exemplar de *Arando nosso campo, semeando um sonho: sermões do reverendo Harvey Burton*.

"Estava tão *nervosa*", disse Ruth Green. Eu podia ver Daisy nela, Daisy mais velha, mais solitária, um pouco curvada; não era uma visão atraente. "Fiquei pensando no poema de Langston Hughes. Você certamente o conhece." Por incrível que pareça ela começou a declamar:

> *Sei que sou*
> *O Problema Negro*
> *Sendo recebido para jantar*
> *Respondendo às perguntas que sempre*
> *Vêm à mente dos brancos*
> *Ao buscarem discretamente*
> *Descobrir com boas maneiras*
> *O porquê e o como*
> *Do Lado Escuro dos Estados Unidos...*

"...e assim por diante", ela explodiu. "Há mais versos, não me lembro de todos, mas em certo ponto o anfitrião branco diz: 'Tenho tanta vergonha de ser branco'. E... sei que não deveria, mas não posso deixar de me sentir assim também. É verdade. Este país é tão racista. Temos sido tão ruins com... eh... uns com os outros. É tão difícil vencer as barreiras e simplesmente se comunicar. Quer dizer, fui uma seguidora devotada do seu avô. Mal posso acreditar que você e Daisy... Por isso estava tão nervosa." Ela parou, olhou para mim, piscou. "Só queria botar as cartas na mesa. A relação entre as raças é quase sempre tão desajeitada, mas acho que vocês dois resolveram o assunto a seu próprio modo."

Putz. Daisy revirou os olhos, como quem diz: está vendo, não falei? Pensei comigo mesmo: deve ser o Mês da Poesia Negra. Primeiro Luther, agora a mãe de Daisy; eles eram simétricos. Com Luther a poesia tinha sido uma abertura nostálgica e encantadora; isso era exatamente o oposto.

"Posso lhe oferecer algo?" Ruth Green perguntou, um pouco menos excitada. Tinha se dedicado com afinco a seu discurso inicial e agora estava aliviada por haver terminado — e parecia de todo alheia ao impacto sobre a platéia. "Uma soda? Cerveja?"

"Uma cerveja", respondi.

"Também vou querer uma", Daisy disse, sem ter sido consultada — não tendo até então merecido sequer um olhar da mãe, até onde eu tivesse percebido.

"Você sabe onde ficam", disse Ruth para ela. "Por que não traz três?"

Assim que Daisy foi para a cozinha, Ruth virou-se para mim e disse: "Você não acha que ela está subempregada? É Ph.D. em política governamental. Escreveu sua tese sobre as deficiências estruturais do sistema canadense de contribuinte único. Devia estar fazendo um trabalho sério de *formulação de política,* não acha? Devia estar no Instituto de Urbanismo ou coisa parecida. Não gosto desse negócio de propaganda política — propaganda negativa, sempre negativa. Como é que se pode educar o povo sendo sempre tão negativo?".

"Ela é muito boa no que faz, senhora Green", respondi.

"Alguma vez ela lhe contou que, antes de começar a lecionar, trabalhei em programas de controle populacional das Nações Unidas?"

Daisy voltou com três cervejas e um ar mortificado. "Mamãe, política ou não-política dá na mesma", disse ela, exageradamente alegre, me entregando uma lata de Bud Light. "A gente formula essas coisas e os políticos esculhambam com tudo. No fim das contas, nada funciona."

"Daisy! Credo. Você parece uma neoconservadora. Henry, a formulação de diretrizes políticas é importante, não é? Diga a ela. Daisy, por que você não trouxe copos?".

Olhei para Daisy. Comecei a dizer alguma coisa, mas ela interveio: "Claro que formular diretrizes políticas é importante, mãe. Só que não é o que gosto de fazer. Vou buscar os copos".

"Então você prefere produzir comerciais."

"Não force, mamãe."

"Daisy lhe contou sobre o pai dela, que Deus o tenha?", Ruth perguntou, voltando-se de novo para mim enquanto Daisy retornava à cozinha. Ela tinha os mesmos olhos da filha. Ou melhor, seus olhos tinham a mesma forma que os de Daisy. Ela não tinha a mesma visão da filha. Daisy via tudo e sempre compreendia o que estava vendo. Era desconcertante — ver os olhos de Daisy como se fossem cegos.

"Ele era um dirigente sindical", respondi.

"Um *organizador*", disse Ruth reverentemente, dirigindo um olhar de repreenda para a cozinha, como se Daisy não tivesse explicado corretamente quem era seu pai. Levantou-se, foi até o armário simples de madeira, abriu a gaveta de cima e retirou uma fotografia do pai de Daisy: bigode, óculos de aro metálico e um sorriso matreiro, de quem sabe das coisas: ele tinha visto tudo. "Esse era Max", Ruth disse. "Fazia o trabalho mais duro, organizando as tecelagens lá no Sul. Uma vez ele apanhou, apanhou muito, em Greenville. Sofreu o infarto em High Point, na Carolina do Norte." Assenti com a cabeça, tentando dizer que Daisy me havia contado tudo isso, mas Ruth pareceu não perceber. "Bem, ele sempre disse que foi por causa da televisão que ficou tão difícil organizar os trabalhadores. Dizia que Marx não conhecera o verdadeiro ópio do povo. E aqui está a filha de Max Green, trabalhando com televisão."

"E nem ao menos com a televisão pública", disse Daisy, voltando da cozinha. Era óbvio que ela já tinha ouvido esse papo.

"Tudo bem, faça troça", retrucou Ruth Green, subitamente mal-humorada. "Mas você podia estar fazendo alguma coisa em favor do povo."

"Mãe, o que é que há para o jantar?", Daisy perguntou, claramente querendo mudar de assunto.

"Peito de galinha desossado", Ruth disse. "Está na geladeira. Também tem brócolis frescos. Daisy, quer ser um amor e preparar para nós? Você é tão melhor que eu para essas coisas. Henry e eu vamos arrumar a mesa. Será que você podia fazer um pouco de arroz?"

Mais simetrias: Daisy me atacou aquela noite no hotel do mesmo jeito que eu a atacara na noite do saiote. Havia um quê de desespero nela, um quê de por favor, por favor, esqueça o que aconteceu, eu posso fazê-lo muito feliz. Mas ela estava forçando um pouco a barra; nossos corpos não conseguiam se encaixar; a certa altura ela mordeu o lóbulo da minha orelha e dei um gemido de dor.

"Então", perguntei-lhe depois, "quais são as deficiências estruturais do sistema canadense de contribuinte único?"

"Pelo amor de Deus", respondeu. "Sei que você sabe que não sou ela. Sei disso. Mas há partes dela em mim — como, por exemplo, o fato de eu estar falando isso agora. Ela faria o mesmo. Ela teria mordido sua orelha com força demais. Porra, porra, porra, Henry." Esmurrou o travesseiro, sentou-se de um salto, fechou a boca com um zíper e jogou fora a chave. "Mmmmm, mmmmm, mmmmm", resmungou.

Estendi a mão para o chão ao lado da cama e peguei a chave. Girei-a na sua bochecha esquerda e abri o zíper da boca. "Sinto muito", ela disse. "Sinto muito, muito mesmo."

"Não se preocupe", respondi, mas ela percebeu: sua mãe tinha me deixado apavorado.

"Henry, vamos fazer um trato: se nós ficarmos, tipo, juntos — quero dizer, por algum tempo... se isso fizer você se sentir mais à vontade, estou disposta a *matar* minha mãe. Literalmente. Com minhas próprias mãos."

"Se você está realmente a fim de fazê-la sofrer", falei, "talvez fosse melhor contratar uns *proletários* para fazer o trabalho."

"Eles podiam começar amarrando ela numa cadeira e a obrigando a assistir a spots negativos durante algumas horas", sugeriu Daisy. "E depois forçá-la a cozinhar uma porra de um jantar para eles. E depois poderiam estrangulá-la enquanto declamavam versos de Langston Hughes."

Ela estava apoiada num cotovelo, mexendo no meu cabelo. Eu olhava para o teto. "Henry, por que estamos aqui?", perguntou. "Por que não estamos no seu apartamento?"

"Não sei", respondi. "Sinto como se não fosse mais o meu apartamento. Não sou o cara que morava lá. Ou talvez seja o que Luther falou: os capangas têm de ficar junto do chefe. Ou talvez só porque a senhora Flores não arruma o apartamento todo dia."

"Henry, não leve a sério aquela babaquice de que você é um serviçal", disse ela. "Isso é uma apelação. É Luther querendo sacanear você com um troço de raça."

"Não sei. Jack tomou o telefone da minha mão hoje durante aquele rolo com Rucker — e Rucker se portou como se eu fosse o cocô do cavalo do bandido. Luther me fez começar a reparar nessas coisas."

"Isso mostra que eles são uns babacas. Não faz de você um serviçal. Henry, você não pode deixar essa coisa grilar você."

Mas ela sabia que estava me grilando. E muito.

Ainda havia uma campanha presidencial em andamento, embora tivesse, surpreendentemente, muito pouco a ver com Jack Stanton. A confrontação Rucker-Stanton foi notícia em Nova York, mas no resto do país mal foi notada.

O resto do país estava apaixonado por Fred Picker. Foi uma paixão súbita, descontrolada. Naquela semana ele ia aparecer na capa das revistas *Time* ("A febre de Picker"), *Newsweek* ("Abram alas para Freddy") e *People* ("Pickermania"). Domingo à noite ia ser entrevistado por Lesley Stahl, no *Sixty minutes*;[36] o programa já tinha sido gravado, Lesley caminhando com Picker por sua plantação ecologicamente correta na Flórida. Ele usava camisa de brim, macacão, botas de montaria e boné de camuflagem. "O senhor caça, governador Picker?", ela tinha perguntado.

"Por esporte, não." Ele sorriu. "Para comer. Posso lhe conseguir umas codornas, se você quiser ficar para jantar."

Como Daisy havia previsto, ele era muitíssimo competente. Afastou-se com a maior tranqüilidade das posições mais extremadas de Lawrence Harris — acabou com a conversa de uma taxa sobre Usos Virgens ou um imposto de cinqüenta centavos sobre o que quer que fosse. "Todos sabem que é preciso fazer alguma coisa", ele disse na primeira vez em que foi ao programa de Larry King.[37] "Mas seria pouco sério da minha parte vir aqui, no meio de uma campanha, e dizer exatamente o que vamos fazer. Para reduzir o déficit, precisamos arrecadar mais dinheiro." Com toda a naturalidade afastou o olhar de King e dirigiu-se para a câmera. "O senador Harris pensava que existiam maneiras de fazê-lo que também ajudariam a preservar o meio ambiente. Acho que é uma excelente idéia. Mas temos de esperar até que o país eleja um presidente e ele se reúna com o pessoal do Congresso para definir os detalhes específicos."

"Na sua opinião, Harris errou ao ser específico?"

Picker riu. "Ah! Espere aí, Larry. Isso não é digno de você. Está querendo me jogar uma casca de banana. O pessoal sabe o que estou dizendo. Próximo assunto."

Ainda não sabíamos muito sobre ele. Evidentemente, os primeiros perfis biográficos eram elogiosos. Tinha sido um homem de negócios antes de eleger-se governador, tinha levado a empresa de equipamento petrolífero da família, sediada em Pensacola, a especular com contratos de petróleo: jogou brilhantemente — pegou a onda logo antes do primeiro embargo de petróleo árabe e depois deixou o negócio nas mãos do seu irmão mais moço, Arnie, para se meter em política. Parecia ter um grande senso de oportunidade. Lançou-se na campanha para governador de 1974 pelo Partido Democrata, contra a reeleição do titular do cargo, já exausto e confuso. Fez sua campanha de roupa esporte e carregando uma vassoura — a vassoura, a roupa esporte e as costeletas, assim como o nariz e os olhos de ave de rapina e o sorriso largo, rapidamente o fizeram popular junto aos cartunistas políticos e, em seguida, também junto ao público. Seu casamento, no meio da campanha, com Antonia Reyes Cardinale, filha de um rico negociante de móveis cubano (e herdeira na Nicarágua), ajudou-o a conquistar o voto dos latinos, que normalmente era dado aos republicanos. Ganhou a eleição sem dificuldade. Previa-se que teria um grande futuro. Foi uma daquelas vitórias que costumam atrair a atenção dos colunistas políticos de Washington, eternamente em busca de novos talentos. Sempre vale a pena ficar de olho no carismático governador de um grande estado.

A pesquisa de Libby trouxe à luz um monte de colunas especulativas sobre Picker publicadas logo que ele assumiu o cargo. Ele não havia desestimulado as especulações. Tinha declarado: "Ser presidente pode ser divertido — eles também precisam de umas boas vassouradas em Washington". Mas nunca fez muito de concreto a respeito. Aliás, como governador nunca fez muito de concreto sobre coisa alguma — não houve grandes iniciativas, nem grandes escândalos, nem grandes aumentos ou cortes de impostos. Tudo parecia correr sem problemas. Ele era popular. Seus dois filhos nasceram. Houve outra onda, menor, especulando que ele poderia ser um bom candidato a vice-presidente em 1976 — mas a atropelada de Jimmy Carter acabou com isso; uma chapa Geórgia-Flórida jamais teria chance. Apoiou Carter. "Que diabo! Praticamente crescemos no mesmo bairro", disse. A partir daí, nada. Até a estranha entrevista coletiva, em março de 1978, um acontecimento que tinha sido claramente planejado para o anúncio de sua campanha à reeleição. Havia fotos de Picker, ar angustiado, com o cabelo negro repartido ao meio e caindo encaracolado sobre o colarinho; sua esposa, uma mulher muito atraente, os cabelos pretos presos num coque, em pé à direita dele, com um filho no colo e lágrimas nos olhos.

Após a frase famosa: "Eu ia anunciar minha candidatura à reeleição, mas mudei de idéia", ele tinha acrescentado: "Acho que não nasci para esse tipo de função. Vocês precisam de alguém mais paciente do que eu. Espero que tenham a gentileza de não fazer perguntas demais sobre isso".

Vários dias depois, o *Miami Herald* publicou um artigo analisando o episódio, encimado por um título que resumia bem a reação da imprensa local: ELE SE ENCHEU. Não havia especulações sobre problemas pessoais ou dificuldades conjugais. Quando o divórcio foi anunciado, seis meses depois de ele deixar o cargo, Fred Picker já não era notícia.

"É um enorme sinal 'porra, OLHE AQUI!', um convite de ouro para que alguém investigue, não é?", disse Richard naquela manhã de domingo, sentado na cafeteria do nosso hotel de segunda na avenida Lexington, perto da estação Grand Central. "Mas todos estão apaixonados demais para fazer alguma coisa por enquanto. Vai passar, daqui a umas duas semanas. Claro que até lá podemos estar mais mortos do que Eleanor Roosevelt. Porra, Henry, como é que se pode confiar em qualquer desses caras que disseram que ele *se encheu*? Quantos se enchem no poder, com todas aquelas garotinhas gostosas girando em volta e dizendo: 'Oooh! governador, quer isso, quer *aquilo*? Posso cortar suas unhas?'."

"Talvez ele seja diferente", respondi. "Talvez ele seja para valer."

"Para valer? Qual é, Henry? Isso não existe. Não nesse ramo. Não neste século."

"Franklin Roosevelt?"

"Tá bem, mas só porque era aleijado e tinha que conviver com a dor todos os dias. Roosevelt sem pólio é George Bush."

"Peraí, pô!"

"Rapaz rico, alegre e inexperiente, que passa os verões no Maine e manda montes de bilhetes de agradecimento. Nunca subestime o poder educativo de uma puta de uma dor."

"Talvez, então, Picker tenha se educado."

"Talvez", concordou, tomando um gole de Coca Diet, que — junto com uma pilha de panquecas quase intocada — era seu café da manhã. "Mas que é uma coisa curiosa, lá isso é, não acha? Deixou nossa cara Libby curiosa. Encontrei Lucille hoje de manhã e ela me disse que Libby estava meio obcecada com Picker — acontece que ela trabalhou para ele em 1974. Quer dizer, na verdade não trabalhou. Ela se apresentou como voluntária. Usava um distintivo que dizia 'Estou com Picker'. Lembra de todo aquele pessoal — Jack e Susan, Lucille, Libster —, todos eles trabalharam lá, na campanha de McGovern, em 1972. Libby ficou por lá, continuou pela Flórida. Se houver alguma coisa, ela vai descobrir."

"Se houver."

"Quando é que não houve, ultimamente?", perguntou Richard. "Sempre há alguma coisa. Esse cara é político. Veja as jogadas que está fazendo. Você não põe para escanteio as idéias do Harris com essa tranqüilidade se não for um bom político."

Mas isso não era bem verdade. Picker não estava se comportando como o tipo de político com que estávamos acostumados. Não havia contratado consultores; ao contrário, tinha dispensado Paul Shaplen. No programa de Larry King, anunciara que não faria aqueles spots de trinta segundos. Nem pesquisas de opinião. Nem criaria grupos de focalização. "Não vou contratar um bando de sujeitos para me dizer o que vocês estão pensando e como posso transmitir minhas idéias", ele disse.

"Talvez você tenha razão, Henri", Richard debochou. "Talvez ele não seja um político tradicional. Talvez seja um porra de um Jesus Cristo. Não é difícil ser o Jesus de turno neste ramo — durante uma semana. Mas duas semanas já é demais."

"A jogada do sangue foi de santo", eu disse.

"A jogada do sangue foi pura política, uma porra de um lance de gênio", falou Richard. "Você acredita que todos e cada um dos meus clientes, do primeiro ao último dos vira-latas, me telefonaram esta semana para perguntar se deveriam fazer uma porra de uma doação de sangue? Foi como quando aquele candidato à Suprema Corte, como era mesmo o nome... Ginsburg? É, isso. Depois que ele disse que tinha fumado uns baseados, em vinte e quatro horas todos os meus clientes telefonaram para saber o que *eles* deviam dizer sobre a maconha. E tinham razão em perguntar. Os escorpiões perguntaram a todos os vereadores de merda do país se tinham *viajado*. Agora é o sangue."

Naquele domingo, os jornais noticiaram um aumento de 10% nas doações de sangue em nível nacional. Mas não percebemos quanto a coisa tinha realmente crescido até Picker fazer seu primeiro e único comício em Connecticut, no estádio da Universidade de Yale, naquela noite. Mais de 20 mil pessoas compareceram — e alguém com espírito empresarial, sem vinculação com a campanha de Picker (segundo as notícias publicadas no dia seguinte), montou quiosques perto de todas as entradas do estádio para vender artigos diversos relacionados a sangue — distintivos de lapela representando uma gota de sangue, adesivos de pára-choques, cartazes com a fotografia de Fred Picker sorridente, deitado numa maca, com a manga da camisa enrolada, doando sangue. Um logotipo tinha surgido de repente: PICKER, sendo o I uma gota de sangue.

Naquela noite, Picker falou de um palanque sem nenhum dos enfeites de praxe nos comícios, só uma bandeira americana. Tinha a seu lado quase toda a liderança do Partido Democrata em Connecticut. Foi apresentado por Paul Newman e Joanne Woodward. E ficou lá imóvel — aparentemente assustado — enquanto a multidão enlouquecia de entusiasmo. Richard, Daisy, Lucille e eu assistimos na C-SPAN. Stanton havia ido ao Brooklyn, para um encontro com o rabino Lubavitcher.

"Quem foi o babaca que montou essa programação?", Richard lamentou-se. "Estamos prestes a levar um pé na bunda em Connecticut e Jack está em outro estado, puxando o saco de um judeu medieval?"

"Você tem de se encontrar com o rabino Lubavitcher quando faz campanha em Nova York", disse Lucille.

"Mas tem de ser no domingo à noite, na véspera da primária de Connecticut?"

"Foi quando ele marcou", Lucille respondeu com desdém.

"Quer dizer que nós funcionamos de acordo com a agenda *dele*? Trabalhamos conforme a programação daquele panaca do Richie Rucker?" Richard estava aos berros, o rosto todo vermelho. "Porra, afinal quem é que está concorrendo à presidência? Essa é a maior babaquice que já vi."

"Jemmons, você já encheu o saco", Lucille disse.

"Calem a boca, todos... por favor", Daisy pediu. O candidato ia começar a falar.

"Está bem, está bem... desculpem", começou Picker, afastando-se um pouco por causa do eco, ajustando o microfone. Estava usando terno escuro, camisa branca e gravata de listras. Tinha o aspecto de um político, mas sua linguagem corporal era estranha, diferente — acanhada. "Estou muito emocionado com tudo isto."

"NÓS ADORAMOS VOCÊ, FREDDY!", gritou uma garota.

"Vocês mal me conhecem", disse ele. "Não sei... não quero que... percam a perspectiva. Eu... estou meio nervoso aqui em cima..." A multidão vibrou. As pessoas agitavam cartazes improvisados com grandes gotas de sangue pintadas a mão. Picker tirou do bolso um lenço e enxugou a testa. Realmente parecia nervoso.

"É estranho, Henri", disse Richard. "Ele parecia muito mais à vontade diante da multidão quando o vi na Flórida. Mas acho que é diferente quando se é o candidato."

"Taí um candidato para sua mãe", sussurrei para Daisy. "Humilde. Apolítico. Paul Newman gosta dele. E nada de spots de trinta segundos."

Mas Daisy estava hipnotizada. Picker parecia lutar com as palavras. Não sabia como continuar.

"Eu... eu não esperava por isto", continuou ele. "Todos vocês doando sangue nas barracas aí fora, eu quero agradecer." A multidão explodiu novamente. Era ensurdecedor. "Por favor", Picker disse meio sem jeito, "será que vocês podiam gritar mais baixo?" Houve risos. "Não", falou ele. "Estou falando sério. Realmente gostaria que todos se acalmassem. Todos mesmo, inclusive a imprensa, o pessoal da tevê, meus colegas e o pessoal que ganha a vida assessorando meus colegas... acho que devemos todos nos acalmar."

A multidão aquietou-se. "Este é realmente um país fantástico, mas às vezes ficamos um pouco doidos", continuou ele. "Acho que a loucura é parte daquilo que nos faz grandes, é parte de nossa liberdade. Mas temos de estar atentos. Temos de ter cuidado. Nada garante que seremos capazes de continuar com isso... a equilibrar-nos na corda bamba, a viver numa democracia. Se não nos acalmarmos, tudo pode sair dos eixos. Quer dizer, o mundo está ficando cada vez mais complicado e nós temos de explicá-lo para vocês em termos simples, para que nossa explicação um tanto supersimplificada apareça no jornal das oito. Até que, em vez de tentar explicar as coisas, nós desistimos e começamos a jogar lama uns nos outros... e vira um show, prende a atenção de todos, da mesma maneira que um desastre de automóvel ou talvez uma luta livre." Fez uma pausa; tinha gostado do que disse. "É isso mesmo. O tipo de pose e de puxões de cabelos que vocês nos vêem fazer nos spots de trinta segundos e em palanques como este é exatamente igual a uma luta livre profissional: é falso, é uma encenação, não significa coisa alguma. A maioria de nós não odeia os adversários; que diabo, mal os conhecemos. Não temos mais aquelas divergências ideológicas fundamentais de antigamente, como durante a Guerra do Vietnã. Montamos um espetáculo simplesmente porque não somos capazes de fazer outra coisa. Não conhecemos outro modo de motivar vocês, de fazer com que saiam de casa para votar. Mas há algumas coisas sérias sobre as quais temos de falar agora. Há algumas decisões que temos de tomar, todos nós, juntos. E vai ser difícil fazê-lo se não baixarmos um pouco a bola e nos acalmarmos, se não conversarmos a sério."

Parou um instante. "Acho... acho, sabem, é engraçado, nem pensei nisso naquela hora, mas acho que foi por isso que resolvi começar esta campanha doando sangue." Ouviram-se gritos de apoio, mas ele fez sinal para que se calassem. "Não se pode fazer muito mais do que ficar quieto quando se está doando sangue. Você fica lá deitado e pode pensar, ou ouvir música, ou um livro gravado — ninguém sente vontade de falar pelos cotovelos. E, todo o tempo, você está dando algo. Não muito. Apenas alguns centilitros. Mas se cada um de nós passasse a pensar nesses termos, pensasse em dar um pouco — em vez de se preocupar com o que deseja, ou com que o governo está tomando da gente... se pensássemos sobre isso nesses termos, nós todos iríamos, naturalmente, nos acalmar. Não acham? E creio que é isso que quero fazer com esta campanha: acalmar as coisas um pouco, ver se podemos começar um debate sobre o tipo de país que desejamos que os Estados Unidos sejam no próximo século. Quero que o governador Stanton saiba que será muito bem-vindo a esse debate — e o presidente também, aliás, se é que ele tem tempo para isso. Mas é o que eu..." Parou, desconcentrado por um instante. Baixou os olhos para o palanque, depois olhou para cima novamente. "É isso aí, é tudo o que quero fazer. E, e... Bom, isto é tudo o que tenho a dizer por ora."

Vieram então os aplausos, longos e vibrantes, mas não houve gritos de entusiasmo, não houve demonstrações de loucura. Ele tinha conseguido domesticá-los. Tinha nos domesticado. Simplesmente ficamos em volta do televisor, olhando para a tela.

Por fim, Richard disse o óbvio: "Estamos numa merda federal".

Mais do que podíamos imaginar. Enquanto Freddy Picker parecia estar conduzindo sua campanha lá do Olimpo, tranqüilo, sem fazer força, bancando o idealista, nós estávamos enfiados até o pescoço nas cavalariças de Áugias. Nada deu certo naquela semana. A terça-feira foi particularmente suculenta: levamos uma surra na primária de Connecticut e a manchete do *New York Post* foi O FRUTO DO AMOR NEGRO DE STANTON. Eu tinha passado o último mês temendo essa manchete, mas, agora que tinha sido publicada, parecia quase supérflua. Parecia um cravo a mais depois do último cravo em nosso caixão; já estávamos nos sentindo mortos e enterrados por Freddy Picker. De qualquer forma, não era uma grande matéria. Não havia muitos fatos além daqueles que já haviam sido apresentados por Melville-Jones no seu programa de televisão sensacionalista, e o governador negara com veemência a paternidade — mas seus desmentidos já não tinham impacto algum. O sumiço do Gordo Willie também não ajudava. Passamos toda a manhã discutindo se valia a pena reconhecer de público que estava sendo feito um exame de sangue, que o governador tinha se oferecido para que lhe tirassem sangue — mas finalmente decidimos que o melhor era ficar quietos. Qualquer admissão de envolvimento implicaria cumplicidade — e o contraste com a doação de sangue de Picker seria devastador. E o próprio fato de estarmos debatendo a questão demonstrava nosso completo desespero: para a imprensa de Nova York, a paternidade do governador estava fora de dúvida.

Stanton estava perplexo. Mal conseguia se comunicar. Parecia um sonâmbulo enquanto cumpria a programação imbecil preparada pelo Howard. Os mais simples atos de uma campanha política — tal como chegar ao local de um evento, atravessando a inevitável bateria de câmeras e a multidão aos gritos — se transformavam numa agonia quase insuportável, em que cada movimento exigia completa disciplina e tremendo esforço. A tradicional política nova-iorquina de ação reflexa e de obrigação havia se tornado distorcida, inflada, um circo insano; nossas concessões mandatórias, ensaiadas, não eram recebidas com a habitual aquiescência farisaica e apática, mas com fúria: os negros, os judeus, os irlandeses, ninguém estava satisfeito. Toda a Nova York parecia extremamente tensa, em meio a uma catarse primordial. Na terça-feira, depois que a história sobre McCollister foi divulgada, as primeiras feministas fantasiadas de porco começaram a aparecer. Agitavam cartazes onde estava escrito ÓINC, ÓINC. Grunhiam como porcos. À noite, depois que Stanton admitiu com elegância sua derrota para Harris-Picker em Connecticut, ele foi a uma discoteca no centro da cidade para uma função beneficente do Grupo Político das Mulheres e não pôde falar porque um bando de homossexuais radicais ficou no meio da pista de dança cantando "CANALHA, CANALHA, CANALHA, CANALHA, CANALHA".

Era uma manifestação estranha. Parecia nada ter a ver com Jack Stanton; era apenas um berreiro. Uma mulher, uma estrela da Broadway que não reconheci, usando um vestido colante bordado com lantejoulas, tentou acalmar a turba e finalmente conseguiu — quando recordou o apelo de Freddy Picker por mais civilidade. Então, Jack Stanton pegou o microfone e ficou olhando fixamente para o chão por alguns instantes. "Se tudo o que eu soubesse a meu respeito fosse aquilo que vocês têm lido", declarou ele, dirigindo-se aos manifestantes, "eu também estaria aí com vocês vaiando. E se eu estivesse vivendo, como muitos de vocês, com uma condenação à morte — e sentisse que ninguém se importa, que ninguém está tentando me ajudar...."

"STANTON, VOCÊ É UM IMPOSTOR", gritou uma mulher jovem, de longos cabelos negros e aspecto digno. Estava usando um vestido de baile verde-esmeralda de cetim, e a raiva deformava seu rosto, fazendo-o ficar vermelho sob a maquiagem; ela parecia ter se dobrado para expelir completamente todo o ar dos pulmões. "VOCÊ É UM PEDERASTA. VOCÊ É UM TARADO FILHO DA PUTA."

Stanton recuou involuntariamente, levantou os braços, parecendo em estado de choque, como se lhe tivessem cortado o peito com uma faca. Pareceu desmontar. "Não posso nem começar a responder a isso", disse baixinho.

Mais tarde, o governador sentou-se a meu lado no banco de trás da caminhonete. Tinha abdicado do banco ao lado do motorista. Seguimos para a parte alta da cidade atravessando avenidas desertas. Por fim ele murmurou, pondo sua grande mão no meu ombro: "Henry, não sei se agüento muito mais esse tipo de coisa".

Mas continuou agüentando. Agüentou nos programas de rádio matinais que as pessoas ouvem enquanto dirigem para o trabalho. Agüentou nos tablóides. Agüentou nas ruas, onde dava a impressão de que um em cada três nova-iorquinos tinha algo para gritar na sua cara. Finalmente, abandonamos o programa montado por Howard e retornamos ao que parecia agradável, visitando asilos de velhos, escolas e supermercados, simplesmente batendo papo com o pessoal. Mas até isso gerou controvérsia. Num asilo de velhos em Brighton Beach, uma senhora prorrompeu em prantos — tinha acabado de saber que sua filha estava morrendo de câncer — e Stanton a abraçou e começou a cantar a música "Você nunca estará só". Foi esquisito, piegas, mas absolutamente correto, a primeira vez — que eu soubesse — que ele cantava em público durante a campanha. Não havia um único par de olhos secos na sala. Mas a manchete do *Daily News* no dia seguinte foi: O CANTOR PECADOR. E, naquela noite, Jay Leno começou seu programa dizendo: "Vocês viram que Jack Stanton cantou ontem no Brooklyn? Não, não foi uma canção de ninar".

Agüentamos o que pareceu um mês de insultos, embora devam ter sido apenas alguns dias. Lá pelo final da semana, entrei na suíte dos Stanton e os encontrei sentados juntos no sofá, de mãos dadas, absortos numa conversa com um homem de meia-idade, com poucos cabelos, que parecia um oficial do Exército de Israel, talvez porque estivesse usando uma camisa cáqui com dragonas. Ele estava comendo a metade de um melão, recheada com uma grande bola de ricota, alguns pedacinhos grudados no seu queixo.

"Henry", o governador apresentou, "esse aqui é David Adler. David, este é Henry Burton."

Nós nos cumprimentamos com um aceno de cabeça, ambos cautelosos. "Henry, estamos tentando descobrir um jeito de mudar a situação", Stanton disse. "Acho que David tem algumas idéias interessantes."

"Não exageremos", Adler disse. "O senhor está enfrentando um maremoto. É provável que já tenha se fodido."

"Eu estava dizendo a David que talvez devêssemos fazer alguns spots — coisas positivas, com o pessoal da minha terra, o pessoal que me conhece, dizendo quem é o verdadeiro Jack Stanton."

"Henry, você é de Nova York?", perguntou Adler, limpando finalmente o queixo. "Henry, você acha que os nova-iorquinos vão dar a menor bola para a opinião de um matuto qualquer sobre o que quer que seja? Governador, deixe eu lhe dizer uma coisa: programas caipiras nunca fizeram sucesso aqui. O senhor tem de usar a cuca, governador. Tem de pensar: o que é que eu tenho que pode funcionar em Nova York? Uma coisa que tem é jeito para lidar com as pessoas. Tô cagando para o que o Jay Leno falou, eu gostei de vê-lo cantando para aquela velhinha. Foi piegas, mas foi autêntico. Por isso, acho que a única coisa que pode fazer é ir aonde as pessoas vivem."

"Estamos tentando fazer isso", Susan disse.

"Não, o que eu quero dizer é pela televisão", retrucou Adler. "Eles vêem esses programas vagabundos. Assistem ao programa da Oprah e outras drogas. Se você der sua mensagem lá, eles estarão assistindo. Você vai conseguir se comunicar com eles."

"Vai ser só lixo", Susan disse. "Vão ficar perguntando sobre essa sujeira."

"É isso mesmo", concordou Adler, levantando-se da mesa e começando a caminhar de um lado para o outro. Parecia um hidrante, com ombros e braços grossos e musculosos. "No começo, vai ser sobre o lixo, mas, se ele não puder enfrentar isso, de qualquer jeito não chegará a lugar nenhum — não é mesmo, governador? O senhor não vai conseguir muita coisa falando sobre a dívida nacional se acharem que é um... sei lá o quê."

"Jack, não faça isso", Susan pediu. "Um presidente não faz esse tipo de coisa. Temos de pensar em manter a dignidade que ainda nos resta."

"Perdão, minha senhora", disse Adler. "Quem sabe que porra é que um presidente faz hoje em dia?"

Ele foi muito grosso; Susan, por uma vez, ficou chocada. Nossos olhares se cruzaram. Eu sugeri: será que realmente precisamos desse sacana? Ela sugeriu de volta: quem pode saber? Estamos desesperados, Jack está procurando uma saída... vamos ver. "Será que não podíamos começar com algo mais leve?", perguntou ela.

"Bom, conheço Regis Philbin, é meu conterrâneo", respondeu Adler. "É possível que me deva algum favor."

Foi então que tive uma idéia. "Estamos tratando Freddy Picker como se ele estivesse participando de outra campanha — mas, governador, na outra noite ele disse que gostaria de iniciar um debate. Por que não o convida a participar de um desses programas de televisão junto com o senhor?"

"Por que Picker iria aceitar?", disse Adler. "Ele só teria a perder. É esperto, vai dizer: claro, quero um 'debate' e depois vai ficar discutindo os pormenores até o dia do juízo final."

"Pode ser que você tenha razão, mas minha intuição diz que ele vai aceitar", respondeu Stanton. "Você o viu na outra noite? Ele não está brincando. E, mesmo que queira nos enrolar neste caso, pelo menos vamos pô-lo na defensiva. Henry, que dia é hoje, quinta, sexta? Por que levamos a semana toda para pensar nisso?"

"Porque", respondi, "é difícil pensar quando a gente está levando porrada de todo lado."

Eu estava em meu quarto assistindo ao noticiário das seis quando Daisy chegou. Bateu com força na porta. Quando abri, ela deu dois passos e parou, enfurecida. "Você não podia ter me contado que fui demitida?", perguntou. "Não podia passar a mão na porra do telefone?"

"Peraí. *Demitida*? Eu não sabia de nada."

"Você sabia sobre David Adler. Tinha de saber."

"É verdade, mas o que é que isso tem a ver..." Eu não tinha sequer pensado no impacto que David Adler poderia ter sobre Daisy.

"Eles mandaram Ferguson, o assassino. Ele disse que estavam fazendo alguns *ajustes*. Iam dividir o trabalho de imprensa. Adler ia fazer a divulgação positiva e eu a... *comparativa*, acho que foi isso que ele disse."

"Bem, isso não é o mesmo que ser despedida", eu disse. Ainda estávamos em pé, frente a frente, no pequeno corredor diante da porta do banheiro. "Mas também não chega a ser fantástico."

"Não chega a ser fantástico? Henry, quais você acha que são as chances de fazermos de novo uma porra de um spot negativo nesta campanha? E não acha que é meio insultuoso pensarem que só sirvo para produzir coisas negativas? O que é que vou fazer agora? Voltar para Washington, trabalhar para Arlen em campanhas de deputados, ou talvez ser despedida por ele também?"

"Ele não vai despedir você."

"Claro, ele é progressista demais para despedir uma mulher. Mas também não vai fazer minha vida especialmente agradável ou lucrativa. Vou ficar com todos os casos difíceis. Vou ter uma porra de uma média de gols fantástica. A coisa vai se espalhar: contrate Daisy e caia morto."

"Olhe, as coisas também não andam muito brilhantes por aqui", falei. "Que futuro você acha que qualquer um de nós tem? Como é que terminou sua conversa com o Howard?"

"Mandei ele à merda e fui embora."

"Você fez isso?"

"O que é que você teria feito?"

"Sei lá. Acho que teria aceito o que me oferecessem... e imaginado que, quando passasse a fase de Adler, eu estaria de volta, ou que a coisa toda já teria entrado pelo cano."

"A fase do Adler é o próprio cano", ela respondeu agressivamente. "Porra, não posso acreditar no que estou ouvindo. Por que você não me defendeu? Ele vai fazer a divulgação positiva? Que mais ele pode fazer que eu não posso?"

"Eu não sabia que ele ia ficar com o positivo."

"E se tivesse sabido?"

"Bem, o positivo não é fácil", respondi.

"Henry, que merda é essa? Você viu os spots positivos que preparei, aqueles da Flórida, os que não foram ao ar?"

"Vi."

"E?"

"Estavam bons."

"Henry!" Ela tentou me dar uma bofetada, mas não era tão boa nisso quanto Susan, e o tapa, inofensivo, se perdeu entre meu braço e meu peito. Avançou para mim... para ser abraçada, percebi um pouco tarde. Instintivamente levantei as mãos e a segurei pelos braços, mantendo-a à distância.

Olhou para mim, perplexa. Olhou nos meus olhos e viu... o quê? Não o que esperava. "Ah, que merda, Henry", ela disse, livrando-se das minhas mãos e enxugando os olhos. "Vá para o inferno."

"Daisy..." Desta vez tentei abraçá-la, mas ela me empurrou.

"Henry, você é um filho da mãe sem sentimentos", declarou ela e foi embora.

Fiquei lá parado alguns instantes. Depois me virei e passei os olhos pelo quarto. Fui até a janela, abri as cortinas pela primeira vez na semana e olhei para fora — um moderno edifício de escritórios bem em frente, homens em mangas de camisa sentados atrás de escrivaninhas, mulheres bem vestidas circulando entre as salas. Vasos de plantas.

Fui procurar Daisy. Bati em sua porta. Nenhuma resposta. Fui à suíte onde estava instalado o quartel-general: ninguém a tinha visto. Desci até o saguão e encontrei Richard... fechando a conta.

"Não estou caindo fora", explicou. "Só estou tirando uma pequena licença."

"*Richard*", falei. Estava me sentido meio tonto. "Espere... venha cá." Puxei-o da fila do caixa para um canto tranqüilo do saguão. "Você não pode pular fora agora."

"Não estou indo de vez. Apenas vou trabalhar em Washington durante algum tempo. Quando os escorpiões me chamarem, vou falar sobre estratégia e embromar, como sempre, dizer a eles que o Picker é o favorito da semana, mas que o Jack vai se recuperar como sempre. Quando o Jack ou a Susan chamarem, vou falar de estratégia e embromar, com eles também. Mas não vou ficar por aqui agora. Não vou ficar recebendo ordens daquele sacana *mesomórfico*. Tá me entendendo? O porra do cara me diz: 'Faço duzentas flexões por dia; quantas você faz?'. Olho para ele e digo: 'Duzentas e uma'. Tá me entendendo? Eu e David Adler nascemos em partes diferentes desta selva... Por isso, Henri, deixa ele ganhar esta porra dessa parada. Este troço aqui já está mesmo indo para o espaço."

Não havia muito que eu pudesse dizer.

"Henri... olhe, cara, já vi esse filme um porrilhão de vezes", falou Richard. "Esses sujeitos são assim mesmo. Um dia adoram você, no outro deixam de gostar. Eles dizem: 'Estou pagando dez mil dólares por mês para esse cara e ele ainda não me fez virar Deus, então que se foda'."

"Mas desta vez foi diferente, não foi?"

Richard riu. "Diferente não é bem o termo", falou. Mas depois abrandou. "É, Henri... foi diferente. Valeu a pena. Mas, sabe, sempre me sinto aliviado de voltar para casa. Por mais que goste do serviço de quarto, me cago de medo nessas viagens, especialmente quando uma campanha começa a dar errado e se tem tempo para pensar. Tá me entendendo? Sempre tenho medo de morrer de repente num quarto de hotel qualquer, de cuecas e sozinho, trabalhando para algum desconhecido incapaz de fazer um discurso até mesmo para salvar a merda da sua vida. Essa porra que a gente faz é muito divertida, mas em última análise... é uma merda. *Au revoir*, Henri. 'C'est la vie... como se dizia antigamente.'"

"'O que mostra que nunca se sabe'", respondi, completando a letra da canção de Chuck Berry.

"Você é boa gente, cara", disse Richard. "Se cuide."

Deitei de costas na cama, sem tirar a roupa, paralisado, olhando fixo para o teto. Não dava para acreditar. Os sacanas tinham dado um golpe; não, nem ao menos tinham *dado* um golpe, caíram de pára-quedas no meio de um. Richard e Daisy tinham partido; Howard e Lucille ainda estavam por lá, mas estes sempre estariam... e agora David Adler estava definindo a estratégia. Eu não podia me imaginar tomando parte *nessa* campanha. Não podia me imaginar levantando da cama. Ia morrer sozinho, num quarto de hotel a sessenta quadras da minha verdadeira casa, na qual eu não tivera a coragem de ficar. Mas pelo menos não ia morrer de cuecas: não tinha forças para tirar a roupa.

Tarde da noite, Susan veio me ver. Bateu na porta. Abri. Ela passou por mim, virou a cadeira da escrivaninha de frente para a cama e sentou-se. "Você está legal?", perguntou.

"Não", respondi.

"Eu sei", disse ela. Ficou em silêncio por um longo tempo. Usava um terninho cinza-escuro. Obviamente estava chegando de algum evento. "Há coisas que estão acontecendo... e não consigo acreditar que estejam acontecendo conosco, que sejam reais. A gente lê o jornal e vê o nome de Jack. Vejo o *meu* nome. E não consigo acreditar que essas pessoas de quem estão falando, de quem estão dizendo essas coisas, sejam alguém que a gente conheça, muito menos nós. Henry, *você* nos conhece. Nós não somos assim."

"O passado", falei, "isso é o que somos."

Os olhos de Susan se encheram de lágrimas, que não escorreram. "Eu sei que você deve estar sofrendo. Sei que é um momento difícil, com a Daisy e o Richard nos deixando. Eu não queria que fossem embora, pode acreditar."

"E o governador?"

"Ele acha que o Adler pode ajudar... em Nova York. Eu penso como você: não tenho tanta certeza. Mas Deus sabe que precisamos de ajuda." Ela disse isso de forma meio irresponsável, sarcástica. Mas se controlou e recomeçou num tom mais sereno e sério. "Henry, nós precisamos de ajuda. E tenho de lhe pedir um favor pessoal. Por favor, não nos abandone agora. Não sei se sobreviveríamos. Daisy, Richard... já é bastante ruim. Mas, se você for embora, o impacto sobre todos — a equipe, os jovens voluntários — seria terrível. O impacto sobre Jack seria... inimaginável. E sabe o que sinto por você", falou, me olhando impassível.

"Como é que é?", perguntei, mergulhando em águas profundas. "Sabe, tenho andado meio curioso sobre isso desde aquela noite em Chicago. Quer dizer, o que é que foi *aquilo*? Não pareceu ter muito a ver *comigo*. Estava se sentindo sozinha? Carente? Ou só estava querendo acertar as contas com o governador depois que Amalee McCollister contou o caso da Loretta?"

"*Henry!*", falou ela. "Você está sendo cruel." Depois amansou um pouco. "Acho que mereço. Foi errado. Eu estava carente. Não estava raciocinando."

Eu também não. Estava apenas reagindo. Lembrei da maneira como ela se foi naquela noite, recolhendo as roupas, atravessando o facho de luz mortiça, o vão da cortina. Percebi que não tinha sentido nenhum tesão por ela desde então. Isso era estranho. Susan Stanton não deixava de ser atraente; o caráter de coisa proibida tinha sido extremamente provocante. Mas eu não tinha me deixado excitar. Havia sido um serviço, e não um ato sexual — um serviço estranhamente humilhante, parte do meu papel escroto no caso McCollister. Agora, contudo, ao vê-la desempenhando o papel de Susan Stanton no meu quarto, vendo seu esforço para transmitir alguma coisa mais íntima e emocionalmente convincente do que o mero fato de ser Susan Stanton, lembrei-me de repente de sua língua, de suas mãos se movendo sobre meu corpo... e percebi que estava ficando excitado.

"Henry", ela recomeçou, ignorando meu tesão. "Jack adora você. Está precisando de você — não como vice-diretor de sua campanha, mas como amigo, como membro da família. Não há muitas pessoas em quem ele possa confiar. Confia em você. Por favor, não o abandone agora, não desse jeito. Fique conosco um pouco mais, até que a gente saiba melhor o que vai acontecer. Pode ser", ela disse, com a voz embargada, "que não demore muito. Mas, por favor, não nos deixe."

"Está bem", respondi, com menos hesitação do que devia, reagindo à emoção dela, surpreendendo a mim mesmo.

Ela se levantou, me deu um beijo na testa e partiu.

Pensei sobre isso mais tarde. Pensei sobre a lealdade. Era o atributo máximo do serviçal perfeito, e eu era totalmente leal... a meus patrões. Era mais leal aos Stanton do que a Daisy. Eu tinha acompanhado atentamente enquanto David Adler vendia seu peixe, analisando todos os ângulos, todas as conseqüências para Jack Stanton e para a campanha. Mas não pensei nem um instante no efeito que poderia ter sobre Daisy. Nem me ocorreu — e ela sabia disso. É claro que eu nunca poderia ter impedido Stanton de contratar aquele sacana. Mas poderia ter dito: "O que é que Daisy pensa de tudo isso?". Podia pelo menos ter dito isso; podia ter pensado nela. E, se estávamos envolvidos em alguma coisa mais séria do que um simples romance de campanha, eu não *deveria* ter pensado nela? E, se não estávamos envolvidos em alguma coisa mais séria, que tipo de jogo eu estava jogando, que espécie de monstro eu era?

Olhei no espelho e vi... o mordomo. Eu era, Susan tinha dito, praticamente um membro da família, que é o elogio mais banal que se pode fazer a um criado. (Mas, na verdade, ela não tinha dito *praticamente*. Não tinha feito nenhuma ressalva.) E então, enquanto minha cabeça ia se enchendo de pesarosa comiseração, percebi que havia um delicioso complicador: *Luther tampouco tinha razão*. Ele tinha imaginado que meu servilismo era uma manifestação atávica da escravidão, uma forma de auto-agressão, falta de orgulho — uma coisa de negro. Quase me convenceu. Mas todas as qualidades que me faziam desempenhar bem meu papel vinham do *outro* lado, de minha mãe: a calma, a paciência, a resignação e a lealdade. Essas eram coisas dela. O sangue dos Burton — do reverendo e de meu pai — era orgulhoso e revoltado demais para tolerar que caminhassem meio passo atrás de *qualquer* candidato, naquela postura perfeita de assessor, sempre pronto para servir: o lugar mais confortável de minha vida. Ri alto. Era simplesmente hilariante. Eu era um perfeito serviçal porque era metade branco.

Na verdade, David Adler fez algo muito bom. Conseguiu que aparecêssemos no programa de Geraldo, sem Geraldo. (Geraldo também fez algo muito bom ao concordar com esse formato.) Freddy Picker aceitou imediatamente, sem impor condições. Ia ser o único debate da primária de Nova York. E, é óbvio, virou um circo de imprensa completamente idiota. Houve mais de duzentos e cinqüenta pedidos de credencial; a CNN tinha mais gente lá do que qualquer um dos dois candidatos. "Quem está cuidando da repercussão para nós?", Laurene perguntou.

"Que eu saiba, ninguém", respondi.

"Bem, a CNN quer alguém para depois do programa."

"Vá você. Mas escute uma coisa: nada de embromação. Quando perguntarem o que você achou do nosso desempenho, ou você fala por você mesmo e diz a verdade, ou diz que o debate fala por si próprio. Pensando bem, prefiro a segunda fórmula."

"Você está falando em nome de David Adler?"

"Provavelmente não. Mas tenho um contrato novo com a campanha: só faço o que estiver de acordo com minha consciência."

"Talvez, então, eu devesse perguntar a ele", disse ela.

"Como você quiser."

"Peraí, Henry, não encha o saco. Sou só uma profissional. Isto aqui não é uma aventura, é um trabalho."

"Como vice-diretor da campanha, estou lhe dizendo que acho que devemos deixar que o debate fale por si mesmo. Se houver algum problema, agüento as pontas."

Na hora do programa, o pessoal da equipe de Picker era ainda menos numeroso do que o nosso. Uma jovem e elegante loura chamada Maura Donahue aproximou-se de mim no corredor ao lado do estúdio e se apresentou. "Como é que vocês estão lidando com a CNN?", perguntou.

"Não estamos", respondi. "Dei instruções à secretária de imprensa para dizer que o debate fala por si mesmo. É claro que David Adler toma conta de seu próprio lado da rua. Pode ser que declare guerra contra a Síria."

Ela riu. "Mas você não vai aparecer? Ninguém do pessoal mais próximo?" Assenti com a cabeça. "Ótimo, ela disse. "É o que temos feito."

"Tenho notado", falei. "Estamos aprendendo com vocês. A propósito, quem são *vocês*? Mostre-me suas tropas."

"Somos eu e o Terry Fisk, aquele ali", disse ela, apontando para um negro entroncado carregando um maço de documentos. "Ele se ocupa da agenda. Eu faço todo o resto. Também temos os dois filhos de Picker — sujeitos sérios, muito compenetrados."

"E dá para levar?"

"Não. Está uma zorra", respondeu. "Mas o candidato não quer que vire um carnaval. Ele é anticarnavalesco, ou coisa parecida. Gosta de coisas tranqüilas. Nada de bandos de assessores, nada de jornalistas viajando junto."

"Nenhum jornalista?"

"Só dizemos a eles onde vamos estar — sabe como é, divulgamos a agenda pela AP — e deixamos que venham por conta própria."

"Com quem você trabalhava antes? Harris?"

"É. Terry também. Mas sem grande destaque. O governador mandou embora todos os consultores. Manteve o grupo que se ocupava dos assuntos substantivos, entrevistou alguns dos voluntários... e aqui estamos."

E lá estávamos nós. Freddy Picker apareceu numa porta, me cumprimentou com a cabeça — provavelmente se lembrava vagamente de mim — e dirigiu-se para o estúdio. Não era um homem pequeno, mas, comparado com Stanton, parecia menos encorpado, meio curvado — e com um jeito sorumbático. Além disso, parecia um pouco perdido em meio à animação artificial do cenário do programa de Geraldo. Estava quieto, não era um falastrão. Ele e Stanton se sentaram, apenas os dois, em frente a uma pequena mesa redonda diante da platéia. Cada um tinha uma caneca — Stanton estava bebendo Coca Diet, e Picker chá gelado. Estava previsto que Geraldo abriria o programa, faria a primeira pergunta e depois deixaria os dois debatendo sozinhos. Nenhuma regra. Sentei na cabine de controle com Susan e os dois filhos de Picker. Eles eram altos, bonitos e educados, visivelmente de origem latina; trocamos apertos de mão, mas eles não ficaram de conversa fiada. Sentaram-se na outra ponta da fila de cadeiras, atrás do diretor e de sua equipe.

"Muito bem", disse Geraldo quando as luzes se acenderam. "Os cavalheiros conhecem as regras. É proibido jogar cadeiras e dar gravatas. Três quedas, paro a luta." Stanton sorriu e balançou a cabeça afirmativamente; Picker limitou-se a balançar a cabeça. Sentado lá, Stanton parecia mais à vontade, mais presidencial. "E agora vou fazer a primeira pergunta... para o senhor, governador Stanton. Ouvimos dizer esta semana que pode ser que o senhor tenha engravidado uma adolescente lá em Mammoth Falls. O senhor negou, mas a garota e sua família desapareceram. Afinal, o que é que está acontecendo?"

"Bem, Geraldo, em primeiro lugar quero lhe agradecer por ter tornado possível este debate... e espero que mais adiante venhamos a discutir questões substantivas. Mas vou responder a sua pergunta. A família em questão é uma gente boa, amiga minha. Falei com o pai pouco antes de levar a família para um lugar desconhecido, para saber se havia alguma coisa que eu pudesse fazer para ajudar. Ele se *desculpou* comigo por estar causando tantos problemas. Disse que estava levando a família embora para afastá-la desta loucura. Sua filha não tinha um minuto de sossego e ele não podia sequer administrar seu negócio. Disse que queria esperar até que tudo se acalmasse. E eu gostaria de fazer um apelo: quando essa boa gente voltar para casa e retomar sua vida, espero que a imprensa a deixe em paz. O governador Picker falou com eloqüência sobre isso. Todos devemos nos acalmar. Temos importantes questões públicas para tratar e, a menos que você, Fred, tenha algo a acrescentar", disse ele, fazendo um gesto com a cabeça em direção a Picker, que abanou a cabeça negativamente, "gostaria de ir em frente e lhe fazer um pergunta. Sei que você apoiou o senador Harris e que elaborou uma versão modificada da taxa sobre os Usos Virgens..."

"Não sobre Usos Virgens, mas uma espécie de...", respondeu Picker.

"Seja o que for", continuou Stanton, "você já pensou bem como isso vai afetar os trabalhadores americanos, mesmo se o imposto sobre energia for pequeno... como é que vamos fazer para que eles não sofram?"

"Ainda não examinei os detalhes", respondeu Picker. "Como você sabe, é preciso negociar a maioria dessas coisas com o Congresso."

"Certo, e é absolutamente correto que você recorde ao pessoal que as coisas que propomos nas campanhas são cenários ideais, sempre sujeitos a negociação", disse Stanton. "Na verdade, às vezes as nossas próprias idéias mudam durante a campanha." Ouviram-se risos. O diretor fez um corte para Geraldo, de pé ao lado, segurando o riso. Mas agora Jack Stanton tinha tomado conta do show. "Deixe-me dar um exemplo. No início desta campanha, propus uma redução dos impostos para a classe média. O senador Harris foi contra. Em retrospecto, acho que provavelmente ele estava certo. Tenho pensado sobre isso — e, governador Picker, gostaria de conhecer sua opinião — e acho que deveríamos fazer algo mais limitado. Suponha que fizéssemos uma combinação entre sua idéia e a minha. Criamos algum tipo de imposto sobre a energia e damos um desconto para o cidadão comum, com renda de cinqüenta mil dólares ou menos, talvez uma dedução progressiva por membro da família."

Picker pensou um pouco. Do ponto de vista político, a reação correta teria sido não tomar conhecimento da proposta ou simplesmente descartá-la, e encontrar uma forma de assumir o comando do programa. Mas Picker disse: "Acho que seria preciso examinar alguma coisa desse gênero, embora, como disse, não tenha muita certeza dos detalhes. Não estaríamos favorecendo o pessoal que tivesse mais filhos?".

"É, acho que sim", Stanton disse, perplexo com o fato de Picker haver, na prática, aceito sua proposta. "Poderíamos estabelecer um limite de deduções por família, se isso lhe parece bem."

"Mas você pode calcular o resultado?", Picker perguntou. "Qual seria a receita líquida? Nós temos de reduzir o déficit."

Isso era muito esquisito. Picker estava ignorando a platéia e mantendo uma discussão sobre políticas governamentais com Jack Stanton. Parecia não se importar com o lado eleitoral ou televisivo da coisa. Stanton estava entusiasmado em fazer o mesmo; na realidade, estava na maior felicidade. "Você tem razão — precisamos reduzir o déficit —, mas para diminuí-lo não podemos arrancar o couro do povo", ele disse. "Há formas de gastar as verbas com mais eficiência, formas de gastar menos. Mas acho que, em última análise, se quisermos reduzir o déficit, teremos de aumentar os impostos dos ricos... Não concorda?"

"Depende de como você define quem é rico", disse Picker. "Mas estou de acordo."

"Larry — quer dizer, o senador Harris — queria diminuir os ganhos de capital", falou Stanton. "Você também é a favor disso?"

E assim por diante. A certa altura, Geraldo, espantado de ver seu programa sensacionalista transformado numa reunião do comitê de finanças do Senado, interveio e disse: "Muito bem, senhores, será que se importariam em responder a algumas perguntas da platéia?".

Uma mulher de meia-idade levantou-se e disse: "Sou professora. Estamos na linha de frente todos os dias. Governador Picker, o que é que o senhor faria para nos ajudar a realizar nosso trabalho?".

"Bem, educação é muito importante", respondeu Picker. "É a coisa mais importante. O governo federal ajuda com crédito estudantil e verbas adicionais para os distritos mais pobres, mas eu acho que a educação é essencialmente uma questão estadual e municipal, não é, Jack?"

"É fato, mas o presidente tem de mostrar o caminho", declarou Stanton. Parecia muito mais seguro de si do que Picker. "Ele pode viajar pelo país mostrando o que funciona. Também podemos — você esqueceu de mencionar, Fred — aumentar os fundos do programa *Saindo na Frente*." Picker assentiu. "Mas, no fim das contas, minha senhora", prosseguiu Stanton, "tenho de admitir que tem razão — vocês estão na linha de frente todos os dias. Acho que um professor inspirado é mais importante do que qualquer coisa que um político ou um burocrata possam fazer." Então Jack Stanton olhou para a câmera, levantou uma sobrancelha — e deu uma rápida piscada para Susan. Ela respirou fundo e apertou meu pulso. "E, por isso, acho que devemos continuar a testar programas que liberem os professores para serem tão criativos quanto possível."

"Jack está absolutamente certo", Picker interveio, entusiasmado. "Mandei meus filhos para uma escola-modelo — eu me dispus a colocá-los num ônibus, mandá-los a Tallahassee. Vivemos numa fazenda, perto dos limites da cidade. Fiz isso porque eles tinham um curso especial de matemática para meu filho mais velho e um de música de cordas para o mais novo, que é um excelente violista. Ah, Felipe não gosta quando digo isso; ele toca viola. Mas você tem razão, Jack, quanto à educação. A gente entra numa escola que funciona e percebe imediatamente. Se pudéssemos fazer com que as pessoas — especialmente os professores e os pais — se animassem e se envolvessem mais com as escolas..."

"O problema é que é difícil para as famílias, quando tanto o pai quanto a mãe trabalham fora", observou Stanton. Agora eles estavam simplesmente batendo papo. "Não têm tempo para as reuniões de pais e mestres e tudo o mais, como alguns de nós têm." Stanton parou e, num tom de voz que zombava de si mesmo, mas também de todos os políticos, disse: "É por isso que *eu* sou a favor da dedução de impostos para as famílias."

"Tá bem, tá bem", Picker disse, rindo.

"Mais alguma pergunta?", Geraldo disse.

Houve perguntas sobre a seguridade social, ajuda externa e, de novo, impostos; e nenhuma grande discordância. Por fim, um senhor idoso negro levantou-se lentamente. "Acho que muitos de nós estamos fartos de tanta embromação na política", falou. Ouviram-se gritos de aprovação. "E, embora eu não compreenda tudo o que vocês estão falando, estou aqui sentado, ouvindo, e me parece muito diferente do habitual. Até eu consigo ver que vocês não estão tentando se matar. Talvez até estejam tentando se entender." Fez uma pausa.

"Desculpe interromper, mas qual é a sua pergunta?", falou Geraldo.

"Bem, acho que é a seguinte", respondeu o velho. "Será que há um jeito de eleger *os dois*?"

Susan, em lágrimas, saiu como uma bala da cabine de controle quando o programa terminou. E eu logo atrás dela. A platéia tinha se aproximado da mesa; Stanton, Picker e Geraldo estavam apertando as mãos das pessoas. Susan e eu ficamos de um lado, perto da porta. David Adler apareceu de repente, esperando os cumprimentos. "Obrigado, David", Susan disse. "De verdade."

"Ele *tomou conta*", disse Adler.

Finalmente, Jack e Picker começaram a se deslocar em direção ao corredor, acompanhados por Geraldo. Stanton agradeceu ao anfitrião e disse: "Geraldo, será que Freddy e eu podemos conversar um instante?".

"Claro. Querem uma sala?"

"Não, aqui está ótimo." Curvou-se sobre Picker e passou o braço sobre seu ombro. "Freddy, só quero que você saiba o quanto admiro seu estilo de campanha. É bom para o partido e é bom para o país. E acho que isso vai lhe trazer dividendos. E obrigado por me dar uma chance de recuperar um pouco do que eu havia perdido."

"Tudo bem. E obrigado a você também, Jack." Picker pôs o braço em volta das costas de Stanton. "Tenho certeza de que você conhece cada detalhe desses programas de governo. Eu vou ter de queimar as pestanas, não é, Jack?"

"O quê?"

"Nada", Picker respondeu. "Obrigado."

"Eu me lembro de dias assim — vagamente mas me lembro", Stanton falou na caminhonete, enquanto voltávamos para a cidade. "Quando foi mesmo? Quando é que as coisas eram divertidas, Henry?"

"New Hampshire", eu disse. "Ano passado. Mas hoje foi bom. O senhor acha que vai ter algum impacto?"

"Nãããão", respondeu Stanton. "Ninguém estava assistindo. E ninguém se importa. Quer dizer, quem é que está se lixando se eu sei mais sobre a porra do orçamento do que ele? Que diabo, se eu não me conhecesse, provavelmente votaria nele. Mas é estranho. É como se ele tivesse se transformado — ficou um sujeito diferente de quando era governador. Nunca vi nada parecido. É como se ele não fosse, nunca *tivesse sido*, um político. Perdeu a garra, aquelas pequenas coisas que fazemos para atrapalhar uns aos outros. Você percebeu, não foi? Ele não está jogando o jogo, de jeito nenhum. É absolutamente estranho." Stanton riu e pareceu que lhe ocorrera algo. "Henry, sabe o que mais? Ele não vai conseguir manter essa linha. É uma grande idéia, mas é radical demais. As coisas que a gente faz, a técnica disso, foi tudo desenvolvido muito lentamente, com lógica, ao longo do tempo. Você já pensou que os nossos rituais começaram com George Washington? Andrew Jackson melhorou-os um pouco, e Lincoln — e depois o Chefão Murphy aqui em Nova York, e

Roosevelt, Bilbo e George Wallace no Sul. Todos eles, os gigantes e os anões, deram sua contribuição ao processo." Olhou pela janela para o vibrante caos de Nova York. "E Freddy está fazendo isso. Está tratando das coisas de uma forma que talvez seja a certa para esta época fodida. O jogo ficou enfeitado demais e cheio de embromação. Quanto a isso não há dúvida. E ele é um corretivo. Mas você não arranca a arte da política de suas raízes de uma forma tão drástica sem pagar um preço. Toda nossa embromação tem um motivo. Se você mexer demais com ela, acaba voltando e lhe dando um pontapé na bunda."

Stanton virou-se para trás e bateu com o punho no meu joelho. "Henry, talvez ainda haja um sopro de vida nesta campanha."

8

Nem tanta vida assim, pelo jeito. Levamos uma surra em Nova York, dois por um. Foi um banho definitivo, esmagador, paralisante. Picker agradeceu a Nova York em nome de Martha Harris e anunciou que ia voltar para casa por alguns dias a fim de descansar e "pensar no que é importante, no que é o melhor para nosso país". Nós também fomos para casa. Nossa campanha parecia ter chegado ao fim. Stanton não se retirou imediatamente, mas voltou a Mammoth Falls e aos prosaicos rituais do governo estadual. Não havia um programa de viagens. Não havia reuniões da equipe. As pessoas começaram a ir embora.

Eu fiquei. Telefonei para Daisy diversas vezes e deixei recados, mas não tive resposta. Voltei a correr pelo meu antigo trajeto de cinco quilômetros, descendo o rio e voltando. Li *Middlemarch*. Ia todos os dias ao QG da campanha e limpava gavetas; alguns poucos jovens voluntários ainda estavam por lá, algumas mulheres mais velhas — recrutadas localmente — continuavam a atender aos telefones quando tocavam, o que não acontecia com freqüência. Não ousei perguntar ao governador ou a Susan o que faríamos dali para a frente; depois da primária de Nova York, durante dois dias nem sequer falei com eles. Acho que precisávamos nos dar um descanso. Não havia mesmo muita pressa. O calendário das primárias ficava mais leve naquela altura; faltavam três semanas para a próxima eleição importante — Pennsylvania — isto é, se continuássemos no páreo até lá. Tentei pensar no que ia fazer de minha vida, mas não consegui.

Estava olhando para o teto, sem nem sequer tentar fingir que estava ocupado, quando Libby entrou no escritório naquela quinta-feira. E a primeira coisa que notei foi que ela entrou caminhando, não irrompeu nem explodiu. "Oi, garotão", ela disse, assustadoramente controlada, segurando o chapéu australiano contra o peito com ambas as mãos. "Recebi os exames. Você faz parte disso. Quer vir comigo contar ao governador?"

Era um belíssimo dia de primavera. Subimos a pé a colina em direção ao palácio do governo, que estava envolto em um luxuriante avental de azaléias brancas, vermelhas e cor de coral. (Jack e Susan Stanton iam presidir o Festival da Azaléia de Mammoth Falls naquele fim de semana; lembrei-me da frase de Danny O'Brien sobre voltar a cortar fitas de inaugurações e assinar contratos de construção de estradas — tenho certeza de que Stanton também se lembrou.) Havia um ar de tranqüilidade eficiente, um retorno à normalidade, no gabinete do governador; os telefones estavam tocando, o que já o diferenciava do mausoléu em que o QG da campanha se havia transformado.

Annie Marie nos fez entrar. Stanton estava sentado atrás de sua escrivaninha. Dei-me conta de que nunca o havia visto lá antes. Na verdade, fazia meses que eu não entrava naquele gabinete — desde a véspera do Ano-Novo, o dia em que conheci Daisy. Ela tinha sido a última pessoa que vi sentada lá. Estava fumando e dando uma olhada nas tabelas que Leon preparara sobre New Hampshire. Ela empurrou os óculos para cima da testa. Olhou para mim...

"Muito bem, Jack, você está com a barra limpa", disse Libby sem entusiasmo. Tudo isso era *muito* estranho, como se fosse um sonho. "Você não é o pai." Ele olhou fixamente para suas mãos e deu um suspiro profundo. "Porra", disse Libby, um pouco mais animada. "Nem mesmo o tio Charlie é o pai."

Stanton lançou-lhe um olhar frio. "Willie já sabe?", perguntou.

"A doutora Wilkinson vai avisá-los", respondeu Libby.

"Nós também deveríamos falar com eles", disse Stanton. "Ele vai estar se sentindo péssimo, achando que botou abaixo a campanha. Que diabo, devíamos ir todos jantar lá hoje."

Ele girou a cadeira, olhou pela janela para o sopé da colina onde se erguiam os poucos edifícios modernos do centro da cidade, ordinários e malcuidados. "Henry", falou, voltando-se, "se houver perguntas da imprensa, não temos comentários. E, domingo à noite, reuniremos todo mundo na Mansão e vamos pensar no que fazer daqui por diante, certo?"

A reunião estava encerrada. Mais ou menos. Libby não se levantava da cadeira. Na realidade, parecia estar tentando levantar-se, mas não conseguia juntar vontade suficiente para fazê-lo. Eu nunca a tinha visto hesitante.

"Libby?", perguntou Stanton. "O que há com você?"

"Bem..."

"Libby?"

"Ah, porra", suspirou ela. "Você sabe, andei meio... interessada nessa história de Picker", ela disse baixinho, quase balbuciando. "Por isso dei uns telefonemas... um deles para Judy Lipinsky, uma velha *amiga* minha, que já foi escorpião — repórter policial muito competente, durona. Agora tem um jornalzinho de propaganda em Fort Lauderdale. E ela deu uns telefonemas. E, bom, encontrou um senador estadual que alega que Picker... bem, que Picker lhe deu dinheiro para que votasse a favor de um projeto — um loteamento, ao sul de Naples."

"Quando era governador?", quis saber Stanton.

"Hã-hã", confirmou Libby. "O voto era para que o estado desse recursos de contrapartida ao município para construir uma estrada de acesso e também para a concessão de um subsídio federal para o sistema de água e esgoto. E acontece que o projeto — Condomínio Tidewater — estava sendo desenvolvido pela *Sunshine Brothers*, uma subsidiária da *Sunshine, Poupança e Crédito*, que pertence a Edgardo Reyes Cardinale. E Edgardo Reyes Cardinale é o irmão de Antonia Reyes Cardinale, que é..."

"A ex-mulher de Picker", Stanton disse, dando um assobio. "Deus meu. Quem mais sabe disso? Que mais você sabe? Quem é o senador? Será que ele topa falar?"

Libby permaneceu imóvel. Não disse uma palavra.

"Libby, que merda é essa que está havendo com você?"

"Estou tentando decidir...", ela disse, com a voz sumindo no final da frase.

"Decidir o quê?"

"Se quero FAZER ISSO por você, seu babaca de MERDA", ela disse, a velha Libby de novo. "Eu aspiro a sujeira. Eu protejo você. Não faço espionagem."

"Libby, que merda de diferença isso faz?"

"Toda a diferença do mundo. Toda a diferença *moral* do mundo. Não estou muito interessada em derrubar o Fred Picker."

"E se ele for corrupto?", Stanton perguntou. "E se for um vigarista?"

"Vai-se ficar sabendo", ela respondeu.

"Está certo, mas quando?", Stanton disse. "Suponha que ele ganhe a convenção do partido... e só então se fique sabendo. Se existe alguma coisa, os republicanos vão descobrir, isso é garantido. Talvez até já saibam. Libby, temos pelo menos de saber o que sabem. Temos pelo menos de saber o que há de verdade nisso tudo. Pense como se fosse aspirar a sujeira pelo Partido Democrata, por todos nós."

"Não me trate com condescendência, Jack. Já nos conhecemos faz um puta tempo... Ele lhe deu uma *surra*."

"Mas você vai fazer o que pedi", disse Stanton.

"Ah, vá se foder."

"Sabia que ia. Henry, que tal umas belas férias na Flórida?", perguntou. "Não vai acontecer nada por aqui até domingo. E, caras" — ele agora estava sorrindo, brincando conosco —, "vocês dois trabalharam *tão bem* juntos naquele lance das fitas falsificadas."

Se o aperto de mão é o ato vestibular da política, o que dizer da espionagem? É o impulso primário, a fonte de todas as táticas e estratégias, o mais antigo e mais desonesto dos exercícios ligados à Ambição pelo poder. Os gregos espionavam; aprenderam com os deuses. Cássio espionou. Até nosso santificado Franklin Roosevelt usou a Secretaria da Receita para espionar seus opositores. É a base do negócio, a ferramenta mais sombria, o ponto de chegada inevitável; é onde a história sempre acaba. Pode ser feita com elegância ou não — na maioria das vezes não, neste final de século. Pode ser feita com relutância ou com prazer, mas sempre será feita.

E nós a faríamos, Libby e eu, por Jack Stanton. Nós a faríamos como um ritual, uma reverência às origens de nossa profissão e como uma libertação — nosso último serviço para os Stanton. Nós a faríamos quase ironicamente, postados a uma certa distância de nós mesmos, curiosos para saber aonde íamos chegar, até onde estávamos dispostos a ir. Sem Libby, eu não teria ido — estava claro que sua motivação era idêntica à minha, que ela estava impelida pelo desejo de simetria, a necessidade de amarrar as pontas, de ir até o fim.

"Agora estamos no limbo, Henri... em todos os sentidos da palavra", disse ela, enquanto Jennifer Rogers nos conduzia ao aeroporto no Cherokee vermelho de Libby. Estava sentada no banco da frente, massageando o pescoço de Jennifer com a mão esquerda. Eu estava sentado atrás. "Nós estamos... *marginalizados*. Estamos... *no purgatório*. Estamos... *perdidos*. Estamos... *testando nossos limites*. Você se lembra daquela canção idiota, 'Limbo rock'? Lembra da letra? 'Até *ooooonde* se pode *desceeer*?' Somos nós, Henri. Somos submarinistas morais. Mergulhamos fundo na merda, esperando encontrar um bálsamo de merda, esperando uma cura."

"Libby, deixe eu lhe fazer uma pergunta. Como é que você soube que Jack não era o pai daquela criança?"

"Ele era o pai da ignorância daquela mãe", Libby disse, num tom críptico, sibilino.

"Traduza, Libby."

"Ele concordou com o corte de verbas para a educação sexual. Não topou essa briga. Por isso aquela garota não sabia a diferença entre sua vagina e uma caixa de correio. E seus pais certamente não lhe ensinaram grande coisa. Ei, tive de organizar um verdadeiro seminário sobre sexo para a coitada da menina. Ela realmente pensava que o primeiro sujeito com quem tivesse relações depois da menstruação plantava a semente. Nesse caso, aconteceu que o feliz semeador foi o segundo cara que esteve com ela naquele mês — Jarone Dixon, que sentava ao lado dela na sexta aula, estudos sociais. *HUUH-HAAAH!* A sétima aula era destinada à revisão da matéria. Jarone Dixon e Loretta McCollister estudaram biologia num armário de material de limpeza dois dias depois de ela haver ovulado. Jarone, posso lhe garantir, vai ser um pai totalmente incapaz."

"E o primeiro sujeito que esteve com ela naquele mês foi Jack Stanton?", perguntei.

"Nunca vamos ter certeza, não é? Mas a sua suspeita vale tanto quanto a minha."

* * *

A sede do *Time-and-Tides* da Costa do Ouro era uma loja estreita de um decadente conjunto comercial numa das longas e planas avenidas que cortam Fort Lauderdale no sentido leste—oeste. Chegamos depois do expediente, mas não parecia ser um lugar que tivesse muito movimento em hora nenhuma. Logo na entrada havia um balcão para receber anúncios classificados e, atrás dele, três escrivaninhas enfileiradas; pendurados na parede, acima dos inevitáveis arquivos de cor bege, havia mapas de Fort Lauderdale e arredores. Judy Lipinsky estava sentada na última escrivaninha, fumando um cigarro muito comprido. Usava o que parecia ser uma apavorante peruca, mas era na verdade seu próprio cabelo, com uma hiperpermanente.

"Oi, Lábios", Libby cumprimentou.

"Oi, Língua", Judy respondeu, no que me pareceu uma saudação tribal. "Quem é a mascote?"

"Henry Burton, vice-diretor da moribunda campanha de Jack Stanton para presidente."

"Prazer", disse Judy Lipinsky, levantando-se para um aperto de mão. Ela era baixa e masculinizada — parecia uma versão feminina de David Adler —, cheia de ombros, peitos e bravatas. Estava usando um vestido justo branco de bolinhas pretas, sapatos brancos iguais aos da ratazana Minnie e uma enorme quantidade de batom vermelho-vivo.

"Como vai Ralphie?", Libby perguntou.

"Vai indo", Judy respondeu.

"Ralph é o marido de Judy, um ex-policial militar. Ela me trocou por ele. Nunca me disse se foi por causa de sua arma ou de seu distintivo."

"Ou pelo fato de que ele era comandante do quartel da zona norte de Miami e dava boas matérias", Judy falou para mim. "Libby nunca curtiu meu ecumenismo. Ela não acreditava quando eu dizia que meu lema era 'O que vier eu traço'."

"E ela não acreditava quando eu dizia que penetração é violação", Libby respondeu. "Então, Lábios, o que você tem para nós?"

"O senador estadual Orestes Figueroa, o 'Ruço'", respondeu Judy. "Ele costumava trabalhar em Miami, mas agora se aposentou e está morando aqui."

"Democrata ou republicano?"

"Cubano", disse Judy. "Claro que republicano."

"O que quer dizer que nosso Jack tem razão", Libby explicou-me. "Qualquer que seja a história, provavelmente os republicanos já têm conhecimento. E talvez seja por isso que ainda não está nos jornais."

"Bem, pode haver outra razão. O Ruço não é exatamente uma testemunha impecável. Tinha um cartaz anunciando 'Vende-se' na sua porta e um dia foi apanhado... sua aposentadoria incluiu uma condenação com sursis."

"Então, por que devemos acreditar nele?", perguntei.

"Porque ele era um vigarista, mas não necessariamente um mentiroso", respondeu Judy. "De qualquer forma, Lib, suas ordens eram *qualquer coisa* sobre Picker, não é?"

Ruço Figueroa vivia numa bela casa em uma das ilhas artificiais do Canal Interior. Tinha cabelos e bigode grisalhos, mas ainda era esguio — não tinha a menor barriga para deformar sua *guayabera* creme. Recebeu-nos na sala de estar, que era elegante e discreta — parecia o saguão de um hotel de primeira classe: umas poucas aquarelas de cenas tropicais, agradáveis de ver mas sem nada de extraordinário, se distribuíam pelas paredes totalmente brancas; tapetes persas; e um sofá modular curvo, de cor bege, colocado frente a uma mesa de centro oval de madeira clara e voltado para uma grande lareira de pedra.

"Você *usa* essa coisa?", perguntou Judy.

"Uma vez ou outra... quando tenho que queimar documentos", respondeu o Ruço. Ele curtia ser um mau-caráter. Uma jovem empregada trouxe uma bandeja com chá gelado, limonada, Coca-Cola, Perrier e uma garrafa solitária de Bacardi. "Achei que vocês não iam querer nada alcoólico", disse ele. "O mundo se tornou um lugar bem menos interessante com o passar do tempo. Até os jornalistas e os políticos comem coisas saudáveis e fazem exercício... uma pena. Mas se algum de vocês quiser me acompanhar em algo mais forte... Rum e Coca-Cola? Não? Ah, está bem."

Sentamos no sofá, Libby e Figueroa de frente um para o outro na diagonal, Judy e eu mais além. Libby estava controlada, profissional — fazendo o gênero do detetive Sam Spade. Conduziu o interrogatório. "Quer dizer que Freddy Picker lhe ofereceu uma propina para votar a favor desse projeto?"

"Propina, não. Nunca falei em propina. Falei em contribuição."

"Quanto?", perguntou Libby.

"Mil", respondeu. "Era o preço de tabela naquela época."

"Preço de tabela?"

"Bom, havia muitos projetos em andamento, um monte de estradas e redes de esgoto em construção. O progresso, podia-se dizer, era meu maior lucro." Ele estava se divertindo.

"Você tem algum registro disso, algum meio de provar?", quis saber Libby.

"Bom" — ele riu — "eu não mantinha um caderninho, mas, se olhar os arquivos do meu comitê eleitoral, você vai encontrar contribuições do pessoal da Sunshine."

"Essa é a companhia do cunhado dele", Libby disse.

"A companhia do cunhado dele." Figueroa riu. "E a esposa de Picker está na diretoria. E o irmão, Andy, é vice-presidente executivo. Então, a quem pertence a companhia na realidade, hem?"

"Mas quem o procurou? O próprio Picker?"

"Ah! Peraí, pô! E vocês dizem que fazem política em nível nacional?", impacientou-se Figueroa. "Esse jogo já viu dias melhores."

"Você não teve algum tipo de contato com Picker sobre o assunto?", perguntou Libby.

"Não", respondeu. "Não sobre isso. Mas a gente o via por aí. Lá em Miami. Ele aparecia muito."

"Aparecia muito?"

"A família da Toni estava metida em tudo o que havia de bom — está me entendendo? — e Freddy e Toni circulavam por aí nos anos setenta, juntos e separados, às vezes muito separados." Ele deu uma pequena gargalhada, saboreando o comentário.

"Quem era o outro homem?", perguntei.

Ele olhou para Judy, para Libby e depois para mim. "Ah, você está falando do homem por quem Toni o deixou? Um advogado anglo-saxão qualquer, lá de Tallahassee."

"E o governador, como ele era? Você o conhecia bem?", perguntou Libby.

"Era um sujeito legal. Esperto, competente. Claro que não era o santo que vocês estão vendo agora — isso é meio hilário. Mas, também, ninguém era santo naquela época. E todo mundo é santo agora. Pelo menos é o que parece. É a moda. Adoro ver como todos se esforçam para parecer honestos hoje em dia, e ainda assim se queimam... e por quê? Por nada, comparado ao que acontecia antes. Esse é um negócio de doido. Tempos difíceis para quem gosta de festa. Vocês deviam falar com Eddie Reyes, o cunhado. Ele conhecia muito bem Freddy."

"Era ele o cara com quem você se entendia?", perguntou Libby.

"*Todos* se entendiam com Eddie", respondeu Figueroa. "Era uma pessoa com muito espírito público."

"Tenho de tomar um CHUVEIRO", Libby disse, enquanto seguíamos em direção ao sul, no Chrysler Le Baron conversível que ela havia alugado. ("É melhor aproveitar a vida", ela tinha dito. "Quem vai pagar isso — e só dez centavos por dólar — é a falecida campanha de Stanton para presidente.")

"Não chega a ser um grande escândalo", eu disse.

"Vagabundo de merda", ela disse. A brisa noturna agitava seu cabelo grisalho. "Toquei na mão dele: Uhh! PIOLHOS!"

"Então vamos ver Eddie Reyes, se ele nos receber", falei. "E depois?"

"Pottsie", respondeu. "O marido de Lipinsky. Pottsie era da polícia estadual. Esses caras sabem de tudo. Vamos ter um belo jantar tranqüilo com os Potter-Lipinsky amanhã à noite."

Libby tinha feito reservas num lugar chamado L'Afrique, um hotel art déco de frente para o mar em South Beach — o qual, como logo ficou óbvio, tinha merecido uma crítica altamente favorável do guia de viagem gay preferido de Libby. Era um lugar fabuloso, um parque de diversões carnal: os rapazes que levavam as malas estavam seminus — vestidos como carregadores nativos, com o peito de fora, tanga e sandálias (e, como se tratava de um parque de diversões politicamente correto, havia carregadores de todas as raças). O saguão era fantástico. Muito acima do melhor estilo neobuana, cheio de palmeiras e móveis de vime, com almofadas de tecido brilhante sobre um gigantesco tapete estampado imitando pele de leopardo. Havia água escorrendo de fontes, vegetação de floresta tropical e peles de zebra, máscaras, lanças e palha nas paredes. Os garçons do bar do saguão usavam capacetes de cortiça e sarongues; outros empregados deslizavam pela sala, oferecendo brindes e abanando folhas de palmeira. A música ambiente — suave e sedutora — era de Olatunji e seus Tambores da Paixão; todos pareciam mover-se no seu ritmo.

"DROOOGA", fez Libby no que pensava ser um sussurro.

"Tranqüilo demais, Lib?", perguntei.

"Estava esperando algo mais... eclético", disse ela, enquanto seguíamos um sinuoso caminho de pedras em direção à recepção. "Pelo menos é o que dizia o guia."

"Que decepção", retruquei. "Então, por que ficarmos aqui?"

"É tarde e estou exausta", respondeu. "E isso vai custar à campanha de Stanton um caminhão de dinheiro. Eles cobram diárias de *bordel* neste troço."

Os quartos eram um tanto decepcionantes, depois do espetáculo do saguão. O meu era cor-de-rosa e despojado, com uma mobília de hotel barato dos anos 50 — um conceito completamente diferente, é óbvio — e janelas basculantes que davam para o mar. Liguei a televisão, deitei na cama e me senti inquieto. Telefonei para Daisy, mas quem atendeu foi a secretária eletrônica e não deixei recado.

Saí para caminhar. Numa rua lateral próxima ao mar vi um grupo de jovens — homens e mulheres, jovens e bonitos, carregando copos de plástico com bebidas coloridas em tons pastel — transbordando de um clube chamado Awful Surge. Entrei e fiquei em pé no bar, que estava iluminado com uma luz cor de cereja e decorado com conchas e restos de madeira trazidos pela maré. Pedi uma margarita reforçada. Um conjunto musical usando camisas havaianas tocava músicas dos Beach Boys tão alto que, para falar com alguém, era preciso gritar no seu ouvido.

O ouvido que escolhi foi o de uma mulher saída de uma de minhas clássicas fantasias de holocausto termonuclear no trem E. Seu nome era Claudia ou Gloria. Era latina, tinha a pele acobreada e estava usando uma camiseta sem mangas cor de água-marinha e short de ciclista preto. Sorriu para mim; sorri para ela. Paguei-lhe uma bebida. Conversamos, de forma rudimentar. Ela trabalhava em um hotel. Perguntou o que eu fazia. "LIQUIDAÇÃO DE ESPÓLIOS", gritei. "O QUÊ?", ela perguntou. "VENDO PROPRIEDADES DE DEFUNTOS", disse. "VOCÊ É DAQUI?", perguntou ela. "Nova York", respondi, já menos confiante. "Quer dançar?"

Dançamos: "Little deuce coupe" e "Surfer girl". Não sou um grande fã dos Beach Boys — sempre me pareceram uma apoteose da babaquice caucasiana —, e "Surfer girl" deve ser a canção mais idiota jamais composta, mas é muito, muito lenta. Claudia-Gloria se chegou, pondo as mãos no meu pescoço; pus as mãos nas suas costas, no início da curva dos quadris, tocando a pele macia entre sua camiseta e o short. "Onde você está hospedado?", sussurrou ela, encostando os lábios e uma pontinha da língua na minha orelha.

"Eeeh.... L'Afrique", respondi.

"Esse é o hotel das *bichas*", ela disse, recuando e olhando para mim. "Você é?"

"Não", respondi. "E posso provar."

Provei e caí no sono imediatamente. Acordei no escuro, com Claudia-Gloria dormindo um sono leve, voltada para mim, a boca entreaberta: uma desconhecida completa. Afastei-me em direção à beira da cama e fiquei olhando para ela, buscando sinais de familiaridade. Não havia nenhum. Eu agora estava completamente acordado, sentindo-me um tanto quanto perturbado — não exatamente *culpado*, mas sozinho, e a solidão era uma sensação física, uma dor surda e claustrofóbica também, naquela cama.

Levantei-me e fui até as janelas. Estavam trancadas. Lutei um pouco, tentando abri-las, mas não consegui. Dava para ver franjas brancas ao longo do mar escuro: ondas arrebentando na praia. Não podia ouvir o mar; estava isolado dele. Cada respiração de Claudia-Gloria parecia encher o quarto, me comprimindo, me empurrando para fora. Vesti-me rapidamente, atravessei às pressas o saguão — quase vazio agora, embora diversos carregadores e buanas estivessem na maior galinhagem nos sofás de vime em cantos escuros — e fui em direção ao mar, tremendamente aliviado pelo calor do ar e pelo fato de agora poder ouvir as ondas. Caminhei um pouco na areia, mas ela estava esponjosa e desconfortável — esforço demais —, por isso voltei para um banco na faixa de grama perto da calçada, sob as palmeiras, e ali me sentei, olhando o mar, vendo chegar o amanhecer, com a mente congelada, exceto pela lembrança de Daisy e pelo repentino e intolerável vazio de estar só.

Eddie Reyes era um homem muito ocupado, mas concordou em nos receber no final daquela tarde. Libby também combinou um jantar com Judy Lipinsky e o marido, Ralph Potter, para aquela noite, no Joe's Stone Crab.

"Então, quem era a garota?", perguntou Libby enquanto seguíamos para Miami naquela tarde.

"Que garota?"

"Henry, há quanto tempo você me conhece? Somos da mesma quadrilha. E você ainda fica querendo ME ENROLAR? Pelo amor de Deus, carinha — você está *cheirando* a sexo. Eu tenho *faro* para *xoxota*."

Olhei para ela.

"Tá certo", disse ela. "Telefonei para seu quarto hoje de manhã. Ela respondeu e disse: 'Diga a seu amigo que ele é um cara legal, mas que seria mais educado dizer obrigado e até logo'. Você deu o cano nela, Henri? Se mandou?"

"Temos de falar sobre isso?", perguntei.

"Que mais há para falar?", Libby grunhiu. "Você não tem um repertório muito variado, Henry. Não há muita coisa para falarmos — você não sabe porra nenhuma de música, nunca ouvi você discutir ciência ou filosofia ou as *maravilhas do Leste asiático*. Você é um cara limitado pacas — política, política, política. E não está sobrando muita política para nós agora, não é mesmo? Estamos NO FIM DA LINHA. E o que é que sobra tirando a política, Henri?", disse ela, acalmando-se repentinamente... para me impressionar. "Você nem ao menos tem coragem de dizer a Daisy que gosta dela."

"Pelo amor de Deus, Libby", falei.

"Patético, Henry."

* * *

Gostaria de poder dizer que o escritório de Eddie Reyes não parecia um cenário de *Miami vice*; gostaria de poder dizer que não era só arestas e paredes nuas. Mas não posso. Era assim, e Eddie também. Sua escrivaninha, uma placa retangular de mármore verde montada sobre pernas finas, sem nada sobre ela, ficava em frente a uma impressionante janela triangular; a sala tinha um formato irregular, inclassificável, em ângulos agudos — os objetos de arte, constrastando elegantemente uns com os outros sobre paredes cinza-escuro, eram puramente geométricos: um círculo cor de laranja, um paralelograma azul-celeste, um quadrado roxo. O assoalho era feito de plástico brilhante, imitando ônix. Libby, vestindo um bubu tingido de vermelho forte e verde-amarelado, combinava perfeitamente com o ambiente. Senti-me perdido e meio tonto. Será que alguma vez seres humanos normais trataram de alguma coisa aqui? Por outro lado, imaginei como Libby e eu pareceríamos aos olhos de Eddie Reyes: muito menos que *sérios*, não havia a menor dúvida.

Eddie usava um terno de linho branco e camisa de seda creme, com vários botões abertos; uma cruz de ouro se aninhava no seu peito peludo; ele tinha uma barriguinha. O cabelo era preto e liso, mas sem brilhantina. Tinha costeletas densas, que estavam ficando grisalhas. Usava um Rolex com uma grossa pulseira de ouro, uma aliança e um brinco de brilhante.

Sua secretária, uma mulher alta, impecável numa blusa branca, saia justa cinzenta (da mesma cor das paredes) e sapatos pretos de salto alto, nos serviu Perrier em copos triangulares. Sentamos em duas austeras cadeiras de cromo e couro preto em frente à escrivaninha; Eddie ficou de pé. Não havia cadeira atrás da escrivaninha. Aquela sala era só para entrevistas, não para despachar papéis.

"Então", disse Eddie, com a autoconfiança de quem está habituado a ser a pessoa mais esperta em qualquer sala. "Ruço Figueroa deu o serviço. Uma vez ele recebeu uma contribuição da Sunshine Associates para sua campanha. Chocante, não acham? Espero que vocês não fiquem muito desapontados se eu confessar tudo imediatamente. Um crime terrível, fazer contribuições para campanhas políticas."

"Não se trata do dinheiro", disse Libby. "Trata-se de quem o deu e por quê."

"Eu dei", disse Eddie, "porque achei que Ruço Figueroa tinha uma filosofia de governo *esclarecida*. Ah, é claro que havia algumas divergências em questões específicas, mas..."

"Você tinha negócios junto com a esposa do governador e o irmão dele", disse Libby. "Vocês estavam tentando conseguir que o estado os ajudasse a executar um determinado projeto."

"É verdade que eu tinha negócios junto com minha irmã e o idiota do irmão do governador", respondeu Eddie abruptamente. "Quanto à ajuda do estado, quero ver as *provas*."

"Não é preciso", falou Libby. "Essa merda vai feder."

"Parte o meu coração, senhora Holden", disse ele com ironia. "Queria tanto que Freddy fosse presidente." E em seguida, num tom mais duro e falando mais rápido: "Mas, devo dizer, se o filho da puta tiver de ser derrubado, seria simplesmente do cacete que fosse por causa de uma titica dessas. Seria mais adequado do que vocês podem imaginar. Até vou dizer por quê: é verdade que Toni e eu tínhamos esse negócio. E que empregamos aquele imbecil do Andy Picker depois que ele quebrou o negócio da família. E é fato que eu esperava que ser cunhado do governador não fosse... uma desvantagem. Mas foi".

Eddie Reyes sentou-se sobre a beirada da escrivaninha e inclinou-se em nossa direção. "Os Picker estavam falidos, entendem? Andy era tão ruim para negociar contratos quanto Freddy era bom. Meu paizinho não queria que Toni também ficasse na miséria, por isso me pediu para tomar conta dela, e — é fato — achei que também podia ganhar alguma grana com isso. Chovia dinheiro naquela época. Mas o *señor Recto* — o senhor Retidão, o governador Picker — não me dava folga. Havia um monte de dinheiro do governo disponível legalmente. Eu tinha uma porra de um consórcio pronto para entrar em ação... e Freddy disse: 'De jeito nenhum'." Reyes levantou-se da escrivaninha e começou a circular pela sala. "Então, fizemos Tidewater, mas a seco. Foi construído como qualquer outro condomínio de merda... e aquele puto ainda quis vetar o que tínhamos direito a receber do estado. Aposto que Ruço não contou *isso* para vocês. Era realmente do cacete como Freddy podia ser tão honesto e tão corrupto ao mesmo tempo. Era uma verdadeira acrobacia, uma maravilha da ciência moderna. E assim — é verdade, sem dúvida — Toni acabou *convencendo* Freddy a tratar Tidewater como qualquer outra merda de projeto. Mas, fiquem sabendo, a história aqui não é o que fizemos, mas sim o que não fizemos, o que ele nos impediu de fazer."

Não havia muito que pudéssemos dizer sobre isso. Eddie parecia quase desapontado que não tivéssemos mais perguntas. Parou e balançou a cabeça. "*Señor Recto*. Senhor Retidão Senhor Bundão." Ele riu. "Senhor *presidente*? Este país é realmente do cacete, sabe disso?"

"Mas ele não impediu você de entrar nesse tipo de negócio", arriscou Libby, por sua vez confusa, jogando verde. "Você empregou sua mulher, seu irmão... e ele não impediu. Tinha de saber..."

"Saber?", zombou Eddie. "Ele lá sabia de alguma porra? Ele estava doidão a maior parte do tempo."

"Doidão?", espantou-se Libby.

"Ah, minha querida", disse Edgardo Reys, pondo as mãos nas bochechas e revirando os olhos, fazendo uma imitação pérfida da tela de Munch. "Eu realmente me excedi e disse algo que não devia, não foi?"

"Doidão como?"

"Bye, bye, adeus", cantou Eddie. "Bye, bye, não chore... Vocês parecem desapontados", disse ele, lendo nossa expressão perfeitamente. "Um merda de *maricón* cheirador de coca."

"Um momentinho", disse Libby. "Co..."

"Cocaína", explicou Eddie. "Ele adorava essa merda. Porra, nós todos adorávamos essa merda... mas ele é o único que é candidato a santo."

"Não combina", eu disse, chocado e enojado, *furioso* com Eddie Reyes por estar esfregando essa coisa na nossa cara.

"Com o *señor Recto* de hoje realmente não combina de jeito nenhum, *chiquito*", sussurrou Eddie. "Você o vê na telinha e ele parece uma virgem. Mas quantos anos você tem? Onde é que você estava vinte anos atrás? No cueiro. *Você* deve entender", disse ele, dirigindo-se a Libby. "Você é a mesma de vinte anos atrás?"

"Porra, A MESMÍSSIMA!", respondeu Libby.

Eddie olhou para ela e riu. "Aposto que sim", falou.

"Só mudei um pouco de aparência", acrescentou ela.

"Mas você *lembra* da época em que todos estavam fazendo de tudo, não é?", prosseguiu Eddie. "Lembra quando as pessoas diziam que cocaína era tão perigoso quanto maconha. Corria que até na Casa Branca a turma andava cheirando." Então ele deu uma aliviada. "Olhe, não vou depor contra o Freddy. Não vou abrir a boca. Se vocês fossem repórteres, teria repetido a minha cantilena sobre Tidewater e mandado vocês embora. Mas não sou a única pessoa nesta cidade. Há gente que pode querer ganhar uma fortuna vendendo essa história para um tablóide qualquer. Se esse Stanton de vocês valer alguma coisa, ele entra em contato com alguém... dá um telefonema, põe a bola em jogo. Acho que vocês sabem exatamente como essas coisas funcionam. E vou chorar paca quando o Freddy estiver no chão, porque vai afetar minha irmã, que agora está com a vida acertada, e meus sobrinhos. Mas ele nunca deveria ter se metido em política outra vez. Tomou a decisão certa quando se retirou em 1978; pelo que sei, quase foi denunciado. Devia ter ficado na dele. Mas agora vai à lona. Nos Estados Unidos é assim. Pode ter certeza."

"Não acredito", falei já no carro. "Ele só está querendo nos tirar da pista."

"Ah, que merda, Henry... por que ele ia se preocupar com isso?", Libby disse, rejeitando meu comentário. "Ele não corre nenhum perigo. Mesmo que Freddy tenha feito todas as coisas que o Eddie disse que ele *não fez,* mesmo que tenha ajudado na moita a mulher e o cunhado a ganharem uma fortuna, ainda assim o Eddie está com a barra limpa. Ele era apenas um homem de negócios fazendo negócios. Mas o Picker se fode, de um jeito ou de outro. Se não fez nada de errado, ainda assim parece que houve uma cagada. Dá assunto para umas quatro mil horas-homem de jornalismo investigativo e Deus sabe quantas colunas de blablablá quando os escorpiões ficarem sabendo. E, mesmo que no final das contas eles não encontrem nem a sombra de um peido, Henry, meu bem, o simples fato de que eles andaram procurando — o simples fato de que a Sunshine existiu, com a mulher de Picker, seu irmão e seu cunhado tendo qualquer tipo de lucro — vai ter uma repercussão só um pouquinho menos negativa do que se Freddy tivesse pessoalmente assaltado metade dos bancos da cidade de Tampa. Henry, esse é o mundo em que vivemos. Nossa vida é assim. É isso o que *nós* estamos vivendo nesses últimos meses. Por que Picker seria imune? 'SUPOSTO' representa uma condenação numa campanha política. Sendo assim, não acho que a história da cocaína seja uma tentativa de Eddie de nos fazer perder a pista."

"Então é o quê?", perguntei. "Foi estranho. Foi tão... gratuito."

"Dar o troco pode ser uma boa terapia. Você tem de considerar que o Eddie vem acumulando um caminhão de ressentimento desde que o Fred deu uma de santo para cima dele. E há que admitir, ele tem uma certa razão — se é que o Freddy estava mesmo cheirando coca. Quer dizer: drogas sim, mas negócios não? Uma espécie de integridade muito marota. Admirável, não é mesmo?"

"Você acha que é verdade?"

"Bom, se você visse o Freddy Picker naquela época, quando você vê o videoteipe... bem que ele era um sacaneta agitadinho", disse Libby. E prosseguiu: "Henry, você é um porra de um livro aberto. Sempre foi. Você está *torcendo* pelo Picker".

"E você está fazendo o quê?"

"Estou fazendo uma experiência científica", respondeu ela. "Sou a Marie Curie do mundo da merda."

"Libby, já aspiramos um bocado de sujeira. Não acha que está na hora de voltarmos para casa?"

"Temos de ir até o fim", disse ela. "Não vou considerar isso uma experiência pessoal satisfatória enquanto não soubermos exatamente o que Freddy Picker fez e para quem. Mesmo que possa ser uma decepção descobrir."

"Mas pode levar semanas... se é que vamos conseguir algo", eu disse.

"Quanto tempo nós levamos para pegar aquela galinha da Cashmere?"

"Provavelmente mais ou menos o mesmo que o governador", respondi, para minha surpresa. Eu nunca tinha feito uma piada sobre Stanton.

"Henry Burton! Que falta de respeito! Seu repertório de assuntos está como que... EXPLODINDO... diante de meus próprios olhos. Se você pudesse começar a discorrer... não, nem tanto. Só, por exemplo, uma opinião pessoal sobre o *Réquiem alemão*, de Brahms, ou talvez por que você acha que Beethoven não podia compor óperas. Ou se os anjos têm sexo. Qualquer coisa. Se você fizesse isso, podíamos trabalhar juntos, ser parceiros — como Starsky e Hutch — e eu não ia ficar entediada. A vida seria outra."

"Você já leu *Middlemarch*?", perguntei.

"George Eliot? Como é que uma mulher tão inteligente podia ter uma merda de uma vida sexual tão patética e autodestrutiva?"

"Foi no século dezenove", respondi.

"Ela era uma rebelde, desafiou as regras", disse Libby, "mas se acoelhou na sua vida pessoal. Enfim, quem sou eu para criticar?"

"Porra, Libby, vamos embora. O que mais podemos fazer aqui?"

"O Ralphie deve saber."

"Bom, é", Ralph Potter disse, martelando uma pata de caranguejo e parecendo um tanto ridículo com seu babador de plástico. Ele era o clássico policial estadual, mas com alguma ironia nos pés-de-galinha. "Havia rumores."

"Havia rumores de que ele era drogado; havia rumores de que ele passava ela para trás, e vice-versa; havia rumores de que ele era gay; havia rumores de que ela era gay", disse Judy Lipinsky. "Era uma época doida. A coca tinha acabado de chegar, e era terrível — e é fato, acho que o governador andava muito por aqui. Badalava muito. Não parecia nada de mais: nos velhos tempos, era normal que os políticos badalassem. Ela, sua mulher, era daqui. E quem vai ficar em Tallahassee, se não for obrigado?"

Eu estava entrando em órbita, lutando para ficar acordado, beliscando uma salada de frutos do mar; não tinha descansado muito na noite anterior. O restaurante era barulhentíssimo — o que não chegava a ser um problema para Judy ou para Libby, que podiam fazer-se ouvir em meio a uma avalanche, mas Ralph falava baixo, devagar, e era necessário um grande esforço para ouvi-lo.

"Ralphie", perguntou Libby, "que tipo de rumores?"
"O que você mencionou", disse ele. "Drogas."
"Que tipo?", quis saber Libby.
"O que você acabou de dizer", respondeu ele, irritado. Sabia de alguma coisa. E, como estava disposto a demonstrar — embora relutantemente — que sabia de alguma coisa, Libby estava decidida a descobrir do que se tratava. Era uma negociação. Estavam negociando sobre discrição. Ralph estava dizendo: O.k., vou contar, mas não gosto disso e só estou falando porque você é uma velha amiga. E é bom você tomar cuidado. E Libby estava dizendo: Não vou dedurar você nem sua fonte, mas nós dois sabemos que você vai me contar. Ela estava dizendo isso ao não falar nada, ao ficar olhando fixamente para ele, enrolando enormes garfadas de linguini com frutos do mar e deixando o silêncio tomar conta do grupo.

"Ah, pelo amor de Deus, Ralphie", disse Judy finalmente.

"Tem um cara", começou Ralphie, depois de mais um momento de silêncio reprovador, dirigido especialmente à sua mulher.

Libby ficou olhando fixamente para ele.

"Um ex-policial militar do estado."

Libby continuou enrolando linguini com o olhar fixo.

"Seu nome é Reggie Duboise", falou Ralph.

"E?", perguntou Judy. Agora era ela quem estava conduzindo o interrogatório.

"Era escalado para acompanhar o governador sempre que ele vinha a Miami. Era o chofer de Picker. Ele tinha um problema. E me deve uns favores."

"Que tipo de problema?", perguntou Judy.

"Fungava muito", disse Ralph, espremendo os olhos, furioso com sua mulher. "Eu era seu chefe. Ele veio me ver, todo fodido. Precisava de ajuda — e eu lhe consegui uma licença discreta, no entendimento de que ele pediria dispensa logo que conseguisse resolver seu problema."

"Por que a colher de chá?", perguntou Libby.

"Era um bom cara. E uma porção de cagadas estava ocorrendo naquela época, como você disse. Achei que ele tinha cometido um erro e que podia limpar sua própria barra. Não achei que humilhá-lo fosse servir para alguma coisa."

Judy avançou na cadeira, pôs os braços em torno do pescoço de Ralph e lhe deu um longo e apaixonado beijo na boca. Depois, virou-se para Libby e disse: "Está vendo? Não foi nem seu distintivo nem sua arma".

Libby fez um aceno com a cabeça: *touché*. "E onde é que ele está agora?", perguntou.

"Fazendo trabalho comunitário", respondeu Ralph. "É conhecido como 'o prefeito da Cidade Livre'."

Encontramos o prefeito da Cidade Livre num terreno baldio cheio de lixo, na manhã do sábado, com uns vinte garotos de doze anos que usavam bonés de beisebol amarelo-vivo e carregavam grandes sacos de lixo verdes. Era um negro imponente, com um enorme tronco pousado precariamente sobre pernas longas e finas, barba branca e olhos enfurecidos; estava usando uma camiseta de Nelson Mandela e bermudas cáqui. "Bem-vindos à Liga Juvenil Negra", ele disse quando Libby e eu encostamos o carro. "Este é o treinamento de primavera. Nós limpamos o terreno e marcamos o campo. Quando tudo ficar pronto, *talvez* a meninada apareça."

"Vamos ajudar", ofereceu Libby. E ajudamos, durante várias horas, o que me deu uma sensação muito agradável — de ter realmente feito algo de concreto. Era uma manhã quente e límpida, que foi evoluindo de tolerável para escaldante à medida que o sol se arrastava para o topo do céu; interrompíamos o trabalho a cada meia hora e dávamos aos garotos suco de frutas em copinhos de papel. Libby logo, logo ficou parecendo um camarão; imensas manchas escuras de suor se irradiavam de suas axilas, fazendo com que sua enorme blusa verde-oliva ficasse preta. Eu também estava ensopado e coberto de poeira, mas não de forma tão espetacular. Fiquei completamente absorvido pelo trabalho, o primeiro esforço físico continuado que fazia desde não sei quando. Não prestei muita atenção nos garotos, certamente muito menos do que Libby (que tentou, sem muito êxito, fazer com que cantassem juntos os *Grandes sucessos* de Smokey Robinson — a maioria era jovem demais para conhecer essas músicas). Lá pelo meio-dia o terreno estava limpo, e uma pirâmide de sacos de lixo verdes se acumulava triunfante na calçada.

"Vocês querem voltar na semana que vem para capinar?", Reggie Duboise perguntou, depois de mandar os garotos para casa. "Ou vão estar ocupados demais tentando destruir um amigo meu?"

"Onde você quer conversar sobre isso?", perguntou Libby.

"Na porra de lugar nenhum", respondeu Reggie. "Mas tem um McDonald's a umas quadras daqui, com ar-condicionado."

Duboise encomendou vários Big Macs, Libby pediu vários Quarterões com queijo; tomei uma Coca Diet média, que tinha gosto de papelão líquido. "Sabe", comentou Libby, "nunca entendi por que eles não fazem Big Macs com a mesma quantidade de carne do Quarterão."

"Vá se foder", Duboise disse. O McDonald's não era feito para pessoas do seu tamanho; ele e Libby sentados na mesma cabine criavam um sério problema de superpopulação, mas ele estava curtindo o desconforto da situação. Não queria que nos sentíssemos muito à vontade com nosso trabalho.

"E sabe do que mais?", disse ele, sugando com decisão e muito barulho o canudo de sua Coca. "Vão se foder. Quero deixar bem claro que estou enojado. Também quero que fique claro que jamais disse uma só palavra em público contra o Freddy Picker; na verdade, vou negar tudo o que disser para vocês agora, porra. Só estou me metendo nesta merda porque devo minha vida ao Ralph Potter, e ele me pediu que colaborasse, e nunca tinha me pedido porra nenhuma desde o dia em que salvou minha vida. Mas quero que saibam", e me olhou com absoluta serenidade, "que para mim vocês são uns escrotos."

"Você foi motorista do governador?", perguntou Libby.

"Fui, e achei um puta *privilégio*."

"Por quê?"

"Porque ele era um sujeito decente que acabou se envolvendo com algo que não esperava."

"Cocaína, você quer dizer?"

"Nenhum de nós tinha a menor idéia do que era aquilo, só que fazia a gente se sentir como Deus. E o governador... consumia. Sabe, não sei como foi que começou... como é que ficou evidente para nós dois que ambos estávamos metidos nessa merda. Talvez porque naquela época todos estavam, talvez porque tivéssemos percebido um nos olhos do outro. Mas em algum momento ficou óbvio. Não foi uma coisa grotesca. Ele não era igual a mim. Eu estava totalmente viciado. Mas nunca imaginei que ele estivesse tão fodido quanto eu. Sabe como é, a gente está sempre montando a equação do drogado: eu estou mais fodido do que A, mas menos do que B. Pensava que ele tinha as coisas sob controle, mas eu não sabia de nada. Sempre o imaginei levando uma vida tipo *Papai sabe tudo* lá em Tallahassee, e vindo aqui para tirar férias de ter que ser perfeito. Nunca me perguntei por que aquele cara estava esculhambando sua vida daquele jeito. Quando você é tira, não fica procurando explicações para as cagadas que as pessoas fazem — você deixa barato: as pessoas fazem cagadas. Mas há amadores e profissionais. O governador fazia suas cagadas como um amador."

"Onde é que ele conseguia a droga?", perguntou Libby com delicadeza.

"Tinha esse cara..."

"Sempre o mesmo cara?"

"Sempre. Lorenzo Delgado, cubano grã-fino... acho que era advogado. Vivia num edifício antigo e elegante em Coral Gables. No começo também era um amador. Acho que ele e o governador se conheciam socialmente, por intermédio dos amigos da mulher dele. Mas Renzo entrou firme no pó. Começou a negociar com drogas, e em quantidade suficiente para atrair a atenção."

Libby ficou calada.

"É, isso mesmo", disse Reggie Duboise, "eu tirei o do governador da seringa. Eu estava no carro. Ele tinha subido para encontrar o Renzo. Às vezes a gente dá sorte. Um traficante que eu conhecia chega junto do carro, o carro do governador, e diz: 'Não sei se você deve ficar nesta vizinhança. Não é muito seguro'. Então eu subo e encontro os dois. E digo para o governador: 'Stevie está chamando o senhor, alguma coisa urgente lá na capital'. Stevie era seu chefe de gabinete. E ele — nós — demos o fora na horinha. Isso fez com que caíssemos na real. Ele sentou no banco de trás do carro e começou a chorar, cobrindo os olhos com a mão, e eu me sentei no banco da frente, chorando também. E sabe o que mais? Eu não tinha idéia do que fazer, do que dizer. Porque nunca havíamos falado sobre o assunto antes, não tínhamos o vocabulário para essa porra. Simplesmente tratei de tirá-lo de lá o mais depressa possível, para o aeroporto, para ir embora. Abri a porta para ele, nos encaramos, nossos olhos se encontraram, não dissemos uma palavra, mas eu sabia que estávamos pensando a mesma coisa: 'É *isso* que nós somos?'."

Duboise recolheu todas as embalagens dos sanduíches e as colocou arrumadinhas na bandeja; deu uma olhada em volta. "E então procurei Potter e contei tudo a ele — exceto a parte sobre o governador — e ele disse: 'Reggie, você é um bom tira. Tire uma licença, se trate, e depois nunca mais quero ver você perto dum quartel da polícia estadual'. Tive sorte, nesse sentido — mais sorte do que o governador. Ele não tinha um Ralph Potter para procurar, e acho que precisava de alguém. Renunciou umas semanas depois desse lance, naquela entrevista coletiva que vive aparecendo nos noticiários. Depois disso nunca mais o vi."

"E o traficante?", perguntou Libby.

"Foi apanhado. Condenado. Sumiu. Também nunca mais ouvi falar dele."

Ficamos ali sentados em silêncio durante alguns minutos, sem saber o que dizer ou fazer.

"Não sei o que vocês fazem com esse tipo de informação", disse finalmente Reggie Duboise, "e, como já falei, não vou tomar parte nisso. Mas se usarem isso para derrubar o Freddy Picker, tomara que morram devagarinho de câncer — a menos que possam se olhar no espelho e dizer que nunca houve um momento em suas vidas em que tivessem feito algo de errado, em que vocês tivessem ficado meio confusos, entrado pelo mau caminho. Nosso Senhor nos dá uma cota muito pequena desses momentos. Cada um de nós tem direito a alguns. Minha avó, que cortava cana antes de vir para cá, costumava dizer: *Todo santo tem um passado, todo pecador tem um futuro*. Eu procuro me lembrar disso quando as pessoas começam a me tratar como exemplo, a cuidar das palavras e se portar como se eu fosse melhor do que elas, como se não pudessem agir normalmente perto de mim. E tento olhar para esses garotos fodidos desta área do mesmo jeito que Ralph Potter olhou para mim, pelo menos enquanto eles ainda não se habituaram a ser maus. Eu não parto do princípio de que estejam perdidos, dou a eles uma chance de se recuperar fazendo sacrifícios. Mas ninguém tem direito a esse tipo de tratamento no ramo de vocês, não é? Uma pisada na bola, e fim." Balançou a cabeça e riu. "Acho que a droga de vocês é muito mais perigosa do que era a minha."

    Havia um último favor a pedir a Ralph Potter. Libby ligou para ele do saguão do Hotel Intercontinental em Miami, ainda transpirando e empoeirada da visita à Cidade Livre, o que atraía olhares curiosos. Usamos os banheiros para lavar o rosto e trocar de roupa e depois nos sentamos no pátio durante uma hora, tomando chá gelado. Finalmente, Libby voltou a ligar para Ralph. "Lorenzo Delgado saiu da prisão faz nove meses", disse ao voltar. "Está morando neste endereço, um centro de reabilitação em Hialeah."

    Chegamos lá no final da tarde. Era diferente das outras casas da vizinhança, que eram pequenas, baixas, pintadas de cores caribenhas em tons pastel, cheias de crianças, de música e do otimismo típico dos imigrantes. O centro de reabilitação era uma construção mais antiga e mais austera; todas as janelas e cortinas estavam fechadas. Era um prédio grande, de dois pisos, paredes de tábuas brancas e teto de zinco — resquício de uma outra época. O terreno tinha sido cuidadosamente alisado com o ancinho; não havia pegadas. Um cartaz acima da porta anunciava: EL CAMINO AL PARAISO. Tocamos a campainha e a porta foi aberta automaticamente. Fazia frio lá dentro, o ar-condicionado no máximo, e sentia-se um cheiro forte de desinfetante industrial. O teto do vestíbulo chamava a atenção: era azul-escuro, com pequenas estrelas e anjos espalhados de modo sutil e discreto. Havia dois pôsteres nas paredes: um todo florido, que dizia "Um dia de cada vez", e uma foto mais militante do credo gay, com as palavras "Estamos aqui... é melhor vocês se acostumarem".

    Uma mulher latina gorducha estava sentada na recepção, lendo um romance. Mandou que subíssemos à varanda. "É lá que Renzo costuma ficar."

    Atravessamos uma sala de estar repleta de móveis de segunda mão, dominada por uma grande televisão colorida. Três homens assistiam a uma novela em espanhol. Um tinha as manchas características do sarcoma de Kaposi, o outro estava encolhido dentro de um suéter, com os olhos vidrados e tossindo; o terceiro estava conectado a um aparelho de soro intravenoso. No andar de cima havia um corredor estreito e deprimente, com uma sucessão de portas dos dois lados. A varanda ficava no final do corredor, separada por uma porta de alumínio. Estava protegida por anteparos de lona e era agradável — mais quente do que dentro da casa e arejada por uma leve brisa. Lorenzo Delgado estava lá sozinho. Era um homem magro e pequeno, sentado numa espreguiçadeira, fumando um Marlboro.

"Você é Renzo?", perguntou Libby. Assentiu com um movimento de cabeça. "Gostaríamos de falar com você sobre Freddy Picker."

"Ah, estava *esperando* por vocês. Vocês são da campanha, não é?", perguntou ele, mas foi em frente antes que tivéssemos uma chance de dizer — Deus nos perdoe — de *qual* campanha. "Bem, vocês podem dizer ao Freddy que ele não tem nada a temer de minha parte", disse numa voz rouca, gutural. "*Nada*. Estão me entendendo? Isso aconteceu... depois. Fundi a cuca na prisão; não tinha nada para fazer lá... e havia tantos rapazes que passavam o dia todo no ginásio, modelando o corpo."

Libby e eu não ousamos olhar um para o outro, muito menos abrir a boca. Estávamos sentados em cadeiras de alumínio, uma de cada lado dele. "Gosto desta varanda", disse ele, "mas não posso ficar aqui o tempo todo. Depende do clima. É estranho, mas a temperatura do meu corpo está sempre desregulada, para mais ou para menos. Sempre sinto muito calor ou muito frio. Nunca me sinto bem. Às vezes, a mais leve brisa me força a sair daqui, tiritando — e não há nada que possa fazer, não posso mudar isso, simplesmente tenho de agüentar."

Eu ainda não tinha dito nada, não tinha sequer me apresentado, e de repente Renzo se fixou em mim. Pareceu me avaliar, com um olhar lascivo, depois sorriu e perguntou: "E então? Você é o amiguinho de Freddy agora?".

"UUUUUUUUUU-IIIII", Libby gritou a caminho do aeroporto. "Dava para saber que ia ser BOM! Que ia ser IRRESISTÍVEL. E essa porra foi TUDO: SEXO! DROGAS! CORRUPÇÃO! E NADA, *nada,* meu caro

Henry, nada disso é venalidade pura e simples. É tudo... sei lá... *humano*, adorável, suculento. É fraqueza, e não maldade. ADORO ESTE JOGO."

"Do que é que você está falando?", perguntei.

"Quando se está fazendo um experimento social", Libby disse, imitando umas dessas cozinheiras de programa de televisão, "você não pode mexer devagarinho. Tem de AGITAR O SACANA. Quer que as condições sejam perfeitas, quer que sejam realmente apetitosas, sabe como é? Quer que seja suculento. Isto aqui está escorrendo de tão suculento."

"Mas eu não..."

"Entendo? Ahhhh, Henry. Claro que entende. Estivemos na mesma faixa de onda desde o início — se você não estivesse, eu teria dito para você esquecer, ficar em casa, ser um lacaio. Portanto, não venha dar uma de inocente para cima de mim. ISTO É UM TESTE. Para nós e para eles. Na verdade, para nós, para eles e novamente para nós. Acabamos de ser aprovados no vestibular. Faturamos. Fomos do cacete — sabia? Somos tão bons que... *demos sorte*."

"Libby, do que é que você está falando?", perguntei, embora já soubesse. "O que é que vamos fazer com essa porra?"

"Não somos NÓS! Não é o que NÓS vamos fazer. NÓS não temos nada com isso!" Ela dizia NÓS aos berros. "Agora é COM ELES! Nós vamos fazer o que fazemos: aspiramos a sujeira e entregamos. A questão agora é o que o Jack e a Susan vão fazer com isso. MENTES inquisitivas querem saber! Quer dizer, meu camaradinha, não era isso mesmo que estávamos *procurando* aqui? Quer dizer, depois de um porrilhão de anos, finalmente vou vê-los como realmente são — não preciso mais ficar imaginando, não preciso mais ter expectativas. É isso aí. Chegou o dia da formatura. Ou eles se formam, ou eu. Conte a verdade, Henry", disse, passando a um sussurro intenso, me fitando com seus olhos azuis selvagens, em vez de olhar para a estrada, "não era isto que você também estava buscando?"

"Porra, Libby, trate de dirigir."

"E então, não é?"

"Pode ser", eu disse, mas sabia que sim. "E se eles reagirem errado? Se não passarem no teste?"

"Aí a bola volta para nós. Huuh-HEI! Então vamos ficar sabendo o que somos de fato; e vamos torcer para que não sejamos uns bananas."

"Libby, sei que é difícil, mas já vi você conseguir antes. Será que você poderia recuperar a porra da razão durante um minuto e me dizer em que está me metendo?"

"NÃO!", ela disse, e jogou o carro no acostamento, enfiando o pé no freio, fazendo-o parar abruptamente.

"Meu Deus!"

"Henry", ela disse, olhando para mim — perfeitamente calma, perfeitamente racional. (Eu tinha conseguido.) "Você se lembra das regras que estabelecemos no dia em que baixamos no terreiro daquele vagabundo do Randy Culligan? Você se lembra quando estávamos sentados na sala de espera do seu escritório de advocacia e eu lhe disse que estava a ponto de cometer uma loucura? E que você podia participar ou não, mas sem fazer perguntas?"

Concordei com um aceno.

"Muito bem, queridinho", continuou ela, segurando meu queixo. "As regras ainda estão valendo. Ou você tem fé ou não tem. Topa?"

"Você não vai dar um tiro no casal, vai?"

"Não exatamente."

"Nenhum tipo de violência."

"Não me provoque, Henry. "Topa ou não topa?"

Balancei a cabeça para dizer que sim, meu queixo ainda na sua mão. E ela me deu um beijo no rosto.

Os jornais de domingo noticiavam que Freddy Picker tinha recebido o apoio do governador da Pennsylvania e da maioria dos deputados do estado. Li a notícia como se eu não tivesse nada com isso, sem ter a menor reação. Houve época em que meu estado de espírito podia mudar completamente por causa de uma insinuação contida no matiz de uma nota perdida no meio do *Washington Post*; essa tinha sido minha vida. Mas, agora, para mim a campanha havia terminado. Telefonei para Daisy de manhã, mas foi a secretária eletrônica que atendeu mais uma vez. "Daisy, *por favor*", falei. "Fiz uma cagada. Mas será que isso significa que fui condenado por toda a eternidade? Estou com saudade."

Libby me chamou mais tarde naquela manhã. "Vamos nos encontrar às cinco na Mansão, um pouco antes da outra reunião, que vai ser — você não vai acreditar nem por um cacete — um jantar de trabalho. E o Gordo Willie é quem vai fornecer a COMIDA! Acho que Jack resolveu que, se tiver de ir para o espaço, é melhor ir de barriga cheia."

"Ele fez alguma pergunta?"

"Macaco gosta de banana?"

"E você?"

"Ah, descrente."

"Bom, e o que foi que você respondeu?"

"Ele disse: 'Deram sorte?'. Eu disse: 'Depende do que você considere sorte'. Ele disse: 'Descobriram alguma coisa?'. Eu disse: 'Depende do que você ache que seja alguma coisa'. Ele disse: 'Peraí, Libby, não fode'. Eu disse: 'Eu não fodo. Faço amor. Você não vai querer arriscar mais um momento de paixão, depois de todas as cagadas em que seu peru já meteu você, não é?'. Portanto, resta saber: ele já telefonou *para você*?"

"Não."

"Vai ligar."

Ele ligou, uns dez minutos depois de eu acabar de falar com Libby.

"Então, que tal estava a Flórida?", perguntou.

"Úmida", respondi.

"Ah, pera lá, Henry. Você também?"

Fiquei em silêncio.

"Preciso saber se há alguma esperança", ele disse.

Pensei cuidadosamente na resposta. "Depende", eu disse, "do que queira dizer com esperança."

"Porra, Henry, para quem você está trabalhando?"

"Governador, estou trabalhando *com* Libby. Nós decidimos que seria melhor fazermos juntos o nosso relatório. Vejo o senhor às cinco."

Passei as horas seguintes examinando o apartamento, tentando fazer uma idéia do que havia para embalar, do tempo que seria necessário para partir. Depois saí para dar uma corrida e, ao voltar, sentei num banco próximo ao rio, que tinha subido com a chegada da primavera, fazendo com que as margens cobertas de grama ficassem encharcadas. De todas as coisas que eu tinha visto, feito e sentido em Mammoth Falls, o rio é a que eu recordaria com mais nitidez. Nunca havia tido um contato tão íntimo com a natureza. Vivia ao lado dele, corria ao longo de suas margens, sentava junto a ele, pouco a pouco fui conhecendo seu temperamento — e houve ocasiões em que quase entrei em transe, imaginando sua corrente rápida limpando minha mente, levando embora minhas preocupações. Nunca parei realmente para pensar no poder transcendental do rio — acho que não sou muito místico—, mas na minha imaginação às vezes me vejo sentado naquele lugar, sobretudo quando estou tentando me acalmar.

Quando cheguei, Howard e Lucille estavam com os Stanton no escritório — o que era meio preocupante. Howard telegrafou um daqueles seus irônicos sorrisinhos furtivos; Lucille me fuzilou com o olhar. Susan levantou-se, me deu um beijo no rosto, e disse: "O quê? Vocês não nos trouxeram nenhum vidro de geléia?". Voltou-se para Jack e perguntou: "Já lhe contei essa história? Sempre que meus pais voltavam da Flórida traziam um pacote — três vidros — de geléia. Um de laranja, outro de laranja e abacaxi, outro de cere...".

"FORA!" Era Libby apontando o dedo para Lucille — negligentemente e de cima para baixo, como Deus na Capela Sistina. "CAI FORA DAQUI, seu saco pegajoso de baba de lesma. E VOCÊ TAMBÉM — ESPECIALMENTE VOCÊ", gritou ela, virando-se bruscamente para Howard. "Esta porra de vida é curta demais para eu ter sequer de *pensar* num merda como você. FORA!"

Nenhum dos dois se mexeu. Howard olhou para Jack; Lucille para Susan. "TUUUUDO BEEEEM", disse Libby, e dirigiu-se para a porta.

"Não, espere", falou Susan, fazendo um gesto de cabeça para Lucille, que começou a caminhar para a porta — depois parou, pôs as mãos nos quadris e disse para Libby: "Você não passa de um cachorrinho chorão".

"QUÁ-QUÁ-QUÁ-QUÁ-QUÁ-QUÁ-QUÁ-QUÁ", disse Libby, com a cabeça jogada para trás e sem rir. "Fora... FORA, fora... FORA", falou ela, como um cachorro latindo. E depois para Howard: "E você aí da minhoquinha também. Hora de fechar as CONTAS. Você vai pegar o trem da meia-noite de volta para a Geóóórgia! Fora...FORA, fora... FORA! Já agüentei vocês vinte anos além do que devia".

"E eu, posso ficar?", perguntou Susan, quando Howard saiu, fechando a porta.

"Claro." Libby sorriu. "Querida."

"Isto tudo é realmente necessário?", perguntou Jack.

"NÃO!", respondeu Libby, e depois acrescentou com um súbito sotaque escocês: "Mas é o que acontece quando você manda uma LUNÁTICA fazer um trabalho de homem. Portanto, governador, aqui está — um banquete para os olhos", disse ela, jogando no colo de Stanton, que estava sentado na sua poltrona habitual, uma pasta parda com um fecho de metal numa das pontas. "A senhora também, dona." Entregou outra pasta para Susan, que estava descalça, encolhida, na extremidade do sofá oposta àquela onde eu me sentara.

Libby então me entregou uma cópia do relatório, com um suspiro e um olhar límpido, como quem diz: "Aqui vai nada". Enquanto líamos, ela ficou andando pela sala, perto das janelas, as mãos cruzadas nas costas, a cabeça baixa, balançando as cortinas de voile quando passava.

O relatório não tinha título. A primeira página dizia "Resumo Executivo". Tinha uma coluna de setas que indicavam nomes em letras maiúsculas: ORESTES FIGUEROA, EDGARDO REYES, REGINALD DUBOISE, LORENZO DELGADO — e um resumo preciso, de uma única frase, com o "depoimento" de cada um. A isso se seguiam relatos mais elaborados de nossas entrevistas com os quatro, relatos que me pareceram totalmente exatos, francos e imparciais.

Jack Stanton assobiou e olhou para cima. Libby disse: "Henry, isso está de acordo com sua lembrança da nossa investigação?".

"Está, totalmente."

"Notável", disse Stanton, sacudindo a cabeça. "Como é possível que ele tenha imaginado que ia conseguir *se safar* desta?"

"Bom, ele *estava* concorrendo com VOCÊ", disse Libby.

Stanton ignorou o comentário. "O que vamos fazer com isto?", perguntou.

"O *New York Times*?", perguntou Susan. "Ou talvez o *Wall Street Journal* — tem mais credibilidade, de certa forma."

Libby olhou de relance para mim. Eles não tinham sequer hesitado. Nem um minuto de dúvida.

"Usando um intermediário", disse Susan. "Alguém que não tenha ligação com a campanha."

"Acho que *não*", interveio Libby.

"Como assim?", disse Stanton, girando o corpo para trás em direção ao canto da sala onde Libby estava encostada a um relógio de pêndulo, junto ao qual se colocara com a intenção de aumentar o desconforto do governador.

"Não creio que haja aqui nada que se possa usar", disse ela.

"Peraí, Libby, você deve estar brincando", Stanton disse. "No mínimo, os republicanos já sabem do negócio da Sunshine, e o resto é fácil de obter logo que as pessoas começarem a procurar."

"Pode ser", disse Libby, escorregando para o chão, com os joelhos para cima e as palmas das mãos nos joelhos, ainda junto ao relógio. Agora Stanton não podia vê-la. Teve de levantar-se e se voltar, com um joelho apoiado na poltrona. "Mas não está de acordo com os meus padrões", acrescentou Libby.

"O que é que você quer dizer com isso, Olivia?", perguntou Susan num tom sarcástico.

"Duas coisas, *madame*", disse Libby, levantando-se de um salto, recomeçando a caminhar. "Em primeiro lugar, a maior parte desse troço é babaquice. É conversa fiada e insinuações. O negócio da Sunshine parece feio, mas não creio que Freddy tenha tido muito a ver com ele. Quanto ao resto, bom, Reggie Duboise não vai falar, Deus o abençoe. E Renzo", disse ela, parando, olhando fixamente para Susan, "vocês não... *ousariam*."

Deu a volta no sofá, postou-se exatamente às minhas costas e colocou as mãos em meus ombros. "Além do mais, águias jurídicas, o segundo ponto é definitivo: Henry e eu não achamos que seja apropriado usar esse material. Temos objeções de natureza moral. E eu tenho um argumento histórico."

Stanton olhou para mim; fiquei impassível, o mesmo vácuo gélido que havia exibido ao Gordo Willie em nome do governador. "Ah, não venha com essa, Libby", disse ele. "Se não era para usar, por que você foi procurar?"

"Ele podia ser um filho da puta de verdade", respondeu ela, recomeçando a andar. "Eu não achava que fosse, e não é, mas *podia* ser. Mas Jackie, meu querido, você não está entendendo qual é a porra da questão. A questão é: NÓS NÃO FAZEMOS ESSE TIPO DE COISA! Ah, vou estar sempre recolhendo sujeira e protegendo seu traseiro — até teria sido capaz de explodir a minhoquinha de Randy Culligan por você. Bom, *talvez* tivesse. Mas isso é diferente. Isso está prejudicando outra pessoa. Isso é NOJENTO. Você quer saber exatamente por que isso é nojento? Porque VOCÊ ME ENSINOU QUE É. Lembra-se quando foi, Jackie? Deixe eu refrescar sua memória." Enfiou a mão na sacola de couro e retirou três cópias de uma foto 8 por 10 em preto-e-branco, que entregou a Jack, a Susan e a mim.

Era uma coisa fantástica. Jack e Susan pareciam basicamente os mesmos, mas mais jovens, mais frescos. Vestiam roupas do início da década de 70. O cabelo de Jack era comprido e encaracolado; usava uma camisa bufante de colarinho de renda fechado com um cordão, estilo Errol Flynn, e calças boca-de-sino. O cabelo de Susan era longo, liso e castanho; ela usava um sutiã de biquíni e short de jeans, muito curto, de cintura baixa. Ambos calçavam sandálias. A grande surpresa, contudo, era Libby — entre os dois, abraçando Jack e Susan, mais alta que eles, sorrindo com um ar de orgulho maternal.

Minha primeira reação foi: por que Libby parecia tão alta? Então me dei conta: estava de salto alto. Na verdade, estava vestida de maneira bastante convencional e tinha uns quarenta e cinco quilos a menos. O cabelo era armado, ainda sem nenhum fio branco, e usava um vestido justo acetinado: parecia uma aluna do primeiro ano da universidade ou talvez uma das filhas de Lyndon Johnson.

"Henry, eles não eram maravilhosos?" Ela suspirou.

"É, mas olhe só você."

"Ô, seu merdinha, eu lhe disse que já tive cintura."

"Libby", Jack começou a falar.

"Ah, cale a boca", disse ela. "Não estrague as coisas. Você se lembra quando foi?" Olhou para Stanton. "Não se lembra, *não é*?"

"O quartel-general da campanha, em Miami, em 1972", respondeu Susan.

"É claro", concordou Libby. "Henry, essa foto foi tirada logo depois da convenção. Nunca vou esquecer aquela convenção

— eu já estava dirigindo a campanha na Flórida quando Gary Hart me encontrou num trailer, falando ao telefone, botando a minha delegação em forma. E ele aparece com... *essa* dupla. 'O', ele disse — ele me chamava de 'O' —, 'trouxe uns reforços.' E foi um barato. Eles eram ouro puro, entende? Seres de outro planeta. Quer dizer, tudo ficou muito mais fácil depois que eles começaram a trabalhar. Eram uns gênios nessa porra. Tínhamos uma droga dum escritório subtropical de merda no centro de Miami — e os Stanton eram... Bom, essa foto foi tirada no dia em que eles se apresentaram. Meu Deus, quase transformaram aquilo numa campanha de verdade. Jack foi para a rua, falar para grupos — todos aqueles velhos judeus e liberais do tempo da Grande Depressão, nenhum deles querendo apoiar George McGovern e o Exército dos Anarquistas Drogados. Mas Jack era capaz de repetir de cor o discurso de posse do primeiro mandato de Franklin Roosevelt, fazia-os ficar com lágrimas nos olhos. E então ele dizia: 'O Partido Democrata deu a vocês uma vida boa. Será que vocês estariam aqui — será que teriam meios de viver aqui — sem a Seguridade Social? Você estão dispostos a entregar seu futuro, o futuro de seus filhos, àqueles que lutaram contra a Seguridade Social, o Medicare, a Lei dos Veteranos de Guerra e todas aquelas coisas que fizeram a vida de vocês um pouco melhor?'."

"Provavelmente consegui uns setenta ou oitenta votos", lembrou Stanton.

"E Susan — a Mulher dos Mapas!", disse Libby. "Ela dividiu o estado, organizou cada circunscrição eleitoral, fez o escritório funcionar como uma porra de uma colheitadeira. Claro que os Stanton trouxeram um pouco de bosta com eles: Howard e Lucille — o Casal Mais Animado de 1971 do Partido Trabalhista Progressista —, mas com os Stanton foi sempre assim: você leva o joio junto com o trigo."

"Libby, pelo amor de Deus", disse Susan. "O que é que você está fazendo? O que é que você quer provar?"

"EAGLETON", disse Libby. "Lembra-se, Jack? Eu devia ter conhecido você uns dois ou três dias antes. A gente ouve falar de eletrochoque e é estranho: foi a primeira vez que achei possível perdermos para aquele imbecil do Nixon. Até então, estava *absolutamente certa* de que íamos ganhar. Quer dizer, quem é que ia votar em Dick Trapaceiro? Ninguém que *eu* conhecesse, exceto os idiotas de quem escapei lá em Partridge, no Texas. Você pode imaginar, Henry? Porra, como éramos JOVENS. E esse aqui, esse aqui" — fez um gesto com a cabeça em direção a Stanton — "sai comigo, vamos a um boteco cubano ao ar livre — eu estava desesperada. A vida tinha acabado. E ELES eram os responsáveis — a CIA. Tinha de ser a CIA. Eu não podia acreditar que Tom Eagleton[38] fosse realmente um caso psiquiátrico. Certamente eles o seqüestraram, drogaram e enlouqueceram. Não era possível que McGovern fosse simplesmente um PORRA DE UM AMADOR COMPLETO. Não, eles tinham usado algum truque sujo. E eu disse para Jack: 'Nós temos de nos preparar'. Lembra-se, Jack? 'Também temos que ser capazes de fazer esse tipo de coisa.' E você disse: 'Não. Nosso objetivo é acabar com isso. Nosso objetivo é fazer com que as campanhas sejam limpas. Porque, se forem limpas, nós vamos ganhar — porque nossas idéias são melhores'. Lembra-se disso, Jack?"

Libby agora estava com lágrimas nos olhos.

"Isso foi há muito tempo", disse Stanton com suavidade.

"Libby, você mesma falou", continuou Susan, friamente. "Éramos jovens. Não sabíamos como o mundo funcionava. Agora sabemos. Sabemos que se não fizermos algo sobre esse caso de Picker, duas coisas vão acontecer. Primeira, estamos liquidados. Tudo aquilo por que trabalhamos desde Miami, há vinte anos, acaba. E rápido. Acaba amanhã. A segunda coisa que vai acontecer é que um dia — muito em breve —, quando terminar a paixão, quando eles enjoarem do estilo tranqüilo e virtuoso do Freddy Picker, quando resolverem cortar as asas dele, algum jornalista xereta vai topar com essa história. E, se não for assim, os republicanos vão conduzir a imprensa até ela, de acordo com o calendário *deles*, no próximo outono. Será um novo caso Eagleton — só que desta vez a culpa vai ser *nossa*, por termos deixado isso acontecer. A culpa vai ser sua, Libby."

Achei que era um argumento de peso. Libby não. "Minha querida", disse ela, "você pode até estar certa, mas não é assim que devemos ser."

"Talvez", disse Stanton, "pudéssemos vazar parte da história, a coisa da Sunshine — sabemos que os republicanos já a conhecem."

"Ah, pelo amor de Deus, Jack", Susan disse, irritada, achando que ele estava amolecendo. "Você acha que eles não vão descobrir o resto logo, logo? Você acha que o Eddie Reyes não vai deixar escapar a história para alguém mais — acha que ele não vai abrir o bico? Quer dizer...", ela folheou o dossiê da Libby. "Libby, ele chamou o Picker de *maricón* cheirador de coca, não chamou?"

Libby e eu trocamos um olhar: chamou, sim. Nós simplesmente não havíamos dado importância na ocasião, achamos que era apenas mais um expletivo.

"Então você divulgaria até o lance do Renzo?", perguntou Libby.

"Que porra de *diferença* faz a *preferência* sexual de alguém?"

"Vai fazer diferença para os tablóides sensacionalistas", disse Susan.

"Ahhh, Susie", gemeu Libby. "*Até* você."

Libby percebeu minha surpresa. "Ah, peraí, Henry — você *também*! Lembre-se do que Eddie Reyes disse: você deve sempre se lembrar de que todo mundo fazia de tudo naquela época. E, Henry, você certamente conhece a necessidade de consolo físico da senhora Stanton em épocas de crise conjugal."

Foi a vez de Stanton ficar chocado. Lançou um olhar enfurecido em direção a Libby, que sorriu; depois para Susan, que estava ruborizada; depois para mim, que estava estupefato demais para ter qualquer reação. Todos nós o tínhamos traído. E ele, é óbvio, traíra a todos nós. Evidentemente, todo mundo *ainda* fazia de tudo.

"Crianças, crianças", disse Libby, balançando a cabeça e examinando a sala. "Não digam que não é divertido..."

"Chega", disse Stanton. "Temos que tomar uma decisão."

"Sobre o quê?", disse Susan.

"CEEERTO", falou Libby. "Não há NADA para decidir. A decisão já foi tomada, por mim e pelo Henri. O assunto morre aqui."

"Acho que não", disse Susan.

"Lamento, benzinho", disse Libby, "mas morre. E aqui está o porquê." Enfiou novamente a mão na sacola e retirou outra pasta, muito parecida com a primeira. "Não vou distribuir esta aqui... não quis fazer cópias", disse ela — um tanto nervosa, me pareceu. "Mas vou lhes dizer o que é, e Jackie pode garantir sua veracidade. O seu silêncio, governador, significará assentimento."

Susan deu uma olhadela para Jack, como quem pergunta: "Que diabo é isso?". "Acho que a vida ainda é bastante simples nas pequenas cidades americanas", Libby começou sem alarde. "Não é muito difícil entrar no consultório de um médico depois do horário de consultas. E, Susan, quando você me disse que eu devia tratar do caso McCollister, quando eu soube que Jack tinha feito um exame de sangue, achei que tinha de investigar o assunto a fundo."

Stanton empalideceu; sua mão direita começou a subir, mas, como não sabia o que fazer com ela, acabou espalmando-a em cima da cabeça. "O doutor Hastings manteve fichas minuciosas sobre o seu caso ao longo dos anos", disse Libby. "Acho que ele tinha... um interesse muito pessoal. Quer dizer, era um clínico geral que fazia o serviço completo, não era? AH! Não me lembrei de perguntar: Susan está sabendo?" Stanton fez que sim com a cabeça. "Bom, então só falta Henry — e ele sabe de tudo o mais. Portanto, por que não isso também?" Ela se voltou para mim. "O doutor Hastings é o pai natural do governador Stanton. A mamãe usou aquela baboseira de Kansas City para disfarçar, e funcionou muito bem, porque Will Stanton nunca voltou de Iwo Jima para desmentir. A mamãe contou a verdade a Jack — quando? Os registros do doutor dizem que vocês tiveram uma conversa de coração aberto depois que você se formou na faculdade. E, sendo pessoas de sensibilidade, Jack e a mamãe ficaram quietos — por consideração à esposa do doutor e aos *outros* dois filhos dele. E também para proteger a reputação da mamãe." Stanton ficou olhando para o colo. Susan olhava fixamente para mim. Eu olhava para o alto. Isso parecia... a família Buscapé, de Brejo Seco.

Libby leu meus pensamentos. "É, Henry: é isso que somos, Jackie e eu. Porqueiros do mato — certo, Jack? Regra Número Um: Se alguma coisa se mover, mande chumbo... ou ferre com ela, especialmente se for um *parente*! É de espantar que a mamãe não fosse *prima* do doutor Hastings."

"Libby! Você está perdendo o controle", disse Susan.

"É, é isso aí", concordou ela, respirando fundo para se acalmar. "Sinto muito. Onde estávamos?" Avançou e se agachou bem em frente da poltrona de Stanton. "Portanto, o doutor Hastings tinha um interesse muito pessoal, não tinha? E como ele o ajudou, Jackie! As maquinações que engendrou para você escapar do serviço militar! Mas a parte que prefiro é a coisa mais recente: botar o tio Charlie para fazer aquele exame de sangue no seu lugar. Quer dizer, será que você estava disposto a ir até o fim — deixar o tio Charlie assumir a paternidade? Você acha que alguém ia *acreditar* nisso? Que merda é essa?"

Stanton deixou sua mão escorregar do topo da cabeça para a testa, cobrindo os olhos. Estava *envergonhado*. Nunca o tinha visto assim antes. Era sempre tão impassível, tão agressivamente presente, dominando todas as conversas, todos os ambientes, mesmo quando estava apenas escutando. Mas Libby tinha furado seu balão. Ela tinha assumido o controle; o governador estava batendo em retirada. Parecia enfiar-se cada vez mais na poltrona, encurralado — com Libby perseguindo-o de perto, ajoelhada em frente a ele, examinando-o, tentando fitá-lo nos olhos. "Que merda é essa, Jack?", ralhou ela carinhosamente, mas com uma ponta de impaciência na voz. "Ah, perdão — esqueci: é a *mesma merda* de sempre. Sempre existiu um doutor Hastings ou um senador LaMott Dawson — ou tio Charlie, ou Susan — prontos para ajeitar as coisas sempre que você fazia uma cagada. Você *nunca* teve de pagar a conta. Nunca. E ninguém cobra você. Porque você é um sacana *tão* completamente ESPECIAL. Todos sempre tiveram tanto ORGULHO de você. E eu também. Eu mais do que ninguém."

Ela o empurrou para trás, mais fundo na poltrona, fazendo seus joelhos se projetarem. Ela se inclinou para a frente, colocou os braços sobre os joelhos dele, deitou a cabeça sobre os braços. Aboletou-se junto a seu colo, olhando para cima a fim de encará-lo, torturando-o. "Só faz as coisas muito mais fáceis para mim", ela suspirou. "Quer dizer, é uma tremenda fossa... para que trabalhei toda a porra desta minha vida patética?" Parecia estar esperando que ele dissesse algo. "Bom", continuou ela baixinho, "uma situação dessas sempre ajuda a desentupir os canais lacrimais, não é mesmo?"

Stanton finalmente olhou para ela, encarou-a, implorando em silêncio, mas Libby não dava trégua. "Portanto, o negócio é o seguinte: se você partir para cima do Picker, eu parto para cima de você."

"Você não faria isso", disse Susan, com os olhos vermelhos.

"Experimente só", disse Libby, voltando-se para ela, interrompendo o cerco a Jack Stanton.

"Você seria capaz de acabar com a carreira política dele?", perguntou Susan.

"Eu recolho a sujeira", disse Libby, levantando-se, indo em direção a sua sacola, preparando-se para sair. "Meu trabalho é impedir que as pessoas machuquem vocês — inclusive que vocês mesmos se machuquem. Na minha cabeça, vocês se machucariam seriamente se tratassem de destruir Freddy Picker, que — e acho que estamos todos de acordo — não é um homem perfeito, mas é um homem decente." Fez uma pausa, enxugou os olhos — uma, duas vezes —, mas agora as lágrimas estavam correndo. "Assim sendo, a resposta é sim", concluiu Libby, "sou capaz de destruir esta aldeia para salvá-la."

E saiu da sala muito mais depressa do que pareceria possível para uma mulher daquele tamanho.

Corri atrás dela. As pessoas estavam chegando para a última reunião da campanha de Stanton — Brad Lieberman, Dwayne Forrest, Laurene, Leon, Howard e Lucille. Libby abriu caminho por entre eles, chorando, os cabelos voando em meio à fumaça do churrasco do Gordo Willie, em direção ao jipe Cherokee.

"Você dirige", ela disse, jogando as chaves por cima do ombro em minha direção, sem ter olhado para trás — *sabendo* que eu estaria lá. Sentou-se no banco da frente, soluçando baixinho, as lágrimas correndo. "Vá para a sua casa."

Fui. Estacionei próximo ao rio.

"Então, que tal meu desempenho?" Ela deu um pequeno sorriso por baixo das lágrimas.

"Muito bom", respondi. "Mais controlado do que com Randy Culligan, mais *sutil*."

"Mas o canhão era igualmente grande." Ela sorriu e fungou. "Henry, você está caindo fora disto, certo?"

"Não há muita razão para continuar aqui, não é?"

"Olhe para cima", disse ela. A Lua cheia, pálida, tinha aparecido no céu ainda claro. "Aquela sou eu", falou. "Bonita, não é? Muito impressionante para os terráqueos. Mas, Henry, meu bem, é só luz refletida. Precisa do Sol. E eu vivi a minha vida sugando luz e calor dos Stanton — e, Deus do céu, eles eram tão bons e tão brilhantes que eu poderia seguir assim durante anos sem perceber que eu mesma não estava produzindo nenhum calor, nenhuma *luz* própria. Mas chega um dia em que você se olha no espelho e tudo o que vê é uma pedra morta. Sabe do que estou falando, não sabe?"

"Huu-HAH!", respondi — numa pobre tentativa de imitar Libby. "Você, uma pedra morta? Você, um lacaio? Você é a Legião Estrangeira."

"Bom, rapazinho idiota", disse ela, balançando a cabeça. "Como é que você acha que eu consegui uma vaga naquele hospício? Não foi *subindo* na vida. Foi *caindo*. Sabe do que estou falando, não é? Olho no espelho e vejo a pedra morta. Sem eles, sou escura, negra, fria, morta, vazia e sem ar por toda a eternidade. E eles não têm a menor necessidade de *mim*, tudo de que precisam é *brilhar*. Fiquei doida. Estava tão arrasada, tão deprimida, tão na fossa. Fiquei presa no banheiro. Caída no chão, logo abaixo do espelho em que tinha visto a pedra lunar. Não conseguia me levantar. Aparentemente, fazia vários dias. Susan me encontrou. E me internou — você acredita? — num *asilo de lunáticos*. Gente de lua. Hilário! Todo aquele pessoal desconectado, e eu com um aquecedor solar quebrado. Então, pensei, agora está *tudo* bem: agora você é *oficialmente* lunática. Vá em frente! Acontece que aquele lance — uivar para a Lua — não dura para sempre. E é meio esquizo se você mesma é uma pedra lunar. Você assistiu à melhor parte do show, Henri. Mas acabou; estou tirando o time."

Não havia nada que eu pudesse dizer. Pus a mão no seu ombro; foi um gesto desajeitado. "Henry", disse ela, sem se voltar para mim, olhando fixamente em frente, como se estivesse hipnotizada pelo painel do jipe, "não suporto a idéia de entrar numa fossa profunda de novo. Você olha para cima e vê aquele pontinho de luz, lá longe, e lá é onde está o mundo e você não tem forças para se movimentar em direção à luz, você não tem nem mesmo a energia necessária para assimilar Brahms ou para mastigar a comida. Não quero nunca voltar para lá de novo. Não vou correr esse risco."

Parou, sacudiu a cabeça. "Eles nem hesitaram a mínima agora há pouco — você viu. Nem um grama de humanidade, nem pensaram em Freddy Picker. Pirilampos de merda."

Estendeu a mão, pedindo as chaves. Eu as entreguei. Que idiota fui.

"Está vendo", disse ela, chorando outra vez, as lágrimas correndo pelos dois lados do rosto, "a coisa, Henry. É não deixar que aconteça com você. Você ainda tem uma certa *atmosfera*. Não se preocupe com a luz. Pense no esgotamento do oxigênio. Vá viver sua vida, está bem?"

Ela se curvou e beijou meu rosto, e eu a abracei — ficamos assim algum tempo, ambos fungando, como se agarrados a uma bóia salva-vidas.

Finalmente ela se afastou de mim e pôs suas mãos grandes sobre meus ombros: "Agora vá. Vá procurar Daisy".

"E você?", perguntei, abrindo a porta e começando a sair do jipe. Ela deslizou para o banco do motorista.

"Quando se está no limbo", disse ela, enquanto arrancava, "só há dois caminhos possíveis. Tchau, benzinho."

9

Como pude ser tão idiota?

Encontraram o corpo no dia seguinte, numa estrada de terra, no meio de um bosque de pinheiros, a sudoeste de Mammoth Falls. Dois homens que caçavam veados ilegalmente, fora da temporada, a encontraram. Ela havia apanhado uma cadeira de lona que carregava no jipe e a sacola de couro; tirou a arma da sacola e se deu um tiro — não na cabeça, o que teria sido demasiado óbvio e sujo para Libby, mas um tiro limpo, no coração. Aparentemente, antes de se matar havia feito uma pequena fogueira, onde foram encontrados os restos de uma pasta de cartolina.

Stanton telefonou diversas vezes, deixou recados na minha secretária eletrônica; Susan telefonou uma vez só. Pareceu-me um esforço apropriadamente modesto da parte deles. Se realmente quisessem falar comigo, teriam mandado alguém, ou vindo eles mesmos, como o governador havia feito no dia em que fomos a Grace Junction para que tio Charlie tirasse sangue — ou como fez a polícia na tarde daquela segunda-feira. Eu era a última pessoa que vira Libby viva. Eles me perguntaram que motivo ela teria para se matar. Perguntaram se parecia perturbada. Perguntaram se eu acreditava que havia alguma possibilidade de que tivesse sido um crime. Não me pressionaram muito. Jack Stanton ainda *era* o governador, a campanha estava em baixa e Libby era sabidamente uma lunática de carteirinha. "Eu sei", respondi, "que o normal seria dizer: 'Como eu gostaria de ter percebido. Como gostaria de ter podido fazer algo para impedi-la'. Mas com Libby a gente nunca sabia e, quando ela decidia fazer alguma coisa, não havia como impedi-la." Subitamente me veio uma enxurrada de imagens vívidas e desordenadas de Libby em ação — suas plantas das salas de aula de Loretta McCollister; a cabeça de Randy Culligan entre seus seios e a arma apontada para o saco dele; o cabelo grisalho voando abaixo do chapéu australiano; aquela ridícula sacola — e comecei a chorar. "Ela era uma amiga muito chegada", disse à polícia.

A morte de Libby deu manchetes, é claro. Saiu na primeira página do *New York Times,* no canto inferior direito, dois parágrafos que chamavam para o caderno B, página 10: AUXILIAR DE STANTON SE SUICIDA. Minha reação instintiva foi ir trabalhar, cuidar da repercussão — não a partir do quartel-general da campanha, mas da casinha branca de Libby, onde Jeniffer Rogers e o resto da equipe do Aspirador de Pó estavam enfurnados. Durante as trinta e seis horas seguintes fiquei atendendo à porta, mandando os repórteres embora. Passei a noite com Jennifer — castamente; nem sequer falamos muito —, deitados na cama que ela partilhara com Libby, vestidos e abraçados.

Libby, que raramente dizia algo que não fosse verdade, tinha falado muita bobagem na sua última noite. Era meio chocante vê-la tão delirante. Acho que foi a única vez em que a vi realmente enlouquecida. E eu tinha mentido quando disse à polícia que Libby era imprevisível.

Libby era *sempre* previsível.

Naquela noite eu sabia. Mas não quis acreditar. Achei que ela estava apenas insinuando a *possibilidade* de suicídio. Era um subtexto, parte do papel que estava desempenhando, parte do show que tinha montado com os Stanton. Portou-se como uma grande atriz. Eu estava furioso com ela e comigo mesmo. E arrasado.

"Não ia ser para sempre entre nós", Jennifer disse a certa altura da noite. "Ela sabia disso. Na verdade, me *disse* isso. Disse: 'É claro que não admiro suas *preferências,* meu bem, mas quem sou eu para julgar?'. Disse que eu ia encontrar um cara depois da campanha e me apaixonar — e talvez ela viesse a ser madrinha de novo. 'Você não acredita na quantidade de afilhados que eu tenho', ela disse. 'E sou uma madrinha séria paca.' Henry, todos gostávamos tanto dela — por que ela resolveu fazer isso?"

"Não sei", respondi. Mas de certa forma sabia — e fiquei pensando por que Jack Stanton ainda não havia renunciado à candidatura: seria por respeito a Libby ou porque estava se preparando para usar o material que lhe havíamos dado?

Acompanhei Jennifer Rogers ao funeral, que foi realizado numa austera igrejinha presbiteriana, de tábuas brancas, ao norte de Mammoth Falls. (Libby tinha sido a pessoa menos presbiteriana do mundo.) Sentamos na primeira fila, do lado direito. Os Stanton também sentaram na primeira fila, mas do lado esquerdo. O corpo de Libby, num enorme caixão de nogueira, ficou entre nós e o altar. A igreja estava cheia — e eu distraído, desconfortável e irritado comigo mesmo por não ser capaz de dedicar toda a atenção a Libby. Mas senti que Daisy estava lá, em algum lugar; *sabia* que ela devia estar lá, e, enquanto o órgão tocava e o primeiro hino era cantado, eu me virava desajeitadamente para trás tentando encontrá-la no meio da assistência. Vi Richard, mas não Daisy. Estava ficando desesperado. Pensei que se ela realmente estivesse lá e fosse embora antes que eu pudesse lhe falar, eu ia a) rapidamente checar os hotéis do centro e, depois, b) partiria para o aeroporto a fim de tentar interceptá-la. É claro que a) provavelmente seria uma perda de tempo — o melhor seria ir para o aeroporto e esperar. Tinha de conseguir alguém para tomar conta de Jennifer. Comecei a procurar a pessoa adequada entre os jovens auxiliares da campanha. Onde estava Peter Goldsmith, da equipe de Libby?

As janelas estavam abertas e uma brisa fresca e seca vinda do oeste fez com que a igreja se enchesse de perfumes de primavera, corniso e azaléia — suas pétalas cobriam o caminho de entrada da igrejinha; um cortador de grama trabalhava ao longe, ouviam-se os sons de caminhões de entrega.

Mais tranqüilo, deixei-me absorver pela normalidade que nos circundava — incapaz de chegar mais perto de Daisy —, até que Jack Stanton se levantou para falar.

"Olivia Holden foi a irmã mais velha que nunca tive", começou ele, com uma indescritível tristeza na voz. "Espero não parecer presunçoso se disser que ela também me amava — que ela nos amava, a Susan e a mim — como membros da família. Nós a amávamos da mesma forma." Reprimiu uma risada. "É claro que, como todos vocês que conheceram Libby sabem, isso significava muita gritaria. Ela nunca estava contente com nenhum de nós, exigia *perfeição* de sua família. Queria que fôssemos maiores..." Nesse ponto sua voz se embargou. "Mas nenhum de nós podia ser tão grande quanto ela" — uma pequena risada — "em nenhum sentido."

Parou, passeou o olhar pela audiência... e me encontrou. "Sinto-me pessoalmente responsável por isso", disse, falando para mim. "Acho que talvez não devesse. Acho que poderia dizer — racionalmente — que jamais poderia preencher as expectativas de Libby. Vivo no mundo, num mundo bastante duro, e jogo de acordo com suas regras. Mas" — ele ainda estava olhando para mim — "ela tinha razão. Eu poderia ter sido melhor. E parecia que, em todos os meus momentos de fraqueza, ela sempre estava lá. Não perdoava *nada*."

Olhou para o conjunto da congregação. "Acho que é para isso que servem as irmãs mais velhas. Libby não deixou instruções para seu funeral. Susan e eu tivemos de pensar o que seria mais apropriado... e a escolha pareceu óbvia: ela será cremada. *Ela* teria exigido um final flamejante" — a audiência riu — "em vez de uma lenta dissolução num campo de margaridas. Ela não viveu um instante sequer de sua vida abaixo da velocidade supersônica. Deve deixar este mundo do mesmo jeito que viveu: numa explosão de Glória, espalhando brasas, cegando a todos com seu brilho, seu calor humano, a extraordinária flexibilidade de seu espírito. Eu sinto...", e então parou, incapaz de continuar. As lágrimas corriam por seu rosto — diferentes das primeiras lágrimas que eu o vira derramar na biblioteca no Harlem, ou quaisquer outras lágrimas desde então. Os cantos de sua boca estavam virados para baixo, o lábio inferior tremia como o de uma criança que tenta manter a compostura, um menino tentando parecer adulto. "Sinto como se uma parte de mim tivesse morrido. A bala que explodiu no coração de Libby Holden partiu todos os nossos corações." E, então, sussurrou: "Não posso imaginar a vida sem aquele coração". Abandonou rapidamente o atril e desabou no primeiro banco, do outro lado de onde eu estava, escondendo o rosto nas mãos, enquanto o coral atacava o hino "Amazing grace", na vã tentativa de exorcizar a angústia, de sufocar a dor com a glória.

Levantei-me às pressas, examinando a congregação. Não vi Daisy. Vi uma porção de gente conhecida, e então Susan chegou a meu lado e, me puxando delicadamente para uma saleta atrás do altar, entregou-me um envelope que trazia meu nome. "Ela deixou isto para você. Estava dentro do envelope que deixou para nós."

Era um envelope pequeno do hotel em Nova York onde havíamos ficado durante a primária; o bilhete que estava dentro tinha sido garatujado com esferográfica: "Ah, que merda, Henry. Era só uma ameaça. Eu jamais seria capaz de entregá-los — e acho que teria de fazer isso. Mas você foi um cúmplice brilhante em nossos crimes — nunca me diverti tanto (com um homem). Minha missão acabou. Lembre-se: Oxigênio. Muito Amor, L.".

Entreguei o bilhete para Susan. Ela o leu e me abraçou. "Jack está enganado", ela cochichou no meu ouvido. "Não foi ele o responsável por isso. Fui eu. Eu estava dando uma de promotora durona. Estava do lado da politicagem tradicional. E fiquei o tempo todo esperando que aparecesse o advogado de defesa."

"A senhora é tão competente", falei, afastando-me dela, "que *nunca* deveria ficar do lado da politicagem tradicional."

"Henry", chamou ela, mas eu já estava saindo, de volta à igreja, agora vazia exceto por um grupo de pessoas em torno do governador, que lhe apertavam a mão, consolando-o. Richard estava lá, mas não parei para cumprimentá-lo. Corri pela nave, atravessei a porta — e lá estava ela, na metade do caminho, na sombra rendilhada de um pinheiro, os braços cruzados, vestindo uma blusa de seda preta e uma saia preguada também preta, meias de seda e sapatos pretos de salto baixo. Esperava por mim. Fiquei aterrado.

"Então, o que foi que aconteceu?", perguntou ela, friamente.

"É uma longa história", eu disse. "Prometo que vou lhe contar, tintim por tintim, e depois vou responder a todas as suas perguntas detalhadas e incisivas. Até que você esteja completamente satisfeita. Vou fazer isso durante anos, pelo *resto de nossa vida*, se você quiser. Mas só se você aceitar algumas regras básicas. Primeiro, tenho de ter os mesmos direitos que você. E o mais importante é que possa ser tão franco quanto você — e isso significa que, se achar que os spots positivos que você fez na Flórida eram apenas *bons,* tenho o direito de..."

"Mas isso não foi..."

"...tenho o direito de dizer isso sem que minha vida... sem que nossa vida desabe em torno de mim. Segundo, a outra regra básica tem a ver com o que realmente estava acontecendo em Nova York: não vou mais ficar enrolando com isso. O mundo, o nosso mundo, se move depressa demais para que se possa garantir o que quer que seja. Mas, Daisy, estou totalmente apaixonado pelos seus olhos, pela maneira como você vê as coisas. Não... que merda! Sou péssimo para essas coisas. É mais do que isso. Estou apaixonado por... o que quer que seja..." Ela começou a franzir a testa, mas não os olhos. "...pelo que faz você ser quem é. Seu coração. Por *você*. Certo? Estou apaixonado por você... Daisy, olhe, estou todo confuso. Nem tenho mais noção de quem eu sou. E isso — percebi nessas poucas semanas sem você — isso é a coisa de que tenho mais certeza na minha vida: o que sinto por você. Portanto, essas são as duas regras básicas."

"Feito", respondeu ela imediatamente, me enlaçando em seus braços. "Você realmente pensou que ia ser *difícil* me convencer?"

"Ah, Daisy, graças a Deus. Obrigado."

"Você não acha", ela sussurrou no meu ouvido, "que podíamos ir a algum lugar e continuar esta conversa com menos roupa?"

Talvez eu estivesse errado a respeito do sexo e da expectativa. Também existe o amor. O que nós fizemos naquela tarde não foi nem sexo de campanha nem sexo de *não-campanha*. Foi algo inteiramente diferente. Encheu meu coração de alegria. Gritei para o teto: "Gostaria de dedicar esta tarde à memória de Olivia Holden".

Contei a ela sobre Libby. Contei sobre Freddy Picker. Contei nossas aventuras em Miami — exceto o episódio Claudia-Gloria, e fiz uma promessa silenciosa para mim mesmo de que também contaria isso, algum dia. Contei a cena com os Stanton.

"Eles têm razão, sabe?", disse ela. "Picker nunca vai sobreviver a isso."

"Alguém vai", falei. "Vai haver um presidente dos Estados Unidos — mas isso vai acontecer sem mim."

"Verdade?"

"Acho que sim."

"Henry, nós somos animais políticos. Você vai querer fazer isso novamente."

"Talvez, mas de modo diferente. Sem... não é *convicção*. Talvez seja sem ambição. Talvez desse certo se eu agisse com humildade. Não sei. Você acha que é possível fazer isso com elegância? Olhe, Daisy: não quero nem pensar nesse troço agora. Quero ir procurar aquela praia de que costumávamos falar em New Hampshire e simplesmente ficar agarrando você o tempo todo."

Estávamos um de frente para o outro na cama, apoiados nos cotovelos. "Sabe de uma coisa", ela falou, "acho que nunca fui tão feliz em minha vida quanto naquela droga do Hampton Inn em Manchester — dormindo três horas por noite."

"Então vamos para lá", falei. "Esqueça o Caribe."

"Você acha?"

Pensei no estacionamento deprimente, na probabilidade de dar de cara com Danny Scanlon, na última semana daquela campanha. Estávamos em meados de abril; provavelmente ainda não haveria uma folha nas árvores.

"E que tal as Bermudas?", perguntei.

"Um pouco cedo para as Bermudas", respondeu ela. "Podemos não ter o clima ideal."

"Tá bem. Jamaica, Ibiza. Não me importa. Onde for." Pulei da cama e enfiei a roupa. "Vamos fazer o seguinte: você pega o telefone e começa a tomar as providências. Tenho um último assunto a tratar aqui."

"Qual?", perguntou.

"Stanton estava olhando diretamente para mim quando disse que era responsável pela morte de Libby. Estava pedindo desculpas. O mínimo que posso fazer é lhe dizer de frente que vou me demitir. Volto logo. Talvez devêssemos reunir Jennifer e alguns dos outros garotos — o pessoal de Libby — para um jantar de despedida."

"Henry." Ela estava de pé, fora da cama, com o braço em torno de meu pescoço e a mão no meu rosto. "Pode ser que *você* esteja perturbado, confuso — mas *eu* sei quem você é. E Libby sabia. E sinto muito que o orgulho tenha me impedido de atender a seus telefonemas nas últimas semanas, e sinto muito ter querido ferir você depois de Nova York. Eu amo você — mas isso você sempre soube."

"Daisy, esta é a melhor coisa que aconteceu..."

"Desde que nos beijamos em frente ao hotel no dia em que seguramos Harris abaixo de quarenta por cento em New Hampshire", completou ela. "Aquela foi a primeira vez que você disse que me amava, mesmo sem falar uma palavra."

"Henry, deve ter sido transmissão de pensamento", disse Jack Stanton, quando o encontrei na cozinha da Mansão, remexendo na geladeira e se decidindo por um pacote de mortadela. Estava de jeans, camisa de vaqueiro roxa e tênis. "Acabo de mandar Tommy procurar você."

"Olhe, precisamos conversar", falei, num tom de voz que ele entendeu imediatamente.

"Eu sei. E vamos. Mas temos alguns assuntos a tratar primeiro. Deixe eu lhe contar o que fiz. Liguei para Picker. Vou tomar um avião para lá daqui a uns quinze minutos para entregar a ele a pasta de Libby — e pedir desculpas por tê-la compilado, e dizer a ele que estou me retirando da disputa amanhã. Convoquei uma entrevista coletiva para as onze da manhã, aqui fora no pátio. Acho que isso é o que ela gostaria que eu fizesse."

Assenti com a cabeça.

"Sabe o que dizia o bilhete que ela nos deixou?", perguntou ele com um sorriso. "Dizia: 'Estou terrivelmente desapontada com vocês. TOMEM JUÍZO!'. O que dizia o seu?"

"Dizia que ela nunca teria sido capaz de entregar vocês."

"Olhe, Henry. Sei o que você pensa e o que está tencionando fazer — mas será que pode me prestar um último favor? Venha comigo à Flórida. Você estava com ela na semana passada. Participou das conversas. Picker pode querer fazer perguntas. Creio que devemos passar a ele toda informação de que dispomos, e você representa uma grande parte dessa informação."

"Certo", eu disse. "Deixe eu dar um telefonema antes."

"Ela está bem? Daisy?", Stanton perguntou. Fiz que sim com a cabeça. "Diga a ela que também lamento a bronca que lhe dei em Nova York."

***

E assim foi, de volta às coisas essenciais, Jack Stanton e eu num pequeno avião cruzando o Sul do país, do lusco-fusco para a escuridão. Havia uma pista de pouso em Capps, logo ao norte de Tallahassee, e éramos aguardados por uma caminhonete decorada com painéis laterais de madeira e a palavra "Pickerwood" pintada num dos lados. O motorista, um velho matuto, também se chamava Henry. Era uma daquelas noites perfeitas do Sul, úmida e selvagem, uma sauna cheia de vapor e insetos voadores; o pára-brisa estava quase opaco de tão sujo. Henry ligou os limpadores, o que só fez piorar as coisas. "Bichinhos de merda", ele disse. "Estamos quase chegando."

Entramos numa estrada de terra ladeada de carvalhos cobertos de barba-de-velho. Meio quilômetro adiante havia uma cerca branca e um gramado atrás dela. À distância erguia-se uma elegante casa de fazenda branca, com três grossas colunas e duas alas curvas, como num abraço. Passada a cerca, a estrada era coberta de cascalho e desembocava num amplo acesso circular, onde uma grande fonte de gesso gotejava lentamente, cristalizando a umidade da noite. Lâmpadas antigas com um brilho amarelado iluminavam a mansão. Ouvia-se o som de uma viola: em seu quarto do primeiro andar, o filho mais moço de Picker estava ensaiando a "Sinfonia Concertante". Todos os sons, todos os sentidos pareciam amplificados — o barulho da porta do carro se fechando, o ruído dos insetos, uma coruja distante. Havia uma lua enevoada, já passado o plenilúnio — Libby minguando.

Fernando, o filho mais velho de Picker, nos recebeu à porta e desapareceu imediatamente. Picker vinha logo atrás, vestido à vontade — jeans, uma camisa de colarinho listrada, as mangas dobradas, pés descalços. No rosto muito bronzeado sobressaíam as rugas profundas, de pele mais clara, junto aos olhos. Seu cabelo estava esticado para trás, como se tivesse acabado de sair do chuveiro. Conduziu-nos a um estúdio ao lado do hall principal. Havia um grande aparelho de televisão num canto, um tapete chinês art déco verde-escuro, dois sofás de chintz estampados com flores formando um ângulo reto diante da televisão; estantes de livros cobriam boa parte das paredes, tendo acima uma faixa de papel de parede axadrezado — o tipo de coisa que se usa em bares decorados com temas de caça —, interrompida de vez em quando por lampadários de cobre de onde vinha a maior parte da discreta iluminação da sala. Picker desligou a televisão e perguntou se queríamos beber alguma coisa. Stanton pediu uma Coca Diet, pedi o mesmo com um gesto de cabeça e Picker tirou duas latinhas de um pequeno refrigerador embutido num armário abaixo das estantes. Ele tomou Orangina.

"E então?", falou.

"Bem, praticamente decidi largar esta coisa amanhã", respondeu Jack Stanton. Ele e eu estávamos sentados em um dos sofás; Picker estava no outro, com os pés descalços sobre uma mesinha de centro feita de tronco de carvalho laqueado.

"É o que a CNN está anunciando", Picker replicou.

"E quis vir até aqui para pedir desculpas", Stanton disse. "Você soube da minha... amiga — a que morreu?" Picker assentiu com a cabeça. "Ela e Henry passaram a semana passada compilando isto." Retirou a pasta sobre Picker de um envelope pardo e a entregou a ele. "Ela morreu porque pensou que eu ia usá-la contra você. E poderia tê-lo feito, embora ainda não houvesse tomado uma decisão. Poderia tê-lo feito. Por isso quis que você ficasse com ela — é a única cópia que sobrou. Destruímos as outras. Quis dá-la a você porque pode ajudar você a saber o que os outros vão estar procurando, e talvez encontrando — e porque, antes de mais nada, não devia ter mandado meu pessoal atrás disso. Realmente sinto muito."

Picker folheou os documentos enquanto Stanton falava. Então, pôs a pasta de lado. "Você é músico, não é, governador?", perguntou, indicando com a cabeça o andar de cima. Podíamos ouvir seu filho começar e parar, começar e parar, batalhando em cima de seu Mozart. "Então sabe como, quando se está estudando uma nova composição, às vezes a gente depara com uma passagem — coisa pequena, um ou dois compassos — e diz para si próprio: 'Porra, nunca vou conseguir acertar isso'. E tenta de novo, até transpira, fica quase louco. De repente, *tudo* se encaixa — mas ainda se está meio enlouquecido com a coisa, não se pode parar de repeti-la. A gente fica fascinado pela capacidade de tocá-la. É uma sensação extraordinária. Pode ser até que deixe de lado os trechos mais fáceis da peça e comece a procurar outras partes difíceis para aprender. É uma espécie de vício. Preveni Felipe sobre isso porque..." Fez uma pausa, se recompôs. "Porque é assim que a minha vida tem sido. Assim foi especular com petróleo, assim foi minha carreira política. Fiz essas coisas pelo prazer do desafio e tudo pareceu sempre se encaixar. Não estou muito certo de que seja uma maneira admirável de se viver."

Stanton concordou com cautela. "É, é um perigo... quando você faz as coisas por elas mesmas, e não pelas pessoas."

"Jack, eu *nunca* fiz essas coisas pensando nas pessoas", Picker disse, os olhos escuros pregados em Stanton. Fiquei chocado com a brutalidade da frase; era uma coisa espantosa de dizer. A noite prometia. "Foi por isso que renunciei na primeira vez — pelo menos em parte. Porque sabia que até então tudo tinha tido a ver só comigo mesmo." Levantou-se do sofá e veio postar-se à nossa frente. "E eu podia fazer *qualquer coisa*. Podia executar qualquer passagem. Podia ganhar uma fortuna, podia vencer uma eleição — e o problema com a cocaína é que ela ainda reforçava isso. Fazia com que achasse que qualquer coisa que *eu* fizesse estava *certa*. Você já experimentou?"

"Já, uma vez", Stanton disse. "Fiquei apavorado. Me deixou acelerado demais. E, além disso, tenho um nariz complicado, muito sensível."

"Eu adorava aquele troço", Picker disse, e então olhou para mim. "Mas Reggie Duboise estava errado: nem eu conseguia controlá-la. Foi a primeira coisa que encontrei que não conseguia controlar. Foi isso que realmente fodeu meu casamento — e não... qualquer outra coisa. Depois que Reggie me salvou, depois que me encontrou junto com Renzo, eu sabia que tinha de largar o governo. A verdade é que, de qualquer jeito, não estava fazendo um bom trabalho. Tinha de renunciar e arrumar minha vida. Foi o que fiz. Meus filhos salvaram minha vida. É a lição mais elementar, não é? Me dedicar a eles me salvou do meu próprio egoísmo." Fez uma pausa, olhou para mim de novo. "Então, Renzo está mesmo no fim?"

"Está se agüentando", respondi.

"Que bom. Não posso dizer que o tenha conhecido muito bem. Foi algo que teve a ver com a coca. Quer dizer, esse troço faz você se sentir... como se os pêlos do seu braço fossem um órgão sexual. Ele tocou no meu braço. E, sabe como é, já que eu podia fazer *qualquer* coisa, já que tudo era permitido... fiz aquilo também."

"Você não precisa...", interrompeu Stanton.

"Não, é melhor que eu fale", disse Picker, afundando no sofá. "Tenho de falar. Fiz aquilo, e ainda não sei o que representa. Não foi uma atividade consciente. Foi algo que meu corpo fez enquanto estava drogado. Quando caminho pela rua, é para as mulheres que eu olho. Estou saindo com uma moça muito legal... acho que agora vou ter de contar para ela também. Um puta preço a pagar." Balançou a cabeça.

"Ninguém precisa ficar sabendo", disse Stanton. "Reggie não vai falar. Renzo não vai falar."

Picker olhou para ele atentamente. "Nunca tive a intenção de ir tão longe com esta campanha. Senti uma comichão. Resolvi experimentar a temperatura da água. Gostei do que Harris estava fazendo. Ele estava numa linha mais correta do que você, ou pelo menos assim parecia — embora eu tenha percebido, quando as coisas começaram a andar, que era mais uma questão de aparências. Ele ainda estava dando suas aulas de ciência política. Era uma campanha para satisfazer sua vaidade. Mas, pensei: vou entrar nisso por uma semana. Sentia saudade da política — da adrenalina quando você mexe com as pessoas. Não é mesmo, Jack? É melhor do que ganhar dinheiro." Parou, reclinou-se e começou a divagar, afastando-se do que ia dizer. "É por isso que um cara como Larry Harris jamais poderia ser presidente. É preciso alguém que conheça a parte emocional desta coisa, os símbolos, o jogo de cena, como usar o poder. E também é preciso alguém que conheça *de verdade* as questões — não como Larry, não fantasias acadêmicas. Alguém que saiba o que se pode fazer na prática."

O que estava acontecendo? Tive a impressão de que era uma espécie de discurso de despedida. Fiquei pensando se Stanton estaria percebendo — sem dúvida estava. Mas eu não podia ver seus olhos, só o lado do seu rosto. Estava com suas grandes orelhas ligadas, isso era evidente pela intensidade dos silêncios; estava extraindo a história de Freddy Picker, que agora encolhera os joelhos acima da mesa de centro, as mãos enlaçadas em torno deles.

"Será que eu podia ter recusado quando Martha Harris me chamou?", prosseguiu Picker. "Acho que sim. Mas vi como você estava vulnerável — e era muito tentador. Podia ver todo o cenário se montando, perfeito para mim. Embora ache que, em algum nível do subconsciente, ainda não estivesse totalmente seguro de que o passado fosse o passado — e provavelmente foi por isso que apelei para o lance do sangue."

"Foi uma grande jogada política", concedeu Stanton.

Picker riu. "Foi fantástico, não foi? Me veio assim de repente, sem mais nem menos. Nada planejado. E para mim funcionou em diferentes níveis. Pensei: muito bem, se vou me meter em política a sério, desta vez tenho de dar alguma coisa, em vez de só me excitar com o público. Mas havia também aquele *outro* nível, de que eu não estava bem consciente — mas que logo descobri."

Desenlaçou as mãos, baixou os joelhos e se inclinou para a frente. "Na verdade, levei um choque, choque de realidade, no instante em que enfiaram a agulha no meu braço. É fantástico, as peças que a mente pode pregar. Todos esses anos, afastado da política, eu ficava observando os políticos dando tiros nos próprios pés — Gary Hart, John Tower, você — e imaginava: o que pode ter passado pela cabeça deles? E então, lá estava eu." Balançou a cabeça. "Lá estava *eu*. Não tinha verdadeiramente 'bloqueado' o passado. Apenas tinha me recusado a levá-lo em conta. As coisas que fiz..." Calou-se de novo, balançou a cabeça — parecia perplexo. "As coisas que provocariam escândalo se a imprensa soubesse, essas pareciam tão longe no passado, tão distantes — não eram mais parte da realidade, mal me lembrava delas — e tinham tão pouco a ver com quem eu me tornara. Parecia uma coisa *boba* que eu pudesse ser destruído por elas. Não faziam mais parte de mim. Representavam apenas um momento. E aquele momento era menos importante, menos presente na minha memória do que... o quê? Do que os anos que passei na diretoria do Instituto de Arte do Norte da Flórida. Mas isso era potencialmente mortal. E tão humilhante — tudo o que eu... E, quando enfiaram aquela agulha em meu braço, foi como um choque elétrico: *Por que estou fazendo isto?*, pensei. *Isto é uma loucura.* E então comecei a ficar obcecado com a questão do sangue. Contei os anos que se passaram desde meu encontro com Renzo. Catorze anos. É muito tempo, não é? Procurei lembrar-me: meu sangue já não tinha sido examinado uma dúzia de vezes desde então? Não o teriam testado para *aquilo*? Mas talvez não o fizessem, se você não pedisse — talvez fosse uma questão de privacidade, tendo em vista os direitos dos gays e tudo o mais. Seria possível que eu nunca tivesse feito o teste de Aids?"

A palavra tinha impacto. Ele a deixou pairar na sala. Levantou-se, serviu-se de outra Orangina, nos trouxe mais Coca Diet. "Tentei varrer para baixo do tapete", disse ele, "sorri para as câmeras. Tiraram aquela foto idiota quando eu estava doando sangue. Mas não conseguia esquecer o assunto. Acho que simbolizava um monte de coisas — quer dizer, que *direito* tinha eu de concorrer à presidência? O que é que eu tinha feito para merecer um lugar à mesa?" Olhou para o teto; deu de ombros para o céu, depois olhou para as mãos. "Por outro lado, o que é que os outros fizeram de extraordinário? Políticos desconhecidos irrompem na cena a todo momento. Quem era Jimmy Carter? Quem era Michael Dukakis? Quem era *você* três meses atrás? Por que não *eu*? Eu parecia suficientemente capaz."

Picker balançou a cabeça e franziu a testa. Voltou a sentar-se e inclinou-se para a frente, ansioso por se explicar — e, de fato, me pareceu quase aliviado por ter aquela oportunidade. "Mas a questão do sangue continuou a me angustiar", disse baixinho. "Presumi que testassem todas as doações. Até mesmo" — e ele riu — "as dos candidatos à presidência. Mas quanto tempo levaria para que chegassem os resultados? E se meu teste *desse* positivo e algum atendente decidisse ficar rico vendendo o furo para os tablóides? Você pode imaginar? É, acho que *você* pode. Mas eu já estava pirando, igualzinho a lady Macbeth — obcecada pelo sangue. Tinha de descobrir. Mas como? Não podia simplesmente telefonar e dizer: 'Oi, aqui é Fred Picker. Fiz uma doação há alguns dias. Será que dá para checar se estou com Aids?'. Também não era uma coisa que pudesse pedir a meus assessores para fazer. Sei que estava ficando maluco. Sei que não estava sendo razoável. Mas a coisa foi crescendo: pouco antes do comício de New Haven entrei em parafuso, tive um tremendo acesso de ansiedade. Não tinha sentido uma coisa semelhante desde...

desde que Reggie Duboise salvou minha pele em Coral Gables. Mas lá ia eu no carro, tremendo, ofegante, a caminho do estádio de Yale. Quase convencido de que tinha Aids... e furioso comigo mesmo por estar me comportando como um fraco.

"Deus do céu", disse Stanton. Ele tinha de falar alguma coisa.

"Subi naquele palanque em New Haven", disse Picker calmamente, "e não sabia o que fazer. Você assistiu?" Stanton fez que sim com a cabeça. "Sabe no que eu estava pensando lá em cima? Estava pensando em *você*. Bem, quer dizer, de certa forma. Estava pensando: eles vão descobrir. Mesmo que eu *não tenha* Aids, estou fodido. Vão descobrir — e vão fazer comigo o que estão fazendo com Jack Stanton." Picker enxugou a testa com as costas da mão. A sala estava moderadamente refrigerada — não com o exagero comum no Sul — e ele estava começando a transpirar. "De repente me pareceu tão cruel o que estavam fazendo com você. Quer dizer, nunca fui uma pessoa extraordinária na vida. Fiz um monte de coisas tolas, egoístas, e concorrer à presidência deve ter sido uma delas — mas não achava que tivesse feito algo que nem remotamente merecesse a humilhação, a selvageria..." Sua voz foi sumindo, os olhos se toldaram. "Era como um ritual pagão, a maneira como estavam esquartejando você. E, de certa forma, eu estava me aproveitando disso, até me nutrindo disso. Pelo menos até aquele momento em New Haven, quando me dei conta: *provavelmente Stanton também não merece.*"

Bem, pensei comigo, ele até que merece.

Stanton deu uma olhada para mim, sentindo que eu o estava traindo. Pode ser que sim, mas Picker não se encontrava em condições de perceber. Olhava fixo para o espaço, passando nervosamente a mão pelos cabelos. Ainda estava em New Haven, perdido na sua história: "Não sabia o que fazer. Era inimaginável — todas aquelas pessoas balançando cartazes com gotas de sangue. Quer dizer, dá para acreditar? Gotas de sangue? Eu precisava de espaço, de tempo para pensar. Por isso tentei acalmá-los. E é claro que aconteceu exatamente o oposto: cada palavra que saiu da minha boca fez com que ficassem ainda mais excitados. Era um grau de poder que nunca tinha pensado que pudesse existir. Era como uma espécie de maldição num conto de fadas idiota, coisa tipo rei Midas. Tudo o que eu tentava para acabar com aquilo só fazia com que crescesse, e não tinha coragem de *realmente* fazer com que acabasse. Eles eram... tão fáceis de conduzir. Comecei a pensar que, mesmo que estivesse bem, mesmo que meu sangue fosse saudável, não tinha a certeza de que realmente queria fazer aquilo. Nunca conseguiria preencher as expectativas deles. Nunca poderia lhes dar o que necessitavam".

Baixou a cabeça e enxugou os olhos. Eu me habituara a pensar que qualquer político que admirasse seria como Jack Stanton — maior do que os meros mortais, tão impressionante em pessoa quanto na televisão. Mas Freddy Picker não era. Decididamente era apenas humano, em todos os aspectos, exceto num. Conhecia um truque de salão: podia representar — com brilho, instintivamente — para as câmeras. Não parecia ter nenhum objetivo mais elevado do que isso; não parecia saber grande coisa sobre política. O que Picker descobriu em New Hampshire — sobre o desespero da massa — Stanton sabia desde o útero. Jack Stanton também entendia, intuitivamente, que o verdadeiro desafio era muito mais difícil do que apenas preencher as expectativas das pessoas. Era *superar* essas expectativas. Era oferecer inspiração. O político que não fosse capaz disso, que não fosse capaz de inspirá-las, não passava de um Millard Fillmore.[39] Era um jogo *muito* duro. Havia apenas dois ou três ganhadores em cada século, e muitos perdedores eram queimados na fogueira.

Ou sumiam — e o fenômeno Picker estava se evaporando diante dos meus olhos. "Então telefonei para o hospital no dia seguinte. Disse-lhes que tinha tido anemia tempos atrás e que agora estava me sentindo um tanto cansado, e por isso... gostaria só de saber se o sangue tinha sido examinado. Me deixaram esperando no telefone." Ele riu. "Como se eu fosse um ser humano normal. *Você* sabe como é, Jack: quando se é governador, eles nunca deixam a gente esperando no telefone. Mas esperei, e esperei — foi horrível. Finalmente, a enfermeira voltou e disse que sim, que tinham examinado e que não havia nada de errado com meu sangue, que estava tudo bem."

Acho que soltei um suspiro.

"Mas nem tudo estava bem", continuou ele. Começou a falar mais rapidamente, as palavras saindo aos borbotões. "Na verdade, ficou pior. Eu me senti ainda mais preso na armadilha. Comecei a ficar obcecado com a questão das drogas. Fiquei quase louco, fazendo uma lista, tentando me lembrar de todas as festas que havia freqüentado em Dade County — festas repletas de idiotas que poderiam me denunciar. E havia Renzo. Quem era Renzo, afinal? Será que teria contado a alguém? Será que contaria agora? Para o *National Flash*? Eu me levantava a cada manhã imaginando se *aquele* seria o dia em que ele ia me entregar. Essa preocupação se sobrepunha a tudo o mais. Você viu a dificuldade que tive para acompanhá-lo durante o programa de Geraldo, não é? Tornou-se impossível pensar seriamente no que eu estava fazendo — estava concorrendo à presidência, e a única coisa em que conseguia pensar era na iminência da minha vergonha nacional."

"E então?", falou Stanton.

"Mas, Jack, a diferença era que eu estava forçando a barra", disse Picker. "Você está se preparando para isso desde sempre — pelo menos é o que se diz. Eu tinha caído de pára-quedas. Foi mais do que uma brincadeira — mas também não foi muito *sério*, se é que você me entende. Eu não estava preparado. Não conhecia a fundo os temas. Mas, acima de tudo, não havia pensado sobre... todas essas coisas. E, depois de New Haven, elas se tornaram a *única* coisa em que conseguia pensar. Então, quando ganhamos em Nova York, anunciei que iria me recolher para pensar no que 'era melhor para o país'. Ah! Eu estava era tentando encontrar uma maneira de cair fora antes que me descobrissem. E, Jack, quero lhe agradecer por ter vindo aqui hoje, pela maneira honrada como você se portou." Voltou-se para mim. "Henry, nem ao menos estou irritado por você ter vindo fuçar meu passado. Antes você do que quase qualquer outro... De qualquer modo, vocês me deram a desculpa para finalmente fazer aquilo que tenho estado tomando coragem para..."

"O quê?", perguntou por fim Stanton, já impaciente.

"Vou cair fora."

"Puxa", disse Stanton, sem surpresa. "Você tem..."

"Certeza?" Picker riu. "Tenho. Você lembra quando eu disse que todas aquelas coisas pelas quais eles me crucificariam — todos os meus os pecados — estão de tal forma distantes no passado que parecem ter acontecido a outra pessoa? Bem, acho que minha ambição política também faz parte disso. É algo perigoso, que deveria ter sido deixado para trás, como a cocaína e todo o resto. A idéia de que eu podia ser invencível, de que qualquer coisa que quisesse fazer estava certa — isso é coisa de adolescente, não é? Vejo meus filhos e eles..."

Parou. Pensar nos filhos pareceu paralisá-lo. "Acho que, ainda assim, a imprensa vai me descobrir. Vão estar todos em cima desse assunto, não é? Mas se me adiantar, se der a eles parte da coisa, talvez não procurem o resto. Realmente não gostaria que descobrissem a história de Renzo. Mas, Jack, no fim das contas vou virar uma piada nacional, não é? E não vejo modo de evitar isso. E ainda tenho de explicar tudo para meus filhos." Franziu a testa e ficou olhando para as mãos. Parecia incapaz de movê-las, as palmas voltadas para cima, inúteis sobre suas pernas. Encarou Stanton, os olhos escuros novamente agudos. Seu tom de voz endureceu. "Não importa o que eu faça, esses filhos da puta ainda vão descobrir o resto, não vão?"

Não pude ver exatamente o que Jack Stanton fez nesse instante, mas deve ter sido algo com os olhos — uma piscadela, um erguer de sobrancelhas, a premonição da manchete de um tablóide, uma tênue antecipação da agonia que estava por vir. O que quer que fosse, Picker captou — e pareceu implodir, encolhendo-se no sofá, com os joelhos levantados, os ombros tremendo ligeiramente, sem controle, os braços sobre a cabeça.

Stanton se levantou e cruzou a sala antes que eu pudesse perceber bem o que estava acontecendo. Abraçou Freddy Picker, que se aninhou, enfiando a cabeça no peito de Stanton. E embalou Picker por um tempo que me pareceu interminável, de vez em quando beijando sua cabeça, até que, lentamente, o ex-governador da Flórida recuperou a compostura. Tudo se passou sem uma palavra, sem quase nenhum som.

"Governador", disse Stanton finalmente, "não sei se gosta de beber — eu não sou muito chegado —, mas acho que nós dois estamos precisando de uma dose de bourbon."

Picker se soltou do abraço de Stanton e, indo até o armário, trouxe uma garrafa de Jack Daniel's e três copos. Havia guardanapos no armário e ele assoou o nariz com um deles. Seus olhos estavam inquietos e vermelhos, o cabelo lhe caía na testa. Mas, apesar de tudo, não havia perdido a dignidade. "Jack", disse, "espero que não leve a mal, mas você parece tão invulnerável. Não aqui. Sentado aqui você parece um sujeito normal. Mas como é que você acorda de manhã — como pouco antes da eleição em Nova York, quando estavam massacrando você —, como é que você se levanta e enfrenta o mundo, sabendo que naquele dia vão arrancar-lhe o fígado, fazer com que você pareça um vigarista, um idiota e um mentiroso, exatamente como na véspera? Estou curioso, porque é uma qualidade de que provavelmente vou necessitar."

"Não sei ao certo", respondeu Stanton. "Acho que não tenho opção — não há nada mais que eu realmente possa fazer. E, claro, sei que uma parte disso — uma grande parte disso — é um problema de ego. Você chamou de vício. E está certo. Mas não é *tudo*. *Adoro* aquilo — a parte sobre a qual você falou, dominar a multidão. E a estratégia também, o lado lúdico. Mas não acho que me exporia às porradas daquele bando de hipócritas de merda se não acreditasse que se pode, às vezes, melhorar um pouco a vida das pessoas. Sei que soa piegas, mas ainda me excito quando descubro um programa que funciona de verdade", ele disse, com genuíno entusiasmo. Levantou-se, pronto para partir. "Quer dizer, você já visitou um curso de alfabetização de adultos? Pessoas maduras tentando aprender a ler? Você fala de Nova York. Sabe o que me vem à cabeça? Não é a eleição primária. Já *esqueci* dela. Penso num pequeno programa de alfabetização de adultos no Harlem, que Henry e eu visitamos uma vez." Voltou-se para mim, os olhos brilhando. "Foi o dia em que nos conhecemos, não foi, Henry? Foi uma glória, uma experiência religiosa."

Picker também se levantou. "Jack" — ele sorriu — "talvez você queira reconsiderar a idéia de sair do páreo amanhã."

"É, bom..." Stanton fez uma pausa e ficou corado. "Estava pensando nisso."

"A verdade é que", Picker disse, encostado na porta, com as mãos enfiadas nos bolsos dos jeans, "isto não teria durado muito mais tempo mesmo que eu não estivesse carregando todo esse excesso de bagagem. Já não tinha muito mais o que dizer. Já não sabia o que mais dizer a eles." Riu. "Aposto que isso nunca acontece com você."

"Freddy, sabe o que eu estava pensando ao ver você naquela noite em New Haven? Estava pensando: essa é que devia ser minha postura. Essa é a campanha que eu deveria ter feito. Mas não tive coragem." Fez uma pausa e, necessitando de uma pontuação física, pousou o braço no ombro de Freddy Picker e olhou fixamente para ele. "Sabe, não interessa por que você fez o que fez: você melhorou o nível da campanha. Criou um padrão de... franqueza, é isso mesmo. Todos nós vamos ter de levá-lo em conta agora. Isso é algo muito bom para o país."

"Agradeço suas palavras, Jack", Picker disse, "ainda que sejam a mais pura conversa fiada."

Abraçaram-se na saída. "Conversa fiada abre muitas portas", disse Stanton. "O teste real é quando você as atravessa... Estou pronto a fazer o que puder para ajudar você a enfrentar esse negócio, Freddy. Qualquer coisa. Certo?"

"Sei disso, Jack. Não vou esquecer."

O governador começou a assobiar uma música country triste enquanto andávamos pelo caminho de cascalho em direção ao carro. Não disse nada até chegarmos ao aeroporto, mas, assim que pisamos na pista, perguntou: "Então, Henry, você ainda quer ter aquela conversa?".

"Quero", respondi.

"Amanhã às dez, na Mansão."

Enquanto caminhávamos para o avião, ele recomeçou a assobiar a música triste, que se mesclava com a sensualidade daquela noite do norte da Flórida. E então — à sua moda descontraída e discreta — cantou o refrão:

> *"Ainda posso sentir a suave brisa do Sul balançando*
> *os galhos do carvalho,*
> *E os dois rapazes chamados Williams ainda representam*
> *muito para mim — o Hank e o Tennessee...*
> *Acho que cada qual tem que ser o que é;*
> *Então o que fazer com caras como eu?"*

"Sabe do que gosto nesta música?"

"Provavelmente o verso sobre os dois Williams", respondi.

"Nada mau, Henri", ele disse, passando seu grande braço pelos meus ombros e me puxando para perto. "Nada mau mesmo. Sabe, os matutos sempre fazem de conta que não é assim, mas todo o pessoal daqui sabe; nunca é só o Hank. O quadro nunca fica completo sem o velho Tennessee."[40]

Acordei com o cheiro de café. Daisy estava atarefada, à vontade — *em casa*. Viu que me espreguiçava e veio até a cama. "Não quero que isso seja considerado um precedente", disse ela. "Você também vai ter de fazer café. Quem levantar primeiro, está bem? Mas acho que você teve uma noite pesada."

"Uma noite *incrível*", eu disse, e contei a ela.

"Então Stanton sobrevive pela enésima vez para mais um dia de luta", ela disse. "Você acha que se aplica a expressão *pura sorte?*"

"Ele provavelmente acha que é perseverança. Mas Libby tinha toda a razão: ele *nunca* tem de pagar a conta. Mesmo quando *quer*. Estava pronto para isso a noite passada. Ia abandonar a campanha — e Picker simplesmente não deixou."

"Você acha que é isso que as pessoas chamam de *destino?*", perguntou ela, rindo. "Um troço um tanto patético. A gente gostaria que o destino fosse algo mais grandioso." Pôs café numa caneca e a trouxe para mim na cama. "Então, o que é que *você* vai fazer?"

"Estou fazendo as malas para... onde? Jamaica?", perguntei. "Onde quer que o destino não esteja."

"Tem certeza? Henry, não faça isso por mim. Está tudo bem se você quiser ir até o fim."

"Nãããão", falei. "Já passou água demais embaixo da ponte. Nunca poderia voltar a ser como antes."

"Talvez seja melhor assim. Talvez você faça melhor seu trabalho se não for tão reverente."

"Você *quer* que eu continue?"

"Quero *você*", respondeu ela. "Não me interessa o que você *faz*. Mas seria bom se pudéssemos falar um pouco de política, nos intervalos entre os amassos."

"Existem vários tipos de política. Posso fazer algo mais válido me dedicando a ajudar Bill Johnson a concorrer a procurador-geral no Alabama."

"E eu podia ajudar", disse ela. "Podia preparar uns tremendos spots positivos para ele."

"Amo você, Daisy."
"Se me ama, ame meus spots."

Stanton estava no andar de cima da Mansão, um santuário onde eu raramente tinha entrado. Tinha ali um pequeno escritório — uma escrivaninha, uma televisão, fotos de Susan e de Jackie, uma foto dele próprio prestando juramento na posse, uma estante com os clássicos da política sulista — V. O. Key, W. J. Cash, C. Vann Woodward, o livro de T. Harry Williams sobre Huey Long e muitos outros. Havia um pequeno sofá cinza ao lado da escrivaninha, de frente para a televisão. Susan estava lá e me sentei a seu lado.

"Obrigado por ontem à noite, Henry", disse o governador. Estava vestido com grande esmero, usando uma camisa tão branca que quase cegava e sua gravata de listras vermelhas, azuis e douradas; o paletó do terno azul-marinho com riscas de giz estava pendurado no trinco da porta. Susan também estava na maior elegância, num terninho de algodão azul e blusa de crepe bege. "Foi muito importante para mim que você estivesse lá. Foi incrível, não foi? Freddy me ligou hoje de manhã. Disse que falou com os filhos depois que fomos embora — deu um a um. O mais velho pareceu entender, mas o menor tomou a coisa muito mal, bateu a porta na cara dele. Mas aposto o que você quiser que vão se acertar. Ele vai entrar no ar daqui a pouco", disse, olhando para a televisão que estava ligada na CNN, sem som. "E você, quais são seus planos?"

"Estou deixando a campanha."

"Não aceito sua demissão."

"Olhe, eu simplesmente já não me sinto bem neste trabalho."

"Por quê?"

Eu não sabia responder.

"Falei com Richard", disse Stanton. "Ele está de volta. E eu estou entregando a ele a chefia: diretor da campanha. Estará aqui, neste escritório dentro de uma hora. Howard vai voltar a ser *consigliere*. Vou manter Adler por perto — numa posição periférica. Ele tem sua utilidade, mas vai ficar subordinado a Richard. E, veja, também podemos chamar Daisy de volta se você quiser."

"Não é essa a questão."

"Então, qual é?"

"Libby — o teste de Libby", respondi, procurando uma maneira de mostrar-lhes sinteticamente que tinha sido um pouco demais. Apesar de todo o tempo que havíamos passado juntos, eu ainda tinha dificuldade em me descontrair, em dizer o que me passasse pela cabeça. Meu peito estava tenso, minha garganta apertada. "O senhor foi reprovado."

"Ah, pelo amor de Deus, Henry", disse ele. "Não somos escoteiros. Isto é... espere, aí vem ele."

Picker tinha ido para Tallahassee. Sua aparência não era das melhores, mas a linguagem corporal era decidida, altiva. Estava só. Os filhos não o acompanhavam. Vestia um terno escuro, uma camisa azul com botões no colarinho e listras finas que não eram muito adequadas para a televisão, uma gravata discreta. Tirou do bolso uma folha de bloco de papel amarelo, mas não leu.

"Muito bem", começou. "Estou encerrando hoje a campanha para presidente que fiz em substituição ao senador Harris."

Ouviram-se gemidos. Pessoas gritavam: "Por quê? Por quê?". Susan levantou-se do sofá e se postou atrás do marido, abraçando-o, com o rosto encostado no alto da cabeça dele.

Picker tentou sorrir. "Sei que alguns de vocês estão pensando que isto é um *déjà vu*. Já vivemos isto. É verdade. E eu tinha razão na primeira vez — em 1978: não nasci para esse tipo de trabalho. Não sou competente nem mesmo para *concorrer* à presidência." Alguém deu um tranco na câmera da CNN; estabeleceu-se a confusão, as pessoas pareciam correr em todas as direções. "Quando Martha Harris me pediu que continuasse a campanha do marido, eu me senti tão honrado que não medi as conseqüências. Foi pouco responsável da minha parte. Gostaria de pedir desculpas..."

"Por que o senhor *não é* competente?", gritou alguém.

"Porque violei a lei conscientemente quando era governador." Suspirou e foi em frente. "Numa época em que muita gente estava experimentando drogas, eu fiz o mesmo. Na verdade, foi mais do que experimentar — se tivesse sido só isso talvez fosse desculpável. Mas perdi o controle. Eu..."

"Que tipo de drogas?"

"Cocaína", respondeu Picker. "Essa foi a verdadeira razão de minha renúncia em 1978. Foi isso que causou problemas em meu casamento. Mas me recuperei. Deixei isso para trás. A tal ponto que quase esqueci o que tinha acontecido. Mas aconteceu, e parece óbvio que seria errado se levasse adiante esta campanha. Fui um tolo em pensar que poderia..."

Houve um quase imperceptível instante de silêncio. Os repórteres estavam perplexos, mais uma vez desarmados por sua franqueza transparente. Picker percebeu isso e pareceu ganhar confiança. Tratou de ocupar o vazio: "Assim, não creio que haja muito mais a dizer. Estou muito envergonhado", disse — mas não *parecia* envergonhado. Estava novamente executando seu velho truque de salão, mais vivo na televisão do que longe dela. Bem cedo a matilha iria atrás dele; iria futucar a sujeira do escândalo Picker e arrancar até o último pedaço de carne dos ossos de sua candidatura. Mas não ia ser humilhado diante das câmeras, e isso não era pouca coisa.

"Meu Deus", disse Stanton, "é assustador como ele poderia ter sido competente."

Foi quase como se Picker o tivesse ouvido. Começara a afastar-se dos microfones, mas parou. "Há uma outra coisa", disse. "Quero agradecer a Jack Stanton por ter conhecimento dessa situação e não se haver aproveitado dela. Sei que neste momento não estou em condições de fazer nenhuma recomendação, mas fiquei conhecendo melhor o governador Stanton nessas últimas semanas — e talvez vocês devessem tentar fazer o mesmo. É possível que ele seja o homem mais mal compreendido da política americana. Mas vocês podem chegar a suas próprias conclusões sobre isso. É tudo o que queria dizer. Além de dizer que sinto muito. E adeus."

Havia seis linhas telefônicas na escrivaninha de Stanton e todas se acenderam instantaneamente. O interfone — ligado com Anne Marie no prédio principal — tocou. Stanton cobriu o bocal do telefone e me perguntou: "Você ainda tem dúvidas?".

"Tenho", respondi.

"Anote os recados", ele disse para Anne Marie. E depois para mim: "Pensei que tinha percebido, Henry. Pensei que você tivesse compreendido. A questão é a capacidade de *liderar*. Não é ser perfeito. Está bem, provavelmente eu teria vazado as informações da pasta para alguém — e teria me sentido um bocado sujo, mas sabe de uma coisa? No fim das contas, não ia fazer diferença. Picker ia afundar. Era só uma questão de tempo".

"E de *forma*", eu disse. "Ele poderia não ter sido tão amável esta manhã se fosse o senhor que o tivesse empurrado para o abismo."

"Está certo, muito justo. Mas, Henry, o que é que estamos fazendo?", perguntou ele com um ar triste, sacudindo a cabeça. "Estamos discutindo quantos políticos cabem na cabeça de um alfinete. Vai me dizer que só agora descobriu que existe jogo sujo e que você tem nojo disso — está dando uma de sentimentalão para cima de mim? Peraí. Conheço você bem demais para isso. Já enfrentamos coisas demais juntos."

"Demais", concordei. Olhei para Susan. Por uma vez ela estava deixando Jack carregar o piano. Sabia que era a única forma de chegarmos a um acordo.

"A pergunta que você tem de fazer é: quais são as *opções*?", ele disse suavemente, quase carinhosamente, ainda paciente comigo, os olhos azuis grudados nos meus. "Só um certo tipo de pessoa é talhado para esse trabalho — e, é verdade, em geral não somos príncipes. Henry, você conhece isso melhor do que ninguém. Viu Larkin, viu O'Brien e viu a mim atuando. Dois terços do que fazemos é condenável. Não é assim que agem os seres humanos normais. Nós sorrimos, escutamos — dá para criar calo nos ouvidos de tanto que escutamos. Fazemos nossos pequenos e patéticos favores. Enrolamos quando não é possível fazê-los. Dizemos às pessoas o que elas querem ouvir — e, quando lhes dizemos algo que *não* querem ouvir, em geral é porque calculamos que é o que na verdade querem. Vivemos uma eternidade de sorrisos falsos — e por quê? Porque é o preço que se paga para ser líder. Você acha que Abraham Lincoln não se prostituiu antes de chegar a presidente? Teve de contar suas historinhas e dar aquele seu sorrisinho de caipira, teve de engolir sapos. E fez tudo isso somente para ter a oportunidade de, um dia, postar-se diante da nação e apelar para 'os melhores anjos de nosso caráter'. É aí que acaba a conversa fiada. E é disso que se trata. A oportunidade de fazer isso, de fazer o melhor possível, de fazê-lo da maneira correta — porque você sabe tão bem quanto eu que há muita gente nesse jogo que nunca pensa no povo, muito menos em seus 'melhores anjos'. Querem apenas ganhar. Querem poder dizer: 'Ganhei o maior prêmio que se pode ganhar'. E estão dispostos a vender a alma, a rastejar nos esgotos, mentir para o povo, dividi-lo, explorar seus piores temores..."

"Você explorou os temores deles na Flórida", eu disse, tentando estancar a torrente.

"Você também. Você nunca disse: 'Ah, *meu caro*, não estamos sendo *justos* com o pobre do Lawrence Harris'. Você nunca disse: 'Isto é moralmente repugnante para mim'. Sabe por quê? Por duas razões. Primeiro, seu sangue estava fervendo — queira ou não queira, Henry, você é um guerreiro e estamos em guerra — e você queria *matar* aquele puto metido a santinho tanto quanto eu. Só que não *literalmente*, o que nos abalou um pouco — fez com que duvidássemos um pouco de nós mesmos e deu a Picker o ímpeto para fazer sua jogada. Mas a segunda razão é mais importante: você sabia que eu seria um presidente melhor do que Harris. Sabia disso. Pode ter tido algumas dúvidas, durante uns poucos dias, se eu seria melhor do que Picker — mas você o *viu* ontem à noite. Um sujeito muito decente, inteligente, bons instintos. Mas *presidente*? De jeito nenhum. Mal chega a ser um político. Quer dizer, no fim das contas, Henry, quem pode fazer isso melhor do que eu? Você acha que há alguém no páreo que faria mais pelo povo do que eu? Pense em todas essas possibilidades *maravilhosas*. Pense no Larkin. No Ozio. E se faça esta pergunta: existe alguém com chance real de vencer a eleição que chegaria ao menos a *pensar* nas pessoas com que me preocupo?"

"Eu me preocupo com os McCollister."

"Eu *também*", disse ele, lançando um olhar rápido na direção de Susan — e calculando que naquele assunto não podia permitir-se ser franco, tinha de ficar firme. Se continuasse com ele, eu teria de aceitar isso.

"Estava pensando", eu disse então, "em ir até Montgomery e ajudar Bill Johnson a se eleger procurador-geral."

Isso o fez parar. Mas só durante um momento. Como de hábito, foi muito mais rápido do que eu. "Tudo bem, se é isso que você quer. Mas sabe há quanto tempo Billy vem falando em concorrer a procurador-geral? Tem idéia de como ele está convencido de que aqueles caipiras nunca votarão num negro? Mas, digamos que ele concorra, e que você o ajude a se eleger... e daí? Sabe o que o procurador-geral do Alabama *faz*? Dá ordens para retirarem outdoors antiestéticos. Move processos contra a companhia de eletricidade — e sempre perde. E manda uns bandidos para a cadeira elétrica por assaltarem lojas de conveniência e sodomizarem suas netas. Henry, estamos falando da presidência dos Estados Unidos. *Você está comigo?*"

"Ele também pode manter limpas as árvores", eu disse, algo excitado. "Pode evitar alguns linchamentos de garotos negros." Stanton estava surpreso com minha teimosia. Eu também.

"Olhe, Henry", interrompeu Susan — gentilmente. "Vamos ter de sair daqui a pouco para a entrevista. O país inteiro vai estar assistindo, por isso é melhor a gente gastar um minuto pensando no que Jack deve dizer."

Concordei com um movimento de cabeça. "Henry, vamos lá", disse Stanton, esticando os braços por cima da mesa em minha direção. Sua voz ficou um pouco embargada. Seus olhos se apertaram, penetrando fundo em mim, tentando atingir minha mente, desesperado para estabelecer um contato mais forte. A testa, as narinas, as veias no pescoço, os braços, os dedos — tudo procurava contato, tudo estava concentrado em mim. Conhecia tão bem esse momento; eu o tinha visto assim tantas vezes. Ele podia falar tudo o que quisesse sobre uma eternidade de sorrisos "falsos"; seu poder vinha da direção exatamente oposta, da *autenticidade* de sua atração, da ferocidade de seu apetite. Havia muito pouco de artificial nele. Estava verdadeiramente carente. E agora de fato precisava de mim.

"Nós trabalhamos tanto... *juntos*, Henry — para chegar até aqui", implorou ele. "E agora está a nosso alcance. Está bem ali. Podemos fazer coisas incríveis. Podemos mudar o país inteiro — não apenas o Alabama. Se nós ganharmos, você não acha que Bill Johnson também vai querer ir para Washington? Ele pode ser procurador-geral dos Estados Unidos — talvez não logo de início, mas mais adiante. É por isso que foi a New Hampshire. Para ter certeza de que eu me lembraria dele quando chegasse a hora. E a hora vai chegar, Henry. Posso ganhar essa coisa. Vamos fazer história. Olhe nos meus olhos e diga que não vai ser assim. Olhe nos meus olhos, Henry... e me diga que você não quer ser parte disso."

"Eu..."

"Meu Deus, meu Deus, meu Deus, Henry", ele disse. "Quer que eu peça de joelhos? Não posso ficar sem você. Não me deixe agora." Hesitou, procurou uma resposta no meu rosto. "Você continua comigo, não é? Diga que sim. Diga que sim. *Diga*."

Parou e sorriu de repente. Tive dificuldade em entender o sorriso. Ele estava perplexo, mas confiante. Não ia aceitar uma negativa. "Ah, vamos lá, Henry. Isto é *ridículo*: você *tem que* estar comigo."

NOTAS

(1) Tradicionalmente, é no estado de New Hampshire que primeiro se fazem as eleições ditas "primárias", nas quais são escolhidos os candidatos de cada partido à presidência e os delegados que representarão os eleitores nas convenções nacionais. (N. T.)

(2) Ralph Nader, líder de campanhas em favor dos direitos do consumidor. (N. T.)

(3) Work Projects Administration, agência criada por F. D. Roosevelt para combater os efeitos da Depressão mediante a criação de empregos em projetos de construção civil. (N. T.)

(4) Referência a Thomas Hart Benton, pintor e muralista norte-americano nascido em 1889. (N. T.)

(5) Edmund Muskie, senador pelo Maine de 1969 a 1980, que se apresentou como candidato a presidente pelo Partido Democrata nas primárias de 1972. Ao rebater acusações surgidas na imprensa contra sua esposa, chorou diante das câmaras de televisão, comprometendo de forma definitiva suas chances eleitorais. (N. T.)

(6) Numa versão muito livre: "Jardim de rosas/ A vida é uma festa/ No jardim de rosas/ Quando estou passeando/ Naquele jardim de rosas/ Com você". (N. T.)

(7) Walter Mondale, candidato do Partido Democrata em 1984 à presidência da República, derrotado por Ronald Reagan (segundo mandato). (N. T.)

(8) Professora de direito da Universidade de Oklahoma que fez acusações de assédio sexual contra o juiz Clarence Thomas, tentando com isso impedir sua nomeação para a Suprema Corte. Foi ouvida pela Comissão de Justiça do Senado em 1991 sobre episódio que teria ocorrido dez anos antes. As acusações não impediram a nomeação de Clarence Thomas. (N. T.)

(9) Governador do estado de Alabama entre 1963 e 1967, no auge da luta pelos direitos civis dos negros. (N. T.)

(10) Robert Kennedy, irmão de John Kennedy, assassinado em Los Angeles, em 1968, quando concorria à presidência da República. (N. T.)

(11) Comunidade do estado de Virgínia, vizinha a Washington. (N. T.)

(12) Capital do estado de Nova York. (N. T.)

(13) Senador pelo estado de Minnesota que buscou indicação do Partido Democrata para a presidência em 1968, perdeu para Hubert Humphrey. Em 1976 voltou a candidatar-se ao cargo como candidato independente. (N. T.)

(14) Deputado democrata durante dezoito anos, celebrizou-se como líder da maioria por dezessete anos, de 1940 a 1961, excetuados os anos em que os republicanos detinham a maioria (1947/49, 1953/55). (N. T.)

(15) Senador democrata por Arkansas durante trinta anos. Em 1946 patrocinou o *Fullbright Act*, que concedia bolsas governamentais para intercâmbio internacional de estudantes e professores. (N. T.)

(16) Gary Hart, senador democrata pelo Colorado, buscou a indicação do partido para a presidência em 1984, perdendo para Walter Mondale. Em 1987 desistiu de concorrer às eleições de 1988 após alegações de infidelidade conjugal amplamente divulgados pela imprensa. (N. T.)

(17) Personalidade da televisão, famosa por suas entrevistas com celebridades de todos os setores da sociedade. (N. T.)

(18) Emissora com programção exclusivamente patrocinada pelo governo. (N. T.)

(19) Um dos principais programas da National Public Radio, juntamente com *Morning edition*. (N. T.)

(20). Correspondente laureada de assuntos jurídicos da National Public Radio. Responsável pela divulgação das alegações de Anita Hill contra o juiz Clarence Thomas. (N. T.)

(21) Vice-presidente dos Estados Unidos (1965-9). Em 1968 ele foi indicado pelo Partido Democrata como candidato à Presidência da República, sendo derrotado por Richard Nixon. Em 1972 e 1976 buscou novas indicações, sendo derrotado, respectivamente, por George Macgovern e Jimmy Carter. (N. T.)

(22) Um dos líderes da Students for a Democratic Society — SDS, dos anos 60, organização que manteve alianças com os Black Panthers e outras organizações radicais minoritárias. (N. T.)

(23) PT era uma espécie de lancha torpedeira usada na Segunda Guerra Mundial. John F. Kennedy comandava a PT-109 e teve atuação heróica quando ela foi posta a pique pelos japoneses. (N. T.)

(24) Mike Milken, corretor da bolsa de valores condenado por atividades fraudulentas. (N. T.)

(25) Marcha tocada quando o presidente dos Estados Unidos chega a uma cerimônia pública. (N. T.)

(26) Renomado comentarista de televisão da National Broadcasting Corporation (NBC). (N. T.)

(27) Programa educacional patrocinado pelo governo para crianças carentes na faixa pré-escolar com o objetivo precípuo de propiciar meios que permitam a essas crianças iniciarem os estudos em condições competitivas com os mais favorecidos. (N. T.)

(28) Michael Dukakis, governador do Massachusetts, candidato do Partido Democrata à Presidência da República em 1988, sendo derrotado por George Bush. (N. T.)

(29) David Letterman, apresentador do programa *Late show* da CBS, que disputa audiência com o *Tonight show*, da NBC, apresentado por Jay Leno, que substituiu Johnny Carson. (N. T.)

(30) Programa governamental de saúde que cobre parcialmente as despesas médicas da população idosa. (N. T.)

(31) *White anglo-saxon protestant*, branco, anglo-saxão e protestante. Termo usado para caracterizar os grupos mais privilegiados da sociedade norte-americana. (N. T.)

(32) Famoso cartunista americano, responsável por consolidar as imagens do burro e do elefante como símbolos dos partidos Democrata e Republicano, respectivamente. (N. T.)

(33) Importante programa de jornalismo investigativo da televisão americana, comandado por Ted Koppel. (N. T.)

(34) Candidato democrata às eleições presidenciais de 1988, quando foi derrotado por George Bush. Conhecido por seu extremo formalismo. (N. T.)

(35) Nascido escravo (1856), após a emancipação tornou-se figura importante no campo educacional. (N. T.)

(36) Programa de jornalismo investigativo da rede ABC de televisão americana. (N. T.)

(37) Programa de entrevistas, comandado por Larry King, transmitido mundialmente pela CNN. (N. T.)

(38) Thomas Eagleton — pró-candidato a vice-presidente que teve de se retirar após ter-se tornado público que tivera problemas psiquiátricos. (N. T.)

(39) Presidente dos Estados Unidos de 1850 a 1853, perdeu o apoio do próprio partido ao tentar pôr em execução no Norte do país a lei sobre escravos fugidos. (N. T.)

(40) Hank Williams. Cantor de música country americana, associado às virtudes tradicionais — e masculinas — do Sul dos Estados Unidos. Tennessee Williams (1911-83). Autor teatral americano cujas peças tratavam de problemas familiares e sexuais (por exemplo, *Um bonde chamado desejo*, *Gata em teto de zinco quente*). Tennessee Williams era sabidamente homossexual. (N. T.)

AGRADECIMENTOS

Gostaria de agradecer a algumas pessoas que não sabem quem sou. Esta foi uma extraordinária demonstração de confiança por parte de Harold Evans e da editora Random House. Quero agradecer especialmente a Daniel Menaker, cujo entusiasmo e percepções foram de um valor incalculável durante um processo de edição incomum e muito solitário. Ele pareceu ter entendido o sentido do livro antes mesmo que eu.

Também gostaria de agradecer a Kathy Robbins, uma pessoa notável sob todos os aspectos. Este livro nunca teria existido se não fosse por ela.

E, é claro, à minha família. Vocês foram muito pacientes e simplesmente sensacionais.

ESTA OBRA FOI COMPOSTA PELA HELVÉ-
TICA EDITORIAL EM GARAMOND LIGHT
E IMPRESSA PELA GRÁFICA EDITORA
HAMBURG EM OFF-SET SOBRE PAPEL
PÓLEN SOFT DA COMPANHIA SUZANO
PARA A EDITORA SCHWARCZ EM OUTU-
BRO DE 1996.